Harry Potter™

i KSIĄŻĘ PÓŁKRWI

Dotychczas ukazało się pięć tomów cyklu:

HARRY POTTER I KAMIEŃ FILOZOFICZNY

☆

HARRY POTTER I KOMNATA TAJEMNIC

☆

HARRY POTTER I WIĘZIEŃ AZKABANU

☆

HARRY POTTER I CZARA OGNIA

☆

HARRY POTTER I ZAKON FENIKSA

JOANNE K. ROWLING

Harry Potter™

i KSIĄŻĘ PÓŁKRWI

Ilustrowała
MARY GRANDPRÉ

Tłumaczył
ANDRZEJ POLKOWSKI

MEDIA RODZINA

Tytuł oryginału
HARRY POTTER AND THE HALF-BLOOD PRINCE

Opracowanie polskiej wersji okładki
Jacek Pietrzyński

Aby uzyskać papier na tę książkę, nie wycinano lasów. Wyprodukowano go z drewna pochodzącego wyłącznie z wiatrołomów oraz przecinek pielęgnacyjnych.

ISBN 83-7278-167-2
ISBN 978-83-7278-167-3

Harbor Point Sp. z o.o.
Media Rodzina
ul. Pasieka 24, 61-657 Poznań
tel. (0-61) 827 08 60, faks 827 08 66
mediarodzina@mediarodzina.com.pl
www.mediarodzina.com.pl

Łamanie komputerowe
perfekt, ul. Grodziska 11, 60-363 Poznań
tel. (0-61) 867 12 67, faks 867 26 43
http://dtp.perfekt.pl, dtp@perfekt.pl

Druk i oprawa: Poznańskie Zakłady Graficzne SA

Mackenzie,
mojej cudownej córce,
dedykuję jej bliźniaczkę
z papieru i atramentu

ROZDZIAŁ PIERWSZY

Ten inny minister

Dochodziła północ. Premier siedział samotnie w swoim gabinecie, czytając długą notatkę służbową, której treść prześlizgiwała się przez jego mózg, nie pozostawiając w nim żadnego śladu. Czekał na telefon od prezydenta pewnego dalekiego kraju i prócz powracającego wciąż pytania, kiedy ten przeklęty facet wreszcie zadzwoni, oraz nieprzyjemnych wspomnień długiego, męczącego i ciężkiego tygodnia, od których daremnie próbował się uwolnić, w jego głowie niewiele już pozostawało miejsca na cokolwiek innego. Im bardziej starał się skupić na leżącej przed nim notatce, tym wyraźniej widział triumfującą twarz jednego ze swoich politycznych przeciwników. Polityk ten wystąpił w ostatnich *Wiadomościach*, nie tylko wyliczając wszystkie okropne wydarzenia, które miały miejsce w minionym tygodniu (jakby komukolwiek trzeba było to przypominać), lecz także wyjaśniając, dlaczego za każde z nich odpowiedzialny jest rząd.

Puls premiera przyspieszył gwałtownie na samą myśl o tych niegodziwych i kłamliwych oskarżeniach. Bo niby

— Ja... och... oczywiście — wyjąkał premier. — Tak, spotkam się z Knotem.

Wrócił pospiesznie do biurka, poprawiając po drodze krawat. Zaledwie usiadł i przybrał minę, która, jak miał nadzieję, wyrażała odprężenie i obojętność, nad pustym paleniskiem marmurowego kominka wystrzeliły jasne, zielone płomienie. Starając się nie okazać nawet śladu zaskoczenia lub strachu, obserwował, jak w płomieniach pojawia się korpulentny jegomość, wirujący jak bąk. Po chwili mężczyzna ów wyszedł z kominka na piękny, stary dywan, otrzepując popiół z rękawów długiej, prążkowanej peleryny. W ręku trzymał cytrynowozielony melonik.

— Ach... otóż i pan premier — rzekł Korneliusz Knot, podchodząc do niego z wyciągniętą dłonią. — Miło mi pana znowu widzieć.

Premier nie był w stanie odpowiedzieć szczerze w podobnym stylu, więc nie powiedział nic. Nie odczuwał najmniejszej przyjemności na widok Knota, którego rzadkie wizyty nie tylko napędzały mu strachu, lecz oznaczały też zapowiedź jakichś bardzo złych wiadomości. Co więcej, tym razem Knot wyglądał o wiele gorzej niż zwykle. Schudł, trochę wyłysiał i posiwiał, a na jego twarzy malowało się przygnębienie. Premier widział już taki wyraz na twarzach polityków i nigdy nie wróżyło to niczego dobrego.

— W czym mogę panu pomóc? — zapytał, uścisnąwszy krótko dłoń Knota i wskazawszy mu najtwardsze krzesło przed swoim biurkiem.

— Sam nie wiem, od czego zacząć — mruknął Knot, przysuwając sobie krzesło, na którym usiadł, złożywszy cytrynowozielony melonik na kolanach. — Co za tydzień, co za tydzień...

— A więc dla pana też był ciężki, tak? — zapytał oschle premier, mając nadzieję, iż da swojemu gościowi do zrozumienia, że ma na głowie dość własnych kłopotów.

— Oczywiście — odrzekł Knot, masując sobie powieki i patrząc na niego posępnie. — Równie ciężki jak dla pana, panie premierze. Most Brockdale... śmierć Bones i Vance... że nie wspomnę już tego całego zamieszania w południowo-zachodniej części kraju...

— A więc pan... eee... pańscy... to znaczy... niektórzy z pańskich ludzi byli... zamieszani w te... w te sprawy, tak?

Knot obrzucił go niemal srogim spojrzeniem.

— Oczywiście. Chyba pan zdaje sobie sprawę, co się właściwie dzieje?

— Ja... — bąknął premier i zawahał się.

Właśnie tego rodzaju zachowanie sprawiało, że tak nie znosił wizyt Knota. Ostatecznie był premierem i nie mógł sobie pozwolić, by traktowano go jak uczniaka. A tak było zawsze, gdy pojawiał się Knot, już od jego wizyty w pierwszy wieczór po objęciu przez premiera stanowiska. Pamiętał ją tak dobrze, jakby to było wczoraj, i wiedział, że to wspomnienie będzie go prześladować aż do śmierci.

Był wówczas w tym samym co dziś gabinecie, napawając się w samotności swoim triumfem po tylu latach marzeń i intryg, kiedy usłyszał za sobą kaszlnięcie, tak jak dzisiaj, a gdy się odwrócił, stwierdził, że przemawia do niego ten okropny mały portret, obwieszczając, iż za chwilę pojawi się przed nim minister magii, by mu się przedstawić.

Oczywiście pomyślał wówczas, że dręczą go omamy, będące skutkiem długiej kampanii wyborczej i napięcia towarzyszącego samym wyborom. Przeraził się, słysząc przemawiający do niego portret, ale okazało się, że na tym nie koniec, bo oto z kominka wyskoczył jakiś samozwańczy czarodziej i uściskał mu dłoń. Oniemiały słuchał, jak Knot wyjaśnia mu uprzejmie, że na całym świecie wciąż żyją w ukryciu czarodzieje i czarownice, a przy tym zapewnia, iż premier nie musi sobie tym zaprzątać głowy, bo odpowiedzialność za całą tę czarodziejską społeczność spoczywa na Ministerstwie Magii, które dba, by nie dowiedzieli się o niej zwykli, niemagiczni obywatele. To bardzo trudne zadanie, obejmujące spory zakres obowiązków, od dbania o odpowiedzialne użycie latających mioteł do utrzymania pod kontrolą populacji smoków (zapamiętał, że w tym momencie musiał mocno chwycić się krawędzi biurka). Następnie Knot po ojcowsku poklepał go po ramieniu i rzekł:

— Proszę się nie martwić. Być może więcej mnie pan nie zobaczy. Będę pana niepokoił tylko wtedy, gdy po naszej stronie wydarzy się coś naprawdę poważnego, coś, co mogłoby dotknąć mugoli... to znaczy niemagicznych obywateli. Jeśli do niczego takiego nie dojdzie, obowiązuje zasada: żyjmy i dajmy żyć innym. I muszę powiedzieć, że przyjął pan to o wiele lepiej niż pański poprzednik. On próbował wyrzucić mnie przez okno, myślał, że to jakiś głupi kawał ze strony opozycji.

W tym momencie premier odzyskał w końcu głos.

— A więc... więc to NIE jest... mistyfikacja?

To była jego ostatnia, rozpaczliwa nadzieja.

— Nie — odpowiedział łagodnie Knot. — Nie, raczej nie. Proszę spojrzeć.

I zamienił jego filiżankę w myszoskoczka.

— Ale... — wyjąkał premier, obserwując, jak filiżanka nadgryza róg jego następnego przemówienia — ale dlaczego... dlaczego nikt mi o tym nie powiedział?

— Minister magii ujawnia się tylko przed każdym kolejnym premierem mugoli w pierwszym dniu jego urzędowania — oświadczył Knot, chowając różdżkę. — Uważamy, że to najlepszy sposób na zachowanie wszystkiego w tajemnicy.

— Ale... — wymamrotał premier — dlaczego poprzedni premier nie ostrzegł mnie...

Knot się roześmiał.

— Drogi panie premierze, a czy PAN zamierza komuś o tym powiedzieć?

Wciąż chichocząc, Knot wrzucił do kominka szczyptę jakiegoś proszku, wkroczył w szmaragdowe płomienie i zniknął z krótkim świstem. Skamieniały z wrażenia premier zdał sobie sprawę, że nigdy, póki żyje, nie wspomni nikomu o tym spotkaniu, bo kto by mu uwierzył?

Po jakimś czasie otrząsnął się z szoku i zaczął sam siebie przekonywać, że Knot był halucynacją wywołaną brakiem snu podczas wyczerpującej kampanii wyborczej. Żeby uwolnić się od wspomnienia o tym niemiłym spotkaniu, podarował myszoskoczka zachwyconej siostrzenicy i kazał swojemu osobistemu sekretarzowi usunąć portret owego odrażającego człowieczka, który zapowiedział wizytę Knota. Okazało się jednak, że portretu nie da się zdjąć ze ściany. Próbowało tego dokonać kilku stolarzy i murarzy, jeden historyk sztuki i minister skarbu — na próżno. W końcu premier zrezygnował, mając nadzieję, że ta szkarada nie odezwie się więcej aż do końca jego urzędowania. Od czasu do czasu miał wrażenie, że kątem oka dostrzega, jak człowieczek w peruce ziewa albo drapie się po nosie, a raz wylazł z ram, pozostawiając za sobą kawałek brudnobrązowego płótna. Premier zdołał jednak opanować umiejętność niespoglądania zbyt często na obraz, a kiedy już dostrzegł coś podobnego, wmawiał sobie, że to złudzenie optyczne.

A potem, trzy lata temu, w wieczór bardzo podobny do dzisiejszego, portret znowu przemówił, zapowiadając rychłą wizytę Knota, który wyskoczył z kominka, ociekając wodą, w stanie wyraźnej paniki. Zanim premier zdążył go zapytać, dlaczego nieproszony gość moczy mu drogocenny dywan szenilowy, Knot zaczął opowiadać o jakimś więzieniu, o którym premier nigdy nie słyszał, o człowieku zwanym „Seryjnym" Blackiem, o czymś, co brzmiało jak Hogwart, i o jakimś chłopcu, Harrym Potterze. Premier nic z tego nie zrozumiał.

— ...właśnie wracam z Azkabanu — wydyszał Knot, przelewając wodę z ronda swego melonika do kieszeni. — Wie pan, to pośrodku Morza Północnego, okropna podróż... Dementorzy się wściekli... — tu wzdrygnął się — jeszcze nigdy nikt stamtąd nie uciekł. W każdym razie musiałem się z panem zobaczyć, panie premierze. Black to znany morderca mugoli i być może planuje przyłączenie się do Sam-Pan-Wie-Kogo... no tak, ale pan przecież nie wie, kim jest Sam-Pan-Wie-Kto! — Przez chwilę wpatrywał się z nadzieją w premiera, a potem dodał: — No dobrze, niech pan siada, niech pan siada, zaraz panu wyjaśnię... niech się pan napije whisky...

Premier usiadł, choć poczuł się trochę urażony tym, że każe mu się siadać w jego własnym gabinecie i częstuje jego własną whisky. Knot wyciągnął różdżkę, wyczarował znikąd dwie wielkie szklanki pełne bursztynowego płynu, wetknął jedną w dłoń premiera i przysunął sobie krzesło.

Jego opowieść trwała ponad godzinę. W pewnym momencie nie chciał wymówić głośno jakiegoś nazwiska, więc napisał je na kawałku pergaminu i wcisnął go premierowi w tę rękę, w której nie trzymał whisky. Kiedy w końcu wstał, aby się pożegnać, premier również podniósł się z krzesła.

— Więc uważa pan, że... — tu premier zerknął na trzymany w ręku pergamin — że ten Lord Vol...

— TEN, KTÓREGO IMIENIA NIE WOLNO WYMAWIAĆ! — warknął Knot.

— Proszę mi wybaczyć... a więc sądzi pan, że Ten, Którego Imienia Nie Wolno Wymawiać wciąż żyje?

— Cóż, Dumbledore twierdzi, że żyje — odrzekł Knot, zapinając pod szyją swoją prążkowaną pelerynę — ale dotąd go nie znaleźliśmy. Uważam, że nie jest groźny, dopóki nie otrzyma od kogoś pomocy, więc powinniśmy raczej skupić się na Blacku. A więc każe pan opublikować to ostrzeżenie, tak? Wspaniale. No cóż, mam nadzieję, panie premierze, że więcej się nie zobaczymy! Dobrej nocy.

Ale nie było to ich ostatnie spotkanie. Prawie rok później wyraźnie przygnębiony Knot znowu pojawił się w gabinecie premiera, aby go poinformować, że podczas mistrzostw świata w kwiktyciu (w każdym razie tak to jakoś brzmiało) doszło do rozruchów, w które „zamieszanych" było kilku mugoli, ale że premier nie powinien się tym niepokoić; to, że znowu pojawił się znak Sam-Pan-Wie-Kogo, nic jeszcze nie znaczy, to tylko pojedynczy przypadek i Urząd Łączności z Mugolami już się zajął modyfikacją pamięci owych mugoli.

— Aha, byłbym zapomniał — dodał Knot. — Sprowadziliśmy z zagranicy trzy smoki i jednego sfinksa na Turniej Trójmagiczny, to nic ważnego, ale Urząd Kontroli nad Magicznymi Stworzeniami twierdzi, że zgodnie z przepisami musimy powiadamiać pana o każdym przywozie niebezpiecznych zwierząt.

— Ja... co... SMOKI? — wyjąkał premier.

— Tak, trzy — odrzekł Knot. — I sfinksa. No to życzę miłego dnia.

Premier miał nadzieję, że po smokach i sfinksach nic gorszego już nie usłyszy, ale się pomylił. Nie minęły dwa lata i Knot znowu wyłonił się z płomieni, tym razem z wiadomością, że w Azkabanie doszło do masowej ucieczki.

— Do MASOWEJ ucieczki? — powtórzył ochrypłym głosem premier.

— Nie ma powodu do paniki! — zawołał Knot, z jedną nogą już w płomieniach. — Osaczymy ich w najbliższym czasie! Po prostu uznałem, że powinien pan o tym wiedzieć!

I zanim premier zdołał krzyknąć: „Zaraz, proszę zaczekać!", Knot zniknął w pióropuszu zielonych iskier.

Bez względu na to, co o tym mogły sądzić media i opozycja, premier nie był głupcem. Nie umknął jego uwadze fakt, że pomimo zapewnień Knota podczas jego pierwszej wizyty widywali się teraz dość często oraz że za każdym razem Knot jest coraz bardziej zdenerwowany. Premier wolał raczej nie myśleć o ministrze magii (albo o „tym innym ministrze", jak zwykł go nazywać), ale nie mógł się wyzbyć obawy, że jego następna wizyta będzie oznaczała jeszcze gorsze wiadomości. Dlatego widok Knota ponownie wychodzącego z kominka, w tak żałosnym stanie i w dodatku poważnie zaskoczonego tym, że premier najwyraźniej nie zna powodu jego wizyty, był najgorszą rzeczą, jaka mu się przytrafiła w tym wyjątkowo ponurym tygodniu.

— A niby skąd mam wiedzieć, co się dzieje w... ee... społeczności czarodziejów? — warknął. — Mam całe państwo na głowie i akurat teraz dość własnych kłopotów bez...

— Mamy te same kłopoty — przerwał mu Knot. — Most Brockdale nie załamał się ze starości. To wcale nie był huragan. Te morderstwa nie były dziełem mugoli. A rodzina Herberta Chorleya będzie bezpieczniejsza bez niego. Właśnie czynimy przygotowania do przeniesienia go do Kliniki Magicznych Chorób i Urazów Szpitala Świętego Munga. Odbędzie się to dziś w nocy.

— Co pan... obawiam się, że... ŻE CO?! — wybuchnął premier.

Knot wziął głęboki oddech i rzekł:

— Panie premierze, bardzo mi przykro, ale muszę pana powiadomić, że on wrócił. Ten, Którego Imienia Nie Wolno Wymawiać.

— Wrócił? Chce pan powiedzieć, że on... on żyje? To znaczy...

Premier sięgnął pamięcią do szczegółów tej okropnej rozmowy sprzed trzech lat, kiedy Knot opowiedział mu o czarodzieju, który wszystkich napawa panicznym strachem i który popełnił tysiące straszliwych zbrodni, zanim zniknął w tajemniczy sposób piętnaście lat temu.

— Tak, żyje — powiedział Knot. — To znaczy... sam już nie wiem... Czy człowiek, którego nie można zabić, żyje? Doprawdy, nie pojmuję tego, a Dumbledore nie chce lub nie potrafi tego do końca wyjaśnić... W każdym razie nie ulega wątpliwości, że ma ciało, że chodzi, mówi i zabija, więc na użytek naszej rozmowy chyba można uznać, że tak, żyje.

Premier nie bardzo wiedział, co na to powiedzieć, ale tak już mu weszło w krew udawanie dobrze poinformowanego na każdy temat, że uznał za stosowne nawiązać do jakiegoś szczegółu zapamiętanego z ich poprzednich rozmów.

— A ten „Seryjny" Black... czy on jest z... ee... Tym, Którego Imienia Nie Wolno Wymawiać?

— Black? Black? — powtórzył Knot z roztargnieniem, szybko obracając w rękach melonik. — Ma pan na myśli Syriusza Blacka? Na brodę Merlina, nie. Black nie żyje. To była nasza... ee... pomyłka. Okazało się, że był niewinny. I wcale nie spiskował z Tym, Którego Imienia Nie Wolno Wymawiać. To znaczy — dodał usprawiedliwiającym tonem, jeszcze szybciej kręcąc melonikiem — wszystko na to wskazywało... mieliśmy ponad pięćdziesięciu naocznych świadków... No cóż, w każdym razie on już nie żyje. Został zamordowany. Na terenie Ministerstwa Magii. Ma być przeprowadzone dochodzenie...

Premier, ku swemu ogromnemu zdumieniu, przez chwilę poczuł wobec Knota współczucie, które jednak natychmiast przyćmił blask zadowolenia z tego, że choć sam nie opanował sztuki materializowania się w kominkach obcych ludzi, to za JEGO kadencji jeszcze nikogo nie zamordowano w żadnym z rządowych gmachów... w każdym razie do tej pory...

Premier ukradkiem odpukał w biurko, a Knot ciągnął dalej:

— Ale Black to teraz pestka. Jesteśmy w stanie wojny, ot co, panie premierze, i musimy podjąć odpowiednie kroki.

— W stanie wojny? — powtórzył nerwowo premier. — Chyba pan trochę przesadził.

— Do Tego, Którego Imienia Nie Wolno Wymawiać przyłączyli się ci z jego zwolenników, którzy w styczniu uciekli z Azkabanu — powiedział Knot, mówiąc coraz szybciej i kręcąc melonikiem tak zawzięcie, że widać było tylko cytrynowozieloną smugę. — Teraz są na wolności i sieją spustoszenie. Most Brockdale to jego dzieło, panie premierze. Zagroził, że dokona masowych mordów na mugolach, jeśli nie dam mu wolnej ręki i...

— Wielki Boże, więc to PANA wina, że zginęli ci ludzie, a ja muszę odpowiadać na pytania o przerdzewiałe olinowanie, skorodowane złącza dylatacyjne i nie wiadomo o co jeszcze! — wybuchnął premier.

— Moja wina! — żachnął się Knot, oblewając się rumieńcem. — Pan by uległ takiemu szantażowi?

— Może i nie — odrzekł premier, po czym wstał i zaczął chodzić po gabinecie — ale ja uczyniłbym wszystko, żeby złapać szantażystę, zanimby się dopuścił takich okropieństw!

— Czy pan naprawdę sądzi, że nie robię już wszystkiego, co w mojej mocy? — zaperzył się Knot. — Każdy auror w moim ministerstwie próbował już... i nadal próbuje... odnaleźć go i osaczyć jego zwolenników, ale tak się składa, że mówimy tu o jednym z najpotężniejszych czarodziejów wszech czasów, o czarodzieju, którego nie udaje się nam schwytać od prawie trzech dziesięcioleci!

— Więc chce mi pan powiedzieć, że to on spowodował również ten huragan w południowo-zachodniej Anglii, tak? — zapytał premier, który z każdym krokiem coraz bardziej tracił nerwy.

Tego, Którego Imienia Nie Wolno Wymawiać. Nie będę ukrywał, że to dla nas potężny cios.

— Ale... czy nie mówił mi pan — zaczął premier, czując narastającą panikę — że to są potwory, które wysysają z ludzi nadzieję i szczęście?

— Zgadza się. A teraz się mnożą. To właśnie powoduje całą tę mgłę.

Premier opadł na najbliższe krzesło, czując, że zwiotczały mu kolana. Na myśl, że niewidzialne stwory włóczą się po miastach i wioskach, siejąc panikę wśród jego wyborców i odbierając im wszelką nadzieję, zrobiło mu się słabo.

— Słuchaj, Knot, musisz coś z tym zrobić! To ty za to wszystko odpowiadasz, ty i twoje Ministerstwo Magii!

— Drogi panie premierze — odrzekł Knot, puszczając mimo uszu to nagłe przejście na „ty" — czy pan naprawdę sądzi, że po tym wszystkim, co się wydarzyło, nadal jestem ministrem magii? Wylali mnie trzy dni temu! Cała społeczność czarodziejów przez dwa tygodnie z hukiem domagała się mojej rezygnacji. Jeszcze nigdy nie byli tak zgodni od czasu, gdy objąłem urząd! — zakończył, dzielnie próbując się uśmiechnąć.

Premierowi na chwilę odebrało mowę. Mimo całego oburzenia wobec sytuacji, w której się znalazł nie ze swojej woli, poczuł litość dla tego wyraźnie załamanego człowieka, siedzącego naprzeciw.

— Bardzo mi przykro — powiedział w końcu. — Czy jest coś, co mógłbym dla pana zrobić?

— To bardzo uprzejme z pana strony, panie premierze, ale nic już się nie da zrobić. Posłano mnie tutaj, żebym pana poinformował o bieżącej sytuacji i przedstawił mojego następcę. Powinien już tu być, ale oczywiście jest teraz bardzo zajęty, tyle ma na głowie...

Knot spojrzał na portret brzydkiego człowieczka w długiej, ufryzowanej srebrnej peruce, który właśnie grzebał sobie w uchu końcem gęsiego pióra. Człowieczek dostrzegł jego spojrzenie i rzekł:

— Będzie tu za chwilę, właśnie kończy list do Dumbledore'a.

— Życzę mu powodzenia — mruknął z goryczą Knot. — Przez ostatnie dwa tygodnie pisałem do Dumbledore'a dwa razy dziennie, ale nie chciał zmienić swego stanowiska. Gdyby tylko zechciał namówić tego chłopca, prawdopodobnie byłbym nadal... No cóż, może Scrimgeour zdoła go przekonać.

Zamilkł, wyraźnie rozgoryczony, ale po chwili ciszę przerwał portret, przemawiający teraz suchym, urzędowym tonem:

— Do premiera mugoli. Pożądane spotkanie. Pilne. Proszę o natychmiastową odpowiedź. Rufus Scrimgeour, minister magii.

— Tak, tak, dobrze — odpowiedział z roztargnieniem premier i już prawie się nie wzdrygnął, kiedy płomienie w kominku zrobiły się szmaragdowe i wybuchły wysoko, a wśród nich pojawił się kolejny czarodziej wirujący jak bąk wokół własnej osi, by po chwili wyskoczyć na drogocenny stary dywan.

Knot powstał, a premier po chwili wahania uczynił to samo, patrząc, jak nowo przybyły prostuje się, otrzepuje pył z długiej, czarnej szaty i rozgląda się po pokoju.

Pierwszą, nieco głupią myślą premiera na widok Rufusa Scrimgeoura było skojarzenie ze starym lwem. W grzywie płowych włosów i w krzaczastych brwiach bieliły się siwe pasemka, spoza drucianych okularów wyzierały czujne, żółtawe oczy, a w całej postaci była jakaś szlachetna smukłość i sprężystość, mimo że lekko utykał. Od razu było widać, że to człowiek sprytny i twardy. Premier pomyślał, że dobrze rozumie, dlaczego społeczność czarodziejów wolała Scrimgeoura od Knota jako przywódcę w tak groźnych czasach.

— Jak się pan miewa? — zapytał uprzejmie, wyciągając rękę.

Scrimgeour uścisnął ją krótko, lustrując wzrokiem pokój, po czym wyciągnął zza pazuchy różdżkę.

— Knot wszystko panu powiedział? — zapytał, podchodząc do drzwi i stukając różdżką w dziurkę od klucza.

Premier usłyszał szczęk zamka.

— Ee... tak — odrzekł. — I jeśli nie ma pan nic przeciwko temu, wolałbym, żeby drzwi pozostały otwarte.

— A ja wolałbym, żeby mi nie przerywano — burknął Scrimgeour — i żeby mnie nie podglądano — dodał, celując różdżką w okna, co spowodowało natychmiastowe zasunięcie się zasłon. — No, ale mam dość spraw na głowie, więc od razu przejdźmy do rzeczy. Przede wszystkim musimy przedyskutować sprawę pańskiego bezpieczeństwa.

Premier wyprostował się z godnością i odrzekł:

— Jestem całkowicie zadowolony z tych środków bezpieczeństwa, którymi już dysponuję. Bardzo dziękuję...

— Ale my nie jesteśmy — przerwał mu Scrimgeour. — Marna przyszłość czekałaby mugoli, gdyby ich premier znalazł się pod działaniem zaklęcia Imperius. Ten nowy sekretarz w pańskim biurze...

— Nie zamierzam się pozbywać Kingsleya Shacklebolta, jeśli to pan sugeruje! — zaperzył się premier. — To bardzo wydajny pracownik, robi dwa razy więcej od całej reszty...

— Bo jest czarodziejem — powiedział Scrimgeour z kamienną twarzą. — Bardzo wykwalifikowanym aurorem, który ma za zadanie czuwać nad pańskim bezpieczeństwem.

— Zaraz, chwileczkę! — zawołał premier. — Nie może pan tak po prostu wprowadzać swoich ludzi do mojego biura! To ja decyduję, kto dla mnie pracuje...

— Myślałem, że jest pan zadowolony z Shacklebolta — zauważył chłodno Scrimgeour.

— Jestem... to znaczy... dotąd byłem...

— A więc nie ma problemu, tak?

— Ja... No cóż, dopóki będzie tak świetnie... wywiązywać się ze swoich obowiązków... — wyjąkał premier, ale Scrimgeour sprawiał wrażenie, jakby go w ogóle nie słuchał.

— Teraz co się tyczy Herberta Chorleya... pańskiego podsekretarza stanu. Tego, który zabawiał publiczność, udając kaczkę.

— O co tym razem chodzi? — zapytał premier.

— To oczywiste, że zareagował tak, będąc pod działaniem niezbyt wprawnie rzuconego zaklęcia Imperius. Przyćmiło mu mózg, ale nadal może być niebezpieczny.

— On tylko kwacze — zaprotestował cicho premier. — Jak sobie trochę odpocznie... trochę się rozluźni... ograniczy picie...

— Właśnie teraz bada go zespół uzdrawiaczy ze Szpitala Świętego Munga. Na razie próbował udusić trzech z nich. Myślę, że najlepiej będzie usunąć go na jakiś czas ze społeczności mugoli.

— Ja... No cóż... ale wyzdrowieje, prawda? — zapytał z niepokojem premier.

Scrimgeour tylko wzruszył ramionami i skierował się w stronę kominka.

— To już wszystko, co chciałem panu powiedzieć. Będę pana na bieżąco informował o rozwoju sytuacji, panie premierze... a w każdym razie, jeśli będę zbyt zajęty, co jest bardzo prawdopodobne, przyślę tu Knota. Zgodził się zostać moim doradcą.

Knot próbował się uśmiechnąć, ale mu nie wyszło — wyglądał, jakby rozbolał go ząb. Scrimgeour pogrzebał w kieszeni, wyjął szczyptę tajemniczego proszku i sypnął nim w płomienie, które natychmiast rozbłysły i pozieleniały. Premier popatrzył na nich zrozpaczonym wzrokiem, a potem z jego ust wyrwały się w końcu słowa, które dusił w sobie przez cały ten wieczór:

— Ale... na miłość boską... przecież jesteście CZARODZIEJAMI! Znacie się na MAGII! Na pewno możecie poradzić sobie z... no... ze WSZYSTKIM!

Scrimgeour odwrócił się powoli i wymienił zdziwione spojrzenie z Knotem, który teraz wreszcie się uśmiechnął, mówiąc:

— Problem w tym, panie premierze, że tamci też znają się na magii.

Po czym obaj czarodzieje wkroczyli jeden po drugim w jadowicie zielone płomienie i znikli.

ROZDZIAŁ DRUGI

Spinner's End

Wiele mil stamtąd ta sama zimna mgła, która napierała na okna gabinetu premiera, snuła się nad brudną rzeczką wijącą się między wysokimi, zaśmieconymi brzegami. Strzelisty komin, pozostałość po zrujnowanym młynie, górował nad okolicą, mroczny i złowieszczy. Słychać było tylko cichy szmer czarnej wody i nie było widać żywego ducha poza wychudłym lisem, który chyłkiem zbiegł na brzeg rzeczki, obwąchując z nadzieją jakieś stare opakowanie po rybie z frytkami.

Nagle rozległo się ciche pyknięcie i na brzegu rzeczki pojawiła się znikąd zakapturzona postać. Lis zamarł, utkwiwszy czujne oczy w tym dziwnym zjawisku. Przez chwilę postać jakby badała swoje położenie, a potem ruszyła lekkimi, szybkimi krokami, szeleszcząc ocierającą się o trawę peleryną.

Minęło zaledwie parę sekund i z nieco głośniejszym pyknięciem zmaterializowała się druga postać.

— Zaczekaj!

Ostry okrzyk wystraszył lisa, który przyczaił się w wysokiej trawie. Wyskoczył ze swojej kryjówki i czmychnął

Narcyzy dudniły po bruku, gdy mijała okna z powybijanymi szybami lub zabite deskami, aż doszła do ostatniego domu, w którego oknie na parterze przez zasłony przebijało słabe światło.

Zapukała do drzwi, zanim dogoniła ją klnąca pod nosem Bella. Stanęły razem, lekko zadyszane, czekając i wdychając zgniłą woń rzeki, którą nocny wiatr przynosił aż tutaj. Po kilku chwilach usłyszały czyjeś kroki i drzwi się uchyliły. Przez wąską szczelinę ujrzały wynędzniałego mężczyznę z długimi, czarnymi włosami, opadającymi na ziemiste policzki i czarne oczy.

Narcyza odrzuciła kaptur. Była tak blada, że zdawała się jaśnieć w ciemności; długie blond włosy sprawiały, że wyglądała jak topielica.

— Narcyza! — zawołał cicho mężczyzna, uchylając drzwi nieco bardziej, tak że światło padło na nią i na jej siostrę. — Cóż za miła niespodzianka!

— Severusie — wyszeptała z przejęciem. — Musimy porozmawiać. To pilna sprawa.

— Ależ oczywiście.

Cofnął się, by wpuścić ją do środka. Jej wciąż zakapturzona siostra weszła bez zaproszenia.

— Witaj, Snape — rzuciła, kiedy go mijała.

— Witaj, Bellatriks — odpowiedział, a jego wąskie wargi wykrzywił szyderczy uśmiech, kiedy zatrzasnął za nimi drzwi.

Weszli wprost do małego saloniku, który przywodził na myśl ciemny, obity gąbką pokój w szpitalu psychiatrycznym. Ściany całkowicie pokrywały książki, z których większość oprawiona była w starą, czarną lub brązową skórę; wyświechtana kanapa, stary fotel i kulawy stolik stały ściśnięte razem w kręgu mdłego światła świec, tkwiących w wiszącym z sufitu żyrandolu. Pokój sprawiał wrażenie zaniedbanego, jakby w nim nikt od dawna nie mieszkał.

Snape wskazał Narcyzie kanapę. Zrzuciła pelerynę i usiadła, utkwiwszy wzrok w swoich białych, trzęsących się dłoniach, zaciśniętych kurczowo i spoczywających na podołku. Bellatriks powoli zsunęła kaptur. W przeciwieństwie do siostry miała ciemne włosy, oczy o ciężkich powiekach i silnie zarysowaną szczękę. Obchodząc kanapę, by stanąć za Narcyzą, ani przez chwilę nie spuszczała oczu ze Snape'a.

— Więc w czym mogę pomóc? — zapytał, sadowiąc się w fotelu naprzeciw sióstr.

— Jesteśmy... jesteśmy sami, tak? — zapytała cicho Narcyza.

— Ależ oczywiście. No... jest tutaj Glizdogon, ale robactwo chyba się nie liczy, prawda?

Wycelował różdżką w pełną książek ścianę poza sobą, w której z hukiem otworzyły się ukryte drzwi, ukazując wąskie schody. Stał na nich nieruchomo mały człowieczek.

— Jak już się wyraźnie zorientowałeś, Glizdogonie, mamy gości — rzekł Snape, przeciągając sylaby.

Człowieczek, prawie zgięty wpół, zwlókł się po ostatnich stopniach i wkroczył do pokoju. Miał małe, wodniste oczy, długi, spiczasty nos i przymilny uśmieszek na twarzy. Lewą dłonią gładził prawą, która wyglądała, jakby ją okrywała srebrna rękawiczka.

— Narcyza! — zaskrzeczał. — I Bellatriks! Jak cudownie...

uchroni przed uciążliwymi przerwami w rozmowie. No, śmiało, wyrzuć to z siebie, Bellatriks. Dlaczego mi nie ufasz?

— Z tysiąca powodów! — krzyknęła, wychodząc zza kanapy i odstawiając z hukiem szklankę na stolik. — Nawet nie wiem, od czego zacząć. Gdzie byłeś, gdy Czarny Pan poniósł klęskę? Dlaczego nie próbowałeś go odnaleźć, kiedy zniknął? Co robiłeś przez te wszystkie lata, kiedy jadłeś Dumbledore'owi z ręki? Dlaczego przeszkodziłeś Czarnemu Panu w zdobyciu Kamienia Filozoficznego? Dlaczego nie wróciłeś od razu, kiedy Czarny Pan się odrodził? Gdzie byłeś parę tygodni temu, kiedy walczyliśmy o odzyskanie przepowiedni dla Czarnego Pana? I może mi powiesz, Snape, dlaczego Harry Potter wciąż jeszcze żyje, choć ty miałeś go w ręku przez całe pięć lat?

Zamilkła. Jej pierś falowała szybko, na policzkach wykwitły rumieńce. Narcyza siedziała bez ruchu, z twarzą wciąż ukrytą w dłoniach.

Snape uśmiechnął się.

— Zanim ci odpowiem... och, tak, Bellatriks, zamierzam ci odpowiedzieć! Możesz powtórzyć moje słowa tym, którzy szepczą za moimi plecami, możesz im opowiadać swoje kłamstwa o tym, że zdradziłem Czarnego Pana! A więc zanim ci odpowiem, pozwól, że i ja o coś cię zapytam. Czy ty naprawdę myślisz, że Czarny Pan nie zadał mi tych samych pytań co ty? I czy naprawdę myślisz, że gdybym nie udzielił mu zadowalających odpowiedzi, to siedziałbym tu teraz i rozmawiał z tobą?

Zawahała się.

— Wiem, że ci wierzy, ale...

— Uważasz, że się myli? Albo że udało mi się go w jakiś sposób omamić? Oszukać Czarnego Pana, największego czarodzieja, największego mistrza legilimencji, jakiego znał dotąd świat?

Bellatriks milczała, po raz pierwszy sprawiając wrażenie trochę zbitej z tropu. Snape nie naciskał. Wziął szklankę ze stolika, wypił i ciągnął dalej:

— Pytasz mnie, gdzie byłem, kiedy Czarny Pan poniósł klęskę. Byłem tam, gdzie on nakazał mi być, w Szkole Magii i Czarodziejstwa w Hogwarcie, ponieważ to on życzył sobie, bym śledził Albusa Dumbledore'a. Chyba ci wiadomo, że to na polecenie Czarnego Pana przyjąłem tę posadę?

Prawie niezauważalnie skinęła głową i otworzyła usta, ale Snape ją uprzedził.

— Pytasz mnie, dlaczego nie próbowałem go odnaleźć, kiedy zniknął. Z tego samego powodu, z którego nie próbowali tego zrobić Avery, Yaxley, Carrowowie, Greyback, Lucjusz — tu skłonił lekko głowę przed Narcyzą — i wielu innych. Uwierzyłem, że zginął. Nie jestem z tego dumny, przyznaję, myliłem się, ale tak było... Rzecz w tym, że gdyby nie przebaczył nam wszystkim, którzyśmy wówczas utracili wiarę w niego, niewielu by mu pozostało zwolenników.

— Miałby mnie! — zawołała z pasją Bellatriks. — Mnie, która spędziła tyle lat w Azkabanie! Dla niego!

— Tak, doprawdy, to godne najwyższego podziwu — rzekł Snape znudzonym tonem. — Oczywiście nie miał z ciebie większego pożytku w więzieniu, ale sam gest był niewątpliwie bardzo szlachetny...

— Gest! — wrzasnęła tak rozwścieczona, że sprawiała wrażenie niemal wariatki. — Kiedy ja znosiłam katusze dementorów, ty siedziałeś sobie w Hogwarcie, odgrywając rolę pupilka Dumbledore'a. Jakże wygodnie!

— Niezupełnie — powiedział spokojnie Snape. — Jak wiesz, nie dał mi stanowiska nauczyciela obrony przed czarną magią. Chyba uważał, że mógłbym ulec pokusie, że mogłoby to... ach... sprowadzić mnie z powrotem na złe drogi.

— I to była twoja ofiara dla Czarnego Pana! Ach, ja, wielki Snape, nie będę nauczać swojego ukochanego przedmiotu! — zadrwiła. — Ale może mi powiesz, Snape, dlaczego tak długo tam tkwiłeś? Żeby nadal szpiegować Dumbledore'a? Dla kogo? Przecież byłeś pewny, że twój mistrz już nie żyje!

— Tak się składa, że Czarny Pan jest zadowolony z tego, że nie porzuciłem wyznaczonego mi posterunku. Kiedy powrócił, miałem mu do przekazania gromadzone przez szesnaście lat informacje na temat Dumbledore'a. To chyba nieco bardziej użyteczny prezent powitalny od niekończących się wspomnień o okropnościach Azkabanu...

— Ale tkwiłeś tam...

— Tak, Bellatriks, tkwiłem tam — rzekł Snape z nutą zniecierpliwienia w głosie. — Było mi tam całkiem nieźle, o wiele lepiej niż w Azkabanie. Jak wiesz, polowano na śmierciożerców. Dumbledore za mnie poręczył, chroniąc mnie przed więzieniem, a ja chętnie z tego skorzystałem. Powtarzam: Czarny Pan nie robił mi z tego powodu wyrzutów, więc nie wiem, dlaczego ty miałabyś to robić.

Zamilkł na chwilę, a potem przemówił znowu, tym razem nieco głośniej, bo Bellatriks sprawiała wrażenie, jakby chciała mu przerwać:

— Chcesz wiedzieć, dlaczego stanąłem pomiędzy Czarnym Panem a Kamieniem Filozoficznym? To proste. Nie wiedział, czy może mi zaufać. Myślał, podobnie jak ty, że przestałem być wiernym śmierciożercą, a stałem się pachołkiem Dumbledore'a. Był w żałosnym stanie, bardzo wycieńczony, korzystał z ciała pewnego miernego czarodzieja. Nie śmiał ujawnić się przed dawnym sprzymierzeńcem, obawiając się, że ten doniesie na niego do Dumbledore'a lub do ministerstwa. Bardzo żałuję, że wtedy mi nie zaufał. Odzyskałby moc trzy lata wcześniej. Ale było tak, jak było, a ja widziałem tylko tę miernotę, tego chciwca Quirrella, próbującego wykraść Kamień. No i uczyniłem wszystko, żeby mu w tym przeszkodzić.

Bellatriks wykrzywiła się, jakby połknęła sporą dawkę jakiegoś okropnego lekarstwa.

— Ale nie stanąłeś przy nim, kiedy odzyskał moc, nie wróciłeś do niego natychmiast, kiedy Mroczny Znak zaczął cię palić...

— Zgadza się. Powróciłem dwie godziny później. Powróciłem na polecenie Dumbledore'a.

— Dumbledore'a?... — zaczęła oburzonym głosem.

— Pomyśl! — żachnął się Snape. — Pomyśl! Te dwie godziny, tylko dwie godziny wystarczyły, żebym mógł nadal pozostać w Hogwarcie jako jego szpieg! Pozwoliłem Dumbledore'owi myśleć, że wracam do Czarnego Pana tylko dlatego, że tak mi kazał Dumbledore! A co mi to dało? Otóż odtąd mogłem swobodnie przekazywać Czarnemu Panu informacje o tym, co robi i zamierza Dumbledore i jego Zakon Feniksa! Zastanów się, Bellatriks. Mroczny Znak potężniał już od miesięcy, wiedziałem, że on rychło powróci, wszyscy śmierciożercy to wiedzieli! Miałem mnóstwo czasu, żeby wszystko przemyśleć, żeby zaplanować każdy następny krok. Mogłem przecież uciec jak Karkarow, nie uważasz? I zapewniam cię, początkowa niechęć Czarnego Pana do mnie — bo w końcu tak, wróciłem do niego nieco później — szybko ustąpiła, kiedy mu wszystko wyjaśniłem, kiedy udowodniłem, że pozostałem mu wierny, choć Dumbledore był przekonany, że stoję po jego stronie. Tak, Czarny Pan rzeczywiście myślał, że opuściłem go na zawsze, ale się mylił.

— Ale jaki z ciebie miał pożytek? — zadrwiła Bellatriks. — Jaką to cenną informację nam przekazałeś?

— Moje informacje przekazywane były bezpośrednio Czarnemu Panu. Jeśli uznał za stosowne nie dzielić się nimi z tobą...

— Dzielił się ze mną wszystkim! — wybuchnęła Bellatriks. — Nazywał mnie swoją najwierniejszą...

— Czyżby? — przerwał jej Snape z lekkim niedowierzaniem. — I nadal tak cię nazywa, po klęsce w gmachu ministerstwa?

— To nie była moja wina! — żachnęła się Bellatriks, czerwieniejąc jak piwonia. — Czarny Pan obdarzył mnie już dawno swoim największym... Gdyby Lucjusz nie...

— Nie waż się... nie waż się oskarżać mojego męża! — zasyczała Narcyza, patrząc na siostrę.

— Obarczanie się nawzajem winą nie ma żadnego sensu — powiedział łagodnie Snape. — Co się stało, to się nie odstanie.

— Ale ciebie przy tym nie było! — krzyknęła z wściekłością Bellatriks. — Nie, ty znowu byłeś drogim nieobecnym, kiedy my nadstawialiśmy karku!

— Takie otrzymałem rozkazy. Miałem trzymać się z boku. A może nie zgadzasz się z Czarnym Panem, może uważasz Dumbledore'a za takiego naiwniaka, że mógłbym przyłączyć się do śmierciożerców i walczyć z Zakonem Feniksa, a on niczego by nie zauważył, co? I... wybacz... mówisz o nadstawianiu karku... a miałaś przeciw sobie sześcioro nastolatków, tak?

— Dobrze wiesz, że szybko dołączyła do nich połowa Zakonu! — warknęła Bellatriks. — A skoro już jesteśmy przy Zakonie, to co, wciąż nie możesz zdradzić, gdzie jest ich Kwatera Główna?

— Nie jestem Strażnikiem Tajemnicy, nie mogę wymówić nazwy tego miejsca. Chyba wiesz, jak działa to zaklęcie, co? Czarnemu Panu wystarczą te informacje o Zakonie, które mu przekazałem. Być może domyśliłaś się, że to one doprowadziły do ujęcia i zamordowania Emmeliny Vance i z pewnością bardzo pomogły w pozbyciu się Syriusza Blacka, choć tu akurat honor wykończenia go całkowicie należy się tobie.

Skłonił krótko głowę i uniósł szklankę z winem. Bellatriks nie dała się udobruchać.

— Unikasz odpowiedzi na moje ostatnie pytanie, Snape. Harry Potter. W ciągu ostatnich pięciu lat mogłeś zabić go w każdej chwili. Nie zrobiłeś tego. Dlaczego?

— A rozmawiałaś na ten temat z Czarnym Panem?

— On... ostatnio... my... Pytam CIEBIE, Snape!

— Gdybym zamordował Harry'ego Pottera, Czarny Pan nie mógłby użyć jego krwi, aby się odrodzić, aby stać się niezwyciężonym...

— I ty to przewidziałeś! — zadrwiła.

— Tego nie twierdzę. Nie miałem pojęcia o jego planach. Jak już przyznałem, myślałem, że Czarny Pan nie żyje. Próbuję ci tylko wyjaśnić, dlaczego Czarny Pan wcale nie boleje nad tym, że Potter przeżył... w każdym razie tak było do zeszłego roku...

— Więc dlaczego on wciąż jeszcze żyje?

— Czy ty niczego nie rozumiesz? Jedynie dzięki Dumbledore'owi nie znalazłem się w Azkabanie! Nie rozumiesz, że śmierć jego ukochanego ucznia mogłaby obrócić się przeciw mnie? Ale nie tylko o to chodziło. Przypomnę ci, że kiedy Potter po raz pierwszy przybył do Hogwartu, krążyło już o nim wiele opowieści, szeptano, że jest wielkim czarnoksiężnikiem i właśnie dlatego zdołał przeżyć atak Czarnego Pana. Nawet wielu starych zwolenników Czarnego Pana uważało, że Potter mógłby się stać sztandarową postacią, wokół której znowu byśmy się zgromadzili. Ja też się wahałem, przyznaję, i nie miałem najmniejszej ochoty zabić go, kiedy pojawił się w zamku. Oczywiście, szybko się przekonałem, że wcale nie ma jakichś nadzwyczajnych uzdolnień. Udawało mu się wywinąć z wielu opresji tylko dzięki odrobinie szczęścia i pomocy bardziej uzdolnionych przyjaciół. To zwykła miernota, choć ma o sobie tak wygórowane mniemanie jak jego ojciec. Zrobiłem wszystko, co w mojej mocy, by go wyrzucono z Hogwartu, gdzie, według mnie, wcale nie powinien się znaleźć, ale żebym miał go zabić albo pozwolić, by go zabito na moich oczach? Byłbym głupcem, gdybym pozwolił sobie na takie ryzyko, mając Dumbledore'a na karku.

— I co, mamy uwierzyć, że Dumbledore nigdy cię nie podejrzewał? — zapytała Bellatriks. — Nie miał pojęcia, po której stronie naprawdę stoisz? Zawsze ci ufał?

— Dobrze grałem swoją rolę. I pomijasz największą słabość Dumbledore'a: on zawsze ufa ludziom, zawsze dostrzega tylko ich dobre strony. Kiedy dostałem tę posadę w Hogwarcie, poczęstowałem go bajeczką o mojej wielkiej skrusze, zapewniłem, że bardzo się wstydzę swojej przeszłości w szeregach śmierciożerców, a on przyjął mnie z otwartymi ramionami, choć, powtarzam, nigdy nie pozwolił mi zajmować się czarną magią. O tak, Dumbledore to wielki czarodziej... Tak, wielki — powtórzył, bo Bellatriks prychnęła z pogardą — i Czarny Pan to docenia. Ale miło mi stwierdzić, że się starzeje. Ten pojedynek z Czarnym Panem w zeszłym miesiącu bardzo nadszarpnął jego siły. Doznał poważnego obrażenia ciała i wciąż to odczuwa, bo nie ma już takiego refleksu jak kiedyś. Ale przez te wszystkie lata nigdy nie przestał ufać Severusowi Snape'owi i właśnie dlatego jestem tak cenny dla Czarnego Pana.

Bellatriks wciąż wyglądała na nieprzekonaną, choć wyraźnie zabrakło jej argumentów. Wykorzystując to, że milczy, Snape zwrócił się do jej siostry:

— A więc, Narcyzo, przybyłaś tu, żeby poprosić mnie o pomoc?

Narcyza spojrzała na niego; na jej twarzy malowała się rozpacz.

— Tak, Severusie. Ja... ja myślę, że tylko ty możesz mi pomóc. Nie mam do kogo się zwrócić. Lucjusz jest w więzieniu i...

Zamknęła oczy, a spod powiek spłynęły jej dwie wielkie łzy.

— Czarny Pan zabronił mi o tym mówić — ciągnęła, nie otwierając oczu. — Nie chce, by ktokolwiek dowiedział się o tym planie. To... to ścisła tajemnica. Ale...

— Jeśli ci zabronił, nie powinnaś mówić — przerwał jej Snape. — Jego słowo jest prawem.

Narcyza zaczerpnęła gwałtownie powietrza, jakby oblał ją zimną wodą. Na twarzy Bellatriks, po raz pierwszy od chwili, gdy znalazła się w tym domu, pojawiło się zadowolenie.

— No widzisz! — oznajmiła triumfalnie. — Nawet Snape tak mówi: miałaś nie mówić, więc milcz!

Snape powstał i podszedł do małego okienka, rozsunął lekko zasłony, wyjrzał na pustą uliczkę, a potem jednym szarpnięciem z powrotem zasłony zasunął. Odwrócił się do Narcyzy, marszcząc brwi.

— Tak się składa, że znam ten plan — powiedział cicho. — Należę do tych nielicznych, którym Czarny Pan go wyjawił. Ale gdybym nie został w to wtajemniczony, ty, Narcyzo, dopuściłabyś się poważnej zdrady wobec Czarnego Pana.

— Wiedziałam, że musisz go znać! — ucieszyła się Narcyza, oddychając swobodniej. — On tak ci ufa, Severusie...

— Znasz ten plan? — zapytała Bellatriks, a zadowolenie na jej twarzy ustąpiło miejsca oburzeniu. — TY go znasz?

— Oczywiście. Ale jakiej pomocy ode mnie oczekujesz, Narcyzo? Jeśli sobie wyobrażasz, że mógłbym nakłonić Czarnego Pana, by zmienił zdanie, to obawiam się, że tracisz czas. Pozbądź się wszelkiej nadziei. Tego się nie da zrobić.

— Severusie — wyszeptała, a łzy spływały po jej bladych policzkach. — Mój syn... mój jedyny syn...

— Draco powinien być dumny — powiedziała Bellatriks obojętnym tonem. — Czarny Pan obdarzył go wielką łaską. A Draco nie wzdraga się przed spełnieniem tego zaszczytnego zadania, cieszy się, że ma szansę się wykazać, rwie się do tego...

Narcyza zaczęła głośno szlochać, nie odrywając oczu od Snape'a.

— Bo ma tylko szesnaście lat i nie wie, co go czeka! Dlaczego, Severusie? Dlaczego właśnie mój syn? To zbyt niebezpieczne! To zemsta za błąd Lucjusza!

Snape milczał. Nie patrzył na jej zalaną łzami twarz, jakby go to mierziło, ale nie mógł udawać, że jej nie słyszy.

— To dlatego wybrał Dracona, prawda? — nalegała. — Żeby ukarać Lucjusza?

— Jeśli Draconowi się powiedzie — powiedział Snape, wciąż na nią nie patrząc — stanie się bohaterem. Największym z nas.

— A jak mu się nie powiedzie? — załkała Narcyza. — Bo niby jak, skoro nawet sam Czarny Pan...

Bellatriks syknęła; Narcyza zdawała się tracić nerwy.

— Chodzi mi tylko o to... że jeszcze nikomu się nie udało... Severusie... proszę... jesteś, zawsze byłeś... jego ulubionym nauczycielem... od dawna jesteś przyjacielem Lucjusza... błagam cię... jesteś ulubieńcem Czarnego Pana, jego najbardziej zaufanym doradcą... Pomówisz z nim... wyperswadujesz mu?...

— Czarnemu Panu nikt niczego nie może wyperswadować, a ja nie jestem takim głupcem, żeby tego spróbować — odrzekł beznamiętnie Snape. — Nie będę ukrywał, że Czarny Pan jest zły na Lucjusza. Lucjusz miał ich poprowadzić. Dał się złapać razem z innymi i nie udało mu się zdobyć przepowiedni. Tak, Narcyzo, Czarny Pan jest na niego zły, bardzo zły.

— A więc mam rację, wybrał Dracona, żeby się zemścić! — wykrztusiła Narcyza. — Wcale mu nie zależy, żeby Draconowi się powiodło, on pragnie jego śmierci!

Milczenie Snape'a sprawiło, że Narcyza zupełnie przestała nad sobą panować. Zerwała się z miejsca, podeszła do niego chwiejnym krokiem i chwyciła go kurczowo za szatę na piersiach, mocząc ją obfitymi łzami.

— Ty możesz to zrobić — wydyszała. — TY zamiast Dracona, Severusie. Tobie się uda, na pewno, a on wynagrodzi cię tak, że...

Snape chwycił ją za nadgarstki i oderwał jej dłonie od swojej szaty. Patrząc z góry na jej zalaną łzami twarz, powiedział powoli:

— Myślę, że taki jest jego zamiar. Że w końcu ja mam to zrobić. Ale chce, żeby najpierw spróbował Draco. Zrozum, to mało prawdopodobne, ale gdyby Draconowi się powiodło, będę mógł pozostać w Hogwarcie nieco dłużej, nadal pełniąc rolę szpiega.

— A więc życie Dracona nic dla niego nie znaczy, tak?

— Czarny Pan jest bardzo zły — powtórzył cicho Snape. — Nie udało mu się poznać przepowiedni. A wiesz dobrze, Narcyzo, że on łatwo nie przebacza.

Upadła mu do stóp, szlochając i jęcząc.

— Mój syn... mój jedyny syn...

— Powinnaś być dumna! — rzuciła twardo Bellatriks. — Gdybym miała synów, cieszyłabym się, mogąc ich oddać na służbę Czarnemu Panu!

Narcyza jęknęła rozpaczliwie i zaczęła targać swoje długie, jasne włosy. Snape pochylił się, chwycił ją pod ramiona, podniósł i skierował w stronę kanapy. Potem nalał wina i wcisnął jej szklankę do ręki.

— Dość już, Narcyzo. Wypij. I słuchaj.

Trochę się uspokoiła. Podniosła szklankę drżącą ręką i wypiła łyk, plamiąc winem szatę.

— Być może uda mi się... pomóc Draconowi.

Usiadła prosto z twarzą bladą jak papier, otwierając szeroko oczy.

— Severusie... och, Severusie... pomożesz mu? Będziesz go strzegł, będziesz dbał, by nic mu się nie stało?

— Mogę spróbować.

Odrzuciła od siebie szklankę, która potoczyła się po stoliku. Zsunęła się z kanapy na kolana przed Snape'em, chwyciła jego dłoń obiema rękami i zaczęła ją całować.

— Będziesz go chronić?... Severusie, przysięgniesz? Wypowiesz słowa Wieczystej Przysięgi?

— Wieczystej Przysięgi? — powtórzył Snape z kamienną twarzą.

Bellatriks parsknęła triumfalnym śmiechem.

— Czy ty nie masz uszu, Narcyzo? Och, on SPRÓBUJE, na pewno! To tylko puste słowa, unikanie działania, jak zwykle... Och tak, oczywiście na rozkaz Czarnego Pana!

Snape nawet na nią nie spojrzał. Utkwił czarne oczy w pełnych łez błękitnych oczach Narcyzy, która wciąż ściskała jego dłoń.

— Tak, Narcyzo, wypowiem słowa Wieczystej Przysięgi — powiedział cicho. — Może twoja siostra zgodzi się zostać naszym Gwarantem?

Bellatriks otworzyła usta w niemym zdumieniu. Snape ukląkł naprzeciw Narcyzy. Prawą ręką chwycił jej prawą rękę.

— Bellatriks, będzie ci potrzebna różdżka — wycedził.

Wyciągnęła ją, wciąż wytrzeszczając oczy ze zdumienia.

— I musisz stanąć bliżej.

Podeszła, stanęła tuż nad nimi i dotknęła końcem różdżki ich złączonych dłoni.

Rozległ się głos Narcyzy:

— Severusie, czy przysięgasz, że będziesz strzegł mojego syna Dracona, kiedy będzie próbował spełnić wolę Czarnego Pana?

— Przysięgam.

Z różdżki wydobył się cienki języczek jasnego płomienia, który owinął się wokół ich dłoni jak rozpalony do czerwoności drut.

— I czy przysięgasz, że będziesz go chronił od wszelkiego nieszczęścia, ze wszystkich swoich sił i wykorzystując wszystkie swoje uzdolnienia?

— Przysięgam.

Drugi płomień wystrzelił z różdżki i oplótł pierwszy, tworząc z nim ognisty łańcuch.

— I jeśli okaże się to konieczne... jeśli Draconowi się nie powiedzie... — wyszeptała Narcyza (dłoń Snape'a drgnęła w jej dłoni, ale jej nie cofnął) — czy przysięgasz, że dokończysz dzieła, które Draconowi zlecił Czarny Pan?

Przez chwilę panowało milczenie. Bellatriks wpatrywała się w Snape'a szeroko otwartymi oczami.

— Przysięgam — powiedział Snape.

Zdumiona twarz Bellatriks zapłonęła czerwienią w blasku trzeciego języczka ognia, który wystrzelił z różdżki, owinął się wokół dwóch poprzednich, wiążąc ich złączone dłonie jak sznur, jak ognisty wąż.

ROZDZIAŁ TRZECI

Kto chce, a kto nie chce

Harry Potter chrapał głośno. Siedział przy oknie w swojej sypialni od prawie czterech godzin, wyglądając na ciemniejącą uliczkę, i w końcu zasnął z policzkiem opartym o zimną szybę, z przekrzywionymi okularami i otwartymi ustami. Jego oddech pozostawiał na szybie mgiełkę iskrzącą się w pomarańczowym blasku ulicznej latarni, której sztuczne światło pozbawiało jego twarz barwy, tak że wyglądał jak widmo z burzą rozczochranych włosów opadających na czoło.

W pokoju pełno było różnych przedmiotów i śmieci. Sowie pióra, ogryzki jabłek i opakowania po słodyczach zaśmiecały podłogę; na łóżku, pomiędzy zmiętymi ubraniami, walały się księgi z zaklęciami, a w plamie światła na biurku leżały porozrzucane gazety. Nagłówek jednej z nich głosił:

HARRY POTTER WYBRAŃCEM?

Nadal rozchodzą się pogłoski o niedawnych tajemniczych wydarzeniach w Ministerstwie Magii, w których jakoby znowu uczestniczył Ten, Którego Imienia Nie Wolno Wymawiać.

„Nie wolno nam o tym mówić, proszę nie zadawać żadnych pytań", powiedział nam pewien wyraźnie poruszony amnezjator, opuszczający wczoraj wieczorem gmach ministerstwa. Odmówił też podania swego nazwiska.

Dobrze poinformowane źródła w Ministerstwie Magii potwierdziły nam jednak, że wydarzenia te miały miejsce głównie w legendarnej Sali Przepowiedni.

Choć rzecznicy ministerstwa nigdy nie potwierdzili nawet samego istnienia takiego miejsca, coraz większa liczba czarodziejów wierzy, że śmierciożercy odsiadujący w Azkabanie wyroki za pogwałcenie prawa próbowali wykraść jedną z przepowiedni. Nie znamy jej treści, ale istnieją podstawy do przypuszczeń, iż dotyczy ona Harry'ego Pottera, jedynej osoby, która przeżyła Zabójczą Klątwę. On też miał być owej nocy w gmachu ministerstwa. Niektórzy nie wahają się nawet nazywać go „Wybrańcem", wierząc, że przepowiednia wymienia właśnie jego jako jedyną osobę, która jest w stanie uwolnić nas od Tego, Którego Imienia Nie Wolno Wymawiać.

Nie wiadomo, gdzie obecnie znajduje się owa przepowiednia, jeśli naprawdę istnieje, choć *(zob. dalej s. 2, kol. 5).*

Obok tej gazety leżała druga, z nagłówkiem:

SCRIMGEOUR NASTĘPCĄ KNOTA

Większość pierwszej strony zajmowała wielka czarno-biała fotografia mężczyzny o wyniszczonej twarzy, z grzywą gęstych, płowych włosów. Obraz poruszał się — mężczyzna machał ręką w kierunku sufitu.

Rufus Scrimgeour, uprzednio szef Biura Aurorów w Departamencie Przestrzegania Prawa Czarodziejów, zastąpił Korneliusza Knota na stanowisku ministra magii. Społeczność czarodziejów przyjęła to na ogół z entuzjazmem, choć wkrótce po objęciu urzędu przez Scrimgeoura rozeszły się pogłoski o różnicy zdań między nowym ministrem magii i Albusem Dumbledore'em, który niedawno ponownie objął funkcję Głównego Maga Wizengamotu.

Współpracownicy Scrimgeoura przyznali, że spotkał się on z Dumbledore'em natychmiast po objęciu najwyższego urzędu, ale odmówili informacji o poruszanych podczas tego spotkania tematach (cd. s. 3, kol. 2).

Na lewo od tej gazety leżała jeszcze jedna, otworzona na stronie z artykułem zatytułowanym:

MINISTERSTWO GWARANTUJE BEZPIECZEŃSTWO UCZNIÓW

Nowo mianowany minister magii Rufus Scrimgeour poinformował dzisiaj o nowych, drastycznych środkach podjętych przez ministerstwo w celu zapewnienia bezpieczeństwa uczniom wracającym po wakacjach do Szkoły Magii i Czarodziejstwa w Hogwarcie.

„Z oczywistych powodów ministerstwo nie zamierza ujawniać szczegółów swojego nowego, radykalnego programu zwiększenia bezpieczeństwa w Hogwarcie", powiedział minister, ale jeden z pracowników ministerstwa potwierdził, że chodzi między innymi o zaklęcia

i uroki obronne, kompleksowy wachlarz przeciwzaklęć i niewielki oddział aurorów, którego jedynym zadaniem będzie ochrona Hogwartu.

Te zdecydowane kroki nowego ministra w celu zapewnienia bezpieczeństwa uczniom Hogwartu spotykają się z pozytywną reakcją większości czarodziejów. Pani Augusta Longbottom powiedziała: „Mój wnuczek Neville — bliski przyjaciel Harry'ego Pottera, który razem z nim walczył w czerwcu ze śmierciożercami w gmachu ministerstwa i...

Dalszy ciąg artykułu zasłaniała stojąca na biurku wielka klatka. Siedziała w niej wspaniała sowa śnieżna, której bursztynowe oczy władczo omiatały pokój. Co jakiś czas przekręcała głowę, by spojrzeć na swojego chrapiącego pana, i parę razy kłapnęła niecierpliwie dziobem, ale Harry spał zbyt mocno, aby to usłyszeć.

Pośrodku pokoju stał wielki kufer. Wieko miał otwarte, ale wewnątrz prawie nic nie było, jeśli nie liczyć kilku sztuk starej bielizny, słodyczy, butelek po atramencie i połamanych piór na samym dnie. W pobliżu leżała na podłodze purpurowa ulotka z następującym tekstem:

Ministerstwo Magii ostrzega:

CHROŃ SWÓJ DOM I RODZINĘ PRZED CZARNĄ MAGIĄ

Społeczności czarodziejów zagraża organizacja tak zwanych śmierciożerców. Przestrzeganie poniższych prostych zasad bezpieczeństwa pomoże zapewnić ochronę tobie, twojej rodzinie i twojemu domowi.

1. *Nie wychodź z domu samotnie.*
2. *Zachowaj szczególną ostrożność po zmroku. W miarę możności zorganizuj swoją podróż tak, by wrócić do domu przed nocą.*
3. *Sprawdź środki bezpieczeństwa w swoim domu, upewniając się, czy wszyscy członkowie twojej rodziny znają podstawowe zaklęcia obronne i odczarowujące, a w przypadku młodocianych członków rodziny — zasady teleportacji łącznej.*
4. *Ustal hasła i odzewy z bliskimi znajomymi i członkami rodziny, tak żeby zapobiec wkroczeniu do twojego domu śmierciożerców, którzy mogą się podszywać pod twoich bliskich po użyciu eliksiru wielosokowego (zob. s. 2).*
5. *Jeśli wyczuwasz, że któryś z członków twojej rodziny, kolega, przyjaciel lub sąsiad zachowuje się w dziwny sposób, powiadom o tym natychmiast Brygadę Uderzeniową. Osoba taka może się znajdować pod wpływem zaklęcia Imperius (zob. s. 4).*
6. *Jeśli nad jakimś domem mieszkalnym lub innym budynkiem zobaczysz Mroczny Znak, NIE WCHODŹ do niego, tylko powiadom o tym natychmiast Biuro Aurorów.*
7. *Niepotwierdzone dotąd doniesienia sugerują, że śmierciożercy mogą obecnie używać inferiusów (zob. s. 10). W przypadku zauważenia inferiusa lub spotkania z nim NATYCHMIAST powiadom Ministerstwo Magii.*

Harry chrząknął głośno przez sen, a jego twarz osunęła się po szybie o kilka cali, tak że okulary jeszcze bardziej mu się przekrzywiły, ale się nie obudził. Budzik, zreperowany przez niego kilka lat temu, tykał głośno na parapecie, wskazując jedenastą. Obok niego, przyciśnięty ręką

Harry'ego, spoczywał kawałek pergaminu pokryty wiotkim, pochyłym pismem. List przybył trzy dni temu i od tego czasu Harry przeczytał go już tyle razy, że choć doręczony mu został w postaci ciasno zwiniętego rulonika, teraz leżał zupełnie płasko.

Drogi Harry,

Jeśli nie masz nic przeciwko temu, to pojawię się w Twoim domu przy Privet Drive nr 4 w najbliższy piątek o godz. 11 wieczorem, żeby Cię zabrać do Nory, dokąd zostałeś zaproszony na resztę wakacji.

Jeśli się zgodzisz, chciałbym również, żebyś po drodze do Nory pomógł mi w pewnej sprawie. Wyjaśnię Ci, o co chodzi, kiedy się zobaczymy.

Bądź uprzejmy wysłać odpowiedź przez tę samą sowę.

Mając nadzieję ujrzeć Cię w piątek, pozostaję

szczerze Ci oddany

Albus Dumbledore

Choć Harry znał już ten list na pamięć, zerkał nań co kilka minut od siódmej wieczór, kiedy to zasiadł w fotelu przy oknie, z którego miał dobry widok w obie strony Privet Drive. Wiedział, że odczytywanie wciąż na nowo słów Dumbledore'a nie ma najmniejszego sensu. Zgodnie z życzeniem nadawcy wysłał już swoje „tak" przez sowę, która mu list przyniosła, i pozostawało mu tylko czekać, czy Dumbledore zjawi się czy nie zjawi.

Mimo to jeszcze się nie spakował. Trudno mu było uwierzyć, że już po dwóch tygodniach spędzonych w towarzystwie Dursleyów czeka go wybawienie. Nie mógł pozbyć się dziwnego lęku, że coś się nie powiedzie: jego odpowiedź może się gdzieś zawieruszyć, Dumbledore napotka jakąś nieprzewidzianą przeszkodę, może się wreszcie okazać, że tego listu wcale nie przysłał Dumbledore, że to jakaś sprytna sztuczka, żart lub pułapka. Po prostu nie był w stanie znieść sytuacji, w której musiałby rozpakować kufer po jego zapakowaniu. Potrafił się zdobyć jedynie na zamknięcie swojej śnieżnej sowy Hedwigi bezpiecznie w klatce, tak aby była gotowa do ewentualnej podróży.

Duża wskazówka na budziku dotarła do dwunastki i w tym samym momencie pogasły wszystkie latarnie na ulicy.

Harry obudził się, jakby ta nagła ciemność była sygnałem alarmowym. Pospiesznie poprawił okulary na nosie, oderwał policzek od szyby i przycisnął do niej nos, by widzieć chodnik. Ogrodową ścieżką kroczyła wysoka postać w długiej, wzdymającej się pelerynie.

Podskoczył, jakby go poraził prąd, przewracając krzesło, po czym zaczął gorączkowo zbierać z podłogi wszystko, co mu wpadło w ręce, i wrzucać do kufra. Właśnie wylądowały w nim po kolei komplet szat, dwie księgi zaklęć i paczka czipsów, kiedy usłyszał dzwonek u drzwi.

— Kto tam, do diabła, dobija się o tej porze?! — rozległ się z salonu głos wuja Vernona.

Harry zamarł z teleskopem w jednej ręce i parą adidasów w drugiej. Zupełnie zapomniał ostrzec Dursleyów, że w ich domu może się pojawić Dumbledore. Czując panikę i jednocześnie ochotę do śmiechu, obszedł kufer i otworzył drzwi sypialni w samą porę, by usłyszeć, jak głęboki głos mówi:

— Dobry wieczór. Pan Dursley, jak sądzę? Mam nadzieję, iż Harry powiedział panu, że przyjdę, aby go stąd zabrać?

Harry zbiegł po schodach, przeskakując dwa stopnie naraz, ale zanim dotarł na sam dół, zatrzymał się gwałtownie, bo długie doświadczenie nauczyło go, by trzymać się z dala od wuja, póki to możliwe. W drzwiach wejściowych stał wysoki, chudy mężczyzna ze srebrnymi włosami i brodą do pasa. Na jego haczykowatym nosie tkwiły okulary-połówki, a na sobie miał długą, czarną pelerynę i szpiczasty kapelusz. Vernon Dursley, którego wąsy były prawie tak krzaczaste jak wąsy Dumbledore'a, stał przyodziany w fioletowobrązowy szlafrok i gapił się na przybysza, jakby nie mógł uwierzyć swoim małym oczkom.

— Sądząc po pańskiej minie wyrażającej głębokie zdumienie, Harry nie uprzedził pana o mojej wizycie — rzekł spokojnie Dumbledore. — Załóżmy jednak, że zaprosił mnie pan serdecznie do środka. W tych niespokojnych czasach niemądrze byłoby tkwić zbyt długo na progu otwartego domu.

Przekroczył śmiało próg i zamknął za sobą drzwi.

— Dużo czasu upłynęło od mojej ostatniej wizyty — powiedział, zerkając z góry na wuja Vernona. — Widzę, że zakwitły pańskie agapanty.

Wuj Vernon milczał. Harry nie wątpił, że wuj odzyska mowę, i to niebawem — pulsująca żyła na jego skroni nabrzmiała już dostatecznie groźnie — ale najwidoczniej coś w postaci Dumbledore'a spowodowało, że chwilowo zabrakło mu tchu. Mogła to być jawnie promieniująca z niej czarodziejskość, ale też mogło być przeczucie, iż stoi przed nim człowiek, którego niełatwo zastraszyć.

— Ach, dobry wieczór, Harry — powiedział Dumbledore, podnosząc głowę i spoglądając na niego przez swoje okulary-połówki z widocznym zadowoleniem. — Znakomicie, znakomicie.

Te słowa najwyraźniej wyrwały wuja Vernona z otępienia. Było oczywiste, że nie chce mieć do czynienia z kimś, kto spojrzał na Harry'ego i powiedział „znakomicie".

— Nie chcę być nieuprzejmy, ale... — zaczął tonem, który zapowiadał nieuprzejmość.

— ...ale niestety, przypadkowe nieuprzejmości zdarzają się zaskakująco często — wpadł mu z powagą w słowo Dumbledore. — Najlepiej nic nie mówić, drogi panie. Ach, a to musi być Petunia.

W otwartych drzwiach kuchni stała ciotka Harry'ego, ubrana w podomkę, spod której wystawała nocna koszula. Na rękach miała gumowe rękawice, co wskazywało, że właśnie była w trakcie zmywania wszystkich powierzchni w kuchni — robiła to co wieczór przed położeniem się do łóżka. Jej końska twarz nie wyrażała nic prócz głębokiego szoku.

— Jestem Albus Dumbledore — powiedział czarodziej, widząc, że wuj Vernon nie zamierza go przedstawić. — Korespondowaliśmy ze sobą.

Harry pomyślał, że to nieco dziwny sposób przypomnienia ciotce Petuni o eksplodującym liście, który kiedyś dostała od Dumbledore'a.

— A to pewnie jest wasz syn Dudley?

Dudley właśnie wyjrzał przez drzwi do salonu. Jego wielka, płowa głowa, stercząca z kołnierza pasiastej piżamy, sprawiała wrażenie, jakby jej nic nie łączyło z resztą ciała. Otworzył szeroko usta w niemym zdumieniu podszytym strachem. Dumbledore milczał, najwyraźniej oczekując, aż któreś z Dursleyów się odezwie, ale po chwili, wobec przedłużającej się ciszy, uśmiechnął się i zagadnął:

— Czy możemy przyjąć, że zaprosili mnie państwo do salonu?

Dudley szybko usunął się z drogi, gdy Dumbledore go mijał. Harry, wciąż trzymając teleskop i adidasy, zbiegł po kilku ostatnich stopniach i ruszył za nim. Dumbledore usiadł w fotelu tuż koło kominka i rozglądał się po pokoju z łagodnym zainteresowaniem. Zupełnie nie pasował do otoczenia.

— Czy... czy nie powinniśmy już wyjść, panie profesorze? — zapytał zaniepokojony Harry.

— Ależ tak, tak, ale najpierw musimy przedyskutować kilka spraw, a wolałbym nie robić tego na zewnątrz. Nadużyjemy więc jeszcze przez chwilę gościnności twojego wuja i twojej ciotki.

— Tak pan sądzi?

Vernon Dursley wkroczył do salonu, mając u swego boku Petunię. Za nimi skradał się Dudley.

— Tak — odrzekł krótko Dumbledore. — Tak sądzę.

Wyciągnął różdżkę tak szybko, że Harry prawie tego nie zauważył, po czym machnął nią jakby mimochodem, a kanapa odjechała spod ściany, podcinając od tyłu nogi wszystkim trojgu Dursleyom, tak że padli na nią w nieładzie. Drugie machnięcie — i kanapa wróciła z nimi na swoje miejsce.

— Tak chyba będzie wygodniej — powiedział Dumbledore życzliwym tonem.

Kiedy chował różdżkę do kieszeni, Harry zauważył, że jego dłoń jest dziwnie ciemna i wyschnięta, jakby poparzona.

— Panie profesorze... co się stało...

— Później, Harry. Teraz usiądź.

Harry usiadł w drugim fotelu, starając się nie patrzyć na Dursleyów, którym wyraźnie odebrało mowę.

— Założyłbym też, że zamierza pan zaproponować mi coś do picia — powiedział Dumbledore do wuja Vernona — ale wszystko wskazuje na to, iż byłby to z mojej strony przejaw optymizmu graniczącego z głupotą.

Po raz trzeci machnął różdżką i w powietrzu pojawiła się zakurzona butelka i pięć szklanek. Butelka przechyliła się i szczodrze napełniła bursztynowym płynem szklanki, które poszybowały do każdej z osób znajdujących się w salonie.

— Najlepszy, dojrzewający w dębowych beczkach miód pitny madame Rosmerty — rzekł Dumbledore, wznosząc szklankę w stronę Harry'ego, który schwycił swoją i upił z niej łyk.

Jeszcze nigdy czegoś takiego nie pił, ale bardzo mu smakowało. Dursleyowie ukradkiem wymienili między sobą przerażone spojrzenia i próbowali całkowicie zignorować swoje szklanki, ale okazało się to trudne, bo szklanki łagodnie ocierały się o ich głowy. Harry nie mógł się uwolnić od podejrzenia, że Dumbledore świetnie się bawi.

— A więc, Harry — zaczął Dumbledore, zwracając się w jego stronę — zaistniał pewien problem, który, jak mam nadzieję, pomożesz nam rozwiązać. Mówiąc „nam", mam na myśli Zakon Feniksa. Muszę ci jednak najpierw oznajmić, że tydzień temu znaleziono testament Syriusza. Wszystko, co miał, zapisał tobie.

Głowa wuja Vernona poruszyła się szybko, ale Harry na niego nie spojrzał. Był w stanie powiedzieć tylko:

— Och. Aha.

— W zasadzie sprawa jest prosta — ciągnął Dumbledore. — W twojej skrytce w Banku Gringotta przybędzie sporo złota, odziedziczysz też wszystkie osobiste przedmioty należące do Syriusza. Spadek obejmuje jednak coś, z czym mogą być pewne kłopoty...

— Jego ojciec chrzestny nie żyje? — zapytał dość głośno wuj Vernon.

Dumbledore i Harry zwrócili się ku niemu. Szklanka miodu stukała go natarczywie w głowę, a on próbował się od niej opędzić.

— Nie żyje? Jego ojciec chrzestny?

— Tak — rzekł Dumbledore. Nie zapytał Harry'ego, dlaczego nie powiedział o tym Dursleyom. — Problem polega na tym — ciągnął, zwracając się do Harry'ego, jakby mu nie przerwano — że Syriusz pozostawił ci dom pod numerem dwunastym przy Grimmauld Place.

— Dostał w spadku dom? — rozległ się z kanapy pożądliwy głos wuja Vernona, ale nikt mu nie odpowiedział.

— Może nadal służyć Zakonowi za Kwaterę Główną — powiedział Harry. — Nie zależy mi na nim. Nie chcę go.

Nie zamierzał już nigdy postawić nogi w tym domu. W tym ponurym domu, z którego kiedyś tak bardzo pragnął się wyrwać, a po którego mrocznych pokojach błąkały się teraz tylko wspomnienia po Syriuszu.

— To bardzo wspaniałomyślna decyzja — rzekł Dumbledore — ale na razie musieliśmy opuścić ten budynek.

— Dlaczego?

— Rzecz w tym — odpowiedział Dumbledore, nie zwracając uwagi na pomruki wuja Vernona, którego głowę atakowała coraz bardziej zawzięcie uparta szklanka miodu — że zgodnie z tradycją rodziny Blacków dom dziedziczył zawsze najstarszy męski potomek o nazwisku Black. Syriusz był ostatni z męskiej linii Blacków, bo jego brat, Regulus, zmarł przed nim, a obaj nie mieli dzieci. Testament Syriusza nie pozostawia najmniejszej wątpliwości co do tego, że jego wolą było, abyś to ty odziedziczył dom, ale najprawdopodobniej na całą tę posiadłość rzucono jakieś zaklęcie uniemożliwiające przejęcie jej przez kogokolwiek, kto nie jest czystej krwi.

Harry ujrzał w wyobraźni wrzeszczący portret matki Syriusza, wiszący w holu domu numer dwanaście przy Grimmauld Place.

— Idę o zakład, że tak jest — powiedział.

— Słusznie. A jeśli tak, to dom najprawdopodobniej przejdzie w ręce najstarszego żyjącego krewnego Syriusza, co oznacza, że odziedziczy go jego kuzynka, Bellatriks Lestrange.

Nie zdając sobie zupełnie sprawy z tego, co robi, Harry zerwał się na równe nogi. Teleskop i adidasy potoczyły się po podłodze. Bellatriks Lestrange, zabójczyni Syriusza, miałaby odziedziczyć jego dom?

— Nie!

— No cóż, my też wolelibyśmy tego uniknąć — przyznał spokojnie Dumbledore. — To dość skomplikowana sytuacja. Nie wiemy, na przykład, czy zaklęcia, które my sami rzuciliśmy na ten dom, by uczynić go nienanoszalnym, nadal skutecznie go chronią, skoro nie jest już własnością Syriusza. Bellatriks może się pojawić na jego progu w każdej chwili. I właśnie dlatego musieliśmy go opuścić, przynajmniej do czasu, aż wszystko się wyjaśni.

— Ale w jaki sposób się dowiedzieć, czy mogę go odziedziczyć?

— Na szczęście jest sposób, i to bardzo prosty.

Dumbledore odstawił swoją pustą szklankę na stolik obok fotela, ale zanim zdążył zrobić cokolwiek innego, wuj Vernon wrzasnął:

— CZY MÓGŁBY PAN NAS UWOLNIĆ OD TYCH CHOLERNYCH ŚWIŃSTW?!

Harry spojrzał w stronę kanapy. Cała trójka Dursleyów osłaniała głowy rękami, bo szklanki waliły w ich czaszki, rozchlustując zawartość.

— Och, tak mi przykro — odrzekł uprzejmie Dumbledore i ponownie machnął różdżką, a wszystkie trzy szklanki zniknęły. — Ale... wie pan, lepiej było po prostu wypić, jak przystało na ludzi dobrze wychowanych.

Wuj Vernon sprawiał wrażenie, jakby zamierzał wybuchnąć, ale w ostatniej chwili rozmyślił się i opadł na poduszki obok ciotki Petunii i Dudleya, utkwiwszy swoje świńskie oczka w różdżce Dumbledore'a.

— Rzecz w tym — powiedział Dumbledore, zwracając się ponownie do Harry'ego — że jeśli naprawdę odziedziczyłeś ten dom, to wraz z nim odziedziczyłeś też...

Machnął różdżką po raz piąty. Rozległ się głośny trzask i na włochatym dywanie Dursleyów pojawił się domowy skrzat z ryjkiem zamiast nosa, z długimi uszami nietoperza i olbrzymimi, przekrwionymi oczami. Miał na sobie jakieś brudne szmaty. Ciotka Petunia wrzasnęła: jeszcze nigdy coś tak szkaradnego nie pojawiło się w jej domu.

Dudley poderwał swoje wielkie, gołe stopy z podłogi i podciągnął je tak wysoko, że prawie zakryły mu głowę. Wuj Vernon ryknął:

— Co to, u diabła, jest?!

— Stworek — odrzekł Dumbledore.

— Stworek nie chce, Stworek nie będzie, Stworek nie będzie! — zaskrzeczał przenikliwie skrzat, tupiąc długimi, sękatymi nogami i szarpiąc się za uszy. — Stworek należy do pani Bellatriks, och tak, Stworek należy do Blacków, Stworek chce do swojej nowej pani, Stworek nigdy nie pójdzie do tego bachora Pottera, Stworek nie chce, Stworek nie pójdzie...

— Jak widzisz, Harry — powiedział głośno Dumbledore, przekrzykując skrzata — Stworek okazuje brak entuzjazmu wobec perspektywy stania się twoją własnością.

— Mało mnie to obchodzi — odrzekł Harry, patrząc ze wstrętem na miotającego się, tupiącego skrzata. — Ja go nie chcę.

— NIE CHCE, NIE BĘDZIE, NIE CHCE, NIE BĘDZIE...

— Wolałbyś, żeby stał się własnością Bellatriks Lestrange? Zapomniałeś, że przez ostatni rok mieszkał w Kwaterze Głównej Zakonu Feniksa?

— NIE CHCE, NIE BĘDZIE, NIE CHCE, NIE BĘDZIE...

Harry spojrzał na Dumbledore'a. Wiedział, że Stworek nie może dostać się w ręce Bellatriks Lestrange, ale czuł odrazę na samą myśl, że miałby przy sobie kreaturę, która zdradziła Syriusza.

— Wydaj mu jakieś polecenie — rzekł Dumbledore. — Jeśli stał się twoją własnością, wykona je. Jeśli nie, będziemy musieli pomyśleć o jakichś innych sposobach trzymania go z dala od jego prawomocnej właścicielki.

— NIE CHCE, NIE BĘDZIE, NIE CHCE, NIE BĘDZIE!

Teraz skrzat już nie skrzeczał, ale przeraźliwie wrzeszczał. Harry'emu przyszło do głowy tylko jedno polecenie:

— Stworku, zamknij się!

Przez chwilę wydawało się, że skrzat się dusi. Złapał się za gardło, jego usta otwierały się wciąż i zamykały jak u wyciągniętej z wody ryby, oczy wyłaziły z orbit. Ale po kilku sekundach padł twarzą w dół na dywan (ciotka Petunia jęknęła) i zaczął walić rękami i stopami w podłogę, poddając się gwałtownemu, ale całkowicie niememu atakowi wściekłości.

— No, to upraszcza sprawę — powiedział pogodnie Dumbledore. — Wygląda na to, że Syriusz wiedział, co robi. Harry, jesteś prawowitym właścicielem domu przy Grimmauld Place numer dwanaście i Stworka.

— Czy ja... czy muszę go zatrzymać przy sobie? — zapytał przerażony Harry, podczas gdy Stworek miotał się u jego stóp.

— Nie musisz, jeśli nie chcesz. Mógłbyś go, na przykład, wysłać do Hogwartu, żeby pracował w kuchni. Inne skrzaty domowe mogłyby tam mieć na niego oko.

— Taak — zgodził się z ulgą Harry. — Zrobię tak. Eee... Stworku... chcę, żebyś przeniósł się do Hogwartu i pracował tam w kuchni z innymi skrzatami domowymi.

Stworek, który teraz leżał na plecach, z rękami i nogami w powietrzu, obrzucił Harry'ego nienawistnym spojrzeniem i zniknął z głośnym trzaskiem.

— Świetnie — powiedział Dumbledore. — Jest jeszcze sprawa tego hipogryfa Hardodzioba. Od czasu śmierci Syriusza opiekuje się nim Hagrid, ale teraz Hardodziob należy do ciebie, więc jeśli chcesz, żeby...

— Nie — przerwał mu Harry. — Może zostać u Hagrida. I myślę, że woli.

— Hagrid będzie zachwycony — powiedział z uśmiechem Dumbledore. — Tak się ucieszył, gdy znowu zobaczył Hardodzioba. Nawiasem mówiąc, dla jego własnego bezpieczeństwa przechrzciliśmy go na Kłębolota, choć wątpię, czy w ministerstwie kiedykolwiek by się domyślili, że to hipogryf, którego kiedyś skazali na śmierć. No, Harry, kufer już spakowany?

— Eee...

— Nie byłeś pewny, czy się pojawię, co?

— To ja już pójdę i... skończę się pakować — powiedział Harry, pospiesznie zbierając z podłogi teleskop i adidasy.

Odnalezienie wszystkiego, co miał zabrać ze sobą, zajęło mu nieco ponad dziesięć minut. W końcu udało mu się wyciągnąć pelerynę-niewidkę spod łóżka, zakręcić kałamarz ze zmieniającym kolor atramentem, wepchnąć do kufra kociołek i jakoś domknąć wieko. Potem, wlokąc kufer jedną ręką, a w drugiej trzymając klatkę z Hedwigą, zszedł z powrotem na dół.

Tu spotkał go zawód: Dumbledore nie czekał na niego w holu, co oznaczało, że trzeba wrócić do salonu.

W salonie panowało milczenie. Dumbledore, najwyraźniej w dobrym nastroju, nucił coś pod nosem, ale atmosfera była gęsta jak mrożona czekolada i Harry nie śmiał spojrzeć na Dursleyów, kiedy powiedział:

— Panie profesorze... jestem już gotowy.

— Znakomicie. A więc jeszcze tylko jedno. — I zwrócił się do Dursleyów: — Jak zapewne jesteście świadomi, za rok Harry osiągnie pełnoletność...

— Nie — przerwała mu ciotka Petunia, odzywając się po raz pierwszy od przybycia Dumbledore'a.

— Słucham? — zapytał uprzejmie.

— Nie, nie osiągnie. Jest o miesiąc młodszy od Dudleya, a Dudziaczek skończy osiemnaście lat za dwa lata.

— Ach... ale w świecie czarodziejów osiąga się pełnoletność po ukończeniu siedemnastu lat.

Wuj Vernon mruknął: „To śmieszne!", ale Dumbledore puścił to mimo uszu.

— Jak już wiecie, do kraju powrócił Lord Voldemort. Społeczność czarodziejów jest w stanie otwartej wojny. Harry, którego Lord Voldemort już niejednokrotnie próbował zabić, znajduje się w jeszcze większym niebezpieczeństwie niż tego dnia, w którym pozostawiłem go jako niemowlę na waszym progu piętnaście lat temu, z listem zawiadamiającym o śmierci jego rodziców i wyrażającym nadzieję, że zaopiekujecie się nim jak własnym synem. Zamilkł na chwilę, a choć przemawiał głosem spokojnym i nie okazywał najmniejszego gniewu, Harry wyczuł w nim chłód i zauważył, że Dursleyowie przysunęli się do siebie.

— Nie zrobiliście tego, o co was prosiłem. Nigdy nie traktowaliście Harry'ego jak własnego syna. Nie dbaliście o niego, często byliście dla niego po prostu okrutni. Jedyne, co dobrego można powiedzieć o jego pobycie w waszym domu, to to, że nie wyrządziliście mu tak dotkliwych trwałych krzywd, jakie wyrządziliście temu nieszczęsnemu chłopcu, który siedzi między wami.

Ciotka Petunia i wuj Vernon spojrzeli instynktownie, jakby spodziewali się ujrzeć kogoś innego niż ściśniętego między nimi Dudleya.

— My... my mielibyśmy źle traktować Dudziaczka? Co pan znowu... — zaczął z furią wuj Vernon, ale Dumbledore uciszył go jednym gestem.

— Czary, których użyłem piętnaście lat temu, chroniły Harry'ego i chronią, dopóki może nazywać ten dom swoim domem. Tak, był tu bardzo nieszczęśliwy, czuł się naprawdę niechciany, traktowaliście go okropnie, ale przynajmniej pozwoliliście, choć bardzo niechętnie, by tu zamieszkał. Te czary przestaną działać w chwili, gdy Harry skończy siedemnaście lat, a więc kiedy stanie się mężczyzną. Proszę tylko o jedno: żebyście pozwolili mu raz jeszcze powrócić do tego domu przed jego siedemnastymi urodzinami, co zapewni mu ochronę aż do tego czasu.

Dursleyowie milczeli. Dudley zmarszczył czoło, jakby usiłował sobie przypomnieć, kiedy go źle traktowano. Wuj Vernon miał taką minę, jakby coś utkwiło mu w gardle, natomiast ciotka Petunia, o dziwo, wyglądała na zmieszaną.

— No, Harry... na nas już czas — oświadczył w końcu Dumbledore, powstając i otrzepując swoją długą pelerynę. — Do zobaczenia — dodał, zwracając się do Dursleyów, którzy sprawiali wrażenie, jakby woleli nigdy nie doczekać się ponownego z nim spotkania, po czym wcisnął na głowę kapelusz i wyszedł z pokoju.

— No to cześć! — rzucił Harry i pospiesznie ruszył za nim.

Dumbledore zatrzymał się w przedpokoju, przy jego kufrze, na którym spoczywała klatka z Hedwigą.

— Trochę by nam to przeszkadzało — rzekł, wyciągając różdżkę. — Wyślę kufer i klatkę do Nory, będą tam na ciebie czekać. Wyjmij tylko pelerynę-niewidkę... tak na wszelki wypadek.

Harry z trudem odnalazł pelerynę, starając się, żeby Dumbledore nie dostrzegł panującego w kufrze bałaganu. Kiedy wcisnął ją do wewnętrznej kieszeni kurtki, Dumbledore machnął różdżką, a kufer z klatką i Hedwigą zniknął. Machnął jeszcze raz i drzwi frontowe otworzyły się na chłodną, mglistą ciemność.

— A teraz, Harry, wkroczmy w noc i dajmy się ponieść tej płochej pokusie, przygodzie.

ROZDZIAŁ CZWARTY

Horacy Slughorn

Choć w ciągu kilku ostatnich dni Harry ani przez chwilę nie przestawał żywić nadziei, że Dumbledore w końcu przybędzie, by zabrać go z domu Dursleyów, teraz, gdy ruszyli razem uliczką Privet Drive, poczuł się dziwnie onieśmielony. Jeszcze nigdy dotąd nie rozmawiał z dyrektorem szkoły poza Hogwartem; zwykle dzieliło ich biurko. Wspomnienie ich ostatniego spotkania sam na sam też nie dodawało mu odwagi: Harry nakrzyczał wówczas na niego, nie mówiąc już o tym, że porozbijał mu kilka najdrogocenniejszych przedmiotów.

Natomiast Dumbledore zdawał się całkowicie rozluźniony.

— Trzymaj różdżkę w pogotowiu, Harry — powiedział dziarsko.

— Ale... panie profesorze... myślałem, że nie wolno mi używać czarów poza szkołą.

— Gdyby ktoś nas zaatakował, masz moje pozwolenie na użycie odpowiedniego przeciwzaklęcia. Ale tej nocy chyba do tego nie dojdzie.

— Dlaczego?

— Bo jesteś ze mną — odrzekł krótko Dumbledore. — To wystarczy, Harry.

Na końcu Privet Drive nagle się zatrzymał.

— Oczywiście jeszcze nie zdawałeś egzaminu na prawo teleportacji? — zapytał.

— Nie. Na to trzeba mieć siedemnaście lat, prawda?

— Masz rację. Dlatego musisz mocno chwycić mnie za ramię. Za lewe, jeśli łaska, bo ręka władająca różdżką jest obecnie trochę niesprawna.

Harry uchwycił się lewego przedramienia dyrektora.

— Znakomicie — rzekł Dumbledore. — No, to w drogę.

Harry poczuł, że ramię Dumbledore'a wymyka mu się z ręki, i wzmocnił uścisk. W następnym momencie ogarnęła go ciemność, ze wszystkich stron coś zaczęło na niego mocno napierać, zabrakło mu oddechu, żelazna obręcz ścisnęła klatkę piersiową, gałki oczne zostały wepchnięte w głąb oczodołów, bębenki uszne w głąb czaszki, a potem...

Zachłysnął się chłodnym nocnym powietrzem i otworzył załzawione oczy. Czuł się tak, jakby dopiero co przepchano go przez wąską gumową rurę. Minęło kilka sekund, zanim sobie uświadomił, że uliczka Privet Drive znikła. On i Dumbledore znajdowali się teraz na jakimś opustoszałym wiejskim placyku, pośrodku którego stał stary pomnik wojenny, a pod nim parę ławek. Nagle dotarło do niego, że po raz pierwszy w życiu się teleportował.

— Dobrze się czujesz? — zapytał Dumbledore, patrząc na niego z troską. — Do tego trzeba się przyzwyczaić.

— Bardzo dobrze — odrzekł Harry, rozcierając sobie uszy; miał wrażenie, że opuściły Privet Drive raczej niechętnie. — Ale chyba wolę miotły.

Dumbledore uśmiechnął się, otulił nieco szczelniej peleryną i powiedział:

— Idziemy.

I ruszył żwawym krokiem, mijając opustoszałą gospodę i kilka domów. Zegar na pobliskim kościele wskazywał już prawie północ.

— Powiedz mi, Harry — zagadnął Dumbledore — czy ta blizna... jeszcze cię boli?

Harry bezwiednie podniósł rękę do czoła i potarł swoją bliznę w kształcie błyskawicy.

— Nie. I trochę mnie to dziwi. Myślałem, że teraz, kiedy Voldemort odzyskał moc, będzie mnie piekła przez cały czas.

Zerknął na Dumbledore'a i dostrzegł zadowolenie na jego twarzy.

— Mnie natomiast wcale to nie dziwi. Lord Voldemort zdał sobie w końcu sprawę z zagrożenia, jakim był twój dostęp do jego myśli i uczuć. Wygląda na to, że teraz wykorzystuje przeciw tobie oklumencję.

— Nie uskarżam się — rzekł Harry, który wcale nie tęsknił za tymi okropnymi snami i przerażającymi wglądami w myśli Voldemorta.

Skręcili za róg, mijając budkę telefoniczną i przystanek autobusowy. Harry znowu zerknął na Dumbledore'a.

— Panie profesorze...

— Tak, Harry?

— Eee... gdzie my właściwie jesteśmy?

— W uroczej wiosce Budleigh Babberton.

— A co my tu robimy?

— Och, prawda, jeszcze ci nie powiedziałem! Nie pamiętam już, ile razy powtarzałem to w ostatnich latach, ale cóż, znowu brakuje nam nauczyciela. Jesteśmy tutaj, żeby namówić jednego z moich dawnych kolegów, by zawiesił emeryturę i powrócił do Hogwartu.

— A jak ja mam panu w tym pomóc?

— Och, chyba znajdziemy dla ciebie jakieś zajęcie — odrzekł tajemniczo Dumbledore. — W lewo, Harry.

Poszli w górę stromej, wąskiej uliczki. We wszystkich oknach było ciemno. Dziwny chłód, który utrzymywał się na Privet Drive od dwóch tygodni, i tu dawał o sobie znać. Harry pomyślał o dementorach i zerknął niespokojnie za siebie, ściskając w kieszeni różdżkę, by dodać sobie otuchy.

— Panie profesorze, a dlaczego nie aportowaliśmy się prosto do domu pana kolegi?

— Bo byłoby to równie nieuprzejme jak wywalanie drzwi kopniakiem. Grzeczność wymaga, byśmy zapewnili innemu czarodziejowi możliwość odmówienia nam wstępu. A poza tym większość mieszkań czarodziejów jest chroniona zaklęciami przed czyjąś niepożądaną aportacją. W Hogwarcie, na przykład...

— ...nie można się aportować ani w zamku, ani na błoniach — wpadł mu w słowo Harry. — Wiem, mówiła mi o tym Hermiona Granger.

— I miała rację. Znowu w lewo.

Zegar kościelny wybił północ. Harry'ego zastanowiło, dlaczego Dumbledore nie uważa, że taka późna wizyta też jest nieuprzejmością, ale teraz, kiedy już rozmowa z nim tak się rozkręciła, chciał go zapytać o kilka ważniejszych spraw.

— Panie profesorze, przeczytałem w „Proroku Codziennym", że wylali Knota...

— Zgadza się — odpowiedział Dumbledore, skręcając w inną stromą uliczkę. — Zastąpił go, jak zapewne już wiesz, Rufus Scrimgeour, który uprzednio był szefem Biura Aurorów.

— Czy on jest... czy uważa pan, że on jest dobry?

— Ciekawe pytanie. Na pewno jest bardzo uzdolniony. O wiele bardziej sprawny i stanowczy od Korneliusza.

— Tak, ale mnie chodzi...

— Wiem, o co ci chodzi. Rufus to człowiek czynu, który przez większość swojej kariery zawodowej walczył z czarnoksiężnikami, więc na pewno docenia takiego przeciwnika jak Voldemort.

Harry spodziewał się, że Dumbledore powie coś na temat owej różnicy zdań, o której donosił „Prorok Codzienny", ale profesor milczał, więc nie chcąc naciskać, zmienił temat.

— I... panie profesorze... czytałem też o pani Bones.

— Tak — powiedział spokojnie Dumbledore. — To bolesna strata. Była wielką czarownicą. To już chyba tam... Auu... — Wskazał swą chorą ręką.

— Panie profesorze, co się stało z pana...

— Nie mam teraz czasu, żeby ci to wyjaśnić. To naprawdę niesamowita opowieść i chciałbym potraktować ją jak należy.

Uśmiechnął się do Harry'ego, który zrozumiał, że profesor nie zbywa jego pytań byle czym i że może je nadal zadawać.

— Panie profesorze... sowa przyniosła mi ulotkę Ministerstwa Magii, tę o środkach bezpieczeństwa wobec zagrożenia ze strony śmierciożerców...

— Ja też ją dostałem — powiedział Dumbledore z uśmiechem. — I co, uważasz, że jest użyteczna?

— Raczej nie.

— Ja też. Nie zapytałeś mnie na przykład, jaka jest moja ulubiona konfitura, żeby sprawdzić, czy naprawdę jestem profesorem Dumbledore'em, a nie podszywającym się pod niego śmierciożercą.

— Ja nie... — zaczął Harry, nie do końca pewny, czy to reprymenda, czy nie.

— Na przyszłość wiedz, że malinowa... choć, oczywiście, gdybym był śmierciożercą, dowiedziałbym się, jaka jest moja ulubiona konfitura, zanimbym się w siebie wcielił.

— Eee... no tak. Ale... w tej ulotce było coś o inferiusach. Kim oni są? Ulotka jakoś mętnie to wyjaśniała.

— To są trupy — odrzekł spokojnie Dumbledore. — Martwe ciała, ożywiane i wykorzystywane przez czarnoksiężników. Od dawna ich nie widziano, w każdym razie na pewno nie pojawiały się, od kiedy Voldemort ostatnim razem odzyskał moc... Zabił dość ludzi, by stworzyć z nich całą armię... Jesteśmy na miejscu, Harry...

Zbliżali się do małego, kamiennego domu otoczonego ogrodem. Harry rozmyślał intensywnie o inferiusach i zaczął je sobie szczegółowo wyobrażać, więc nie zwracał na nic innego uwagi. Kiedy doszli do bramy, Dumbledore raptownie się zatrzymał i Harry na niego wpadł.

— Ojojoj. Ojojojojoj.

Harry podążył za jego wzrokiem wzdłuż alejki wiodącej do frontowych drzwi i serce w nim zamarło. Drzwi ledwo się trzymały na zawiasach.

Dumbledore obejrzał się przez jedno i drugie ramię na wąską uliczkę. Nikogo na niej nie było.

— Wyjmij różdżkę i idź za mną — powiedział cicho.

Otworzył bramę i ruszył szybkim krokiem ogrodową alejką, z Harrym depczącym mu po piętach. Doszedł do drzwi i pchnął je bardzo powoli, podnosząc różdżkę.

— *Lumos*.

Koniec różdżki rozjarzył się, oświetlając wąski przedpokój. Na lewo inne drzwi stały otworem. Trzymając różdżkę nad głową, Dumbledore wszedł do saloniku, a Harry tuż za nim.

Pokój był całkowicie spustoszony. U ich stóp leżał roztrzaskany stary zegar z pękniętą tarczą; nieco dalej zobaczyli wahadło porzucone jak miecz, który wypadł komuś z ręki. Pod ścianą leżało przewrócone pianino, a jego klawisze walały się po podłodze. Opodal pobłyskiwały szczątki żyrandola. Wszędzie porozrzucane były rozprute poduszki, z których wysypywało się pierze, nie mówiąc już o kawałkach potłuczonego szkła i porcelany, pokrywających każdą powierzchnię. Dumbledore uniósł różdżkę jeszcze wyżej, oświetlając ściany: tapety były zbryzgane czymś czerwonym i kleistym. Harry zaczerpnął głośno powietrza.

— Niezbyt przyjemny widok, co? — powiedział profesor smętnym tonem. — Tak, musiało się tu wydarzyć coś strasznego.

Ruszył ostrożnie na środek pokoju, omijając walające się po podłodze szczątki. Harry poszedł za nim, rozglądając się wokoło szeroko otwartymi oczami i trochę się bojąc, że za wrakiem pianina albo za przewróconą sofą zobaczy coś okropnego. Ale ciała nigdzie nie było.

— Może się bronił i... i gdzieś go wywlekli... co, panie profesorze? — zapytał, starając się nie myśleć o tym, jak strasznie musiał być poraniony człowiek, skoro pozostawił takie plamy na ścianach.

— Chyba nie — rzekł spokojnie Dumbledore, zaglądając za pękaty fotel leżący na boku.

— Myśli pan, że on...

— Że wciąż tu jest? Tak.

I bez żadnego ostrzeżenia pochylił się gwałtownie, dźgając końcem różdżki w siedzenie fotela, który wrzasnął: „Auu!"

— Dobry wieczór, Horacy — rzekł Dumbledore, prostując się.

Harry'emu opadła szczęka. Tam, gdzie jeszcze przed sekundą był fotel, kulił się teraz bardzo gruby, łysy staruszek, który masował sobie podbrzusze i łypał na Dumbledore'a wodnistymi oczami.

— Nie musiałeś dźgać tak mocno — burknął, powstając. — To boli.

Światło różdżki skrzyło się na jego błyszczącej łysinie, w wyłupiastych oczach, na srebrnych wąsach morsa i wypolerowanych guzikach kasztanowej aksamitnej marynarki, zupełnie nie pasującej do fioletowych jedwabnych spodni od piżamy. Czubkiem głowy ledwo sięgał podbródka Dumbledore'a.

— Co mnie zdradziło? — mruknął, wciąż masując sobie podbrzusze.

Wydawał się wcale niespeszony jak na człowieka, który właśnie został nakryty na udawaniu fotela.

— Mój drogi Horacy — odrzekł Dumbledore z rozbawioną miną — gdyby tu rzeczywiście zawitali śmierciożercy, nad domem widniałby Mroczny Znak.

Czarodziej klepnął się pulchną dłonią w czoło.

— Mroczny Znak... — mruknął. — Wiedziałem, że o czymś... no dobrze. Zresztą nie było już czasu. Zaledwie skończyłem z obiciem, ty wkroczyłeś do pokoju.

I westchnął głęboko, tak że końce jego wąsów zatrzepotały w powietrzu.

— Czy życzysz sobie pomocy przy sprzątaniu? — zapytał uprzejmie Dumbledore.

— Chętnie.

Stanęli do siebie plecami — jeden wysoki i chudy, drugi niski i gruby — i machnęli różdżkami w identyczny sposób.

Meble szurnęły na właściwe miejsca, porcelanowe bibeloty posklejały się błyskawicznie w powietrzu, pierze pochowało się w poduszkach, podarte księgi złożyły się w całość i wylądowały na półkach, lampy olejne pofrunęły na boczne stoliki i zapłonęły posłusznie, kolekcja srebrnych odłamków poszybowała przez pokój i wylądowała na biurku w postaci ozdobnych ramek, poznikały wszelkie rozdarcia, szczeliny i dziury, a ściany same się oczyściły.

— A właściwie co to była za krew? — zapytał Dumbledore, przekrzykując bicie pięknego starego zegara.

— Na ścianach? Smocza! — odkrzyknął pulchny czarodziej, bo właśnie w tej chwili z ogłuszającym zgrzytem i dzwonieniem u sufitu zawisł żyrandol.

Jeszcze tylko brzdąknęły wszystkie struny w pianinie i zaległa cisza.

— Tak jest, smocza — powtórzył czarodziej niefrasobliwym tonem. — Moja ostatnia butelka, a ceny są teraz niebotyczne. Ale wciąż zdatna do użytku.

Podszedł do kredensu i zdjął z niego kryształowy flakonik, badając jego zawartość pod światło.

— Hm. Trochę przykurzona.

Odstawił z powrotem flakonik i westchnął. Dopiero teraz jego wzrok spoczął na Harrym.

— Oho — powiedział, wpatrując się w jego czoło. — Oho!

— To jest Harry Potter — rzekł Dumbledore, występując kilka kroków do przodu, by dokonać prezentacji — a to mój stary przyjaciel i kolega, Horacy Slughorn.

Slughorn odwrócił się szybko do niego, jakby nagle coś zrozumiał.

— A więc w ten sposób zamierzałeś mnie przekonać, tak? Niestety, Albusie, moja odpowiedź brzmi: nie.

Przeszedł obok Harry'ego, odwracając stanowczo głowę, jakby starał się oprzeć pokusie.

— Ale przynajmniej możemy się razem napić, co? — zapytał Dumbledore. — Za stare czasy?

Slughorn zawahał się.

— No dobra, jedną kolejkę — odrzekł opryskliwym tonem.

Dumbledore uśmiechnął się do Harry'ego i wskazał mu fotel bardzo podobny do tego, który dopiero co udawał Slughorn, stojący tuż przy płonącym teraz kominku, w kręgu światła rzucanego przez dużą lampę naftową. Harry usiadł w nim, mając nieodparte wrażenie, że Dumbledore z jakichś powodów chce, żeby go było dobrze widać. I rzeczywiście, kiedy Slughorn, przez chwilę zajęty karafkami i kieliszkami, ponownie się odwrócił, jego spojrzenie padło od razu na Harry'ego.

— Uff — mruknął, szybko odwracając wzrok, jakby się bał, że zaszkodzi to jego oczom. — Proszę... — Podał kieliszek Dumbledore'owi, który usiadł już sam bez zaproszenia, wepchnął Harry'emu tacę w ręce i opadł na poduszki dopiero co naprawionej kanapy, milcząc jak człowiek ostentacyjnie z czegoś niezadowolony. Nogi miał tak krótkie, że stopy nie sięgały podłogi.

— No to jak się miewasz, Horacy? — zapytał Dumbledore.

— Nie najlepiej — odrzekł pospiesznie Slughorn. — W piersiach mi rzęzi. Dokucza mi reumatyzm. Już nie mogę się tak ruszać jak kiedyś. No, ale trudno się dziwić. Wiek robi swoje. Zmęczenie materiału.

— Ale musiałeś ruszać się dość szybko, żeby przygotować nam powitanie w tak krótkim czasie. Miałeś chyba nie więcej niż trzy minuty, co?

— Dwie — odrzekł Slughorn poirytowanym tonem, w którym jednak można było wyczuć dumę. — Nie słyszałem wyłączenia mojego zaklęcia przeciwwłamaniowego, brałem właśnie kąpiel. Ale fakt faktem — dodał, najwyraźniej się reflektując — że jestem już stary, Albusie. Jestem starym, zmęczonym człowiekiem, który zasłużył sobie na prawo do spokojnego życia i kilku drobnych przyjemności.

Rozglądając się po pokoju, Harry pomyślał, że tak jest w istocie. Był duszny i zagracony, ale na pewno wygodny. Gospodarz miał w nim do dyspozycji miękkie fotele i podnóżki, napoje i książki, pudełka czekoladek i pulchne poduszki. Gdyby Harry nie wiedział, kto jest tym gospodarzem, pomyślałby, że mieszka tu jakaś bogata, kapryśna stara dama.

— Nie jesteś jeszcze tak stary jak ja, Horacy — powiedział Dumbledore.

— No cóż, może i ty powinieneś już pomyśleć o emeryturze — odrzekł obcesowo Slughorn. Jego blade, agrestowe oczy spoczęły na poczerniałej dłoni Dumbledore'a. — Widzę, że nie reagujesz już tak szybko jak dawniej.

— Masz całkowitą rację — powiedział pogodnie Dumbledore, strząsając rękaw, by ukazać końce swoich opalonych, poczerniałych palców, na widok których Harry poczuł niemiły dreszcz na karku. — Jestem o wiele powolniejszy niż kiedyś. Ale z drugiej strony...

Wzruszył ramionami i rozłożył szeroko ręce, jakby chciał powiedzieć, że każdy wiek ma swoje dobre strony, a Harry dostrzegł na jego zdrowej ręce pierścień, którego nigdy przedtem nie widział: duży, dość topornie wykuty z metalu, który wyglądał na złoto, z osadzonym w nim ciężkim, czarnym kamieniem pękniętym przez środek. Wzrok Slughorna też zatrzymał się krótko na pierścieniu, a na jego czole zagościła przez chwilę drobna zmarszczka.

— A więc te wszystkie zabezpieczenia przed niechcianymi gośćmi, Horacy... to przed śmierciożercami czy przede mną? — zapytał Dumbledore.

— A czego by mogli chcieć śmierciożercy od takiego starego ramola jak ja?

— Myślę, że mogliby chcieć wykorzystać twoje niezrównane uzdolnienia do swoich celów, do stosowania przymusu, do tortur i do mordów. Chcesz mi powiedzieć, że jeszcze nie próbowali cię zwerbować?

Slughorn spojrzał na niego groźnie i mruknął:

— Nie dałem im tej szansy. Od roku się przemieszczam. Nigdzie nie zatrzymywałem się dłużej niż tydzień. Od jednego domu mugoli do drugiego... Właściciele tego mieszkania spędzają urlop na Wyspach Kanaryjskich. Całkiem niezłe, przykro będzie je opuszczać. To proste, wystarczy jedno zaklęcie zamrażające rzucone na te ich bzdurne alarmy przeciwwłamaniowe, których używają zamiast fałszoskopów, no i trzeba zadbać o to, aby sąsiedzi nie przyłapali cię, jak wnosisz pianino.

— Genialne. Ale chyba dość męczące jak na starego ramola pragnącego zaznać spokoju w życiu. A gdybyś wrócił do Hogwartu...

— Jeśli chcesz mi wmówić, że będę miał spokojniejsze życie w tej okropnej szkole, to nie zadawaj sobie trudu, Albusie! Ukrywam się wciąż, to prawda, ale to nie znaczy, że po odejściu Dolores Umbridge nie dobiegały mnie różne śmieszne plotki! Jeśli ostatnio tak traktujesz nauczycieli...

— Profesor Umbridge przegoniło nasze stado centaurów — rzekł Dumbledore. — Wydaje mi się, Horacy, że ty byś nie wlazł do Zakazanego Lasu i nie nazwał centaurów „stadem plugawych mieszańców", co?

— Tak je nazwała? Idiotka. Nigdy jej nie lubiłem.

Harry zachichotał i obaj czarodzieje odwrócili ku niemu głowy.

— Przepraszam — powiedział szybko Harry. — Po prostu... ja też jej nie lubiłem.

Dumbledore nagle wstał.

— Już wychodzisz? — zapytał Slughorn z nadzieją w głosie.

— Nie, zastanawiam się tylko, czy mogę skorzystać z twojej łazienki.

— Aha. — Slughorn był wyraźnie zawiedziony. — Drugie drzwi na lewo w holu.

Dumbledore wyszedł z pokoju i przez chwilę panowało milczenie. Po jakimś czasie Slughorn również powstał, sprawiając wrażenie człowieka, który nie bardzo wie, co ze sobą zrobić. Rzucił ukradkowe spojrzenie na Harry'ego, a potem podszedł do kominka i stanął tyłem do ognia, grzejąc sobie plecy.

— Nie myśl, że nie wiem, po co cię tu przyprowadził — powiedział nagle.

Harry milczał. Wodniste oczy Slughorna prześliznęły się po jego bliźnie i zatrzymały na reszcie twarzy.

— Jesteś bardzo podobny do ojca.

— Tak, już mi to mówiono.

— Z wyjątkiem oczu. Masz...

— Oczy po matce, tak. — Harry słyszał to tyle razy, że zaczynało to już być trochę nużące.

— Hmm... no tak. Oczywiście nauczyciel nie powinien mieć ulubieńców, ale ja miałem. Mówię o twojej matce — dodał w odpowiedzi na pytające spojrzenie Harry'ego. — Lily Evans. Jedna z najinteligentniejszych uczennic, jakie miałem. Taka pełna życia. Czarująca dziewczyna. Często jej mówiłem, że powinna być w moim domu. I dostawałem bardzo zuchwałe odpowiedzi.

— Który to był dom?

— Byłem opiekunem Slytherinu. Och, ale nie miej mi tego za złe! — dodał pospiesznie, widząc minę Harry'ego, i pomachał grubym palcem. — Ty pewnie jesteś w Gryffindorze, co? Tak, to jest zwykle rodzinne. Chociaż nie zawsze. Słyszałeś o Syriuszu Blacku? Musiałeś słyszeć... często pisali o nim w gazetach w ciągu ostatnich paru lat... zmarł kilka tygodni temu...

Harry poczuł się tak, jakby niewidzialna ręka ścisnęła mu wnętrzności i nie puszczała.

— No, ale w każdym razie w szkole był bliskim kumplem twojego ojca. Cała rodzina Blacków była w moim domu, ale Syriusz skończył w Gryffindorze! Szkoda... taki utalentowany chłopak. Dostałem jego brata Regulusa, ale wolałbym mieć ich obu.

Mówił jak zagorzały zbieracz, który został przelicytowany podczas jakiejś aukcji. Najwyraźniej pochłonięty wspomnieniami gapił się w ścianę, obracając się lekko, by dobrze ogrzać sobie plecy.

— Twoja matka urodziła się w mugolskiej rodzinie, na pewno o tym wiesz. Nie mogłem w to uwierzyć, jak się dowiedziałem. Myślałem, że jest czystej krwi, taka była dobra.

— Wśród moich najbliższych przyjaciół jest dziewczyna, która też się urodziła w mugolskiej rodzinie — powiedział Harry — i jest najlepsza w klasie.

— To zabawne, że tak się czasami zdarza, prawda?

— Nie sądzę — odparł chłodno Harry.

Slughorn spojrzał na niego ze zdziwieniem.

— Nie sądź, że mam jakieś uprzedzenia! Nie, nie, nie! Przecież dopiero co ci powiedziałem, że twoja matka była moją ulubioną uczennicą! Był też Dirk Cresswell, przyszedł rok później od niej... teraz jest szefem Urzędu Łączności z Goblinami, a jakże... też mugolskiego pochodzenia, bardzo utalentowany chłopak, nadal dostarcza mi bardzo istotnych informacji o tym, co się dzieje w Banku Gringotta!

Zakołysał się lekko, z pełnym samozadowolenia uśmiechem na twarzy, i wskazał na rząd błyszczących ramek na biurku, w których poruszały się maleńkie postacie.

— To wszystko moi byli uczniowie. Każda z dedykacją. To Barnabasz Cuffe, redaktor „Proroka Codziennego", wciąż ciekaw mojego zdania na temat bieżących wydarzeń. I Ambrozjusz Flume z Miodowego Królestwa... dostaję od niego kosz na każde urodziny, a wszystko dlatego, że poleciłem go Cyceronowi Harkissowi, który dał mu pierwszą posadę! A tam z tyłu... musisz trochę wyciągnąć szyję, to ją zobaczysz... tam jest Gwenog Jones, tak jest, kapitan Harpii z Hollyhead... Ludzie zawsze się dziwią, że jestem z nimi po imieniu i kiedy tylko zechcę, mam darmowe bilety!

Ta myśl wyraźnie wprawiła go w świetny nastrój.

— I oni wszyscy wiedzą, gdzie pana szukać, kiedy chcą panu coś przysłać? — zapytał Harry, który wciąż się zastanawiał, dlaczego śmierciożercy jeszcze nie wytropili Slughorna, skoro potrafią go odnaleźć donatorzy słodyczy, biletów na mecze quidditcha i goście ciekawi jego rady i opinii.

Uśmiech spełzł z twarzy Slughorna równie szybko jak krew ze ścian jego pokoju.

— Oczywiście, że nie — rzekł, patrząc na Harry'ego. — Od roku nie mam z nikim kontaktu.

Harry odniósł wrażenie, że te słowa wstrząsnęły samym Slughornem: przez chwilę na jego twarzy odmalowało się głębokie przygnębienie. Potem wzruszył ramionami.

— No, ale... takie mamy czasy, że rozsądny czarodziej nie powinien się wychylać. Dumbledore'owi dobrze mówić, ale przyjęcie posady w Hogwarcie... teraz... to by było równoznaczne z publiczną deklaracją, że zgłaszam akces do Zakonu Feniksa! Jestem pewny, że oni wszyscy są wspaniali, dzielni i tak dalej, ale osobiście uważam, że wskaźnik śmiertelności...

— Wcale pan nie musi zostać członkiem Zakonu, żeby nauczać w Hogwarcie — powiedział Harry, a w jego głosie zabrzmiała nuta kpiny; trudno mu było sympatyzować ze Slughornem i jego wygodnym życiem, kiedy wciąż pamiętał o Syriuszu mieszkającym w jaskini i żywiącym się szczurami. — Większość nauczycieli do niego nie należy i jeszcze żaden nie został zamordowany... no, nie licząc Quirrella, ale on sam sobie na to zasłużył, współpracując z Voldemortem.

Harry był pewny, że Slughorn należy do tych czarodziejów, którzy nie mogą znieść brzmienia nazwiska Voldemort, i nie rozczarował się: Slughorn wzdrygnął się i syknął, co Harry zignorował i ciągnął dalej:

— Sądzę, że póki Dumbledore jest dyrektorem, nauczyciele są bezpieczniejsi od większości innych ludzi. Przecież wszyscy uważają, że jest jedyną osobą, której Voldemort się boi, prawda?

Przez chwilę Slughorn wpatrywał się w przestrzeń, jakby zastanawiał się nad jego słowami.

— No tak, to prawda, że Ten, Którego Imienia Nie Wolno Wymawiać zawsze unikał starcia z Dumbledore'em — mruknął zgryźliwie. — I można się spodziewać, że skoro nie przyłączyłem się do śmierciożerców, Ten, Którego Imienia Nie Wolno Wymawiać nie uzna mnie za swojego przyjaciela... co oznacza, że mógłbym się czuć bezpieczniejszy, będąc trochę bliżej Albusa... Nie będę udawał, że śmierć Amelii Bones mną nie wstrząsnęła... bo jeśli nawet ona, z jej wszystkimi bliskimi kontaktami z ministerstwem i taką ochroną...

Wrócił Dumbledore i Slughorn podskoczył, jakby zapomniał, kto gości w jego domu.

— Och, to ty, Albusie? Nie było cię długo. Jakieś problemy z żołądkiem?

— Nie, tylko trochę sobie poczytałem mugolskie pisma — odrzekł Dumbledore. — Uwielbiam wzory do robótek na drutach. No, Harry, nadużyliśmy już wystarczająco gościnności Horacego. Chyba czas na nas.

Harry ochoczo poderwał się na nogi. Slughorn wydawał się zaskoczony.

— Odchodzisz?

— Tak, Horacy. Myślę, że potrafię jeszcze poznać, kiedy sprawa jest beznadziejna.

— Beznadziejna?...

Slughorn był wyraźnie podenerwowany. Kręcił młynka grubymi paluchami i wiercił się niemiłosiernie, obserwując, jak Dumbledore zawiązuje pelerynę pod szyją, a Harry zasuwa zamek błyskawiczny swojej kurtki.

— No cóż... przykro mi, że nie chcesz tej posady, Horacy — rzekł Dumbledore, unosząc swoją zranioną rękę w geście pożegnania. — W Hogwarcie wszyscy by się cieszyli z twojego powrotu. Nasze środki bezpieczeństwa bardzo się ostatnio zwiększyły, ale ty zawsze będziesz mile widziany, jeśli zechcesz nas odwiedzić.

— Tak... to bardzo ładnie z twojej strony... jak mówiłem...

— A więc do widzenia.

— Do widzenia — powiedział Harry.

Byli już przy frontowych drzwiach, kiedy usłyszeli za sobą wołanie Slughorna:

— No dobrze już, dobrze, zrobię to!

Dumbledore odwrócił się, by spojrzeć na Slughorna stojącego w drzwiach salonu.

— Zawiesisz emeryturę?

— Tak, tak — odrzekł niecierpliwie Slughorn. — Chyba zwariowałem, ale tak.

— Wspaniale! — powiedział uradowany Dumbledore. — A więc, Horacy, spotkamy się pierwszego września.

— Tak, chyba tak — mruknął Slughorn.

Szli już alejką ku bramie ogrodu, kiedy dobiegł ich głos Slughorna:

— Zażądam wyższej pensji!

Dumbledore zachichotał. Brama ogrodowa zamknęła się za nimi i ruszyli z powrotem w dół ciemnej uliczki przez kłębiącą się mgłę.

— Dobrze się spisałeś, Harry — rzekł Dumbledore.

— Ja niczego nie zrobiłem — odpowiedział zaskoczony Harry.

— O tak, zrobiłeś. Pokazałeś Horacemu, ile może zyskać na powrocie do Hogwartu. Spodobał ci się?

— Ee...

Harry nie był pewny, czy polubił Slughorna czy nie. Na swój sposób był całkiem miłym staruszkiem, choć trochę próżnym, a poza tym wydawał się trochę za bardzo zaskoczony faktem, że ktoś pochodzący z rodziny mugoli może być uzdolnioną czarownicą.

— Horacy — powiedział Dumbledore, uwalniając go od konieczności wyrażenia swojej opinii — lubi wygody. Lubi też towarzystwo ludzi słynnych, odnoszących sukcesy i mających władzę. Cieszy go poczucie, że ma wpływ na tych ludzi. Sam nigdy by nie chciał rządzić, woli pozostawać w cieniu... ma tam większą swobodę. W Hogwarcie miał zawsze ulubieńców, czasem ze względu na ich ambicje lub inteligencję, innym razem ze względu na ich urok lub zdolności, i jakoś mu się udawało wybrać takich, którzy później porobili kariery w różnych dziedzinach. Stworzył coś w rodzaju klubu swoich ulubieńców, ze sobą pośrodku oczywiście, co mu pozwala na poznawanie różnych ludzi ze sobą, ułatwia nawiązywanie pożytecznych kontaktów między członkami, a on zawsze coś na tym zyskuje; raz jest to pudło jego ulubionych kandyzowanych ananasów, a kiedy indziej szansa zarekomendowania nowego pracownika Urzędu Łączności z Goblinami.

Harry miał nagle wizję wielkiego pająka o wzdętym brzuchu, przędącego pajęczą sieć i szarpiącego tu i tam za nić, by przyciągnąć do siebie tkwiące w niej wielkie, soczyste muchy.

— Mówię ci to wszystko — ciągnął Dumbledore — nie po to, żebyś zraził się do Horacego... a raczej, jak odtąd musimy go nazywać, do profesora Slughorna... ale żebyś miał się na baczności. Na pewno będzie chciał cię mieć w swojej kolekcji, Harry. Byłbyś jej klejnotem: Chłopiec, Który Przeżył... albo, jak cię dzisiaj nazywają, Wybraniec.

Na te słowa Harry'ego przeniknął chłód, który nie miał nic wspólnego z otaczającą ich mgłą. Przypomniały mu się słowa usłyszane kilka tygodni temu, słowa, które miały dla niego szczególne i straszne znaczenie:

Żaden nie może żyć, gdy drugi przeżyje...

Dumbledore zatrzymał się przed kościołem, który już wcześniej mijali.

— Tu będzie dobrze, Harry. Złap mnie za ramię.

Tym razem był już przygotowany na to, co się stanie, ale i tak nie polubił teleportacji. Kiedy ciśnienie zelżało i stwierdził, że znowu może oddychać, stał obok Dumbledore'a na polnej drodze i patrzył na przygarbioną sylwetkę swojego drugiego w kolejności ulubionego budynku:

Nory. Pomimo dreszczu grozy, jaki dopiero co go przeniknął, widok tego domu dodał mu otuchy. Był tam Ron... i pani Weasley... Nikt nie potrafił gotować tak dobrze jak ona.

— Jeśli nie masz nic przeciwko temu — powiedział Dumbledore, kiedy przechodzili przez bramę — chciałbym z tobą zamienić parę słów, zanim się rozstaniemy. Na osobności. Może tutaj?

Wskazał na zrujnowaną kamienną przybudówkę, w której Weasleyowie trzymali swoje miotły. Nieco zdziwiony, Harry wszedł za nim przez skrzypiące drzwi do wnętrza trochę mniejszego od przeciętnej spiżarni. Dumbledore zapalił koniec różdżki, która zapłonęła jak pochodnia, i uśmiechnął się do niego.

— Mam nadzieję, że mi wybaczysz wspominanie tamtego dnia, ale muszę ci powiedzieć, Harry, że cieszę się, a nawet jestem dumny, widząc, jak dobrze sobie radzisz po tym wszystkim, co się wydarzyło w ministerstwie. Myślę, że Syriusz też byłby z ciebie dumny.

Harry przełknął ślinę, głos uwiązł mu w gardle. Nie czuł się na siłach rozmawiać o Syriuszu. Już i tak przeżył boleśnie chwilę, kiedy wuj Vernon powiedział: „Jego ojciec chrzestny nie żyje?", a jeszcze gorzej się poczuł, kiedy Slughorn przypadkowo wymówił jego imię.

— To okrutne — powiedział łagodnie Dumbledore — że ty i Syriusz tak krótko się znaliście. Brutalne przerwanie czegoś, co powinno być długą przyjaźnią.

Harry kiwnął głową, wbijając z uporem wzrok w pająka, który wspinał się po wysokim kapeluszu Dumbledore'a. Wiedział, że Dumbledore wszystko rozumie, że mógł nawet podejrzewać, iż do chwili nadejścia listu od niego

Harry spędzał prawie cały czas, leżąc na łóżku, prawie nic nie jedząc i gapiąc się w zamglone okno, wypełniony zimną pustką, którą zwykle wiązał z dementorami.

— Po prostu jest mi ciężko, kiedy pomyślę, że więcej do mnie nie napisze — powiedział cicho.

Nagle zapiekło go w oczach i zamrugał. Poczuł się głupio, ale fakt, że miał kogoś poza murami Hogwartu, kto się o niego martwił prawie jak ojciec, był najwspanialszą stroną odkrycia, że ma ojca chrzestnego... a teraz żadna sowa nie sprawi mu już tej ulgi...

— Syriusz dał ci wiele tego, czego przedtem nigdy nie zaznałeś — powiedział łagodnie Dumbledore. — To naturalne, że strata kogoś takiego...

— Ale kiedy byłem u Dursleyów — przerwał mu Harry, mówiąc coraz głośniej — zrozumiałem, że nie mogę się tak zamykać w sobie albo... załamywać. Syriusz na pewno by tego nie chciał, prawda? A zresztą... życie jest takie krótkie... wystarczy wspomnieć panią Bones czy Emmelinę Vance... Ja mogę być następny, prawda? Ale jeśli tak się stanie — powiedział z naciskiem, teraz patrząc prosto w niebieskie oczy Dumbledore'a, połyskujące w świetle różdżki — zabiorę ze sobą tylu śmierciożerców, ilu będę mógł, a nawet samego Voldemorta, jeśli mi się uda.

— Mówisz jak syn swojej matki i swojego ojca, ale i jak prawdziwy chrześniak Syriusza! — powiedział Dumbledore, klepiąc go po plecach. — Zdejmę przed tobą kapelusz... a raczej zdjąłbym go, gdybym się nie bał obsypać cię pająkami. A teraz, Harry, pomówmy na pewien pokrewny temat... Myślę, że dostawałeś „Proroka Codziennego" przez ostatnie dwa tygodnie, tak?

— Tak — odpowiedział, a serce zaczęło mu bić trochę szybciej.

— Więc już wiesz, że były nie tyle przecieki, ile powódź plotek na temat twojej przygody w Sali Przepowiedni?

— Tak — powtórzył Harry. — I teraz wszyscy wiedzą, że jestem Wy...

— Nie, nie wszyscy — przerwał mu Dumbledore. — Na świecie są tylko dwie osoby, które znają pełną treść przepowiedni o tobie i o Lordzie Voldemorcie, a obie stoją teraz w tej śmierdzącej, pełnej pająków szopie na miotły. Ale wielu słusznie podejrzewa, że Voldemort wysłał swoich śmierciożerców, by wykradli przepowiednię, i że ta przepowiednia dotyczy ciebie. I chyba się nie mylę, sądząc, że nie powiedziałeś nikomu, co w tej przepowiedni było?

— Nie.

— Mądra decyzja, ogólnie rzecz biorąc. Ale myślę, że mógłbyś ją nieco nagiąć dla dobra twoich przyjaciół, pana Ronalda Weasleya i panny Hermiony Granger. Tak — ciągnął, widząc zdumienie na twarzy Harry'ego — uważam, że oni powinni wiedzieć. Wyrządzasz im krzywdę, nie mówiąc o czymś, co jest dla nich ważne.

— Nie chciałem...

— ...martwić ich albo straszyć? — wpadł mu w słowo Dumbledore, przyglądając mu się znad okularów. — A może nie chciałeś się przyznać, że sam się martwisz i boisz? Potrzebujesz swoich przyjaciół, Harry. Jak sam słusznie powiedziałeś, Syriusz nie chciałby, żebyś zamykał się w sobie.

Harry milczał, ale Dumbledore chyba nie oczekiwał odpowiedzi.

— Jest jeszcze inna, choć wiążąca się z tym sprawa. Chciałbym, żebyś w tym roku miał ze mną prywatne lekcje.

— Prywatne... z panem? — wyjąkał zaskoczony Harry.

— Tak. Myślę, że już czas, bym trochę bardziej zajął się twoim wykształceniem.

— Czego będzie mnie pan nauczał, panie profesorze?

— Och, trochę tego, trochę tamtego...

Harry czekał z nadzieją, ale Dumbledore nie rozwijał swojej myśli, więc zapytał o coś, co go trochę zaniepokoiło:

— Jeśli będę miał lekcje z panem, to nie będę już miał lekcji oklumencji ze Snape'em, tak?

— Z PROFESOREM Snape'em, Harry... Nie, nie będziesz miał.

— To dobrze — rzekł Harry z ulgą — bo te lekcje były...

Urwał, nie chcąc powiedzieć, co naprawdę o nich myśli.

— Użyłbym tu słowa „porażka" — powiedział Dumbledore, kiwając głową.

Harry roześmiał się.

— Więc to oznacza, że nie będę miał wiele do czynienia z profesorem Snape'em, bo nie pozwoli mi na dalsze studiowanie eliksirów, jeśli nie dostanę „celującego" z egzaminu na suma, a wiem, że nie dostanę.

— Nie licz sumów, póki ich nie złowisz — powiedział z powagą Dumbledore. — I nie licz sów, póki nie przylecą, co, jak mi się wydaje, nastąpi dzisiaj, ale trochę później. Jeszcze dwie sprawy, Harry. Po pierwsze, chcę, żebyś odtąd miał zawsze przy sobie pelerynę-niewidkę.

Nawet na terenie Hogwartu. Tak na wszelki wypadek, rozumiesz?

Harry kiwnął głową.

— I ostatnia sprawa. W czasie twojego pobytu Nora będzie chroniona najlepszymi środkami bezpieczeństwa, na jakie stać ministerstwo. Te środki stwarzają pewne niedogodności Arturowi i Molly... na przykład ich poczta jest sprawdzana w ministerstwie. Nie skarżą się, bo chodzi im tylko o twoje bezpieczeństwo. Źle byś się jednak im za to odpłacił, gdybyś będąc tutaj, niepotrzebnie narażał się na ryzyko.

— Rozumiem.

— Znakomicie — rzekł Dumbledore, otwierając drzwi szopki i wychodząc na podwórko. — Widzę światło w kuchni. Nie pozbawiajmy dłużej Molly uciechy ponarzekania, jaki jesteś chudy.

ROZDZIAŁ PIĄTY

Za dużo Flegmy

Harry i Dumbledore podeszli do tylnych drzwi Nory, pod którymi walały się jak zwykle stare gumiaki i zardzewiałe kociołki. Z nieco oddalonego kurnika dochodziło ciche pogdakiwanie uśpionych kur. Dumbledore zapukał trzy razy i Harry dostrzegł nagły ruch za oknem kuchni.

— Kto tam? — zapytał nerwowy głos, po którym rozpoznał panią Weasley. — Proszę się przedstawić!

— To ja, Dumbledore, przyprowadziłem Harry'ego.

Drzwi natychmiast się otworzyły. Stała w nich pani Weasley, niska, pulchna, w starym zielonym szlafroku.

— Harry, kochanie! Albusie, napędziłeś mi stracha, mówiłeś, że będziesz dopiero rano!

— Mieliśmy szczęście — odrzekł Dumbledore, popychając Harry'ego przez próg. — Slughorna nie trzeba było przekonywać tak długo, jak myślałem. Oczywiście to zasługa Harry'ego. Ach, witaj, Nimfadoro!

Dopiero teraz Harry zobaczył, że mimo tak późnej pory pani Weasley nie była sama. Przy kuchennym stole siedziała młoda czarownica o bladej, trójkątnej twarzy i brązowych włosach o mysim odcieniu, zaciskając dłonie na dużym kubku.

— Hej, profesorze! — powiedziała. — Cześć, Harry.

— Cześć, Tonks.

Harry'emu wydało się, że Tonks jest jakaś wychudzona, może nawet chora, a w jej uśmiechu jest coś wymuszonego. A już na pewno nie była tą barwną postacią co zwykle, bez tych włosów różowych jak guma do żucia, które tak dobrze pamiętał.

— Lepiej już pójdę — powiedziała szybko, wstając i narzucając pelerynę na ramiona. — Dzięki za herbatę i pociechę, Molly.

— Nie wychodź, mną się nie przejmuj — rzekł Dumbledore. — Ja i tak długo nie zabawię, mam pilne sprawy do omówienia z Rufusem Scrimgeourem.

— Nie, nie, muszę już lecieć — odpowiedziała Tonks, unikając jego spojrzenia. — Dobranoc...

— Kochana, może byś wpadła na kolację w sobotę, będą Remus i Szalonooki...

— Nie, naprawdę, Molly... ale dzięki... Dobranoc wszystkim.

Przemknęła obok Dumbledore'a i Harry'ego i wypadła na podwórko. Kilka kroków za progiem okręciła się w miejscu i nagle znikła. Harry zauważył, że pani Weasley ma strapioną minę.

— No, to do zobaczenia w Hogwarcie, Harry — powiedział Dumbledore. — Dbaj o siebie. Molly, padam do nóżek.

Ukłonił się przed nią i wyszedł, znikając dokładnie w tym samym miejscu co Tonks. Pani Weasley zamknęła drzwi, chwyciła Harry'ego za ramiona i pociągnęła w krąg światła lampy stojącej na stole, żeby mu się lepiej przyjrzeć.

— Zupełnie jak Ron — westchnęła, oglądając go od stóp do głów. — Obaj wyglądacie, jakby rzucono na was zaklęcie rozciągające. Mogłabym przysiąc, że Ron urósł o cztery cale od czasu, gdy mu ostatnio kupowałam szkolne szaty. Jesteś głodny, Harry?

— No, jeszcze jak! — odrzekł, nagle zdając sobie z tego sprawę.

— Usiądź, kochaneczku, zaraz ci coś podam.

Kiedy usiadł, wskoczył mu na kolana puszysty, rudy kot ze spłaszczonym pyszczkiem, który ułożył się wygodnie, mrucząc głośno.

— Więc jest tu Hermiona? — zapytał uradowany, drapiąc Krzywołapa za uchem.

— O tak, od przedwczoraj — odpowiedziała pani Weasley, stukając różdżką w wielki, żelazny garnek, który poszybował w stronę kuchennego pieca, wylądował na nim z głośnym brzękiem i natychmiast zaczął bulgotać. — Oczywiście wszyscy są już w łóżkach, nie spodziewaliśmy się ciebie tak szybko. Proszę...

Znowu stuknęła w garnek, który uniósł się w powietrze, pofrunął do Harry'ego i zawisł, przechylając się nad stołem; pani Weasley zdążyła jednak podstawić pod niego głęboki talerz, do którego wlała się gęsta, parująca zupa cebulowa.

— Chcesz chleba, kochaneczku?

— Bardzo proszę, pani Weasley.

Machnęła różdżką przez ramię i na stole wylądował wdzięcznie bochenek chleba, a za nim nóż. Chleb ukroił się sam, garnek z zupą powrócił na kuchnię, a pani Weasley usiadła naprzeciw Harry'ego.

— Więc namówiłeś Horacego Slughorna, żeby przyjął tę posadę?

Harry tylko kiwnął głową, bo usta miał pełne gorącej zupy.

— Uczył Artura i mnie. Był w Hogwarcie od wieków, chyba zaczął w tym samym czasie co Dumbledore. Spodobał ci się?

Harry miał teraz usta zapchane chlebem, więc tylko wzruszył ramionami i przekrzywił głowę, jakby nie bardzo wiedział, co odpowiedzieć.

— Rozumiem — powiedziała pani Weasley, kiwając głową. — Kiedy chce, potrafi być czarujący, ale Artur nigdy za nim nie przepadał. W ministerstwie roi się od dawnych ulubieńców Slughorna. W załatwianiu ciepłych posad swoim pupilkom zawsze był dobry, ale dla Artura nigdy nie miał zbyt wiele czasu... chyba uważał, że nie jest orłem. No, to dowodzi, że nawet Slughorn popełnia błędy. Nie wiem, czy Ron ci już o tym pisał... to się stało niedawno... Artur awansował!

Było oczywiste, że pani Weasley paliła się, aby mu to oznajmić. Harry przełknął wielki łyk gorącej zupy i pomyślał, że na pewno w gardle porobiły mu się pęcherze.

— To wspaniale! — wydyszał.

— Słodziutki jesteś — ucieszyła się pani Weasley, sądząc prawdopodobnie, że łzy w oczach Harry'ego to przejaw wzruszenia. — Tak, Rufus Scrimgeour powołał kilka nowych urzędów, żeby sprostać obecnej sytuacji, i Artur jest teraz szefem Biura Wykrywania i Konfiskaty Fałszywych Zaklęć Obronnych i Środków Ochrony Osobistej. To bardzo odpowiedzialne stanowisko, ma pod sobą dziesięciu pracowników, którzy składają mu raporty!

— Co właściwie...

— No wiesz, jak wybuchła ta cała panika związana z Sam-Wiesz-Kim, wszędzie zaczęto oferować mnóstwo dziwnych przedmiotów, takich, co to niby mają chronić przed Sam-Wiesz-Kim i śmierciożercami. Możesz sobie wyobrazić... tak zwane eliksiry ochronne, a w rzeczywistości sos pieczeniowy z odrobiną ropy czyrakobulwy... albo przepisy na zaklęcia obronne, po zastosowaniu których odpadają ci uszy... Oferują to głównie ludzie pokroju Mundungusa Fletchera, którzy nigdy nie splamili się uczciwą pracą i wykorzystują powszechny strach, ale co jakiś czas trafiają się też naprawdę niebezpieczne świństwa. Pewnego dnia Artur skonfiskował pudło zauroczonych fałszoskopów, które z całą pewnością podłożył jakiś śmierciożerca. Więc sam widzisz, to bardzo ważne stanowisko i wciąż mu powtarzam, żeby przestał tęsknić za tymi wszystkimi świecami zapłonowymi, tosterami i innymi mugolskimi śmieciami.

Pani Weasley zakończyła tę przemowę z groźną miną, jakby Harry zasugerował, że tęsknota za świecami zapłonowymi jest zupełnie naturalna.

— Pan Weasley wciąż jest w pracy? — zapytał Harry.

— Tak. Prawdę mówiąc, troszkę się spóźnia... mówił, że będzie przed północą...

Spojrzała na wielki zegar spoczywający na stosie prześcieradeł w koszu na bieliznę na końcu stołu. Harry znał dobrze ten zegar: miał dziewięć wskazówek z imionami wszystkich członków rodziny i zwykle wisiał na ścianie salonu Weasleyów, ale jego obecne umiejscowienie wskazywało, że pani Weasley wolała go mieć przy sobie. Każda z dziewięciu wskazówek wskazywała teraz na ŚMIERTELNE ZAGROŻENIE.

— Tak jest od pewnego czasu — powiedziała pani Weasley nieprzekonująco zdawkowym tonem — odkąd Sam-Wiesz-Kto powrócił. Chyba każdy jest teraz w śmiertelnym zagrożeniu... Nie sądzę, żeby to się odnosiło tylko do naszej rodziny... ale nie znam nikogo, kto by miał taki zegar, więc nie mogę sprawdzić. Och!

Wskazała na tarczę zegara. Wskazówka pana Weasleya przesunęła się na W PODRÓŻY.

— Wraca!

I rzeczywiście, w chwilę później rozległo się pukanie do kuchennych drzwi. Pani Weasley zerwała się i podbiegła do nich, chwytając za klamkę i przyciskając twarz do drewna, po czym zapytała cicho:

— Arturze, to ty?

— Tak — rozległ się znajomy głos. — Ale odpowiedziałbym tak i wtedy, gdybym był śmierciożercą. Zadaj mi pytanie!

— Och, naprawdę...

— Molly!

— No dobrze, dobrze... Czego byś najbardziej pragnął?

— Dowiedzieć się, dlaczego samoloty nie spadają.

Pani Weasley kiwnęła głową i przekręciła klamkę, ale najwyraźniej pan Weasley trzymał ją mocno z drugiej strony, bo drzwi się nie otworzyły.

— Molly! Powinienem najpierw zadać ci pytanie!

— Arturze, naprawdę, to po prostu głupie...

— Jak lubisz, żebym cię nazywał, kiedy jesteśmy sami?

Nawet w słabym świetle lampy można było dostrzec, że na twarzy pani Weasley zakwitły rumieńce. Harry poczuł nagle, że robi mu się gorąco, i pospiesznie przełknął łyżkę zupy, odkładając ją na talerz najgłośniej, jak potrafił.

— Dygotka — szepnęła udręczona pani Weasley w szparę między drzwiami a framugą.

— Zgadza się. Teraz możesz mnie wpuścić.

Pani Weasley otworzyła drzwi, za którymi stał jej mąż, chudy, łysiejący, rudowłosy czarodziej w okularach w rogowej oprawie i w długiej, zakurzonej pelerynie.

— Nadal nie rozumiem, dlaczego musimy przez to przechodzić za każdym razem, gdy wracasz do domu — powiedziała wciąż zarumieniona pani Weasley, pomagając mężowi zdjąć pelerynę. — Przecież śmierciożerca mógłby zmusić cię do zdradzenia odzewu, zanimby się w ciebie wcielił!

— Wiem, moja kochana, ale to jest procedura zalecana przez ministerstwo i muszę dawać dobry przykład. Co tak miło pachnie... zupa cebulowa?

I zwrócił się w kierunku stołu.

— Harry! Spodziewaliśmy się ciebie dopiero rano!

Uścisnęli sobie dłonie, pan Weasley usiadł na krześle obok Harry'ego, a pani Weasley postawiła przed nim talerz zupy.

— Dziękuję, Molly. To był ciężki wieczór. Jakiś kretyn zaczął sprzedawać metamorfamulety. Takie medale, zawiesza się je na szyi i można na zawołanie zmieniać swój wygląd. Sto tysięcy różnych postaci, wszystko za dziesięć galeonów!

— A co się naprawdę dzieje, jak się je zawiesi na szyi?

— Najczęściej skóra przybiera obrzydliwą pomarańczową barwę, ale paru osobom wyrosły też na całym ciele kurzajki długie jak macki. Jakby w Świętym Mungu nie mieli i tak dość roboty!

— Coś mi to pachnie dowcipami Freda i George'a — powiedziała powoli pani Weasley. — Jesteś pewny, że...

— Oczywiście! Chłopcy nie zrobiliby czegoś takiego teraz, kiedy ludzie tak rozpaczliwie szukają ochrony!

— Więc dlatego się spóźniłeś, przez te metamorfamulety?

— Nie, dostaliśmy cynk o jakimś paskudnym uroku odwrotnego skutku w okolicach Elephant and Castle, ale na szczęście Brygada Uderzeniowa dała sobie z tym radę, zanim tam przybyliśmy...

Harry zasłonił usta ręką, żeby ukryć ziewnięcie.

— Do łóżka — rozległ się natychmiast stanowczy głos pani Weasley. — Przygotowałam ci już pokój Freda i George'a, będziesz go miał tylko dla siebie.

— Dlaczego, gdzie oni są?

— Och, na Pokątnej, sypiają w małym mieszkanku nad swoim sklepem z dowcipami, bo mają mnóstwo roboty. Muszę przyznać, że z początku nie bardzo mi się to podobało, ale okazuje się, że chyba mają żyłkę do interesów! Chodź, kochaneczku, twój kufer już jest na górze.

— Dobranoc, panie Weasley — powiedział Harry, odsuwając krzesło.

Krzywołap zeskoczył lekko z jego kolan i wymknął się z kuchni.

— Dobranoc, Harry — odrzekł pan Weasley.

Harry zauważył, że kiedy wychodzili z kuchni, pani Weasley zerknęła na zegar w koszu na bieliznę. Wszystkie wskazówki tkwiły znowu na ŚMIERTELNYM ZAGROŻENIU.

Sypialnia Freda i George'a znajdowała się na drugim piętrze. Pani Weasley wycelowała różdżką w lampę na nocnym stoliku, a lampa natychmiast zapłonęła, wypełniając pokój miłą złotą poświatą. Pod małym okienkiem stał na biurku duży wazon z kwiatami, ale ich woń nie tłumiła utrzymującego się w powietrzu zapachu, w którym Harry rozpoznał proch strzelniczy. Dużą część podłogi zajmowały pozaklejane tekturowe pudła bez żadnych etykietek, wśród których stał szkolny kufer Harry'ego. Pokój sprawiał wrażenie tymczasowego magazynu.

Hedwiga zahukała radośnie na jego widok ze szczytu dużej szafy, po czym wyfrunęła przez okno; Harry wiedział, że czekała na niego, żeby się przywitać, zanim wyruszy na nocne łowy. Powiedział pani Weasley dobranoc, nałożył piżamę i wszedł do łóżka. W poduszce wyczuł coś twardego. Pomacał i wyciągnął klejący się fioletowo-pomarańczowy cukierek, w którym rozpoznał wymiotkę. Uśmiechając się do siebie, przewrócił się na bok i natychmiast zasnął.

Chwilę później, a przynajmniej tak mu się zdawało, obudziło go coś, co brzmiało jak wystrzał armatni: huknęły otwierane drzwi. Poderwał się, usłyszał zgrzyt rozsuwanych zasłon i w oczy ugodził go oślepiający blask słońca. Osłaniając je jedną ręką, drugą próbował wymacać okulary.

— Osochozi?

— Nie wiedzieliśmy, że już tu jesteś! — rozległ się donośny, podekscytowany głos, po czym coś trzepnęło go mocno w głowę.

— Ron, nie bij go! — zabrzmiał karcąco dziewczęcy głos.

Harry wymacał okulary i założył je pospiesznie, choć w pokoju było tak jasno, że prawie nic nie widział. Długi cień zadrżał przed nim przez chwilę. Harry zamrugał i w końcu zobaczył Rona szczerzącego do niego zęby.

— Wszystko okej?

— Jak nigdy — odrzekł Harry, rozcierając sobie czubek głowy i opadając na poduszki. — A u ciebie?

— Nie jest źle — odpowiedział Ron, przyciągając sobie jakieś pudło i siadając na nim. — Kiedy przyjechałeś? Mama dopiero teraz nam powiedziała!

— Gdzieś koło pierwszej w nocy.

— Jak tam twoi mugole? Dobrze cię traktowali?

— Normalnie — odrzekł Harry, kiedy Hermiona przysiadła na skraju łóżka. — Za często się do mnie nie odzywali, ale mnie to pasowało. Jak się masz, Hermiono?

— Och, ja? Wspaniale — odpowiedziała, przyglądając mu się uważnie i z troską.

Podejrzewał, o czym myśli Hermiona, ale nie chciał w tej chwili rozmawiać o śmierci Syriusza albo o jakichś innych ponurych sprawach, więc zapytał:

— Która godzina? Przespałem śniadanie?

— O to się nie martw, mama przyniesie ci tutaj tacę. Uważa, że jesteś niedożywiony — powiedział Ron, spoglądając wymownie w sufit. — To co się dzieje?

— A skąd mam wiedzieć, przecież tkwiłem u moich wujostwa, nie?

— Nie ściemniaj, byłeś gdzieś z Dumbledore'em!

— Nic nadzwyczajnego. Chciał, żebym mu pomógł przekonać jego dawnego nauczyciela, żeby zawiesił emeryturę i wrócił. Nazywa się Horacy Slughorn.

— Och... — Ron zrobił zawiedzioną minę. — Myśleliśmy...

Hermiona rzuciła mu ostrzegawcze spojrzenie i Ron błyskawicznie zmienił tok zdania.

— ...myśleliśmy, że o coś takiego chodziło.

— Naprawdę? — zapytał rozbawiony Harry.

— No tak... bo... jak odeszła Umbridge, musimy mieć przecież nowego nauczyciela obrony przed czarną magią, no nie? Więc... ee... jaki on jest?

— Trochę podobny do morsa, no i był opiekunem Slytherinu. Coś nie tak, Hermiono?

Patrzyła tak, jakby się spodziewała, że za chwilę dostrzeże u niego jakieś dziwne objawy. Pospiesznie zmieniła wyraz twarzy, uśmiechając się sztucznie.

— Nie, ależ skąd! Więc... hm... myślisz, że ten Slughorn będzie dobrym nauczycielem?

— Bo ja wiem... Chyba nie może być gorszy od Umbridge, co?

— Znam kogoś, kto jest gorszy od Umbridge — rozległ się głos od drzwi. Do pokoju weszła młodsza siostra Rona. Była wyraźnie naburmuszona. — Cześć, Harry.

— Co się dzieje, Ginny? — zapytał Ron.

— Chodzi o NIĄ — odpowiedziała, rzucając się na łóżko Harry'ego. — Doprowadza mnie do szału.

— Co znowu zrobiła? — zapytała z troską Hermiona.

— Chodzi o sposób, w jaki się do mnie odzywa... jakbym miała trzy latka!

— Wiem — powiedziała cicho Hermiona. — Obnosi się ze sobą jak nadęta gęś.

Harry zdumiał się, słysząc Hermionę mówiącą w taki sposób o pani Weasley, i nie mógł winić Rona, gdy ten rzucił ze złością:

— Może byście odczepiły się od niej choć na pięć sekund?

— No tak, znowu jej bronisz — warknęła Ginny. — Dobrze wiemy, że za nią szalejesz.

To już była zdecydowanie bardzo dziwna uwaga na temat matki Rona i Harry poczuł, że coś jest nie tak.

— O kim wy...? — zaczął.

Ale odpowiedź na jego pytanie nadeszła, zanim skończył je zadawać, bo drzwi się otworzyły i Harry odruchowo podciągnął kołdrę pod brodę, a zrobił to tak gwałtownie, że Hermiona i Ginny zsunęły się na podłogę.

W drzwiach stała dziewczyna o takiej zapierającej dech urodzie, że w pokoju nagle zrobiło się dziwnie duszno. Była wysoka i smukła, miała długie blond włosy i zdawała się promieniować delikatną srebrną poświatą. Aby dopełnić tego obrazu doskonałości, trzymała wyładowaną tacę ze śniadaniem.

— 'Arry — powiedziała gardłowym głosem. — Taki dlugi czas!

Kiedy podała mu tacę, pojawiła się pani Weasley z nieco naburmuszoną miną.

— Nie było potrzeby zanoszenia tu tacy, sama miałam to właśnie zrobić!

— To nie byli żadny klopot — powiedziała Fleur Delacour i położyła Harry'emu tacę na kolanach, pochylając się nagle, by go pocałować w oba policzki, a on poczuł, że pieką go miejsca, których dotknęły jej usta. — Tak tęsknila, aby jego widziala. Pamięta moi siostra, Gabriela? Ona zawsze mówi o 'Arry Potter. Tak się ucieszy, kiedy go znowu zobaczy.

— Och... ona też tu jest? — wychrypiał Harry.

— Nie, nie, glupi chlopak — odpowiedziała Fleur, wybuchając perlistym śmiechem. — Następne lato, kiedy my... ale ty nie wiesz?

Jej wielkie błękitne oczy zrobiły się jeszcze większe, kiedy spojrzała z wyrzutem na panią Weasley, która powiedziała:

— Jeszcze nie zdążyliśmy mu tego powiedzieć.

Fleur znowu odwróciła się do Harry'ego, zamiatając swoimi srebrzystymi włosami, tak że chlasnęły panią Weasley po twarzy.

— Bill i ja chcemy się pobraci!

— Och... — wyjąkał Harry. Nie mógł nie zauważyć, że pani Weasley, Hermiona i Ginny starają się na siebie nie patrzyć. — Łau. Eee... gratulacje!

Pochyliła się nad nim i znowu go pocałowała.

— Bill jest teraz bardzo zajęty, bardzo pracuji, a ja tylko na niecali etat u Gringott, żeby poprawici moi angielski, on mnie tu przywozi, żeby ja poznala lepi jego rodzinę. Taki się cieszyla, jaki uslyszala, że ty tu będzie... tu nie ma wiele do roboty, no chyba, że lubi gotowanie i kury! No, to smasznego, 'Arry!

Po tych słowach odwróciła się z wdziękiem i wyfrunęła z pokoju, zamykając za sobą cicho drzwi.

Pani Weasley wydała z siebie odgłos, który brzmiał jak „tja!"

— Mama jej nie znosi — mruknęła Ginny.

— Nieprawda! — zaprzeczyła pani Weasley jadowitym szeptem. — Uważam tylko, że trochę się pospieszyli z tymi zaręczynami, to wszystko!

— Znają się już od roku — powiedział Ron, który wyglądał, jakby był nieco wstawiony, i wciąż gapił się w zamknięte drzwi.

— To chyba niezbyt długo! Ale wiem, dlaczego do tego doszło. To przez tę niepewność w związku z powrotem Sami-Wiecie-Kogo. Ludzie myślą, że jutro mogą już nie żyć, więc pospiesznie podejmują różne decyzje, które normalnie odłożyliby na później. To samo było ostatnim razem, kiedy odzyskał moc, ludzie potracili głowy, pobierali się po kryjomu...

— Jak ty i tata — zauważyła chytrze Ginny.

— Tak... ale twój ojciec i ja... my byliśmy dla siebie stworzeni, więc na co mielibyśmy czekać? A Bill i Fleur... co ich naprawdę łączy? On jest osobą lubiącą ciężką pracę, twardo stąpającą po ziemi, a ona...

— To krowa — wtrąciła Ginny, kiwając głową. — Ale Bill wcale nie jest taki przyziemny. Jest łamaczem zaklęć, prawda? Lubi zasmakować trochę przygody, trochę splendoru... Myślę, że właśnie dlatego zabujał się we Flegmie.

— Przestań ją tak nazywać, Ginny — skarciła ją ostro pani Weasley, a Harry i Hermiona wybuchnęli śmiechem. — No, lepiej już sobie pójdę... Harry, zjedz jajka, póki są ciepłe.

I z nieco zatroskaną miną wyszła z pokoju. Ron wciąż wyglądał na lekko skołowanego; potrząsał głową jak pies otrzepujący sobie uszy z wody.

— Nie możesz się do niej przyzwyczaić, mieszkając w tym samym domu? — zapytał Harry.

— No, mogę, ale kiedy tak nagle cię zaskoczy...

— To żałosne — stwierdziła ze złością Hermiona, odchodząc jak najdalej od Rona. Kiedy doszła do ściany, odwróciła się, założyła ręce na piersiach i zmierzyła go pogardliwym spojrzeniem.

— Chyba nie chcesz, żeby zaskakiwała cię przez całe życie, co? — zapytała Ginny niedowierzającym tonem. Ron tylko wzruszył ramionami, a ona dodała: — Założę się o wszystko, że mama zamierza położyć temu kres.

— Niby jak? — zapytał Harry.

— Wciąż zaprasza Tonks na kolacje. Chyba ma nadzieję, że Bill w niej się zakocha i rzuci Flegmę. Ja też mam taką nadzieję, wolałabym mieć Tonks w rodzinie.

— Taak, i to na pewno zadziała — powiedział z sarkazmem Ron. — Posłuchaj, żaden facet ze zdrowym mózgiem nie poderwie Tonks, kiedy Fleur jest w pobliżu. To znaczy... Tonks wygląda w porządku, jeśli nie robi cyrku ze swoimi włosami i nosem, ale...

— Jest sto razy ładniejsza od Flegmy — stwierdziła Ginny.

— I bardziej inteligentna, jest aurorem! — wtrąciła z kąta Hermiona.

— Fleur nie jest głupia, była na tyle dobra, że dopuszczono ją do udziału w Turnieju Trójmagicznym — zauważył Harry.

— No nie, ty też? — warknęła Hermiona.

— Pewnie lubisz, jak Flegma mówi „'Arry", co? — zapytała drwiąco Ginny.

— Nie — zaprzeczył Harry, żałując, że w ogóle się odezwał. — Mówiłem tylko, że Flegma... to znaczy Fleur...

— Ja tam bym wolała mieć w rodzinie Tonks — powtórzyła Ginny. — Z nią przynajmniej można mieć ubaw.

— Ostatnio nie bardzo — powiedział Ron. — Za każdym razem, kiedy ją widzę, coraz bardziej przypomina Jęczącą Martę.

— Jak możesz! — warknęła Hermiona. — Ona wciąż nie może dojść do siebie po tym, co się stało... No wiesz... w końcu to był jej kuzyn!

W Harrym zamarło serce. Doszli do Syriusza. Chwycił za widelec i zaczął zgarniać do ust jajka sadzone, mając nadzieję, że w ten sposób uniknie zaproszenia do wzięcia udziału w tej rozmowie.

— Tonks i Syriusz prawie się nie znali! — zaperzył się Ron. — Przez połowę jej życia Syriusz był w Azkabanie, a przedtem ich rodziny w ogóle się ze sobą nie spotykały...

— Nie o to chodzi — powiedziała Hermiona. — Myśli, że to jej wina, że on zginął!

— Skąd jej to przyszło do głowy? — zapytał Harry mimo woli.

— No... przecież walczyła z Bellatriks Lestrange, nie? Pewnie myśli, że gdyby ją wtedy wykończyła, Bellatriks nie zabiłaby Syriusza.

— To głupota — mruknął Ron.

— Ci, którzy przeżyli, często mają poczucie winy — powiedziała Hermiona. — Wiem, że Lupin próbował z nią porozmawiać, ale wciąż jest zdołowana. Ma nawet problemy ze swoimi metamorfozami!

— Ze swoimi...

— Nie potrafi już zmieniać swojego wyglądu tak jak dawniej — wyjaśniła Hermiona. — Chyba ten szok osłabił jej moce magiczne, bo ja wiem...

— Nie wiedziałem, że coś takiego może się zdarzyć — powiedział Harry.

— Ja też nie, ale przypuszczam, że jak się ma silną depresję...

Drzwi znowu się otworzyły i pani Weasley wetknęła głowę.

— Ginny — szepnęła — zejdź na dół i pomóż mi w kuchni.

— Przecież ja rozmawiam! — oburzyła się Ginny.

— Natychmiast! — fuknęła pani Weasley i jej głowa znikła.

— Chce mnie tam, żeby nie być sam na sam z Flegmą! Zarzuciła swoimi długimi, rudymi włosami, bardzo dobrze naśladując Fleur, i przeszła przez pokój, balansując ramionami jak modelka.

— A wy lepiej też szybko zejdźcie na dół — rzuciła przez ramię i wyszła.

Harry skorzystał z chwili ciszy, by zająć się śniadaniem. Hermiona zaglądała do pudeł Freda i George'a, ale co jakiś czas zerkała na Harry'ego. Ron, zajadając jeden z tostów Harry'ego, wciąż gapił się, rozmarzony, w drzwi.

— Co to jest? — zapytała nagle Hermiona, unosząc coś, co przypominało mały teleskop.

— Nie wiem — odrzekł Ron — ale jeśli Fred i George zostawili to tutaj, pewnie jeszcze jest półproduktem, więc bądź ostrożna.

— Wasza mama mówiła, że w sklepie dobrze im idzie — zauważył Harry. — Uznała, że Fred i George mają żyłkę do interesów.

— Mało powiedziane — rzekł Ron. — Oni opływają w galeony! Nie mogę się doczekać, kiedy zobaczę ten ich sklep. Nie byliśmy jeszcze na Pokątnej, bo mama mówi, że dla większego bezpieczeństwa tata musi nam towarzyszyć, a on jest okropnie zapracowany, ale podobno idzie im świetnie.

— A co z Percym? — zapytał Harry. Starszy brat Rona zerwał z resztą rodziny. — Pogodził się z rodzicami?

— Nie.

— Ale przecież teraz, kiedy Voldemort powrócił, już wie, że twój tata miał rację...

— Dumbledore uważa, że ludzie o wiele łatwiej wybaczają innym omyłki niż to, że mieli rację — powiedziała Hermiona. — Słyszałam, jak mówił to twojej mamie, Ron.

— To do niego pasuje.

— W tym roku będę miał z nim prywatne lekcje — wtrącił Harry.

Ron zakrztusił się kawałkiem tostu, a Hermiona głośno zaczerpnęła powietrza.

— I nic nam nie powiedziałeś! — żachnął się Ron.

— Dopiero teraz mi się przypomniało — odrzekł szczerze Harry. — Powiedział mi o tym ostatniej nocy, w waszej szopie na miotły.

— O kurczę... prywatne lekcje z Dumbledore'em! — Ron był wyraźnie pod wrażeniem tego, co usłyszał. — Ciekaw jestem, dlaczego on...

Głos mu nagle zamarł. Harry zauważył, że on i Hermiona wymieniają szybkie spojrzenia. Harry odłożył nóż i widelec. Serce zabiło mu trochę za szybko, biorąc pod uwagę fakt, że nie robił nic poza siedzeniem w łóżku. Dumbledore powiedział mu, żeby to zrobił... A może by właśnie teraz? Utkwił wzrok w widelcu, błyszczącym w promieniach słońca na jego podołku, i powiedział:

— Nie wiem dokładnie, dlaczego zamierza dawać mi lekcje, ale myślę, że ma to jakiś związek z tą przepowiednią.

Ani Ron, ani Hermiona nie odezwali się choćby jednym słowem. Harry odniósł wrażenie, że oboje zamarli. Wciąż przemawiając do swojego widelca, ciągnął dalej:

— No wiecie, z tą, którą chcieli wykraść z ministerstwa.

— Ale przecież nikt nie wie, co w niej jest — powiedziała szybko Hermiona. — Roztrzaskała się.

— Chociaż w „Proroku" piszą... — zaczął Ron, ale Hermiona go uciszyła.

— „Prorok" jest dobrze poinformowany — rzekł Harry, zmuszając się do spojrzenia na nich. — Ta przepowiednia była zapisana nie tylko w owej szklanej kuli, która się roztrzaskała. Usłyszałem całą jej treść w gabinecie Dumbledore'a. To jemu przekazano przepowiednię, więc mógł mi ją powtórzyć. Z tego, co usłyszałem — wziął głęboki oddech — wynika, że to ja jestem tym, który ma wykończyć Voldemorta... a w każdym razie przepowiednia mówi, że żaden z nas nie może żyć, jeśli drugi przeżyje.

Przez chwilę patrzyli na siebie w milczeniu. A potem rozległ się huk i Hermiona zniknęła w kłębie czarnego dymu.

— Hermiona! — krzyknęli obaj, a taca ze śniadaniem zsunęła się Harry'emu z kolan i upadła z trzaskiem na podłogę.

Hermiona wyłoniła się z dymu, kaszląc i ściskając mały teleskop. Pod okiem miała fioletowy siniak.

— Ścisnęłam to... i mnie rąbnęło! — wydyszała.

I rzeczywiście, z końca teleskopu wystawała długa sprężyna, na której kołysała się maleńka pięść.

— Nie przejmuj się — powiedział Ron, który wyraźnie powstrzymywał się od śmiechu. — Mama ci to zlikwiduje, jest naprawdę dobra w usuwaniu skutków drobnych zranień...

— Och, dajmy teraz temu spokój! — przerwała mu Hermiona. — Harry, och, Harry...

Znowu usiadła na skraju jego łóżka.

— Zastanawialiśmy się... po powrocie z ministerstwa... Oczywiście nie chcieliśmy ci nic mówić, ale z tego, co o tej przepowiedni powiedział Lucjusz Malfoy, o tobie i o Voldemorcie... no... myśleliśmy, że chodzi właśnie o coś takiego... Och, Harry... — Przyjrzała mu się uważnie i zapytała: — Boisz się?

— Teraz już mniej. Kiedy to po raz pierwszy usłyszałem, przeraziłem się... ale teraz... jest tak, jakbym zawsze wiedział, że w końcu muszę się z nim zmierzyć...

— Kiedy usłyszeliśmy, że Dumbledore osobiście zabierze cię od mugoli, myśleliśmy, że może coś ci powie albo coś ci pokaże, no wiesz, w związku z tą przepowiednią — rzekł podniecony Ron. — I wcale się tak bardzo nie myliliśmy, prawda? Nie dawałby ci lekcji, gdyby uważał, że jesteś z góry przegrany, nie traciłby czasu... Na pewno uważa, że masz szansę!

— To prawda — dodała Hermiona. — Ciekawa jestem, czego chce cię uczyć, Harry. Pewnie jakiejś naprawdę zaawansowanej magii obronnej... jakichś potężnych przeciwzaklęć... przeciwuroków...

Harry nie słuchał uważnie. Po jego ciele rozpływało się ciepło, które nie miało nic wspólnego z promieniami słońca; ucisk w klatce piersiowej zelżał. Wiedział, że Ron i Hermiona byli bardziej wstrząśnięci, niż to okazywali, ale sam fakt, że siedzieli teraz razem z nim, pocieszając go, nie odsuwając się od niego, jak od osoby zarażonej albo niebezpiecznej, wart był dla niego więcej, niż potrafił to wyrazić.

— ...i w ogóle zaklęć unikowych — mówiła Hermiona. — No, Harry, przynajmniej znasz jeden przedmiot, którego będziesz się uczył w tym roku, a my z Ronem nie wiemy nic. Ciekawa jestem, kiedy ogłoszą wyniki naszych sumów.

— Pewnie niedługo, minął już miesiąc — powiedział Ron.

— Zaraz, zaraz — rzekł Harry, który przypomniał sobie inny fragment swojej nocnej rozmowy z Dumbledore'em. — Chyba powiedział, że wyniki dostaniemy dzisiaj!

— Dzisiaj?! — krzyknęła Hermiona. — DZISIAJ? Dlaczego nam... Och, mój Boże... powinieneś nam powiedzieć...

Zerwała się z łóżka.

— Zobaczę, czy przyleciały jakieś sowy...

Ale kiedy Harry zszedł na dół dziesięć minut później, już ubrany, z pustą tacą po śniadaniu, znalazł Hermionę siedzącą przy kuchennym stole. Była cała roztrzęsiona, a pani Weasley próbowała zrobić wszystko, żeby jej twarz nie przypominała pandy, w każdym razie z jednej strony.

— Ani drgnie — mówiła zaniepokojona pani Weasley, stojąc nad Hermioną z różdżką w jednej ręce i egzemplarzem *Poradnika uzdrawiacza* w drugiej. Książka otwarta była na rozdziale „Siniaki, rozcięcia i otarcia". — A zawsze działało, nie mogę tego pojąć.

— Na tym właśnie polegają dowcipy Freda i George'a — powiedziała Ginny. — Chodzi o to, żeby nie można było usunąć ich skutków!

— Ale to musi zniknąć! — jęknęła Hermiona. — Przecież nie mogę wiecznie tak wyglądać!

— Nie będziesz, moja kochana, znajdziemy jakieś antidotum, nie martw się — pocieszała ją pani Weasley.

— Bill mi mówi, że Fred i Żorż są bardzo zabawni! — powiedziała Fleur, uśmiechając się pogodnie.

— Tak, pękam ze śmiechu — warknęła Hermiona.

Zerwała się z krzesła i zaczęła krążyć po kuchni, wykręcając sobie palce.

— Pani Weasley, jest pani całkiem, ale to całkiem pewna, że nie przyleciała żadna sowa?

— Tak, kochaneczko, przecież bym zauważyła — odpowiedziała cierpliwie pani Weasley. — Ale jest dopiero dziewiąta, jeszcze dużo czasu...

— Wiem, że zawaliłam runy — mamrotała gorączkowo Hermiona. — Z całą pewnością przynajmniej raz pomyliłam się w tłumaczeniu. A obrona przed czarną magią... Tak, wszystko do kitu. Z początku byłam pewna, że transmutacja poszła mi dobrze, ale teraz, kiedy o tym pomyślę...

— Hermiono, może byś się przymknęła, nie tylko ty się denerwujesz! — warknął Ron. — A kiedy dostaniesz swoje dziesięć „wybitnych"...

— Przestań! Przestań! — krzyknęła Hermiona, machając histerycznie rękami. — Wiem, że wszystko zawaliłam!

— Co się dzieje, jak ktoś nie zda? — Harry rzucił pytanie w przestrzeń, ale to Hermiona znowu mu odpowiedziała.

— Dyskutuje się wszystkie opcje z opiekunem domu. Zapytałam o to profesor McGonagall pod koniec ostatniego semestru.

Harry'emu przewróciło się coś w żołądku. Żałował, że zjadł tyle na śniadanie.

— W Beauxbatons — powiedziała Fleur tonem łaskawej wyższości — mami inaczej. I chyba lepij. Mami egzaminy po szósty rok, nie piąty, a wtedy...

Jej słowa zagłuszył wrzask. Hermiona wskazywała na okno. Trzy czarne plamki pojawiły się na niebie, rosnąc z każdą chwilą.

— To na pewno sowy! — wychrypiał Ron, zrywając się z miejsca i podbiegając do stojącej przy oknie Hermiony.

— Są trzy — powiedział Harry, stając przy niej z drugiej strony.

— Po jednej dla każdego — wyszeptała Hermiona. — Och, nie... nie... och, nie...

Złapała mocno Harry'ego i Rona za łokcie.

Sowy leciały prosto do Nory. Trzy ładne puszczyki, a każdy, co stało się bardziej widoczne, gdy obniżyły lot nad ścieżką wiodącą do domu, niósł wielką kopertę.

— Och, NIE! — jęknęła Hermiona.

Pani Weasley przecisnęła się obok nich i otworzyła okno. Sowy, jedna po drugiej, wleciały przez nie i wylądowały na stole we wzorowym szeregu. Każda uniosła prawą nóżkę.

Harry wysunął się do przodu. List zaadresowany do niego przywiązany był do nóżki środkowej sowy. Odwiązał go drżącymi palcami. Na lewo od niego próbował dobrać się do swoich wyników Ron, na prawo Hermiona, której ręce tak się trzęsły, że jej sowa dygotała.

W kuchni zaległa cisza. W końcu Harry'emu udało się odwiązać kopertę. Rozerwał ją szybko i rozłożył znajdujący się w środku pergamin.

WYNIKI EGZAMINU
POZIOM STANDARDOWYCH UMIEJĘTNOŚCI MAGICZNYCH

Oceny pozytywne:	*Oceny negatywne:*
wybitny (W)	nędzny (N)
powyżej oczekiwań (P)	okropny (O)
zadowalający (Z)	troll (T)

HARRY JAMES POTTER OTRZYMAŁ:

Astronomia	Z
Opieka nad magicznymi stworzeniami	P
Zaklęcia	P
Obrona przed czarną magią	W
Wróżbiarstwo	N
Zielarstwo	P
Historia magii	O
Eliksiry	P
Transmutacja	P

Harry odczytał to kilkakrotnie, a przy każdym czytaniu oddychało mu się coraz łatwiej. Nie było tak źle! Od początku wiedział, że zawali wróżbiarstwo, nie miał też żadnej szansy na zdanie historii magii, bo zasłabł podczas egzaminu, ale wszystko inne zdał! Przebiegł palcem po stopniach... Dobrze mu poszła transmutacja... i zielarstwo... a z eliksirów dostał nawet „powyżej oczekiwań"! No i „wybitny" z obrony przed czarną magią to dopiero coś!

Rozejrzał się. Hermiona stała do niego tyłem, głowę miała opuszczoną, ale Ron wyglądał na zachwyconego.

— Oblałem tylko wróżbiarstwo i historię magii, kto by się tym przejmował — powiedział uradowany. — Zobacz... i daj mi swoje...

Harry zerknął na jego stopnie: nie było żadnego „wybitnego"...

— Wiedziałem, że będziesz najlepszy z obrony przed czarną magią — powiedział Ron, klepiąc go po ramieniu. — Nieźle nam poszło, co?

— Dobra robota! — pochwaliła syna pani Weasley, mierzwiąc mu włosy. — Siedem sumów, Fred i George razem nie dostali tyle!

— A ty, Hermiono? — zapytała nieśmiało Ginny, bo Hermiona wciąż stała odwrócona do nich plecami. — Jak ci poszło?

— No... nieźle — odpowiedziała cicho Hermiona.

— Och, daj spokój — rzekł Ron, podbiegając i wyrywając jej pergamin z ręki. — No taaak... dziewięć „wybitnych" i jeden „powyżej oczekiwań" za obronę przed czarną magią. — Spojrzał na nią z miną, w której rozbawienie mieszało się z rozdrażnieniem. — Pewnie jesteś niezadowolona, co?

Hermiona pokręciła głową, a Harry roześmiał się.

— No, to jesteśmy już owutemiakami! — zawołał uradowany Ron. — Mamo, są jeszcze jakieś kiełbaski?

Harry ponownie spojrzał na swoje wyniki. O lepszych nie mógł marzyć. Ale poczuł ukłucie żalu... Aurorem już na pewno nie zostanie. Na to musiałby mieć najwyższą ocenę z eliksirów. Od dawna wiedział, że to niemożliwe, ale jednak czuł niemiłe ssanie w żołądku, kiedy ponownie spojrzał na to małe czarne „P".

To dziwne, bo choć o tym, że byłby dobrym aurorem, powiedział mu utajniony śmierciożerca, to jednak uczepił się tej myśli i nigdy nie wyobrażał sobie, że mógłby zostać kimś innym. Co więcej, teraz, kiedy już poznał przepowiednię, wydawało się to zupełnie naturalne. Czy nie takie jest jego przeznaczenie? *Żaden nie może żyć, gdy drugi przeżyje...* Czy nie byłoby to zgodne z przepowiednią i czy nie dawałoby mu największej szansy przeżycia, gdyby stał się jednym z tych świetnie wyszkolonych czarodziejów, których zadaniem jest odnalezienie i zabicie Voldemorta?

ROZDZIAŁ SZÓSTY

Samotna przechadzka Dracona

Harry pozostał w Norze przez parę tygodni. Większość czasu spędzał, grając w ogrodzie Weasleyów w miniquidditcha (on i Hermiona przeciw Ronowi i Ginny; Hermiona była okropnym graczem, a Ginny całkiem dobrym, więc siły były dość wyrównane), a wieczorami pochłaniając potrójne porcje wszystkiego, co pani Weasley przed nim postawiła.

Byłyby to szczęśliwe, spokojne wakacje, gdyby nie te wszystkie doniesienia o zaginięciach, dziwnych wypadkach i śmierciach, pojawiające się prawie codziennie w „Proroku". Czasami Bill i pan Weasley przynosili nowiny, zanim o nich napisano w gazecie. Ku rozpaczy pani Weasley, szesnaste urodziny Harry'ego zostały popsute przez makabryczne wieści przyniesione przez Remusa Lupina, który pojawił się na przyjęciu ponury i wyczerpany, posiwiały i w jeszcze bardziej niż zwykle obszarpanym stroju.

— Znowu było kilka ataków dementorów — oznajmił, kiedy pani Weasley podała mu wielki kawałek urodzinowego tortu. — Znaleźli też ciało Igora Karkarowa w jakiejś chałupie na północy, był nad nią Mroczny Znak. Szczerze mówiąc, dziwię się, że przeżył tak długo, prawie rok, po porzuceniu śmierciożerców... Pamiętam, że Regulusowi, bratu Syriusza, udało się przeżyć tylko kilka dni.

— No tak... ale... — zaczęła pani Weasley, marszcząc brwi — może jednak porozmawiamy o czymś...

— Remusie, słyszałeś o Florianie Fortescue? — spytał Bill, któremu Fleur akurat nalewała wina. — O tym facecie, który prowadził...

— ...lodziarnię przy Pokątnej? — przerwał mu Harry, czując niemiłą pustkę w żołądku. — Dawał mi za darmo lody. Co się z nim stało?

— Sądząc po tym, jak tam wyglądało, wywleczono go siłą.

— Dlaczego? — zapytał Ron, a pani Weasley obrzuciła Billa gniewnym spojrzeniem.

— Kto to wie? Musiał im jakoś podpaść. Fajny był gość z tego Floriana.

— Jak już mówimy o Pokątnej — odezwał się pan Weasley — to zniknął również Ollivander.

— Ten wytwórca różdżek? — zapytała ze strachem Ginny.

— Tak. Sklep był pusty. Żadnych śladów walki. Nikt nie wie, czy odszedł sam, czy go porwano.

— Ale różdżki... skąd ludzie będą brali różdżki?

— Są inni wytwórcy — odrzekł Lupin. — Ale Ollivander był najlepszy i jeśli tamci go dorwali, nasza sytuacja nie wygląda zbyt dobrze.

Następnego dnia po tych raczej ponurych urodzinach sowy przyniosły im listy z Hogwartu. Harry'ego spotkała niespodzianka: został kapitanem drużyny quidditcha.

— To ci daje takie uprawnienia, jakie mają prefekci! — zawołała uradowana Hermiona. — Możesz korzystać ze specjalnej łazienki i w ogóle!

— Kurczę, pamiętam, jak Charlie taką nosił — powiedział Ron, oglądając z zazdrością odznakę. — Harry, ale super, jesteś teraz moim kapitanem... jeśli weźmiesz mnie z powrotem do drużyny, ha, ha, ha...

— No, ale skoro już to dostaliście, nie możemy dłużej odkładać wyprawy na ulicę Pokątną — westchnęła pani Weasley, patrząc na listę podręczników Rona. — Wybierzemy się tam w sobotę, chyba że ojciec znowu będzie musiał być w pracy. Bo bez niego nigdzie się nie ruszę.

— Mamo, czy ty naprawdę myślisz, że Sama-Wiesz-Kto będzie się ukrywał za książkami w Esach i Floresach? — zakpił Ron.

— A Fortescue i Ollivander wzięli sobie urlop, tak? — zaperzyła się pani Weasley. — Jeśli uważasz, że można sobie żartować z bezpieczeństwa, to zostaniesz tutaj, sama ci wszystko kupię...

— Nie, jadę, muszę zobaczyć sklep Freda i George'a! — zawołał szybko Ron.

— Więc weź się w garść, młodzieńcze, bo uznam, że jesteś jeszcze zbyt niedojrzały, żeby jechać z nami! — powiedziała ze złością pani Weasley, chwytając swój zegar, którego wszystkie dziewięć wskazówek zatrzymało się na ŚMIERTELNYM ZAGROŻENIU, i kładąc go na stosie świeżo wypranych ręczników. — A to dotyczy również powrotu do Hogwartu!

Ron odwrócił się, by spojrzeć z niedowierzaniem na Harry'ego, gdy jego matka chwyciła w objęcia kosz z bielizną i chwiejącym się na szczycie zegarem, po czym wypadła z pokoju.

— Kurczę... tutaj nie można już nawet pożartować...

Ale przez kilka następnych dni nie pozwolił już sobie na żadne dowcipy na temat Voldemorta. Sobotni poranek mijał bez kolejnych wybuchów ze strony pani Weasley, choć przy śniadaniu była bardzo spięta. Bill, który zostawał w domu razem z Fleur (ku radości Hermiony i Ginny), położył przed Harrym wypchaną sakiewkę.

— A gdzie moja? — zapytał od razu Ron, otwierając szeroko oczy.

— To jest jego złoto, kretynie. Wyjąłem je z twojego skarbca, Harry, bo teraz, przy tych wszystkich środkach ostrożności, pobranie pieniędzy z banku trwa z pięć godzin. Dwa dni temu Arkiemu Philpottowi wetknęli próbnik tożsamości w... no, nieważne, w każdym razie zaufaj mi, tak było lepiej...

— Dzięki, Bill — powiedział Harry, chowając sakiewkę do kieszeni.

— On zawsze taki zaradny — zamruczała Fleur, głaszcząc Billa po nosie.

Za plecami Fleur Ginny udała, że wymiotuje do swoich musli. Harry zakrztusił się płatkami kukurydzianymi i Ron rąbnął go pięścią w plecy.

Był to pochmurny, ponury dzień. Jeden ze specjalnych samochodów Ministerstwa Magii, którym Harry już raz jechał, oczekiwał na nich przed domem, gdy wyszli na dwór, otulając się pelerynami.

— Dobrze, że tata znowu załatwił ten wózek — powiedział Ron, przeciągając się rozkosznie, gdy samochód oddalał się gładko od Nory, a w oknie kuchni widać było jeszcze Billa i Fleur, machających im na pożegnanie. On, Harry, Hermiona i Ginny mieścili się wygodnie na tylnym siedzeniu.

— Ale się nie przyzwyczaj, dali mi go tylko ze względu na Harry'ego — rzucił pan Weasley przez ramię. On i pani Weasley usiedli obok kierowcy z ministerstwa; przednie siedzenie rozciągnęło się uprzejmie do rozmiarów kanapy. — Dostał status najwyższego bezpieczeństwa. A w Dziurawym Kotle dojdzie jeszcze dodatkowa ochrona.

Harry nic nie powiedział; nie bardzo mu się uśmiechało robienie zakupów w otoczeniu batalionu aurorów. Wepchnął pelerynę-niewidkę do plecaka i uznał, że jeśli to wystarczało Dumbledore'owi, to powinno też wystarczyć ministerstwu, chociaż teraz, jak o tym pomyślał, nie był pewny, czy ministerstwo w ogóle wie o tej pelerynie.

— Jesteśmy na miejscu — oznajmił kierowca po zaskakująco krótkim czasie, odzywając się po raz pierwszy, kiedy zwolnili na Charing Cross Road i zatrzymali się przed Dziurawym Kotłem. — Mam tu na państwa czekać... Ile to może potrwać?

— Pewnie z parę godzin — odrzekł pan Weasley. — O, świetnie, już jest!

Harry podążył za jego spojrzeniem i serce mu zabiło żywiej. Przy pubie nie było żadnych aurorów, piętrzyła się za to wysoka, brodata postać Rubeusa Hagrida, leśniczego Hogwartu, ubranego w kurtkę ze skórek bobrów, który rozpromienił się na widok Harry'ego, obojętny na zdumione spojrzenia przechodzących ulicą mugoli.

— Harry! — zagrzmiał, chwytając go w miażdżący uścisk, gdy tylko Harry wysiadł z samochodu. — Hardodziob... znaczy się Kłębolot... żebyś go zobaczył, Harry, jaką ma radochę, że jest znowu na powietrzu...

— Cieszę się, że jest zadowolony — rzekł Harry, krzywiąc się i masując sobie żebra. — Nie wiedzieliśmy, że „dodatkowa ochrona" to ty!

— Wiem, jak za dawnych dobrych czasów, no nie? Ministerstwo chciało tu przysłać bandę aurorów, ale Dumbledore im powiedział, że ja wystarczę — oświadczył z dumą Hagrid, wypinając pierś i wtykając kciuki w kieszenie. — No to idziem... Molly, Arturze, wy pierwsi...

W Dziurawym Kotle było — po raz pierwszy, odkąd Harry sięgał pamięcią — zupełnie pusto. Ze starych znajomych pozostał tylko barman Tom, pomarszczony i bezzębny. Spojrzał z nadzieją, kiedy weszli, ale zanim zdążył się odezwać, Hagrid oznajmił z miną ważniaka:

— Dziś tylko przechodzimy, Tom. Sprawa Hogwartu, kapujesz?

Tom kiwnął ponuro głową i powrócił do wycierania szklanek. Harry, Hermiona, Hagrid i Weasleyowie przeszli przez bar na zimne podwórko z pojemnikami na śmieci. Hagrid zastukał swoją różową parasolką w jakąś cegłę w murze, który rozstąpił się natychmiast, tworząc łukowate przejście wiodące na krętą, brukowaną uliczkę. Stanęli za nim, rozglądając się dokoła.

Ulica Pokątna wyraźnie się zmieniła. Kolorowe, błyszczące witryny pełne ksiąg z zaklęciami, kociołków i ingrediencji do eliksirów znikły za wielkimi afiszami Ministerstwa Magii. Na większości z nich widniały powiększone wersje zasad bezpieczeństwa z ulotek, które ministerstwo rozesłało na początku lata, ale z innych wyzierały ruchome czarno-białe fotografie poszukiwanych śmierciożerców. Z witryny najbliższej apteki uśmiechała się szyderczo Bellatriks Lestrange. Kilka witryn zabito deskami, między innymi w lodziarni Floriana Fortescue. Wzdłuż ulicy rozpleniło się jednak sporo byle jak skleconych straganów. Na najbliższym, wystawionym przed Esami i Floresami pod pasiastą, poplamioną markizą, przypięto tekturową wywieszkę z napisem:

AMULETY

Skuteczne przeciw wilkołakom, dementorom i inferiusom

Niechlujny czarodziej potrząsał naręczem łańcuszków zakończonych srebrnymi symbolami.

— Pani kupi dla małej! — zawołał do pani Weasley, zerkając pożądliwie na Ginny. — Ochroni jej słodką szyjkę!

— Gdybym był na służbie... — mruknął pan Weasley, łypiąc spode łba na handlarza.

— Tak, ale teraz nie będziesz nikogo aresztował, kochanie, mamy mało czasu — powiedziała pani Weasley, patrząc nerwowo na listę. — Chyba najpierw pójdziemy do madame Malkin. Hermiona chce sobie kupić nową szatę wyjściową, a Ronowi już za bardzo widać nogi spod szkolnych szat. Ty, Harry, pewnie też musisz sobie kupić nowe, tak wyrosłeś przez to lato... Chodźcie wszyscy, idziemy...

— Molly, nie ma sensu, żebyśmy wszyscy szli do madame Malkin — rzekł pan Weasley. — Niech oni we trójkę pójdą tam z Hagridem, a my w tym czasie odwiedzimy Esy i Floresy i kupimy wszystkim książki.

— No, nie wiem — powiedziała pani Weasley, wyraźnie rozdarta między chęcią jak najszybszego uporania się z zakupami a lękiem przed podzieleniem się na mniejsze grupki. — Hagridzie, co o tym myślisz?

— Nie pękaj, Molly, ze mną będą bezpieczne — odrzekł Hagrid uspokajającym tonem, machając lekceważąco dłonią wielkości pokrywy od pojemnika na śmieci.

Pani Weasley nie wyglądała na przekonaną do końca, ale jednak się zgodziła i pospieszyła w kierunku Esów i Floresów z mężem i Ginny, podczas gdy Harry, Ron, Hermiona i Hagrid ruszyli do zakładu madame Malkin.

Wielu mijanych przechodniów miało tak samo znękane i wystraszone miny jak pani Weasley. Nikt nie przystawał, żeby pogadać, wszyscy trzymali się w małych, zwartych grupkach, spiesząc za interesami. Nikt nie robił zakupów w pojedynkę.

— Może być trochę przyciasno, jak tam wszyscy wejdziemy — powiedział Hagrid, zatrzymując się przed zakładem madame Malkin i pochylając się, żeby zajrzeć przez okno. — Zostanę tu na straży, w porząsiu?

Tak więc Harry, Ron i Hermiona weszli razem do małego sklepiku. Na pierwszy rzut oka wydawał się pusty, ale gdy tylko zamknęli za sobą drzwi, usłyszeli znajomy głos dochodzący spoza stojaka obwieszonego błyszczącymi, zielonymi i niebieskimi szatami.

— ...że nie jestem już dzieckiem, bo chyba jakoś tego nie dostrzegasz, mamo. SAM potrafię robić zakupy.

Ktoś zacmokał i rozległ się głos, po którym Harry rozpoznał madame Malkin:

— Ależ mój drogi, twoja matka ma rację, nikt nie chodzi dziś sam, to nie ma nic wspólnego z tym, czy jesteś dzieckiem...

— Proszę uważać, gdzie pani wbija tę szpilkę!

Spoza stojaka wyłonił się kilkunastoletni chłopiec o bladej, chudej twarzy i prawie białych blond włosach, ubrany w elegancką ciemnozieloną szatę; wokół kołnierza i na rękawach połyskiwały szpilki. Podszedł do lustra i długo się sobie przyglądał; dopiero po chwili dostrzegł w odbiciu ponad swoim ramieniem Harry'ego, Rona i Hermionę. Jego jasnoszare oczy zwęziły się.

— Jeśli się zastanawiasz, co tak śmierdzi, mamo, to ci wyjaśnię, że właśnie weszła szlama — powiedział Draco Malfoy.

— Nie sądzę, żeby trzeba było używać takiego języka! — zawołała madame Malkin, wychodząc zza wieszaka z centymetrem w jednej ręce i różdżką w drugiej. — I nie życzę sobie wyciągania różdżek w moim sklepie! — dodała pospiesznie, bo stojący przy drzwiach Harry i Ron już celowali w Malfoya.

Hermiona, która stała trochę za nimi, szepnęła:

— Nie, nie róbcie tego, naprawdę, nie warto...

— Ja myślę, zresztą i tak byście się nie ośmielili używać czarów poza szkołą — powiedział drwiąco Malfoy. — Kto ci podbił oko, Granger? Chcę mu posłać kwiaty.

— Dość tego! — powiedziała ostro madame Malkin, spoglądając przez ramię w poszukiwaniu pomocy. — Proszę pani...

Zza stojaka wyszła Narcyza Malfoy.

— Odłóżcie to — wycedziła w stronę Harry'ego i Rona. — Jeśli znowu zaatakujecie mojego syna, to możecie być pewni, że będzie to ostatnia rzecz w waszym życiu.

— Naprawdę? — zapytał Harry, robiąc krok do przodu ze wzrokiem wbitym w tę gładką, wyniosłą twarz, która mimo swej bladości przypominała twarz jej siostry. Teraz już dorównywał jej wzrostem. — Zamierza pani wezwać kilku zaprzyjaźnionych śmierciożerców, żeby nas wykończyli?

Madame Malkin pisnęła i złapała się za serce.

— Doprawdy, nie trzeba rzucać takich oskarżeń... mówić takich rzeczy... Proszę schować różdżki!

Ale Harry nadal celował różdżką w Narcyzę Malfoy, która uśmiechała się mściwie.

— Widzę, że jako pupilek Dumbledore'a masz fałszywe poczucie bezpieczeństwa, Harry Potterze. Ale Dumbledore'a może zabraknąć i kto cię wtedy ochroni?

Harry rozejrzał się szyderczo po sklepie.

— Ojej... patrzcie... jego tu nie ma! Więc czemu by nie spróbować? Może znajdą podwójną celę w Azkabanie, dla pani i pani przegranego męża?

Malfoy ruszył ku niemu z groźną miną, ale potknął się o wyraźnie za długą szatę. Ron wybuchnął śmiechem.

— Nie waż się tak mówić do mojej matki, Potter! — warknął Malfoy,

— Uspokój się, Draco — powiedziała Narcyza, kładąc białą dłoń na jego ramieniu. — Myślę, że Potter spotka się ze swoim ukochanym Syriuszem prędzej niż ja z Lucjuszem.

Harry uniósł różdżkę nieco wyżej.

— Harry, nie! — jęknęła Hermiona, łapiąc go za rękę i próbując ściągnąć ją w dół. — Zastanów się... nie wolno ci... wpadniesz w tarapaty...

Madame Malkin wierciła się przez chwilę w miejscu, wyraźnie nie wiedząc, co robić, aż w końcu uznała, że najlepiej zachowywać się tak, jakby nic się nie stało, w nadziei, że nic się nie stanie. Podeszła do Malfoya, który wciąż wpatrywał się groźnie w Harry'ego.

— Ten lewy rękaw trzeba jednak trochę podnieść, pozwól, że...

— Auuu! — zawył Malfoy, odtrącając jej rękę. — Patrz, gdzie wbijasz szpilki, kobieto! Matko... ja już jej nie chcę...

Ściągnął szatę przez głowę i cisnął pod nogi madame Malkin.

— Masz rację, Draco — powiedziała Narcyza, obrzucając Hermionę pogardliwym spojrzeniem. — Teraz już wiem, że do tego sklepu przychodzą same szumowiny... Lepiej chodźmy do Twilfitta i Tattinga.

I oboje wyszli ze sklepu. Malfoy nie omieszkał przy tym brutalnie potrącić Rona.

— No nie, doprawdy! — jęknęła madame Malkin, zbierając szaty z podłogi i przesuwając nad nimi koniec różdżki jak końcówkę odkurzacza, żeby usunąć kurz.

Dopasowując nowe szaty Ronowi i Harry'emu, była wyraźnie roztargniona, próbowała też sprzedać Hermionie męską szatę zamiast damskiej, a kiedy w końcu żegnała ich w drzwiach, wyglądała na zadowoloną, że już sobie idą.

— Macie wszystko? — zapytał rześko Hagrid, kiedy pojawili się u jego boku.

— Tak jakby — odrzekł Harry. — Widziałeś Malfoyów?

— Taa — mruknął Hagrid lekceważącym tonem. — Nie przejmuj się nimi, Harry, nie napadliby cię na środku Pokątnej!

Harry, Ron i Hermiona wymienili spojrzenia, ale zanim zdążyli Hagrida wyprowadzić z błędu, pojawili się państwo Weasleyowie z Ginny; wszyscy dźwigali paczki z książkami.

— Wszystko w porządku? — zapytała pani Weasley. — Macie nowe szaty? No, to po drodze do Freda i George'a możemy wpaść do apteki i do Eeylopa... Teraz trzymajmy się razem...

Ani Harry, ani Ron nie kupowali w aptece żadnych ingrediencji, wiedząc, że już nie będą uczyć się eliksirów. W Centrum Handlowym Eeylopa kupili jednak po dużym pudle orzeszków dla Hedwigi i Świstoświnki. Potem ruszyli dalej ulicą — pani Weasley co chwila zerkała na zegarek — do Magicznych Dowcipów Weasleyów, sklepu ze śmiesznymi gadżetami prowadzonego przez Freda i George'a.

— Nie mamy za dużo czasu — powiedziała pani Weasley. — Tylko rzucimy okiem i wracamy do samochodu. To już gdzieś blisko, dziewięćdziesiąt dwa... dziewięćdziesiąt cztery...

— O rany... — wyrwało się Ronowi, który zatrzymał się jak wryty.

Pośród szarych, pozaklejanych plakatami witryn wystawa sklepu Freda i George'a biła w oczy jak pokaz sztucznych ogni. Przypadkowi przechodnie zerkali na nią przez ramię, a kilku nawet się zatrzymało, wytrzeszczając oczy ze zdumienia. Lewą witrynę wypełniały najróżniejsze przedmioty, które obracały się, strzelały, błyskały, podskakiwały i wydawały z siebie wrzaski. Harry'emu aż oczy zaczęły łzawić od samego patrzenia. Prawą witrynę pokrywał olbrzymi plakat, fioletowy jak plakaty ministerstwa, na którym płonęły żółcią litery układające się w napis:

CZEMU CIĘ MARTWI SAM-WIESZ-KTO? ZATROSZCZ SIĘ LEPIEJ O Q-PY-BLOK — POWSZECHNE ZATWARDZENIE ŚCISKAJĄCE SIEDZENIE

Harry zaczął się śmiać. Usłyszał za sobą cichy jęk, a kiedy się odwrócił, ujrzał oniemiałą panią Weasley, wlepiającą oczy w plakat. Poruszała ustami, powtarzając bezgłośnie: „Ku-py-blok".

— Zostaną zamordowani we własnych łóżkach! — wyszeptała.

— Daj spokój, mamo! — Ron też trząsł się ze śmiechu. — To jest super!

On i Harry pierwsi weszli do sklepu. Pełno w nim było klientów; Harry nie mógł się dopchać do półek. Rozejrzał się po stosach pudeł piętrzących się aż do sufitu. Były tam Bombonierki Leserów, które bliźniacy wyprodukowali podczas swojego ostatniego, niedokończonego roku w Hogwarcie, i Harry zauważył, że największym wzięciem cieszyły się Krwotoczki Truskawkowe; na półce leżało już tylko jedno pogięte pudełko. Były kosze pełne różdżek, z których najtańsza zamieniała się w gumowego kurczaka albo w parę majtek, kiedy się nią machnęło, natomiast najdroższa grzmociła nie przeczuwającego nic właściciela po głowie i karku. Były pudła piór w różnych odmianach, takich jak „samomaczające", „samosprawdzające" i „samoodpowiadające". Zrobiło się trochę luźniej i Harry dopchał się do lady, przy której gromadka zachwyconych dziesięciolatków przypatrywała się maleńkiej drewnianej figurce, która powoli wchodziła po schodkach na podest z szubienicą; wszystko to spoczywało na pudle z napisem: *Powtarzalny Wisielec — Zgadnij albo zawiśnie!*

— *Patentowane Zaklęcia Wywołujące Sny na Jawie...*

Hermionie udało się przecisnąć w pobliże lady i właśnie odczytywała informację na pudle ozdobionym kolorowym malunkiem przedstawiającym przystojnego młodziana i omdlewającą dziewczynę, stojących na pokładzie pirackiego okrętu.

— *Jedno proste zaklęcie i już jesteś w wysokiej jakości, superrealistycznym, trzydziestominutowym śnie na jawie, który idealnie wpasuje się w czas typowej lekcji i jest właściwie niewykrywalny (wśród skutków ubocznych obserwuje się nieobecny wzrok i lekkie ślinienie). Nie do sprzedaży poniżej szesnastu lat.* Wiesz, Harry — powiedziała Hermiona — to jest dopiero coś!

— Za to, Hermiono — odezwał się głos za ich plecami — dostaniesz jeden zestaw gratis.

Stał za nimi uśmiechnięty Fred, ubrany w karmazynową szatę, doskonale kłócącą się z jego ognistą czupryną.

— Sie masz, Harry! — Uścisnęli sobie dłonie. — Hermiono, co się stało z twoim okiem?

— To twój złośliwy teleskop — wyjaśniła markotnie.

— O kurczę... zupełnie o tym zapomniałem... Masz...

Wyciągnął z kieszeni słoiczek i wręczył jej. Otworzyła go ostrożnie; w środku była gęsta żółta maść.

— Posmaruj sobie, w ciągu godziny siniak zniknie. Musieliśmy znaleźć jakiś przyzwoity zmywacz siniaków, prawie zawsze testujemy nasze produkty na sobie.

— Ale to jest BEZPIECZNE, tak? — zapytała Hermiona niepewnym tonem.

— Jasne! Chodź, Harry, oprowadzę cię.

Zostawili Hermionę, która zdecydowała się jednak posmarować sobie siniak maścią. Fred poprowadził go w głąb sklepu, do działu sztuczek z kartami i sznurkami.

— Magiczne sztuczki mugoli! — powiedział z dumą Fred. — Dla takich dziwaków jak tata, no wiesz, on uwielbia wszystko, co mugolskie. Dużo się na tym nie zarabia, ale wciąż się sprzedaje, to nowość... O, jest George...

Jego bliźniaczy brat energicznie uścisnął Harry'emu rękę.

— Oprowadzasz go? Chodź, Harry, pokażę ci, gdzie robimy prawdziwy interes... Ej, ty, jak coś zwędzisz, zapłacisz czymś więcej niż galeonami! — syknął ostrzegawczo do małego chłopca, który pospiesznie oderwał rękę od słoika z nalepką: *Jadalne Mroczne Znaki — Każdy się po nich porzyga!*

George odsunął zasłonę za działem sztuczek mugolskich i Harry zobaczył ciemniejsze, nie tak zatłoczone pomieszczenie. Leżące na półkach pudła miały mniej krzykliwe naklejki.

— To najnowsza seria naszych produktów — oznajmił Fred. — Śmieszne, jak do tego doszło...

— Nie uwierzysz, ilu ludzi, nawet tych, co pracują w ministerstwie, nie potrafi rzucić przyzwoitego zaklęcia tarczy — dodał George. — Oczywiście nie mieli tak znakomitego nauczyciela, jakim byłeś ty, Harry.

— Zgadza się... No więc pomyśleliśmy, że na przykład takie kapelusze obronne, to by była niezła zabawa. No wiesz, wkładasz taki kapelusz, prowokujesz kumpla, żeby rzucił na ciebie jakiś urok, i obserwujesz jego minę, jak urok odbija się od ciebie. Ale, wyobraź sobie, ministerstwo kupiło pięćset sztuk dla swoich pracowników pomocniczych! I wciąż mamy kupę nowych zamówień!

— Więc stworzyliśmy całą Serię Tarczy: peleryny obronne, rękawiczki obronne...

— ...No wiesz, na Zaklęcia Niewybaczalne to może nie działa, ale na zwykłe uroki i czary...

— No i pomyśleliśmy, że dobrze by było pociągnąć ten temat... no wiesz, obronę przed czarną magią, bo to prawdziwa żyła szmalu — ciągnął podniecony George. — To jest trendy. Popatrz, Proszek Natychmiastowej Ciemności, sprowadzamy to z Peru. Całkiem niezłe, jak się chce szybko dać dyla.

— A nasze detonatory pozorujące wprost znikają z półek, zobacz — powiedział Fred, wskazując na jakieś dziwaczne, czarne przedmioty przypominające klaksony, które rzeczywiście próbowały zniknąć z pola widzenia. — Po prostu upuszczasz taki gadżet niepostrzeżenie, a on znika, robi okropny hałas gdzieś dalej i odciąga od ciebie uwagę.

— Bardzo przydatne — powiedział Harry ze szczerym podziwem.

— Trzymaj! — George chwycił parę sztuk i rzucił Harry'emu.

Zza zasłony wychyliła głowę młoda czarownica o krótkich blond włosach. Harry zauważył, że i ona ma na sobie karmazynową szatę.

— Proszę panów, jeden z klientów poszukuje dowcipnego kociołka.

Nazywanie Freda i George'a „panami" wydało się Harry'emu trochę dziwaczne, ale oni wyraźnie uważali to za całkiem normalne.

— Dobra, już idę, Verity — odpowiedział natychmiast George. — Harry, możesz brać, co chcesz. Na koszt firmy.

— Nie ma mowy! — oburzył się Harry, który już wyjął sakiewkę, żeby zapłacić za detonatory pozorujące.

— Ty tu nie płacisz — oświadczył stanowczo Fred.

— Ale...

— Jeszcze nie zapomnieliśmy, że to ty udzieliłeś nam pożyczki na rozkręcenie interesu — powiedział z powagą George. — Bierz, co chcesz, tylko jak ktoś cię zapyta, nie zapomnij powiedzieć, skąd to masz.

George zniknął za zasłoną, żeby pomóc obsługiwać klientów, a Fred poprowadził Harry'ego z powrotem do głównej części sklepu, gdzie znaleźli Hermionę i Ginny, wciąż ślęczące nad Patentowanymi Zaklęciami Wywołującymi Sny na Jawie.

— Słuchajcie, dziewczyny, widziałyście już naszą specjalną serię Cud-Miód-Czarownica? — zapytał Fred. — Proszę za mną, moje panie...

Blisko okna wystawiono całą gamę gadżetów o wściekle różowej barwie, wokół których tłoczyło się grono podekscytowanych i rozchichotanych nastolatek. Hermiona i Ginny zawahały się, patrząc nieufnie.

— Proszę! — rzekł z dumą Fred. — Oto najlepszy wybór eliksirów miłosnych, jakich nie znajdziecie nigdzie!

Ginny uniosła sceptycznie brwi.

— I to działa?

— Oczywiście, do dwudziestu czterech godzin, to zależy od wagi chłopaka, na którego masz ochotę...

— ...i od atrakcyjności dziewczyny — wtrącił George, pojawiając się nagle przy nich. — Ale naszej siostrze tego nie sprzedamy — dodał z powagą — bo i tak poderwała już z pięciu, jak wynika z tego, co nam...

— To, co wam naopowiadał Ron, to jedno wielkie łgarstwo — odparła spokojnie Ginny, sięgając po mały różowy flakonik. — Co to jest?

— Gwarantowany Dziesięciosekundowy Niszczyciel Krost — odrzekł Fred. — Znakomity na wszystko, od czyraków po wągry, ale nie zmieniaj tematu. Chodzisz czy nie chodzisz z Deanem Thomasem?

— Chodzę. I kiedy go ostatnim razem widziałam, był jednym chłopcem, a nie pięcioma. A co to? — Wskazywała na puszyste kulki w różnych odcieniach różu i fioletu, toczące się po dnie klatki i wydające z siebie przeraźliwe piski.

— Puszki pigmejskie — wyjaśnił George. — Miniaturowe pufki, mnożą się dostatecznie szybko, jak na zapotrzebowanie. A co z Michaelem Cornerem?

— Miałam go dosyć, to straszny frajer — odpowiedziała Ginny, wsuwając palec między pręty klatki i patrząc, jak puszki pigmejskie gromadzą się wokół niego. — Są naprawdę milutkie!

— Tak, milutkie przytulanki — zgodził się Fred. — Ale chyba za szybko zmieniasz chłopaków, co?

Ginny odwróciła się i z rękami wspartymi na biodrach zmierzyła go od stóp do głów. W tej chwili tak przypominała panią Weasley, że Harry aż się zdziwił, że Fred nie daje drapaka.

— Nie twój interes. A TOBIE będę bardzo wdzięczna — warknęła do Rona, który właśnie pojawił się obok George'a obładowany zakupami — jak przestaniesz opowiadać im o mnie bzdury!

— To będzie trzy galeony, dziewięć sykli i jeden knut — powiedział Fred, lustrując pudełka w ramionach Rona. — Dawaj kasę.

— Jestem twoim bratem!

— A to, co trzymasz, to nasz towar. Trzy galeony i dziewięć sykli. Knuta ci odpuszczę.

— Ale ja nie mam trzech galeonów i dziewięciu sykli!

— To odłóż to wszystko na półki, tylko dokładnie tam, skąd wziąłeś.

Ron upuścił kilka pudełek, zaklął i pokazał Fredowi palcem, co o nim myśli. Na jego nieszczęście, akurat w tym momencie pojawiła się pani Weasley.

— Jeśli jeszcze raz zobaczę, że to robisz, posklejam ci zaklęciem wszystkie palce! — powiedziała ostrym tonem.

— Mamo, kupisz mi pigmejskiego puszka? — zapytała Ginny.

— Co takiego?!

— Zobacz, są takie słodkie...

Pani Weasley podeszła, żeby obejrzeć pigmejskie puszki, a Harry, Ron i Hermiona spojrzeli jak na komendę przez okno. Ulicą przechodził Draco Malfoy. Był sam. Kiedy minął Magiczne Dowcipy Weasleyów, obejrzał się szybko przez ramię. Po chwili zniknął im z pola widzenia.

— Ciekawe, gdzie jest jego mamuśka? — mruknął Harry, marszcząc czoło.

— Wygląda na to, że jakoś się jej pozbył — powiedział Ron.

— Ale dlaczego? — zapytała Hermiona.

Harry nie odpowiedział, pogrążony w myślach. Narcyza Malfoy nie spuściłaby z oka swojego ukochanego synalka z własnej woli; musiał się nieźle namęczyć, żeby się od niej uwolnić. Harry, dobrze znając Malfoya i szczerze go nienawidząc, był pewny, że powód tej ucieczki nie mógł być niewinny.

Rozejrzał się. Pani Weasley i Ginny pochylały się nad klatką z pigmejskimi puszkami. Pan Weasley z zachwytem oglądał paczkę mugolskich znaczonych kart. Fred i George zajęci byli obsługą klientów. Za oknem widać było plecy obserwującego ulicę Hagrida.

— Właźcie pod nią, szybko — szepnął Harry, wyciągając pelerynę-niewidkę.

— Och... no nie wiem, Harry — bąknęła Hermiona, patrząc niepewnie w stronę pani Weasley.

— Nie marudź! — syknął Ron.

Wahała się jeszcze przez chwilę, a potem dała nurka pod pelerynę razem z Harrym i Ronem. Nikt nie zauważył, że nagle zniknęli, wszyscy byli za bardzo pochłonięci oglądaniem produktów Freda i George'a. Przecisnęli się do drzwi tak szybko, jak mogli, ale kiedy wyszli na ulicę, Malfoy też zniknął.

— Poszedł w tamtą stronę — mruknął cicho Harry, żeby nie usłyszał go nucący coś pod nosem Hagrid. — Idziemy.

Ruszyli w drogę, zerkając na prawo i lewo, przez witryny sklepowe i drzwi, aż w końcu Hermiona wskazała ręką przed siebie.

— To on, prawda? — szepnęła. — Skręca w lewo?

— Wielka niespodzianka — szepnął Ron, bo Malfoy rozejrzał się szybko i skręcił w ulicę Śmiertelnego Nokturnu.

— Szybko, bo go zgubimy — powiedział Harry, przyspieszając kroku.

— Będzie nam widać stopy! — zaniepokoiła się Hermiona, widząc, że rąbek peleryny omiata im kostki. Teraz było im już o wiele trudniej ukryć się pod nią we trójkę.

— Nieważne — rzucił niecierpliwie Harry. — Byle szybko!

Ale ulica Śmiertelnego Nokturnu, boczna uliczka, na której pleniła się czarna magia, wyglądała na zupełnie opustoszałą. Zaglądali przez okna obskurnych sklepików, ale klientów w nich nie było. Harry przypuszczał, że w tych niebezpiecznych czasach kupowanie czegoś na tej ulicy mogło się wydawać zbyt podejrzane, a w każdym razie nikt nie chciał, by go tu widziano.

Hermiona uszczypnęła go mocno w ramię.

— Auu!

— Ciiicho! Patrz! On jest tu! — wydyszała mu w ucho.

Mijali jedyny sklep na Śmiertelnym Nokturnie, w którym Harry kiedyś był: ponury sklep Borgina i Burkesa. Pośród skrzynek pełnych czaszek i omszałych butli stał tam odwrócony do nich plecami Draco Malfoy, tuż za dużą, czarną szafą, w której Harry ukrył się kiedyś przed nim i przed jego ojcem. Sądząc po gestykulacji, Malfoy coś żywo komuś tłumaczył. I natychmiast zobaczyli komu, bo przed nim stał właściciel sklepu, pan Borgin, przygarbiony mężczyzna z tłustymi włosami. Miał dziwny wyraz twarzy, na której oburzenie mieszało się ze strachem.

— Gdybyśmy tylko mogli podsłuchać, o czym mówią! — szepnęła Hermiona.

— Możemy! — odezwał się Ron. — Zaraz... a niech to...

Upuścił parę pudełek, grzebiąc w największym, które wciąż ściskał.

— Uszy Dalekiego Zasięgu, patrzcie!

— Super! — ucieszyła się Hermiona, kiedy Ron rozplątał długie sznurki cielistego koloru i zaczął wpychać ich końce w szparę pod drzwiami. — Mam nadzieję, że drzwi nie są nieprzenikliwe.

— Nie! — ucieszył się Ron. — Słuchajcie!

Zetknęli razem głowy, żeby lepiej słyszeć. Z drugich końców sznurków wydobywał się głos Malfoya, tak wyraźny, jakby mówił do mikrofonu.

— ...wiesz, jak to naprawić?

— Być może — odrzekł Borgin tonem, który sugerował, że nie ma ochoty się tego podjąć. — Musiałbym zobaczyć. Może byś to przyniósł, co?

— Nie mogę. Ma zostać tam, gdzie jest. Chcę tylko, żebyś mi powiedział, jak to zrobić.

Harry zobaczył, jak Borgin nerwowo oblizuje wargi.

— No... jak tego nie obejrzę, to nie wiem, czy dam radę, chyba nie. Niczego nie mogę gwarantować.

— Nie? — W głosie Malfoya zabrzmiała drwina. — Może to cię przekona.

Ruszył w stronę Borgina, znikając za szafką. Harry, Ron i Hermiona daremnie wyciągali szyje — teraz widzieli tylko Borgina, który miał przerażoną minę.

— Spróbuj o tym komuś powiedzieć — wycedził Malfoy — a spotka cię kara. Znasz Fenrira Greybacka? To przyjaciel naszej rodziny, będzie tu wpadał, żeby się upewnić, że nie marnujesz czasu.

— Nie będzie trzeba...

— Ja o tym zadecyduję. No, na mnie już czas. A TO trzymaj w bezpiecznym miejscu. Będzie mi potrzebne.

— A nie lepiej zabrać od razu?

— Nie bądź głupi, jak bym wyglądał, niosąc to ulicą? Tylko nikomu tego nie sprzedawaj.

— Ależ oczywiście... szanowny panie.

Borgin ukłonił się tak nisko, jak kiedyś Lucjuszowi Malfoyowi.

— I ani słowa nikomu, Borgin, również mojej matce. Rozumiemy się?

— Ależ oczywiście, oczywiście — mruknął Borgin, znowu się kłaniając.

Po chwili rozległ się dzwonek u drzwi i Malfoy wymaszerował ze sklepu. Był wyraźnie z siebie zadowolony. Przeszedł tak blisko Harry'ego, Rona i Hermiony, że poczuli, jak peleryna zafalowała, ocierając się im o kolana. W sklepie Borgin wciąż nie ruszał się z miejsca; z jego twarzy spełzł służalczy uśmiech — wyglądał na przestraszonego.

— Co tu jest grane? — wyszeptał Ron, zwijając Uszy Dalekiego Zasięgu.

— Nie mam pojęcia — odrzekł Harry, marszcząc czoło. — Chce coś naprawić... i chce sobie tutaj coś zarezerwować... Widzieliście, na co pokazał, kiedy powiedział: „to"?

— Nie, szafa go zasłaniała.

— Zostańcie tutaj — szepnęła Hermiona.

— Co ty...?

Ale Hermiona już wychynęła spod peleryny. Poprawiła sobie włosy, przeglądając się w szybie wystawowej, i wmaszerowała do środka, uruchamiając ponownie dzwonek u drzwi. Ron szybko wetknął z powrotem pod drzwi Uszy Dalekiego Zasięgu i podał jeden sznurek Harry'emu.

— Dzień dobry! Okropna pogoda, co? — rozległ się dziarski głos Hermiony.

Borgin nic nie odpowiedział, tylko obrzucił ją podejrzliwym spojrzeniem. Hermiona zaczęła się włóczyć po sklepie, nucąc coś beztrosko.

— Ten naszyjnik jest na sprzedaż? — zapytała, zatrzymując się przy szklanej gablotce.

— Jeśli masz półtora tysiąca galeonów — odpowiedział chłodno Borgin.

— Ou... ee... nie, tyle nie mam. A ta... ta cudowna... mm... czaszka?

— Szesnaście galeonów.

— Więc jest na sprzedaż? Nie trzyma jej pan... dla kogoś?

Borgin spojrzał na nią z ukosa. Harry odniósł przykre wrażenie, że właściciel sklepu już wie, o co naprawdę chodzi Hermionie. A ona najwyraźniej też to wyczuła, bo nagle zrezygnowała z tej gry.

— Chodzi o to, że... eee... ten chłopak, który dopiero co wyszedł, Draco Malfoy, no więc on jest moim dobrym znajomym i chciałabym mu dać coś na urodziny, ale jeśli już coś zarezerwował, to oczywiście nie chcę kupić mu tego samego, więc... mmm...

Dla Harry'ego była to strasznie naiwna bajeczka, a Borgin najwyraźniej pomyślał to samo.

— Wynocha! — rzucił krótko. — Ale już!

Hermionie nie trzeba było tego powtarzać. Ruszyła żwawo do drzwi, z Borginem depczącym jej po piętach. Kiedy znowu zadźwięczał dzwonek, zatrzasnął za nią drzwi i wywiesił na nich tabliczkę z napisem „Zamknięte".

— No cóż — powiedział Ron, zarzucając pelerynę na Hermionę. — Warto było spróbować, tylko że to było trochę... zbyt oczywiste...

— Następnym razem ty mi pokażesz, jak to się robi, mistrzu udawania! — warknęła.

Ron i Hermiona kłócili się przez całą drogę powrotną do Magicznych Dowcipów Weasleyów, gdzie zmuszeni byli przestać, żeby wśliznąć się niepostrzeżenie do sklepu pod okiem zaniepokojonego Hagrida, a także pani Weasley, którzy najwyraźniej zauważyli ich nieobecność. W sklepie Harry szybko ściągnął pelerynę-niewidkę, ukrył ją w plecaku i dołączył do Rona i Hermiony, którzy w odpowiedzi na oskarżenia pani Weasley upierali się, że cały czas byli w sklepie i że po prostu nie dostrzegła ich w tłumie klientów.

ROZDZIAŁ SIÓDMY

Klub Ślimaka

Harry spędził większość ostatniego tygodnia wakacji na zastanawianiu się, co też może oznaczać zachowanie Malfoya na ulicy Śmiertelnego Nokturnu. Najbardziej niepokoiło go zadowolenie widoczne na jego twarzy, gdy opuszczał sklep, bo jeśli coś Malfoya cieszyło, należało się mieć na baczności. Irytowało go jednak trochę, że ani Ron, ani Hermiona nie przejęli się tym tak jak on, a w każdym razie już po kilku dniach dali mu do zrozumienia, że wałkowanie tego tematu trochę ich nudzi.

— Tak, Harry, to jasne, że coś tu śmierdzi — powiedziała Hermiona lekko zniecierpliwionym tonem — ale chyba już uzgodniliśmy, że może być mnóstwo wyjaśnień, co?

Siedziała na parapecie pokoju Freda i George'a, opierając stopy na jakimś pudle. Przed chwilą niechętnie oderwała oczy od nowiutkiego egzemplarza podręcznika *Runy dla zaawansowanych*.

— Może złamała mu się Ręka Glorii? — rzucił niedbale Ron, który próbował wyprostować pogięte gałązki swojej miotły. — Pamiętacie tę pomarszczoną, wysuszoną łapkę, którą kupił kiedyś u Borgina?

— A jak wytłumaczyć, że powiedział: „A TO trzymaj w bezpiecznym miejscu"? — zapytał po raz któryś Harry. — Wygląda na to, że Borgin ma drugi egzemplarz tego czegoś, co mu się zepsuło, a Malfoy chce mieć oba.

— Tak uważasz? — mruknął Ron, który teraz próbował zeskrobać coś z rączki miotły.

— Tak, tak uważam. — A kiedy ani Ron, ani Hermiona nic na to nie powiedzieli, dodał: — Ojciec Malfoya jest w Azkabanie. Nie uważacie, że Malfoy chce się zemścić?

Ron spojrzał na niego, mrugając.

— Malfoy... zemścić? A co on może?

— Właśnie w tym rzecz: nie wiem! Ale coś kombinuje i uważam, że trzeba to potraktować poważnie. Jego ojciec jest śmierciożercą i...

Urwał z otwartymi ustami, z wzrokiem utkwionym w okno za Hermioną. Coś okropnego przyszło mu nagle do głowy.

— Harry! Co ci jest? — zaniepokoiła się Hermiona.

— Ale chyba nie rozbolała cię blizna, co? — zapytał ze strachem Ron.

— On jest śmierciożercą — powiedział powoli Harry. — Na miejsce swojego ojca.

Zapadła cisza, którą przerwał śmiech Rona.

— MALFOY? Harry, on ma szesnaście lat! Myślisz, że Sam-Wiesz-Kto by się na to zgodził?

— Harry, to bardzo nieprzekonująca hipoteza — oświadczyła stanowczo Hermiona. — Skąd ci przyszło do głowy, że...

— W sklepie madame Malkin. Nawet go nie dotknęła, a on zawył i szarpnął ramieniem, kiedy podeszła, żeby mu podwinąć rękaw. To była lewa ręka. On ma na niej Mroczny Znak.

Ron i Hermiona wymienili spojrzenia.

— No wiesz... — mruknął bez przekonania Ron.

— Myślę, że po prostu chciał jak najszybciej stamtąd wyjść — powiedziała Hermiona.

— Pokazał coś Borginowi — upierał się Harry. — Coś, co Borgina cholernie wystraszyło. To był Mroczny Znak, jestem pewny... Pokazał Borginowi, z kim ma do czynienia, widzieliście, z jakim szacunkiem Borgin zaczął go odtąd traktować!

Ron i Hermiona znowu wymienili spojrzenia.

— Bo ja wiem, Harry...

— No tak, ale nadal nie sądzę, żeby Sam-Wiesz-Kto pozwolił Malfoyowi...

Harry, rozzłoszczony na nich, ale święcie przekonany, że ma rację, zgarnął brudne szaty do quidditcha i wybiegł z pokoju. Pani Weasley wciąż im przypominała, żeby nie zostawiali prania i pakowania na ostatnią chwilę. Na schodach wpadł na Ginny, która wracała do swojego pokoju z naręczem świeżo upranych ubrań.

— Nie radzę teraz wchodzić do kuchni — ostrzegła go. — Pełno w niej Flegmy.

— Będę uważał, żeby się nie poślizgnąć — zażartował Harry.

I rzeczywiście, kiedy wszedł do kuchni, Fleur siedziała przy stole, opowiadając z przejęciem, jak zaplanowała ślub z Billem, podczas gdy pani Weasley, wyraźnie nie w humorze, pilnowała kupki samoobierających się kiełków.

— ...uzgodnili, Bill i ja, że będą tylko dwie druhny, Ginny i Gabriel. One będą razem widać bardzo slodko. Ja myślę o ubraniu ich w bladi zloto... róż jest taki okropny dla Ginny...

— Ach, Harry! — zawołała pani Weasley, przerywając monolog Fleur. — Świetnie, chciałam cię zapoznać ze środkami bezpieczeństwa, jakie zostaną zastosowane jutro w czasie waszej podróży do Hogwartu. Będziemy mieli znowu samochody z ministerstwa, na stacji będą też aurorzy...

— Będzie z nimi Tonks? — zapytał Harry, oddając pani Weasley szaty do quidditcha.

— Nie, chyba nie. Z tego, co mi mówił Artur, wynika, że ona ma inny przydział.

— Ona trochi się zaniedbala, ta Tonks — powiedziała Fleur, przyglądając się swojemu zabójczemu odbiciu w łyżeczce od herbaty. — To wielki bląd, jak by mnie pytacie...

— Tak, i dziękuję ci — przerwała jej pani Weasley zgryźliwym tonem. — Harry, lepiej się pakuj, niech kufry będą gotowe już dziś wieczorem, żebyśmy jutro nie musieli jak zwykle zbierać się w popłochu.

I rzeczywiście następnego ranka nie było zwykłego przy ich odjeździe rozgardiaszu. Kiedy samochody zajechały przed Norę, wszyscy już czekali, kufry były zapakowane, Krzywołap siedział w koszu podróżnym, a Hedwiga, Świstoświnka i fioletowy pigmejski puszek Ginny, Arnold, w swoich klatkach.

— *Au revoir*, 'Arry — powiedziała gardłowym głosem Fleur, całując go w policzek.

Ron rzucił się ku niej z nadzieją w oczach, ale Ginny podstawiła mu nogę i upadł u stóp Fleur. Wściekły, czerwony na twarzy i uwalany błotem wsiadł bez pożegnania do samochodu.

Przed dworcem King's Cross nie czekał na nich Hagrid. Zamiast niego, gdy tylko wysiedli z samochodów, podeszło do nich dwóch posępnych, brodatych aurorów w ciemnych mugolskich garniturach, którzy bez słowa poprowadzili ich na stację.

— Szybko, szybko, przez barierkę — przynaglała ich pani Weasley, najwyraźniej nieco wytrącona z równowagi niezwykłą sprawnością, z jaką wszystko się odbywało. — Harry, ty pierwszy, razem z...

Spojrzała pytająco na jednego z aurorów, który skinął głową, chwycił Harry'ego pod ramię i próbował skierować go ku barierce między peronami numer dziewięć i dziesięć.

— Dzięki, potrafię chodzić — rzucił ze złością Harry, wyszarpując ramię z uścisku aurora.

Skierował swój wózek prosto na żeliwny słupek barierki, ignorując swojego milczącego towarzysza, i po chwili znalazł się na peronie numer dziewięć i trzy czwarte, przy którym stał już czerwony Ekspres Hogwart, buchający parą.

Po kilku sekundach stanęli obok niego Hermiona i Weasleyowie. Nie oglądając się na posępnego aurora, Harry zaproponował Ronowi i Hermionie, by poszukać wolnego przedziału.

— Harry, nie obraź się — powiedziała Hermiona — ale Ron i ja musimy iść najpierw do wagonu prefektów, a potem będziemy patrolować korytarze, sam rozumiesz.

— Och tak, zapomniałem.

— Lepiej już wszyscy wsiadajcie, macie tylko parę minut do odjazdu — powiedziała pani Weasley, patrząc na zegarek. — No, Ron, życzę ci udanego semestru...

— Panie Weasley, mogę z panem zamienić słówko? — zapytał Harry, decydując się na to w ostatniej chwili.

— Oczywiście — odpowiedział pan Weasley, trochę zdziwiony, ale odszedł za Harrym kilka kroków dalej.

Harry przemyślał to dokładnie i doszedł do wniosku, że jeśli już ma to komuś powiedzieć, to najlepiej panu Weasleyowi: po pierwsze dlatego, że pracuje w ministerstwie, więc mógłby poprowadzić dalsze śledztwo, a po drugie, bo uważał, że akurat pan Weasley nie zrobi mu awantury.

Pani Weasley i auror o ponurej twarzy rzucali w ich stronę podejrzliwe spojrzenia.

— Kiedy byliśmy na Pokątnej... — zaczął Harry, ale pan Weasley przerwał mu, krzywiąc się lekko.

— Chcesz mi powiedzieć, gdzie ty, Ron i Hermiona zniknęliście, kiedy niby mieliście być na zapleczu sklepu Freda i George'a, tak?

— Jak pan...

— Harry, daj spokój. Mówisz do człowieka, który wychował Freda i George'a.

— Ee... no tak, zgadza się, nie byliśmy na zapleczu.

— No to słucham, niech wreszcie dowiem się najgorszego.

— Śledziliśmy Dracona Malfoya. Użyliśmy mojej peleryny-niewidki.

— A mieliście jakiś szczególny powód czy była to tylko zachcianka?

— Wydawało mi się, że Malfoy coś knuje — powiedział Harry, lekceważąc minę pana Weasleya, na którego twarzy poirytowanie mieszało się z rozbawieniem. — Pozbył się jakoś swojej matki i chciałem wiedzieć dlaczego.

— Oczywiście — powiedział pan Weasley tonem pełnym rezygnacji. — No i co? Dowiedziałeś się?

— Poszedł do Borgina i Burkesa i naskoczył na tego faceta, Borgina, żeby mu coś pomógł naprawić. I powiedział, żeby Borgin coś innego dla niego zatrzymał. Chyba coś takiego, co chciał naprawić. Jakby to była para. Ale... — Harry wziął głęboki oddech — to nie wszystko. Widzieliśmy, że Malfoy podskoczył jak oparzony, kiedy madame Malkin próbowała dotknąć jego lewego ramienia. Myślę, że ma tam wypalony Mroczny Znak. Myślę, że został śmierciożercą na miejsce swego ojca.

Pan Weasley był kompletnie zaskoczony.

— Harry, wątpię, czy Sam-Wiesz-Kto pozwoliłby szesnastolatkowi...

— Czy ktokolwiek naprawdę wie, co Sam-Wiesz-Kto zrobi albo czego nie zrobi? — zapytał ze złością Harry. — Panie Weasley, niech mi pan wybaczy, ale czy nie warto by zrobić dochodzenia w tej sprawie? Jeśli Malfoy chce coś naprawić i zmusza groźbą Borgina, żeby to zrobił, to chyba chodzi o coś czarnomagicznego albo niebezpiecznego, prawda?

— Mówiąc szczerze, wątpię w to, Harry — odrzekł powoli pan Weasley. — Widzisz, kiedy aresztowano Lucjusza Malfoya, przeszukaliśmy jego dom. Zabraliśmy wszystko, co wydawało się nam niebezpieczne.

— Myślę, że coś przeoczyliście — upierał się Harry.

— Może masz rację — powiedział pan Weasley, ale Harry nie był pewny, czy sobie z niego nie kpi.

Rozległ się gwizdek. Prawie wszyscy wsiedli już do wagonów, trzaskały zamykane drzwi.

— Lepiej się pospiesz — rzekł pan Weasley, kiedy jego żona krzyknęła: — Harry, szybko!

Harry otworzył najbliższe drzwi, a państwo Weasleyowie pomogli mu wepchnąć przez nie kufer.

— Aha, Harry, przyjeżdżasz do nas na Boże Narodzenie! — zawołała pani Weasley z peronu, kiedy Harry zatrzasnął za sobą drzwi i pociąg ruszył. — Wszystko załatwione z Dumbledore'em, więc niedługo się zobaczymy! Uważaj na siebie i...

Pociąg nabierał szybkości.

— ...bądź dobry i...

Teraz już biegła obok pociągu.

— ...niech ci się nic nie stanie!

Harry machał ręką, póki pociąg nie skręcił i państwo Weasleyowie nie znikli z pola widzenia. Był pewny, że Ron i Hermiona siedzą z innymi prefektami domów, ale nieco dalej na korytarzu dostrzegł Ginny gawędzącą ze znajomymi. Ruszył ku niej, ciągnąc za sobą kufer.

Wszyscy gapili się na niego bezczelnie — ci, którzy byli jeszcze na korytarzu, i ci z przedziałów, przyciskając nosy do szyb. Spodziewał się, że teraz, po tych wszystkich plotkach na temat Wybrańca wypisywanych w „Proroku Codziennym", będzie musiał znosić jeszcze więcej natarczywych spojrzeń i rozdziawionych gąb, ale wcale go nie bawiło to tkwienie w blasku jupiterów. Klepnął Ginny po ramieniu.

— Może znajdziemy sobie przedział?

— Wybacz, Harry, ale umówiłam się już z Deanem — odpowiedziała. — Zobaczymy się później.

— W porządku.

Poczuł dziwne poirytowanie, kiedy odeszła, powiewając swoimi długimi miedzianymi włosami. Przyzwyczaił się do jej towarzystwa w ciągu lata i prawie już zapomniał, że w szkole nigdy nie trzymała się razem z nim, Ronem i Hermioną. A potem zamrugał i spojrzał wokół siebie: otaczało go grono dziewcząt wpatrzonych w niego jak urzeczone.

— Cześć, Harry! — usłyszał za sobą znajomy głos.

— Neville! — ucieszył się Harry, odwracając się ku przepychającemu się do niego chłopcu o krągłej twarzy.

— Cześć, Harry — powiedziała dziewczyna z długimi włosami i wielkimi, rozmarzonymi oczami, idąca tuż za Neville'em.

— Cześć, Luna, jak się masz?

— Świetnie, dziękuję.

Przyciskała do piersi jakiś magazyn; wielki napis na okładce głosił, że wewnątrz można znaleźć parę darmowych widmokularów.

— A więc „Żongler" wciąż idzie do przodu, co? — zapytał Harry, który miał pewną słabość do tego magazynu po tym, jak w ubiegłym roku udzielił mu wywiadu z prawem wyłączności.

— O, tak, bardzo dobrze się rozchodzi — odpowiedziała uradowana Luna.

— Znajdźmy sobie miejsca — rzekł Harry i w trójkę ruszyli wzdłuż pociągu wśród milczących spojrzeń wytrzeszczających oczy uczniów. W końcu znaleźli pusty przedział i Harry z ulgą wszedł do środka.

— Gapią się nawet na NAS — powiedział Neville, wskazując na siebie i Lunę — bo jesteśmy z tobą!

— Gapią się na was, bo i wy byliście w ministerstwie — rzekł Harry, kiedy umieścił kufer na półce. — O naszej małej przygodzie rozpisywał się „Prorok", pewnie czytałeś.

— Tak, myślałem, że babcia będzie się wściekać, ale była zachwycona. Mówi, że w końcu zaczynam przypominać ojca. Kupiła mi nową różdżkę, zobacz!

Wyciągnął ją i pokazał Harry'emu.

— Czereśnia i włos jednorożca — oznajmił z dumą. — Jedna z ostatnich, jakie sprzedał Ollivander, zniknął następnego dnia... Ej, Teodoro, wracaj!

I dał nurka pod ławkę, żeby wyciągnąć stamtąd swoją ropuchę, która po raz kolejny podjęła próbę odzyskania wolności.

— Harry, czy w tym roku będziemy mieć nadal spotkania GD? — zapytała Luna, wyciągając z „Żonglera" psychodeliczne okulary.

— Chyba nie ma sensu, skoro już pozbyliśmy się Umbridge? — odparł Harry, siadając.

Neville, wynurzając się spod siedzenia, uderzył w nie głową. Miał zawiedzioną minę.

— Tak lubiłem GD! Tyle się z wami nauczyłem!

— Ja też polubiłam te spotkania — powiedziała pogodnie Luna. — Czułam się tak, jakbym miała przyjaciół.

To było jedno z tych kłopotliwych stwierdzeń Luny, które zawsze wprawiały Harry'ego w trudną do zniesienia mieszaninę współczucia i zażenowania. Zanim jednak zdążył odpowiedzieć, za drzwiami przedziału wybuchło jakieś zamieszanie — stała tam grupa rozchichotanych dziewczyn z czwartej klasy, które szeptały między sobą:

— Ty go zapytaj!

— Nie, ty!

— Ja to zrobię!

Jedna z nich, o dumnym spojrzeniu dużych, ciemnych oczu, wydatnym podbródku i długich, czarnych włosach, przecisnęła się do drzwi.

— Cześć, Harry, jestem Romilda, Romilda Vane — oświadczyła głośno i śmiało. — Może byś usiadł w naszym przedziale? Nie musisz przecież siedzieć z NIMI — dodała teatralnym szeptem, wskazując na wystający spod ławki tyłek Neville'a i Lunę, która nałożyła widmokulary, co nadało jej wygląd zbzikowanej kolorowej sowy.

— To są moi przyjaciele — odparł chłodno Harry.

— Och... — powiedziała dziewczyna z bardzo zaskoczoną miną. — Och. Okej.

I wycofała się, zamykając za sobą drzwi.

— Ludzie sobie wyobrażają, że masz fajniejszych przyjaciół — stwierdziła Luna, jeszcze raz wykazując zadziwiającą skłonność do kłopotliwej szczerości.

— Wy jesteście fajni — rzekł krótko Harry. — To wy byliście ze mną w ministerstwie. Oni nie nadstawiali tam karku.

— Bardzo miło coś takiego usłyszeć — powiedziała z uśmiechem Luna, po czym poprawiła sobie widmokulary na nosie i usadowiła się wygodnie, by poczytać „Żonglera".

— Ale myśmy nie walczyli z NIM — zauważył Neville, wyłaniając się spod ławki z zakurzonymi włosami i ze zrezygnowaną Teodorą w garści. — To ty z nim walczyłeś. Żebyś słyszał, jak moja babcia mówiła... „Ten Harry Potter ma w sobie więcej ikry niż to całe ministerstwo!" Oddałaby wszystko, żeby mieć takiego wnuka...

Harry roześmiał się nieco sztucznie i szybko zmienił temat, zagadując o sumy. Neville wyrecytował swoje stopnie i zastanawiał się głośno, czy pozwolą mu podchodzić do owutemu z transmutacji, skoro ma z niej tylko „zadowalający". Ale Harry patrzył na niego, prawie go nie słuchając.

Dzieciństwo Neville'a zostało naznaczone piętnem Voldemorta podobnie jak jego, ale Neville nie miał pojęcia, jak bliski był przeznaczenia Harry'ego. Przepowiednia mogła się odnosić do każdego z nich, a jednak, z jakiegoś tylko sobie znanego powodu, Voldemort wolał uwierzyć, że chodzi w niej o Harry'ego.

Gdyby wybrał Neville'a, to on siedziałby teraz naprzeciw Harry'ego z blizną w kształcie błyskawicy na czole i ciążącą na nim przepowiednią... Ale... czy tak by się stało? Czy jego matka oddałaby za niego życie, jak uczyniła Lily, ocalając Harry'ego? Pewnie tak... ale gdyby nie zdołała stanąć między swoim synem a Voldemortem? Czy wówczas nie byłoby w ogóle żadnego Wybrańca? Czy tam, gdzie teraz siedzi Neville, nikt by nie siedział, a on, Harry, nie miałby żadnej blizny na czole i na peronie żegnałaby go jego własna matka, a nie matka Rona?

— Nic ci nie jest, Harry? Wyglądasz jakoś dziwnie — powiedział Neville.

Harry drgnął.

— Przepraszam... ja...

— Dopadł cię gnębiwtrysk? — zapytała ze współczuciem Luna, zerkając na Harry'ego przez swoje bajecznie kolorowe okulary.

— Co?...

— Gnębiwtrysk... One są niewidzialne, wlatują przez uszy i mieszają ci w mózgu. Zdawało mi się, że poczułam, jak któryś lata po przedziale.

I klasnęła dłońmi w powietrzu, jakby chciała zabić wielkiego niewidzialnego mola. Harry i Neville spojrzeli na siebie ukradkiem i szybko zaczęli rozmawiać o quidditchu.

Pogoda za oknami pociągu była zmienna jak przez całe lato: przejeżdżali przez kłęby zimnej mgły, by po chwili wydostać się na blade, ale jasne słońce. Właśnie podczas jednego z takich jaśniejszych momentów, gdy słońce świeciło prawie bezpośrednio nad głowami, do przedziału weszli w końcu Ron i Hermiona.

— Och, żeby ten wózek z żarciem już się pojawił, konam z głodu — powiedział tęsknie Ron, padając na siedzenie obok Harry'ego i masując sobie brzuch. — Hej, Neville, cześć, Luna. Wiesz co? — dodał, zwracając się do Harry'ego. — Malfoy olewa obowiązki prefekta. Siedzi sobie w przedziale z innymi Ślizgonami. Widzieliśmy go, jak tutaj szliśmy.

Harry ocknął się, bo była to interesująca nowina. Przez cały poprzedni rok Malfoy z uciechą nadużywał władzy prefekta, więc takie pozbawianie się możliwości jej zademonstrowania nie było do niego podobne.

— Co robił, jak go zobaczyliście?

— To, co zwykle — odrzekł Ron, pokazując wulgarny gest. — Ale to nie w jego stylu, co? No, TO TAK — powtórzył gest — ale dlaczego nie łazi po pociągu, żeby się znęcać nad pierwszorocznikami?

— Nie wiem — powiedział Harry, ale myśli krążyły mu szybko po głowie. Czy to nie dowodzi, że Malfoy ma ważniejsze sprawy na głowie od wyżywania się na młodszych uczniach?

— Może wolał być w Brygadzie Inkwizycyjnej — odezwała się Hermiona. — Może samo bycie prefektem to dla niego już trochę za mało.

— Nie sądzę — mruknął Harry. — Myślę, że...

Ale zanim zdołał rozwinąć swoją hipotezę, drzwi przedziału otworzyły się ponownie i weszła jakaś dziewczyna z trzeciej klasy. Miała wyraźne kłopoty z oddychaniem.

— Mam to doręczyć Neville'owi Longbottomowi i Harry'emu P-Potterowi — zająknęła się, kiedy spojrzała na Harry'ego, i natychmiast oblała się rumieńcem. Wyciągnęła rękę z dwoma rulonikami pergaminu przewiązanymi fioletową wstążką. Harry i Neville, skonsternowani, wzięli zaadresowane do siebie ruloniki, a dziewczyna wycofała się z przedziału.

— Co to jest? — zapytał Ron, kiedy Harry już rozwinął swój pergamin.

— Zaproszenie.

Harry,

byłbym zachwycony, gdybyś wpadł do mnie na małą przekąskę w przedziale C.

Z wyrazami szacunku,

Profesor H.E.F. Slughorn

— Co to za profesor Slughorn? — zapytał Neville, patrząc ze zdumieniem na swoje zaproszenie.

— Nowy nauczyciel — odrzekł Harry. — No to co, chyba musimy tam iść?

— Ale czego on chce ode mnie? — zapytał Neville ze strachem, jakby się spodziewał, że dostanie szlaban.

— Nie mam pojęcia — odpowiedział Harry, nie do końca szczerze, ale nie był pewny, czy jego podejrzenia są słuszne. — Słuchaj — dodał, bo nagle wpadł na pewien pomysł — schowajmy się pod peleryną-niewidką. W ten sposób będziemy sobie mogli swobodnie popatrzyć na Malfoya, zobaczyć, co on tam knuje.

Ale jego pomysł okazał się zupełnie chybiony: nie było jak przejść w pelerynie-niewidce korytarzami pełnymi uczniów wyczekujących niecierpliwie na wózek z przekąskami. Harry schował ją w plecaku z prawdziwym żalem, bo niezależnie od głównego celu, niewidzialność pozwoliłaby mu uniknąć tych wszystkich natarczywych spojrzeń, których intensywność nawet się jeszcze zwiększyła od czasu, gdy po raz pierwszy szedł wzdłuż pociągu. Co krok z przedziałów wypadali uczniowie, żeby mu się lepiej przyjrzeć. Jedynym wyjątkiem była Cho Chang, która na jego widok wpadła z powrotem do przedziału. Kiedy Harry przechodził obok, zobaczył, że jest pogrążona w rozmowie ze swoją przyjaciółką Mariettą, której twarz pokrywała gruba warstwa makijażu; nawet to nie ukryło jednak niesamowitej formacji pryszczy zdobiącej jej twarz. Harry uśmiechnął się lekko i ruszył dalej.

Kiedy doszli do przedziału C, spostrzegli od razu, że nie byli jedynymi zaproszonymi gośćmi, choć sądząc po entuzjastycznym powitaniu Slughorna, to Harry był gościem najbardziej oczekiwanym.

— Harry, mój chłopcze! — Slughorn zerwał się z miejsca na jego widok, tak że wielki, pokryty aksamitem brzuch profesora zdawał się wypełniać pozostałą wolną przestrzeń przedziału. Łysina i długie srebrne wąsy zalśniły w słońcu tak jak złote guziki jego kamizelki. — Znakomicie, że jesteś, znakomicie! A to pewnie pan Longbottom, tak?

Neville kiwnął głową; minę miał mocno wystraszoną. Slughorn zaprosił ich gestem, by usiedli naprzeciw siebie na ostatnich dwóch wolnych miejscach, tuż obok drzwi. Harry zerknął na pozostałych gości. Rozpoznał Ślizgona z tej samej klasy, wysokiego czarnoskórego chłopaka z wydatnymi kośćmi policzkowymi i długimi, skośnymi oczami, było tam również dwóch chłopców z siódmej klasy, których nie znał, i... Ginny. Wciśnięta w kąt obok Slughorna sprawiała wrażenie, jakby nie bardzo wiedziała, skąd się tutaj wzięła.

— Znacie tu wszystkich? — zapytał Slughorn Harry'ego i Neville'a. — Blaise Zabini jest z waszego roku...

Zabini w żaden sposób nie dał do zrozumienia, że ich zna, i nawet nie kiwnął głową, więc Harry i Neville też go zlekceważyli. Gryfoni i Ślizgoni nie znosili się z zasady.

— To jest Cormac McLaggen, może już się znacie?... Nie?

McLaggen, wielki dryblas z kręconymi włosami, uniósł rękę, a Harry i Neville skinęli mu głowami.

— ...a to Marcus Belby, nie wiem, czy...

Belby, chudy i z rozbieganymi oczami, zdobył się na wymuszony uśmiech.

— ...a ta czarująca młoda dama mówi, że was zna! — zakończył Slughorn.

Ginny zrobiła do nich minę zza pleców Slughorna.

— No więc... to dla mnie wielka przyjemność — powiedział Slughorn przymilnym tonem — mieć możność poznania was nieco lepiej. Proszę, niech każdy weźmie sobie serwetkę. Mam tu własny prowiant, bo ten wózek, jak pamiętam, wyładowany jest różdżkami likworowymi, a system pokarmowy biednego starego człowieka nie jest do tego przystosowany... Bażanta, Belby?

Belby drgnął i wziął coś, co wyglądało jak połówka bażanta na zimno.

— Właśnie mówiłem młodemu Marcusowi, że miałem przyjemność uczyć jego wuja Damoklesa — poinformował Slughorn Harry'ego i Neville'a, puszczając w obieg koszyk z bułeczkami. — To wybitny czarodziej, wybitny, jak najbardziej zasłużył na Order Merlina. Często widujesz swojego wuja, Marcus?

Belby odgryzł właśnie wielki kawał bażanta. Pragnąc szybko odpowiedzieć Slughornowi, przełknął go prawie w całości i trochę go zatkało, a w każdym razie zrobił się purpurowy na twarzy i wyglądał, jakby się dusił.

— *Anapneo* — powiedział spokojnie Slughorn, celując w niego różdżką.

Belby natychmiast odzyskał zdolność swobodnego oddychania.

— Nie... niezbyt często — wydukał, ocierając załzawione oczy.

— No tak, oczywiście, pewnie jest bardzo zajęty — rzekł Slughorn i spojrzał pytająco na Belby'ego. — Wątpię, czyby wynalazł eliksir tojadowy, nie poświęcając temu wiele lat ciężkiej pracy!

— Zdaje mi się... — powiedział Belby, najwyraźniej obawiając się ponownego ugryzienia bażanta, zanim Slughorn przestanie się nim zajmować — ee... że on i mój tata nie bardzo się lubią, więc tak naprawdę niewiele wiem o...

Głos mu zamarł w gardle, bo Slughorn obdarzył go chłodnym uśmiechem i zwrócił się do McLaggena.

— Ale ty, Cormac, na pewno często się widujesz ze swoim wujem Tyberiuszem. Wiem o tym, bo widziałem wspaniały obraz, na którym ty i wuj polujecie na kołkogonki, chyba w Norfolku, co?

— O tak, było bardzo fajnie! Wybraliśmy się tam z Bertiem Higgsem i Rufusem Scrimgeourem... oczywiście wtedy nie był jeszcze ministrem...

— Ach, więc znasz też Bertiego i Rufusa, tak? — ucieszył się Slughorn, częstując pasztecikami wszystkich poza Belbym. — Powiedz mi...

Tego się właśnie Harry spodziewał. Każdy z zaproszonych miał jakieś powiązania z kimś dobrze znanym lub wpływowym — każdy prócz Ginny. Okazało się, że Zabini, wypytywany po McLaggenie, ma słynącą z piękności matkę (z tego, co Harry zrozumiał, wynikało, że miała już siedmiu mężów, z których każdy umarł w tajemniczy sposób, zostawiając jej góry złota). Rozmowa z Neville'em, który był następny, wywołała lekką konsternację, bo jego rodzice, słynni aurorzy, postradali zmysły po wymyślnych torturach, które im zaaplikowała Bellatriks Lestrange z gronem zaprzyjaźnionych śmierciożerców. Pod koniec wypytywania Neville'a Harry odniósł wrażenie, że Slughorn nie wyrobił sobie jeszcze o nim opinii, odkładając to na przyszłość, kiedy się okaże, czy odziedziczył po którymś z rodziców jakieś niezwykłe uzdolnienia.

— No, a teraz — rzekł Slughorn, prostując się i rozglądając dookoła jak konferansjer, który ma zapowiedzieć gwiazdę programu — Harry Potter! Od czego by tu zacząć? Czuję, że kiedy tego lata spotkaliśmy się po raz pierwszy, zaledwie musnąłem rąbka tajemnicy!

Przez chwilę przyglądał mu się z taką miną, jakby Harry był wyjątkowo dużym i soczystym kawałkiem bażanta, a potem powiedział:

— Wybraniec, tak cię teraz nazywają!

Harry milczał. Belby, McLaggen i Zabini wpatrywali się w niego z uwagą.

— Oczywiście — ciągnął Slughorn, nie spuszczając wzroku z Harry'ego — od wielu lat krążyły pogłoski... dobrze pamiętam od kiedy... od owej STRASZNEJ nocy... Lily... James... a ty przeżyłeś... i mówiono, że musisz być obdarzony niezwykłą mocą...

Zabini chrząknął cicho, dość czytelnie wyrażając swój sceptycyzm.

— No tak, Zabini — rozległ się gniewny głos spod okna — TY za to masz wybitny talent... do udawania kogoś, kim nie jesteś...

— Ojejej! — zachichotał Slughorn, odwracając się do Ginny, która łypała groźnie na Zabiniego spoza wielkiego brzucha Slughorna. — Miej się na baczności, Blaise! Widziałem, jak ta młoda dama po mistrzowsku rzuciła upiorogacka, kiedy przechodziłem koło jej przedziału. Ja bym z nią nie zaczynał!

Zabini tylko uśmiechnął się pogardliwie.

— No i — rzekł Slughorn, zwracając się ponownie do Harry'ego — te ostatnie pogłoski. Oczywiście nie wiadomo, w co wierzyć, a w co nie, bo w „Proroku" często pozwalają sobie na nieścisłości, a nawet na pomyłki... ale trudno wątpić, biorąc pod uwagę tylu świadków, że w ministerstwie COŚ jednak się wydarzyło, a ty, Harry, brałeś w tym wszystkim udział!

Harry, który nie zamierzał opowiadać, CO się wydarzyło, a nie miał ochoty kłamać, kiwnął głową, ale milczał. Slughorn uśmiechnął się do niego z zadowoleniem.

— Taki skromny, taki skromny, nie dziwię się, że Dumbledore tak cię lubi... A więc BYŁEŚ tam, tak? Ale reszta tych pogłosek... tak sensacyjnych, po prostu trudno dać wiarę... na przykład o tej legendarnej przepowiedni...

— Nie usłyszeliśmy żadnej przepowiedni — powiedział Neville i oblał się szkarłatnym rumieńcem.

— Zgadza się — potwierdziła stanowczo Ginny. — Neville i ja też tam byliśmy i wszystkie te bzdury o Wybrańcu to zwykłe wymysły „Proroka".

— A więc i wy tam byliście, tak? — zainteresował się Slughorn, spoglądając najpierw na Ginny, potem na Neville'a z zachęcającym uśmiechem, ale żadne z nich nie dało się na to nabrać. — Tak... no cóż... to prawda, że „Prorok" często wyolbrzymia fakty... — ciągnął nieco zawiedzionym tonem. — Pamiętam, jak Gwenog mi mówiła... mam na myśli, rzecz jasna, Gwenog Jones, kapitana Harpii z Holyhead...

I zaczął snuć długą opowieść, ale Harry był pewny, że Slughorn jeszcze z nim nie skończył i że słowa Neville'a i Ginny wcale go nie przekonały.

Wysłuchali jeszcze sporo anegdot o słynnych czarodziejach, którzy kiedyś byli uczniami Slughorna. Wszyscy należeli do utworzonego przez niego w Hogwarcie elitarnego „Klubu Ślimaka". Harry miał już tego wszystkiego dość, ale nie wiedział, jak opuścić to towarzystwo, nie urażając nikogo. W końcu pociąg wynurzył się z kolejnej plamy mgły i ukazała się czerwona łuna zachodu słońca. Slughorn rozejrzał się, mrużąc oczy.

— Wielki Boże, robi się już ciemno! Nie zauważyłem, kiedy zapalili lampy! Lepiej już idźcie i przebierzcie się. McLaggen, wpadnij jeszcze, pożyczę ci tę książkę o kołkogonach. Harry, Blaise... wy też wpadajcie, jak będziecie przechodzić. To samo dotyczy ciebie, młoda damo — mrugnął do Ginny. — No, a teraz zmykajcie!

Przeciskając się obok Harry'ego w mrocznym korytarzu, Zabini zmierzył go nienawistnym spojrzeniem. Harry nie pozostał mu dłużny.

— Dobrze, że to już się skończyło — powiedział Neville, gdy razem z Harrym i Ginny szli wzdłuż pociągu za Zabinim. — Dziwny facet, nie?

— Trochę — odpowiedział Harry, nie spuszczając wzroku z Zabiniego. — Ginny, jak ty tam trafiłaś?

— Zobaczył, jak rzucam urok na Zachariasza Smitha. No wiesz, tego kretyna z Hufflepuffu, był z nami w GD. Bez przerwy wypytywał mnie o to, co się wydarzyło w ministerstwie, aż w końcu tak mnie znudził, że go zaczarowałam... no i jak wszedł Slughorn, byłam pewna, że dostanę szlaban, ale on powiedział tylko, że to było świetnie rzucone zaklęcie, i zaprosił mnie na podwieczorek! Wyobrażasz sobie?

— Ale to lepszy powód niż fakt, że czyjaś matka jest sławna — powiedział Harry, wpatrując się w tył głowy Zabiniego — albo że czyjś wujek...

Ale nagle urwał. Coś mu wpadło do głowy, pewien zuchwały, ale potencjalnie znakomity pomysł... Za minutę Zabini wejdzie do przedziału Ślizgonów z szóstej klasy, gdzie będzie siedział Malfoy, przekonany, że słyszą go tylko jego kumple... A gdyby tak udało się tam wejść za nim niepostrzeżenie, co by można zobaczyć albo usłyszeć? Czasu jest niewiele, to prawda... do Hogsmeade pozostało niecałe pół godziny, sądząc po dzikości krajobrazu za oknami... ale jak dotąd jakoś nikt nie bierze na poważnie jego podejrzeń, więc tylko on może sprawdzić, czy ma rację.

— Zobaczymy się później — powiedział cicho, wyciągając pelerynę-niewidkę i zarzucając ją na siebie.

— Ale... co ty...? — zaczął Neville.

— Później! — szepnął Harry, puszczając się biegiem za Zabinim i starając się robić jak najmniej hałasu, choć pociąg tak zgrzytał i stukał, że nie było to wcale potrzebne.

Korytarze były prawie puste. Wszyscy wrócili do swoich przedziałów, żeby się przebrać w szkolne szaty i spakować rzeczy. Choć Harry trzymał się tuż za plecami Zabiniego, nie zdążył wśliznąć się za nim do przedziału, kiedy ten otworzył drzwi. Zabini już zasuwał za sobą drzwi, więc Harry bez namysłu wyciągnął nogę, żeby mu to udaremnić.

— Co jest z tymi drzwiami? — zdenerwował się Zabini, raz po raz uderzając nimi w nogę Harry'ego.

Harry złapał za drzwi i szarpnął je z całej siły. Zabini, wciąż uwieszony klamki, przewrócił się na kolana Gregory'ego Goyle'a. Korzystając z zamieszania, Harry wpadł do przedziału, wskoczył na puste jeszcze miejsce Zabiniego i wciągnął się na bagażową półkę. Na szczęście Goyle i Zabini obrzucali się wyzwiskami i wszyscy się na nich patrzyli, bo Harry był pewny, że stopy wysunęły mu się spod peleryny; przez chwilę wydawało mu się nawet, że Malfoy śledzi wzrokiem jego adidas, śmigający w górę i znikający w powietrzu, ale w tej samej chwili Goyle zatrzasnął drzwi i zrzucił z siebie Zabiniego, Zabini padł na swoje miejsce z głupią miną, Vincent Crabbe zajął się komiksem, a Malfoy, chichocząc cicho, rozłożył się na dwóch siedzeniach, z głową na podołku Pansy Parkinson. Harry skulił się pod peleryną, dbając o to, by nic spod niej nie wystawało, i patrzył, jak Pansy odgarnia Malfoyowi jasne włosy z czoła, uśmiechając się z wyższością, jakby uważała, że każdy jej zazdrości. Kołyszące się u sufitu lampy rzucały na tę scenę jaskrawe światło: Harry mógł odczytać każdy dymek w komiksie Crabbe'a tuż pod sobą.

— Ej, Zabini — odezwał się Malfoy — to czego chciał ten Slughorn?

— Po prostu próbował urobić sobie ludzi, którzy mają dobre znajomości — odrzekł Zabini, wciąż łypiąc groźnie na Goyle'a. — Ale wielu takich nie znalazł.

Malfoya nie zadowoliła ta informacja.

— Kogo jeszcze zaprosił?

— McLaggena z Gryffindoru.

— No tak, jego wujek to szycha w ministerstwie — zauważył Malfoy.

— ...i takiego jednego z Ravenclawu, nazywa się Belby...

— Jego? To przecież palant! — zawołała Pansy.

— ...i Longbottoma, Pottera, i tę siuśkę Weasley — zakończył Zabini.

Malfoy usiadł nagle, odtrącając rękę Pansy.

— Zaprosił LONGBOTTOMA?

— No, chyba tak, skoro Longbottom tam był — odrzekł obojętnie Zabini.

— Ale co Slughorna w nim zainteresowało?

Zabini wzruszył ramionami.

— Potter, ten słynny Potter... No tak, chciał sobie popatrzyć na Wybrańca — zadrwił Malfoy — ale ta Weasley! Co w niej jest takiego wyjątkowego?

— Wielu chłopakom się podoba — powiedziała Pansy, kątem oka obserwując reakcję Malfoya. — Ej, Blaise, tobie też, a wszyscy wiemy, że ciebie trudno zadowolić!

— Nie dotknąłbym takiej małej, plugawej zdrajczyni własnej krwi, choćby nie wiem jak wyglądała — odparł chłodno Zabini, co wyraźnie ucieszyło Pansy.

Malfoy ponownie opadł na jej podołek i pozwolił gładzić sobie włosy.

— Fakt, Slughorn nie ma najlepszego gustu. Może trochę dziecinnieje. Szkoda, mój ojciec zawsze mówił, że za jego czasów to był wielki czarodziej. Ojciec należał do jego ulubieńców. Slughorn pewnie nie wiedział, że jestem w pociągu albo...

— Na twoim miejscu nie liczyłbym na zaproszenie — powiedział Zabini. — Zapytał mnie o ojca Notta. Musieli się kiedyś przyjaźnić, ale jak usłyszał, że go schwytali w ministerstwie, nie wyglądał na zachwyconego, no i Notta nie zaprosił, nie? Chyba nie chce mieć do czynienia ze śmierciożercami.

Malfoya to zirytowało, ale zmusił się do pogardliwego uśmiechu.

— A co mnie tam obchodzi, z kim on chce mieć do czynienia, a z kim nie. W końcu to tylko głupi nauczyciel. — Ziewnął ostentacyjnie. — W przyszłym roku może mnie w ogóle nie być w Hogwarcie, więc nie zależy mi na tym, czy jakiś stary emeryt mnie lubi czy nie lubi.

Pansy przestała głaskać go po włosach.

— Co chcesz przez to powiedzieć?

— No wiesz, nigdy nic nie wiadomo — odrzekł Malfoy z cieniem uśmiechu. — Może zajmę się... ee... ważniejszymi sprawami.

Harry'emu mocniej zabiło serce. Co by na to powiedzieli Ron i Hermiona? Crabbe i Goyle gapili się na Malfoya; najwyraźniej nie mieli pojęcia o żadnych planach zajęcia się jakimiś ważniejszymi sprawami. Nawet Zabini na chwilę przestał być wyniośle obojętny i zdradzał oznaki zainteresowania. Pansy znowu zaczęła gładzić Malfoya po głowie, ale i ona wyglądała na kompletnie zaskoczoną.

— Masz na myśli... JEGO?

Malfoy wzruszył ramionami.

— Matka chce, żebym ukończył szkołę, ale ja uważam, że w dzisiejszych czasach nie jest to takie ważne. No bo sami pomyślcie... czy kiedy Czarny Pan odzyska władzę, będzie się pytał, kto ile dostał sumów czy owutemów? Jasne, że nie... A co będzie się liczyło? Kto co dla niego zrobił, kto mu był naprawdę oddany.

— I co, uważasz, że możesz coś dla niego zrobić? TY? Nie przesadzaj, masz dopiero szesnaście lat i nie jesteś jeszcze w pełni wykwalifikowanym czarodziejem.

— Nie słyszałeś, co powiedziałem? Może jego nie obchodzą moje kwalifikacje? Może to, na czym mu zależy, wcale nie wymaga specjalnych kwalifikacji?

Crabbe i Goyle rozdziawili gęby jak gargulce. Pansy wpatrywała się w Malfoya jak w obraz.

— Widać już Hogwart — rzekł Malfoy, wskazując na pociemniałe okno, co rozładowało napięcie. — Lepiej się przebierzmy.

Harry tak był pochłonięty obserwowaniem Malfoya, że nie zauważył, jak Goyle sięga po swój kufer. Ściągając go, uderzył Harry'ego mocno w głowę. Harry mimo woli stęknął z bólu i Malfoy szybko spojrzał na półkę, marszcząc czoło.

Harry nie bał się Malfoya, ale wcale nie miał ochoty zostać nakryty pod peleryną-niewidką przez grupę wrogo nastawionych Ślizgonów. Choć oczy zaszły mu łzami, a w głowie pulsował tępy ból, wyciągnął ostrożnie różdżkę i czekał, wstrzymując oddech. Ku jego uldze, Malfoy najwyraźniej uznał, że coś mu się zdawało. Spokojnie nałożył szkolną szatę, zamknął kufer i zawiązał pod szyją swoją nową pelerynę. Pociąg zwolnił, szarpiąc i zgrzytając.

Korytarze znowu wypełniły się uczniami. Harry miał nadzieję, że Ron i Hermiona wyniosą jego rzeczy na peron; był tu uwięziony i musiał czekać, aż wszyscy wyjdą z przedziału. W końcu pociąg szarpnął po raz ostatni i stanął. Goyle rozsunął drzwi i zaczął się przepychać łokciami przez tłum drugoroczniaków, torując drogę Crabbe'owi i Zabiniemu.

— Ty idź — zwrócił się Malfoy do Pansy, która czekała na niego z wyciągniętą ręką. — Muszę coś sprawdzić.

Pansy wyszła. Teraz w przedziale zostali tylko Harry i Malfoy. Korytarzem szli wciąż ludzie, kierując się do wyjścia. Malfoy podszedł do drzwi i ściągnął w dół zasłony, żeby nikt nie mógł zajrzeć do środka. A potem pochylił się nad kufrem i otworzył go.

Harry zerknął w dół, wychylając głowę poza krawędź półki. Co takiego chciał Malfoy ukryć przed Pansy? Może zamierza obejrzeć ów tajemniczy popsuty przedmiot, na którego naprawieniu tak mu zależało?

— *Petrificus totalus!*

Bez najmniejszego ostrzeżenia Malfoy wycelował w niego różdżkę. Harry'ego sparaliżowało. Jak w zwolnionym filmie zsunął się z półki i z przerażającym łoskotem zwalił się przed Malfoyem, aż zadrżała podłoga. Całym ciałem przygniótł pelerynę-niewidkę, nogi nadal miał śmiesznie podkurczone. Nie mógł poruszyć żadnym mięśniem, mógł tylko gapić się na Malfoya, który uśmiechał się szyderczo.

— Tak myślałem — powiedział Malfoy z satysfakcją. — Usłyszałem cię, jak Goyle ściągał kufer. I chyba zobaczyłem, jak coś białego mignęło w powietrzu, kiedy wrócił Zabini... — Spojrzał na adidasy Harry'ego. — To ty zablokowałeś drzwi, kiedy Zabini chciał je zamknąć, tak?

Przez chwilę przyglądał się Harry'emu w milczeniu.

— Nie usłyszałeś niczego ważnego, Potter. Ale skoro już cię tu nakryłem...

I kopnął go w twarz. Harry poczuł, że łamie mu się nos i tryska krew.

— To za mojego ojca. A teraz...

Wyciągnął pelerynę-niewidkę spod nieruchomego ciała Harry'ego i narzucił ją na niego.

— Myślę, że nikt cię nie znajdzie, póki pociąg nie wróci do Londynu — powiedział spokojnie. — No, to do zobaczenia, Potter, chyba... żebyśmy się już nie zobaczyli.

I wyszedł z przedziału, nie omieszkając po drodze nadepnąć Harry'emu na palce.

ROZDZIAŁ ÓSMY

Snape triumfuje

Harry nie mógł poruszyć żadnym mięśniem. Leżał pod peleryną-niewidką, czując, jak płynąca z nosa ciepła krew zalewa mu twarz, i słuchając dochodzących z korytarza głosów i kroków. W pierwszej chwili pomyślał, że na pewno ktoś sprawdza przedziały przed odjazdem pociągu z powrotem, ale natychmiast ogarnęła go rozpacz, bo przecież gdyby nawet ktoś zajrzał do przedziału, i tak ani go nie zobaczy, ani nie usłyszy. Pozostawała tylko jedna nadzieja: że ktoś wejdzie i potknie się o niego.

Gdy tak leżał na plecach niby jakiś groteskowy żółw, czując słodki smak krwi sączącej się do otwartych ust, wezbrała w nim taka nienawiść do Malfoya, jakiej jeszcze nigdy nie poczuł. Jak mógł się wpakować w tak głupią sytuację... Ostatnie kroki cichły w oddali, wszyscy wysiedli już z wagonów, słychać było tylko szuranie ciągniętych po peronie kufrów i głośny gwar rozmów.

Ron i Hermiona pomyślą, że wysiadł z pociągu bez nich. Kiedy przybędą do Hogwartu i zajmą miejsca przy stole Gryfonów, w końcu do nich dotrze, że jego tam nie ma, ale on będzie już wówczas w połowie drogi do Londynu.

Próbował wydać z siebie jakiś odgłos, choćby chrząknięcie, ale było to niemożliwe. Przypomniał sobie, że niektórzy czarodzieje, na przykład Dumbledore, potrafią rzucić zaklęcie, nie wymawiając głośno jego formuły, więc spróbował przywołać różdżkę, która wypadła mu z rąk, powtarzając w myślach: *Accio różdżka!*, ale nic to nie dało.

Wydawało mu się, że słyszy szum drzew otaczających jezioro i dalekie pohukiwanie sowy, ale nie mógł wyłowić żadnych odgłosów poszukiwań lub (trochę sobą gardził, że w ogóle się tego spodziewał) przerażonych głosów, pytających, gdzie zniknął Harry Potter. Ogarnęło go poczucie beznadziejności, kiedy wyobraził sobie konwój ciągniętych przez testrale powozów, toczących się w górę zbocza ku zamkowi, i stłumione ryki śmiechu dochodzące z tego powozu, w którym jedzie Malfoy z kumplami i opowiada, jak załatwił Harry'ego.

Wagonem szarpnęło i Harry bezwładnie przetoczył się na bok. Teraz, zamiast sufitu, widział zakurzone spody siedzeń. Podłoga zaczęła wibrować, gdy lokomotywa ruszyła. Ekspres Hogwart-Londyn opuszczał stację i nikt nie wiedział, że on wciąż w nim jest...

A potem poczuł, że ktoś ściąga z niego pelerynę-niewidkę i mówi nad jego głową:

— Cześć, Harry!

Rozbłysło czerwone światło i Harry odzyskał władzę nad ciałem; teraz mógł już usiąść na podłodze, pospiesznie zetrzeć wierzchem dłoni krew z posiniaczonej twarzy i spojrzeć na Tonks, która stała nad nim z jego peleryną-niewidką w ręku.

— Lepiej zmywajmy się stąd, i to szybko — powiedziała, gdy para przesłoniła widok za oknem, a pociąg ruszał ze stacji. — Chodź, wyskakujemy.

Harry wybiegł za nią na korytarz. Tonks otworzyła drzwi wagonu i zeskoczyła na coraz szybciej uciekający peron. Harry wyskoczył za nią, zachwiał się lekko, lądując na peronie, ale zaraz odzyskał równowagę. Wyskoczyli w ostatniej chwili, bo lśniąca, czerwona lokomotywa już nabrała szybkości i zniknęła im z oczu za zakrętem.

Chłód powietrza złagodził nieco ból złamanego nosa. Tonks przyglądała mu się w milczeniu, a on był zły i zawstydzony, że znalazła go w tak głupim położeniu. Podała mu pelerynę-niewidkę.

— Kto to zrobił?

— Draco Malfoy. Dzięki za...

— Nie ma sprawy — odpowiedziała Tonks bez uśmiechu. Nadal miała mysie włosy i wyglądała tak mizernie jak dwa tygodnie temu, gdy spotkał ją w Norze. — Mogę ci naprawić nos, jeśli staniesz nieruchomo.

Harry'emu nie bardzo spodobał się ten pomysł; zamierzał odwiedzić panią Pomfrey, do której zdolności uzdrowicielskich miał trochę więcej zaufania, ale uznał, że nie może czegoś takiego powiedzieć swojej niespodziewanej wybawicielce, więc zamarł bez ruchu i zamknął oczy.

— *Episkey* — powiedziała Tonks.

Harry poczuł, że jego nos robi się najpierw gorący, a potem zimny. Podniósł rękę i pomacał twarz. Nos był cały i suchy.

— Wielkie dzięki!

— Teraz nałóż pelerynę, idziemy do szkoły — powiedziała Tonks, wciąż bez cienia uśmiechu.

Harry zarzucił na siebie pelerynę, a Tonks machnęła różdżką. Wystrzeliło z niej srebrzyste czworonożne stworzenie, które pomknęło w ciemność.

— To był patronus? — zapytał Harry, który widział kiedyś, jak Dumbledore wysyłał w ten sposób wiadomości.

— Tak, wysłałam go do zamku z wiadomością, że cię odnalazłam, żeby się nie martwili. Lepiej się pospieszmy.

Ruszyli drogą prowadzącą do zamku.

— Jak mnie znalazłaś?

— Zauważyłam, że nie wysiadłeś z pociągu, a wiedziałam, że masz niewidkę. Pomyślałam, że z jakiegoś powodu się ukrywasz. A kiedy zobaczyłam, że w jednym z przedziałów są zaciągnięte zasłony, postanowiłam sprawdzić.

— Ale co ty tutaj robisz?

— Jestem teraz w Hogsmeade, zapewniam Hogwartowi dodatkową ochronę.

— Tylko ty tu jesteś czy...

— Nie, są tu też Proudfoot, Savage i Dawlish.

— Dawlish, ten auror, którego w zeszłym roku obezwładnił Dumbledore?

— Zgadza się.

Szli ciemną, pustą drogą po świeżych śladach powozów. Harry zerkał na Tonks spod peleryny-niewidki. W zeszłym roku była bardzo ciekawska (czasami trochę za bardzo, tak że można się było poczuć urażonym niektórymi jej pytaniami), łatwo wybuchała śmiechem i lubiła dowcipkować. Teraz wyglądała starzej, była bardziej poważna i skupiona. Czyżby to skutek tego, co wydarzyło się w ministerstwie? Przyszło mu do głowy, że Hermiona na pewno by mu poradziła jakoś Tonks pocieszyć, powiedzieć, że śmierć Syriusza to nie jej wina, ale nie potrafił się do tego zmusić. Nigdy jej nie obwiniał za śmierć Syriusza; jeśli już ktoś miałby za nią odpowiadać, to tylko on, Harry, ale nie chciał w ogóle rozmawiać o Syriuszu, jeśli mógł tego uniknąć. Tak więc szli w milczeniu w tę chłodną, ciemną noc, a Harry słyszał tylko za sobą szmer rąbka jej peleryny omiatającego ziemię.

Zawsze pokonywał tę drogę w powozie, więc nie zdawał sobie sprawy, jak daleko jest ze stacji Hogsmeade do Hogwartu. Z wielką ulgą ujrzał w końcu wysokie kolumny po obu stronach bramy, zwieńczone uskrzydlonymi dzikami. Zmarzł, był głodny i chętnie by już pożegnał się z tą nową, ponurą Tonks. Ale kiedy wyciągnął rękę, by pchnąć bramę, stwierdził, że oba skrzydła spina gruby łańcuch zamknięty na kłódkę.

— *Alohomora!* — powiedział cicho, celując różdżką w kłódkę, ale nic się nie wydarzyło.

— Na to nie zadziała — wyjaśniła Tonks. — Dumbledore sam zaczarował bramę.

Harry rozejrzał się.

— Mógłbym wdrapać się na mur.

— Nie, nie mógłbyś. Wszędzie zostały rzucone zaklęcia antywłamaniowe. Środków bezpieczeństwa jest ze sto razy więcej niż zwykle.

— No to chyba będę musiał przespać się tu i zaczekać do rana — rzekł Harry, trochę już znudzony jej bezradnością.

— Ktoś po ciebie idzie. Spójrz.

U stóp zamku pojawiła się podrygująca w ciemności latarnia. Harry'ego tak to ucieszyło, że już godził się w myślach na zniesienie zgryźliwych uwag Filcha na temat tych, co to się spóźniają, i na temat przemyślnych narzędzi do miażdżenia kciuków, bardzo skutecznych w leczeniu takich przywar. Dopiero gdy żółtawe światło latarni było już z dziesięć stóp od bramy, a Harry ściągnął z siebie pelerynę-niewidkę, poczuł zimną odrazę, bo rozpoznał zakrzywiony nos i długie, czarne, tłuste włosy Severusa Snape'a.

— No, no, no — powiedział Snape z szyderczym uśmiechem, wyjmując różdżkę i stukając nią w kłódkę. Łańcuch natychmiast opadł, a brama rozwarła się ze zgrzytem. — To miłe, że w końcu się zjawiasz, choć, jak widzę, uznałeś, że noszenie szkolnych szat uwłacza twojej godności.

— Nie mogłem się przebrać, nie miałem... — zaczął Harry, ale Snape przerwał mu w pół zdania.

— Nie musisz dłużej czekać, Nimfadoro. Potter jest całkiem... ach... bezpieczny w moich rękach.

— To Hagrid miał odebrać moją wiadomość — powiedziała Tonks, marszcząc czoło.

— Hagrid też się spóźnił na ucztę powitalną, podobnie jak Potter, więc ja ją odebrałem. A nawiasem mówiąc — dodał, odsuwając się, by przepuścić Harry'ego — zaciekawił mnie twój nowy patronus.

Zatrzasnął jej bramę przed nosem i stuknął różdżką w łańcuch, który wrócił, podzwaniając, na swoje miejsce.

— Ten stary chyba był lepszy. — W jego głosie zabrzmiała drwina. — Nowy jest jakiś niewydarzony.

Światło latarni przez chwilę padło na twarz Tonks i Harry zobaczył na niej szok i wściekłość. A potem twarz znowu znikła w ciemności.

— Dobranoc! — zawołał do niej przez ramię, kiedy ruszył za Snape'em w kierunku zamku. — Dzięki za... za wszystko!

— Do zobaczenia, Harry!

Snape milczał przez minutę lub dwie. Harry czuł się tak, jakby emanował z siebie fale dzikiej nienawiści; wydawało się aż niewiarygodne, że Snape ich nie czuje, że nie pali go skóra. Nienawidził Snape'a od pierwszego spotkania, a teraz wiedział też, że nigdy nie zdoła mu przebaczyć sposobu odnoszenia się do Syriusza. Bez względu na to, co mówił Dumbledore, Harry miał całe lato, by to wszystko przemyśleć, i doszedł do wniosku, że to właśnie kąśliwe uwagi Snape'a — że Syriusz siedzi sobie w bezpiecznej kryjówce, podczas gdy reszta członków Zakonu Feniksa walczy z Voldemortem — miały prawdopodobnie największy wpływ na decyzję Syriusza, by udać się do gmachu ministerstwa tej nocy, kiedy zginął. Harry uczepił się tej myśli, bo pozwalała mu oskarżać Snape'a, co sprawiało mu satysfakcję, a poza tym był przekonany, że jeśli jest ktoś, kto nie boleje po śmierci Syriusza, to tą osobą jest właśnie człowiek idący teraz obok niego w ciemności.

— Gryffindor traci pięćdziesiąt punktów za twoje spóźnienie — powiedział Snape. — Tak... i... powiedzmy... dodatkowo jeszcze dwadzieścia za twój mugolski przyodziewek. Wiesz co, Potter, chyba jeszcze nigdy żaden dom nie stracił tyle punktów tak wcześnie... nawet nie doszliśmy do deseru. Myślę, że ustanowiłeś rekord.

Harry gotował się z wściekłości i nienawiści, ale wolałby raczej wrócić sparaliżowany do Londynu, niż powiedzieć Snape'owi, dlaczego się spóźnił.

— Pewnie chciałeś zrobić na wszystkich wrażenie, co? — ciągnął Snape. — Tym razem nie miałeś do dyspozycji latającego samochodu, więc postanowiłeś wkroczyć do Wielkiej Sali w połowie uczty, tak?

Harry wciąż milczał, choć wydawało mu się, że za chwilę jego klatka piersiowa po prostu eksploduje. Wiedział, że Snape właśnie dlatego po niego wyszedł, dla tych kilku minut, w ciągu których mógł go dręczyć do woli bez świadków.

Doszli w końcu do stopni wiodących do zamku i kiedy wielkie, dębowe drzwi rozwarły się, ukazując obwieszoną chorągiewkami salę wejściową, dobiegł ich z Wielkiej Sali gwar, śmiechy, szczęk talerzy i podzwanianie szkła. Harry zastanawiał się, czy nie wśliznąć się tam pod peleryną-niewidką, żeby dojść niepostrzeżenie do swojego miejsca przy stole Gryfonów (znajdującego się, niestety, najdalej od sali wejściowej), ale Snape jakby czytał w jego myślach.

— Żadnej peleryny-niewidki. Możesz wejść tak, żeby wszyscy cię zobaczyli. Bo przecież o to ci właśnie chodziło, prawda?

Harry obrócił się na miejscu i przemaszerował przez otwarte drzwi: zrobiłby teraz wszystko, byle tylko pozbyć się towarzystwa Snape'a. Wielka Sala, z jej czterema długimi stołami domów i stołem ciała pedagogicznego ustawionym w głębi, pod ścianą, udekorowana była jak zwykle latającymi świecami, których płomienie połyskiwały i drgały na talerzach. Harry widział jednak tylko zamazaną mieszaninę barw i świateł, idąc tak szybko, że przechodził już obok stołu Puchonów, kiedy zwrócono na niego uwagę, a kiedy zaczęto wstawać, żeby go lepiej widzieć, dostrzegł Rona i Hermionę, ruszył ku nim prawie biegiem i wcisnął się między nich na ławkę.

— Gdzie ty... o kurczę, co jest z twoją twarzą? — zapytał Ron, wybałuszając na niego oczy, podobnie jak wszyscy w pobliżu.

— A co, coś z nią nie tak? — Harry chwycił łyżkę i spojrzał na swoje zniekształcone odbicie.

— Jesteś cały zakrwawiony, Harry! — przeraziła się Hermiona. — Zaraz...

Powiedziała: „*Tergeo!*" i końcem różdżki, jak odkurzaczem, ściągnęła zaschniętą krew z jego twarzy.

— Dzięki — rzekł Harry. — A jak wygląda mój nos?

— Normalnie — odpowiedziała z niepokojem Hermiona. — A jak ma wyglądać? Harry, co się stało, umieraliśmy ze strachu!

— Powiem wam później — uciął Harry, bo Ginny, Neville, Dean i Seamus przysłuchiwali się im z uwagą; nadleciał nawet Prawie Bezgłowy Nick, duch Gryffindoru, żeby coś podsłuchać.

— Ale...

— Hermiono, nie teraz — powtórzył Harry z naciskiem.

Miał wielką nadzieję, że wszyscy będą przypuszczać, iż znowu go spotkała jakaś przygoda, najlepiej z udziałem kilku śmierciożerców i dementora. Oczywiście Malfoy rozpowie wszędzie, jak było naprawdę, ale zawsze istniała szansa, że jego wersja nie dotrze do uszu zbyt wielu Gryfonów.

Sięgnął przed nosem Rona do półmiska z nóżkami kurczaka i frytkami, ale zanim zdążył zgarnąć je na talerz, znikły, a na ich miejsce pojawiły się desery.

— Nie zdążyłeś na Ceremonię Przydziału — mruknęła Hermiona, kiedy Ron sięgnął po wielki tort czekoladowy.

— Tiara mówiła coś ciekawego? — zapytał Harry, biorąc sobie kawałek kajmakowej tarty.

— Wciąż to samo... znowu radziła nam zjednoczyć się w obliczu naszych wrogów, no wiesz.

— Dumbledore wspomniał w ogóle o Voldemorcie?

— Jeszcze nie, ale on przecież zawsze raczy nas swoim przemówieniem na samym końcu, po uczcie. Już niedługo.

— Snape powiedział, że Hagrid spóźnił się na ucztę...

— Widziałeś Snape'a? Jakim cudem? — zapytał Ron między dwoma wielkimi kęsami tortu.

— Wpadłem na niego — odrzekł wymijająco Harry.

— Hagrid spóźnił się tylko parę minut — powiedziała Hermiona. — Zobacz, macha do ciebie, Harry.

Harry spojrzał w stronę stołu nauczycielskiego i wyszczerzył zęby do Hagrida, który rzeczywiście machał do niego. Hagridowi jak dotąd nie udawało się zachować godności profesor McGonagall, opiekunki Gryffindoru, której czubek głowy wystawał spoza jego łokcia, bo siedzieli obok siebie, i która patrzyła na to entuzjastyczne powitanie z wyraźną dezaprobatą. Harry zdziwił się, widząc profesor Trelawney, nauczycielkę wróżbiarstwa, siedzącą z drugiej strony Hagrida; rzadko opuszczała swój pokój na szczycie wieży i jeszcze nigdy nie zaszczyciła swoją obecnością uczty powitalnej. Wyglądała dziwacznie jak zwykle, obwieszona błyszczącymi paciorkami i zwiewnymi szalami, z oczami niesamowicie powiększonymi przez grube okulary. Harry zawsze uważał, że jest starą udawaczką, więc przy końcu ubiegłego semestru doznał wstrząsu, kiedy się dowiedział, że to właśnie ona wypowiedziała słowa przepowiedni, która sprowokowała Voldemorta do napaści na niego i jego rodziców. Od tego czasu z jeszcze większą niechęcią myślał o przebywaniu w jej towarzystwie, ale na szczęście w tym roku nie miał już chodzić na wróżbiarstwo. Jej wielkie, przypominające latarnie morskie oczy zwróciły się ku niemu; szybko spojrzał w inną stronę. Przy stole Ślizgonów Draco Malfoy pokazywał, ku ogólnej uciesze, jak się komuś rozbija nos. Harry opuścił wzrok na swoją kajmakową tartę, czując, jak znowu piecze go w brzuchu. Oddałby wszystko, żeby spotkać się z Malfoyem sam na sam...

— Więc czego chciał od ciebie profesor Slughorn? — zapytała Hermiona.

— Chciał się dowiedzieć, co się naprawdę wydarzyło w ministerstwie.

— Nie on jeden — prychnęła Hermiona. — Ludzie wypytywali nas już w pociągu, prawda, Ron?

— No... Wszyscy chcieli się dowiedzieć, czy naprawdę jesteś tym Wybrańcem...

— Również wśród duchów wiele się mówi na ten temat — przerwał mu Prawie Bezgłowy Nick, pochylając ledwo trzymającą się na ramionach głowę w stronę Harry'ego, tak że zachwiała się niebiezpiecznie na kryzie. — Uznaje się mnie za znawcę w sprawach Pottera, wszyscy wiedzą, że się przyjaźnimy. Zapewniłem jednak społeczność duchów, że nigdy nie będę cię zadręczał żadnymi pytaniami. „Harry Potter sam wie, że może mi całkowicie zaufać", tak im powiedziałem. „Prędzej umrę, niż zawiodę to zaufanie".

— To niewiele, skoro i tak już jesteś martwy — zauważył Ron.

— Po raz kolejny okazujesz delikatność tępego topora — rzekł Prawie Bezgłowy Nick urażonym tonem, po czym uniósł się w powietrze i poszybował ku dalekiemu końcowi stołu.

W tym momencie Dumbledore podniósł się z miejsca i natychmiast umilkły wszystkie rozmowy i śmiechy.

— Dobry wieczór wszystkim! I oby ten był najlepszy! — rzekł, uśmiechając się szeroko i rozkładając ramiona, jakby chciał objąć całą salę.

— Co mu się stało w rękę? — szepnęła Hermiona.

Nie ona jedna to zauważyła. Prawa ręka Dumbledore'a była ciemna i pomarszczona jak wówczas, gdy przybył po Harry'ego do Dursleyów. Rozległy się ciche szepty. Dumbledore zrozumiał, co je wywołało, ale uśmiechnął się tylko i strząsnął purpurowo-złoty rękaw swojej szaty, zakrywając dłoń.

— To nic wielkiego, nie przejmujcie się — powiedział beztroskim tonem. — No więc... zwracam się do naszych nowych uczniów: witajcie w Hogwarcie! A wy, starsi uczniowie, witajcie tu ponownie! Czeka was kolejny rok czarodziejskiej edukacji...

— Jego ręka tak już wyglądała, kiedy go widziałem w lecie — szepnął Harry do Hermiony. — Myślałem, że ją sobie wyleczy... albo pani Pomfrey...

— Wygląda jak martwa — powiedziała Hermiona z taką miną, jakby jej się zbierało na wymioty. — Ale są takie zranienia, których się nie da wyleczyć... stare zaklęcia... i są trucizny, na które nie ma antidotów...

— ...a pan Filch, nasz woźny, prosił mnie, żeby powiedzieć o ścisłym zakazie używania jakichkolwiek przedmiotów kupionych w Magicznych Dowcipach Weasleyów. Ci, którzy chcą znaleźć się w drużynach quidditcha, powinni jak zwykle podać nazwiska opiekunom swoich domów. Poszukujemy też nowych komentatorów meczów; kto by miał na to ochotę, też powinien się zapisać.

Miło mi powitać wśród nas nowego członka ciała pedagogicznego, profesora Slughorna. — Slughorn powstał; jego łysina zalśniła w chybotliwym blasku świec, a wielki brzuch rzucił cień na stół przed nim. — Jest moim byłym kolegą i zgodził się objąć ponownie stanowisko nauczyciela eliksirów.

— Eliksirów?

— ELIKSIRÓW?

To słowo potoczyło się echem po całej sali; ludzie nie byli pewni, czy się nie przesłyszeli.

— Eliksirów? — powiedzieli razem Ron i Hermiona, zwracając wzrok na Harry'ego. — Przecież mówiłeś...

— Natomiast profesor Snape — rzekł Dumbledore, podnosząc głos — obejmie stanowisko nauczyciela obrony przed czarną magią.

— Nie! — wyrwało się z ust Harry'emu tak głośno, że wiele głów zwróciło się w jego stronę.

Nie przejął się tym i nadal wpatrywał się w stół nauczycielski, rozsierdzony do ostatnich granic. Jak można było dać Snape'owi stanowisko nauczyciela obrony przed czarną magią po tym, co się wydarzyło? Przecież wszyscy wiedzą, że przez całe lata Dumbledore nie ufał mu na tyle, by mu je powierzyć.

— Ale... Harry, przecież mówiłeś, że to Slughorn będzie nas nauczać obrony przed czarną magią! — powiedziała Hermiona.

— Bo tak myślałem! — odrzekł Harry, próbując sobie przypomnieć, kiedy Dumbledore mu to powiedział, ale teraz, jak się nad tym zaczął zastanawiać, nie był już taki pewny, czy rzeczywiście usłyszał od niego, czego Slughorn będzie w Hogwarcie nauczał.

Snape, siedzący po prawej stronie Dumbledore'a, nie wstał na dźwięk swojego nazwiska, ograniczając się do skwitowania głośnego aplauzu Ślizgonów podniesieniem ręki. Harry był jednak pewny, że dostrzegł wyraz triumfu na tak znienawidzonej przez siebie twarzy.

— Ale jest przynajmniej jedna dobra strona tej nominacji — powiedział mściwym tonem. — To już jego ostatni rok w Hogwarcie.

— Co masz na myśli? — zapytał Ron.

— Na tym stanowisku ciąży jakaś klątwa. Nikomu nie udało się wytrzymać na nim więcej niż rok... Quirrell nawet postradał życie. Jeśli o mnie chodzi, to będę trzymał kciuki, żeby doszło do jeszcze jednej śmierci.

— Harry! — syknęła z oburzeniem Hermiona.

— Ale po roku może wrócić do nauczania eliksirów — zauważył przytomnie Ron. — Ten Slughorn może nie zabawić tu zbyt długo, tak jak Moody.

Dumbledore odchrząknął. Harry, Ron i Hermiona nie byli jedynymi, którzy rozmawiali; cała sala rozbrzmiała szmerem rozmów na wiadomość o tym, że Snape w końcu osiągnął to, o czym od dawna marzył. Jakby nieświadom sensacyjności nowiny, którą właśnie ogłosił, Dumbledore nie rozwijał tego tematu, tylko odczekał chwilę, aż zrobi się zupełnie cicho, po czym ciągnął dalej:

— Jak wszyscy wiecie, Lord Voldemort i jego zwolennicy znowu są na wolności i zbierają siły.

Zapadła głucha, pełna napięcia cisza. Harry zerknął na Malfoya. Malfoy nie patrzył na Dumbledore'a. Bawił się widelcem, który utrzymywał przed sobą w powietrzu, celując w niego różdżką, jakby uznał, że słowa dyrektora nie są godne jego uwagi.

— Trudno przecenić zagrożenie, jakie niesie obecna sytuacja, i konieczność zachowania przez każdego z was wszelkich środków ostrożności i bezpieczeństwa. Magiczna ochrona zamku została w ciągu lata bardzo wzmocniona, chronią nas nowe i o wiele potężniejsze czary, ale musimy być wciąż uczuleni na jakikolwiek przejaw braku ostrożności ze strony każdego z uczniów i nauczycieli. Dlatego proszę was, żebyście ze zrozumieniem przyjęli wszelkie ograniczenia, jakie mogą na was nałożyć nauczyciele, choćby były dla was nie wiem jak uciążliwe, a w szczególności zakaz przebywania poza sypialnią w wyznaczonych godzinach. I proszę was, żebyście natychmiast donieśli któremuś z członków personelu o każdym przypadku zauważenia czegoś dziwnego albo podejrzanego w zamku lub poza nim. Ufam, że wszyscy zachowacie najwyższą ostrożność, dla własnego i każdego z waszych koleżanek i kolegów bezpieczeństwa.

Błękitne oczy Dumbledore'a omiotły salę, zanim ponownie się uśmiechnął.

— Ale teraz czekają na was łóżka, tak ciepłe i wygodne, jak tylko możecie sobie wymarzyć, i wiem, że myślicie przede wszystkim o tym, by jutro rano, kiedy zaczną się lekcje, być wypoczęci. Dlatego powiedzmy sobie dobranoc. No, to zmykajcie! Pa!

Ławki odsunięto z ogłuszającym jak zwykle hałasem i setki uczniów zaczęły się wylewać z Wielkiej Sali, zmierzając do swoich dormitoriów. Harry nie spieszył się, nie mając ochoty na znalezienie się w tłumie gapiących się na niego uczniów, a tym bardziej w pobliżu Malfoya, który na pewno nie omieszkałby jeszcze raz opowiedzieć wszystkim o rozbitym nosie. Ociągał się więc, udając, że poprawia sznurowadło adidasa, i pozwalając, by większość Gryfonów wyszła przed nim. Hermiona pospieszyła, by wypełniać swoje obowiązki prefekta wobec pierwszoroczniaków, ale Ron został z nim.

— Co się naprawdę stało z twoim nosem? — zapytał, kiedy wlekli się na samym końcu tłumu opuszczającego salę i nikt nie mógł ich podsłuchać.

Harry mu powiedział. Miarą ich przyjaźni było to, że Ron nie wybuchnął śmiechem.

— Widziałem, jak Malfoy odgrywa coś, co miało związek z nosem — dodał ponuro.

— E tam, nie przejmuj się tym. Posłuchaj, co mówił, zanim się domyślił, że tam jestem...

Spodziewał się, że Ron będzie wstrząśnięty przechwałkami Malfoya, tymczasem nie zrobiło to na nim wrażenia. Harry uznał to za przejaw skrajnej tępoty.

— Daj spokój, Harry, on się tylko tak puszył przed Parkinson... Bo niby jaką misję mógłby mu zlecić Sam-Wiesz-Kto?

— A skąd wiesz, czy Voldemort nie potrzebuje kogoś w Hogwarcie? Nie byłby to pierwszy...

— Ja bym tam wolał, żebyś przestał wymawiać to imię, Harry — rozległ się za nimi pełen wyrzutu głos. Harry obejrzał się przez ramię i zobaczył Hagrida, który kręcił głową.

— Dumbledore je wymawia — upierał się Harry.

— No taa... ale to Dumbledore, no nie? — odrzekł z powagą Hagrid. — Więc, Harry, jak wyszło, że się spóźniłeś? Miałem już niezłego stracha.

— Coś mnie zatrzymało w pociągu. A TY dlaczego się spóźniłeś?

— Byłem z Graupkiem — wyjaśnił uradowany Hagrid. — Całkiem żem stracił poczucie czasu. On ma teraz nowy dom w górach, Dumbledore to załatwił... taka fajna wielka jaskinia. Tam mu jest o wiele lepij niż w Lesie. Trochę żeśmy się zagadali.

— Naprawdę? — zdziwił się Harry, starając się nie patrzyć na Rona; ostatnim razem, kiedy spotkali się z bratem przyrodnim Hagrida, złośliwym olbrzymem, który uwielbiał wyrywać drzewa z korzeniami, znał tylko pięć słów, z czego dwóch nie potrafił wypowiedzieć poprawnie.

— Tak, Harry, żebyś wiedział, jakie robi postępy — rzekł z dumą Hagrid. — Jak zobaczysz, to się zdziwisz. Tak sobie myślę, że wyszkolę go na swojego pomocnika.

Ron parsknął głośno, ale z powodzeniem udał, że to gwałtowne kichnięcie. Stali już blisko dębowych frontowych drzwi.

— No, to jutro się widzimy, nie? Pirwsza lekcja zara po drugim śniadanku. Przyjdźcie wcześnij, to się przywitacie z Hardo... znaczy się... z Kłębolotkiem!

Harry i Ron spojrzeli na siebie. Harry mógłby się założyć, że Ronowi też zrobiło się głupio.

— Nie masz już opieki nad magicznymi stworzeniami, co?

Ron pokręcił głową.

— I ty też nie, tak?

Harry też pokręcił głową.

— A Hermiona? — zapytał Ron. — Ona też nie, prawda?

Harry znowu pokręcił głową. I wolał nie myśleć, co powie Hagrid, kiedy się dowie, że trójka jego ulubionych uczniów zrezygnowała z jego przedmiotu.

ROZDZIAŁ DZIEWIĄTY

Książę Półkrwi

Następnego rana przed śniadaniem Harry i Ron spotkali Hermionę w pokoju wspólnym. Mając nadzieję, że Hermiona poprze jego hipotezę, Harry nie tracił czasu, by opowiedzieć, co mówił Malfoy w Ekspresie Londyn-Hogwart.

— Ale przecież to jasne, że przechwalał się przed Parkinson, nie? — wtrącił szybko Ron, zanim Hermiona zdążyła coś powiedzieć.

— No... nie wiem... To by było do niego podobne, takie udawanie ważniaka... ale żeby aż tak łgać... nie byłabym taka pewna...

— No właśnie — mruknął Harry, ale nie mógł już rozwijać tematu, bo zbyt wiele osób wyłaziło ze skóry, żeby podsłuchać, o czym rozmawiają, nie mówiąc już o wlepionych w niego oczach i ukradkowych szeptach.

— Nie pokazuje się nikogo paluchem — warknął Ron na wyjątkowo małego pierwszoroczniaka, kiedy stali już w kolejce do dziury pod portretem.

Chłopiec, który mamrotał coś do kolegi, zasłaniając sobie usta ręką, oblał się szkarłatnym rumieńcem i przelazłszy przez dziurę, po drugiej stronie przewrócił się ze strachu. Ron zachichotał.

— Ale fajnie być w szóstej klasie! No i będziemy mieć kupę wolnego czasu. Będziemy sobie tutaj siedzieć i leniuchować.

— Ron, przecież wolny czas będzie ci potrzebny po to, żeby się uczyć! — powiedziała Hermiona, gdy szli już korytarzem.

— Ale nie dzisiaj — odrzekł Ron. — Dzisiaj będziemy się tylko obijać.

— Stój! — zawołała Hermiona, wyciągając rękę i zatrzymując jakiegoś czwartoroczniaka, który przebiegał obok niej z jaskrawozielonym dyskiem w dłoni. — Zębate frysbi są zabronione, oddaj mi to.

Chłopiec spojrzał na nią spode łba i oddał jej warczące frysbi, po czym dał nurka pod jej ramię i pobiegł za swoimi kolegami. Ron odczekał, aż chłopiec zniknie im z oczu, i wyrwał jej frysbi z ręki.

— Super, zawsze chciałem takie mieć.

Protest Hermiony został zagłuszony przez głośny chichot: Lavender Brown najwyraźniej uznała, że uwaga Rona jest niezwykle zabawna. Minąwszy ich, wciąż chichotała, zerkając na Rona przez ramię. Ron wyglądał na zachwyconego.

Sklepienie Wielkiej Sali było dziś błękitne, poznaczone wiotkimi, postrzępionymi obłoczkami, podobnie jak prostokąty nieba widoczne przez wysokie gotyckie okna. Zajęli się owsianką i jajkami na bekonie, a Harry i Ron opowiedzieli Hermionie o ich kłopotliwej rozmowie z Hagridem.

— Jak on może myśleć, że będziemy nadal uczyć się opieki nad magicznymi stworzeniami! — powiedziała ze zmartwioną miną. — Przecież chyba nigdy nie okazywaliśmy... no wiecie... większego entuzjazmu...

— I w tym rzecz, no nie? — mruknął Ron, połykając jajko sadzone w całości. — Tylko my staraliśmy się jakoś na jego lekcjach, bo go lubimy. Ale on myśli, że przepadaliśmy za tym jego głupim PRZEDMIOTEM. Myślicie, że znalazł się ktoś, kto wybrał go na owutem?

Ani Harry, ani Hermiona nic nie odpowiedzieli, nie było takiej potrzeby. Dobrze wiedzieli, że z ich klasy nikt nie zamierza kontynuować opieki nad magicznymi stworzeniami. Teraz unikali spojrzenia Hagrida i pomachali mu tylko, gdy dziesięć minut później odchodził od stołu nauczycielskiego.

Kiedy się najedli, pozostali na swoich miejscach, czekając, aż podejdzie do nich profesor McGonagall. W tym roku rozdawanie rozkładów zajęć było trochę bardziej skomplikowane niż zwykle, bo McGonagall musiała najpierw się upewnić, że każdy otrzymał z sumów stopnie wystarczające, by móc kontynuować przedmioty wybrane do owutemów.

Hermiona nie miała żadnych kłopotów, bo bardzo szybko się okazało, że może kontynuować zaklęcia, obronę przed czarną magią, transmutację, zielarstwo, numerologię, starożytne runy i eliksiry. Natychmiast pomknęła na pierwszą lekcję runów. Z Neville'em trwało to trochę dłużej; patrzył z wystraszoną miną, jak profesor McGonagall czyta jego podanie, porównując je z jego wynikami z sumów.

— Zielarstwo... znakomicie. „Wybitny". Profesor Sprout będzie zachwycona, jak cię znowu zobaczy. Obrona przed czarną magią... „powyżej oczekiwań". Jest jednak problem z transmutacją. Przykro mi, Longbottom, ale „zadowalający" nie wystarcza, żeby znaleźć się na poziomie owutemu. Obawiam się, że nie dałbyś sobie rady z pracami okresowymi.

Neville zwiesił głowę. Profesor McGonagall zerknęła na niego przez swoje prostokątne okulary.

— Ale może mi jednak powiesz, dlaczego chcesz kontynuować transmutację? Jakoś nie odniosłam wrażenia, żebyś lubił ten przedmiot.

Neville wymamrotał coś o „oczekiwaniach mojej babci".

— Hmm... Najwyższy czas, by twoja babcia zaczęła być dumna z takiego wnuka, jakiego ma, i przestała myśleć o tym, jaki powinien być... zwłaszcza po tym, co się wydarzyło w ministerstwie.

Neville zarumienił się i zamrugał; jeszcze nigdy nie usłyszał komplementu od profesor McGonagall.

— Przykro mi, Longbottom, ale nie mogę cię dopuścić do mojej klasy owutemowej. Widzę jednak, że masz „powyżej oczekiwań" z zaklęć... może tam byś spróbował?

— Moja babcia uważa, że zaklęcia to pójście po linii najmniejszego oporu — wyjąkał Neville.

— Weź zaklęcia, a ja napiszę do Augusty liścik, w którym jej przypomnę, że skoro ona nie zaliczyła zaklęć, to jeszcze nie oznacza, że to przedmiot bezwartościowy.

I uśmiechając się lekko na widok jego ucieszonej, choć pełnej niedowierzania miny, stuknęła końcem różdżki w czysty blankiet rozkładu zajęć, a kiedy wręczyła go Neville'owi, był już zapisany szczegółowymi informacjami o tegorocznych lekcjach.

Następnie zwróciła się do Parvati Patil, która natychmiast zapytała, czy Firenzo, ten przystojny centaur, nadal naucza wróżbiarstwa.

— W tym roku wróżbiarstwa będzie nauczać i on, i profesor Trelawney — odpowiedziała profesor McGonagall z nutką niechęci w głosie; wszyscy wiedzieli, że gardzi wróżbiarstwem. — Szóstą klasę ma profesor Trelawney.

Pięć minut później Parvati poszła na lekcję wróżbiarstwa z taką miną, jakby szła na ścięcie.

— A teraz Potter... Potter — powiedziała profesor McGonagall, zerkając do swoich notatek. — Zaklęcia, obrona przed czarną magią, zielarstwo, transmutacja... w porządku. Muszę powiedzieć, że cieszę się z twojego stopnia z transmutacji, Potter, bardzo się cieszę. Ale dlaczego nie chcesz nadal uczyć się eliksirów? Myślałam, że chcesz zostać aurorem.

— Chciałem, ale pani profesor mi powiedziała, że suma muszę zdać na „wybitny".

— I tak było, kiedy eliksirów nauczał profesor Snape. Profesora Slughorna zadowala „powyżej oczekiwań". Więc chcesz kontynuować eliksiry?

— Tak... ale nie kupiłem sobie żadnych ingrediencji... podręczników...

— Jestem pewna, że profesor Slughorn ci pożyczy. No dobrze, Potter, masz swój rozkład zajęć. Aha... mamy już dwudziestu kandydatów do drużyny quidditcha. Dam ci listę w swoim czasie i możesz już sobie zaplanować sprawdziany w czasie wolnym.

Kilka minut później Ron dostał swój rozkład zajęć, identyczny z rozkładem Harry'ego. Razem odeszli od stołu.

— Zobacz — powiedział z zachwytem Ron, patrząc na swój pergamin — mamy teraz czas wolny... i po przerwie też... i po obiedzie... ALE SUPER!

Wrócili do pokoju wspólnego, w którym zastali tylko kilka osób z siódmej klasy, w tym Katie Bell. Tylko ona pozostała z tego składu drużyny Gryfonów, do którego dołączył Harry, gdy po raz pierwszy przybył do Hogwartu.

— Ja też uważałam, że ci się należy! — zawołała, wskazując na jego odznakę kapitana drużyny. — No to kiedy będą sprawdziany?

— Nie bądź głupia, przecież ty nie musisz przechodzić przez żadne sprawdziany. Obserwowałem twoją grę przez całe pięć lat...

— Nie powinieneś tak zaczynać, Harry — powiedziała ostrzegawczym tonem. — Równie dobrze może tu być ktoś o wiele lepszy ode mnie. Już nieraz padły całkiem niezłe drużyny, bo ich kapitanowie trzymali się starych twarzy albo brali swoich przyjaciół...

Ron jakby się skrzywił i zaczął się bawić zębatym frysbi, które Hermiona skonfiskowała czwartoroczniakowi. Jadowicie zielony dysk krążył po pokoju, warcząc i próbując wygryźć dziury w tapetach. Żółte oczy Krzywołapa śledziły go uważnie; kot prychał gniewnie, gdy dysk znalazł się zbyt blisko niego.

Godzinę później niechętnie opuścili zalany słońcem pokój wspólny, by udać się na obronę przed czarną magią. Cztery piętra niżej przed klasą czekała już w ogonku Hermiona ze stosem ciężkich ksiąg i markotną miną.

— Ale nam nawalili z runów — powiedziała z przejęciem, kiedy ich zobaczyła. — Esej na piętnaście cali, dwa tłumaczenia, a to muszę przeczytać do środy!

— Okropne — mruknął Ron, ziewając.

— Jeszcze zobaczysz — powiedziała mściwie. — Założę się, że Snape da nam w kość.

W tym momencie otworzyły się drzwi klasy i na korytarz wyszedł Snape, z ziemistą twarzą, jak zwykle obramowaną kurtyną tłustych czarnych włosów. W ogonku zrobiło się cicho.

— Do środka — rzucił krótko.

Harry rozejrzał się, kiedy weszli. Snape już odcisnął na wnętrzu swoje piętno: klasa była jeszcze bardziej ponura niż zwykle, zasłony na wszystkich oknach zasunięte, świece zapalone. Na ścianach wisiały nowe obrazy, przedstawiające przeważnie ludzi o twarzach wykrzywionych bólem, z okropnymi ranami lub dziwnie powykręcanymi członkami. Nikt się nie odezwał, kiedy usiedli, popatrując na te mroczne, makabryczne sceny.

— Nie kazałem wam wyjmować podręczników — powiedział Snape, kiedy zamknął drzwi i stanął za pulpitem. Hermiona szybko wrzuciła swój egzemplarz *Konfrontacji z bezimiennymi* do torby, którą ukradkiem wsunęła pod krzesło. — Chcę wam coś powiedzieć i żądam bezwzględnej uwagi.

Jego czarne oczy omiotły uniesione twarze, zatrzymując się o ułamek sekundy dłużej na twarzy Harry'ego.

— Mieliście już chyba pięciu nauczycieli tego przedmiotu.

„Chyba... Tak jakbyś nie obserwował przyjścia i odejścia każdego z nich, Snape, mając nadzieję, że w końcu tobie to przypadnie", pomyślał Harry z pogardą.

— To całkiem naturalne, że każdy z tych nauczycieli miał swoje własne metody i priorytety. Biorąc jednak pod uwagę to całe zamieszanie, jestem zaskoczony, że tak wielu z was zdołało wyskrobać suma z tego przedmiotu. I będę jeszcze bardziej zaskoczony, jeśli na poziomie owutemu wszyscy wytrzymają do końca, bo będzie to wymagało o wiele więcej pracy i zaangażowania.

Zaczął się przechadzać wzdłuż ścian klasy; wszyscy wyciągali szyje, żeby nie stracić go z oczu.

— Czarna magia to mnogość najróżniejszych środków agresji, zmiennych jak kameleon i odwiecznych jak zło i dobro. Walka z nimi przypomina walkę z wielogłowym potworem: utniesz mu jedną głowę, a natychmiast wyrośnie inna, jeszcze groźniejsza i sprytniejsza. To, z czym przychodzi nam walczyć, nigdy nie jest ustalone raz na zawsze, wciąż podlega zmianom, jest niezniszczalne.

Harry wpatrywał się w Snape'a. Na pewno czym innym jest respekt wobec czarnej magii jako groźnego przeciwnika, a czym innym mówienie o niej z tak pieszczotliwą nutą w głosie, jak to czynił Snape...

— Wasza obrona — mówił Snape, trochę podnosząc głos — musi więc być równie elastyczna i wymyślna jak agresja czarnej magii, którą zamierzacie złamać. Te obrazy — wskazał na kilka, koło których przechodził — dają pewne wyobrażenie, co się dzieje z tymi, którym to się nie udało. Oto na przykład zaklęcie Cruciatus (machnął ręką w stronę czarownicy wrzeszczącej w agonii), Pocałunek Dementora (czarodziej z oczami w słup, leżący bezwładnie pod ścianą) czy nieudany pojedynek z inferiusem (krwawa masa na ziemi).

— A więc pojawił się już jakiś inferius? — zapytała Parvati Patil piskliwym głosem. — Już na pewno wiadomo, że on ich używa?

— Czarny Pan używał już inferiusów w przeszłości — rzekł Snape — a to oznacza, że trzeba być przygotowanym na ich ponowne użycie.

Powrócił do pulpitu i znowu ruszył wzdłuż ściany, a jego czarna szata wzdymała się za nim, jakby ją targał zimny wiatr.

— Mam prawo sądzić, że jesteście całkowitymi nowicjuszami, jeśli chodzi o użycie zaklęć niewerbalnych. Na czym polega przewaga zaklęcia niewerbalnego nad werbalnym?

Ręka Hermiony wystrzeliła w powietrze. Snape rozejrzał się powoli po wszystkich, upewniając się, że nikt więcej nie podniósł ręki, zanim powiedział:

— Słucham... panno Granger.

— Nie ostrzega się przeciwnika, jakiego rodzaju magii chce się użyć, co daje ułamek sekundy przewagi.

— Odpowiedź zaczerpnięta prawie słowo w słowo ze *Standardowej księgi zaklęć, stopień szósty* — powiedział Snape lekceważąco, a siedzący w ciemnym kącie Malfoy zachichotał — ale w zasadzie poprawna. Tak, ci, którzy zdołali opanować użycie magii bez wypowiadania na głos formułek zaklęć, mogą wykorzystać element zaskoczenia. Oczywiście nie wszyscy czarodzieje to potrafią. To sprawa koncentracji i siły woli, których — tu jego spojrzenie zatrzymało się na Harrym — pewnym osobom brakuje.

Harry wiedział, że Snape ma na myśli jego tragiczne lekcje oklumencji, której próbował go nauczyć w ubiegłym roku. Nie opuścił jednak wzroku, wpatrując się w Snape'a ze złością, aż ten spojrzał w inną stronę.

— Teraz podzielicie się na pary. Jeden z partnerów będzie próbował rzucić na drugiego zaklęcie, nie wymawiając na głos formuły. Ten drugi będzie próbował odeprzeć atak również bez słowa. Proszę.

Choć Snape o tym nie wiedział, w zeszłym roku Harry nauczył przynajmniej połowę klasy (tych, którzy byli członkami GD), jak rzucać zaklęcie tarczy. Żaden z nich nie rzucał jednak nigdy tego zaklęcia bez użycia słów. Po chwili dał się więc słyszeć w klasie cichy szmer, bo wiele osób po prostu wymawiało formuły szeptem. Oczywiście Hermionie udało się już po dziesięciu minutach odeprzeć rzucone przez Neville'a zaklęcie galaretowatych nóg bez wypowiedzenia jednego słowa, za co każdy rozsądny nauczyciel dałby Gryffindorowi ze dwadzieścia punktów, ale Snape udawał, że tego nie dostrzegł. Krążył między nimi, jeszcze bardziej niż zwykle przypominając wyrośniętego nietoperza. Zatrzymał się przy Harrym i Ronie.

Purpurowy na twarzy Ron, który miał zaatakować Harry'ego, zaciskał pobielałe wargi, żeby oprzeć się naturalnej pokusie wypowiedzenia formuły zaklęcia. Harry stał z uniesioną różdżką, czekając niecierpliwie, żeby zaklęcie odeprzeć.

— To żałosne, Weasley — rzekł Snape po chwili. — Spójrz, zaraz ci pokażę...

Wycelował w Harry'ego różdżką tak szybko, że ten zareagował instynktownie; zapominając o niewerbalnych zaklęciach, ryknął po prostu:

— *Protego!*

Jego zaklęcie tarczy było tak mocne, że Snape'em rzuciło i upadł na czyjś stolik. Cała klasa wlepiała w niego oczy, gdy prostował się z gniewną miną.

— Czy pamiętasz, jak mówiłem, że ćwiczymy zaklęcia NIEWERBALNE, Potter?

— Tak.

— Tak, proszę pana.

— Nie ma potrzeby zwracania się do mnie per pan, panie profesorze.

Te słowa wyrwały mu się z ust, zanim do niego dotarło, co mówi. Kilka osób, w tym Hermiona, wydało z siebie zduszony okrzyk. Za plecami Snape'a Ron, Dean i Seamus wyszczerzyli zęby z uciechy.

— Szlaban, w sobotę wieczorem, w moim gabinecie — powiedział Snape. — Nie zniosę bezczelności od nikogo, Potter... nawet od WYBRAŃCA.

— Harry, to było zupełnie ekstra! — zarechotał Ron, gdy chwilę później szli na przerwę.

— Nie powinieneś tego mówić, Harry, naprawdę — powiedziała Hermiona, obrzucając Rona karcącym spojrzeniem. — Co cię podkusiło?

— Próbował rzucić na mnie klątwę, jeśli tego nie zauważyłaś! — zaperzył się Harry. — Miałem z tym już do czynienia przez cały czas podczas tych lekcji oklumencji! Dlaczego nie znajdzie sobie innego królika doświadczalnego? I w co gra Dumbledore, pozwalając mu nauczać obrony? Nie słyszałaś, jak mówił o czarnej magii? On ją uwielbia! Zmienna jak kameleon... odwieczna... niezniszczalna...

— No wiesz... — powiedziała Hermiona — mówił trochę jak ty.

— Jak JA?

— Tak, kiedy mówiłeś nam, jak to jest, gdy staje się twarzą w twarz z Voldemortem. Twierdziłeś, że nie chodzi o proste zapamiętanie kilkunastu zaklęć, twierdziłeś, że nic się wtedy nie liczy, tylko ty, twój mózg i twoja wola... No co, czy to nie jest to samo, co mówił Snape? Że wszystko się naprawdę sprowadza do odwagi i szybkiego myślenia?

Harry był tak rozbrojony tym, iż uznała jego słowa za godne zapamiętania, zupełnie jak *Standardową księgę zaklęć*, którą umiała zacytować o każdej porze, że nie spierał się z nią.

— Harry! Hej, Harry!

Obejrzał się. Biegł ku niemu Jack Sloper, jeden z pałkarzy ubiegłorocznego składu drużyny Gryfonów, ze zwiniętym pergaminem w dłoni.

— To dla ciebie — wydyszał. — Słuchaj, podobno jesteś nowym kapitanem. Kiedy będą sprawdziany?

— Jeszcze nie wiem — odrzekł Harry, myśląc w duchu, że Sloper bardzo by chciał znaleźć się w nowym składzie.

— A... no tak. Miałem nadzieję, że w ten weekend...

Ale Harry już go nie słuchał, bo właśnie rozpoznał cienkie, pochyłe pismo na pergaminie. Nie pozwoliwszy Sloperowi dokończyć zdania, odszedł szybko z Ronem i Hermioną, rozwijając po drodze pergamin.

Drogi Harry,

chciałbym, żeby nasze prywatne lekcje rozpoczęły się w tę sobotę. Proszę Cię, przyjdź do mojego gabinetu o ósmej wieczorem. Mam nadzieję, że cieszysz się z tego pierwszego dnia szkoły.

Z wyrazami szacunku,

Albus Dumbledore

PS. Lubię kwachy.

— Lubi kwachy? — zdumiał się Ron, który przeczytał list, zaglądając Harry'emu przez ramię.

— To hasło, żeby przejść obok gargulca przed jego gabinetem — odpowiedział cicho Harry. — Ha! Snape nie będzie zachwycony... Nie będę mógł odwalać mu tego szlabanu!

Przez całą przerwę zastanawiali się nad tym, czego go będzie uczył Dumbledore. Ron uważał, że pewnie jakichś specjalnych zaklęć i klątw, których mogą nie znać śmierciożercy. Hermiona stwierdziła, że takie czary są niezgodne z prawem i że będą to raczej zaawansowane zaklęcia obronne. Po przerwie poszła na numerologię, a Harry i Ron wrócili do pokoju wspólnego, gdzie niechętnie zabrali się do pracy domowej, którą im zadał Snape. Okazało się, że zadanie jest bardzo skomplikowane i jeszcze się z nim nie uporali, kiedy po obiedzie wróciła Hermiona (dzięki niej tempo ich pracy wyraźnie się zwiększyło). Skończyli równo z dzwonkiem na popołudniową dwugodzinną lekcję eliksirów i zbiegli na dół, do podziemi, gdzie mieściła się klasa, która tak długo należała do Snape'a.

W mrocznym korytarzu zastali zaledwie garstkę oczekujących na wejście do klasy. Crabbe i Goyle najwyraźniej odpadli na sumie, zaliczyło go jednak czterech innych Ślizgonów, w tym Malfoy. Było też czterech Krukonów i jeden Puchon, Ernie Macmillan, którego Harry lubił pomimo jego nieco wyszukanych manier.

— Cześć, Harry — przywitał go Ernie, wyciągając rękę. — Nie miałem okazji pogadać z tobą na obronie przed czarną magią. Uważam, że lekcja była niezła, chociaż te zaklęcia tarczy to dla nas, starych wyjadaczy z GD, nic nowego... Cześć, Ron, witaj, Hermiono, a wy jak się macie?

Zanim zdążyli powiedzieć coś więcej poza „świetnie", drzwi lochu się otworzyły i wyłonił się z nich wielki brzuch Slughorna. Kiedy wchodzili do klasy, uśmiechał się promiennie, a już ze szczególnym entuzjazmem powitał Harry'ego i Zabiniego.

Wszystkich zaskoczyło, że loch wypełniały już opary i dziwne zapachy. Harry, Ron i Hermiona z zaciekawieniem pociągali nosami, przechodząc koło wielkich, bulgocących kociołków. Ślizgoni usiedli razem, podobnie jak Krukoni, więc Harry'emu, Ronowi i Hermionie przypadło zająć miejsca przy jednym stole z Erniem. Wybrali stojący najbliżej kociołek o złotej barwie, z którego buchał miły, odurzający zapach; Harry wyczuwał w nim kajmakową tartę, ale i charakterystyczną woń drewna rączki miotły, a może też jakiś znajomy, znany mu chyba z Nory zapach kwiatów. Wdychał go powoli, głęboko i wydawało mu się, że opary eliksiru wypełniają go jak spływający do żołądka napój. Ogarnęło go uczucie błogości. Uśmiechnął się przez stół do Rona, który z rozmarzoną miną odwzajemnił ten uśmiech.

— A więc, moi drodzy, a więc — powiedział Slughorn, którego masywna sylwetka majaczyła w oparach — wyjmijcie teraz swoje wagi, zestawy ingrediencji i nie zapomnijcie o waszych egzemplarzach *Eliksirów dla zaawansowanych*...

— Proszę pana! — Harry podniósł rękę.

— O co chodzi, mój chłopcze?

— Nie mam ani podręcznika, ani wagi, w ogóle niczego... Ron też... Nie wiedzieliśmy, że będziemy mogli zaliczać owutemy...

— Ach tak, profesor McGonagall mi wspominała... Nie martw się, drogi chłopcze, niczym się nie przejmuj. Dzisiaj możecie brać ingrediencje z naszego podręcznego magazynku, jakieś wagi też się znajdą, no i mamy tu zapasik starych książek, to wam na pewno wystarczy, zanim napiszecie do Esów i Floresów...

Podszedł do stojącego w kącie kredensu, poszperał w nim i po chwili wrócił, wręczając Harry'emu i Ronowi dwa bardzo zniszczone egzemplarze *Eliksirów dla zaawansowanych* Libacjusza Borage'a oraz dwie zaśniedziałe wagi.

— No więc, moi drodzy — powiedział, wróciwszy na swoje miejsce, wypinając i tak już imponującą pierś, aż guziki jego kamizelki zatrzeszczały niebezpiecznie — przygotowałem wam kilka eliksirów, żebyście mogli rzucić na nie okiem, tak z ciekawości, no wiecie. Pod koniec semestru powinniście już sami uwarzyć tego rodzaju magiczne eliksiry. Nawet jeśli nikt z was czegoś takiego jeszcze nie warzył, to powinniście już o nich słyszeć. Czy ktoś może mi powiedzieć, co to jest?

Wskazał na kociołek stojący najbliżej stołu Ślizgonów. Harry uniósł się nieco i zobaczył w kociołku przezroczystą ciecz, wyglądającą jak zwykła, gotująca się woda.

Dobrze wyćwiczona ręka Hermiony pojawiła się w górze, zanim ktokolwiek inny zdążył to uczynić.

— To veritaserum, bezbarwny, pozbawiony zapachu eliksir. Ten, kto go wypije, musi mówić prawdę.

— Bardzo dobrze, bardzo dobrze! — ucieszył się Slughorn. — A teraz ten — wskazał na kociołek stojący najbliżej stołu Krukonów — dobrze wszystkim znany... wymieniany ostatnio w ulotkach ministerstwa... Kto może...

Hermiona znowu była najszybsza.

— To eliksir wielosokowy, panie profesorze.

Harry też rozpoznał bulgoczącą leniwie, gęstą substancję, ale nie czuł żalu do Hermiony, że to ona udzieliła odpowiedzi na pytanie Slughorna; w końcu to jej udało się sporządzić ten eliksir już w drugiej klasie.

— Znakomicie, znakomicie! A teraz ten tutaj... Tak, moja droga? — zapytał, teraz już lekko speszony, patrząc na uniesioną rękę Hermiony.

— To amortencja!

— Tak jest. Aż głupio pytać — rzekł Slughorn, na którym odpowiedź Hermiony najwyraźniej zrobiła duże wrażenie — ale pewnie wiesz, jakie jest jej działanie?

— To najsilniejszy eliksir miłosny na świecie!

— Zgadza się! Rozpoznałaś go, jak sądzę, po tym szczególnym, przypominającym macicę perłową połysku?

— I po parze wzbijającej się w charakterystycznych spiralach — odpowiedziała z zapałem Hermiona. — Natomiast jego zapach każdy odczuwa inaczej, w zależności od tego, co kogo najbardziej pociąga. Ja czuję woń świeżo skoszonej trawy, nowego pergaminu i...

Nagle urwała, rumieniąc się lekko.

— Jak się nazywasz, moja droga? — zapytał Slughorn, nie zwracając uwagi na zakłopotanie Hermiony.

— Hermiona Granger.

— Granger? Granger? Czy jesteś może krewną Hektora Dagworth-Grangera, który założył Nadzwyczajne Towarzystwo Eliksirowarów?

— Nie, chyba nie, panie profesorze. Pochodzę z rodziny mugolskiej.

Harry spostrzegł, że Malfoy nachylił się do Notta i szepnął mu coś do ucha; obaj zachichotali. Na twarzy Slughorna nie pojawił się jednak nawet cień konsternacji, przeciwnie, uśmiechnął się promiennie i przeniósł wzrok z Hermiony na Harry'ego, siedzącego obok niej.

— Oho! „Wśród moich najbliższych przyjaciół jest dziewczyna, która też się urodziła w mugolskiej rodzinie i jest najlepsza w klasie". To pewnie o niej mówiłeś?

— Tak, panie profesorze.

— No, no... panna Granger zarobiła właśnie dwadzieścia punktów dla Gryffindoru.

Malfoy miał minę prawie taką jak wówczas, gdy Hermiona uderzyła go w twarz. Hermiona zwróciła się do Harry'ego, cała rozpromieniona, i szepnęła:

— Naprawdę powiedziałeś mu, że jestem najlepsza w klasie? Och, Harry!

— No i co w tym takiego nadzwyczajnego? — szepnął Ron, który nie wiadomo dlaczego był wyraźnie rozdrażniony. — Przecież JESTEŚ najlepsza... Gdyby mnie zapytał, też bym mu tak powiedział!

Hermiona uśmiechnęła się i przyłożyła palec do ust, uciszając ich, żeby mogli słyszeć, co mówi Slughorn. Ron wyglądał na trochę niezadowolonego.

— Oczywiście amortencja nie wzbudza prawdziwej miłości. Miłości nie można sztucznie wzbudzić lub udać. Nie, ten eliksir powoduje tylko silne zadurzenie albo obsesję. To prawdopodobnie najniebezpieczniejszy i najpotężniejszy eliksir w tym pomieszczeniu... O, tak! — dodał, kiwając z powagą głową ku Malfoyowi i Nottowi, którzy uśmiechali się sceptycznie. — Jak pożyjecie tak długo jak ja i tyle co ja w życiu zobaczycie, nie będziecie lekceważyć potęgi obsesyjnej miłości. A teraz czas już zabrać się do pracy.

— Panie profesorze, nie powiedział nam pan, co jest w tym — odezwał się Ernie Macmillan, wskazując mały, czarny kociołek stojący na biurku Slughorna.

Warzył się w nim z wesołym pluskiem eliksir barwy płynnego złota. Nad powierzchnię wyskakiwały jak złote rybki wielkie krople, choć ani jedna nie opadała na blat biurka.

— Oho — powiedział znowu Slughorn. Harry był pewny, że profesor wcale nie zapomniał o tym kociołku, ale dla większego efektu czekał, aż ktoś go o to zapyta.
— Tak. Ten. No cóż, panie i panowie, to jest bardzo dziwny eliksir, a jego nazwa brzmi Felix Felicis. Domyślam się — odwrócił się z uśmiechem, spoglądając na Hermionę, która głośno zaczerpnęła powietrza — że panna Granger wie, jakie jest działanie tego eliksiru?

— To płynne szczęście. Sprawia, że ma się szczęście!

Wszyscy nieco się wyprostowali na swoich miejscach. Teraz Harry widział tylko tył jasnowłosej głowy Malfoya, bo i on wpatrywał się w Slughorna z najwyższą uwagą.

— Tak jest. Kolejne dziesięć punktów dla Gryffindoru. Tak, to Felix Felicis, jeden z tych dziwnych, może nie najważniejszych, ale ciekawych eliksirów. Wyjątkowo trudno go uwarzyć, a pomyłka może drogo kosztować. Jeśli jednak zostanie uwarzony poprawnie, tak jak ten, sprzyja osiąganiu sukcesów we wszystkich poczynaniach... w każdym razie póki działa.

— To dlaczego ludzie nie piją go bez przerwy, panie profesorze? — zapytał wyraźnie poruszony Terry Boot.

— Bo jak się go zażywa za często, uderza do głowy, powodując groźną lekkomyślność i przesadne zaufanie do samego siebie. No wiecie, za dużo dobrego... Tak, w zbyt dużych dawkach działa jak silna trucizna. Ale zażywany oszczędnie, od czasu do czasu...

— Czy pan go kiedyś pił, panie profesorze? — zapytał zaintrygowany Michael Corner.

— Dwa razy w życiu — odrzekł Slughorn. — Raz, kiedy miałem dwadzieścia cztery lata, i raz, kiedy miałem pięćdziesiąt siedem. Dwie łyżki podczas śniadania. Dwa cudowne dni.

Wpatrzył się w przestrzeń rozmarzonymi oczami. Harry pomyślał, że bez względu na to, czy była to tylko gra czy nie, efekt był znakomity.

— I to właśnie — powiedział Slughorn, najwyraźniej wracając na ziemię — będzie nagrodą podczas tej lekcji.

Zapadła cisza, w której bulgotanie dochodzące z kociołków zdawało się rozlegać dziesięć razy głośniej niż przedtem.

— Jedna mała buteleczka eliksiru Felix Felicis — rzekł Slughorn, wyjmując z kieszeni maleńki flakonik z korkiem i pokazując go wszystkim — wystarczy na dwanaście godzin szczęścia. Od świtu do zmierzchu pełne powodzenie w każdym przedsięwzięciu. Muszę was jednak ostrzec, że Felix Felicis jest substancją zakazaną we wszystkich zorganizowanych współzawodnictwach... na przykład w zawodach sportowych, podczas egzaminów czy wyborów. Zwycięzca może go więc użyć tylko w normalnym, zwykłym dniu... i obserwować, jak zwykły dzień staje się dniem niezwykłym! Ale... — Slughorn nagle się ożywił — jak zdobyć tę moją bajeczną nagrodę? Ano, trzeba otworzyć *Eliksiry dla zaawansowanych* na stronie dziesiątej. Macie trochę ponad godzinę, żeby wyprodukować Wywar Żywej Śmierci. Wiem, że tak złożonego eliksiru jeszcze nie próbowaliście uwarzyć, i nie oczekuję, że komukolwiek to się uda, ale osoba, która zrobi to najlepiej, zdobędzie trochę Feliksa. No, to do roboty!

Rozległy się zgrzyty i szuranie przysuwanych bliżej kociołków, a także odgłosy wrzucanych na szale odważników, ale nikt nic nie mówił. Koncentracja była prawie namacalna. Harry zobaczył, jak Malfoy przerzuca gorączkowo strony swojego podręcznika. Widać było, że bardzo mu zależy na zdobyciu eliksiru szczęścia. Harry pochylił się szybko nad obszarpanym egzemplarzem *Eliksirów dla zaawansowanych* pożyczonym od Slughorna.

Z oburzeniem stwierdził, że poprzedni właściciel pozapisywał swoimi notatkami wszystkie marginesy. Z trudem odczytał listę niezbędnych ingrediencji (bo i tu między wierszami były notatki, a niektóre słowa przekreślono) i pobiegł do kredensu, by znaleźć to, co mu było potrzebne. Wracając, zobaczył, jak Malfoy pospiesznie tnie na kawałki korzenie waleriany.

Wszyscy zerkali wokoło, żeby podejrzeć, co robi reszta klasy; na lekcjach eliksirów nigdy nie można było tego uniknąć, co miało swoją dobrą i złą stronę. Po paru minutach cały loch wypełnił się niebieskawą parą. Wyglądało na to, że Hermiona, jak zwykle, radzi sobie najlepiej. Jej wywar przypominał już „rzadki płyn barwy czarnych porzeczek", wspomniany w podręczniku jako półprodukt.

Skończywszy siekanie swoich korzonków, Harry znowu pochylił się nad książką. Odczytywanie wskazówek pobazgranych przez poprzedniego właściciela było bardzo irytujące. Z jakiegoś nieznanego powodu wykreślił, na przykład, polecenie pocięcia na kawałeczki strączka sopophorusa, wpisując nad nim alternatywną instrukcję:

Zmiażdż płaską stroną srebrnego sztyletu, łatwiej puści sok.

— Panie profesorze, chyba znał pan mojego dziadka, Abraxasa Malfoya?

Harry podniósł głowę. Slughorn przechodził właśnie koło stołu Ślizgonów.

— Tak, znałem — odrzekł Slughorn, nie patrząc na Malfoya. — Z przykrością dowiedziałem się o jego śmierci, choć, oczywiście, nie była dla mnie zaskoczeniem... smocza ospa w jego wieku...

I odszedł. Harry pochylił się nad swoim kociołkiem, uśmiechając się złośliwie. Malfoy na pewno się spodziewał, że będzie traktowany jak Harry czy Zabini, może nawet miał nadzieję na ulgową taryfę, jaką stosował wobec niego Snape. Tymczasem wyglądało na to, że aby zdobyć buteleczkę eliksiru Felix Felicis, będzie musiał polegać tylko na własnych zdolnościach.

Fasolka sopophorusa okazała się bardzo trudna do pocięcia. Harry zwrócił się do Hermiony.

— Możesz mi pożyczyć srebrny nóż?

Kiwnęła niecierpliwie głową, nie odrywając oczu od swojego wywaru, który wciąż był ciemnofioletowy, choć zgodnie z podręcznikiem powinien już nabrać odcienia bzu.

Harry zmiażdżył swoją fasolkę płaską stroną klingi. Ku jego zdumieniu, natychmiast puściła tyle soku, że aż dziw było, ile może się go zmieścić w pomarszczonym strączku. Szybko wlał sok do kociołka i wytrzeszczył oczy, bo wywar natychmiast przybrał liliową barwę opisywaną w podręczniku.

Przestał się oburzać na poprzedniego właściciela książki i przyjrzał się następnej instrukcji. Według podręcznika powinien teraz mieszać wywar w kierunku przeciwnym do ruchu wskazówek zegara, aż stanie się przezroczysty jak woda. Natomiast dopisana ręką poprzedniego właściciela uwaga radziła, by po siedmiokrotnym zamieszaniu wywaru w kierunku przeciwnym do ruchu wskazówek zegara zamieszać go raz w kierunku z nimi zgodnym. Czyżby dawny właściciel znowu się nie mylił?

Zamieszał wywar w lewo siedem razy, wstrzymał oddech i zamieszał raz w prawo. Skutek był natychmiastowy. Wywar zrobił się bladoróżowy.

— Jak ty to robisz? — zapytała czerwona na twarzy Hermiona, której włosy robiły się coraz bardziej puszyste od oparów buchających z kociołka.

Jej wywar wciąż był ciemnofioletowy.

— Zamieszaj raz w kierunku zgodnym z ruchem wskazówek...

— Nie, nie, podręcznik mówi: przeciwnym do ruchu wskazówek zegara!

Harry wzruszył ramionami i zajął się swoim kociołkiem. Siedem obrotów w lewo, jeden w prawo, pauza... siedem obrotów w lewo, jeden w prawo...

Naprzeciw niego Ron klął płynnie pod nosem; jego wywar przypominał rozgotowaną lukrecję. Harry rozejrzał się. Chyba niczyj wywar nie osiągnął takiej barwy jak jego. Poczuł, jak wzbiera w nim euforia, coś, czego jeszcze nigdy nie doświadczył w tym lochu.

— Czas... minął! — zawołał Slughorn. — Proszę przerwać mieszanie!

Zaczął się przechadzać między stołami, zaglądając do kociołków. Nie robił żadnych uwag, tylko od czasu do czasu zamieszał w czyimś kociołku albo powąchał zawartość. W końcu doszedł do stołu, przy którym siedzieli Harry,

Ron, Hermiona i Ernie. Uśmiechnął się z politowaniem na widok smolistej substancji uwarzonej przez Rona. Przeszedł bez słowa koło granatowej mieszanki Erniego. Wywar Hermiony pochwalił aprobującym kiwnięciem głowy. A potem spojrzał w kociołek Harry'ego i na jego twarzy pojawił się wyraz niedowierzania.

— Oczywisty zwycięzca! — zawołał. — Wspaniale, wspaniale, Harry! Wielki Boże, tak, to jasne, odziedziczyłeś talent po swojej matce, miała złote ręce do eliksirów. Tak, Lily była najlepsza! A więc masz, masz... oto buteleczka eliksiru Felix Felicis... Użyj go dobrze!

Harry wsunął flakonik ze złotym płynem do wewnętrznej kieszeni, czując dziwną mieszaninę rozkoszy na widok rozwścieczonych min Ślizgonów i winy na widok zawodu na twarzy Hermiony. Ron po prostu oniemiał.

— Jak to zrobiłeś? — szepnął, kiedy wychodzili z lochu.

— Chyba miałem szczęście — odrzekł Harry, bo Malfoy był blisko.

Kiedy już zasiedli przy stole Gryfonów, poczuł się na tyle bezpiecznie, by im powiedzieć, jak to zrobił. Hermiona słuchała go z coraz bardziej kamienną twarzą.

— Pewnie uważasz, że to nieuczciwe? — zakończył rozdrażniony jej miną.

— No... to chyba nie była twoja własna praca, prawda? — powiedziała oschle.

— On tylko postępował zgodnie z innymi instrukcjami niż my — rzekł Ron. — Przecież mogło mu wyjść coś okropnego, nie? Podjął ryzyko i to mu się opłaciło. — Westchnął ciężko. — Slughorn mógł mnie dać tę książkę, ale nie, ja dostałem taką, w której nikt nic nie dopisał.

NARZYGAŁ NA NIĄ, owszem, sądząc z wyglądu strony pięćdziesiątej drugiej, ale...

— Chwileczkę — rozległ się głos tuż przy lewym uchu Harry'ego, a on poczuł powiew tego samego kwiatowego zapachu, który wyczuł w lochu Slughorna. Obrócił się i zobaczył, że obok niego usiadła Ginny. — Dobrze słyszałam? Wykorzystałeś rady, które ktoś dopisał w książce, Harry?

Wyglądała na wystraszoną i wściekłą. Harry zrozumiał natychmiast, o co jej chodzi.

— To nic takiego — zapewnił ją, zniżając głos. — Przecież to nie był dziennik Riddle'a. To tylko stary podręcznik, w którym ktoś coś nabazgrał.

— Ale zrobiłeś to, co tam było dopisane?

— Ja tylko wypróbowałem parę podpowiedzi zapisanych na marginesie, naprawdę, Ginny, nie ma w tym nic...

— Ginny utrafiła w sedno — powiedziała Hermiona, zrywając się z miejsca. — Powinniśmy sprawdzić, czy nie kryje się za tym coś niedobrego. Za tymi wszystkimi dziwacznymi instrukcjami. Kto wie?

— Hej! — krzyknął z oburzeniem Harry, kiedy wyciągnęła z jego plecaka podniszczony egzemplarz *Eliksirów dla zaawansowanych* i uniosła różdżkę.

— *Specialis revelio!* — zawołała, stukając końcem różdżki w przednią okładkę.

Nic się nie stało. Książka była nadal stara, brudna, z pozaginanymi rogami.

— Skończyłaś? — zapytał ze złością Harry. — A może chcesz poczekać, żeby zobaczyć, czy się na ciebie nie rzuci?

— Wygląda na to, że wszystko jest w porządku — powiedziała Hermiona, wciąż patrząc na książkę podejrzliwie. — To znaczy... chyba to jest naprawdę tylko... zwykły podręcznik.

— Świetnie. Więc mogę już go sobie wziąć, tak? — prychnął Harry, sięgając po książkę, ale ta wyślizgnęła mu się z rąk i wylądowała na podłodze.

Nikt inny tego nie widział, ale gdy Harry schylił się, żeby podnieść książkę, zobaczył, że na tylnej okładce na samym spodzie napisano coś tym samym drobnym, ciasnym pismem, znanym mu już z instrukcji, dzięki którym zdobył buteleczkę Felix Felicis, owiniętą teraz parą skarpetek i ukrytą w jego kufrze w dormitorium.

Ta książka jest własnością Księcia Półkrwi.

ROZDZIAŁ DZIESIĄTY

Ród Gaunta

Przez resztę tygodnia na lekcjach eliksirów Harry nadal korzystał z porad Księcia Półkrwi, jeśli tylko odbiegały od instrukcji Libacjusza Borage'a, co miało taki skutek, że podczas czwartej lekcji Slughorn zaczął się rozpływać nad jego zdolnościami, podkreślając, iż rzadko mu się zdarzało uczyć kogoś tak utalentowanego. Ron i Hermiona nie byli tym zachwyceni. Chociaż Harry zaproponował im, że mogą korzystać z jego książki, Ron miał duże trudności z odcyfrowaniem odręcznych notatek, a nie chciał wciąż prosić Harry'ego, by mu je odczytywał na głos, bo mogłoby to wzbudzić podejrzenia. Natomiast Hermiona trzymała się uparcie tego, co nazywała „oficjalnymi" instrukcjami, choć mina coraz bardziej jej rzedła, bo wciąż osiągała o wiele gorsze wyniki od Harry'ego.

Harry zastanawiał się czasem, kim mógł być ów Książę Półkrwi. Ilość pracy domowej, jaką im zadawano, nie pozwalała mu na przeczytanie *Eliksirów dla zaawansowanych* od deski do deski, ale wystarczyło książkę przekartkować, by stwierdzić, że prawie nie było strony, na której Książę nie pozostawiłby swoich uwag, i nie wszystkie odnosiły się do recept na eliksiry. Tu i tam pojawiały się formuły zaklęć, które Książę sam wymyślił.

— Albo wymyśliła — powiedziała Hermiona ze złością, kiedy usłyszała, jak w sobotę po południu Harry przeczytał kilka z nich Ronowi w pokoju wspólnym. — To mogła być dziewczyna. Na to by wskazywał charakter pisma.

— Nazwał się Półkrwi KSIĘCIEM — zauważył Harry. — Znasz jakieś dziewczyny, które były książętami?

Hermiona nie miała na to odpowiedzi. Naburmuszona, gwałtownym ruchem zabrała swój esej na temat „Zasad rematerializacji" sprzed oczu Rona, który próbował odczytać go do góry nogami.

Harry zerknął na zegarek i pospiesznie schował swój egzemplarz *Eliksirów dla zaawansowanych* do torby.

— Ósma za pięć, lecę, bo spóźnię się do Dumbledore'a.

— Oooch! — krzyknęła cicho Hermiona. — Powodzenia! Poczekamy na ciebie, chcemy się dowiedzieć, czego cię naucza!

— Będzie dobrze, zobaczysz — dodał mu otuchy Ron i oboje patrzyli, jak Harry wychodzi przez dziurę pod portretem.

Korytarze były już puste, ale w pewnym momencie Harry musiał szybko schować się za jakimś posągiem, bo zza rogu wyszła profesor Trelawney, mrucząc coś do siebie pod nosem i tasując talię wyświechtanych kart, do której co jakiś czas zaglądała.

— Dwójka pik, konflikt — wymamrotała, przechodząc obok skulonego za posągiem Harry'ego. — Siódemka pik, zły omen. Dziesiątka pik, przemoc. Walet pik, ciemnowłosy młodzieniec, ma kłopoty, nie lubi pytającego...

Nagle przystanęła i zamarła bez ruchu tuż obok posągu.

— Nie, to nie może być prawda — powiedziała rozdrażnionym tonem i Harry usłyszał, jak odchodzi, pozostawiając za sobą lekki zapach kuchennego sherry.

Poczekał, aż kroki ucichną, i pobiegł dalej, zatrzymując się dopiero na korytarzu siódmego piętra, przed znajomym gargulcem.

— Kwachy — powiedział.

Gargulec odskoczył w bok, ściana rozsunęła się i Harry wstąpił na spiralne kamienne schodki, które same zaniosły go przed drzwi z mosiężną kołatką, wiodące do gabinetu Dumbledore'a.

Zapukał.

— Wejdź — rozległ się głos Dumbledore'a.

— Dobry wieczór, panie dyrektorze — powiedział Harry, wchodząc do gabinetu.

— Ach, dobry wieczór, Harry. Siadaj — odrzekł z uśmiechem Dumbledore. — Mam nadzieję, że jesteś zadowolony z tego pierwszego tygodnia po wakacjach?

— Tak, dziękuję, panie dyrektorze.

— Nie próżnowałeś, już zarobiłeś szlaban!

— Eee... — wyjąkał Harry, ale Dumbledore nie miał srogiej miny.

— Ustaliłem z profesorem Snape'em, że przyjdziesz do niego w następną sobotę.

— Tak jest — odrzekł Harry, który miał o wiele pilniejsze sprawy na głowie niż szlaban u Snape'a, i teraz rozglądał się ukradkiem, próbując odgadnąć, co Dumbledore zamierza z nim robić tego wieczoru.

Kolisty gabinet wyglądał tak jak zwykle: delikatne srebrne instrumenty stały na stolikach o pajęczych nóżkach, terkocząc cicho i wydmuchując z siebie strużki dymu, portrety poprzednich dyrektorów drzemały w swych ramach, a wspaniały feniks Dumbledore'a, Fawkes, siedział na pręcie obok drzwi, obserwując Harry'ego z żywym zainteresowaniem. Nic nie wskazywało, by Dumbledore zrobił jakieś wolne miejsce na ćwiczenie pojedynków.

— A więc, Harry — zaczął Dumbledore rzeczowym tonem — na pewno zastanawiasz się, co zamierzam z tobą robić podczas tych... powiedzmy, z braku lepszego słowa... lekcji.

— Tak, panie profesorze.

— No więc uznałem, że skoro już wiesz, co skłoniło Lorda Voldemorta do zamachu na twoje życie piętnaście lat temu, nadszedł czas, by udzielić ci pewnych informacji.

Nastąpiła chwila milczenia.

— Pod koniec ostatniego semestru powiedział mi pan, że dowiem się wszystkiego... — rzekł Harry, a w jego głosie zabrzmiała pretensja, której nie potrafił ukryć — ...panie profesorze — dodał.

— I tak się stało — odparł spokojnie Dumbledore. — Powiedziałem ci wszystko, co sam wiedziałem. Od tego momentu porzucimy solidną podstawę faktów i wyruszymy razem w podróż przez mroczne bagniska pamięci do gęstwiny najśmielszych domysłów. Odtąd, Harry, mogę się tak żałośnie mylić jak Humphrey Belcher, który sądził, że nadszedł czas na kociołek z sera.

— Ale sądzi pan, że ma pan rację?

— Oczywiście, ale jak już ci udowodniłem, popełniam błędy jak każdy człowiek. Co więcej, ponieważ jestem...

wybacz mi... trochę mądrzejszy od większości ludzi, moje pomyłki są przez to odpowiednio większe.

— Panie profesorze — zaczął niepewnie Harry — czy to, co zamierza mi pan powiedzieć, ma coś wspólnego z tą przepowiednią? Czy pomoże mi to... przeżyć?

— To ma wiele wspólnego z tą przepowiednią — odrzekł Dumbledore tak beztrosko, jakby Harry zapytał go o jutrzejszą pogodę — i mam wielką nadzieję, że pomoże ci przeżyć.

Wstał i obszedł biurko, mijając Harry'ego, który obrócił się w krześle, żeby go obserwować. Dumbledore pochylił się nad komodą stojącą obok drzwi, a kiedy się wyprostował, trzymał znajomą, płytką kamienną misę, której krawędzie zdobiły dziwne znaki. Postawił myślodsiewnię na biurku przed Harrym.

— Wyglądasz na zaniepokojonego.

Harry rzeczywiście spoglądał na myślodsiewnię z pewnym lękiem. Jego dotychczasowe doświadczenia z tym dziwnym urządzeniem, które magazynowało i wyjawiało myśli i wspomnienia, były bardzo pouczające, ale i niezbyt przyjemne. Ostatnim razem zobaczył więcej, niżby sobie życzył. Ale Dumbledore uśmiechał się.

— Tym razem wejdziemy tam obaj... i, co jeszcze bardziej niezwykłe, za czyimś pozwoleniem.

— Dokąd się udamy, panie profesorze?

— Na przechadzkę po zaułkach pamięci Boba Ogdena — odpowiedział Dumbledore, wyjmując z kieszeni kryształowy flakonik z wirującą w nim srebrnobiałą substancją.

— Kim był ten Bob Ogden?

— Pracował w Departamencie Przestrzegania Prawa. Umarł jakiś czas temu, ale wcześniej udało mi się go wytropić i namówić, by powierzył mi te wspomnienia. Będziemy mu towarzyszyć podczas pewnej wizyty, którą złożył komuś, wypełniając swoje służbowe obowiązki. Będziesz, Harry...

Ale urwał, bo miał trudności z wyjęciem zranioną ręką zatyczki z kryształowego flakonika.

— Może ja... panie profesorze?

— Nie przejmuj się, Harry...

Dumbledore wycelował różdżką we flakonik i zatyczka wyskoczyła.

— Proszę pana... w jaki sposób to się stało? — zapytał Harry, patrząc na poczerniałe palce z mieszaniną odrazy i współczucia.

— To nie jest właściwy moment, by ci to opowiedzieć, Harry. Nie teraz. Mamy się spotkać z Bobem Ogdenem.

Wlał do myślodsiewni srebrzystą zawartość flakonika, gdzie zawirowała i rozbłysła — ni to płyn, ni to gaz.

— Ty pierwszy — rzekł Dumbledore, wskazując na misę.

Harry pochylił się do przodu, wziął głęboki oddech i zanurzył twarz w srebrnej substancji. Poczuł, jak stopy odrywają mu się od podłogi; opadał, opadał w wirującą ciemność, aż nagle oślepił go blask słońca. Zanim oczy przywykły mu do jasności, tuż obok wylądował Dumbledore.

Stali na wiejskiej drodze obrzeżonej wysokimi, splątanymi żywopłotami, pod letnim niebem, jasnym i błękitnym jak niezapominajki. Jakieś dziesięć stóp przed nimi stał niski, pulchny mężczyzna w okularach o niesamowicie grubych szkłach, które zmniejszały jego oczy do maleńkich plamek. Wpatrywał się w drewniany drogowskaz wystający z krzaków jeżyn po lewej stronie drogi. Harry wiedział, że to musi być Ogden. Był jedyną osobą w polu widzenia, miał też na sobie dziwaczny strój, w jaki często ubierali się niedoświadczeni czarodzieje, kiedy chcieli się upodobnić do mugoli: w jego przypadku był to surdut, jednoczęściowy kostium kąpielowy i getry. Zanim jednak Harry zdążył przyjrzeć się bliżej temu dziwacznemu strojowi, Ogden ruszył żwawym krokiem drogą.

Poszli za nim. Kiedy mijali drogowskaz, Harry spojrzał na jego dwa ramiona. Na jednym, wskazującym kierunek, z którego przyszli, widniał napis: „Great Hangleton, 5 mil". Drugie wskazywało kierunek, w którym zmierzał Ogden, i informowało: „Little Hangleton, 1 mila".

Przez jakiś czas widzieli tylko żywopłoty, niebieskie niebo nad głowami i powiewający połami surdut Ogdena przed sobą, potem droga skręciła w lewo i opadła w dół po stromym zboczu, tak że nagle roztoczył się przed nimi widok na całą dolinę. Między dwoma stromymi wzgórzami Harry zobaczył jakąś wioskę, zapewne Little Hangleton; widać było dobrze kościół i cmentarz. Na przeciwległym wzgórzu stał ładny wiejski dwór, otoczony rozległym, aksamitnozielonym trawnikiem.

Ogden zaczął schodzić ciężkim truchtem po stromym zboczu. Dumbledore wydłużył krok, a Harry przyspieszył. Pomyślał, że ich celem musi być Little Hangleton, i zastanawiał się, podobnie jak w tamtą noc, kiedy poznał Slughorna, dlaczego muszą pokonywać tak długą drogę, zamiast od razu znaleźć się na miejscu. Wkrótce odkrył jednak, że wcale nie idą do wioski. Droga skręciła w prawo, a kiedy minęli zakręt, ujrzeli, jak poły surduta Ogdena znikają w przerwie w żywopłocie.

Poszli za nim wąską ścieżką między jeszcze wyższymi i bardziej zdziczałymi żywopłotami niż te, które zostawili za sobą. Kamienista i wyboista dróżka wiła się, biegnąc w dół ku plamie drzew ciemniejącej nieco niżej. Wkrótce doszli na skraj lasu i zatrzymali się za Ogdenem, który wyciągnął różdżkę.

Niebo było bezchmurne, ale wysokie, stare drzewa rzucały głęboki, chłodny cień i dopiero po chwili Harry dostrzegł prześwitujący między pniami budynek. Wydało mu się dziwne, że dom postawiono w takim miejscu, w którym drzewa zasłaniały światło i widok na dolinę. Zastanawiał się, czy jest zamieszkany, bo ściany porastał mech, a z dachu odpadło tyle dachówek, że w niektórych miejscach widać było krokwie. Wokół domu rosły pokrzywy sięgające maleńkich, zarośniętych brudem okien. Uznał już, że chyba nikt tutaj nie mieszka, gdy jedno z okien otworzyło się z trzaskiem i buchnęła przez nie para lub dym, jakby w środku ktoś coś gotował.

Ogden zaczął się skradać ku domowi. Kiedy ogarnął go mroczny cień drzew, ponownie się zatrzymał, patrząc na drzwi frontowe, do których ktoś przybił martwego węża.

Nagle rozległ się trzask gałęzi i z najbliższego drzewa spadł jakiś mężczyzna w łachmanach, lądując tuż przed Ogdenem, który odskoczył tak szybko, że przydepnął sobie poły surduta i zachwiał się.

— *Zjeżdżaj stąd.*

Mężczyzna miał gęste włosy, tak brudne, że trudno było zgadnąć, jakiego są koloru. Brakowało mu kilku zębów. Miał małe, ciemne oczy, z których każde patrzyło w inną stronę. Mógłby wyglądać śmiesznie, ale wcale tak nie było: wyglądał groźnie i Harry dobrze rozumiał

Ogdena, gdy ten cofnął się jeszcze kilka kroków, zanim przemówił:

— Ee... dzień dobry. Jestem z Ministerstwa Magii...

— *Zjeżdżaj stąd.*

— Eee... proszę mi wybaczyć, ale... nie rozumiem pana — powiedział nerwowo Ogden.

Harry pomyślał, że ten Ogden musi być strasznie tępy; mężczyzna wyrażał się przecież bardzo jasno, zwłaszcza że w jednej ręce trzymał różdżkę, a w drugiej zakrwawiony nóż.

— Rozumiesz go, Harry, prawda? — zapytał cicho Dumbledore.

— Oczywiście — odrzekł Harry, trochę zdziwiony. — Dlaczego Ogden...

W tej chwili jego spojrzenie znowu padło na węża przybitego do drzwi i nagle zrozumiał.

— Mówi językiem wężów?

— Znakomicie — powiedział Dumbledore, uśmiechając się i kiwając głową.

Mężczyzna w łachmanach zbliżał się teraz do Ogdena z różdżką w jednej ręce, a nożem w drugiej.

— Proszę posłuchać... — zaczął Ogden, ale było już za późno: rozległ się huk i już leżał na ziemi, trzymając się za nos, z którego ciekła ohydna żółtawa substancja.

— Morfin! — rozległ się donośny głos.

Z domku wybiegł starszy mężczyzna, zatrzaskując za sobą drzwi, tak że wiszący na nich wąż zakołysał się złowieszczo. Był niższy od tamtego i dziwnie zbudowany: ramiona miał bardzo szerokie, a ręce bardzo długie, co w połączeniu z jasnobrązowymi oczami, krótkimi kędzierzawymi włosami i pomarszczoną twarzą sprawiało, że przypominał potężną, podstarzałą małpę. Zatrzymał się obok mężczyzny z nożem, który rechotał ze śmiechu nad leżącym na ziemi Ogdenem.

— Ministerstwo, tak? — zapytał starzec, patrząc na Ogdena.

— Tak, ministerstwo! — powiedział ze złością Ogden, obmacując sobie twarz. — Pan Gaunt, jak mniemam?

— Zgadza się — odrzekł Gaunt. — Dostałeś od niego po pysku, co?

— Tak! — warknął Ogden.

— Trzeba się było zapowiedzieć — powiedział Gaunt napastliwym tonem. — To prywatna posiadłość. Nie można sobie tutaj tak po prostu przyłazić, a później mieć pretensje do mojego syna, że się broni.

— Broni? A niby przed kim? — zapytał Ogden, dźwigając się na nogi.

— Przed wścibskimi. Przed intruzami. Przed mugolami i innym plugastwem.

Ogden wycelował koniec różdżki we własny nos, a żółta ropa natychmiast przestała się z niego sączyć. Pan Gaunt przemówił do Morfina kątem warg:

— *Do domu. Bez dyskusji.*

Tym razem, już na to przygotowany, Harry od razu rozpoznał mowę wężów; nie tylko zrozumiał, co zostało powiedziane, ale i usłyszał dziwny syk. Morfin wyraźnie nie miał ochoty posłuchać polecenia, ale kiedy jego ojciec rzucił mu groźne spojrzenie, zmienił zdanie, poczłapał w stronę domu i znikł w środku, zatrzaskując drzwi za sobą, tak że wąż znowu zakołysał się ponuro.

— To z pana synem pragnę się zobaczyć, panie Gaunt — powiedział Ogden, wycierając z surduta ostatki żółtej ropy. — To był Morfin, tak?

— Taaa... to był Morfin — przyznał obojętnie starzec. — Jesteś czystej krwi? — zapytał nagle napastliwym tonem.

— To nie ma nic do rzeczy — odparł chłodno Ogden, a Harry poczuł do niego szacunek.

Najwyraźniej Gaunt był innego zdania. Zmrużył oczy, popatrzył na twarz Ogdena i mruknął:

— Jak sobie przypominam, to już widziałem takie nosy we wiosce.

— Nie wątpię, jeśli dobrał się do nich pański syn. Może byśmy porozmawiali w środku?

— W środku?

— Tak, panie Gaunt. Już panu mówiłem, jestem tu z powodu Morfina. Wysłaliśmy sowę...

— Nie używam sów. Nie otwieram listów.

— A więc nie powinien pan mieć pretensji o to, że goście odwiedzają pana bez zapowiedzi — powiedział zgryźliwie Ogden. — Jestem tutaj w sprawie poważnego pogwałcenia prawa czarodziejów, co miało miejsce dzisiaj, we wczesnych godzinach rannych...

— Dobrze już, dobrze! — ryknął Gaunt. — Niech już pan sobie wejdzie do tego cholernego domu i robi, co chce!

Wyglądało na to, że w domu były tylko trzy małe pokoiki. W głównym pomieszczeniu, służącym za kuchnię i salon, było dwoje drzwi. Morfin siedział w brudnym fotelu obok dymiącego kominka, ściskając palcami żywą żmiję i nucąc cicho w języku wężów:

Posycz sobie, mała żmijko,
wij się, żmijko, wij,

bądź milutka dla Morfina,
bo cię przybije do drzwi.

Z kąta przy otwartym oknie dał się słyszeć jakiś chrobot i Harry zdał sobie sprawę, że w pokoju jest jeszcze ktoś: dziewczyna w brudnej, poszarpanej sukni, której kolor zlewał się z barwą szarej, kamiennej ściany. Stała przy garnku dymiącym na poczerniałej kuchni i szukała czegoś na półce zastawionej brudnymi garnkami i patelniami. Miała proste, matowe włosy i bladą twarz o nieco grubych rysach. Jej oczy, podobnie jak oczy Morfina, patrzyły w różnych kierunkach. Wyglądała trochę czyściej od obu mężczyzn, ale Harry pomyślał, że jeszcze nigdy nie widział tak przygnębionej osoby.

— Moja córka Meropa — mruknął Gaunt, kiedy Ogden spojrzał na nią pytająco.

— Dzień dobry — powiedział Ogden.

Nie odpowiedziała, tylko rzuciła wylęknione spojrzenie na ojca, po czym odwróciła się plecami i dalej grzebała na półce z garnkami.

— A więc, panie Gaunt — rzekł Ogden — przejdźmy od razu do rzeczy. Mamy powody, by przypuszczać, że dziś rano pański syn Morfin używał magii w obecności pewnego mugola.

Rozległ się ogłuszający huk. Meropa upuściła jeden z garnków.

— Podnieś to! — ryknął na nią Gaunt. — I nie tarzaj się po podłodze jak jakiś plugawy mugol, po co masz różdżkę, ty bezużyteczny worku łajna!

— Ależ, panie Gaunt! — zawołał Ogden z oburzeniem.

Na twarzy Meropy, która już podniosła garnek, pojawiły się szkarłatne plamy. Znowu upuściła garnek, drżącą ręką wyjęła różdżkę z kieszeni i szybko wymamrotała jakieś zaklęcie, po którym garnek odleciał od niej po podłodze, uderzył w przeciwległą ścianę i pękł na dwoje.

Morfin zarechotał, a Gaunt wrzasnął:

— Napraw to, gamoniu, ale już!

Meropa poczłapała do rozbitego garnka, ale zanim zdążyła unieść różdżkę, Ogden uniósł swoją i powiedział stanowczo:

— *Reparo*.

Garnek natychmiast się scalił.

Przez chwilę Gaunt wyglądał tak, jakby miał zamiar ryknąć na Ogdena, ale w porę się opamiętał i zamiast tego wrzasnął do córki:

— Masz szczęście, że jest tu facet z ministerstwa, co?! Może uwolni mnie od ciebie, może nie brzydzi się plugawymi charłakami...

Nie patrząc na nikogo i nie dziękując Ogdenowi, Meropa wzięła garnek i drżącymi rękami odstawiła go na półkę. Potem stanęła nieruchomo plecami do ściany, między brudnym oknem i kuchnią, jakby pragnęła tylko jednego: wsiąknąć w kamienną ścianę i zniknąć na zawsze.

— Panie Gaunt — odezwał się znowu Ogden — jak już powiedziałem, powodem mojej wizyty...

— Słyszałem, słyszałem! — warknął Gaunt. — No i co? Morfin dał mugolowi to, co mu się należało... no i co z tego?

— Morfin złamał prawo czarodziejów — powiedział surowo Ogden.

— Morfin złamał prawo czarodziejów — powtórzył Gaunt, przedrzeźniając go, a jego syn znowu zachichotał. — Dał brudnemu mugolowi nauczkę, to zabronione?

— Tak. Obawiam się, że tak — powiedział Ogden.

Wyjął z wewnętrznej kieszeni rulonik pergaminu i rozwinął go.

— Co to, wyrok? — zapytał Gaunt ze złością.

— To jest wezwanie na przesłuchanie do ministerstwa...

— Wezwanie! Wezwanie! A za kogo ty się uważasz, żeby wzywać mojego syna gdziekolwiek?

— Jestem szefem czarodziejskiej Brygady Uderzeniowej — oświadczył Ogden.

— I myślisz, że masz do czynienia z jakimiś mętami?! — wrzasnął Gaunt, zbliżając się do niego i celując w jego pierś palcem wskazującym, zakończonym długim, żółtym paznokciem. — Że jak ministerstwo zawoła, to od razu polecimy? Czy wiesz, do kogo mówisz, ty nędzna, plugawa szlamo?!

— Odnoszę wrażenie, że mówię do pana Gaunta — odpowiedział Ogden, trochę wystraszony, ale nie dając się zbić z tropu.

— Zgadza się! — ryknął Gaunt.

Przez chwilę Harry'emu się wydawało, że Gaunt robi wulgarny gest, ale szybko zrozumiał, że macha Ogdenowi przed nosem brzydkim pierścieniem z czarnym kamieniem, który nosił na środkowym palcu.

— Widzisz to? Widzisz? Wiesz, co to jest? Wiesz, skąd to jest? Od wieków był w naszej rodzinie, tak głęboko sięgają nasze korzenie! W rodzinie, która nigdy się nie splamiła brudną krwią! Wiesz, ile mi dawali za ten pierścień z herbem Peverella?

— Naprawdę nie mam pojęcia — odrzekł Ogden, mrugając, bo pierścień kiwał się o cal od jego nosa — i nie ma to w tej chwili żadnego znaczenia. Panie Gaunt, pański syn popełnił...

Gaunt zawył z wściekłości i podbiegł do córki. Przez ułamek sekundy Harry myślał, że zamierza ją udusić, bo sięgnął jej do gardła; już w następnej chwili ciągnął ją ku Ogdenowi za złoty łańcuch na szyi.

— Widzisz to?! — ryknął na Ogdena, potrząsając ciężkim, złotym medalionem, podczas gdy Meropa bełkotała coś, z trudem łapiąc powietrze.

— Widzę, widzę! — powiedział szybko Ogden.

— To znak SLYTHERINA! Salazara Slytherina! Jesteśmy jego ostatnimi żyjącymi potomkami! I co na to powiesz, hę?

— Panie Gaunt, pańska córka! — krzyknął z niepokojem Ogden, ale Gaunt już puścił Meropę, która uciekła do swojego kąta, masując sobie kark i ciężko dysząc.

— No więc! — powiedział Gaunt triumfalnym tonem, jakby właśnie udowodnił jakieś skomplikowane twierdzenie. — Nie gadaj do nas, jakbyśmy byli kurzem na twoich butach! Pokolenia czarodziejów czystej krwi... tego chyba o SOBIE nie powiesz, co?

I splunął Ogdenowi pod nogi. Morfin znowu zachichotał. Meropa milczała, skulona pod oknem, z głową opuszczoną i twarzą ukrytą za prostymi, długimi włosami.

— Panie Gaunt, obawiam się, że ani pańscy, ani moi przodkowie nie mają nic wspólnego ze sprawą, o której mówię. Jestem tutaj z powodu Morfina i mugola, którego Morfin zaczepił ubiegłej nocy. Według informacji, jakie posiadamy — zerknął na pergamin — Morfin rzucił zaklęcie lub urok na rzeczonego mugola, powodując u niego bardzo bolesną wysypkę.

Morfin zachichotał.

— *Bądź cicho, chłopcze* — syknął Gaunt w języku wężów, a Morfin natychmiast zamilkł.

— No i co z tego, że to zrobił? — zwrócił się wyzywającym tonem do Ogdena. — Chyba już naprawiliście buźkę temu mugolowi i wyczyściliście mu pamięć...

— Nie o to chodzi, panie Gaunt. To był niczym nieuzasadniony atak na bezbronnego...

— Aha, jak tylko cię zobaczyłem, od razu sobie pomyślałem, że uwielbiasz mugoli — zadrwił Gaunt i znowu splunął na podłogę.

— Ta dyskusja prowadzi donikąd — rzekł stanowczo Ogden. — Z zachowania pańskiego syna jasno wynika, że nie czuje żalu za to, co zrobił. — Znowu zerknął na pergamin. — Morfin zgłosi się na przesłuchanie czternastego września i odpowie tam na zarzut użycia czarów w obecności mugola oraz spowodowania urazu i szoku...

Nagle urwał. Przez otwarte okno dobiegło podzwanianie uprzęży, tętent końskich kopyt i głośny śmiech. Kręta ścieżka do wioski musiała przebiegać bardzo blisko lasku, w którym stał dom. Gaunt zamarł z szeroko otwartymi oczami. Morfin zasyczał i odwrócił twarz do okna; miał minę wygłodniałego psa. Meropa podniosła głowę. Miała twarz bladą jak kreda.

— O Boże, co za okropna rudera! — zabrzmiał dziewczęcy głos tak wyraźnie, jakby owa dziewczyna stała w pokoju obok nich. — Tom, czy twój ojciec nie może jej usunąć?

— To nie należy do nas — odpowiedział młodzieńczy głos. — Do nas należy wszystko po tamtej stronie doliny, a ta chałupka należy do pewnego starego włóczęgi, Gaunta, i do jego dzieci. Jego syn to kompletny pomyleniec, gdybyś słyszała, co o nim opowiadają we wsi...

Dziewczyna roześmiała się. Tętent kopyt i podzwanianie uprzęży słychać było coraz wyraźniej. Morfin poruszył się, jakby chciał wstać z fotela.

— *Nie ruszaj się z miejsca* — ostrzegł go ojciec w języku wężów.

— Tom — powiedział dziewczęcy głos gdzieś tak blisko, że jeźdźcy musieli być już przy domu — może się mylę, ale... czy ktoś przybił do drzwi martwego węża?

— Wielkie nieba, masz rację! — odrzekł męski głos. — To na pewno jego syn, mówiłem ci, że ma pomieszane w głowie. Cecylio, nie patrz na to, kochanie.

Podzwanianie uprzęży i tętent kopyt zaczęły się oddalać.

— *Kochanie* — syknął Morfin w języku wężów, patrząc na siostrę. — *„Kochanie", tak ją nazwał. Więc ciebie nie weźmie.*

Harry był pewny, że Meropa za chwilę zemdleje, tak pobladła.

— *Co jest?* — syknął ostro Gaunt, patrząc na syna, a potem na córkę. — *Co powiedziałeś, Morfin?*

— *Ona lubi tego mugola* — odrzekł Morfin, patrząc złośliwie na przerażoną siostrę. — *Zawsze jest w ogrodzie, jak on przejeżdża, zerka na niego przez żywopłot. A zeszłego wieczoru...* — Meropa potrząsnęła gwałtownie głową, ale Morfin nieubłaganie ciągnął dalej: — *wyglądała przez okno, czekała, aż będzie wracał.*

— *Wyglądała przez okno, żeby popatrzyć na mugola?* — zapytał cicho Gaunt.

Wszyscy troje jakby zapomnieli o obecności Ogdena, który ze zdumieniem i rozdrażnieniem słuchał tych niezrozumiałych dla niego syków i charkotów.

— *To prawda?* — zapytał Gaunt złowieszczo, zbliżając się do przerażonej dziewczyny. — *Moja córka... czystej krwi potomkini Salazara Slytherina... wzdycha za jakimś plugawym mugolem, w którego żyłach płyną same brudy?*

Meropa potrząsnęła gorączkowo głową, przyciskając się do ściany i najwyraźniej nie mogąc wykrztusić ani słowa.

— *Ale ja go dorwałem, ojcze!* — zarechotał Morfin. — *Dorwałem go, jak tędy przechodził, i już nie był taki ładny, cały w bąblach, prawda, Meropo?*

— *Ty odrażająca, nędzna charłaczko, ty plugawa zdrajczyni krwi!* — ryknął Gaunt, tracąc panowanie nad sobą i chwytając córkę za gardło.

Harry i Ogden jednocześnie krzyknęli: „Nie!" Ogden uniósł różdżkę i zawołał: „*Relashio!*", Gaunta odrzuciło w tył, potknął się o krzesło i upadł na plecy. Rycząc z wściekłości, Morfin zerwał się z fotela i rzucił na Ogdena, wymachując zakrwawionym nożem i miotając różdżką zaklęcia.

Ogden rzucił się do ucieczki, ratując życie. Dumbledore dał do zrozumienia gestem, że powinni zrobić to samo, czego Harry chętnie usłuchał. Biegnąc, słyszał za plecami rozpaczliwe krzyki Meropy.

Ogden popędził ścieżką i wybiegł na drogę, gdzie wpadł prosto na kasztanka, którego dosiadał bardzo przystojny, ciemnowłosy młodzieniec. Zarówno on, jak i ładna dziewczyna, jadąca obok niego na siwym koniu, wybuchnęli śmiechem na widok Ogdena, który odbił się od boku kasztanka i pognał dalej drogą, cały pokryty kurzem, powiewając połami surduta.

— Myślę, że to wystarczy, Harry — powiedział Dumbledore.

Chwycił Harry'ego za łokieć i pociągnął. W następnej chwili obaj szybowali już w całkowitej ciemności, aż wylądowali twardo na nogi w gabinecie Dumbledore'a. Za oknami zapadał już zmierzch.

— Co się stało z tą dziewczyną? — zapytał Harry, gdy Dumbledore zapalił kilka lamp machnięciem różdżki. — Z tą Meropą, czy jak tam jej było na imię?

— Och, przeżyła — rzekł Dumbledore, siadając za biurkiem i wskazując Harry'emu stojące przed nim krzesło. — Ogden deportował się do ministerstwa i po kwadransie wrócił ze wsparciem. Morfin i jego ojciec próbowali stawiać opór, ale nie dali rady tylu przeciwnikom. Zabrali ich z tego domku i obu oskarżyli przed Wizengamotem. Morfina, który już miał na sumieniu napaść na mugola, skazano na trzy lata w Azkabanie. Marvolo, który prócz Ogdena zranił też kilku pracowników ministerstwa, dostał sześć miesięcy.

— Marvolo? — powtórzył zdumiony Harry.

— Tak jest — rzekł Dumbledore, uśmiechając się z zadowoleniem. — Rad jestem, że bystrości ci nie brakuje.

— Ten starzec to był...

— Tak, to dziadek Voldemorta. Marvolo, jego syn Morfin i córka Meropa byli ostatnimi potomkami Gauntów, bardzo starego czarodziejskiego rodu, znanego od pokoleń ze skłonności do chwiejności i przemocy, co było zapewne spowodowane tym, że mieli zwyczaj poślubiania własnych kuzynów. Brak rozsądku, połączony z rozrzutnością i manią wyższości, doprowadził do tego, że na kilka pokoleń przed narodzinami Marvola rodzina roztrwoniła cały majątek. Marvolo, jak widziałeś, żył już w brudzie i nędzy, bo prócz paru pamiątek rodzinnych odziedziczył tylko podły charakter, skłonność do arogancji i pychy.

— Więc Meropa... — powiedział Harry, wychylając się do przodu i wpatrując się w Dumbledore'a — ...więc Meropa była... panie profesorze, czy to znaczy, że ona była... MATKĄ VOLDEMORTA?

— Tak jest. No i tak się złożyło, że zobaczyliśmy też jego ojca. Ciekaw jestem, czy to zauważyłeś.

— Ten mugol, którego zaatakował Morfin? Młodzieniec na koniu?

— Znakomicie! Tak, to był Tom Riddle senior, przystojny młodzian, który często przejeżdżał konno obok domu Gaunta i do którego Meropa zapałała skrytą namiętnością.

— I co, pojął ją za żonę? — zapytał z niedowierzaniem Harry, bo jakoś nie potrafił sobie wyobrazić, by tych dwoje mogło się w sobie zakochać.

— Chyba zapominasz, że Meropa była czarownicą. Wątpię, by jej zdolności magiczne ujawniły się w pełni, póki była terroryzowana przez ojca. Ale kiedy Marvolo i Morfin znaleźli się w Azkabanie, została sama, nareszcie po raz pierwszy w życiu wolna, i jestem pewny, że wówczas mogła już rozwinąć wszystkie swoje czarodziejskie uzdolnienia i zaplanować sobie ucieczkę od żałosnego życia, które wiodła przez osiemnaście lat. Czy tak trudno się domyślić, jakiego środka użyła, by Tom Riddle zapomniał o swojej mugolskiej towarzyszce i rozkochał się właśnie w niej?

— Zaklęcie Imperius? Albo eliksir miłości?

— Bardzo dobrze. Osobiście skłaniam się do tego, że użyła eliksiru miłości. Na pewno uznała to za bardziej romantyczne, a nie sądzę, by trudno jej było któregoś gorącego dnia, gdy Riddle przejeżdżał obok domku, zaproponować mu, by napił się chłodnej wody. W każdym razie po paru miesiącach od tych wydarzeń, których byliśmy świadkami, w Little Hangleton wybuchł prawdziwy skandal. Można sobie wyobrazić plotki krążące po wiosce, kiedy syn dziedzica uciekł z córką włóczęgi, Meropą. Ale, oczywiście, było to o wiele większym wstrząsem dla Marvola. Wrócił z Azkabanu, spodziewając się, że zastanie swoją córkę pokornie czekającą na niego z gorącą wieczerzą na stole, a tymczasem zastał pusty dom pełen kurzu i jej pożegnalny liścik, w którym wyjaśniała mu, dlaczego odeszła. Z tego, co udało mi się ustalić, wynika, że odtąd nigdy nawet nie wspomniał jej imienia. Ten wstrząs mógł się przyczynić do jego przedwczesnej śmierci... a może po prostu nigdy nie nauczył się przygotowywać sobie posiłków. Azkaban też bardzo nadwerężył jego zdrowie. W każdym razie nie dożył powrotu Morfina.

— A Meropa? Ona... ona też umarła, prawda? Przecież Voldemort wychowywał się w sierocińcu, tak?

— Tak, masz rację. Tu skazani jesteśmy na domysły, choć nie tak trudno wydedukować, co się stało. Bo widzisz, kilkanaście miesięcy po ich ucieczce Tom Riddle pojawił się znowu we dworze w Little Hangleton, ale już bez żony. Krążyły pogłoski, że sam mówił, jakoby został „odurzony" i „uwiedziony". Jestem pewien, że miał na myśli działanie jakiegoś czaru, choć chyba nie śmiał dokładnie tego opisać, bo bał się, iż zostanie uznany za szaleńca. Mieszkańcy wioski uznali jednak, że Meropa po prostu go okłamała, udając, że jest w ciąży, i w ten sposób przymusiła do małżeństwa.

— Ale ona naprawdę urodziła dziecko.

— Tak, ale dopiero po roku ich małżeństwa. Tom Riddle porzucił ją, kiedy była w ciąży.

— Co się stało? — zapytał Harry. — Napój miłosny przestał działać?

— To znowu są tylko domysły, ale sądzę, że Meropa, tak bardzo zakochana w swoim mężu, nie mogła dłużej znieść niewolenia go za pomocą czarów. Myślę, że sama postanowiła zaprzestać podawania mu eliksiru. Może, tak bardzo w nim zadurzona, myślała, że w końcu i on się w niej naprawdę zakocha. Może myślała, że zostanie z nią ze względu na dziecko. Jeśli tak myślała, to w obu przypadkach się omyliła. Zostawił ją, nigdy już się z nią nie spotkał, nigdy nie starał się dowiedzieć, co się stało z jego dzieckiem.

Niebo za oknami było już czarne jak atrament, a lampy w gabinecie Dumbledore'a zdawały się płonąć jaśniej niż przedtem.

— Chyba na dziś wystarczy — powiedział Dumbledore po chwili milczenia.

— Tak, panie dyrektorze.

Harry wstał, ale nie odchodził.

— Proszę pana... czy to ważne, żeby wiedzieć wszystko o przeszłości Voldemorta?

— Myślę, że bardzo ważne.

— I czy... to ma jakiś związek z przepowiednią?

— To wszystko ma ścisły związek z przepowiednią.

— Rozumiem — powiedział Harry, choć nie było to do końca zgodne z prawdą, ale poczuł się trochę pewniej.

Odwrócił się, aby odejść, ale nagle przyszło mu do głowy jeszcze jedno pytanie.

— Panie dyrektorze, czy mogę powiedzieć Ronowi i Hermionie o wszystkim, co tu usłyszałem?

Dumbledore popatrzył na niego, po czym rzekł:

— Tak, sądzę, że pan Weasley i panna Granger udowodnili, że zasługują na zaufanie. Ale poproś ich, Harry, żeby nikomu tego nie powtarzali. Nie byłoby dobrze, gdyby się rozniosło, że tak dużo wiem, albo się domyślam, o tajemnicach Lorda Voldemorta.

— Oczywiście, panie dyrektorze. Tylko Ron i Hermiona, nikt więcej. Dobranoc.

Ponownie się odwrócił i był już prawie przy drzwiach, kiedy to zobaczył. Na jednym ze stolików o cienkich nóżkach, na których spoczywały owe kruche, srebrne instrumenty, leżał brzydki, złoty pierścień z wielkim, pękniętym czarnym kamieniem.

— Proszę pana... ten pierścień...

— Tak?

— Miał go pan wtedy na palcu, kiedy odwiedziliśmy profesora Slughorna.

— Tak, miałem.

— Ale czy to nie jest... panie profesorze, czy to nie ten sam pierścień, który Marvolo Gaunt pokazał Ogdenowi?

Dumbledore skinął głową.

— Ten sam.

— Ale jak... Czy zawsze go pan miał?

— Nie, mam go od niedawna. Prawdę mówiąc, zdobyłem go parę dni przed zabraniem cię z domu twoich wujostwa.

— A więc to musiało być mniej więcej w tym czasie, kiedy poranił pan rękę, tak?

— Tak, mniej więcej w tym czasie, Harry.

Harry zawahał się, a Dumbledore się uśmiechnął.

— Panie profesorze, w jaki sposób...

— Za późno, Harry! Usłyszysz tę opowieść innym razem. Dobranoc.

— Dobranoc, panie dyrektorze.

ROZDZIAŁ JEDENASTY

Pomocna dłoń Hermiony

Jak przewidziała Hermiona, czas wolny w szóstej klasie nie był porą błogiego leniuchowania, na co się cieszył Ron, ale czasem, w którym próbowali się uporać z nawałem prac domowych zadawanych im ze wszystkich przedmiotów. Dzień w dzień zakuwali, jakby następnego dnia czekał ich egzamin, a i same lekcje były o wiele trudniejsze i wymagały o wiele więcej pracy i skupienia niż przedtem. Harry niewiele rozumiał z tego, co mówiła im profesor McGonagall, i nawet Hermiona musiała często prosić ją o powtórzenie tej czy innej instrukcji. Ku pogłębiającemu się przygnębieniu Hermiony, przedmiotem, z którym Harry najlepiej sobie radził, stały się nagle eliksiry, co zawdzięczał pomocy Księcia Półkrwi.

Niewerbalne zaklęcia wymagane były teraz nie tylko na obronie przed czarną magią, ale także na zaklęciach i transmutacji. W pokoju wspólnym lub w czasie posiłków Harry często obserwował purpurowe z wysiłku twarze swoich koleżanek i kolegów, którzy wyglądali, jakby przedawkowali Q-Py-Blok, i dobrze wiedział, że po prostu usiłują rzucać zaklęcia bez wymawiania ich formuł na głos. Z ulgą szli teraz do cieplarni; na zielarstwie mieli do czynienia z o wiele groźniejszymi roślinami niż w ubiegłych latach, ale przynajmniej nikt im nie zakazywał zakląć głośno, kiedy jakaś złośliwa tentakula wystrzeliła ku nim zza pleców swoje jadowite macki.

Z powodu nawału prac domowych i ustawicznego, gorączkowego ćwiczenia zaklęć niewerbalnych Harry, Ron i Hermiona nie mieli też dotąd czasu, by odwiedzić Hagrida. Przestał pojawiać się przy stole nauczycielskim podczas posiłków, co nie wróżyło dobrze, a kiedy od czasu do czasu spotykali go na korytarzach lub na błoniach, udawał, że ich nie widzi i nie słyszy ich powitań.

— Musimy do niego pójść i wszystko mu wyjaśnić — oświadczyła Hermiona, patrząc w następną sobotę podczas śniadania na puste miejsce Hagrida przy stole nauczycielskim.

— Dzisiaj przed południem mamy sprawdziany quidditcha! — powiedział Ron. — I musimy ćwiczyć *Aguamenti* dla Flitwicka! Zresztą, co mamy mu wyjaśnić? Jak mu powiedzieć, że nie znosiliśmy jego głupiego przedmiotu?

— Nieprawda! — oburzyła się Hermiona.

— Mów za siebie, ja jeszcze nie zapomniałem tych jego sklątek. I mówię wam, że ledwo udało nam się uniknąć najgorszego! Nie słyszałaś, co mówił o tym swoim przygłupim braciszku? Jakbyśmy nadal chodzili na jego lekcje, tobyśmy uczyli Graupa sznurować buty.

— A ja nie znoszę nierozmawiania z Hagridem — powiedziała Hermiona z naburmuszoną miną.

— Pójdziemy do niego po quidditchu — zapewnił ją Harry. Jemu też brakowało Hagrida, choć podobnie jak

Ron uważał, że lepiej im się żyje bez Graupa. — Ale sprawdziany mogą zająć całe przedpołudnie, tyle osób się zgłosiło. — Czuł lekką tremę przed swoim pierwszym wystąpieniem w roli kapitana. — Nie mam pojęcia, dlaczego nagle wszyscy pchają się do drużyny.

— Och, daj spokój, Harry — żachnęła się Hermiona. — Przecież to nie quidditch zrobił się taki popularny, tylko TY! Jeszcze nigdy nie byłeś tak interesującą postacią i mówiąc szczerze, nigdy nie byłeś taki pociągający.

Ron zakrztusił się dużym kawałkiem wędzonego śledzia. Hermiona rzuciła mu pogardliwe spojrzenie, po czym znowu zwróciła się do Harry'ego.

— Teraz już wszyscy wiedzą, że mówiłeś prawdę, no nie? Cały świat czarodziejów musiał przyznać, że słusznie ostrzegałeś przed powrotem Voldemorta i że w ciągu ostatnich dwu lat już dwukrotnie się z nim zmierzyłeś, ani razu mu nie ulegając. A teraz nazywają cię Wybrańcem... No i co, ty naprawdę nie wiesz, dlaczego wszyscy są tobą tak zafascynowani?

Harry stwierdził nagle, że w Wielkiej Sali jest bardzo gorąco, choć jej sklepienie wcale na to nie wskazywało.

— Przeszedłeś też przez te wszystkie upokorzenia ze strony ministerstwa, kiedy próbowali udowodnić, że albo jesteś pomylony, albo kłamiesz. Masz jeszcze ślady na rękach, tam, gdzie ta okropna baba kazała ci wypisywać głupoty twoją własną krwią, a ty się jednak nie poddałeś, uparcie twierdziłeś, że masz rację...

— Możesz sobie wciąż obejrzeć ślady... o, popatrz, tu, gdzie mnie trzymały te mózgi w ministerstwie — wtrącił Ron, odsuwając rękawy swojej szaty.

— I wcale nie szkodzi, że przez to lato urosłeś o stopę, wręcz przeciwnie — skończyła Hermiona, ignorując Rona.

— Ja jestem wysoki — stwierdził Ron.

Przyleciały sowy z pocztą, opryskując wszystkich wodą. Większość uczniów dostawała więcej listów niż zwykle; rodzice niepokoili się o swoje dzieci i pragnęli je zapewnić, że w domu wszystko w porządku. Harry jeszcze nie dostał żadnego listu od początku roku szkolnego; nie żył już jedyny korespondent, od którego dawniej regularnie otrzymywał listy, a choć miał nadzieję, że może napisze do niego Lupin, jak dotąd codziennie spotykał go zawód. Dlatego był zaskoczony, gdy wśród stada brązowych i szarych sów zobaczył śnieżnobiałą Hedwigę. Wylądowała przed nim na stole, niosąc dużą, prostokątną paczkę. W chwilę później identyczna paczka wylądowała przed Ronem, przygniatając swym ciężarem maleńką, kompletnie wyczerpaną Świstoświnkę.

— Ha! — zawołał Harry, rozwijając papier, spod którego wyjrzał nowy egzemplarz *Eliksirów dla zaawansowanych*, przysłany z Esów i Floresów.

— Och, super — ucieszyła się Hermiona. — Możesz już oddać tę pomazaną książkę.

— Czyś ty zwariowała? Zatrzymam ją! Słuchaj, wszystko przemyślałem i...

Wyciągnął stary egzemplarz *Eliksirów dla zaawansowanych* i stuknął różdżką w okładkę, mrucząc: „*Diffindo!*" Okładka odpadła. To samo zrobił z nową książką (Hermiona nie kryła oburzenia). Potem zamienił okładki i stuknął w każdą, mówiąc: „*Reparo!*"

Teraz leżał przed nim podręcznik Księcia, który wyglądał jak nowy, i nowy egzemplarz z Esów i Floresów, który wyglądał jak używany.

— Oddam Slughornowi ten nowy. Powinien być zadowolony, w końcu kosztował dziewięć galeonów.

Hermiona zacisnęła mocno usta, wyraźnie zła i zdegustowana, ale na szczęście w tej chwili wylądowała przed nią trzecia sowa z najnowszym egzemplarzem „Proroka Codziennego". Rozwinęła szybko gazetę i rzuciła okiem na pierwszą stronę.

— Umarł ktoś, kogo znaliśmy? — zapytał Ron przesadnie zdawkowym tonem.

Zadawał to pytanie za każdym razem, gdy Hermiona dostawała „Proroka".

— Nie, ale dementorzy znowu zaatakowali. Aha, i kogoś aresztowano.

— Wspaniale, kogo? — zapytał Harry, myśląc o Bellatriks Lestrange.

— Stana Shunpike'a.

— Co takiego? — zdumiał się Harry.

Stanley Shunpike, konduktor popularnego czarodziejskiego środka lokomocji, Błędnego Rycerza, został aresztowany pod zarzutem aktywnego śmierciożerstwa. Pan Shunpike, lat 21, został osadzony w areszcie ubiegłej nocy po nalocie na jego dom w Clapham...

— Stan Shunpike śmierciożercą? — zapytał z niedowierzaniem Harry, przypominając sobie dziobatego młodzieńca, którego po raz pierwszy spotkał trzy lata temu. — To przecież bzdura!

— Może znajdował się pod działaniem Imperiusa — zauważył rozsądnie Ron. — Tego się nie da przewidzieć.

— Na to nie wygląda — powiedziała Hermiona, wciąż czytając artykuł. — Piszą, że został aresztowany po tym, jak ktoś doniósł, że w jakimś pubie mówił o tajnych planach śmierciożerców. — Spojrzała na nich zaniepokojona. — Gdyby był pod działaniem Imperiusa, to chybaby nie mógł stać sobie w pubie i plotkować o ich planach, prawda?

— Pewnie próbował zrobić wrażenie, że wie więcej od innych — rzekł Ron. — Czy to nie on nawijał, że zostanie ministrem magii, kiedy chciał poderwać te wile?

— Tak, on — powiedział Harry. — Nie wiem, w co oni grają, traktując Stana poważnie.

— Pewnie chcą pokazać, że w ogóle coś robią — powiedziała Hermiona, marszcząc czoło. — Ludzie są wystraszeni... Wiecie, że rodzice bliźniaczek Patil chcą je zabrać do domu? A Eloise Midgeon już nie ma w szkole. Ojciec zabrał ją wczoraj wieczorem.

— Co?! — Ron wytrzeszczył na nią oczy. — Przecież w Hogwarcie jest bezpieczniej niż w ich domach, może nie? Mamy aurorów i te wszystkie dodatkowe zaklęcia, no i mamy Dumbledore'a!

— Ale nie przez cały czas — powiedziała cicho Hermiona, zerkając ponad krawędzią „Proroka" na stół nauczycielski. — Nie zauważyłeś? W tym tygodniu nie było go tutaj tak samo często jak Hagrida.

Harry i Ron spojrzeli na stół u szczytu Wielkiej Sali. Rzeczywiście, miejsce dyrektora było puste. Teraz, gdy Harry o tym pomyślał, uzmysłowił sobie, że nie widział go od tej prywatnej lekcji tydzień temu.

— Myślę, że go nie ma, bo załatwia jakieś sprawy związane z Zakonem — powiedziała cicho Hermiona. — Nie uważacie, że to wszystko wygląda bardzo poważnie?

Harry i Ron nie odpowiedzieli, ale wszyscy myśleli o tym samym. Dzień wcześniej wydarzyło się coś strasznego: Hannę Abbott wywołano z zielarstwa i oznajmiono, że jej matkę znaleziono martwą. Hanna już nie wróciła i odtąd jej nie widzieli.

Kiedy pięć minut później wyszli z zamku na chłodną mżawkę, zmierzając ku boisku quidditcha, minęli Lavender Brown i Parvati Patil. Pamiętając o tym, co Hermiona mówiła o bliźniaczkach, Harry nie był zaskoczony, widząc, jak te dwie najlepsze przyjaciółki szepczą coś do siebie z przygnębionymi minami. Zaskoczyło go jednak, że kiedy zrównał się z nimi Ron, Parvati nagle szturchnęła Lavender, która się obejrzała i uśmiechnęła do Rona. Ron wytrzeszczył na nią oczy i trochę niepewnie odwzajemnił uśmiech, a potem zaczął iść zdecydowanie dostojniejszym krokiem. Harry oparł się pokusie i nie wybuchnął śmiechem, pamiętając, że Ron też się od tego powstrzymał po tym, jak Malfoy złamał mu nos, natomiast Hermiona przez całą drogę do stadionu milczała, dziwnie nadąsana, a potem odeszła, żeby sobie poszukać miejsca na trybunach, nie życząc Ronowi powodzenia.

Zgodnie z przewidywaniami Harry'ego, sprawdziany zajęły większość przedpołudnia. Pojawiła się prawie połowa Gryffindoru, od pierwszoroczniaków, nerwowo ściskających stare szkolne miotły, po uczniów siódmej klasy, którzy chłodni i wyniośli dominowali wzrostem nad resztą. Do tych ostatnich należał bardzo rozrośnięty chłopak o kędzierzawych włosach, którego Harry zapamiętał z Ekspresu Londyn-Hogwart.

— Spotkaliśmy się już w pociągu, w przedziale starego Ślimaka — powiedział śmiało, występując z tłumu, żeby uścisnąć Harry'emu rękę. — Cormac McLaggen, obrońca.

— Chyba cię nie było na sprawdzianie w ubiegłym roku, co? — zapytał Harry, mierząc wzrokiem jego bary; był pewien, że dryblas zablokowałby wszystkie trzy pętle, nie ruszając się z miejsca.

— Byłem wtedy w skrzydle szpitalnym — wyjaśnił McLaggen z odcieniem dumy w głosie. — Założyłem się, że zjem funt bahanich jajek.

— Rozumiem. Dobra... to może poczekasz tam...

Wskazał na skraj boiska, w pobliżu miejsca, gdzie siedziała Hermiona. Zdawało mu się, że dostrzegł cień rozdrażnienia na twarzy McLaggena. Czyżby ten dryblas uważał, że powinien być potraktowany specjalnie tylko dlatego, że obaj byli faworytami starego Ślimaka?

Postanowił zacząć od podstawowego testu, prosząc wszystkich, by podzielili się na dziesięcioosobowe grupy i okrążyli na miotłach boisko. Była to dobra decyzja: pierwsza dziesiątka składała się z samych nowych uczniów i natychmiast się okazało, że prawie żaden nie dosiadał wcześniej miotły. Tylko jednemu udało się utrzymać w powietrzu przez parę sekund, czym sam był tak zaskoczony, że wpadł na słupek.

Druga grupa składała się z najgłupszych dziewczyn, jakie Harry spotkał w życiu. Na dźwięk gwizdka tylko się rozchichotały, trzymając się kurczowo jedna drugiej. Była wśród nich Romilda Vane. Kiedy im powiedział, żeby opuściły boisko, wcale się nie obraziły i usiadły na trybunach, żeby robić zamieszanie i wszystkim przeszkadzać.

Członkowie trzeciej grupy powpadali na siebie w połowie okrążenia. Większość członków czwartej grupy nie miała mioteł. W piątej grupie byli sami Puchoni.

— Jeśli jest jeszcze ktoś spoza Gryffindoru — ryknął Harry, który zaczynał już mieć tego wszystkiego dość — niech zaraz opuści boisko!

Dopiero po dłuższej chwili paru małych Krukonów pędem wybiegło z boiska, parskając śmiechem.

Po dwóch godzinach, wielu utyskiwaniach, zażaleniach i kilkunastu awanturach, po stracie jednej Komety 260 i kilku wybitych zębach Harry znalazł trzech ścigających: Katie Bell, która po wspaniałym pokazie sprawności powróciła do drużyny, nowe odkrycie, Demelzę Robins, znakomitą w unikaniu tłuczków, i Ginny Weasley, która wygrała wszystkie konkurencje i na dodatek strzeliła siedemnaście goli. Harry był zadowolony, choć zdarł sobie gardło, rycząc na odrzuconych ścigających, a teraz musiał stoczyć podobną bitwę z odrzuconymi pałkarzami.

— To moja ostateczna decyzja i jeśli zaraz nie zejdziecie z boiska, żeby zrobić miejsce obrońcom, zmiotę was zaklęciem! — zagrzmiał.

Żaden z wybranych przez niego pałkarzy nie dorównywał Fredowi i George'owi, ale mimo to byli całkiem nieźli: Jimmy Peakes, niski, ale barczysty trzecioroczniak, który zdołał silnie uderzonym tłuczkiem nabić Harry'emu z tyłu głowy guza wielkości jajka, i Ritchie Coote, który wyglądał na chuderlaka, ale walił celnie. Teraz dołączyli do widzów na trybunach, żeby obserwować wybór ostatniego członka drużyny.

Harry z rozmysłem pozostawił wybór obrońcy na sam koniec, mając nadzieję, że stadion opustoszeje i kandydaci będą pod mniejszą presją. Niestety stało się odwrotnie: trybuny zapełniły się nie tylko odrzuconymi, ale i sporą liczbą uczniów, którzy nadeszli już w trakcie sprawdzianów. Kiedy każdy z obrońców po kolei podlatywał do pętli bramek, tłum ryczał albo gwizdał, co kandydatom wcale nie pomagało. Harry zerkał z niepokojem na Rona, który zawsze miał problemy z nerwami. Miał nadzieję, że zwycięstwo w ich ostatnim ubiegłorocznym meczu w końcu go z tego wyleczy, ale najwyraźniej się mylił: Ron był lekko zielony na twarzy.

Żadnemu z pierwszych pięciu kandydatów nie udało się obronić więcej niż dwa strzały. Harry nie był wcale zachwycony, gdy Cormac McLaggen obronił cztery karne z pięciu. Przy ostatniej piłce rzucił się jednak w zupełnie inną stronę; w tłumie wybuchły śmiechy, rozległy się gwizdy i McLaggen wrócił na ziemię, zaciskając zęby.

Kiedy Ron dosiadł swojego Zmiatacza Jedenastki, wyglądał, jakby zaraz miał zemdleć.

— Powodzenia! — krzyknął ktoś z trybun.

Harry spojrzał w tamtą stronę, spodziewając się zobaczyć Hermionę, ale była to Lavender Brown. Chętnie by ukrył twarz w dłoniach, jak zrobiła to chwilę później Lavender, ale pomyślał, że jako kapitan powinien zachować zimną krew, więc odwrócił się w stronę Rona, żeby obserwować jego sprawdzian.

Nie musiał się jednak martwić. Ron obronił jednego, drugiego, trzeciego, czwartego i wreszcie piątego karnego z rzędu. Harry, zachwycony, odwrócił się do McLaggena, aby mu powiedzieć, że niestety Ron okazał się lepszy, ale cofnął się szybko, bo rozjuszony, czerwony na twarzy McLaggen był już tuż przy nim.

— Jego siostra mu odpuściła — wycedził McLaggen z nutą pogróżki w głosie. Na czole pulsowała mu żyła, zupełnie jak wujowi Vernonowi. — To było chyba podanie, a nie karny.

— Bzdura — odparł chłodno Harry. — Ledwo obronił.

McLaggen zrobił krok w jego stronę i tym razem Harry się nie cofnął.

— Daj mi jeszcze jedną szansę.

— Nie. Miałeś już swoją kolejkę. Obroniłeś cztery. Ron obronił pięć. Ron jest obrońcą, bo po prostu wygrał bez żadnych kantów. Odwal się.

Przez chwilę miał wrażenie, że McLaggen go uderzy, ale ten zrobił tylko wściekłą minę i odszedł, mamrocząc pod nosem coś, co brzmiało jak groźby.

Harry odwrócił się i zobaczył, że jego nowa drużyna patrzy na niego z zachwytem.

— Dobra robota — wychrypiał. — Lataliście naprawdę dobrze...

— Rooon! Byłeś wspaniały!

Tym razem była to naprawdę Hermiona, która biegła ku nim od trybun. Natomiast Lavender Brown wychodziła już ze stadionu ramię w ramię z Parvati; minę miała obrażoną. Ron był wyraźnie sobą zachwycony i jakby nieco wyższy niż zwykle, kiedy szczerzył zęby do reszty drużyny i do Hermiony.

Po ustaleniu terminu pierwszego treningu na najbliższy czwartek, Harry, Ron i Hermiona pożegnali się z resztą drużyny i ruszyli ku chatce Hagrida. Wodniste słońce próbowało przedrzeć się przez chmury i w końcu przestało mżyć. Harry już bardzo zgłodniał; miał nadzieję, że Hagrid czymś ich poczęstuje.

— Myślałem, że puszczę tego czwartego karniaka — mówił wciąż uradowany Ron. — Demelza chytrze podkręciła piłkę...

— Tak, tak, byłeś wspaniały — powiedziała Hermiona; wyglądała na rozbawioną.

— W każdym razie byłem lepszy od tego McLaggena — stwierdził Ron z wyraźną satysfakcją. — Widzieliście, jak przy piątym strzale poleciał w złą stronę? Jakby go ktoś skonfundował...

Ku zaskoczeniu Harry'ego, Hermiona nagle się zarumieniła. Ron niczego nie zauważył, był zbyt pochłonięty opisywaniem szczegółów każdego ze swoich obronionych karnych.

Przed chatką Hagrida stał uwiązany wielki, szary hipogryf Hardodziob. Kiedy się zbliżali, zaklekotał ostrym jak brzytwa dziobem i zwrócił ku nim swój wielki łeb.

— O rany — mruknęła nerwowo Hermiona. — Nie uważacie, że wciąż jest trochę przerażający?

— Daj spokój, przecież go dosiadałaś, nie? — powiedział Ron.

Harry podszedł do hipogryfa i skłonił się przed nim, patrząc mu w oczy i nie mrugając. Po paru sekundach Hardodziob też ugiął kolana w ukłonie.

— Jak się masz? — zapytał cicho Harry, głaszcząc opierzoną głowę. — Tęsknisz za nim? Ale z Hagridem nie jest ci źle, prawda?

— Ej! — rozległ się donośny głos.

Zza węgła chatki wyszedł Hagrid w długim kwiecistym fartuchu, niosąc worek ziemniaków, a za nim jego olbrzymi brytan Kieł. Pies zaszczekał radośnie i puścił się ku nim pędem.

— Odwal się od niego! Bo ci paluchy... A, to wy.

Kieł skakał na Hermionę i Rona, starając się liznąć ich po uszach. Przez chwilę Hagrid stał i patrzył na nich, a potem odwrócił się i wszedł do chatki, zatrzaskując za sobą drzwi.

— Ojej! — zawołała Hermiona, robiąc zrozpaczoną minę.

— Nie przejmuj się tym — rzekł ponuro Harry.

Podszedł do drzwi i głośno zapukał.

— Hagridzie! Otwórz, chcemy z tobą pogadać!

Odpowiedziało mu milczenie.

— Jak nie otworzysz, to wywalimy drzwi! — krzyknął Harry, wyciągając różdżkę.

— Harry! — oburzyła się Hermiona. — Przecież nie możesz...

— Właśnie że mogę! Odsuńcie się...

Ale zanim skończył, drzwi, jak przewidywał, rozwarły się z hukiem i stanął w nich Hagrid, łypiąc na nich z góry i wyglądając, mimo tego kwiecistego fartucha, dość groźnie.

— Jestem nauczycielem! — ryknął. — Nauczycielem, Potter! Jak śmiesz grozić, że wywalisz mi drzwi!

— Przepraszam, panie profesorze — powiedział Harry, wymawiając z naciskiem dwa ostatnie słowa, po czym schował różdżkę za pazuchę.

Hagrid wytrzeszczył oczy.

— Od kiedy to mówisz do mnie „panie profesorze"?

— A od kiedy mówisz do mnie „Potter"?

— Och, bardzo sprytne — warknął Hagrid. — Bardzo zabawne. Przechytrzyłeś mnie, no nie? No dobra, właźcie, wy niewdzięczne małe...

Mamrocząc coś pod nosem, cofnął się, żeby ich wpuścić. Hermiona, która wyglądała na trochę wystraszoną, wsunęła się za Harrym.

— No i co? — burknął Hagrid, gdy Harry, Ron i Hermiona usiedli przy jego wielkim stole. Kieł natychmiast złożył łeb na kolanach Harry'ego, śliniąc mu całą szatę. — O co chodzi? Zrobiło się wam żal? Uznaliście, że siedzę tu samotny jak kołek i w ogóle?

— Nie — powiedział Harry. — Chcieliśmy się z tobą zobaczyć.

— Stęskniliśmy się za tobą! — pisnęła Hermiona drżącym głosem.

— Stęsknili! — prychnął Hagrid. — Akurat.

Podszedł ciężkim krokiem do wielkiego, mosiężnego czajnika i nasypał do wrzątku herbaty, przez cały czas mrucząc coś pod nosem. Wreszcie postawił przed nimi z hukiem trzy kubki wielkości cebrzyków, pełne mahoniowobrązowej herbaty, i talerz swoich twardych ciasteczek z rodzynkami. Harry był tak głodny, że choć dobrze znał wypieki Hagrida, natychmiast wziął jedno ciasteczko.

— Hagridzie — zaczęła nieśmiało Hermiona, kiedy już usiadł z nimi przy stole i zaczął obierać ziemniaki z taką zajadłością, jakby każda bulwa wyrządziła mu wielką przykrość — naprawdę chcieliśmy dalej chodzić na opiekę nad magicznymi stworzeniami.

Hagrid znowu głośno prychnął. Harry pomyślał, że może naprawdę jakieś licha obsiadły ziemniaki, i w głębi duszy rad był, że nie zostaną na obiedzie.

— Tak, chcieliśmy! — ciągnęła Hermiona. — Tylko że żadne z nas nie mogło już nic więcej zmieścić w rozkładzie zajęć!

— Taaa. Dobra.

Rozległ się jakiś dziwny chlupot i wszyscy się rozejrzeli. Hermiona pisnęła, a Ron zerwał się i obiegł stół, byle tylko znaleźć się dalej od wielkiej beczki stojącej w kącie, którą dopiero teraz zauważyli. Była pełna czegoś, co przypominało olbrzymie larwy, wijące się, oślizgłe i białe.

— Co to jest, Hagridzie? — zapytał Harry, starając się, by jego głos wyrażał zainteresowanie, a nie obrzydzenie, ale ciasteczko jednak odłożył.

— A, to tylko duże larwy — odrzekł Hagrid.

— I co z nich wyrasta? — zapytał z niepokojem Ron.

— Nic z nich nie wyrasta. Trzymam je, żeby karmić Aragoga.

I nagle zalał się łzami.

— Hagridzie! — krzyknęła Hermiona, zerwała się, obiegła stół z drugiej strony, żeby uniknąć zbliżenia się do beczki z larwami, i położyła rękę na jego rozdygotanym ramieniu.

— To... to on... — zaszlochał Hagrid, ocierając sobie twarz fartuchem. — To... Aragog... Chyba już zdycha... Zachorował latem i nic mu się nie poprawia... Nie wiem, co zrobię, jak on... jak on... Tak długo jesteśmy razem...

Hermiona poklepała go po ramieniu, ale widać było, że jest w szoku. Harry wiedział, co ona czuje. Widział już, jak Hagrid dawał w prezencie pluszowego misia małemu smokowi, jak śpiewał kołysanki olbrzymim skorpionom z ssawkami i żądłami, jak próbował udobruchać swojego przyrodniego brata, dzikiego olbrzyma, ale to była chyba jego najtrudniejsza do zrozumienia miłość: gigantyczny mówiący pająk, Aragog, który mieszkał w Zakazanym Lesie i przed którym cztery lata temu on i Ron ledwo uszli z życiem.

— Czy... czy coś możemy zrobić? — zapytała Hermiona, nie zwracając uwagi na miny Rona i jego rozpaczliwe potrząsanie głową.

— Chyba nic, Hermiono — odrzekł zdławionym głosem Hagrid, starając się powstrzymać potok łez. — Bo widzisz, reszta jego plemienia... rodzina Aragoga... jakoś dziwnie się zachowują, odkąd on choruje... są trochę niespokojni...

— Taak, chyba ich trochę poznaliśmy od tej strony — mruknął cicho Ron.

— ...więc myślę, że na razie nie byłoby bezpiecznie, żeby ktoś podłaził do ich gniazda prócz mnie — dokończył Hagrid, wydmuchując głośno nos w fartuch i podnosząc głowę. — Ale dzięki za dobre chęci, Hermiono... to tyle dla mnie znaczy...

Teraz atmosfera znacznie się poprawiła, bo choć ani Harry, ani Ron nie zdradzili najmniejszej chęci karmienia larwami olbrzymiego, żarłocznego pająka o morderczych skłonnościach, Hagrid był chyba przekonany, że zrobiliby to z ochotą, więc przestał się na nich dąsać.

— A tam, zawsze wiedziałem, że trudno wam będzie upchać mnie w waszych rozkładach — powiedział szorstko, dolewając im herbaty. — Nawet jakbyście użyli zmieniaczy czasu...

— Nie moglibyśmy tego zrobić — przerwała mu szybko Hermiona. — W lecie porozbijaliśmy cały zapas zmieniaczy czasu, jaki mieli w ministerstwie. Pisali o tym w „Proroku Codziennym".

— No taa... Już dobra. Nie było sposobu. Trochę mi głupio, że byłem... no wiecie... ale tak żem się martwił o Aragoga... no i tak se myślałem, że może gdyby uczyła was ta Grubbly-Plank...

Wszyscy troje natychmiast kategorycznie i niezbyt zgodnie z prawdą oświadczyli, że profesor Grubbly-Plank, która zastępowała Hagrida parę razy, jest okropną nauczycielką, co miało taki skutek, że gdy o zmierzchu Hagrid machał im ręką na pożegnanie, wyglądał na całkiem udobruchanego.

— Konam z głodu — powiedział Harry, gdy tylko zamknęły się za nim drzwi, a oni ruszyli żwawym krokiem przez ciemniejące i opustoszałe błonia. Zrezygnował z ciasteczka po usłyszeniu złowieszczego trzeszczenia jednego ze swoich zębów trzonowych. — A mam dzisiaj szlaban u Snape'a, mało czasu zostało na kolację...

W zamku natknęli się na Cormaca McLaggena, wchodzącego do Wielkiej Sali. Udało mu się wejść dopiero za drugim razem, bo za pierwszym odbił się od framugi. Ron tylko zarechotał triumfalnie i wkroczył do sali za nim, ale Harry złapał Hermionę za ramię i przytrzymał.

— Co?

— Coś mi się wydaje — powiedział cicho Harry — że McLaggen naprawdę jest skonfundowany. A ty siedziałaś za nim, kiedy bronił.

Hermiona spłonęła rumieńcem.

— Och, no dobra, zrobiłam to — szepnęła. — Ale gdybyś słyszał, jak on się wyrażał o Ronie i Ginny! W każdym razie ma podły charakter, sam widziałeś, jak zareagował, kiedy go nie wybrałeś... Przecież nie chciałbyś mieć w drużynie kogoś takiego.

— Nie. Nie, chyba masz rację. Ale czy to nie było nieuczciwe? No wiesz, przecież jesteś prefektem, prawda?

— Och, przestań — warknęła, kiedy uśmiechnął się kpiąco.

— Co wy tu robicie? — zapytał Ron, stając ponownie w drzwiach Wielkiej Sali i przyglądając im się podejrzliwie.

— Nic — odpowiedzieli jednocześnie i weszli za nim.

Zapach pieczonej wołowiny spowodował, że Harry'ego natychmiast rozbolał żołądek z głodu, ale zaledwie zrobili trzy kroki ku stołowi Gryfonów, pojawił się przed nimi profesor Slughorn, blokując im drogę.

— Harry, Harry, właśnie miałem nadzieję, że cię spotkam! — zahuczał z promiennym uśmiechem, skubiąc końce swoich wąsów morsa i wypinając potężny brzuch. — Miałem nadzieję, że cię złapię przed kolacją! Co powiesz na małą przekąskę w moim pokoju? Mamy małe przyjęcie, ot, parę wschodzących gwiazd. Będzie McLaggen, Zabini i czarująca Melinda Bobbin, nie wiem, czy ją znasz. Jej rodzina posiada wielką sieć aptek... No i, oczywiście, mam nadzieję, że panna Granger też zaszczyci nas swoją obecnością.

Ukłonił się lekko przed Hermioną, jakby w ogóle nie dostrzegając Rona. Ledwo na niego spojrzał.

— Nie mogę przyjść, panie profesorze — odpowiedział szybko Harry. — Mam szlaban u profesora Snape'a.

— A niech to licho! — zawołał Slughorn, a mina mu zrzedła, co wyglądało komicznie. — Niech to licho, Harry, tak na ciebie liczyłem! No cóż, będę musiał zamienić słówko z Severusem i wyjaśnić mu sytuację. Jestem pewny, że uda mi się go przekonać, by przełożył ci szlaban. Tak, zobaczymy się później!

I wypadł z Wielkiej Sali.

— Nie zdoła Snape'a przekonać — powiedział Harry, gdy tylko Slughorn się oddalił. — Snape już mi raz przełożył szlaban, zrobił to dla Dumbledore'a, ale na pewno nie zrobi tego dla kogoś innego.

— Och, tak bym chciała, żeby mu się udało, nie chcę tam iść sama! — powiedziała zmartwiona Hermiona.

Harry dobrze wiedział, że chodzi jej o McLaggena.

— Nie będziesz sama, Ginny też pewno zaprosił — burknął Ron, który najwyraźniej źle zniósł zignorowanie go przez Slughorna.

Po obiedzie wrócili do wieży Gryffindoru. Pokój wspólny był zatłoczony, ale udało im się znaleźć wolny stolik, przy którym usiedli. Ron, naburmuszony od czasu spotkania ze Slughornem, założył ręce na kark i gapił się ponuro w sufit. Hermiona sięgnęła po egzemplarz „Proroka Wieczornego", który ktoś pozostawił na krześle.

— Coś nowego? — zapytał Harry.

— E tam... — Hermiona rozłożyła gazetę i przeglądała wewnętrzne strony. — Och, zobacz, Ron, tu jest twój tata... W porządku, nic mu się nie stało! — dodała szybko, bo Ron poderwał się przerażony. — Piszą tylko, że był w domu Malfoyów. *Drugie przeszukanie rezydencji śmierciożercy nie przyniosło żadnych rezultatów. Artur Weasley z Biura Wykrywania i Konfiskaty Fałszywych Zaklęć Obronnych i Środków Ochrony Osobistej powiedział, że jego zespół otrzymał poufną informację.*

— Tak, ode mnie! — wyjaśnił Harry. — Powiedziałem mu na King's Cross o Malfoyu i o tym czymś, do czego naprawy próbował zmusić Borgina! No, jeśli tego nie ma w ich domu, to musiał przywieźć to ze sobą do Hogwartu...

— Ale, Harry, jak by miał to zrobić? Przecież nas wszystkich przeszukiwali, kiedy tu przybyliśmy! — powiedziała Hermiona, odkładając gazetę.

— Tak? — zdziwił się Harry. — A mnie nie!

— No tak, ciebie nie, bo ty się spóźniłeś... Ale nas Filch sprawdzał czujnikami tajności, kiedy wchodziliśmy do zamku. Wiem na przykład, że Crabbe'owi skonfiskował skurczoną ludzką główkę. Więc sam widzisz, że Malfoy nie mógł wnieść niczego niebezpiecznego!

Harry, zbity z tropu, obserwował Ginny bawiącą się z pigmejskim puszkiem Arnoldem, ale po chwili przyszło mu do głowy coś innego.

— A więc ktoś przysłał mu to przez sowę. Jego matka albo ktoś inny.

— Wszystkie sowy też są sprawdzane. Tak nam powiedział Filch, kiedy dźgał nas tymi czujnikami gdzie popadło.

Tym razem Harry nie mógł znaleźć na to odpowiedzi. W jaki jeszcze sposób Malfoy mógł wnieść na teren szkoły jakiś czarnomagiczny obiekt? Spojrzał z nadzieją na Rona, który siedział z założonymi rękami, gapiąc się tym razem na Lavender Brown.

— Nic ci nie przychodzi do głowy?

— Och, daj sobie spokój, Harry.

— Słuchaj, to nie moja wina, że Slughorn zaprosił mnie i Hermionę na to głupie przyjęcie, żadne z nas nie ma ochoty tam pójść, przecież wiesz! — żachnął się Harry.

— No, to skoro mnie nikt nie zaprasza na żadne przyjęcie — rzekł Ron, wstając — to chyba pójdę do łóżka.

I ruszył ku drzwiom wiodącym do dormitorium chłopców, pozostawiając Harry'ego i Hermionę wpatrzonych w jego plecy.

— Harry? — Nowa ścigająca, Demelza Robins pojawiła się nagle przy ich stoliku. — Mam dla ciebie wiadomość.

— Od profesora Slughorna? — zapytał Harry, pełen nadziei, prostując się w fotelu.

— Nie... od profesora Snape'a — odpowiedziała Demelza, a Harry westchnął ciężko. — Mówi, że masz przyjść do jego gabinetu dziś o pół do dziewiątej... ee... bez względu na to, ile zaproszeń na przyjęcie dostałeś. I chce, żebyś wiedział, że będziesz oddzielał zgniłe gumochłony od dobrych, będą potrzebne na eliksirach, i... mówi, żebyś nie zabierał rękawic ochronnych.

— Tak jest — powiedział ponuro Harry. — Bardzo ci dziękuję, Demelzo.

ROZDZIAŁ DWUNASTY

Srebro i opale

Gdzie był Dumbledore i co robił? W ciągu następnych kilku tygodni Harry widział go zaledwie dwa razy. Bardzo rzadko pojawiał się na posiłkach i Harry przyznał rację Hermionie, która sądziła, że dyrektor opuszcza szkołę na całe dni. Czyżby zapomniał o lekcjach, których miał udzielać Harry'emu? Kiedy powiedział, że te lekcje prowadzą do czegoś, co ma coś wspólnego z przepowiednią, Harry poczuł się podniesiony na duchu, teraz jednak czuł się trochę opuszczony.

W połowie października zapowiedziano pierwszy w tym semestrze wypad do Hogsmeade. Harry wątpił już, czy w ogóle na to pozwolą, biorąc pod uwagę tak surowe środki bezpieczeństwa wokół szkoły, więc bardzo się ucieszył, kiedy im oznajmiono, że mogą tam się wybrać: tak dobrze było wydostać się z zamku choć na kilka godzin.

W dzień wycieczki obudził się wcześnie. Pogoda była pochmurna i wietrzna. Żeby zabić jakoś czas oczekiwania na porę śniadania, wziął do ręki swój egzemplarz *Eliksirów dla zaawansowanych*. Zwykle nie czytał podręczników w łóżku; taki rodzaj zachowania, jak słusznie stwierdził Ron, był zupełnie wyjątkowy dla wszystkich prócz Hermiony, która pod tym względem była po prostu dziwaczką. Zresztą Harry uznał, że należący niegdyś do Księcia Półkrwi egzemplarz *Eliksirów* trudno nazwać podręcznikiem. Im bardziej wczytywał się w książkę, tym bardziej zdawał sobie sprawę, że to prawdziwa skarbnica wiedzy, bo odnajdywał w niej nie tylko niezwykle pożyteczne rady dotyczące sporządzania eliksirów, które zapewniły mu tak wspaniałą reputację u Slughorna, ale i formułki błyskotliwych zaklęć i uroków, powypisywane na marginesach, które najwyraźniej wymyślił sam Książę, sądząc po przekreśleniach i poprawkach.

Harry wypróbował już kilka z tych wynalazków Księcia. Było tam zaklęcie powodujące nagły i szybki wzrost paznokci u nóg (wypróbował je na korytarzu na Crabbie, rezultat był naprawdę zabawny), było inne, które przyklejało język do podniebienia (użył go dwukrotnie, ku ogólnej uciesze, na niespodziewającym się tego Argusie Filchu), i chyba najbardziej użyteczne Muffliato, zaklęcie, które wypełniało uszy stojących w pobliżu osób niezidentyfikowanym brzęczeniem, tak że można było prowadzić w klasie długie rozmowy bez obawy, że będzie się podsłuchanym. Jedyną osobą, która nie widziała w tych zaklęciach nic zabawnego, była Hermiona, i z wyniosłą odrazą na twarzy odmawiała uczestnictwa w rozmowie, jeśli Harry użył Muffliato.

Siedząc w łóżku, Harry przechylił książkę, żeby ułatwić sobie odczytywanie uwag do pewnego zaklęcia, które najwidoczniej sprawiało Księciu pewną trudność. Było tam wiele wykreśleń i poprawek, ale w końcu, w samym rogu strony, widniało słowo:

Levicorpus (n-wbl)

Wiatr i deszcz ze śniegiem bębniły bezlitośnie w szyby, Neville chrapał głośno, a Harry wpatrywał się w litery w nawiasie. *N-wbl*... to musi znaczyć „niewerbalne". Harry raczej wątpił, by udało mu się rzucić to zaklęcie; wciąż miał trudności z zaklęciami niewerbalnymi, co Snape wypominał mu z satysfakcją na lekcjach obrony przed czarną magią. Z drugiej strony, Książę już udowodnił, że jest o wiele lepszym nauczycielem od Snape'a.

Celując różdżką w bliżej nieokreślonym kierunku, machnął nią krótko i w myślach wypowiedział: „*Levicorpus!*"

— Aaaaaaach!

Błysnęło i pokój wypełnił się krzykami: wszystkich obudził wrzask Rona. Harry w panice odrzucił *Eliksiry dla zaawansowanych*. Ron wisiał w powietrzu głową w dół, jakby jakaś niewidzialna pętla poderwała go w górę za kostkę u nogi.

— Wybacz! — krzyknął Harry, podczas gdy Dean i Seamus zanosili się śmiechem, a Neville podnosił się z podłogi, na którą wypadł z łóżka. — Zaczekaj... zaraz cię ściągnę...

Sięgnął po podręcznik i zaczął go gorączkowo wertować w poszukiwaniu właściwej strony. W końcu ją znalazł i odczytał słowo zapisane maczkiem pod formułą zaklęcia. Modląc się, by było to przeciwzaklęcie, krzyknął w myślach: „*Liberacorpus!*"

Znowu błysnęło i Ron bezwładnie zwalił się na swoje łóżko.

— Przepraszam — wymamrotał Harry, podczas gdy Dean i Seamus wciąż ryczeli ze śmiechu.

— Jutro — powiedział Ron stłumionym głosem — nastaw po prostu budzik.

Kiedy już się ubrali w ręcznie robione na drutach swetry pani Weasley, nie zapominając o płaszczach, szalikach i rękawiczkach, Ron nieco się otrząsnął z szoku i uznał, że zaklęcie Harry'ego jest wspaniałe, tak wspaniałe, że nie omieszkał o tym opowiedzieć Hermionie, kiedy zasiedli do śniadania.

— ...i znowu błysnęło, a ja wylądowałem w swoim łóżku! — zakończył uradowany Ron, nakładając sobie kiełbasek.

Hermiona wysłuchała całej opowieści bez cienia uśmiechu na twarzy, a teraz spojrzała na Harry'ego z lodowatym wyrzutem.

— Czy to zaklęcie nie pochodziło przypadkiem z twojego podręcznika do eliksirów?

Harry nachmurzył się.

— Zawsze lubisz dochodzić do najgorszych wniosków, prawda?

— Było?

— No... tak, ale co z tego?

— Więc uznałeś za stosowne wypróbować nieznaną, nabazgraną odręcznie formułkę i zobaczyć, co się stanie?

— A co to ma do rzeczy, że została zapisana odręcznie? — prychnął Harry, nie mając ochoty odpowiadać na resztę pytania.

— A to, że zapewne nie zostało zaaprobowane przez Ministerstwo Magii. Dochodzę też do wniosku — dodała, kiedy Harry i Ron spojrzeli wymownie w sufit — że ten Książę miał bardzo podejrzany charakter.

Harry i Ron natychmiast ją zakrzyczeli.

— To był tylko dowcip! — zaperzył się Ron, wyciskając sobie keczup na kiełbaski. — Tylko dowcip, Hermiono, czy tego nie rozumiesz?

— Dowcip? Wieszanie ludzi głową w dół za kostkę u nogi? Kto marnuje czas i energię na wymyślanie takich zaklęć?

— Fred i George — odrzekł Ron, wzruszając ramionami. — Oni to uwielbiają. I...

— Mój tata — powiedział Harry, który nagle coś sobie przypomniał.

— Co? — zapytali jednocześnie Ron i Hermiona.

— Mój tata używał tego zaklęcia. Ja... Lupin mi powiedział.

To ostatnie nie było prawdą. Sam zobaczył, jak jego ojciec rzuca to zaklęcie na Snape'a, ale nigdy nie opowiadał Ronowi i Hermionie o tej właśnie wycieczce do myślodsiewni. Teraz jednak przyszła mu do głowy pewna oszałamiająca możliwość. Czyżby tym Księciem Półkrwi był...

— Może twój tata go używał, Harry — powiedziała Hermiona — ale nie on jeden. Widzieliśmy już takich, którzy to robili, może o tym zapomniałeś? Wieszali ludzi w powietrzu. I ciągali ich za sobą, śpiących i bezbronnych.

Harry spojrzał na nią i nagle doznał wstrząsu. Tak, przypomniał sobie teraz zachowanie śmierciożerców podczas mistrzostw świata w quidditchu. Ron przyszedł mu z pomocą.

— To było co innego — oświadczył stanowczo. — Oni nadużywali tego zaklęcia. Harry i jego ojciec po prostu robili dowcipy. Nie podoba ci się Książę, Hermiono — dodał, celując w nią oskarżycielsko kiełbaską — bo jest lepszy od ciebie w eliksirach...

— To nie ma z tym nic wspólnego! — oburzyła się Hermiona, a policzki jej poczerwieniały. — Po prostu uważam, że to szczyt nieodpowiedzialności rzucać zaklęcia, kiedy się nawet nie wie, jak one działają, i przestań mówić o „księciu", jakby to był jego tytuł, założę się, że to tylko głupie przezwisko, i w ogóle dla mnie to jakiś świr albo łajdak!

— Nie wiem, skąd ci to przyszło do głowy — zaperzył się Harry. — Gdyby był początkującym śmierciożercą, nie chwaliłby się przecież, że jest „półkrwi", prawda? Kiedy to powiedział, przypomniał sobie, że jego ojciec był czystej krwi czarodziejem, ale teraz nie chciał się nad tym zastanawiać.

— Nie wszyscy śmierciożercy muszą być czystej krwi, nie ma już tylu czystej krwi czarodziejów — upierała się Hermiona. — Wcale bym się nie dziwiła, gdyby większość z nich była mieszańcami udającymi czarodziejów czystej krwi. Oni nienawidzą tylko tych, którzy się urodzili w mugolskich rodzinach, ciebie i Rona chętnie by przyjęli.

— Na pewno nie! — zdenerwował się Ron; wymachiwał w stronę Hermiony widelcem tak gwałtownie, że tkwiący na nim kawałek kiełbaski wyleciał w powietrze i ugodził Erniego Macmillana prosto w głowę. — Moja cała rodzina to zdrajcy krwi! Dla śmierciożerców to po prostu mugolaki!

— A mnie przyjęliby z otwartymi ramionami! — powiedział z ironią Harry. — Bylibyśmy najlepszymi kumplami, gdyby wciąż nie próbowali mnie wykończyć.

Ron wybuchnął śmiechem, nawet Hermiona pozwoliła sobie na wymuszony uśmiech. Na szczęście pojawiła się Ginny i można było zmienić temat.

— Hej, Harry, mam ci to oddać.

Wręczyła mu mały zwitek pergaminu z wypisanym na nim jego imieniem. Natychmiast poznał to cienkie, pochyłe pismo.

— Dzięki, Ginny... Następna lekcja u Dumbledore'a — powiedział Ronowi i Hermionie, rozwijając pergamin i szybko odczytując jego treść. — W poniedziałek wieczorem! — Nagle poczuł się lekko i szczęśliwie. — Wybierzesz się z nami do Hogsmeade, Ginny?

— Idę z Deanem... może się tam zobaczymy — odpowiedziała, machając im ręką na pożegnanie.

Przy dębowych drzwiach stał jak zwykle Filch, wyszukując na liście nazwiska tych, którzy mieli pozwolenie na wycieczkę do Hogsmeade. Trwało to jeszcze dłużej niż zwykle, bo Filch sprawdzał każdego po trzy razy swoim czujnikiem tajności.

— No i co by było w tym złego, gdybyśmy przemycali jakieś czarnomagiczne świństwo POZA szkołę? — zapytał Ron, patrząc z niepokojem na długi, cienki czujnik tajności. — Chyba powinien pan sprawdzać, czy nie wnosimy czegoś DO szkoły?

Za tę odzywkę zarobił kilka dodatkowych dźgnięć czujnikiem i wciąż jeszcze się krzywił, kiedy wyszli na wiatr i deszcz zmieszany ze śniegiem.

Droga do Hogsmeade nie była przyjemna. Harry osłonił sobie szalikiem dolną część twarzy; reszta szybko mu spierzchła i zdrętwiała z zimna. Droga do wioski zapełniła się zmagającymi się z lodowatym wiatrem uczniami. Harry coraz częściej zastanawiał się, czy nie lepiej by im było w ciepłym pokoju wspólnym, a kiedy w końcu dotarli do Hogsmeade i zobaczyli, że witryna sklepu Zonka jest zabita deskami, doszedł do wniosku, że ten wypad chyba nie był najlepszym pomysłem. Ron, który miał na dłoniach grube, wełniane rękawice, wskazał w stronę Miodowego Królestwa, które na szczęście było otwarte. Harry i Hermiona weszli za nim do zatłoczonego sklepu.

— Dzięki Bogu — wydyszał Ron, otrząsając się, kiedy otoczyło ich ciepłe, pachnące toffi powietrze. — Zostańmy tu przez całe popołudnie.

— Harry, mój chłopcze! — rozległ się tubalny głos za ich plecami.

— Och, nie — jęknął cicho Harry.

Odwrócili się i zobaczyli profesora Slughorna w niesamowicie wielkiej futrzanej czapie i pelerynie z futrzanym kołnierzem, trzymającego olbrzymią torbę kandyzowanych ananasów i zajmującego przynajmniej ćwierć sklepu.

— Harry, opuściłeś już trzy moje kolacyjki! — rzekł Slughorn, dźgając go paluchem w pierś. — Dość już tego, mój chłopcze, musisz przyjść! Panna Granger jest zachwycona, prawda?

— Tak — bąknęła Hermiona. — Są naprawdę...

— Więc dlaczego nie przychodzisz, Harry?

— No wie pan, panie profesorze, mam teraz treningi quidditcha — odrzekł Harry, nie mijając się z prawdą, bo za każdym razem, gdy otrzymywał przewiązane fioletową wstążeczką zaproszenie, rzeczywiście miał w planie następny trening. Ta taktyka pozwalała mu na niezostawianie Rona samego i zwykle wtedy dowcipkowali z Ginny, wyobrażając sobie Hermionę w jednym pomieszczeniu z McLaggenem i Zabinim.

— A więc spodziewam się, że po tak ciężkiej pracy wygracie swój pierwszy mecz! Ale troszkę odpoczynku jeszcze nigdy nikomu nie zaszkodziło. Co powiesz na poniedziałek? Przecież nie będziecie ćwiczyć w taką pogodę...

— Nie mogę, panie profesorze, mam... ee... spotkanie z profesorem Dumbledore'em...

— Znowu nie mam szczęścia! — zawołał Slughorn teatralnym głosem. — Ach, no cóż... ale nie możesz unikać mnie wiecznie, Harry!

I machając im po królewsku ręką, opuścił sklep. Rona jakby w ogóle nie zauważył, w każdym razie potraktował go z równą obojętnością jak wystawiony w gablocie karaluchowy blok.

— Nie mogę uwierzyć, że znowu się wymigałeś — powiedziała Hermiona, kręcąc głową. — No wiesz... te przyjęcia nie są takie złe... czasami jest nawet śmiesznie... — Nagle spostrzegła minę Rona. — Och, zobaczcie... mają te cukrowe pióra deluxe... Nie rozpuszczają się przez całe godziny!

Zadowolony ze zmiany tematu Harry okazał o wiele większe zainteresowanie cukrowymi piórami deluxe, niż na to w jego opinii zasługiwały, ale Ron wciąż był jakiś ponury i tylko wzruszył ramionami, kiedy Hermiona zapytała, gdzie teraz chcą pójść.

— Chodźmy do Trzech Mioteł — zaproponował Harry. — Tam będzie ciepło.

Otulili się znowu szalikami i opuścili sklep ze słodyczami. Zimny wiatr uderzył ich w twarze, kąsając boleśnie. Ulica nie była zatłoczona, nikt nie zatrzymywał się, żeby porozmawiać, wszyscy pospiesznie zmierzali tam, gdzie chcieli dojść. Wszyscy — poza dwoma postaciami nieco przed nimi, stojącymi na zewnątrz Trzech Mioteł. Jedną był wysoki, chudy mężczyzna; Harry, z trudem zerkając przez zalane deszczem okulary, rozpoznał w nim barmana z gospody Pod Świńskim Łbem. Kiedy się zbliżyli, otulił się szczelniej peleryną i natychmiast odszedł, pozostawiając swego towarzysza, który trzymał coś w ramionach. Dopiero gdy znaleźli się tuż przy nim, Harry go rozpoznał.

— Mundungus!

Przysadzisty mężczyzna o krzywych nogach i zwichrzonych rudych włosach podskoczył i wypuścił z rąk starą walizkę, która się otworzyła, rozsypując wokoło zawartość przywodzącą na myśl wystawę sklepu ze starzyzną.

— Och, sie masz, Harry — rzekł Mundungus Fletcher, wyraźnie starając się, by zabrzmiało to nonszalancko, co zupełnie mu się nie udało. — Kiepska pogoda, nie będę cię zatrzymywał.

I zaczął gorączkowo zbierać z chodnika zawartość walizki.

— Sprzedajesz to? — zapytał Harry, patrząc, jak Mundungus zgarnia do walizki jakieś dziwne brudne przedmioty.

— Aaa... tak, trzeba jakoś zarobić na życie — odrzekł Mundungus. — Ej, daj mi to!

Ron schylił się i podniósł coś srebrnego.

— Zaraz — powiedział wolno. — Ja to skądś znam...

— Dzięki! — mruknął Mundungus, wyrywając mu z ręki puchar i wpychając go do walizki. — No to cześć... AUUU!

Harry złapał go za gardło i przycisnął do ściany gospody, a drugą ręką wyciągnął różdżkę.

— Harry! — pisnęła Hermiona.

— Zabrałeś to z domu Syriusza — wycedził Harry, stojąc nos w nos z Mundungusem i wdychając niemiłą woń tytoniu i trunków. — Widzę rodowy znak Blacków.

— Ja... nie... Co? — wykrztusił Mundungus, robiąc się powoli fioletowy na twarzy.

— Wróciłeś tam w tę noc, kiedy on zginął, i obrabowałeś dom? — warknął Harry.

— Ja... nie...

— Oddawaj to!

— Harry, przestań! — krzyknęła Hermiona, bo Mundungus już zaczynał się robić granatowy na twarzy.

Rozległ się huk i Harry poczuł, że puszcza gardło Mundungusa. Dysząc ciężko i kaszląc, Mundungus chwycił walizkę i deportował się z donośnym trzaskiem.

Harry zaklął głośno i obrócił w miejscu, żeby zobaczyć, dokąd tamten uciekł.

— WRACAJ, TY ZŁODZIEJU...!

— Nie ma sensu, Harry.

Gdzieś znikąd pojawiła się nagle Tonks; jej mysie włosy mokre były od deszczu i śniegu.

— Mundungus jest już pewnie w Londynie. Nie ma sensu się wydzierać.

— Zwędził rzeczy należące do Syriusza! Ukradł je!

— Zgadza się — powiedziała Tonks, jakby ta informacja w ogóle jej nie wzruszyła — ale nie powinieneś stać na tym zimnie.

Poczekała, aż wejdą do pubu. Harry, gdy tylko znalazł się w środku, wybuchnął:

— ROZKRADA RZECZY SYRIUSZA!

— Wiem, Harry, ale nie wrzeszcz, wszyscy się na nas gapią — szepnęła Hermiona. — Idźcie tam i usiądźcie, przyniosę coś do picia.

Harry wciąż się wściekał, kiedy Hermiona wróciła do ich stolika, niosąc trzy butelki piwa kremowego.

— Czy Zakon w ogóle nie panuje nad tym Mundungusem? — zapytał głośnym szeptem. — Nie mogą przynajmniej powstrzymać go od wynoszenia z Kwatery Głównej wszystkiego, co nie jest przymocowane na stałe?

— Szsz! — uciszyła go Hermiona, rozglądając się dookoła, żeby sprawdzić, czy nikt ich nie podsłuchuje. W pobliżu siedziało paru czarodziejów przypatrujących się Harry'emu z wielkim zainteresowaniem, a niedaleko od nich Zabini, z wdziękiem opierając się o kolumnę. — Harry, mnie by to też zdenerwowało, wiem, że kradnie rzeczy należące do ciebie...

Harry zakrztusił się piwem; już zapomniał, że jest właścicielem posesji numer dwanaście przy Grimmauld Place.

— No tak, to moje rzeczy! Nic dziwnego, że nie ucieszył się na mój widok! Dobra, powiem Dumbledore'owi, co jest grane, Mundungus tylko jego się boi.

— Dobry pomysł — szepnęła Hermiona, rada, że Harry trochę się uspokoił. — Ron, na co się gapisz?

— Na nic — odrzekł Ron, szybko odwracając spojrzenie od kontuaru, ale Harry wiedział, że Ron próbował ściągnąć na siebie wzrok atrakcyjnej barmanki o krągłych kształtach, madame Rosmerty, do której od dawna czuł miętę.

— To „nic" poszło chwilowo na zaplecze, żeby przynieść więcej ognistej whisky — powiedziała z przekąsem Hermiona.

Ron zignorował tę zaczepkę, sącząc piwo w pełnym godności milczeniu. Harry myślał o Syriuszu, który tak nienawidził tych srebrnych pucharów. Hermiona bębniła palcami po stole, patrząc to na Rona, to na kontuar.

Gdy Harry wypił ostatnie krople ze swojej butelki, zapytała:

— To co, może uznamy, że Hogsmeade zaliczyliśmy, i wrócimy do szkoły?

Obaj kiwnęli głowami. Nie był to udany wypad, a pogoda robiła się coraz gorsza. Jeszcze raz otulili się szczelnie pelerynami, poprawili szaliki, wciągnęli rękawiczki, po czym wyszli z pubu za Katie Bell i jej przyjaciółką. Kiedy wlekli się drogą do Hogwartu, mrużąc oczy przed lodowatym deszczem ze śniegiem, Harry pomyślał o Ginny. Nie natknęli się na nią, bo na pewno siedzi sobie z Deanem w przytulnej herbaciarni pani Puddifoot, przystani szczęśliwych par. Ten nasuwający się sam przez się wniosek wcale nie poprawił mu humoru.

Dopiero po kilku chwilach dotarło do niego, że wiatr niesie ku nim głosy Katie Bell i jej przyjaciółki, których sylwetki majaczyły przed nimi. Kłóciły się o coś, co Katie trzymała w ręce.

— To nie ma nic wspólnego z tobą, Leanne! — mówiła Katie.

Mijali zakręt drogi. Niesiony wiatrem mokry śnieg zalepił Harry'emu szkła okularów. Podniósł rękę, by przetrzeć szkła rękawicą, i w tej samej chwili Leanne chwyciła pakunek, który trzymała Katie. Katie szarpnęła go do siebie i pakunek upadł na ziemię.

Katie uniosła się nagle w powietrze, nie tak jak Ron w sypialni Gryfonów, zawieszony komicznie za kostkę u nogi, tylko z wdziękiem, z rozpostartymi ramionami, jakby zamierzała pofrunąć. Było w tym jednak coś niedobrego, coś dziwnego... Szarpane wiatrem włosy omiatały jej twarz, ale oczy miała zamknięte, a twarz całkowicie pozbawioną wyrazu. Harry, Ron, Hermiona i Leanne zatrzymali się, patrząc na nią ze strachem.

A potem, jakieś sześć stóp nad ziemią, Katie nagle okropnie krzyknęła. Otworzyła oczy, ale to, co widziała, albo co czuła, musiało sprawiać jej straszliwe cierpienie, bo wrzeszczała i wrzeszczała jak opętana. Leanne też zaczęła wrzeszczeć i złapała Katie za kostki, próbując ją ściągnąć na ziemię. Harry, Ron i Hermiona rzucili się, by jej pomóc, ale zaledwie zdążyli złapać Katie za nogi, sama na nich spadła. Harry'emu i Ronowi udało się ją złapać, ale wiła się i skręcała tak, że trudno ją było utrzymać. Położyli ją więc na ziemi, gdzie miotała się, wyjąc i najwyraźniej nie rozpoznając nikogo.

Harry rozejrzał się; w pobliżu nikogo nie było.

— Zostańcie tutaj! — zawołał, przekrzykując wiatr. — Idę po pomoc!

Pobiegł w kierunku szkoły. Jeszcze nigdy nie widział czegoś takiego i nie miał pojęcia, co mogło być powodem.

Minął zakręt drogi i wpadł na coś, co wyglądało na wielkiego niedźwiedzia stojącego na tylnych nogach.

— Hagrid! — wydyszał, wyplątując się z żywopłotu, w który wpadł.

— Harry! — ucieszył się Hagrid. Ubrany był w swój kosmaty kubrak ze skórek bobrów, a brwi i brodę miał oblepione śniegiem. — Dopiro co odwiedziłem Graupka, byś nie uwierzył, jak on se radzi...

— Hagridzie, ktoś tam... za mną, został ranny albo trafiony jakimś urokiem, nie wiem...

— Cooo?! — ryknął Hagrid, pochylając się, żeby lepiej słyszeć.

— Kogoś trafił urok! — wrzasnął Harry.

— Urok? Kogo trafił... Rona? Hermionę?

— Nie, Katie Bell... tam...

Razem pobiegli z powrotem drogą. Po chwili zobaczyli małą grupkę wokół leżącej na ziemi Katie. Ron, Hermiona i Leanne próbowali ją uspokoić, bo wciąż rzucała się i wrzeszczała.

— Cofnąć się! — krzyknął Hagrid. — Niech se ją obejrzę!

— Coś jej się stało! — łkała Leanne. — Nie wiem, co...

Hagrid popatrzył na Katie, po czym bez słowa chwycił ją w ramiona i pobiegł w kierunku zamku. Po chwili rozdzierające krzyki Katie ucichły i słychać już było tylko ryk wiatru.

Hermiona otoczyła ramieniem zapłakaną przyjaciółkę Katie.

— Leanne, tak?

Dziewczyna kiwnęła głową.

— To się stało nagle czy...

— Kiedy rozerwało się to opakowanie — powiedziała Leanne przez łzy, wskazując na leżącą na ziemi, teraz już przemoczoną paczuszkę z brązowego papieru, spod którego błyskało coś zielonkawego.

Ron pochylił się i wyciągnął rękę, ale Harry złapał go za ramię i odciągnął.

— NIE DOTYKAJ TEGO!

Przykucnął. Z papieru wyzierał ozdobny naszyjnik z opali.

— Ja już to widziałem — powiedział. — W sklepie Borgina i Burkesa, bardzo dawno temu. Na etykietce było napisane, że na naszyjniku ciąży klątwa. Katie musiała go dotknąć. — Spojrzał na Leanne, która zaczęła dygotać w sposób niekontrolowany. — Skąd Katie go miała?

— Właśnie o to się pokłóciłyśmy. Poszła do toalety w Trzech Miotłach, a jak wróciła, miała to w ręku i powiedziała, że to ma być niespodzianka dla kogoś w Hogwarcie i że ma to doręczyć. Wyglądała jakoś dziwnie, kiedy to mówiła... Och nie, nie, nie!... Na pewno była pod działaniem Imperiusa, a ja tego nie zauważyłam!

I zaniosła się szlochem. Hermiona poklepała ją łagodnie po ramieniu.

— Nie powiedziała, kto jej to dał?

— Nie... nie chciała powiedzieć... a ja jej mówiłam, że jest głupia, że takich rzeczy nie powinno się wnosić do szkoły, ale wcale mnie nie słuchała... a potem próbowałam jej to wyrwać... i... i.... — Leanne jęknęła głośno z rozpaczy.

— Lepiej wracajmy do szkoły — powiedziała Hermiona, wciąż obejmując Leanne. — Dowiemy się, jak się czuje. Chodź...

Harry zawahał się przez chwilę, po czym ściągnął swój szalik i nie zwracając uwagi na zduszony okrzyk Rona, ostrożnie przykrył nim paczuszkę i podniósł.

— Musimy to pokazać pani Pomfrey — powiedział.

Kiedy szli za Hermioną i Leanne, Harry rozmyślał gorączkowo. Weszli już na tereny szkolne, kiedy odezwał się, nie mogąc dłużej wytrzymać sam na sam z tymi myślami:

— Malfoy wiedział o tym naszyjniku. Leżał w gablotce w sklepie Borgina i Burkesa cztery lata temu, widziałem, jak mu się przyglądał, kiedy się ukrywałem przed nim i jego ojcem. TO właśnie kupował tego dnia, kiedy go śledziliśmy! Zapamiętał ten naszyjnik i wrócił po niego!

— No... nie wiem, Harry. Mnóstwo ludzi chodzi do Borgina i Burkesa... I przecież ta dziewczyna powiedziała, że Katie dostała to w toalecie dla dziewczyn.

— Powiedziała, że Katie wróciła z tym z toalety, wcale nie musiała dostać tego w toalecie...

— McGonagall! — krzyknął ostrzegawczo Ron.

I rzeczywiście, po kamiennych stopniach zbiegała profesor McGonagall, spiesząc im na spotkanie w wirującym śniegu z deszczem.

— Hagrid mówi, że wy czworo widzieliście, co się stało Katie Bell... Natychmiast na górę, do mojego gabinetu! Co ty tam trzymasz, Potter?

— To właśnie ta rzecz, której dotknęła.

— Wielkie nieba! — powiedziała z zaniepokojoną miną, kiedy wzięła naszyjnik od Harry'ego. — Nie, nie, Filch, oni są ze mną! — dodała pospiesznie, bo Filch już człapał przez salę wejściową, trzymając w pogotowiu swój czujnik tajności. — Natychmiast zanieś ten naszyjnik do profesora Snape'a, tylko go nie dotykaj, przez cały czas trzymaj przez szalik!

Poszli za nią na górę do jej gabinetu. Pooblepiane śniegiem okna trzeszczały we framugach, a w pokoju było chłodno pomimo ognia trzaskającego w kominku. Profesor McGonagall zamknęła drzwi i energicznym krokiem obeszła biurko, by stanąć twarzą do Harry'ego, Rona, Hermiony i zapłakanej Leanne.

— No więc? — zapytała ostro. — Co się stało?

Leanne, zacinając się i robiąc długie przerwy, w czasie których starała się opanować łkanie, opowiedziała, jak Katie poszła do toalety w Trzech Miotłach i wróciła, trzymając paczuszkę bez etykiety, no i wyglądała trochę dziwnie, i jak pokłóciły się o to, czy można brać od kogoś nieznane przedmioty, żeby je komuś doręczyć, co skończyło się szarpaniną, w czasie której paczka się rozerwała. W tym momencie Leanne wybuchnęła płaczem i już nie można było wydobyć z niej ani jednego słowa.

— No, już dobrze — powiedziała dość łagodnie profesor McGonagall. — Leanne, idź do skrzydła szpitalnego i poproś panią Pomfrey, żeby ci dała coś na uspokojenie.

Kiedy Leanne wyszła, profesor McGonagall zwróciła się do Harry'ego, Rona i Hermiony.

— Co się stało, kiedy Katie dotknęła naszyjnika?

— Uniosła się w powietrze — odrzekł Harry, zanim Ron czy Hermiona zdążyli się odezwać. — A potem zaczęła wrzeszczeć i spadła. Pani profesor, czy mogę się zobaczyć z profesorem Dumbledore'em?

— Dyrektora nie ma, wróci dopiero w poniedziałek — odpowiedziała profesor McGonagall. Wyglądała na zaskoczoną.

— Nie ma go? — powtórzył ze złością Harry.

— Tak, Potter, nie ma go! — powtórzyła cierpko profesor McGonagall. — Ale jeśli masz jeszcze coś do powiedzenia na temat tej okropnej sprawy, to na pewno możesz powiedzieć mnie!

Harry zawahał się. Sposób bycia profesor McGonagall nie zachęcał do zwierzeń, wydawało mu się jednak, że Dumbledore, choć często onieśmielał go bardziej niż ona, jest mniej skłonny do wyśmiania jakiejś hipotezy, choćby nie wiem jak nieprawdopodobnej. Tym razem była to jednak sprawa życia i śmierci, więc uznał, że nie czas na martwienie się, że ktoś go wyśmieje.

— Myślę, że to Draco Malfoy dał Katie ten naszyjnik.

Ron zaczął sobie pocierać nos z widocznym zakłopotaniem, a Hermiona zaszurała nogami, jakby chciała zwiększyć odległość między sobą a Harrym.

— To bardzo poważne oskarżenie, Potter — powiedziała profesor McGonagall po chwili milczenia. — Masz jakiś dowód?

— Nie... ale...

I opowiedział jej, jak poszli za Malfoyem do sklepu Borgina i Burkesa i jak podsłuchali rozmowę między nim a Borginem.

Kiedy skończył, profesor McGonagall wyglądała na nieco zmieszaną.

— Malfoy zaniósł coś do naprawy do Borgina i Burkesa?

— Nie, pani profesor, on tylko chciał, żeby Borgin mu powiedział, jak coś się naprawia, nie miał tego ze sobą. Ale nie w tym rzecz, chodzi o to, że wtedy coś kupił, i myślę, że to był właśnie ten naszyjnik...

— Widziałeś, jak Malfoy wychodził ze sklepu z taką paczuszką?

— Nie, pani profesor, powiedział Borginowi, żeby to dla niego zatrzymał...

— Ale, Harry — przerwała mu Hermiona — przecież Borgin mówił mu, żeby to wziął, a Malfoy powiedział „nie"...

— Bo nie chciał tego dotknąć, to chyba oczywiste!

— Powiedział dokładnie tak: „Jak bym wyglądał, idąc z tym ulicą?"

— No, chybaby wyglądał jak palant, idąc ulicą z naszyjnikiem — wtrącił Ron.

— Och, Ron! — jęknęła Hermiona. — Przecież naszyjnik byłby opakowany, więc i tak nie musiałby go dotykać, zresztą taką paczuszkę łatwo schować pod peleryną, żeby nikt jej nie zobaczył! Myślę, że to coś, co sobie zarezerwował u Borgina, musiało być... no nie wiem... hałaśliwe albo bardzo duże, musiało to być coś, co zwróciłoby uwagę na ulicy... Zresztą — dodała z naciskiem, podnosząc głos, zanim Harry zdołał jej przerwać — ja sama zapytałam Borgina o ten naszyjnik, nie pamiętasz? Kiedy weszłam do sklepu i próbowałam ustalić, co Malfoy kazał mu dla siebie zatrzymać, widziałam go tam. A Borgin tylko podał mi cenę, wcale nie mówił, że naszyjnik jest już sprzedany albo coś...

— No bo zachowywałaś się tak, że Borgin po pięciu sekundach zorientował się, o co ci naprawdę chodzi, to oczywiste, że nie zamierzał ci powiedzieć... Zresztą Malfoy mógł to zabrać później, kiedy...

— Dość tego! — przerwała im profesor McGonagall, bo zaperzona Hermiona już otwierała usta, żeby mu odpowiedzieć. — Potter, doceniam, że mi to powiedziałeś, ale nie możemy oskarżać pana Malfoya o to, że odwiedził sklep, w którym mógł być sprzedany ten naszyjnik. Dotyczy to prawdopodobnie setek innych ludzi...

— ...to samo mówiłem... — mruknął Ron.

— ...a zresztą zastosowaliśmy w tym roku bardzo ścisłe środki bezpieczeństwa i nie sądzę, by można było bez naszej wiedzy wnieść ten naszyjnik do szkoły...

— ...ale...

— ...a co więcej — dodała profesor McGonagall tonem kończącym sprawę — pana Malfoya nie było dzisiaj w Hogsmeade.

Harry wytrzeszczył na nią oczy.

— Skąd pani wie, pani profesor?

— Bo miał szlaban u mnie. Po raz drugi z rzędu nie odrobił pracy domowej z transmutacji. Tak więc dziękuję ci, Potter, za zwierzenie mi się ze swoich podejrzeń — powiedziała, przechodząc obok nich — ale teraz muszę już iść do skrzydła szpitalnego, żeby sprawdzić, co z Katie Bell. Życzę miłego dnia.

I otworzyła drzwi gabinetu. Nie mieli wyboru: musieli wyjść za nią bez słowa.

Harry był zły na Rona i Hermionę, że nie stanęli po jego stronie, czuł się jednak w obowiązku włączyć do dyskusji o tym, co się stało.

— Więc jak myślicie, komu Katie miała dać ten naszyjnik? — zapytał Ron, kiedy szli schodami na górę do wieży Gryffindoru.

— Bóg raczy wiedzieć — odpowiedziała Hermiona. — Ale ktokolwiek to był, cudem uniknął nieszczęścia. Gdyby rozwinął opakowanie, musiałby dotknąć naszyjnika.

— W grę wchodzi mnóstwo osób — zauważył Harry. — Dumbledore... Śmierciożercy bardzo by się chcieli go pozbyć, musi być jednym z ich głównych celów. Albo Slughorn... Dumbledore uważa, że Voldemortowi na nim naprawdę zależało, więc muszą się wściekać, że stanął po stronie Dumbledore'a. Albo...

— Albo ty — powiedziała Hermiona ze strachem.

— Ja nie, bo przecież Katie po prostu dałaby mi paczuszkę na tej drodze, prawda? Szedłem tuż za nią od Trzech Mioteł. Byłoby o wiele rozsądniej przekazać mi tę paczuszkę poza Hogwartem, pamiętajcie, że Filch sprawdza wszystkich, czy czegoś nie wnoszą. Bardzo jestem ciekaw, dlaczego Malfoy kazał jej wnieść to do zamku...

— Harry, Malfoya nie było w Hogsmeade! — zdenerwowała się Hermiona, tupiąc nogą.

— Więc musiał użyć wspólnika. Crabbe'a albo Goyle'a... albo... no tak, jakiegoś innego śmierciożercy, przecież teraz, jak się do nich przyłączył, ma mnóstwo lepszych kumpli od Crabbe'a i Goyle'a...

Ron i Hermiona wymienili spojrzenia, które wyraźnie mówiły: „Nie ma sensu się z nim sprzeczać".

— Kaszka manna — powiedziała stanowczo Hermiona, kiedy stanęli przed Grubą Damą.

Portret odskoczył, aby wpuścić ich do pokoju wspólnego. Było w nim pełno ludzi i pachniało mokrą odzieżą; widocznie wiele osób zdecydowało się wrócić z Hogsmeade ze względu na podłą pogodę. O tym, co się przydarzyło Katie, nikt chyba jeszcze nie wiedział, bo nie było słychać spodziewanego w takim przypadku gwaru podnieconych i przerażonych głosów.

— Jak się nad tym zastanowić, nie był to zbyt sprytny atak — zauważył Ron, wyrzuciwszy jakiegoś pierwszoroczniaka z wygodnego fotela przy kominku. — Ta klątwa nawet nie dotarła do zamku. Trudno ją nazwać niezawodną.

— Masz rację — zgodziła się Hermiona, wypychając Rona z fotela i oferując go ponownie pierwszoroczniakowi. — To nie było dobrze przemyślane.

— A od kiedy to Malfoy jest jednym z największych myślicieli na świecie? — zapytał Harry.

Ani Ron, ani Hermiona nic mu na to nie odpowiedzieli.

ROZDZIAŁ TRZYNASTY

Samotny i skryty Tom Riddle

Następnego dnia Katie przeniesiono do Kliniki Magicznych Chorób i Urazów Szpitala Świętego Munga. Wieść o tym, co jej się przydarzyło, już się rozeszła po szkole, chociaż nikt nie znał szczegółów, i nikt, prócz Harry'ego, Rona, Hermiony i Leanne, nie miał pojęcia, że to nie Katie miała być celem ataku.

— No i oczywiście wie o tym Malfoy — powiedział Harry do Rona i Hermiony, którzy trzymali się swojej nowej taktyki i nabierali wody w usta, kiedy tylko wspominał o teorii, zgodnie z którą Malfoy jest śmierciożercą.

Harry zastanawiał się, czy Dumbledore wróci w poniedziałek na czas, by odbyć z nim wieczorną lekcję, ale skoro nie otrzymał żadnej wiadomości o odwołaniu spotkania, stawił się przed gabinetem dyrektora o ósmej wieczorem, zapukał i usłyszał zaproszenie, by wejść. Dumbledore siedział za biurkiem, sprawiajac wrażenie bardzo zmęczonego. Rękę miał nadal czarną i pomarszczoną, ale uśmiechnął się do Harry'ego i gestem nakazał mu usiąść. Na biurku znowu stała myślodsiewnia, rzucając srebrne cętki światła na sufit.

— Nie próżnowałeś, kiedy mnie nie było, Harry — rzekł Dumbledore. — Słyszałem, że byłeś świadkiem tego wypadku Katie.

— Tak, panie profesorze. Jak ona się czuje?

— Nadal bardzo niedobrze, chociaż i tak miała szczęście. Wygląda na to, że tylko musnęła naszyjnik kawałeczkiem skóry. W jej rękawiczce była maleńka dziurka. Gdyby go założyła, ba, gdyby go tylko chwyciła gołą ręką, już by jej nie było wśród nas. Prawdopodobnie zginęłaby na miejscu. Na szczęście profesor Snape potrafił zapobiec szybkiemu rozprzestrzenianiu się klątwy...

— Dlaczego on? — zapytał Harry. — Dlaczego nie pani Pomfrey?

— Impertynent — odezwał się jeden z portretów wiszących na ścianie i Phineas Nigellus Black, prapradziadek Syriusza, uniósł głowę, która uprzednio spoczywała na jego rękach, co wskazywało, że drzemał. — Za moich czasów nie pozwoliłbym uczniowi kwestionować sposobu funkcjonowania Hogwartu.

— Tak, dziękuję ci, Phineasie — powiedział Dumbledore tonem ucinającym dalsze krytyczne uwagi byłego dyrektora. — Profesor Snape zna się na czarnej magii o wiele lepiej niż pani Pomfrey. W każdym razie personel Świętego Munga przysyła mi co godzinę raporty i mam nadzieję, że wkrótce Katie w pełni odzyska zdrowie.

— Gdzie pan był w ciągu tego weekendu, panie profesorze? — zapytał Harry, lekceważąc silne poczucie, że igra z losem, poczucie najwyraźniej podzielane przez Phineasa Nigellusa, który cicho syknął.

— Wolałbym ci teraz tego nie mówić — odrzekł Dumbledore. — Powiem ci to jednak w swoim czasie.

— Powie mi pan? — zapytał zaskoczony Harry.

— Tak sądzę — rzekł Dumbledore, wyciągając zza pazuchy nową buteleczkę srebrzystych wspomnień i stukając różdżką w korek.

— Panie profesorze... — zaczął Harry niepewnie — w Hogsmeade spotkałem Mundungusa.

— Ach tak, już do mnie dotarło, że Mundungus ma trochę zbyt lekceważący stosunek do twojego dziedzictwa — powiedział Dumbledore, marszcząc czoło. — Po waszym spotkaniu przed Trzema Miotłami zapadł się pod ziemię, chyba boi się stanąć przede mną. Możesz być jednak spokojny, nie wyniesie już niczego z domu Syriusza.

— Ten parszywy mieszaniec rozkrada dziedzictwo Blacków? — oburzył się Phineas Nigellus, po czym zniknął z ram, zapewne po to, by odwiedzić swój portret w domu przy Grimmauld Place numer dwanaście.

— Panie profesorze — odezwał się Harry po chwili milczenia — czy profesor McGonagall mówiła panu, co jej powiedziałem po tym wypadku z Katie? O Draconie Malfoyu?

— Tak, mówiła mi o twoich podejrzeniach.

— I czy pan...

— Podejmę wszelkie odpowiednie środki, by wyśledzić, kto mógł maczać w tym palce. Teraz jednak, Harry, obchodzi mnie przede wszystkim nasza lekcja.

Harry poczuł się lekko dotknięty: jeśli te lekcje są tak ważne, to dlaczego między pierwszą a drugą upłynęło tyle czasu? Nie powiedział jednak już nic więcej o Malfoyu, obserwując, jak Dumbledore wlewa do myślodsiewni nowe wspomnienia i obejmuje kamienną misę dłońmi o długich palcach.

— Pewnie pamiętasz, że przerwaliśmy opowieść o początkach Lorda Voldemorta w momencie, gdy ten przystojny mugol, Tom Riddle, porzucił swoją żonę, czarownicę Meropę, i powrócił do rodzinnego domu w Little Hangleton. Meropa została sama w Londynie, oczekując dziecka, które pewnego dnia stanie się Lordem Voldemortem.

— Skąd pan wie, że była w Londynie, panie profesorze?

— Ze świadectwa niejakiego Caractacusa Burkesa. Dziwnym zbiegiem okoliczności był on jednym z założycieli sklepu, z którego pochodzi wspomniany już w naszej rozmowie naszyjnik.

Zakołysał myślodsiewnią kolistym ruchem jak poszukiwacz złota sitem. Z wirującej, srebrzystej masy wyłonił się mały staruszek, obracający się powoli w myślodsiewni, srebrzysty jak widmo, ale o wiele bardziej realny, z grzywą gęstych włosów zasłaniających mu oczy.

— Tak, nabyliśmy ten naszyjnik w dziwnych okolicznościach. Przyniosła go młoda kobieta, tuż przed Bożym Narodzeniem... och, wiele lat temu. Powiedziała, że bardzo potrzebuje złota, to zresztą było widać gołym okiem. W łachmanach, w zaawansowanej ciąży... Powiedziała, że medalion należał do Slytherina. No cóż, często słyszeliśmy takie opowiastki... „Och, to należało do Merlina, z całą pewnością, to był jego ulubiony kubek do herbaty"... Ale kiedy mu się przyjrzałem, stwierdziłem, że jest na nim właściwy znak, a parę prostych zaklęć utwierdziło mnie w przekonaniu, że to autentyk. Oczywiście prawie bezcenny. Ta kobieta chyba nie miała pojęcia, ile jest wart. Była szczęśliwa, gdy dałem jej dziesięć galeonów. To był najlepszy interes, jaki zrobiłem w życiu!

Dumbledore potrząsnął energicznie myślodsiewnią i Caractacus Burkes osunął się z powrotem w wirującą masę pamięci.

— Dał jej tylko dziesięć galeonów? — oburzył się Harry.

— Caractacus Burkes nie słynął ze szczodrobliwości. Wiemy już więc, że będąc blisko rozwiązania, Meropa znajdowała się w Londynie, samotna i rozpaczliwie potrzebująca złota, na tyle rozpaczliwie, że zdecydowała się sprzedać jedyną wartościową rzecz, jaką posiadała, medalion, który był jedną z najcenniejszych pamiątek rodzinnych Marvola.

— Mogła przecież użyć czarów! Mogła zdobyć coś do jedzenia, co tylko potrzebowała!

— Ach, może i mogła. Myślę jednak... to znowu tylko moje przypuszczenie, ale jestem pewny, że mam rację... że kiedy mąż ją opuścił, Meropa przestała używać czarów. Sądzę, że nie chciała już dłużej być czarownicą. Oczywiście jest też możliwe, że jej nieodwzajemniona miłość i rozpacz po odejściu Marvola pozbawiły ją czarodziejskich mocy. To się zdarza. W każdym razie, jak zaraz zobaczysz, Meropa nie chciała skorzystać z różdżki nawet po to, by ocalić życie.

— Nie zrobiłaby tego nawet dla swojego syna?

Dumbledore uniósł brwi.

— Czy tobie czasem nie żal Lorda Voldemorta?

— Nie — odrzekł szybko Harry — ale ona miała wybór, prawda? Nie tak jak moja matka...

— Twoja matka też miała wybór — powiedział łagodnie Dumbledore. — Tak, Meropa Riddle wybrała śmierć, mimo że synek tak jej potrzebował, ale nie osądzaj jej zbyt surowo, Harry. Była słaba, wycieńczona długim cierpieniem, a nigdy nie była tak dzielna i odważna jak twoja matka. A teraz stań tutaj...

— Dokąd się wybierzemy? — zapytał Harry, kiedy Dumbledore stanął obok niego przed kamienną misą.

— Tym razem odwiedzimy MOJĄ pamięć. Myślę, że uznasz ją za bogatą w szczegóły i zadowalająco trafną. Ty pierwszy, Harry...

Harry pochylił się nad myślodsiewnią, jego twarz przełamała chłodną powierzchnię pamięci i ponownie opadał już w ciemność... Parę sekund później uderzył stopami w twardy grunt, otworzył oczy i stwierdził, że razem z Dumbledore'em stoją na zatłoczonej, starej londyńskiej ulicy.

— Tam jestem — powiedział pogodnie Dumbledore, wskazując głową na jakiegoś wysokiego mężczyznę, który przechodził przez jezdnię tuż przed wozem mleczarza.

Ten młodszy Albus Dumbledore też miał długie włosy i brodę, ale nie siwe, tylko kasztanowe. Przeszedłszy na drugą stronę ulicy, ruszył długimi krokami chodnikiem, ściągając na siebie wiele zaciekawionych spojrzeń, jako że ubrany był w ekstrawagancki garnitur ze śliwkowego aksamitu.

— Ładny garnitur, panie profesorze — powiedział Harry, zanim ugryzł się w język, ale Dumbledore tylko zachichotał.

Ruszyli za nim, trzymając się dość blisko, aż w końcu przeszli przez żelazną bramę na pusty dziedziniec przed ponurym, prostokątnym gmachem otoczonym wysokimi sztachetami. Wszedł po kilku stopniach wiodących do drzwi frontowych i zapukał. Po chwili drzwi się otworzyły i stanęła w nich jakaś niechlujna dziewczyna w fartuchu.

— Dobry wieczór. Jestem umówiony z panią Cole, która, jak mniemam, jest tutaj przełożoną, prawda?

— Och... — wyjąkała dziewczyna, mierząc go od stóp do głów. — Mmm... zara... PANI COLE! — krzyknęła przez ramię.

Harry usłyszał, jak ktoś z dala wykrzykuje coś w odpowiedzi.

— Proszę wejść, ona już idzie.

Młody Dumbledore wkroczył do przedpokoju wyłożonego czarno-białymi kafelkami. Wszystko tu było ubogie, ale bardzo czyste. Harry i Dumbledore weszli także. Zanim zamknęły się za nimi drzwi, nadbiegła chuda, wyraźnie znękana życiem kobieta o wystraszonej twarzy. Miała ostre rysy i mówiła przez ramię do innej pomocnicy w fartuchu:

— ...i zanieś na górę jodynę dla Marty, Billy Stubbs rozdrapał sobie strupy, a Eryk Whalley zabrudził ropą prześcieradła... Tylko ospy wietrznej jeszcze mi tu brakowało!

Jej spojrzenie napotkało Dumbledore'a i nagle stanęła jak wryta, z tak zdumioną miną, jakby przez jej próg przeszła żyrafa.

— Dobry wieczór — powiedział, wyciągając do niej rękę.

Pani Cole gapiła się na niego bez słowa.

— Nazywam się Albus Dumbledore. Pisałem do pani z prośbą o spotkanie, a pani była tak łaskawa, że zaprosiła mnie właśnie dzisiaj.

Pani Cole zamrugała. Uznawszy, że Dumbledore nie jest jednak halucynacją, powiedziała roztrzęsionym głosem:

— Ach, tak. No to... no to... chyba przejdziemy do mojego pokoju. Tak.

Poprowadziła go do małego pokoju, pełniącego funkcję saloniku i biura. Był tak samo nędzny jak przedpokój, a meble były stare i nie od kompletu. Wskazała mu kulawe krzesło, a sama usiadła za zawalonym papierami biurkiem, patrząc na niego z niepokojem.

— Jestem tutaj, jak już pisałem pani w liście, żeby pomówić o Tomie Riddle'u i o jego przyszłości — powiedział Dumbledore.

— Pan z rodziny?

— Nie, jestem nauczycielem. Chcę zaproponować Tomowi miejsce w mojej szkole.

— Co to za szkoła?

— Nazywa się Hogwart — odrzekł Dumbledore.

— A dlaczego pan się interesuje Tomem?

— Uważamy, że ma zdolności, na których nam zależy.

— To znaczy, że zdobył stypendium? Niby jak? Nigdy o żadne się nie starał.

— Widzi pani, mieliśmy jego nazwisko od samego urodzenia...

— Kto go zapisał? Rodzice?

Nie ulegało wątpliwości, że pani Cole nie dawała sobie w kaszę dmuchać. Dumbledore też chyba tak pomyślał, bo wyjął z kieszeni różdżkę, a z biurka pani Cole wziął czysty arkusz papieru.

— Proszę — powiedział, machnąwszy różdżką, i podał jej papier. — To chyba wszystko wyjaśnia.

Pani Cole zmrużyła oczy i spojrzała na pusty arkusz papieru.

— Tak, wygląda, że wszystko się zgadza — powiedziała wyraźnie uspokojona, oddając mu papier.

Potem jej spojrzenie padło na butelkę dżinu i dwie szklaneczki, których z całą pewnością jeszcze przed chwilą na biurku nie było.

— Ee... może pan łyknie trochę dżinu? — zapytała bardzo wytwornym tonem.

— Chętnie, bardzo dziękuję — powiedział Dumbledore z promiennym uśmiechem.

Wkrótce stało się jasne, że pani Cole nie była nowicjuszką, jeśli chodzi o picie dżinu. Nalała szczodrze trunku do szklanek i wypiła swoją jednym haustem. Oblizując wargi, po raz pierwszy uśmiechnęła się do Dumbledore'a, a on bez wahania wykorzystał swoją przewagę.

— Czy mogłaby mi pani opowiedzieć o Tomie Riddle'u? Pewnie urodził się tutaj, w sierocińcu?

— Zgadza się — odpowiedziała pani Cole, nalewając sobie drugą szklaneczkę. — Pamiętam to jak dziś, bo właśnie zaczęłam tutaj pracować. To była wigilia Nowego Roku, zimnica, śnieg. Okropna noc. I ta dziewczyna, niewiele starsza ode mnie, przywlokła się pod nasze drzwi. No, nie ona pierwsza. Zabraliśmy ją do środka i nie minęła godzina, jak urodziła. A nie minęła druga, jak umarła.

Pani Cole pokiwała głową i znowu nalała sobie dżinu.

— Powiedziała coś, zanim umarła? — zapytał Dumbledore. — Coś o ojcu chłopca na przykład?

— Teraz, jak sobie pomyślę, to chyba tak — odpowiedziała pani Cole, wyraźnie rozochocona, ze szklaneczką dżinu w ręce i chętnym słuchaczem przed sobą.

— Pamiętam, jak powiedziała: „Mam nadzieję, że jest podobny do swojego taty". Mówiąc szczerze, słusznie miała nadzieję, bo piękna to ona nie była... A potem mi powiedziała, że ma się nazywać Tom, po jego ojcu, i Marvolo, po jej ojcu... Tak, wiem, śmieszne imię, co? Zastanawialiśmy się, czy ona nie uciekła z jakiegoś cyrku... No i powiedziała, że jego nazwisko ma być Riddle. A potem zaraz umarła. No to nazwaliśmy go tak, jak powiedziała, chyba to było ważne dla tej biedaczki, ale żaden Tom ani Marvolo, ani w ogóle żaden Riddle nigdy się tutaj nie pojawił, żeby go szukać, nikt, żadna rodzina, więc został w sierocińcu, no i jest tutaj od tamtego czasu.

Pani Cole prawie bezwiednie nalała sobie jeszcze raz. Dwie różowe plamy pojawiły się na jej kościstych policzkach. Potem powiedziała:

— Dziwny z niego chłopak.

— Tak — rzekł Dumbledore. — Tak właśnie myślałem.

— Jako niemowlę też był dziwny. Wie pan, prawie nigdy nie płakał. A potem, jak już podrósł, zrobił się taki... taki bardzo dziwny.

— Tak? A jak to się objawia? — zapytał łagodnie Dumbledore.

— No więc on...

Ale nagle urwała i zmierzyła go zupełnie trzeźwym, inkwizytorskim spojrzeniem.

— Znaczy się, on już ma miejsce w tej szkole, tak?

— Tak, ma.

— I nic, co bym powiedziała, tego nie zmieni?

— Nic.

— I bez względu na wszystko zabierze go pan stąd?

— Bez względu na wszystko — powtórzył z powagą Dumbledore.

Zerknęła na niego, jakby się zastanawiała, czy może mu zaufać. Najwyraźniej uznała, że może, bo nagle wyrzuciła z siebie:

— Inne dzieci boją się go.

— Co, znęca się nad nimi?

— Chyba tak — powiedziała pani Cole, marszcząc czoło — ale bardzo trudno go na tym przyłapać. Były pewne incydenty... paskudne sprawy...

Dumbledore nie naciskał, chociaż Harry mógłby przysiąc, że bardzo się tym zainteresował. Pani Cole znowu łyknęła dżinu, a jej policzki jeszcze bardziej poróżowiały.

— Królik Billa Stubbsa... Tom zapierał się, że tego nie zrobił, no i ja sama pomyślałam, że chyba nie, bo niby jak, ale ten królik nie mógł się przecież sam powiesić na krokwi, prawda?

— Też mi się nie wydaje — mruknął Dumbledore.

— Ale niech mnie szlag trafi, jeśli wiem, jak on tam się dostał. Wiem tylko, że poprzedniego dnia pokłócił się z Billem. No, a potem... — pani Cole łyknęła zdrowo, tym razem rozlewając trochę dżinu po brodzie — na wycieczce... wie pan, zabieramy je raz do roku na wieś albo nad morze... no więc... Amy Benson i Dennis Bishop... dzieciaki do tej pory są wystraszone, nie mogą przyjść do siebie, ale nigdy nam się nie udało wyciągnąć z nich nic więcej prócz tego, że poszły z Riddle'em zwiedzić jakąś jaskinię. Przysięgał, że tylko ją sobie zwiedzali, ale jestem pewna, że COŚ tam się wydarzyło. Było też wiele innych rzeczy, dziwnych rzeczy...

Znowu spojrzała na Dumbledore'a, a choć policzki jej płonęły, spojrzenie miała zupełnie przytomne.

— Chyba niewielu się nie ucieszy, jak stąd odejdzie.

— Oczywiście zdaje sobie pani sprawę, że nie będziemy go trzymać w szkole przez cały rok? — zapytał Dumbledore. — Będzie musiał tu wracać przynajmniej raz do roku, na lato.

— Och, to chyba lepsze niż walenie kogoś po nosie zardzewiałym pogrzebaczem — powiedziała pani Cole i cicho czknęła. Wstała i Harry'ego zdumiało, że w ogóle się nie chwiała, choć trzy czwarte butelki było już opróżnione. — Pewnie chciałby go pan zobaczyć?

— Bardzo — rzekł Dumbledore, również wstając.

Wyprowadziła go z biura, a potem powiodła na górę, wykrzykując po drodze polecenia i uwagi do pomocnic i dzieci. Wszystkie sieroty ubrane były w szarawe koszule. Wyglądały na zadbane, ale trudno było wątpić, że dorastają w bardzo ponurym miejscu.

— To tutaj — powiedziała pani Cole na drugim piętrze, zatrzymując się przed pierwszymi drzwiami długiego korytarza. Zapukała dwa razy i weszła.

— Tom? Masz gościa. To jest pan Dumberton... o, przepraszam, pan Dunderbore. Przyszedł, żeby ci powiedzieć... a zresztą, niech sam ci powie.

Harry i dwóch Dumbledore'ów weszli do pokoju i pani Cole zamknęła za nimi drzwi. W pokoju była tylko stara szafa, drewniane krzesło i żelazne łóżko zasłane szarymi kocami. Siedział na nim chłopiec z książką w ręku, z wyciągniętymi przed siebie nogami.

Na twarzy Toma Riddle'a trudno było się doszukać podobieństwa do Gauntów. Spełniło się ostatnie życzenie umierającej Meropy: był swoim przystojnym ojcem w miniaturze, wysoki jak na jedenaście lat, ciemnowłosy i blady. Jego oczy zwęziły się nieco na widok ekscentrycznie ubranego Dumbledore'a. Przez chwilę panowało milczenie.

— Jak się masz, Tom? — zagadnął Dumbledore, podchodząc do niego i wyciągając rękę.

Chłopiec zawahał się, po czym uścisnął mu dłoń. Dumbledore przysunął sobie do łóżka twarde, drewniane krzesło, tak że wyglądał teraz jak gość odwiedzający w szpitalu chorego.

— Jestem profesor Dumbledore.

— Profesor? — powtórzył Riddle. Miał nieufną minę. — To coś takiego jak „doktor"? A po co pan tu przyszedł? To ONA pana sprowadziła, żeby mnie pan obejrzał?

Wskazał na drzwi, za którymi właśnie zniknęła pani Cole.

— Nie, nie — odrzekł z uśmiechem Dumbledore.

— Nie wierzę panu! Chciała, żebyś mnie pan obejrzał, tak? Niech pan powie prawdę!

Ostatnie dwa słowa wypowiedział z taką mocą, że Harry aż się wstrząsnął. To był rozkaz, a zabrzmiał tak, jakby chłopiec często wydawał rozkazy. Oczy mu się rozszerzyły i wpatrywał się ze złością w Dumbledore'a, który milczał, wciąż uśmiechając się dobrodusznie. Po kilku sekundach Riddle przestał łypać na niego spode łba, ale nadal był nieufny.

— Kim jesteś?

— Już ci powiedziałem. Jestem profesor Dumbledore i pracuję w szkole, nazywa się Hogwart. Przyjechałem tu, żeby ci zaproponować miejsce w tej szkole... w twojej nowej szkole, jeśli tylko zgodzisz się do niej pójść.

Reakcja Riddle'a była zupełnie niespodziewana. Zerwał się z łóżka i odskoczył od Dumbledore'a, pieniąc się ze złości.

— Mnie nie oszukasz! Jesteś z wariatkowa, tak? „Profesor", no tak, oczywiście... Nigdzie nie pójdę, rozumiesz? To ta stara kocica powinna być w zakładzie dla obłąkanych! Nigdy nie zrobiłem nic Amy Benson czy Dennisowi Bishopowi, możesz ich zapytać, sami powiedzą!

— Nie jestem z zakładu dla obłąkanych — powiedział cierpliwie Dumbledore. — Jestem nauczycielem, a jeśli trochę się uspokoisz, opowiem ci o Hogwarcie. Oczywiście jeśli nie będziesz chciał pójść do szkoły, nikt nie będzie cię zmuszał...

— Niech tylko spróbują — zadrwił Riddle.

— Hogwart — ciągnął Dumbledore, jakby nie słyszał ostatnich słów Riddle'a — jest szkołą dla ludzi obdarzonych specjalnymi zdolnościami...

— Nie jestem obłąkany!

— Wiem, że nie jesteś obłąkany. Hogwart nie jest szkołą dla obłąkanych. To jest szkoła magii.

Zapadła cisza. Riddle znieruchomiał. Jego twarz była bez wyrazu, ale wzrok biegał od jednego oka Dumbledore'a do drugiego, jakby chciał któreś przyłapać na kłamstwie.

— Magii? — powtórzył szeptem.

— Tak, magii — odrzekł Dumbledore.

— Więc to, co ja potrafię... to jest magia?

— A co potrafisz?

— Różne rzeczy — szepnął Riddle. Na jego szyję i zapadnięte policzki wpełzały powoli rumieńce podniecenia, wyglądał, jakby dostał gorączki. — Mogę przenosić przedmioty, wcale ich nie dotykając. Mogę zmusić zwierzęta, żeby robiły to, co ja chcę, i wcale ich nie muszę tresować. Mogę sprawić, że ludziom, którzy mnie rozgniewają, przytrafi się coś złego. Mogę sprawić, że ich zaboli, jak zechcę.

Nogi mu dygotały. Zrobił kilka chwiejnych kroków i znowu usiadł na łóżku, przypatrując się swoim rękom, zwiesiwszy głowę, jakby się modlił.

— Wiedziałem, że jestem inny — wyszeptał do swoich drżących palców. — Wiedziałem, że jestem kimś wyjątkowym. Zawsze. Wiedziałem, że coś w tym jest.

— No i miałeś rację — powiedział Dumbledore, który już się nie uśmiechał, tylko przyglądał mu się uważnie. — Jesteś czarodziejem.

Riddle podniósł głowę. Zmienił się na twarzy: teraz malowała się na niej dzika radość, a jednak nie stała się przez to ładniejsza, przeciwnie, rysy mu jakby pogrubiały, a cała twarz miała zwierzęcy wyraz.

— Ty też jesteś czarodziejem?

— Tak.

— Udowodnij to — rzekł natychmiast Riddle, tym samym rozkazującym tonem, którego użył, mówiąc: „Niech pan powie prawdę".

Dumbledore uniósł brwi.

— Jeśli, jak rozumiem, zgadzasz się zostać uczniem Hogwartu...

— Oczywiście!

— To powinieneś zwracać się do mnie per „panie profesorze" albo „proszę pana".

Riddle'owi przez moment stężała twarz, a potem powiedział niespodziewanie grzecznym tonem:

— Przepraszam, panie profesorze. Czy mógłby mi pan pokazać...

Harry był pewny, że Dumbledore mu odmówi, powie, że będzie mnóstwo czasu na praktyczne pokazy magii w Hogwarcie, że znajdują się w budynku pełnym mugoli, więc muszą być ostrożni. Ku jego wielkiemu zdumieniu, Dumbledore wyciągnął z wewnętrznej kieszeni marynarki różdżkę, wycelował ją w podniszczoną szafę i lekko nią machnął.

Szafa stanęła w płomieniach.

Riddle zerwał się na równe nogi. Trudno go było winić za to, że zawył z przerażenia i wściekłości: w tej szafie musiało się znajdować wszystko, co posiadał. Nagle płomienie znikły, a szafa stała jak dawniej, zupełnie nieuszkodzona.

Riddle popatrzył na szafę, potem na Dumbledore'a, a wreszcie utkwił pożądliwe spojrzenie w różdżce i wyciągnął rękę.

— Gdzie mogę coś takiego dostać?

— Wszystko w swoim czasie — odrzekł Dumbledore. — Chyba coś chce się wydostać z twojej szafy.

I rzeczywiście, z szafy dochodził cichy stukot. Na twarzy Riddle'a po raz pierwszy odmalował się strach.

— Otwórz drzwi — powiedział Dumbledore.

Riddle zawahał się, ale przeszedł przez pokój i otworzył szafę. Na najwyższej półce, nad rzędem wyświechtanych ubrań leżało tekturowe pudełko, które dygotało i grzechotało, jakby zamknięto w nim kilkanaście myszy.

— Zdejmij je.

Riddle zdjął z półki rozdygotane pudełko. Był wyraźnie zdenerwowany.

— Czy w tym pudełku jest coś, czego nie powinieneś mieć? — zapytał Dumbledore.

Riddle rzucił mu przeciągłe spojrzenie, jakby coś sobie kalkulował.

— Tak, chyba tak, proszę pana — rzekł w końcu głosem pozbawionym wyrazu.

— Otwórz je.

Riddle zdjął pokrywkę i wysypał zawartość pudełka na łóżko, nie patrząc. Harry spodziewał się ujrzeć coś bardziej ekscytującego, ale zobaczył tylko garść całkiem zwykłych przedmiotów: jakieś jo-jo, srebrny naparstek, zaśniedziałe organki... Uwolnione z pudełka przedmioty przestały dygotać i leżały nieruchomo na cienkim kocu.

— Zwrócisz to wszystko właścicielom. I nie zapomnij ich przeprosić — powiedział spokojnie Dumbledore, chowając różdżkę do kieszeni. — Będę wiedział, czy to zrobiłeś. I pamiętaj: w Hogwarcie nie toleruje się kradzieży.

Riddle wcale nie wyglądał na zmieszanego, nadal przyglądał się Dumbledore'owi uważnie, jakby go oceniał. W końcu powiedział bezbarwnym głosem:

— Tak, proszę pana.

— W Hogwarcie — ciągnął Dumbledore — uczymy nie tylko wykorzystywania magicznych zdolności, ale i panowania nad nimi. Używałeś swoich mocy, zapewne nieświadomie, w sposób, którego w naszej szkole nie tolerujemy. Nie jesteś pierwszym ani ostatnim, który znalazł się w świecie zwykłych ludzi i któremu moc wymknęła się spod kontroli. Powinieneś jednak wiedzieć, że każdy uczeń

Hogwartu może być ze szkoły wyrzucony, a Ministerstwo Magii... tak, jest takie ministerstwo... karze tych, którzy łamią prawo, jeszcze bardziej surowo. Wszyscy nowi czarodzieje muszą pogodzić się z tym, że wkraczając do naszego świata, podlegają naszemu prawu.

— Tak, proszę pana.

Trudno było odgadnąć, co naprawdę myśli. Miał twarz całkowicie pozbawioną wyrazu, gdy wkładał skradzione przedmioty z powrotem do pudełka. Kiedy skończył, odwrócił się do Dumbledore'a i powiedział śmiało:

— Nie mam pieniędzy.

— Temu można łatwo zaradzić — rzekł Dumbledore, wyjmując z kieszeni sakiewkę. — Mamy w Hogwarcie fundusz dla tych, którym brak pieniędzy na książki czy ubrania. Pewnie niektóre księgi z zaklęciami i inne przybory będziesz musiał kupić używane, ale...

— Gdzie się kupuje księgi z zaklęciami? — przerwał mu Riddle, który bez podziękowania wziął sakiewkę i teraz przyglądał się grubemu złotemu galeonowi.

— Na ulicy Pokątnej. Mam tu listę książek i innych szkolnych przyborów. Mogę ci pomóc znaleźć wszystko, czego...

— Zamierza pan pójść ze mną? — zapytał Riddle, podnosząc głowę.

— Oczywiście, jeśli...

— Nie potrzebuję niczyjej pomocy. Sam załatwiam swoje sprawy, zawsze sam chodzę po Londynie. Jak dostać się na tę ulicę Pokątną... proszę pana? — dodał pospiesznie.

Harry myślał, że Dumbledore będzie się upierał, ale znowu został zaskoczony. Dyrektor wręczył Riddle'owi kopertę z listą szkolnego wyposażenia i powiedział mu, jak trafić z sierocińca do Dziurawego Kotła.

— Zobaczysz ten pub, chociaż nie będzie go widział żaden z otaczających ciebie mugoli... to znaczy niemagicznych ludzi. Zapytaj o barmana Toma... Łatwo zapamiętać, bo macie to samo imię...

Riddle drgnął, jakby odpędzał od siebie uprzykrzoną muchę.

— Nie lubisz imienia Tom?

— Tomów jest mnóstwo — mruknął Riddle. A potem, jakby to pytanie dręczyło go od dawna, wybuchnął:
— Czy mój ojciec był czarodziejem? On też się nazywał Tom Riddle, tak mi powiedziano.

— Tego niestety nie wiem — odrzekł łagodnie Dumbledore.

— Moja matka nie mogła być magiczna, boby nie umarła — powiedział Riddle, bardziej do siebie niż do Dumbledore'a. — To musiał być on. Więc... jak już będę miał to wszystko... kiedy pojadę do tego Hogwartu?

— Wszystkie szczegóły są na drugim kawałku pergaminu w twojej kopercie. Wyjedziesz pierwszego września z dworca King's Cross. Jest tam również bilet na pociąg.

Riddle skinął głową. Dumbledore wstał i ponownie wyciągnął do niego rękę. Riddle uchwycił ją i powiedział:

— Potrafię mówić do węży. Odkryłem to, kiedy byliśmy na wycieczce na wsi. Odnalazły mnie, szeptały do mnie. Czy każdy czarodziej to potrafi?

Harry był pewny, że Riddle zachował tę informację na odpowiedni moment, żeby zrobić wrażenie.

— Nie, nie każdy — odrzekł Dumbledore po chwili wahania — ale to się zdarza.

Powiedział to zdawkowym tonem, ale przyglądał mu się badawczo. Stali tak przez chwilę, mężczyzna i chłopiec, ściskając sobie dłonie i patrząc w oczy. Potem Dumbledore cofnął rękę i podszedł do drzwi.

— Do widzenia, Tom. Do zobaczenia w Hogwarcie.

— Myślę, że to wystarczy — rzekł siwy Dumbledore stojący obok Harry'ego i chwilę później szybowali już przez ciemność, zanim wylądowali w jego gabinecie.

— Usiądź — rzekł Dumbledore, lądując obok Harry'ego.

Harry usiadł, rozmyślając nad tym, co zobaczył.

— Uwierzył w to o wiele szybciej ode mnie... to znaczy, kiedy mu pan powiedział, że jest czarodziejem. Ja z początku nie uwierzyłem Hagridowi, jak mi to powiedział.

— Tak, Riddle był już doskonale przygotowany na to, by uwierzyć, że jest... użyję jego własnego określenia... „kimś wyjątkowym".

— Wiedział pan... wtedy? — zapytał Harry.

— Czy wiedziałem, że właśnie spotkałem się z najgroźniejszym czarnoksiężnikiem wszech czasów? Nie, nie miałem pojęcia, że wyrośnie z niego to, co wyrosło. Bardzo mnie jednak zaintrygował. Wróciłem do Hogwartu, zamierzając mieć na niego oko... Oczywiście i tak bym to zrobił, biorąc pod uwagę, że był samotny, pozbawiony przyjaciół, ale już wtedy czułem, że trzeba go pilnować nie tylko ze względu na niego, ale i na innych. Jego magiczne uzdolnienia, jak sam słyszałeś, były zdumiewająco rozwinięte jak na tak młodego czarodzieja, no i, co było najbardziej interesujące i złowieszcze, odkrył już sam, że w pewnej mierze może nad nimi zapanować, więc zaczął ich używać świadomie. I jak widziałeś, nie były to wcale jakieś przypadkowe eksperymenty, typowe dla młodych czarodziejów. On już wykorzystywał magię przeciw innym ludziom, żeby ich zastraszyć, ukarać, zapanować nad nimi. Bardzo były sugestywne te opowiastki o powieszonym króliku, o tym chłopcu i dziewczynce, których zwabił do jaskini... *Mogę sprawić, że ich zaboli, jak zechcę...*

— I był wężousty — wtrącił Harry.

— Tak, a to rzadka zdolność, podobno związana z czarną magią, choć, jak wiemy, wśród wielkich i dobrych czarodziejów też zdarzają się wężouści. Prawdę mówiąc, mniej mnie zaniepokoiła jego zdolność rozmawiania z wężami niż jego skłonność do okrucieństwa, do skrytości i dominacji.

Dumbledore zamilkł i spojrzał w okno.

— No, ale czas znowu spłatał nam figla — dodał po chwili, wskazując na ciemne niebo za oknem. — Zanim się jednak rozstaniemy, chciałbym ci zwrócić uwagę na pewne szczegóły sceny, której dopiero co byliśmy świadkami, bo mają one duże znaczenie dla spraw, które będziemy omawiać w ciągu następnych lekcji. Po pierwsze, chyba zauważyłeś reakcję Riddle'a, kiedy wspomniałem, że ktoś inny też ma na imię Tom?

Harry kiwnął głową.

— Ujawnił w ten sposób pogardę do wszystkiego, co łączy go z innymi ludźmi, do wszystkiego, co czyni go zwykłym człowiekiem. Już wtedy pragnął być kimś innym, kimś wyjątkowym, cieszącym się złą sławą. Jak wiesz, odrzucił swoje imię kilka lat po tej rozmowie, stwarzając sobie maskę „Lorda Voldemorta", za którą ukrywał się tak długo. Po drugie, zauważyłeś też pewnie, że Tom

Riddle już wtedy był osobą samowystarczalną, skrytą i samotną. Nie chciał, żebym mu towarzyszył na ulicę Pokątną. Nie chciał niczyjej pomocy. Dorosły Voldemort jest taki sam. Wielu śmierciożerców chełpi się, że tylko ich darzy zaufaniem, że tylko oni są mu bliscy, że tylko oni go rozumieją. To złudzenie. Lord Voldemort nigdy nie miał przyjaciela. I nie wierzę, by kiedykolwiek chciał go mieć. I na koniec... mam nadzieję, że nie jesteś jeszcze tak śpiący, żeby nie zwrócić na to uwagi... młody Tom Riddle lubił gromadzić trofea. Widziałeś to pudełko ze skradzionymi przedmiotami, które ukrył w swoim pokoju? Zabrał je swoim ofiarom, nad którymi się znęcał. To pamiątki po szczególnie paskudnych przypadkach wykorzystywania magicznych zdolności. Zapamiętaj sobie tę skłonność do chomikowania, bo będzie ona szczególnie ważna później. A teraz już naprawdę czas, by pójść do łóżka.

Harry wstał. Kiedy przechodził przez pokój, jego wzrok padł na stolik, na którym ostatnim razem widział pierścień Marvola Gaunta. Pierścienia teraz nie było.

— Tak, Harry? — zapytał Dumbledore, widząc, że Harry nagle się zatrzymał.

— Nie ma tego pierścienia — powiedział Harry, rozglądając się po gabinecie. — Ale... pomyślałem, że może ma pan tutaj te organki czy coś innego.

Dumbledore uśmiechnął się, zerkając na niego sponad swoich okularów-połówek.

— Jesteś bystry, Harry, ale organki zawsze były tylko organkami.

I po tej zagadkowej uwadze pomachał Harry'emu, który zrozumiał, że to już koniec lekcji i powinien odejść.

ROZDZIAŁ CZTERNASTY

Felix Felicis

Następnego dnia pierwszą lekcją było zielarstwo. Podczas śniadania Harry nie mógł opowiedzieć Ronowi i Hermionie o lekcji u Dumbledore'a, bojąc się, że ktoś usłyszy, ale zrobił to, kiedy szli między grządkami do cieplarni. Gwałtowny wiatr w końcu ucichł, powróciła owa dziwna mgła i odnalezienie właściwej szklarni zajęło im więcej czasu niż zwykle.

— Łau, dreszcze przechodzą, jak się pomyśli Sami-Wiecie-O-Kim jako chłopcu — powiedział cicho Ron, kiedy zajęli miejsca wokół jednego z sękatych pni wnykopieńki i zaczęli wkładać rękawice ochronne. — Ale wciąż nie łapię, dlaczego Dumbledore pokazuje ci to wszystko. No wiesz, to jest bardzo ciekawe i w ogóle, ale jaki to ma sens?

— Nie wiem — odrzekł Harry, wkładając na głowę gumową osłonę. — Ale powiedział, że to ważne i pomoże mi przeżyć.

— Uważam, że to jest fascynujące — powiedziała Hermiona z błyskiem w oku. — Przecież powinniśmy wiedzieć o Voldemorcie wszystko, co się da. A niby w jaki inny sposób mamy poznać jego słabe strony?

— A jak tam było na ostatnim przyjęciu u Slughorna? — zapytał Harry głosem stłumionym przez gumową osłonę.

— Och, było całkiem fajnie, naprawdę — odpowiedziała Hermiona, zakładając ochronne gogle. — Ględził trochę o swoich słynnych byłych uczniach i łasił się do McLaggena, bo ma takie koneksje, ale jedzenie było super, no i przedstawił nas Gwenog Jones.

— Gwenog Jones? — powtórzył Ron, wytrzeszczając oczy za goglami. — TEJ Gwenog Jones? Kapitanowi Harpii z Holyhead?

— Tak, właśnie jej. Osobiście uważam, że trochę za bardzo się nadyma, ale...

— Dość już tych pogaduszek! — fuknęła pani Sprout, która stanęła przy nich z groźną miną. — Obijacie się, wszyscy już zaczęli, a Neville ma już pierwszy strączek!

Rozejrzeli się. Neville miał zakrwawioną wargę i kilka okropnych zadrapań na policzkach, ale ściskał jakąś obrzydliwie pulsującą zieloną bulwę wielkości grejpfruta.

— Okej, pani profesor, już zaczynamy! — zapewnił ją Ron, a kiedy się odwróciła, dodał cicho: — Harry, trzeba było użyć Muffliato.

— Nie, wcale nie trzeba! — warknęła Hermiona, która wściekała się na samą wzmiankę o Księciu Półkrwi i jego zaklęciach. — Dajcie spokój... trzeba po prostu zabrać się do roboty...

Spojrzała na nich ostrzegawczo, więc głęboko odetchnęli i pochylili się nad sękatym pniakiem.

Pieniek natychmiast ożył: ze szczytu wyskoczyły długie, kolczaste pędy przypominające gałązki jeżyn, które zaczęły wściekle smagać powietrze. Jeden wplątał się Hermionie we włosy i Ron przepędził go sekatorem; Harry'emu udało się schwytać parę pędów i spleść je razem; w plątaninie wijących się jak macki gałązek otworzyła się dziura; Hermiona dzielnie zanurzyła w niej rękę, a dziura zamknęła się wokół jej łokcia; Harry i Ron zaczęli się szarpać ze złośliwymi pędami, zmuszając dziurę, by ponownie się otworzyła, Hermiona wyciągnęła z niej szybko rękę, zaciskając palce na strąku podobnym do tego, który miał już Neville. Kolczaste pędy natychmiast się pochowały i po chwili sękaty pniak wyglądał tak niewinnie jak martwy kawał drewna.

— Wiecie co, chybabym nie chciał mieć czegoś takiego w ogrodzie, kiedy już będę miał własny dom — powiedział Ron, podciągając gogle na czoło i ocierając pot z twarzy.

— Podaj mi miskę — powiedziała Hermiona, trzymając pulsujący strąk na odległość wyciągniętej ręki.

Harry podsunął jej miskę, a ona wrzuciła do niej strąk, krzywiąc się ze wstrętem.

— Nie bądźcie tacy delikatni, wyciśnijcie je, póki są świeże! — zawołała pani Sprout.

— W każdym razie, Harry — Hermiona wróciła spokojnie do przerwanej rozmowy, jakby dopiero co nie zaatakował ich kawał drewna — Slughorn zamierza urządzić przyjęcie bożonarodzeniowe i z tego już się nie wymigasz, bo mnie poprosił, żebym sprawdziła, które wieczory masz wolne. Chce mieć pewność, że przyjdziesz.

Harry jęknął. Ron, który wstał, próbując obiema rękami rozgnieść strąk w misce, rzucił ze złością:

— Jeszcze jedno przyjęcie wyłącznie dla pupilków Slughorna, tak?

— Tak, tylko dla członków Klubu Ślimaka — odpowiedziała Hermiona.

Strąk wyrwał się Ronowi spod palców, uderzył w szyby cieplarni, odbił się i rąbnął panią Sprout w głowę, strącając jej stary, połatany kapelusz. Harry ruszył, żeby odzyskać strąk, a kiedy wrócił, Hermiona mówiła:

— Słuchaj, Ron, to nie JA wymyśliłam nazwę „Klub Ślimaka".

— Klub Ślimaka — powtórzył Ron z szyderczym uśmiechem godnym Malfoya. — To żałosne. No, mam nadzieję, że będziesz się świetnie bawić. Wiesz co, może zaczniesz chodzić z McLaggenem, wtedy Slughorn mianuje was królem i królową Ślimaków...

— Możemy przyprowadzić gości — powiedziała Hermiona, która z jakiegoś powodu zrobiła się purpurowa na twarzy — i zamierzałam zaprosić ciebie, ale skoro uważasz, że jesteś ponad takie głupoty, nie będę nawet próbowała!

Harry nagle zapragnął, by strąk odleciał nieco dalej, tak żeby nie musiał tego słuchać. Chwycił miskę i próbował rozłupać strąk, robiąc przy tym mnóstwo hałasu, ale niestety nadal słyszał każde słowo z ich rozmowy.

— Zamierzałaś mnie zaprosić? — zapytał Ron zupełnie innym tonem.

— Wyobraź sobie, że tak — odpowiedziała ze złością Hermiona. — Ale jeśli wolisz, żebym chodziła z McLaggenem...

Zapadła cisza; Harry z uporem walił w strąk szpadlem.

— Nie, nie chcę — powiedział bardzo cicho Ron.

Harry nie trafił w strąk, szpadel uderzył w miskę i roztrzaskał ją.

— *Reparo* — mruknął szybko, stukając różdżką w skorupy, które natychmiast złożyły się w misę. Ten incydent przypomniał jednak Ronowi i Hermionie o jego obecności. Hermiona wyraźnie się zdenerwowała i szybko zaczęła wertować swój egzemplarz *Mięsożernych drzew świata* w poszukiwaniu poprawnej metody wyciśnięcia soku ze strąków wnykopieńki. Ron jakby trochę się zmieszał, ale mimo to wyglądał na bardzo zadowolonego z siebie.

— Podaj mi to, Harry — powiedziała szybko Hermiona. — Tu piszą, że trzeba je nakłuwać czymś ostrym...

Harry podał jej misę ze strąkiem, po czym obaj z Ronem nasunęli z powrotem gogle na oczy i pochylili się nad pniakiem.

Zmagając się z kolczastym pędem, Harry pomyślał, że właściwie nie powinien być zaskoczony; już dawno miał przeczucie, że wcześniej czy później coś takiego może się wydarzyć. A jednak nie był pewny, co o tym sądzić... On i Cho nie mogli się teraz zdobyć nawet na to, by na siebie spojrzeć, a co dopiero ze sobą porozmawiać; co będzie, jak Ron i Hermiona zaczną ze sobą chodzić, a potem się rozejdą? Czy ich przyjaźń przetrzyma taką próbę? Przypomniał sobie, jak w trzeciej klasie nie odzywali się do siebie przez parę tygodni, a on próbował ich jakoś pogodzić. Nie było to wcale przyjemne. No tak, ale jeśli ze sobą nie zerwą? Jeśli zaczną się zachowywać tak jak Bill i Fleur? Przecież czegoś takiego nie zniesie, zostanie już na zawsze sam...

— Mam cię! — ryknął Ron, wyciągając z pniaka drugi strąk.

W tym samym momencie Hermionie udało się rozłupać pierwszy strąk i misa zapełniła się maleńkimi fasolkami wijącymi się jak bladozielone robaki.

Reszta lekcji minęła już bez napomykania o przyjęciu Slughorna. Chociaż przez kilka następnych dni Harry uważnie obserwował Rona i Hermionę, nie dostrzegł większej różnicy w ich zachowaniu; byli tylko trochę bardziej niż zwykle dla siebie uprzejmi. W końcu uznał, że trzeba zaczekać i zobaczyć, jak będą się zachowywać na tym przyjęciu, kiedy już wypiją trochę piwa kremowego w przyćmionym świetle salonu Slughorna. Tymczasem miał jednak ważniejsze sprawy na głowie.

Katie Bell nadal przebywała w Szpitalu Świętego Munga i nic nie wskazywało na to, że wkrótce wróci. Oznaczało to, że dobrze się zapowiadająca drużyna Gryffindoru, którą tak mozolnie trenował od września, pozbawiona jest jednego ścigającego. Wciąż odkładał decyzję zastąpienia jej kimś innym, w nadziei, że może jednak wróci, ale zbliżał się ich pierwszy mecz ze Ślizgonami i w końcu musiał pogodzić się z tym, że Katie nie zagra.

Jeszcze jednego sprawdzianu obejmującego wszystkich kandydatów z całego domu chybaby nie potrafił znieść. Pewnego dnia, po transmutacji, zaczepił więc Deana Thomasa. Uczynił to z ciężkim sercem, choć niewiele to miało wspólnego z quidditchem. Większość uczniów już wyszła, po klasie krążyły tylko rozćwierkane żółte ptaszki, które wyczarowała na lekcji Hermiona; nikomu innemu nie udało się wyczarować nic więcej poza jednym piórkiem.

— Wciąż byś chciał zagrać na pozycji ścigającego?

— Ja... oczywiście! — podniecił się Dean.

Ponad jego ramieniem Harry dostrzegł Seamusa Finnigana, z kwaśną miną wrzucającego książki do torby. Jednym z powodów, dla którego Harry wolałby nie zapraszać Deana do drużyny, było przeświadczenie, że Seamusowi na pewno by się to nie spodobało. Z drugiej strony, musiał przede wszystkim dbać o dobro drużyny, a na sprawdzianach Dean okazał się lepszy od Seamusa.

— No, to jesteś w drużynie — powiedział. — Wieczorem mamy trening. Przyjdź o siódmej.

— Dobra. No to na razie, Harry! Lecę, żeby powiedzieć o tym Ginny!

I wybiegł z klasy, pozostawiając w niej Harry'ego i Seamusa sam na sam. Był to dość kłopotliwy moment, zwłaszcza że jeden z kanarków Hermiony narobił Seamusowi na głowę.

Seamus nie był jedyną osobą niezadowoloną z wyboru zastępcy Katie. W pokoju wspólnym dobiegały Harry'ego głosy krytykujące fakt, że w drużynie są już jego dwaj przyjaciele z klasy. Nie przejmował się tym za bardzo, bo w swojej karierze szkolnej zniósł już wiele krytyk pod swoim adresem, ale odczuwał coraz większą presję, by udowodnić, że w takim składzie wygrają zbliżający się mecz ze Ślizgonami. Wiedział, że jeśli Gryffindor wygra, cały dom natychmiast zapomni o wcześniejszych krytycznych uwagach i wszyscy będą przysięgali, że od początku uważali taki skład za najlepszy. Ale jeśli przegrają... No cóż, bywało już gorzej...

Nie miał powodu, by żałować swojej decyzji, kiedy tego wieczoru zobaczył Deana w akcji. Znakomicie współpracował z Ginny i Demelzą. Pałkarze, Peakes i Coote, też radzili sobie coraz lepiej. Jedynym problemem był Ron.

Harry od dawna wiedział, że Ron jest niepewnym graczem, często tracącym nerwy i mającym napady braku wiary w siebie. Niestety, świadomość ciążącej nad nim odpowiedzialności za wynik pierwszego meczu sezonu sprawiła, że powróciły jego dawne lęki, co oczywiście odbiło się fatalnie na technice gry. Po puszczeniu pół tuzina goli, z których większość wbiła mu Ginny, zaczął coraz bardziej tracić nerwy i w końcu trafił nadlatującą Demelzę prosto w usta.

— To był wypadek, wybacz mi, Demelzo, naprawdę bardzo mi przykro! — krzyknął za nią, kiedy zlatywała zygzakiem na ziemię, ociekając krwią. — Ja tylko...

— Spanikowałem — warknęła Ginny, lądując obok Demelzy i oglądając jej spuchniętą wargę. — Ty palancie, zobacz, jak ona wygląda!

— Zaraz to naprawię — powiedział Harry, lądując obok dziewczyn. Wycelował różdżką w usta Demelzy, mówiąc: „*Episkey*". — Ginny, nie nazywaj Rona palantem, nie jesteś kapitanem drużyny...

— No wiesz, tak często sam nazywałeś go palantem, że chciałam cię wyręczyć...

Harry stłumił śmiech.

— Uwaga, wszyscy w powietrze, do roboty...

Ogólnie rzecz biorąc, był to jeden z najgorszych treningów w tym semestrze, chociaż Harry uznał, że przesadna szczerość nie podziała zbyt dobrze na zawodników tuż przed zbliżającym się meczem.

— Wszyscy spisują się nieźle, myślę, że rozwalimy Ślizgonów — pochwalił ich w szatni.

Ścigający i pałkarze opuścili szatnię z zadowolonymi minami.

— Grałem jak worek smoczego łajna — oświadczył Ron martwym głosem, kiedy zamknęły się drzwi za Ginny.

— Wcale nie — zaprzeczył stanowczo Harry. — Jesteś najlepszym bramkarzem, jakiego testowałem, Ron. Masz tylko problem z nerwami.

Dodawał mu otuchy przez całą drogę do zamku, i kiedy byli już na drugim piętrze, Ron miał trochę mniej ponurą minę. Kiedy jednak Harry otworzył ukryte przejście pod gobelinem, żeby jak zwykle dotrzeć na skróty do wieży Gryffindoru, natknęli się na Deana i Ginny obejmujących się i całujących, jakby się do siebie przykleili.

Harry poczuł się tak, jakby coś wielkiego i pokrytego łuskami ożyło mu w brzuchu, szarpiąc wnętrzności. Krew uderzyła mu do głowy i myślał teraz tylko o jednym: żeby zamienić Deana w galaretę. Walcząc z tym napadem szału, usłyszał głos Rona dochodzący do niego jakby z dużej odległości:

— Hej!

Dean i Ginny przestali się ściskać i spojrzeli na Rona.

— Co? — zapytała Ginny.

— Nie chcę, żeby moja siostra obcałowywała się z chłopakami na oczach wszystkich!

— Na tym korytarzu nie było nikogo, zanim się tu przypałętałeś!

Dean miał zakłopotaną minę. Wyszczerzył zęby do Harry'ego, który jednak nie odwzajemnił uśmiechu. Nowo narodzony w jego wnętrznościach potwór domagał się natychmiastowego usunięcia Deana z drużyny.

— Eee... chodź, Ginny — powiedział Dean. — Wracajmy do pokoju wspólnego...

— Idź sam! Chcę porozmawiać z moim kochanym braciszkiem!

Dean odszedł i widać było, że uczynił to z ochotą.

— No dobra — powiedziała Ginny, odrzucając z twarzy swoje długie, rude włosy i patrząc wyzywająco na Rona — załatwmy to raz i na zawsze. Nie twój interes, z kim chodzę i co z kim robię, Ron...

— Właśnie, że mój! — przerwał jej Ron. — Uważasz, że mnie nie obchodzi, co ludzie mówią o mojej siostrze?

— A co?! — krzyknęła Ginny. — CO dokładnie mówią?

— On nie miał nic złego na myśli, Ginny — wtrącił odruchowo Harry, choć potwór wykrzykiwał pochwały pod adresem Rona.

— Och, miał! — odpowiedziała, patrząc ze złością na Harry'ego. — I nawet wiem dlaczego! Bo ON jeszcze nigdy z nikim się nie całował, a najwspanialszy całus, jakim może się pochwalić, dostał od ciotuni Muriel, bo...

— Zamknij się! — ryknął Ron, którego twarz zrobiła się ceglasta, choć przed chwilą nie była nawet czerwona.

— Sam się zamknij! Myślisz, że nie widziałam, jak za każdym razem, kiedy spotkałeś Flegmę, tylko marzyłeś, żeby cię pocałowała w policzek! To żałosne! Gdybyś wreszcie zaczął z kimś chodzić i nauczył się całować, tobyś się tak nie przejmował, że robią to wszyscy naokoło!

Ron wyciągnął różdżkę. Harry szybko stanął pomiędzy nimi.

— Nie wiesz, o czym mówisz! — ryknął Ron, starając się wycelować różdżką w Ginny, którą teraz osłaniał

Harry, stojąc przed nią z rozwartymi ramionami. — Tylko dlatego, że nie robię tego publicznie...

Ginny zawyła ze śmiechu, próbując odsunąć Harry'ego.

— Całujesz Świstoświnkę, tak? A może chowasz pod poduszką zdjęcie ciotki Muriel?

— Ty...

Promień pomarańczowego światła przeleciał pod lewym ramieniem Harry'ego i chybił o cal, nie trafiając Ginny. Harry pchnął Rona na ścianę i przytrzymał.

— Nie bądź głupi...

— Harry całował się z Cho Chang! — krzyknęła Ginny, teraz już bliska łez. — A Hermiona z Wiktorem Krumem, tylko ty uważasz, że to coś odrażającego, bo masz w tym tyle doświadczenia, ile dwunastolatek!

I odeszła. Harry szybko puścił Rona, na którego twarzy malowała się żądza mordu. Stali tak obaj, dysząc ciężko, dopóki zza rogu korytarza nie pojawiła się Pani Norris, kotka Filcha, co złagodziło napięcie.

— Chodź — mruknął Harry, słysząc człapanie Filcha.

Pobiegli schodami w górę, a potem korytarzem na siódmym piętrze.

— Ej, z drogi! — warknął Ron na jakąś dziewczynkę, która podskoczyła ze strachu i upuściła słoik żabiego skrzeku.

Harry prawie nie dosłyszał brzęku rozbijającego się szkła; czuł się zdezorientowany, oszołomiony, jakby trafił go piorun. „To tylko dlatego, że jest siostrą Rona", powtarzał sobie w duchu. „Po prostu nie podoba ci się, jak ona całuje Deana, bo jest siostrą Rona..."

Ale nie potrafił się uwolnić od wizji tego samego pustego korytarza, tyle że w tej wizji to on całował Ginny, nie

Dean... Potwór w jego piersi zamruczał cicho... a potem zobaczył Rona odsuwającego gobelin i celującego w niego różdżką, wykrzykującego coś takiego, jak „zdrada zaufania"... i „myślałem, że jesteś moim przyjacielem"...

— Myślisz, że Hermiona całowała się z Krumem? — zapytał nagle Ron, kiedy stanęli przed Grubą Damą.

Harry poczuł wyrzuty sumienia i pospiesznie przegonił ze swojej wyobraźni wizję korytarza, na którym prócz niego i Ginny nie było nikogo...

— Co? Och... ee...

Powinien szczerze odpowiedzieć „tak", ale jakoś nie chciało mu to przejść przez gardło. Wyglądało na to, że Ron dopatrzył się w jego minie najgorszego.

— Kaszka manna — mruknął ponuro do Grubej Damy i obaj weszli przez dziurę pod portretem do pokoju wspólnego.

Żaden z nich nie wspomniał już o Ginny lub Hermionie, zresztą tego wieczoru niewiele ze sobą rozmawiali i w milczeniu położyli się do łóżek, każdy pochłonięty własnymi myślami.

Harry długo nie mógł zasnąć. Leżał, gapiąc się w baldachim nad łóżkiem i próbując przekonać samego siebie, że to, co czuje do Ginny, to po prostu braterska troska. Przecież przez całe lato żyli jak brat z siostrą, grając w quidditcha, drażniąc Rona i naśmiewając się z Billa i Flegmy. Znał się z Ginny od lat... to naturalne, że czuje się za nią odpowiedzialny... że chce się nią opiekować... że chciałby rozerwać Deana na strzępy za to, że ją całuje... Nie... trzeba zapanować nad tym szczególnie braterskim uczuciem...

Ron zachrapał głośno.

„To jest siostra Rona", powiedział sobie stanowczo Harry. „Siostra Rona. Jest nietykalna". Za nic nie zaryzykowałby przyjaźni z Ronem. Poklepał pięścią poduszkę, żeby nadać jej wygodniejszy kształt, i czekał na nadejście snu, starając się za wszelką cenę nie myśleć o Ginny.

Następnego dnia obudził się trochę oszołomiony po całej serii snów, w których Ron ścigał go, wymachując kijem pałkarza, ale zanim minęło południe, chętnie by zamienił prawdziwego Rona na tego ze snu, bo Ron nie tylko traktował ozięble Ginny i Deana, ale odnosił się też z lodowatą, szyderczą obojętnością do Hermiony, co wyraźnie sprawiało jej przykrość. Co więcej, zrobił się tak przewrażliwiony i skory do wybuchów jak przeciętna sklątka tylnowybuchowa. Harry przez cały dzień starał się bezskutecznie załagodzić sytuację, ale w końcu Hermiona poszła spać wściekła jak osa, a Ron powlókł się do sypialni chłopców, nakrzyczawszy uprzednio na kilku pierwszoroczniaków za to, że się na niego patrzą.

Wbrew nadziejom Harry'ego ta dziwna agresywność Rona utrzymywała się przez parę następnych dni. Co gorsza, towarzyszyło jej dalsze obniżenie formy na boisku, co jeszcze bardziej go rozjuszało. Podczas ostatniego przed meczem sobotniego treningu nie obronił ani jednego strzału i wrzeszczał na wszystkich tak, że Demelzę Robins doprowadził do płaczu.

— Zamknij się i zostaw ją w spokoju! — krzyknął Peakes, który był o wiele niższy od Rona, ale trzymał w ręku ciężką pałkę.

— DOSYĆ TEGO! — krzyknął Harry, widząc, jak Ginny łypie groźnie na Rona, i pamiętając o jej mistrzostwie w rzucaniu upiorogacka. Podleciał ku nim, żeby zapobiec wymknięciu się sytuacji spod kontroli. — Peakes, leć i zapakuj tłuczki. Demelzo, weź się w garść, grałaś dzisiaj bardzo dobrze. Ron... — Odczekał, aż reszta drużyny znajdzie się poza zasięgiem głosu, zanim dokończył: — Jesteś moim najlepszym kumplem, ale jak będziesz tak traktował członków drużyny, to cię z niej wykopię.

Przez chwilę był pewny, że Ron go uderzy, ale stało się coś o wiele gorszego: Ron oklapł na miotle, spuścił głowę i powiedział:

— Rezygnuję. Jestem do niczego.

— Nie jesteś do niczego i nie rezygnujesz! — krzyknął Harry, łapiąc go z przodu za szatę. — Możesz obronić każdy strzał, jak jesteś w dobrej formie, masz tylko problemy z głową!

— Uważasz mnie za czubka?

— Może i tak!

Przez chwilę piorunowali się spojrzeniami, a potem Ron pokręcił głową.

— Wiem, że już za późno na znalezienie nowego obrońcy, więc jutro zagram, ale jeśli przegramy, a na pewno przegramy, odchodzę z drużyny.

Harry wyłaził ze skóry, żeby dodać mu otuchy, ale do Rona nic nie docierało. Próbował wzbudzić w nim wiarę w siebie podczas kolacji, ale Ron był zbyt zajęty dokuczaniem Hermionie, żeby w ogóle to zauważyć. Harry nie dał za wygraną i próbował dalej w pokoju wspólnym, ale jego zapewnienia, że odejście Rona rozwaliłoby cały skład, trochę osłabiał rzucający się w oczy fakt, że reszta drużyny siedziała osobno w kącie, mrucząc obelżywe uwagi na temat Rona i obrzucając go niezbyt przyjemnymi spojrzeniami. W końcu Harry w rozpaczy postanowił go trochę rozzłościć, mając nadzieję, że obudzi w nim ducha bojowego, ale i ta taktyka nie odniosła żadnego skutku: Ron poszedł do łóżka z miną niesprawiedliwie obitego psa.

Harry długo nie mógł zasnąć. Leżał w ciemności, pochłonięty ponurymi myślami. Nie chciał przegrać tego meczu, pierwszego od czasu, gdy został kapitanem drużyny, marzył też o tym, by pokonać Malfoya choćby w quidditchu, skoro jak dotąd nie był w stanie udowodnić swoich podejrzeń. Ale jeśli Ron będzie grał tak jak w ciągu paru ostatnich treningów, szanse na zwycięstwo są bardzo nikłe...

Gdyby tylko było coś, co pomogłoby Ronowi wziąć się w garść... co by spowodowało, że odzyskałby formę... coś, co by mu wyraźnie poprawiło nastrój przez cały dzień...

I nagle wpadł mu do głowy wspaniały pomysł.

Śniadanie przebiegało, jak zwykle przed meczem, w atmosferze ogólnego podniecenia. Ślizgoni syczeli i buczeli głośno za każdym razem, gdy do Wielkiej Sali wchodził któryś z członków drużyny Gryfonów. Harry zerknął na sklepienie i zobaczył, że niebo jest błękitne, bez chmur. Uznał to za dobry omen.

Przy stole Gryffindoru, mieniącym się od czerwieni i złota, rozległy się wiwaty, kiedy nadeszli z Ronem. Harry wyszczerzył zęby i pomachał ręką, Ron skrzywił się i pokręcił głową.

— Głowa do góry, Ron! — zawołała Lavender. — Wiem, że będziesz świetny!

Ron zignorował ją.

— Herbaty? — zapytał go Harry. — Kawy? Dyniowego soku?

— Wszystko jedno — mruknął ponuro Ron, żując kawałek tostu.

Kilka minut później Hermiona, która tak już miała dość zachowania Rona, że nie zeszła razem z nimi na śniadanie, zatrzymała się przy nich na chwilę.

— Jak się obaj czujecie? — zapytała nieśmiało, patrząc na czubek głowy Rona.

— Świetnie — odpowiedział Harry, skupiony na nalewaniu Ronowi dyniowego soku. — Masz, Ron. Wypij to.

Ron podniósł już szklankę do ust, gdy Hermiona nagle powiedziała ostrym tonem:

— Ron, nie pij tego!

Harry i Ron odwrócili się do niej jak na komendę.

— Dlaczego?

Hermiona patrzyła teraz na Harry'ego tak, jakby nie mogła uwierzyć własnym oczom.

— Wlałeś mu coś do soku.

— Słucham?!

— Słyszałeś. Widziałam to. Przed chwilą dolałeś czegoś do szklanki Rona. Nadal masz w ręku buteleczkę!

— Coś ci się chyba pokręciło — powiedział Harry, pospiesznie chowając flakonik do kieszeni.

— Ron, nie pij tego, ostrzegam cię! — powtórzyła Hermiona, wyraźnie zaniepokojona, ale Ron podniósł szklankę, wypił duszkiem i powiedział:

— Może byś przestała mną rządzić, co?

Hermiona wyglądała na oburzoną. Pochyliwszy się nisko, tak żeby tylko Harry ją usłyszał, syknęła:

— Powinieneś za to wylecieć. Nigdy bym się tego po tobie nie spodziewała, Harry!

— I kto to mówi? — szepnął. — Kogo ostatnio skonfundowałaś?

Odwróciła się na pięcie i odeszła. Harry patrzył za nią, nie czując żalu. Hermiona nigdy naprawdę nie rozumiała, jak poważną sprawą jest quidditch. Spojrzał na Rona, który oblizywał wargi.

— Już prawie czas — powiedział beztrosko Harry.

Pokryta szronem trawa chrzęściła im pod stopami, gdy szli na stadion.

— Mamy szczęście, pogoda jest super, nie? — zagadnął Harry.

— Aha — mruknął Ron, który był blady i wyglądał, jakby zbierało mu się na wymioty.

Ginny i Demelza czekały już w szatni, ubrane w kostiumy Gryffindoru.

— Warunki są idealne — powiedziała Ginny, ignorując Rona. — I wiesz co? Ich ścigający, Vaisey, oberwał wczoraj na treningu tłuczkiem w głowę, nie będzie grał! I jeszcze lepsza nowina: Malfoy też zachorował!

— CO? — Harry obrócił się, żeby na nią spojrzeć. — Jest chory? Co mu jest?

— Nie mam pojęcia, ale nam to pasuje, nie? Na jego miejsce wystawili Harpera, on jest z mojej klasy, to kretyn.

Harry uśmiechnął się blado, ale kiedy wkładał szkarłatną szatę, myślami był daleko od quidditcha. Malfoy już kiedyś nie chciał grać, wymawiając się kontuzją, ale wtedy uparł się, żeby przełożono mecz na termin, który odpowiadał Ślizgonom. Dlaczego teraz się zgodził, by ktoś go zastąpił? Jest naprawdę chory czy udaje?

— Coś mi tu śmierdzi — powiedział cicho do Rona. — Malfoy nie gra?

— Ja bym powiedział, że mamy szczęście — odrzekł Ron, jakby trochę ożywiony. — No i Vaisey, to ich najlepszy strzelec, wolałbym nie... Hej! — krzyknął nagle, zamierając podczas wkładania rękawic bramkarza i wytrzeszczając oczy na Harry'ego.

— Co?

— Ja... ty... — wyjąkał z miną trochę wystraszoną, ale i podekscytowaną. — Mój napój... ten dyniowy sok... Czy ty nie...

Harry uniósł brwi, ale powiedział tylko:

— Za pięć minut zaczynamy, lepiej włóż buty.

Kiedy wyszli na stadion, rozległy się wrzaski i gwizdy. Jedna połowa trybun mieniła się czerwienią i złotem, druga połyskiwała srebrem i zielenią. Było też wielu Puchonów i Krukonów. Wśród krzyków i oklasków Harry dosłyszał wyraźnie lwi ryk słynnego kapelusza Luny Lovegood.

Podszedł do pani Hooch, która stała na środku boiska przy skrzynce z piłkami.

— Kapitanowie, uściśnijcie sobie ręce — powiedziała i Harry poczuł, jak nowy kapitan Ślizgonów, Urquhart, miażdży mu dłoń. — Na miotły. Na mój gwizdek... trzy... dwa... jeden...

Rozległ się gwizdek. Odepchnęli się mocno od ziemi i poszybowali w górę.

Harry zaczął krążyć wysoko wokół stadionu, wypatrując znicza i raz po raz zerkając na Harpera, który leciał zygzakami o wiele niżej od niego. A potem usłyszał głos zaskakująco różny od dobrze wszystkim znanego głosu Lee Jordana.

— A więc już wystartowali i chyba wszyscy jesteśmy zaskoczeni, widząc skład drużyny wystawionej w tym roku przez Pottera. Wielu myślało, że Ronald Weasley, po bardzo nierównych wynikach na pozycji obrońcy w ubiegłym roku, nie znajdzie się w drużynie Gryfonów, ale widocznie bliska przyjaźń z kapitanem zawsze pomaga...

Ślizgoni powitali te słowa aplauzem. Harry zatoczył koło, żeby spojrzeć z bliska na podium dla komentatora. Stał na nim wysoki, chudy, jasnowłosy chłopak z zadartym nosem, mówiąc do magicznego megafonu, który tak długo należał do Lee Jordana. Harry go poznał: to był Zachariasz Smith, Puchon, którego serdecznie nie znosił.

— Och, Ślizgoni po raz pierwszy atakują, tak, Urquhart już mknie ku słupkom... iiii....

Harry poczuł nieprzyjemny skurcz żołądka.

— ...i Weasley obronił, no, czasami i on ma szczęście...

— Masz rację, Smith, on ma szczęście — mruknął Harry, uśmiechając się do siebie i pikując między ścigających, ale przez cały czas wypatrując wokoło błysku znicza.

Nie minęło pół godziny, a Gryffindor prowadził już sześćdziesiąt do zera. Ron popisał się paroma naprawdę widowiskowymi obronami, niekiedy wybijając piłkę samymi koniuszkami rękawic, a Ginny strzeliła cztery z tych sześciu goli dla Gryfonów. To powstrzymało Zachariasza od złośliwych komentarzy na temat przyjaźni Pottera z Weasleyami, wobec czego zajął się Peakesem i Coote'em.

— Oczywiście Coote nie ma budowy typowej dla pałkarza, oni są zwykle trochę bardziej muskularni...

— Przylej mu tłuczkiem! — zawołał Harry do Coote'a, przelatując obok niego, ale ten, uśmiechając się od ucha do ucha, odbił tłuczka prosto w Harpera, który akurat mijał Harry'ego, lecąc w przeciwnym kierunku. Harry ucieszył się, słysząc głuchy odgłos, świadczący o tym, że tłuczek trafił tam, gdzie miał trafić.

Wyglądało na to, że Gryfoni po prostu nie są w stanie popełnić żadnego błędu. Raz po raz strzelali gole, a po drugiej stronie boiska Ron bronił nawet najgroźniejsze strzały. Robił to z łatwością, wyluzowany, uśmiechnięty, a kiedy widzowie przywitali jego szczególnie dobrą obronę, wyśpiewując chórem *Weasley jest naszym królem*, udał, że dyryguje nimi z wysoka.

— Myśli, że jest dzisiaj gwiazdą, nie? — rozległ się drwiący głos i w sekundę później Harry ledwo utrzymał się na miotle, gdy Harper wpadł na niego z impetem i najwyraźniej wcale nieprzypadkowo. — Ten twój kumpel, zdrajca krwi...

Pani Hooch była do nich odwrócona plecami, a chociaż Gryfoni na trybunach ryknęli z oburzenia, zanim się obejrzała, Harper już odleciał. Czując tępy ból w ramieniu, Harry pomknął za nim, pragnąc mu oddać...

— Oj, myślę, że Harper wypatrzył już znicza! — zawołał przez megafon Zachariasz Smith. — Tak, dostrzegł to, czego nie zobaczył Potter!

„Ten Smith to rzeczywiście kretyn", pomyślał Harry. „Nie widział, jak na mnie wpadł?" Ale w następnej chwili poczuł, że żołądek wywraca mu się na lewą stronę... Smith miał rację, a on, Harry, się mylił: Harper wcale nie odleciał od niego na oślep, dostrzegł to, czego nie dostrzegł Harry. Złoty znicz śmigał wysoko nad nimi, połyskując na tle błękitnego nieba.

Harry przyspieszył. Wiatr gwizdał mu w uszach, tak że nie słyszał już komentarza Smitha, ale Harper wciąż był przed nim. Gryffindor ma tylko sto punktów przewagi, jeśli Harper złapie znicza, przegrają... już jest blisko niego, już wyciąga ręce...

— Ej, Harper! — zawołał w rozpaczy Harry. — Ile ci zapłacił Malfoy, żebyś go zastąpił?!

Nie wiedział, co go podkusiło, by to powiedzieć, ale skutek był natychmiastowy. Harper chciał schwytać znicza w obie dłonie, ale uskrzydlona piłeczka prześliznęła mu się między palcami. Przeleciał tuż koło niej, a Harry zrobił wspaniały nawrót i złapał trzepoczącą się, złotą kulkę.

— TAAAK! — ryknął Harry, zatoczył koło i dał nurka ku ziemi, trzymając znicza w uniesionej wysoko ręce.

Ryk widowni prawie zagłuszył gwizdek sygnalizujący koniec meczu.

— Ginny, gdzie ty lecisz?! — zawołał Harry, obściskiwany w powietrzu przez resztę drużyny.

Ale Ginny przeleciała obok nich i z okropnym łoskotem uderzyła w podium komentatora. Rozległy się krzyki i śmiechy. Drużyna Gryfonów wylądowała obok stosu drewna, spod którego wygrzebywał się Zachariasz. Harry usłyszał, jak Ginny mówi beztrosko do rozeźlonej profesor McGonagall:

— Za późno wyhamowałam, pani profesor, przepraszam.

Dusząc się ze śmiechu, Harry uwolnił się od reszty drużyny i uściskał Ginny, ale szybko ją puścił. Unikając jej wzroku, poklepał po plecach rozradowanego Rona. Zapomniawszy o wszystkich dawnych urazach i złościach, drużyna Gryfonów ramię w ramię opuściła stadion, unosząc ręce w geście zwycięstwa.

Atmosfera w szatni była radosna.

— Seamus mówi, że w pokoju wspólnym będzie impreza! — zawołał podniecony Dean. — Ginny, Demelza, idziemy!

Ron i Harry zostali sami w szatni. Już mieli wyjść, kiedy wkroczyła Hermiona z szalem Gryfonów w rękach. Wyglądała na rozgoryczoną, ale zdeterminowaną.

— Jedno słówko, Harry. — Wzięła głęboki oddech. — Nie powinieneś tego robić. Słyszałeś, co mówił Slughorn? To nielegalne.

— I co zrobisz, naskarżysz na nas? — zadrwił Ron.

— O czym wy mówicie? — zapytał Harry, odwracając się, by powiesić szatę na kołku, tak żeby żadne z nich nie dostrzegło jego uśmiechu.

— Doskonale wiesz, o czym mówimy! — żachnęła się Hermiona. — Naszpikowałeś Rona eliksirem szczęścia podczas śniadania! Felix Felicis!

— Mylisz się — powiedział Harry, odwracając się do nich.

— Tak, zrobiłeś to, Harry, i dlatego wszystko poszło tak dobrze, w drużynie Ślizgonów zabrakło dwóch dobrych graczy, a Ron obronił wszystkie strzały!

— Niczego mu nie dolewałem! — odparł Harry z uśmiechem. Wsunął rękę do kieszeni kurtki i wyjął z niej flakonik, który Hermiona rano widziała w jego ręce: był nadal pełen złotego płynu, a korek opieczętowany był woskiem. — Chciałem tylko, żeby Ron myślał, że to zrobiłem. Wiedziałem, że patrzysz, i udałem, że czegoś mu dolewam. — Spojrzał na Rona. — Nikt ci nie mógł strzelić gola, bo czułeś, że dzisiaj masz szczęście. Sam tego dokonałeś.

I schował buteleczkę do kieszeni.

— Naprawdę nie było niczego w tym dyniowym soku? — zdumiał się Ron. — Ale... pogoda dopisała... Vaisey nie mógł grać... Naprawdę nie wypiłem eliksiru szczęścia?

Harry pokręcił przecząco głową. Ron gapił się na niego przez chwilę, a potem spojrzał na Hermionę i powiedział, naśladując jej głos:

— „Dolałeś Ronowi eliksiru szczęścia, dlatego nikt ci nie mógł strzelić gola!" Widzisz, Hermiono? Potrafię bronić bez niczyjej pomocy!

— Nigdy nie mówiłam, że nie potrafisz... Ron, przecież TY też myślałeś, że go wypiłeś!

Ale Ron zarzucił miotłę na ramię i wyszedł z szatni.

— Ee... no to co... — powiedział Harry w ciszy, która nagle zapadła. Nie spodziewał się takiego obrotu sprawy. — Idziemy na imprezę, tak?

— Idź sam! — Hermiona była bliska płaczu. — Na razie nie chcę widzieć Rona na oczy, nie wiem, co ja takiego zrobiłam...

I wybiegła z szatni.

Harry szedł powoli błoniami wśród tłumu powracającego do zamku. Wiele osób składało mu głośno gratulacje, ale on czuł się podle. Nie spodziewał się, że jego plan przyniesie taki skutek, był przecież pewny, że jeśli Ron wygra ten mecz, natychmiast pogodzą się z Hermioną. Ale jak tu wytłumaczyć Hermionie, że naraziła się ciężko Ronowi, całując się z Wiktorem Krumem, nawet jeśli to wydarzyło się tak dawno?

Nie zobaczył się jednak z Hermioną podczas balangi w Gryffindorze. Kiedy wszedł do pokoju wspólnego, impreza już się rozkręciła. Powitały go radosne okrzyki i oklaski, i wkrótce otoczył go tłum ludzi pragnących złożyć mu gratulacje. Uwolnił się szybko od braci Creeveyów, którzy chcieli przeanalizować z nim dokładnie cały mecz, potem wyrwał się jakoś z kręgu grupy roześmianych i trzepoczących rzęsami dziewczyn, i wreszcie udało mu się spławić Romildę Vane, która dawała mu do zrozumienia, że chętnie by z nim poszła na bożonarodzeniowe przyjęcie Slughorna. Dopiero teraz mógł poszukać Rona. Przemykał się właśnie do stołu z napojami, kiedy wpadł na Ginny, z puszkiem pigmejskim Arnoldem na ramieniu i Krzywołapem miauczącym zazdrośnie u jej stóp.

— Szukasz Rona? — zapytała z kpiącym uśmieszkiem. — Jest tam, podły hipokryta.

Harry spojrzał w kąt pokoju, na który wskazywała. Stał tam Ron, na oczach wszystkich tak spleciony z Lavender Brown, że trudno było powiedzieć, które ręce są czyje.

— Wygląda, jakby pożerał jej twarz, nie? — zauważyła beznamiętnie Ginny. — Ale uważam, że powinien trochę poprawić technikę. To była dobra gra, Harry.

Poklepała go po ramieniu. Poczuł, jak coś mu opada w żołądku, ale Ginny już odeszła, żeby wziąć sobie kolejną butelkę kremowego piwa. Krzywołap pobiegł za nią truchtem, nie spuszczając żółtych oczu z Arnolda.

Nic nie wskazywało, by Ron szybko oprzytomniał, więc Harry odwrócił się, a wtedy spostrzegł, że zamyka się dziura pod portretem. Wydawało mu się, że znika w niej grzywa bujnych brązowych włosów.

Pospieszył tam, ponownie omijając Romildę Vane, i otworzył przejście, ale na korytarzu nikogo nie było.

— Hermiona?

Znalazł ją w pierwszej niezamkniętej na klucz klasie, do której zajrzał. Siedziała na biurku nauczyciela, sama, jeśli nie liczyć żółtych, rozćwierkanych ptaszków krążących wokół jej głowy — musiała je przed chwilą wyczarować. Harry nie mógł się powstrzymać od podziwu: potrafiła skutecznie rzucić zaklęcie w tak trudnym dla niej czasie.

— Och, cześć, Harry — powiedziała łamiącym się głosem. — Właśnie sobie ćwiczyłam.

— Taak... są... naprawdę dobre...

Nie miał najmniejszego pojęcia, co jej powiedzieć. Zastanawiał się gorączkowo, czy istnieje jakaś szansa, że nie zobaczyła Rona, że opuściła pokój wspólny tylko dlatego, że impreza była dla niej zbyt hałaśliwa, gdy odezwała się nienaturalnie piskliwym głosem:

— Ron chyba nieźle się bawi.

— Ee... tak sądzisz?

— Nie udawaj, że go nie widziałeś. Wcale się nie ukrywał...

Za ich plecami drzwi otworzyły się z trzaskiem. Ku przerażeniu Harry'ego do klasy wszedł Ron, trzymając za rękę Lavender.

— Och... — wyrwało mu się, kiedy zobaczył Harry'ego i Hermionę.

— Ups! — krzyknęła cicho Lavender i wyleciała z klasy, chichocząc.

Zapadła okropna, nabrzmiała cisza. Hermiona wpatrywała się w Rona, który wolał na nią nie patrzyć. W końcu powiedział głosem, w którym rozpaczliwa odwaga dziwnie mieszała się z zakłopotaniem:

— Hej, Harry! Właśnie się zastanawiałem, gdzie ty się podziałeś!

Hermiona zsunęła się z biurka. Stadko złotych ptaszków nadal krążyło wokół jej głowy, tak że wyglądała jak dziwny, pierzasty model układu słonecznego.

— Nie powinieneś zostawiać Lavender samej na korytarzu — powiedziała cicho. — Będzie się zastanawiać, gdzie ty się podziałeś.

Podeszła bardzo wolno, wyprostowana, do drzwi. Harry zerknął na Rona, który sprawiał wrażenie, jakby poczuł ulgę, że nie stało się nic gorszego.

— *Oppugno!* — dobiegł ich piskliwy głos od drzwi.

Harry odwrócił się szybko i zobaczył, że Hermiona celuje różdżką w Rona. Stadko ptaszków jak puchate złote kule pomknęło ku Ronowi, który krzyknął i zakrył twarz dłońmi. Ptaszki nie dały jednak za wygraną, dziobiąc i drapiąc pazurkami każdy kawałeczek ciała, który mogły dosięgnąć.

— Zabieeerz je ode mnieee! — wrzasnął.

Hermiona rzuciła mu ostatnie mściwe spojrzenie, otworzyła drzwi i zniknęła za nimi. Zanim się zatrzasnęły, Harry dosłyszał szloch.

ROZDZIAŁ PIĘTNASTY

Przysięga Wieczysta

I znowu śnieg prószył w oblodzone okna; szybko zbliżało się Boże Narodzenie. Hagrid, jak co roku, przywlókł już własnoręcznie dwanaście choinek do Wielkiej Sali, girlandy ostrokrzewu i włosy anielskie oplotły balustrady schodów, wiecznie płonące świece rozbłysły pod przyłbicami hełmów zbroi, a wielkie pęki jemioły zawisły na korytarzach. Za każdym razem, gdy nadchodził Harry, liczne grupy dziewczyn gromadziły się pod jemiołami, blokując korytarze; na szczęście podczas swych częstych nocnych wędrówek po zamku poznał już wiele tajemnych przejść, tak że mógł bez trudu omijać te pułapki.

Ron, w którym taka konieczność szukania obejść kiedyś wzbudzała zazdrość, a nie wesołość, teraz tylko się z tego wyśmiewał. Harry o wiele bardziej wolał tego nowego, roześmianego i dowcipkującego Rona od tego dawnego, markotnego lub agresywnego, którego musiał znosić przez parę ostatnich tygodni, ale przyszło mu za to słono zapłacić. Po pierwsze, musiał się pogodzić z częstym towarzystwem Lavender Brown, która wyraźnie uważała, że każda chwila, w której nie całuje się z Ronem, to czas stracony. Po drugie, Harry znalazł się ponownie w sytuacji, w której dwoje jego najlepszych przyjaciół nie było w stanie nawet ze sobą porozmawiać.

Ron, który wciąż miał na dłoniach i przedramionach blizny po ataku ptaszków Hermiony, mówił o niej z urazą.

— Nie wiem, o co jej chodzi — powiedział Harry'emu. — Sama całowała się z Krumem. Teraz nagle odkryła, że ktoś chce się całować ze mną. Cóż, to wolny kraj. Nie zrobiłem nic złego.

Harry nic nie odpowiedział, udając, że jest pochłonięty lekturą książki, którą mieli przeczytać na najbliższe zaklęcia (*W poszukiwaniu kwintesencji*). Chciał za wszelką cenę utrzymać przyjaźń i z Ronem, i z Hermioną, więc najczęściej wolał milczeć.

— Nigdy Hermionie niczego nie obiecywałem — mamrotał Ron. — To znaczy... zgoda, byłem gotów iść z nią na przyjęcie do Slughorna, ale nigdy mi nie powiedziała... no wiesz, po prostu jako przyjaciele... Z nikim ślubu nie brałem...

Harry przewrócił stronę książki, świadom, że Ron go obserwuje. Ron mamrotał coraz ciszej, tak że głośne trzaskanie ognia w kominku prawie go zagłuszało, choć Harry'emu się wydawało, że znowu dosłyszał słowa: „Krum" i „nie wiem, o co jej chodzi".

Hermiona miała tyle zajęć, że Harry mógł z nią porozmawiać tylko wieczorami, kiedy Ron był tak pochłonięty obściskiwaniem się z Lavender, że w ogóle nie zwracał uwagi na to, co robi Harry. Ponieważ Hermiona odmawiała przebywania w tym samym pomieszczeniu co Ron,

Harry spotykał się z nią zwykle w bibliotece, co oznaczało, że musieli rozmawiać szeptem.

— Może sobie całować kogo chce — powiedziała Hermiona, podczas gdy pani Pince, bibliotekarka, szukała czegoś na półkach za nimi. — Naprawdę guzik mnie to obchodzi.

Postawiła kropkę nad „i" tak gwałtownie, że przedziurawiła pergamin. Harry nic nie odpowiedział. Przyszło mu do głowy, że jak będzie wciąż milczał, w końcu w ogóle zaniemówi. Pochylił się niżej nad swoim egzemplarzem *Eliksirów dla zaawansowanych* i robił nadal notatki na temat eliksirów trwałych, od czasu do czasu odcyfrowując pożyteczne uwagi Księcia.

— A nawiasem mówiąc — powiedziała po dłuższej chwili Hermiona — powinieneś być ostrożny.

— Powtarzam ci po raz ostatni — odparł Harry szeptem nieco ochrypłym po trzech kwadransach milczenia — że nie oddam tej książki. Od Księcia Półkrwi nauczyłem się więcej niż od Snape'a i Slughorna razem wziętych...

— Nie mówię o tym głupim rzekomym Księciu — powiedziała Hermiona, rzucając pogardliwe spojrzenie na podręcznik, jakby ją czymś obraził — ale o tym, co było wcześniej. Zanim tu przyszłam, wstąpiłam do toalety dla dziewczyn, było ich tam z tuzin, w tym ta Romilda Vane. Zastanawiała się głośno, jak ci podać eliksir miłości. One wszystkie mają nadzieję, że je zabierzesz na to przyjęcie do Slughorna, i chyba wszystkie kupiły sobie miłosne napoje u Freda i George'a, a obawiam się, że one naprawdę działają...

— Więc dlaczego ich nie skonfiskowałaś? — zapytał Harry, któremu wydało się bardzo dziwne, że akurat w tym przypadku Hermiona wyzwoliła się ze swojej manii przestrzegania regulaminu.

— Bo w toalecie nie miały przy sobie flakoników — oświadczyła z żalem Hermiona. — Dyskutowały tylko o taktyce. A ponieważ nie sądzę, by nawet ten twój Półkrwi Książę — spojrzała z obrzydzeniem na jego książkę — wymyślił jakieś jedno antidotum na tuzin różnych napojów miłosnych, radziłabym ci w końcu którąś zaprosić, to powstrzyma inne od myślenia, że wciąż mają szansę. Przyjęcie jest już jutro, a możesz mi wierzyć, one zaczynają świrować.

— Nie ma nikogo, kogo chciałbym zaprosić — wymamrotał Harry, który nadal starał się nie myśleć o Ginny, chociaż wciąż nawiedzała go w snach, i to w taki sposób, że rad był, że Ron nie potrafi uprawiać legilimencji.

— No, ale w każdym razie uważaj, co pijesz, bo Romildę Vane chyba stać na wszystko.

Podciągnęła wyżej długi zwój pergaminu, na którym pisała esej z numerologii, i zaczęła znowu skrobać po nim piórem. Harry obserwował ją, myślami będąc bardzo daleko.

— Przerwij na chwilę — powiedział powoli. — Myślałem, że Filch zabronił wnoszenia czegokolwiek z Czarodziejskich Dowcipów Weasleyów?

— A od kiedy to ktokolwiek zwraca uwagę na to, czego Filch zabrania? — odpowiedziała, nie przerywając pisania.

— Ale przecież chyba przeszukuje wszystkie sowy! Jak te dziewczyny przemyciły do szkoły flakoniki z napojem miłosnym?

— Fred i George opatrują je nalepkami perfum i syropów na kaszel. To ich oferta specjalna w ramach zamówień wysyłanych przez sowy.

— Dużo wiesz na ten temat.

Hermiona spojrzała na niego tak, jak przed chwilą na jego egzemplarz *Eliksirów dla zaawansowanych*.

— Wszystko było wypisane na butelkach, które latem pokazywali mnie i Ginny — odpowiedziała chłodno. — Ja nie wlewam ludziom eliksirów do napojów... i nie udaję, że dolewam, co jest równie paskudne...

— No już dobra, nie denerwuj się... Chodzi mi o zupełnie co innego. Dziewczyny robią Filcha w konia, tak? Przemycają buteleczki z zakazanymi eliksirami! Więc dlaczego Malfoy nie mógłby w ten sam sposób przemycić naszyjnika?

— Och, Harry... tylko nie zaczynaj od nowa...

— No, ale sama powiedz, dlaczego?

— Słuchaj — westchnęła Hermiona — czujniki tajności wykrywają czarnomagiczne zaklęcia, klątwy i uroki. Są czułe na wszelkie przedmioty służące do czarnoksięskich praktyk. Tak silną klątwę jak ta na naszyjniku czujnik wykryłby w mgnieniu oka. A napoje miłosne to zupełnie co innego, przecież nie są niebezpieczne...

— Dobrze ci mówić — mruknął Harry, myśląc o Romildzie Vane.

— ...więc Filchowi, który nie jest dobrym czarodziejem, trudno by było stwierdzić, że to nie syrop na kaszel. Wątpię, czy potrafi odróżnić jeden eliksir od...

Hermiona nagle urwała. Harry też to usłyszał. Ktoś poruszał się blisko nich między tonącymi w mroku półkami książek. Po chwili zza regału wyłoniła się sępia sylwetka pani Pince. Niosła lampę, której mdłe światło padało na jej zapadnięte policzki, pergaminową skórę i długi haczykowaty nos.

— Biblioteka jest już zamknięta — powiedziała. — Nie zapomnijcie odłożyć książek na właściwe... COŚ TY ZROBIŁ Z TĄ KSIĄŻKĄ, ZDEPRAWOWANY CHŁOPAKU?!

— Ona nie jest z biblioteki, to moja książka! — odrzekł szybko Harry, porywając ze stołu swój egzemplarz *Eliksirów dla zaawansowanych*, po który pani Pince już wyciągała swoją szponiastą rękę.

— Splądrowana! — zasyczała. — Zbezczeszczona! Splugawiona!

— To tylko książka, w której ktoś nabazgrał! — zawołał Harry, wyszarpując jej książkę z ręki.

Wyglądała, jakby za chwilę miała dostać ataku apopleksji. Hermiona, która pospiesznie spakowała swoje rzeczy, złapała Harry'ego za ramię i siłą wyprowadziła z biblioteki.

— Zabroni ci tu przychodzić, jak nie będziesz uważał. Po co przyniosłeś tę głupią książkę?

— To nie moja wina, że jest skończoną wariatką! A może myślisz, że podsłuchała, jak się wyrażasz o Filchu? Zawsze podejrzewałem, że między nimi coś...

— Och, ha, ha, ha...

Ciesząc się, że znowu mogą rozmawiać normalnie, szli opustoszałymi, oświetlonymi lampami korytarzami do pokoju wspólnego, sprzeczając się, czy Filch i pani Pince nie mają po cichu romansu.

— Błyskotki — powiedział Harry do Grubej Damy; było to nowe hasło obowiązujące podczas świąt.

— Nawzajem — odpowiedziała Gruba Dama z łobuzerskim uśmieszkiem i wysunęła się, żeby ich przepuścić.

— Hej, Harry! — zawołała Romilda Vane, gdy tylko przeleźli przez dziurę pod portretem. — Może trochę goździkówki?

Hermiona rzuciła mu przez ramię spojrzenie typu „a-nie-mówiłam?"

— Nie, dziękuję — odrzekł szybko Harry. — Nie przepadam.

— No to chociaż weź to — powiedziała Romilda, wciskając mu w ręce pudełko. — Czekoladowe kociołki, jest w nich ognista whisky. Babcia mi je przysłała, ale ja ich nie lubię.

— O... no wiesz... dzięki — wyjąkał Harry, nie bardzo wiedząc, co powiedzieć. — Ee... właśnie idę z... no...

I odszedł za Hermioną.

— Mówiłam ci — skwitowała zwięźle ten incydent. — Im szybciej którąś zaprosisz, tym szybciej reszta da ci spokój...

Ale nagle pobladła: właśnie dostrzegła Rona i Lavender splecionych ze sobą na jednym fotelu.

— No to dobranoc, Harry — powiedziała Hermiona, chociaż była dopiero siódma, i poszła do sypialni dziewcząt.

Harry położył się do łóżka, pocieszając się, że przed nimi już tylko jeden dzień lekcji i przyjęcie u Slughorna, a potem razem z Ronem wyjadą do Nory. Ron i Hermiona pewnie się nie pogodzą przed przerwą świąteczną, ale może takie czasowe rozstanie dobrze im zrobi, trochę ochłoną, przemyślą swoje zachowanie...

Ale tak naprawdę nie bardzo w to wierzył, a jego obawy pogłębiły się po lekcji transmutacji następnego dnia. Zaczęli przerabiać bardzo trudny temat: transmutację ludzką. Siedząc przed lustrami, mieli za zadanie zmienić kolor własnych brwi. Hermiona śmiała się drwiąco z pierwszej nieudanej próby Rona, który zamiast zmienić kolor brwi, wyczarował sobie podkręcone do góry wąsy. Ron nie pozostał jej dłużny. Za każdym razem, gdy profesor McGonagall zadawała jakieś pytanie, w bardzo udany sposób naśladował wyrywającą się do odpowiedzi Hermionę, co bardzo rozśmieszało Lavender i Parvati, natomiast samą Hermionę doprowadziło prawie do łez. Po dzwonku wypadła z klasy, zostawiając połowę swoich rzeczy na stoliku. Harry uznał, że Hermiona jest w gorszej sytuacji niż Ron, więc zgarnął resztę jej książek i pobiegł za nią.

W końcu wytropił ją, gdy wychodziła z toalety dla dziewcząt piętro niżej. Towarzyszyła jej Luna Lovegood, poklepując ją lekko po plecach.

— Och, cześć, Harry — powiedziała Luna. — Wiesz, że jedną brew masz jasnożółtą?

— Cześć, Luna. Hermiono, zostawiłaś to w klasie...

Podał jej książki.

— Ach, tak — odpowiedziała Hermiona stłumionym głosem, po czym wzięła książki i szybko się odwróciła, żeby ukryć fakt, że ociera sobie oczy piórnikiem. — Dziękuję ci, Harry. No, to ja już pójdę...

I odeszła, nie dając Harry'emu szansy, by jakoś ją pocieszył, choć i tak nie bardzo wiedział jak.

— Jest trochę zdołowana — zauważyła wnikliwie Luna. — Z początku pomyślałam, że to Jęcząca Marta, dopiero po chwili okazało się, że to Hermiona. Mówiła coś o tym Ronie Weasleyu...

— No tak, posprzeczali się.

— On czasami jest bardzo śmieszny, prawda? — powiedziała Luna, kiedy szli razem korytarzem. — Ale potrafi być trochę nieprzyjemny. Zauważyłam to w zeszłym roku.

— Chyba tak — bąknął Harry. Luna, jak zwykle, waliła prawdę prosto w oczy; jeszcze nigdy nie spotkał kogoś takiego jak ona. — Jak tam semestr?

— Och, w porządku. Czuję się trochę samotnie bez GD. Ale Ginny jest miła. Zmusiła dwóch chłopaków z naszej klasy, żeby przestali mnie nazywać Pomyluną...

— Poszłabyś ze mną wieczorem na przyjęcie u Slughorna?

Te słowa wydobyły się z jego ust, zanim zdołał je powstrzymać; zupełnie jakby wypowiedział je ktoś obcy.

— Na przyjęcie u Slughorna? Z tobą?

— No tak. Możemy przyprowadzić gości, więc pomyślałem sobie, że może byś chciała... to znaczy... — Uznał, że musi dać jasno do zrozumienia, jakie ma intencje. — To znaczy, no wiesz, po prostu jako moja koleżanka. Ale jeśli nie chcesz...

Już miał nadzieję, że Luna naprawdę nie zechce.

— Ależ nie, bardzo chętnie pójdę z tobą jako twoja koleżanka! — zawołała Luna z promiennym uśmiechem, który widział na jej twarzy po raz pierwszy. — Jeszcze nikt nie zaprosił mnie na żadne przyjęcie jako koleżankę. To dlatego umalowałeś sobie brew, na to przyjęcie? Ja też mam sobie umalować?

— Nie — zaprzeczył stanowczo Harry. — To przez pomyłkę. Poproszę Hermionę, żeby zrobiła z tym porządek. To co, spotkamy się o ósmej w sali wejściowej, dobra?

— AHA! — wrzasnął im jakiś głos nad głowami, aż podskoczyli. Nie zauważyli, że przechodzą tuż pod Irytkiem, który zwisał głową w dół z żyrandola, uśmiechając się do nich złośliwie. — POTTUŚ ZAPROSIŁ POMYLUNĄ NA PRZYJĘCIE! POTTUŚ KOCHA POMYLUNĄ! POTTUŚ KOOOOOCHA POMYLUUUNĄ!

I odleciał, rechocząc i wrzeszcząc:

— Pottuś kocha Pomyluną!

— To miłe, że nikomu o tym nie powiesz — mruknął Harry.

I rzeczywiście, wkrótce cała szkoła wiedziała, że Harry Potter zabiera Lunę Lovegood na przyjęcie u Slughorna.

— Mogłeś zaprosić KAŻDĄ! — dziwił się Ron podczas kolacji. — KAŻDĄ! A ty wybrałeś Pomyluną Lovegood!

— Nie nazywaj jej tak, Ron — warknęła Ginny, zatrzymując się przy nich. — Naprawdę bardzo się cieszę, że ją zabierasz, Harry, jest taka podniecona.

I poszła dalej, żeby usiąść obok Deana. Harry starał się cieszyć z tego, że Ginny go pochwaliła, ale jakoś mu się to nie udawało. Daleko od nich siedziała samotnie Hermiona, grzebiąc widelcem w talerzu z gulaszem. Harry zauważył, że Ron zerka na nią ukradkiem.

— Mógłbyś ją przeprosić — zaryzykował Harry.

— Tak? Żeby znowu podziobały mnie jakieś kanarki? — mruknął Ron.

— Po co ją przedrzeźniałeś?

— Naśmiewała się z moich wąsów!

— Ja też, czegoś tak głupiego jeszcze nie widziałem.

Ale Ron chyba tego nie dosłyszał, bo właśnie przyszły Lavender z Parvati. Lavender wcisnęła się między Rona i Harry'ego i natychmiast objęła Rona za szyję.

— Cześć, Harry — powiedziała Parvati, która podobnie jak on była trochę zakłopotana i znudzona zachowaniem swojej przyjaciółki.

— Cześć — odpowiedział Harry. — Jak leci? Więc jednak zostałaś w Hogwarcie? Słyszałem, że rodzice chcieli cię zabrać.

— Jakoś mi się udało ich przekonać, przynajmniej na razie. Ten wypadek z Katie napędził im stracha, ale skoro już nic więcej się nie wydarzyło... Och, cześć, Hermiono!

Przesłała jej promienny uśmiech. Harry mógłby przysiąc, że Parvati czuje wyrzuty sumienia z powodu wyśmiewania się z Hermiony podczas transmutacji. Hermiona też się do niej uśmiechnęła, może nawet jeszcze bardziej serdecznie. Dziewczyny bywają czasem bardzo dziwne.

— Cześć, Parvati! — zawołała Hermiona, całkowicie ignorując Rona i Lavender. — Idziesz wieczorem na to przyjęcie u Slughorna?

— Nikt mnie nie zaprosił — odpowiedziała Parvati ponuro. — Ale bardzo bym chciała, zanosi się na niezłą imprezę... A ty idziesz, tak?

— Tak, spotykam się o ósmej z Cormakiem i...

Rozległ się odgłos przypominający odessanie przepychacza z zatkanego zlewu i Ron wynurzył się z objęć Lavender. Hermiona zachowywała się tak, jakby niczego nie zobaczyła ani nie usłyszała.

— ...pójdziemy razem na to przyjęcie.

— Cormac? Masz na myśli Cormaca McLaggena?

— Tak — odpowiedziała Hermiona słodkim głosem. — Tego, który O MAŁO CO — te ostatnie słowa wymówiła z naciskiem — nie został obrońcą w drużynie Gryfonów.

— To co, chodzisz z nim? — zapytała Parvati, wytrzeszczając oczy.

— Och, tak... nie wiedziałaś? — Hermiona zachichotała tak, jakby nie była Hermioną.

— Nie! — Parvati była wyraźnie podekscytowana tą wiadomością. — Łau, kręcą cię gracze quidditcha, nie? Najpierw Krum, teraz McLaggen...

— Kręcą mnie ci, którzy są w tym NAPRAWDĘ DOBRZY — poprawiła ją Hermiona, wciąż się uśmiechając. — No to do zobaczenia... muszę iść i przygotować się na to przyjęcie...

I odeszła. Lavender i Parvati natychmiast pochyliły się ku sobie, żeby omówić tę nową sytuację, skupiając się na wszystkim, co słyszały o McLaggenie, i tym, co myślą o Hermionie. Ron miał głupią minę i milczał. Harry pogrążył się w rozmyślaniu o tym, jak nisko mogą upaść dziewczyny, które chcą się zemścić.

Kiedy o ósmej zszedł do sali wejściowej, ujrzał tam mnóstwo dziewczyn; wszystkie patrzyły z wyraźnym żalem, gdy zbliżał się do Luny. Miała na sobie trochę zbyt ozdobną srebrną szatę, która wzbudzała chichoty wśród widowni, ale poza tym wyglądała bardzo ładnie. W każdym razie Harry ucieszył się, że nie założyła swoich kolczyków z rzodkiewek, naszyjnika z korków od piwa kremowego i widmokularów.

— Cześć — powitał ją. — To co, idziemy?

— Och, tak! Gdzie jest to przyjęcie?

— W gabinecie Slughorna — odpowiedział Harry, prowadząc ją marmurowymi schodami, byle dalej od tych wszystkich spojrzeń i szeptów. — Słyszałaś, że ma się pojawić wampir?

— Rufus Scrimgeour? — zapytała Luna.

— Co?! — zdziwił się Harry, nie bardzo wiedząc, o co jej chodzi. — Masz na myśli ministra magii?

— Tak, on jest wampirem — stwierdziła Luna rzeczowym tonem. — Ojciec napisał o tym długi artykuł, kiedy Scrimgeour objął stanowisko po Korneliuszu Knocie, ale ktoś z ministerstwa zmusił go, żeby tego nie drukował. Po prostu nie chcieli, żeby prawda wyszła na jaw!

Harry nie bardzo mógł uwierzyć, że Rufus Scrimgeour jest wampirem, ale przywykł już do tego, że Luna powtarzała dziwaczne opinie swojego ojca w taki sposób, jakby w nie święcie wierzyła, więc nic na to nie powiedział. Zbliżali się już do gabinetu Slughorna i coraz wyraźniej słyszeli dochodzące z niego śmiechy, muzykę i głośne rozmowy.

Gabinet Slughorna był o wiele większy od gabinetów innych nauczycieli, choć nie wiadomo, czy tak został zbudowany, czy Slughorn powiększył go jakimiś wymyślnymi czarami. Sufit i ściany obwieszone były szmaragdowymi, szkarłatnymi i złotymi tkaninami, więc pokój wyglądał jak wnętrze wielkiego namiotu, skąpane w czerwonym świetle ozdobnej złotej lampy zwisającej ze środka sufitu, w której trzepotały się prawdziwe żywe elfy. Było tłoczno i duszno. Z odległego kąta dochodził głośny śpiew przy akompaniamencie mandolin. Nad kilkoma starszymi czarodziejami, pogrążonymi w rozmowie, wisiał obłok dymu z fajek. Spora liczba skrzatów domowych przepychała się przez gąszcz łydek i kolan, dźwigając nad głowami ciężkie srebrne półmiski z potrawami, tak że wyglądały jak małe stoliki na kółkach.

— Harry, mój chłopcze! — powitał go z wylewnym uśmiechem Slughorn, gdy tylko wcisnęli się do środka. — Wchodź, wchodź, tylu ludzi chce cię poznać!

Slughorn był w smokingu, a na głowie miał dopasowany do niego barwą aksamitny kapelusz z frędzlami. Ściskając Harry'ego tak mocno za ramię, jakby miał się razem z nim deportować, powiódł go do środka. Harry złapał Lunę za rękę i pociągnął za sobą.

— Harry, chciałbym, żebyś poznał Eldreda Worple'a, mojego dawnego ucznia, autora dzieła *Bracia Krwi: Moje życie wśród wampirów*... i oczywiście jego przyjaciela Sanguiniego.

Worple, niski jegomość w okularach, chwycił dłoń Harry'ego i potrząsnął nią entuzjastycznie. Wampir Sanguini, wysoki, z ciemnymi podkówkami pod oczami, tylko się lekko skłonił. Wyglądał na trochę znudzonego. W pobliżu stała grupka dziewczyn wyraźnie podekscytowanych jego obecnością.

— Harry Potter, jestem naprawdę zachwycony! — rzekł Worple, łypiąc na Harry'ego przez grube szkła. — Mówiłem już profesorowi Slughornowi: „Gdzie jest biografia tego Harry'ego Pottera, na którą wszyscy czekamy?"

— Ee... czyżby?

— Jest taki skromny, jak mówił Horacy! Ale, mówiąc poważnie... — nagle zmienił ton na bardziej rzeczowy — byłbym zachwycony, gdybym sam mógł taką biografię napisać... Ludzie pragną się o tobie dowiedzieć czegoś więcej, mój chłopcze, tak, pragną! Gdybyś udzielił mi kilku wywiadów, powiedzmy cztero... no, może pięciogodzinnych... za parę miesięcy książka byłaby gotowa! A ciebie niewiele by to kosztowało... możesz zapytać Sanguiniego, czy to... SANGUINI, ZOSTAŃ Z NAMI! — dodał surowym tonem, bo wampir zmierzał już ku grupce dziewcząt, mając wyraźnie głód w oczach. — Masz, zjedz sobie — powiedział, chwytając pasztecik z półmiska wędrującego obok nich na głowie jakiegoś skrzata, po czym znowu zwrócił się do Harry'ego. — Drogi chłopcze, nawet sobie nie wyobrażasz, ile złota możesz za to mieć...

— Nie jestem tym zainteresowany — odparł stanowczo Harry. — Przepraszam, ale właśnie zobaczyłem kogoś znajomego...

I pociągnął za sobą Lunę w tłum. Rzeczywiście dostrzegł długą grzywę brązowych włosów, znikającą między dwiema czarownicami, które wyglądały na członkinie kapeli Fatalne Jędze.

— Hermiono! HERMIONO!

— Harry! No, jesteś, dzięki Bogu! Cześć, Luna!

— Co ci się stało? — zapytał, bo Hermiona była rozczochrana i wymięta, jakby przed chwilą przeciskała się przez gąszcz diabelskich sideł.

— Och, właśnie się wyrwałam... to znaczy, właśnie zostawiłam Cormaca... Pod jemiołą — wyjaśniła, bo Harry wciąż patrzył na nią pytającym wzrokiem.

— Widzę, że nieźle się z nim bawisz — powiedział poważnie.

— Ach, chciałam rozzłościć Rona — stwierdziła beznamiętnie. — Przez chwilę myślałam o Zachariaszu, ale uznałam, że...

— MYŚLAŁAŚ O SMISIE?

— Tak, i zaczynam żałować, że nie wybrałam jego, przy tym McLaggenie to chyba nawet Graup jest dżentelmenem. Chodźmy tam, jego zawsze zobaczymy, bo jest taki wysoki...

Zaczęli się w trójkę przeciskać w drugi koniec pokoju, zgarniając po drodze puchary z miodem pitnym. Za późno się zorientowali, że stoi tam samotna profesor Trelawney.

— Dobry wieczór! — powiedziała uprzejmie Luna.

— Dobry wieczór, moja droga — odpowiedziała profesor Trelawney, z pewnym trudem skupiając wzrok na Lunie. Harry znowu poczuł zapach kuchennego sherry. — Nie widziałam cię ostatnio na moich lekcjach...

— Nie, w tym roku uczy nas Firenzo.

— No tak, oczywiście — prychnęła profesor Trelawney ze złośliwym uśmieszkiem starej pijaczki. — Ja go nazywam Chabeto. Myślałby kto, że skoro już wróciłam do szkoły, profesor Dumbledore pozbędzie się konia... ale nie... oboje prowadzimy lekcje... Co za zniewaga, naprawdę, to po prostu zniewaga. Czy wiesz, że...

Profesor Trelawney była zbyt zalana, żeby rozpoznać Harry'ego. Korzystając z jej ataku złości, przysunął się do Hermiony i powiedział półgłosem:

— Porozmawiajmy szczerze. Masz zamiar powiedzieć Ronowi, że wpływałaś na przebieg sprawdzianów, kiedy wybierałem obrońcę?

Hermiona uniosła brwi.

— Naprawdę myślisz, że mogłabym upaść tak nisko?

Spojrzał na nią przenikliwie.

— No, jeśli mogłaś przyjść z McLaggenem...

— To zupełnie co innego — odpowiedziała z godnością. — Nie mam zamiaru mówić Ronowi o tym, co mogło albo nie mogło się zdarzyć podczas sprawdzianów.

— To dobrze, bo znowu by się zdołował i przegralibyśmy następny mecz...

— Quidditch! Czy wy, chłopaki, macie tylko to w głowie? Cormac w ogóle się mną nie interesował, wciąż tylko nawijał o Stu Wielkich Obronach Niepokonanego Cormaca McLaggena, non stop, od kiedy... Och nie, on tu idzie!

Uciekła tak szybko, jakby się deportowała: w jednej chwili była tu, a w następnej przecisnęła się między dwiema rozrechotanymi czarownicami i znikła.

— Widziałeś Hermionę? — zapytał McLaggen, przeciskając się przez tłum minutę później.

— Nie, przykro mi — odrzekł Harry i odwrócił się szybko, by przyłączyć się do Luny, zapominając na chwilę, z kim ona rozmawia.

— Harry Potter! — powiedziała profesor Trelawney głębokim, wibrującym głosem, zauważywszy go po raz pierwszy.

— O, dobry wieczór — mruknął bez entuzjazmu.

— Mój drogi chłopcze! — szepnęła czule. — Te plotki! Te opowieści! Wybraniec! Oczywiście ja wiedziałam już dawno... omeny nigdy nie były dobre, Harry... ale dlaczego nie chodzisz dalej na wróżbiarstwo? Dla ciebie to tak ważny przedmiot, ważniejszy niż dla kogokolwiek innego!

— Ach, Sybillo, każdy z nas uważa swój przedmiot za najważniejszy! — rozległ się tubalny głos Slughorna, który pojawił się przy profesor Trelawney. Był czerwony na twarzy, kapelusz mu się przekrzywił, w jednej ręce trzymał szklankę miodu, a w drugiej olbrzymi piróg nadziewany mięsem. — Ale on ma wrodzony talent do sporządzania eliksirów! Chyba jeszcze nigdy nie widziałem kogoś, kto by już się urodził z takimi zdolnościami! — Łypnął czule na Harry'ego nabiegłymi krwią oczami. — On ma wrodzony instynkt... jak jego matka! Mówię ci, Sybillo, uczyłem tylko paru, którzy mieli takie zdolności... ba, nawet Severus...

I ku przerażeniu Harry'ego wyciągnął rękę i zagarnął Snape'a, jakby go wyczarował z powietrza.

— Przestań się dąsać, Severusie, i przyłącz się do nas! — Slughorn czknął głośno. — Właśnie mówiłem o zupełnie wyjątkowym talencie Harry'ego do sporządzania eliksirów! Oczywiście to trochę twoja zasługa, uczyłeś go przecież przez pięć lat!

Snape, uwięziony pod ramieniem Slughorna, który zawiesił się na nim całym ciężarem, spojrzał sponad swojego haczykowatego nosa na Harry'ego i oczy mu się zwęziły.

— To zabawne, jakoś nigdy nie miałem wrażenia, żebym czegoś Pottera nauczył.

— No widzisz, więc on ma talent wrodzony! — krzyknął Slughorn. — Trzeba ci było widzieć, jak na pierwszej lekcji sporządził Wywar Żywej Śmierci... jeszcze żadnemu uczniowi nie udało się to przy pierwszej próbie, chyba nawet ty, Severusie...

— Naprawdę? — wycedził Snape, nie spuszczając wzroku z Harry'ego, który poczuł lekki niepokój. Tego mu jeszcze brakowało, żeby Snape zaczął węszyć za źródłem jego nagłej perfekcji w sporządzaniu eliksirów...

— Przypomnij mi, Harry, jakie jeszcze przedmioty wybrałeś? — zagadnął Slughorn.

— Obronę przed czarną magią, zaklęcia, transmutację, zielarstwo...

— Krótko mówiąc, przedmioty, których się wymaga od kandydata na aurora — przerwał mu Snape z drwiącym uśmieszkiem.

— No tak, bo chciałbym zostać aurorem — powiedział Harry wyzywającym tonem.

— No i na pewno będziesz, i to wielkim! — ucieszył się Slughorn.

— Nie powinieneś zostać aurorem, Harry — odezwała się niespodziewanie Luna. Wszyscy na nią spojrzeli. — Aurorzy należą do Sprzysiężenia Zgniłego Kła, chyba każdy o tym wie. Odwalają krecią robotę, żeby zniszczyć Ministerstwo Magii za pomocą kombinacji czarnej magii i choroby dziąseł.

Harry, który właśnie uniósł do ust puchar miodu pitnego, parsknął śmiechem i wciągnął nosem połowę jego zawartości. Naprawdę, warto było przyprowadzić tu Lunę choćby tylko dla tego jednego jej wyskoku. Cały oblany miodem, krztusząc się i kaszląc, zobaczył coś, co jeszcze bardziej poprawiło mu nastrój: Argus Filch wlókł ku nim za ucho Dracona Malfoya.

— Profesorze Slughorn — wydyszał chrapliwie Filch, któremu drgały szczęki, a w jego wyłupiastych oczach płonął żar maniakalnego łowcy uczniowskich wybryków — nakryłem tego chłopaka, jak czaił się na korytarzu. Twierdzi, że został zaproszony na przyjęcie i trochę się spóźnił. Czy pan go zapraszał, panie profesorze?

Malfoy wyrwał mu się i stanął przed nimi rozjuszony.

— No dobra, nie byłem zaproszony! Próbowałem się jakoś wkręcić! Zadowolony?

— Nie, wcale nie jestem zadowolony! — oświadczył Filch, czemu przeczyła błogość, która rozlała się na jego twarzy. — Masz poważne kłopoty, chłopcze, bardzo poważne! Nie słyszałeś, jak dyrektor mówił, żebyście nie włóczyli się po nocy, chyba że macie specjalne pozwolenie? Nie słyszałeś o tym?

— Już dobrze, Argusie, wystarczy — powiedział Slughorn, machając ręką. — Mamy Boże Narodzenie; to nie zbrodnia, że chłopak próbował dostać się na przyjęcie. Ten jeden raz zapomnimy o karze. Możesz zostać, Draco.

Można było przewidzieć, że na twarzy Filcha pojawi się wyraz oburzenia i zawodu, ale dlaczego, u licha, zastanawiał się Harry, Malfoy wygląda na prawie równie niezadowolonego? I dlaczego Snape patrzy na Malfoya, jakby był na niego zły, a jednocześnie... czy to możliwe?... jakby się trochę bał?

Ale zaledwie zdążył to wszystko zarejestrować, Filch odwrócił się i odszedł, powłócząc nogami i mamrocząc coś pod nosem. Malfoy, już uśmiechnięty, dziękował Slughornowi za jego wspaniałomyślność, a twarz Snape'a stała się znowu tak nieprzenikniona jak zawsze.

— Ależ to nic takiego, nic takiego — mówił Slughorn do Malfoya, machając lekceważąco ręką. — W końcu znałem twojego dziadka...

— Zawsze mówił o panu z wielkim szacunkiem, panie profesorze — wtrącił szybko Malfoy. — Mówił, że jest pan najlepszym twórcą eliksirów, jakiego zna.

Harry przypatrywał mu się uważnie. Jego podlizywanie się nie zrobiło na nim żadnego wrażenia — Malfoy już od dawna robił to na lekcjach Snape'a — zaintrygowało go jednak, że wyglądał na trochę chorego. Nie widział go z bliska od dawna. Malfoy miał cienie pod oczami, a jego skóra miała szarawy odcień.

— Draconie, chciałbym zamienić z tobą słówko — powiedział nagle Snape.

— Och, doprawdy, Severusie — odezwał się Slughorn i znowu czknął — mamy Boże Narodzenie, nie bądź zbyt surowy...

— Jestem opiekunem jego domu i to ja będę decydował, czy mam być surowy, czy pobłażliwy — oświadczył szorstko Snape. — Draco, za mną.

I odeszli, Snape pierwszy, Malfoy za nim z obrażoną miną. Harry stał przez chwilę niezdecydowany, po czym powiedział:

— Zaraz wrócę... Luna... ee... toaleta...

— W porządku — odpowiedziała wesoło.

Kiedy przepychał się przez tłum, zdawało mu się, że słyszy, jak Luna opowiada profesor Trelawney o Sprzysiężeniu Zgniłego Kła. Sądząc po odgłosach, jakie wydawała pani Trelawney, bardzo ją to zainteresowało.

Wyszedł na korytarz. Tu, z dala od tłumu gości, łatwo mu już było wyciągnąć pelerynę-niewidkę i zarzucić na siebie, bo korytarz był pusty. Trudniej było znaleźć Snape'a i Malfoya. Pobiegł korytarzem, nie bojąc się, że ktoś usłyszy jego kroki, bo z gabinetu Slughorna wciąż dochodziła muzyka i głośne rozmowy. Może Snape zabrał Malfoya do swojego gabinetu w lochach... a może towarzyszył mu z powrotem do pokoju wspólnego Ślizgonów? Przyciskał jednak ucho do każdych mijanych drzwi, aż w końcu serce zabiło mu mocniej z podniecenia, bo w ostatniej klasie usłyszał głosy.

— ...nie możemy sobie pozwolić na błędy, Draco, bo jak cię wyrzucą...

— Nie miałem z tym nic wspólnego!

— Mam nadzieję, że mówisz prawdę, bo to było i głupie, i niezdarne. A i tak już cię o to podejrzewają.

— Kto mnie podejrzewa? Mówię po raz ostatni, ja tego nie zrobiłem, rozumie pan? Ta Bell musiała mieć wroga, o którym nikt nie wie... Niech pan tak na mnie nie patrzy! Wiem, co pan robi, nie jestem głupi, ale to nie zadziała... mogę pana powstrzymać!

Zapadło milczenie, a potem Snape powiedział spokojnie:

— Ach... widzę, że ciotka Bellatriks uczy cię oklumencji. Jakie myśli próbujesz ukryć przed swoim panem, Draco?

— Niczego nie próbuję ukryć przed NIM, po prostu nie chcę, żeby PAN grzebał w moich myślach!

Harry przycisnął jeszcze mocniej ucho do dziurki od klucza. Co sprawiło, że Malfoy mówi takim tonem do Snape'a, do którego zawsze odnosił się z szacunkiem, może nawet go lubił?

— Więc to dlatego unikałeś mnie przez cały semestr? Tego się boisz? Zdajesz sobie sprawę, że gdyby ktokolwiek inny nie przyszedł do mojego gabinetu, choćbym mu parę razy powtórzył, że ma przyjść, to...

— To co, da mi pan szlaban? Wyśle do Dumbledore'a? — zadrwił Malfoy.

Znowu zapadło milczenie, a potem Snape powiedział:

— Wiesz dobrze, że nie chcę ani tego, ani tego.

— Więc niech pan przestanie mi powtarzać, żebym przyszedł do pana gabinetu!

— Posłuchaj mnie, Draco — powiedział Snape tak cicho, że Harry musiał jeszcze mocniej przycisnąć ucho do dziurki od klucza, żeby cokolwiek usłyszeć — próbuję ci pomóc. Przysiągłem twojej matce, że będę cię chronił. To była Przysięga Wieczysta, Draco...

— Więc wygląda na to, że będzie pan musiał ją złamać, bo ja nie potrzebuję pana ochrony! To moje zadanie, on mi je zlecił i wypełniam je. Mam już plan, który się sprawdza, wymaga po prostu więcej czasu, niż myślałem!

— Co to za plan?

— To nie pański interes!

— Jeśli mi powiesz, mogę ci pomóc...

— Wielkie dzięki, mam pomocników, nie jestem sam!

— Ale z pewnością dziś byłeś sam, kiedy włóczyłeś się po korytarzach. Bez czujki, bez żadnego wsparcia... To są elementarne błędy...

— Miałbym ze sobą Crabbe'a i Goyle'a, gdyby nie dał im pan szlabanu!

— Trochę ciszej! — warknął Snape, bo Malfoy podniósł głos. — Jeśli twoi przyjaciele Crabbe i Goyle zamierzają tym razem zdać Standardowe Umiejętności Magiczne z obrony przed czarną magią, to muszą się do tego przyłożyć bardziej niż do...

— A jakie to ma znaczenie? Obrona przed czarną magią... to wszystko są bzdury! To tylko gra! Jakby każdy z nas potrzebował ochrony przed czarną magią...

— Ta gra ma kluczowe znaczenie dla odniesienia sukcesu, Draco! Jak myślisz, gdzie bym był przez te wszystkie lata, gdybym nie potrafił grać? A teraz mnie posłuchaj! Byłeś bardzo nieostrożny, włócząc się nocą po zamku i dając się złapać, a jeśli liczysz na takich pomocników jak Crabbe i Goyle...

— Mam nie tylko ich, mam jeszcze innych, o wiele lepszych!

— Więc dlaczego mi nie zaufasz? Mogę...

— Wiem, o co panu chodzi! Chce pan odebrać mi sławę!

Znowu zapadła cisza, a potem Snape powiedział chłodno:

— Nie bądź dziecinny, Draco. Rozumiem, że schwytanie i uwięzienie twojego ojca mogło cię wytrącić z równowagi, ale...

Harry miał tylko ułamek sekundy na reakcję, bo po drugiej stronie drzwi usłyszał kroki Malfoya. Odskoczył do tyłu w tej samej chwili, gdy otworzyły się gwałtownie. Malfoy ruszył korytarzem, mijając otwarte drzwi gabinetu Slughorna, skręcił za odległy róg i zniknął.

Harry przykucnął i wstrzymał oddech, gdy Snape wyszedł z klasy. Znowu miał nieprzeniknioną twarz. Wrócił na przyjęcie, a Harry nie ruszał się z miejsca, ukryty pod peleryną-niewidką. Jego myśli pędziły jak oszalałe.

ROZDZIAŁ SZESNASTY

Bardzo mroźne Boże Narodzenie

Więc Snape oferował mu pomoc? Naprawdę OFEROWAŁ MU POMOC?

— Jeśli zapytasz mnie o to jeszcze raz — odrzekł Harry — wepchnę ci ten kiełek w...

— Ja się tylko upewniam!

Stali przy zlewie kuchennym, obierając stertę kiełków dla pani Weasley. Za oknem naprzeciw sypał gęsty śnieg.

— TAK, SNAPE OFEROWAŁ MU POMOC! Powiedział, że obiecał to matce Malfoya, że złożył jej Przysięgę Wieczystą czy coś w tym rodzaju...

— Przysięgę Wieczystą? — powtórzył Ron z niedowierzaniem. — Nie, to niemożliwe... Jesteś pewny?

— Tak, jestem pewny. A co to znaczy?

— No, nie można złamać Przysięgi Wieczystej...

— Wyobraź sobie, że sam zdołałem się tego domyślić. Ale co się dzieje, gdy ktoś ją złamie?

— Po prostu się umiera. Fred i George próbowali mnie namówić, żebym ją złożył, jak miałem z pięć lat. Prawie im się to udało, trzymałem już rękę Freda i w ogóle, kiedy nakrył nas ojciec. Dostał szału. To był ten jeden jedyny raz, kiedy tata wściekł się tak jak mama. Fred twierdzi, że od tego czasu ma trochę zmieniony lewy pośladek.

— No dobra, ale pomijając lewy pośladek Freda...

— Słucham? — rozległ się głos Freda, gdyż obaj bliźniacy weszli właśnie do kuchni. — Aaaa... George, popatrz na to. Używają noży! A niech ich...

— Za dwa miesiące z kawałkiem skończę siedemnaście lat — burknął Ron — i wtedy będę mógł robić to za pomocą czarów!

— Ale póki co — rzekł George, siadając i zakładając nogi na kuchenny stół — możemy sobie popatrzyć, jak nam zademonstrujesz poprawne użycie... hopla!

— Ty mi to zrobiłeś! — krzyknął ze złością Ron, ssąc zraniony kciuk. — Poczekaj, jak skończę siedemnaście lat...

— To na pewno olśnisz nas wszystkich swoimi magicznymi zdolnościami, których do tej pory nikt u ciebie nie podejrzewał — odrzekł Fred, ziewając.

— A skoro już mówimy o niespodziewanie ujawnionych zdolnościach — odezwał się George — to słyszeliśmy od Ginny coś o tobie i o tej panience, która się nazywa... chyba że mamy nieścisłe informacje... Lavender Brown...

Ron trochę poczerwieniał, ale wcale nie wyglądał na niezadowolonego, kiedy odwrócił się w stronę sterty kiełków.

— Pilnuj swojego interesu.

— Jaka błyskotliwa odpowiedź! — pochwalił go Fred. — Aż mnie zatkało. Ale nas nie obchodzi twój interes, chcemy tylko wiedzieć... jak do tego doszło?

— Niby co?

— Miała jakiś wypadek czy co?

— Co?

— No wiesz, jak doznała aż takiego uszkodzenia mózgu... Ej, ostrożnie!

Pani Weasley weszła do kuchni w samą porę, by zobaczyć, jak Ron rzuca we Freda nożem do kiełków, a Fred jednym leniwym machnięciem różdżki zamienia nóż w papierowy samolocik.

— RON! — krzyknęła ze złością. — Żebym nigdy więcej nie widziała, jak rzucasz nożem!

— Już nie zobaczysz — powiedział Ron i dodał pod nosem: — bo ci nie pozwolę.

— Fred, George, bardzo mi przykro, ale wieczorem przyjeżdża Remus, więc Bill będzie musiał się jakoś z wami pomieścić.

— Nie ma sprawy — odrzekł George.

— A ponieważ Charliego nie będzie, więc Harry i Ron mogą spać razem na strychu, a jeśli Fleur zamieszka z Ginny...

— ...to będzie dla Ginny prezent pod choinkę... — mruknął Fred.

— ...to wszyscy powinni mieć wygodnie. No, w każdym razie będą mieli gdzie spać — powiedziała pani Weasley z lekkim zażenowaniem.

— Więc to już pewne, że nie zobaczymy wstrętnej buźki Percy'ego? — zapytał Fred.

— Nie, chyba jest bardzo zapracowany w ministerstwie.

— Albo jest największym palantem na świecie — powiedział Fred, kiedy pani Weasley wyszła z kuchni. — Jedno z dwojga. No, to zmywamy się, George.

— A co będziecie robić? Nie moglibyście nam pomóc przy tych kiełkach? Możecie przecież użyć różdżki i wtedy my też bylibyśmy wolni!

— Nie, nie możemy tego zrobić — odpowiedział Fred z powagą. — Takie obieranie warzyw bez użycia czarów bardzo kształtuje charakter. Nauczycie się doceniać, jakie trudy muszą znosić mugole i charłaki...

— ...a jeśli chcesz, żeby ktoś ci pomógł, Ron — dodał George, rzucając w niego papierowym samolocikiem — nie powinieneś w niego ciskać nożami. To taka drobna rada. Idziemy do wioski, w sklepie papierniczym pracuje bardzo ładna dziewczyna, która uważa, że moje sztuczki z kartami są super... prawie jak prawdziwa magia...

— Dupki — mruknął ponuro Ron, patrząc przez okno, jak Fred i George idą przez zaśnieżone podwórko. — Zajęłoby to im dziesięć sekund i my też moglibyśmy pójść.

— Ja bym nie mógł — powiedział Harry. — Obiecałem Dumbledore'owi, że nie ruszę się nigdzie, jak tu będę.

— No tak... — Ron obrał kilka kiełków i zapytał: — Powiesz Dumbledore'owi, o czym rozmawiali Snape i Malfoy?

— Pewnie. Powiedziałbym to każdemu, kto mógłby ich powstrzymać, a Dumbledore jest na czele mojej listy. Mógłbym też porozmawiać z twoim tatą.

— Szkoda, że nie dosłyszałeś, co Malfoy naprawdę knuje.

— A niby jak? Na tym polega cały problem: on nie chciał tego zdradzić Snape'owi.

Przez chwilę milczeli, a potem Ron powiedział:

— Oczywiście wiesz, jak oni na to zareagują? Tata i Dumbledore, wszyscy? Powiedzą, że Snape tak naprawdę wcale nie chce pomóc Malfoyowi, tylko próbuje z niego wyciągnąć, co on knuje.

— Nie słyszeli go. Nikt nie potrafiłby aż tak grać, nawet Snape.

— No... tak tylko mówię — powiedział Ron.

Harry spojrzał na niego, marszcząc czoło.

— Ale ty chyba uważasz, że mam rację, co?

— Oczywiście! — odrzekł szybko Ron. — Poważnie! Ale pamiętaj, oni wszyscy wierzą, że Snape jest członkiem Zakonu.

Harry nic nie powiedział. Już wcześniej przyszło mu do głowy, że właśnie dlatego nie będą chcieli przyznać mu racji. Już słyszał, jak Hermiona mówi: „To przecież jasne, Harry, on tylko udawał, że chce pomóc, żeby wyciągnąć z Malfoya, co on robi..."

Nie miał jednak okazji, by opowiedzieć Hermionie o podsłuchanej rozmowie. Kiedy wrócił na przyjęcie u Slughorna, już jej nie było, w każdym razie tak mu powiedział wzburzony McLaggen, a kiedy znalazł się z powrotem w pokoju wspólnym, poszła już spać. Następnego dnia wcześnie rano wyjechał z Ronem do Nory, więc zdążył tylko złożyć jej życzenia świąteczne i powiedzieć, że kiedy wrócą, przekaże jej bardzo ważne nowiny. Nie był jednak pewny, czy w ogóle to usłyszała, bo akurat w tym czasie Ron i Lavender żegnali się w sposób całkowicie niewerbalny.

Ale nawet Hermiona nie mogłaby zaprzeczyć jednemu: Malfoy z całą pewnością coś knuje, a Snape o tym wie, więc Harry miał pełne prawo powiedzieć: „A nie mówiłem", co już kilka razy powtórzył Ronowi.

Pan Weasley codziennie wracał z ministerstwa późno w nocy, zatem okazja do tego, by z nim porozmawiać, nadarzyła się dopiero w wieczór wigilijny. Weasleyowie i ich goście siedzieli w salonie, który Ginny udekorowała tak bogato, że trudno było się poruszać, nie zaplątując w kolorowe łańcuchy i świecidełka. Tylko Fred, George, Harry i Ron wiedzieli, że anioł na szczycie choinki tak naprawdę jest ogrodowym gnomem, który ugryzł Freda w kostkę, gdy ten wyrywał marchewkę na bożonarodzeniowy obiad. Potraktowany zaklęciem drętwoty, pomalowany na złoto, wepchnięty w miniaturowy kostium baletnicy, z małymi skrzydełkami przylepionymi do pleców, łypał na nich spode łba — chyba najbrzydszy anioł, jakiego Harry w życiu widział, z dużą łysą głową podobną do kartofla i owłosionymi stopami.

Wszyscy musieli wysłuchać bożonarodzeniowej audycji radiowej z udziałem ulubionej piosenkarki pani Weasley, Celestyny Warbeck. Podczas gdy jej świergot płynął z wielkiego drewnianego radia, Fleur, którą Celestyna wyraźnie nudziła, rozmawiała w kącie tak głośno, że pani Weasley raz po raz celowała różdżką w radio, by podwyższyć moc, tak że Celestyna świergotała coraz głośniej. W trakcie szczególnie krzykliwego przeboju pod tytułem *Kociołek pełen gorącej miłości* Fred i George zaczęli grać z Ginny w eksplodującego durnia. Ron wciąż spoglądał ukradkiem na Billa i Fleur, jakby chciał się czegoś od nich nauczyć. Remus Lupin, jeszcze bardziej chudy i obszarpany niż zwykle, siedział przy kominku, gapiąc się w ogień, jakby w ogóle nie słyszał boskiej Celestyny.

Przyjdź, w mym kociołku zamieszaj,
A jeśli dobrze to zrobisz,
Na nic już więcej nie czekaj,
Bo nocą cię ktoś wynagrodzi.

— Tańczyliśmy to, kiedy mieliśmy po osiemnaście lat — westchnęła pani Weasley, ocierając oczy robótką na drutach. — Pamiętasz, Arturze?

— Mmm? — mruknął pan Weasley, któremu głowa kiwała się nad obieraną mandarynką. — Och, tak... cudowna melodia...

Wyprostował się z pewnym wysiłkiem i spojrzał na Harry'ego, który siedział obok.

— Przepraszam za to — powiedział, wskazując głową radio, gdy Celestyna włączyła się do refrenu. — Zaraz się skończy.

— Nic nie szkodzi — odrzekł Harry z uśmiechem. — W ministerstwie pewno sporo roboty?

— Mnóstwo. No, może trochę nam brakuje sukcesów, bo wątpię, czy wśród tych trzech, których aresztowaliśmy w ciągu paru ostatnich miesięcy, jest choć jeden prawdziwy śmierciożerca... Tylko nie powtarzaj tego, Harry — dodał szybko, jakby nagle odechciało mu się spać.

— A więc Stana Shunpike'a już wypuścili, tak?

— Niestety nie. Wiem, że Dumbledore próbował interweniować bezpośrednio u Scrimgeoura... no wiesz, każdy, kto Stana przesłuchiwał, jest zdania, że ma tyle wspólnego ze śmierciożercami, ile ta mandarynka... ale wyższe czynniki chcą sprawiać wrażenie, że coś robią, a „trzy zatrzymania" brzmią lepiej od „trzech omyłkowych zatrzymań i uwolnień"... Ale to też jest ściśle tajne...

— Nikomu nie powiem — zapewnił go Harry. Wahał się przez chwilę, zastanawiając się, jak przejść do tego, co chciał panu Weasleyowi powiedzieć, podczas gdy Celestyna Warbeck zaczęła śpiewać balladę *Wyczarowałeś ze mnie serce*.

— Panie Weasley, pamięta pan, co panu mówiłem na stacji, kiedy wyjeżdżaliśmy do szkoły?

— Sprawdziłem to, Harry — odpowiedział natychmiast pan Weasley. — Poszedłem i przeszukałem dom Malfoya. Nie znalazłem niczego, obojętnie czy zepsutego, czy całego, czego nie powinno tam być.

— Tak, wiem, czytałem w „Proroku", że pan tam był... ale chodzi o coś innego... o coś bardziej...

I opowiedział panu Weasleyowi wszystko, co podsłuchał z rozmowy Malfoya i Snape'a. Zauważył, że Lupin zwrócił ku nim lekko głowę, chwytając każde słowo. A kiedy skończył, zapadło milczenie, tylko głos Celestyny zawodził:

Och, moje ty biedne serce,
Gdzieżeś ty się podziało?
Po jednym jego zaklęciu
Gdzieżeś ty uleciało?

— Czy nie przyszło ci do głowy, Harry — rzekł pan Weasley — że Snape po prostu udaje...

— Udaje, że chce Malfoyowi pomóc, aby się dowiedzieć, co on knuje? Spodziewałem się, że pan tak powie. Ale skąd pewność?

— To nie nasza sprawa — odezwał się niespodziewanie Lupin. Odwrócił się znowu od kominka i patrzył teraz na Harry'ego. — To sprawa Dumbledore'a. Dumbledore ufa Severusowi i to nam powinno wystarczyć.

— Ale załóżmy — powiedział Harry — że Dumbledore myli się co do Snape'a...

— Już to nieraz słyszałem. Wszystko sprowadza się do tego, czy mamy zaufanie do osądu Dumbledore'a: Ja mam, więc mam też zaufanie do Severusa.

— Ale nawet Dumbledore może popełniać błędy — upierał się Harry. — Sam to mówi. A pan... — spojrzał Lupinowi prosto w oczy — ...pan naprawdę lubi Snape'a?

— Ani go lubię, ani nie lubię — odrzekł Lupin. — Nie, Harry, mówię szczerą prawdę — dodał, widząc, że Harry zrobił sceptyczną minę. — Może nigdy nie byliśmy bliskimi przyjaciółmi; po tym, do czego doszło między Jamesem, Syriuszem i Severusem, za dużo w nas było goryczy. Ale nie zapomniałem, że kiedy nauczałem w Hogwarcie, to Severus przyrządzał mi co miesiąc wywar tojadowy i robił to dobrze, tak że nie musiałem cierpieć jak zwykle w czasie pełni księżyca.

— Ale „przypadkowo" wygadał się, że jest pan wilkołakiem, i musiał pan odejść! — powiedział ze złością Harry.

Lupin wzruszył ramionami.

— To i tak by się rozniosło. Obaj wiemy, że bardzo pragnął zająć moje miejsce, ale przecież mógł mi wyrządzić o wiele większą szkodę, fałszując eliksir. Dbał o moje zdrowie. Muszę mu być wdzięczny.

— Może nie śmiał majstrować przy tym wywarze, bo wiedział, że Dumbledore go obserwuje!

— Ty po prostu uparłeś się, by go nienawidzić, Harry — powiedział Lupin z lekkim uśmiechem. — I rozumiem cię, bo mając Jamesa za rodzonego ojca, a Syriusza za ojca chrzestnego, odziedziczyłeś dawne uprzedzenia. Oczywiście opowiedz Dumbledore'owi wszystko, co opowiedziałeś mnie i Arturowi, ale nie spodziewaj się, że będzie tym zaskoczony. Wcale bym się nie dziwił, gdyby to właśnie Dumbledore polecił Snape'owi, by wypytał Malfoya.

...lecz skoro mi je rozdarłeś,
mnie samej już nie dostaniesz.
Będę ci wdzięczna wielce,
gdy oddasz mi moje seeerceee!

Celestyna zakończyła piosenkę długą, bardzo wysoką nutą, a w radiu rozległy się długie oklaski, do których przyłączyła się z entuzjazmem pani Weasley.

— Już koniec? — zapytała głośno Fleur. — Dzięki Bogu, co za okropni...

— To co, może kieliszeczek przed snem? — zaproponował pan Weasley, zrywając się z fotela. — Kto chce trochę ajerkoniaku?

— Co pan ostatnio porabiał? — zapytał Harry Lupina, kiedy pan Weasley poszedł po ajerkoniak, a wszyscy przeciągnęli się i zaczęli rozmawiać.

— Och, byłem w podziemiu. Prawie dosłownie. Dlatego nie mogłem do ciebie pisać, Harry. Gdybym wysyłał do ciebie listy, to mógłbym się zdradzić.

— Co pan ma na myśli?

— Byłem wśród moich towarzyszy, takich jak ja. Wśród wilkołaków — dodał, poznając po minie Harry'ego, że nie bardzo wie, o co chodzi. — Prawie wszyscy są po stronie Voldemorta. Dumbledore chciał mieć wśród nich szpiega, no i miał mnie... jak na zawołanie.

W jego głosie można było wyczuć rozgoryczenie i chyba zdał sobie z tego sprawę, bo uśmiechnął się ciepło i ciągnął dalej:

— Nie uskarżam się, to konieczne zadanie, a kto mógłby wykonać je lepiej ode mnie? Trudno jednak pozyskać ich zaufanie. No bo, widzisz, noszę na sobie nieomylne znaki życia wśród czarodziejów, a oni porzucili normalne społeczeństwo i żyją na jego marginesie, kradnąc... czasami zabijając... żeby się pożywić.

— Dlaczego polubili Voldemorta?

— Myślą, że pod jego panowaniem będzie im się lepiej żyło. I trudno się o to sprzeczać z Greybackiem...

— Kto to taki?

— Nie słyszałeś o nim? — Dłonie Lupina spoczywające na kolanach zacisnęły się konwulsyjnie. — Fenrir Greyback jest chyba najdzikszym z żyjących wilkołaków. Uważa, że jego życiowym powołaniem jest ukąszenie i zatrucie jak największej liczby ludzi. Pragnie stworzyć tylu wilkołaków, żeby móc zwyciężyć czarodziejów. Voldemort obiecał, że ofiar mu nie zabraknie. Greyback specjalizuje się w dzieciach... Uważa, że dziecko trzeba ukąsić, póki jest małe, i wychować z dala od rodziców, żeby nienawidziło normalnych czarodziejów. Voldemort grozi, że pozwoli mu bezkarnie polować na dzieci, taka groźba zwykle odnosi skutek.

Zamilkł na chwilę, a potem dodał:

— To Greyback był tym wilkołakiem, który mnie ugryzł.

— Co? — zdumiał się Harry. — Kiedy? Kiedy był pan dzieckiem?

— Tak. Mój ojciec go obraził. Przez długi czas nie znałem tożsamości wilkołaka, który mnie ukąsił; było mi go nawet trochę żal, myślałem, że uczynił to, nie panując nad sobą... w końcu już sam wiedziałem, jak to jest. Ale Greyback jest inny. Kiedy tylko nastanie pełnia księżyca, krąży blisko swych ofiar, gotów zaatakować. Wszystko dokładnie planuje. I jego właśnie wykorzystuje Voldemort, żeby sterować wilkołakami. Cóż, nie będę udawał, że moje wyrozumowane argumenty są silniejsze od przekonania Greybacka, że nam, wilkołakom, należy się krew, że powinniśmy się mścić na normalnych ludziach.

— Ale przecież pan jest normalny! Pan ma tylko... pewien problem...

Lupin wybuchnął śmiechem.

— Czasami bardzo mi przypominasz Jamesa. On też, w towarzystwie, nazywał to „małym futerkowym problemem". Wiele osób odnosiło wrażenie, że mam jakiegoś niesfornego królika.

Przyjął od pana Weasleya kieliszek ajerkoniaku, podziękował mu i jakby się trochę rozweselił. Natomiast Harry poczuł nagłą falę podniecenia: ta ostatnia wzmianka o jego ojcu przypomniała mu, że jest coś, o co chciał zapytać Lupina.

— Słyszał pan o kimś, kto się nazywa Księciem Półkrwi?

— Półkrwi czym?

— Księciem — odrzekł Harry, przypatrując mu się uważnie.

— Wśród czarodziejów nie ma książąt — powiedział Lupin z uśmiechem. — Czy to tytuł, o którym marzysz? Myślałby kto, że powinien ci wystarczyć Wybraniec.

— To nie ma nic wspólnego ze mną! — oburzył się Harry. — Książę Półkrwi to ktoś, kto kiedyś uczył się w Hogwarcie, mam jego stary podręcznik do eliksirów. Nad formułami zaklęć powypisywał inne, przez siebie wynalezione. Jedna z nich to *Levicorpus*...

— Och, za moich czasów to było bardzo modne zaklęcie! W piątej klasie często się wisiało w powietrzu.

— Używał go mój ojciec. Widziałem to w myślodsiewni, użył go wobec Snape'a.

Chciał, żeby to zabrzmiało naturalnie, jak rzucona mimochodem błaha uwaga, ale nie był pewny, czy osiągnął zamierzony efekt, bo Lupin uśmiechnął się ze zrozumieniem.

— Tak — powiedział — ale nie on jeden. Jak mówię, było bardzo popularne... Wiesz, jak to jest, jedno zaklęcie przemija, pojawia się inne...

— Ale wiele wskazuje na to, że wynaleziono je właśnie wtedy, kiedy pan był w Hogwarcie — upierał się Harry.

— Niekoniecznie. Zaklęcia podlegają modzie, tak jak wszystko. — Spojrzał mu w oczy i dodał spokojnie: — Harry, James był czarodziejem czystej krwi, i przysięgam ci, nigdy nie prosił, żeby go nazywano „księciem".

Harry uznał, że dość już kluczenia wokół tematu.

— A nie był nim Syriusz? Albo pan?

— Nie, możesz być pewien.

— Hmm... — Harry wpatrzył się w ogień. — Tak sobie myślałem... w każdym razie bardzo mi pomaga na eliksirach... ten Książę.

— Kiedy tę książkę wydano, Harry?

— Nie wiem, nie sprawdzałem.

— No cóż, może by ci to pomogło w znalezieniu odpowiedzi na pytanie, kiedy ten Książę był w Hogwarcie.

Wkrótce potem Fleur postanowiła udawać Celestynę śpiewającą *Kociołek pełen gorącej miłości*, co wszyscy uznali, widząc minę pani Weasley, za sygnał, by iść spać. Harry i Ron wspięli się po schodach na strych, do sypialni Rona, gdzie pani Weasley wstawiła polowe łóżko dla Harry'ego.

Ron prawie natychmiast usnął, ale Harry sięgnął do swojego kufra i wyciągnął *Eliksiry dla zaawansowanych*. Otworzył książkę i na pierwszej stronie znalazł datę wydania. Książka miała już prawie pięćdziesiąt lat. Pięćdziesiąt lat temu w Hogwarcie nie było ani jego ojca, ani przyjaciół ojca. Czując rozczarowanie, Harry wrzucił książkę z powrotem do kufra, zgasił lampę i położył się, rozmyślając o wilkołakach, o Snapie, o Stanie Shunpike'u i o Księciu Półkrwi, aż w końcu zapadł w niespokojny sen pełen skradających się cieni i krzyków gryzionych dzieci...

— Ona chyba żartuje...

Obudził się nagle i w nogach swojego łóżka ujrzał pękatą skarpetę. Założył okulary i rozejrzał się. Maleńkie okienko było prawie całkowicie oblepione śniegiem, a przed nim siedział w łóżku Ron i oglądał coś, co okazało się grubym, złotym łańcuchem.

— Co to jest? — zapytał Harry.

— To od Lavender — odpowiedział Ron buntowniczym tonem. — Chyba nie myśli, że mógłbym to nosić...

Harry przyjrzał się bliżej łańcuchowi i wybuchnął śmiechem. Zawieszona była na nim plakietka ze słowami: „Mój ukochany".

— Niezłe — powiedział. — Z klasą. Powinieneś to założyć i pokazać się Fredowi i George'owi.

— Jak im powiesz — zdenerwował się Ron, chowając szybko łańcuch pod poduszkę — to... to... to...

— To zaczniesz się jąkać? — Harry wyszczerzył do niego zęby. — Daj spokój, nie znasz mnie?

— Jak ona mogła pomyśleć, że coś takiego mi się spodoba? — zapytał Ron, sprawiając wrażenie naprawdę wstrząśniętego.

— Zastanów się. Czy kiedykolwiek dałeś jej do zrozumienia, że bardzo byś chciał chodzić po świecie z napisem „Mój ukochany" na szyi?

— No wiesz... za wiele ze sobą nie rozmawiamy... przeważnie...

— ...się całujemy — dokończył Harry.

— No tak. — Ron zawahał się, po czym zapytał: — Hermiona naprawdę chodzi z McLaggenem?

— Nie wiem. Byli razem na przyjęciu u Slughorna, ale chyba dobrze się nie bawili.

Ron jakby się nieco rozluźnił i sięgnął głębiej do swojej skarpety.

Harry dostał sweter z wielkim złotym zniczem na piersiach, ręcznie zrobiony przez panią Weasley, duże pudło z wyborem Magicznych Dowcipów Weasleyów od bliźniaków i jakąś wilgotną, zalatującą pleśnią paczuszkę z napisem: „Dla Pana, od Stworka".

— Myślisz, że można to bezpiecznie otworzyć? — zapytał.

— Spoko, naszą pocztę nadal sprawdzają w ministerstwie — odpowiedział Ron, choć przyglądał się paczuszce podejrzliwie.

— Nie pomyślałem o jakimś prezencie dla Stworka! Czy ludzie zwykle dają coś skrzatom domowym na Boże Narodzenie? — zapytał Harry, ostrożnie szturchając paczkę palcem.

— Hermiona na pewno. Ale zanim poczujesz się winny, lepiej zobacz, co jest w środku.

Chwilę później Harry wrzasnął i wyskoczył z łóżka: w paczuszce było pełno wijących się białych robaków.

— Miluuuutkie! — zawołał Ron, ryczący ze śmiechu. — Bardzo zmyślne.

— Wolę to od twojego naszyjnika — odpowiedział Harry, co od razu otrzeźwiło Rona.

Kiedy zasiedli do świątecznego śniadania, wszyscy mieli na sobie nowe swetry — wszyscy prócz Fleur (na którą, jak się wydawało, pani Weasley nie chciała marnować wełny) i samej pani Weasley, obnoszącej z dumą nowiutki granatowy kapelusz czarownicy, na którym lśniły jak gwiazdki maleńkie diamenciki, i bardzo ozdobny złoty naszyjnik.

— To od Freda i George'a! Czyż ten kapelusz nie jest cudowny? A naszyjnik?

— No bo, mamo, coraz bardziej cię doceniamy, od kiedy musimy sami prać skarpetki — powiedział George, machając do niej ręką. — Może trochę pasternaku, Remusie?

— Harry, masz robaka we włosach — powiedziała wesoło Ginny, sięgając przez stół, żeby mu go wyjąć.

Harry'emu dreszcz przebiegł po karku; nie miało to nic wspólnego z robakiem.

— Jaki to okropne! — Fleur wzdrygnęła się malowniczo.

— Prawda? — odezwał się Ron. — Może sosu, Fleur?

Tak gorliwie chciał jej usłużyć, że przewrócił sosjerkę. Bill machnął różdżką, a sos wzbił się w powietrze i powrócił potulnie do sosjerki.

— Ron, ty taki niezdara jak ta Tonks — poskarżyła się Fleur, kiedy skończyła całować Billa. — Ona wszystko przewraca...

— Zaprosiłam naszą KOCHANĄ Tonks — oznajmiła pani Weasley, trochę zbyt stanowczo stawiając na stole półmisek z marchewkami i łypiąc groźnie na Fleur — ale nie przyjedzie. Rozmawiałeś z nią ostatnio, Remusie?

— Nie, ostatnio raczej nie miałem z nikim kontaktu. Ale Tonks ma przecież swoją rodzinę, prawda?

— Hmmm — mruknęła pani Weasley. — Może. Ale odniosłam wrażenie, że zamierza spędzić Boże Narodzenie samotnie.

Spojrzała na Lupina z urazą, jakby to była jego wina, że jej synową ma być Fleur, a nie Tonks. Harry zerknął na Fleur, która teraz karmiła Billa kawałeczkami indyka, i pomyślał, że pani Weasley już dawno przegrała tę bitwę. Przypomniał sobie jednak, że ma pewne pytanie dotyczące Tonks, a kto mógłby lepiej na nie odpowiedzieć niż Lupin, który wiedział wszystko o patronusach?

— Patronus Tonks zmienił swoją postać — zagadnął go. — W każdym razie tak powiedział Snape. Nie miałem pojęcia, że to możliwe. Jak mogło do tego dojść?

Lupin długo żuł kawałek indyka, zanim przełknął go i odpowiedział:

— Czasami... jakiś silny uraz... wstrząs emocjonalny...

— Był duży i miał cztery nogi — powiedział Harry i nagle coś przyszło mu do głowy. — Hej... czy to nie mógł być...

— Arturze! — zawołała nagle pani Weasley. Wstała i przycisnąwszy dłoń do serca, wpatrywała się w okno. — Arturze... to Percy!

— CO?!

Pan Weasley wytrzeszczył oczy. Wszyscy spojrzeli przez okno, a Ginny nawet wstała, żeby lepiej widzieć. A tam, za oknem, przez zaśnieżone podwórko rzeczywiście szedł Percy Weasley; w słońcu połyskiwały jego okulary w rogowej oprawce. Nie był jednak sam.

— Arturze, on jest... on jest z ministrem!

I nie myliła się. Za Percym, lekko utykając, w pelerynie obsypanej śniegiem kroczył mężczyzna z grzywą siwych włosów, którego zdjęcie widział Harry w „Proroku Codziennym". Zanim ktokolwiek zdołał coś powiedzieć, zanim państwo Weasleyowie zdążyli wymienić zdumione spojrzenia, drzwi otworzyły się i stanął w nich Percy.

Przez chwilę zaległa bolesna cisza, a potem Percy powiedział nieco chłodnym tonem:

— Wesołych świąt, mamo.

— Och, PERCY! — krzyknęła pani Weasley i rzuciła mu się w objęcia.

Rufus Scrimgeour zatrzymał się na progu, wsparty na lasce, i z uśmiechem obserwował tę wzruszającą scenę.

— Proszę mi wybaczyć to najście — rzekł, gdy pani Weasley spojrzała na niego, uśmiechając się i ocierając oczy. — Percy i ja byliśmy w sąsiedztwie... wie pani, obowiązki służbowe... a on nie mógł oprzeć się pokusie wpadnięcia tu na chwilę, żeby się ze wszystkimi zobaczyć.

Percy wcale nie sprawiał wrażenia, że zamierza się przywitać z resztą rodziny. Stał wyprostowany jak drut, z zakłopotaną miną, patrząc w przestrzeń ponad ich głowami. Pan Weasley i bliźniacy obserwowali go z kamiennymi twarzami.

— Proszę, niech pan wejdzie i usiądzie, panie ministrze! — powiedziała rozdygotanym głosem pani Weasley, poprawiając sobie kapelusz. — Może pan zje trochę puddyka albo indingu... to znaczy...

— Nie, nie, dziękuję, droga Molly — odrzekł Scrimgeour. Harry podejrzewał, że minister zapytał Percy'ego o jej imię, zanim weszli do domu. — Nie chcę wam przeszkadzać, w ogóle by mnie tu nie było, gdyby Percy nie nalegał, że tak bardzo chce was wszystkich zobaczyć...

— Och, Percy! — jęknęła pani Weasley, przełykając łzy i wspinając się na palce, żeby go ucałować.

— ...wpadliśmy tylko na pięć minut, więc trochę się przespaceruję, a wy nacieszcie się Percym. Nie, nie, zapewniam panią, że nie chcę wam przeszkadzać! To co, może ktoś pokaże mi państwa uroczy ogród? Ach, ten młody człowiek już skończył, może by mi potowarzyszył?

Atomsfera wokół stołu wyraźnie się zmieniła. Wszyscy patrzyli to na Scrimgeoura, to na Harry'ego. Nikt nie wierzył w to, że Srcimgeour nie zna imienia Harry'ego, nikt nie uznał tego za naturalne, że minister wybrał właśnie jego, skoro talerze Ginny, Fleur i George'a też już były puste.

— Tak, oczywiście — powiedział Harry w głuchej ciszy.

On też nie dał się nabrać na te wszystkie zapewnienia, że akurat byli w sąsiedztwie i że Percy pragnął zobaczyć się z rodziną. Prawdziwym powodem ich niespodziewanej wizyty musiało być właśnie to: Scrimgeour chciał porozmawiać z Harrym na osobności.

— W porządku — mruknął cicho, kiedy mijał Lupina, który podnosił się z krzesła. — W porządku — powtórzył, kiedy pan Weasley otworzył usta, by coś powiedzieć.

— Cudownie! — ucieszył się Scrimgeour, odsuwając się na bok, by przepuścić Harry'ego przez drzwi. — Tylko sobie obejdziemy ogród i już nas z Percym nie ma! Nie przerywajcie sobie!

Harry ruszył przez podwórko ku zarośniętemu i pokrytemu śniegiem ogrodowi Weasleyów. Minister szedł obok niego, lekko utykając. Harry wiedział, że Scrimgeour był przedtem szefem Biura Aurorów, co wymownie potwierdzał jego wygląd. Wysoki, chudy, poznaczony bliznami, w niczym nie przypominał zażywnego Knota w jego cytrynowozielonym meloniku.

— Uroczy — powiedział Scrimgeour, zatrzymując się przy ogrodowym płocie i patrząc na biały trawnik i przywalone śniegiem rośliny. — Uroczy.

Harry milczał. Czuł, że Scrimgeour go obserwuje.

— Już od dawna chciałem cię poznać — rzekł minister po długiej chwili. — Wiedziałeś o tym?

— Nie — odpowiedział szczerze Harry.

— O tak, od dawna. Ale Dumbledore bardzo cię chronił. To naturalne, rzecz jasna, naturalne, po tym wszystkim, przez co przeszedłeś... zwłaszcza po tym, co wydarzyło się w ministerstwie...

Wyraźnie czekał, że Harry coś powie, ale ten wciąż milczał, więc ciągnął dalej:

— Już od chwili, gdy objąłem swój urząd, miałem wielką nadzieję, że uda mi się z tobą porozmawiać, ale Dumbledore... co jest, oczywiście, zrozumiałe... nie pozwalał na to.

Harry nadal milczał, czekając, co będzie dalej.

— Te wszystkie pogłoski krążące dookoła! Oczywiście obaj dobrze wiemy, jak takie opowieści zniekształcają rzeczywistość... Te wszystkie poszeptywania o przepowiedni... o tobie jako Wybrańcu...

Harry pomyślał, że są już blisko prawdziwego celu wizyty Scrimgeoura.

— Dumbledore zapewne już to wszystko z tobą przedyskutował, tak?

Harry zastanawiał się, czy powinien skłamać czy nie. Patrzył na ślady gnomów wokół grządek i plamę na śniegu w miejscu, gdzie Fred schwytał tego, który teraz, w stroju baletnicy, tkwił na szczycie choinki. W końcu postanowił powiedzieć prawdę... a przynajmniej jej cząstkę.

— Tak, mówiliśmy o tym.

— No tak, tak...

Kątem oka dostrzegł, że Scrimgeour na niego zerka, więc udał wielkie zainteresowanie gnomem, który właśnie wystawił głowę spod zamarzniętego rododendronu.

— I co ci Dumbledore powiedział, Harry?

— Pan wybaczy, ale to sprawa między nami.

Starał się, by jego głos zabrzmiał na tyle uprzejmie, na ile było go stać, a Scrimgeour też odezwał się swobodnym, przyjacielskim tonem, mówiąc:

— Ależ oczywiście, jeśli to sprawa waszego wzajemnego zaufania, to absolutnie nie żądam, byś mi cokolwiek ujawnił... nie, nie... zresztą, czy to takie ważne, czy jesteś tym Wybrańcem czy nie jesteś?

Harry musiał przez chwilę zastanowić się nad odpowiedzią.

— Nie bardzo rozumiem, o co panu chodzi, panie ministrze.

— No, oczywiście dla CIEBIE to jest nadzwyczaj ważne — odpowiedział Scrimgeour ze śmiechem — ale dla całej społeczności czarodziejów... to tylko sprawa poglądów, prawda? Ważne jest, w co ludzie naprawdę wierzą.

Harry milczał. Wydawało mu się, że już wie, do czego to wszystko prowadzi, ale nie zamierzał pomagać Scrimgeourowi w dotarciu do tego celu. Gnom pod rododendronem wykopywał teraz robaki spomiędzy korzeni i Harry nie spuszczał z niego wzroku.

— Ludzie wierzą, że to TY jesteś tym Wybrańcem, ot co — rzekł Scrimgeour. — Widzą w tobie bohatera... którym oczywiście jesteś, Harry! Wybranym czy nie wybranym, to nieważne! Ile już razy stanąłeś twarzą w twarz z Tym, Którego Imienia Nie Wolno Wymawiać? W każdym razie — ciągnął, nie czekając na odpowiedź — rzecz w tym, że dla wielu jesteś symbolem nadziei, Harry. Myśl o tym, że jest ktoś, kto by zdołał, kto może nawet jest do tego PRZEZNACZONY, by zniszczyć Tego, Którego Imienia Nie Wolno Wymawiać, podnosi ludzi na duchu. I nie mogę oprzeć się wrażeniu, że kiedy już zdasz sobie z tego sprawę, możesz to uznać za... no, prawie za swój obowiązek, by wesprzeć ministerstwo i pobudzić wszystkich do działania.

Gnomowi właśnie udało się złapać robaka. Teraz ciągnął go z całej siły, chcąc go wydostać spod przemarzniętej ziemi. Harry tak długo milczał, że Scrimgeour spojrzał najpierw na niego, potem na gnoma, i rzekł:

— Zabawne faceciki, prawda? Ale co ty na to, Harry?

— Nie bardzo rozumiem, czego pan ode mnie chce — powiedział powoli Harry. — Wesprzeć ministerstwo... Co to właściwie znaczy?

— Och, nic uciążliwego, zapewniam cię. No, na przykład, gdyby widziano, że od czasu do czasu wpadasz do ministerstwa, zrobiłoby to bardzo dobre wrażenie. A jak byś wpadł, to oczywiście miałbyś okazję, żeby sobie porozmawiać z Gawainem Robardsem, moim następcą w Biurze Aurorów. Dolores Umbridge mówiła mi, że masz ambicję zostać aurorem. To można bardzo łatwo zaaranżować...

Na dźwięk nazwiska Umbridge w Harrym aż się zagotowało. A więc ona wciąż jest w ministerstwie?

— Więc chodzi panu o to — powiedział, jakby chciał wyjaśnić kilka kwestii — żebym zrobił wrażenie, że pracuję dla ministerstwa, tak?

— Po prostu każdego skłoniłoby to do pomyślenia, że jesteś bardziej zaangażowany, Harry — rzekł Scrimgeour z wyraźną ulgą. — Wybraniec, sam rozumiesz... to przecież wiąże się z daniem ludziom nadziei, z poczuciem, że dzieje się coś wielkiego...

— Ale jeśli będę tak często wpadał do ministerstwa — powiedział Harry, wciąż starając się, by jego głos brzmiał przyjaźnie — to czy ludzie nie odniosą wrażenia, że pochwalam wszystko, co wy tam robicie?

— No cóż... — Scrimgeour trochę się nachmurzył — no tak, o to nam między innymi chodzi...

— Nie, chyba nic z tego nie będzie — powiedział Harry ciepłym tonem. — Widzi pan, nie podobają mi się niektóre posunięcia ministerstwa. Na przykład zamknięcie Stana Shunpike'a.

Scrimgeour zaniemówił na chwilę, ale twarz mu stwardniała.

— Nie oczekuję, że to zrozumiesz — oświadczył, nie ukrywając gniewu tak dobrze jak Harry. — Żyjemy w niebezpiecznych czasach i musimy podejmować pewne kroki. Masz szesnaście lat...

— Dumbledore jest o wiele starszy, ale i on nie uważa, by Stana trzeba było trzymać w Azkabanie. Robicie ze Stana kozła ofiarnego, a ze mnie chcecie zrobić swoją maskotkę.

Długo patrzyli sobie w oczy, milcząc. W końcu Scrimgeour powiedział, nie udając już serdeczności:

— Rozumiem. Wolisz... jak twój idol Dumbledore... odseparować się od ministerstwa?

— Nie chcę być przez ministerstwo wykorzystany.

— Niektórzy powiedzieliby, że to twój obowiązek!

— Tak, a inni mogliby powiedzieć, że pańskim obowiązkiem jest sprawdzenie, czy ktoś naprawdę jest śmierciożercą, zanim go pan wsadzi do Azkabanu — odparł Harry, coraz bardziej tracąc panowanie nad sobą. — Robi pan to samo, co Barty Crouch. Nigdy się nie nauczycie... Albo mamy Knota udającego, że wszystko jest w najlepszym porządku, choć mordują mu ludzi pod samym nosem, albo mamy kogoś takiego jak pan, kto wsadza do Azkabanu niewinnych ludzi i próbuje udawać, że ma po swojej stronie Wybrańca.

— Więc nie jesteś Wybrańcem?

— Pan chyba mówił, że to nie jest takie ważne, prawda? — Harry zaśmiał się ironicznie. — W każdym razie nie dla pana.

— Nie powinienem tego mówić — powiedział szybko Scrimgeour. — To było nietaktowne...

— Nie, to było szczere. Jedno z nielicznych szczerych zdań, które pan wypowiedział. Pana nie obchodzi, czy będę żył czy umrę, pana obchodzi tylko to, żebym przekonał wszystkich, że wygrywa pan wojnę z Voldemortem. Nie zapomniałem tego, panie ministrze...

Podniósł prawą rękę. Na wierzchu dłoni jaśniały blizny w miejscu, w którym Dolores Umbridge kazała mu wyryć w ciele słowa: *Nie będę opowiadać kłamstw.*

— Nie przypominam sobie, by stanął pan w mojej obronie, kiedy próbowałem wszystkich przekonać, że Voldemort powrócił. W zeszłym roku ministerstwo jakoś nie pragnęło się ze mną zaprzyjaźnić.

Stali obok siebie w ciszy tak lodowatej, jak grunt pod ich stopami. Gnomowi w końcu udało się wyciągnąć robaka i teraz wysysał go z lubością, oparty o najniższe gałęzie rododendronu.

— Czym się zajmuje Dumbledore? — zapytał opryskliwie Scrimgeour. — Dokąd się udaje, opuszczając Hogwart?

— Nie mam pojęcia — odrzekł Harry.

— A gdybyś wiedział, to i tak byś mi nie powiedział, tak?

— Tak.

— No cóż, będę musiał pomyśleć o innych środkach.

— Niech pan próbuje — powiedział Harry obojętnym tonem. — Ale wygląda pan na trochę mądrzejszego od Knota, więc sądzę, że nauczył się pan czegoś na jego błędach. Próbował mieszać się do Hogwartu. I chyba pan zauważył, że nie jest już ministrem, natomiast Dumbledore nadal jest dyrektorem Hogwartu. Na pana miejscu zostawiłbym Dumbledore'a w spokoju.

Zapadło milczenie.

— No cóż, teraz widzę, że odniósł sukces, w każdym razie jeśli chodzi o ciebie — rzekł Scrimgeour, wpatrując się w Harry'ego chłodno i twardo przez swoje okulary w drucianej oprawce. — Jesteś jego człowiekiem na dobre i na złe, prawda, Potter?

— Tak, jestem. Dobrze, że to sobie wyjaśniliśmy.

I odwróciwszy się do ministra magii plecami, ruszył w stronę domu.

ROZDZIAŁ SIEDEMNASTY

Dziury w pamięci

Kilka dni po Nowym Roku, późnym popołudniem, Harry, Ron i Ginny stali przed piecem kuchennym, gotowi do powrotu do Hogwartu. Ministerstwo zorganizowało wyjątkowe połączenie z siecią Fiuu, żeby uczniowie mogli szybko i bezpiecznie wrócić do szkoły. Żegnała ich tylko pani Weasley, bo jej mąż, Fred, George, Bill i Fleur byli w pracy. Pani Weasley rozpłakała się, co przyszło jej tym łatwiej, że popłakiwała bardzo często od chwili, gdy w dzień Bożego Narodzenia Percy wypadł z Nory z okularami oblepionymi pasternakową papką (pod czym podpisali się Fred, George i Ginny).

— Nie płacz, mamo — powiedziała Ginny, klepiąc ją po plecach, podczas gdy pani Weasley szlochała w jej ramię. — Wszystko będzie dobrze...

— Tak, nie martw się o nas — dodał Ron, pozwalając jej złożyć na swoim policzku bardzo wilgotny pocałunek — ani o Percy'ego. Jest takim palantem, że to żadna strata, nie?

Pani Weasley załkała jeszcze głośniej, gdy objęła Harry'ego.

— Obiecaj mi, że będziesz na siebie uważał... Nie pakuj się w żadne kłopoty...

— Zawsze ich unikam, pani Weasley. Lubię spokojne życie, przecież mnie pani zna.

Zachichotała przez łzy i odsunęła się.

— No to bądźcie grzeczni, wszyscy...

Harry wkroczył w szmaragdowy ogień i krzyknął: „Hogwart!" Po raz ostatni ujrzał w przelocie kuchnię pani Weasley i jej zapłakaną twarz, zanim otoczyły go płomienie i zaczął wirować wokół własnej osi. Przed oczami migały mu wnętrza pokojów innych czarodziejów, tak szybko, że nie mógł im się przyjrzeć, potem poczuł, że opada, coraz wolniej i wolniej, by w końcu wylądować w kominku profesor McGonagall. Ledwo zerknęła na niego zza biurka, przy którym pracowała, kiedy przelazł przez kratkę.

— Dobry wieczór, Potter. Postaraj się za bardzo nie zabrudzić dywanu popiołem.

— Dobrze, pani profesor.

Kiedy poprawił sobie okulary i przygładził włosy, pojawił się wirujący Ron. Potem przybyła Ginny i wszyscy troje wyszli z gabinetu profesor McGonagall, zmierzając do wieży Gryffindoru. Za oknami, nad zaśnieżonymi błoniami zachodziło już słońce. Śniegu było tu jeszcze więcej niż w ogrodzie Weasleyów. W oddali Harry dostrzegł Hagrida karmiącego Hardodzioba przed swoją chatką.

— Błyskotki — powiedział śmiało Ron, kiedy stanęli przed Grubą Damą. Była nieco bledsza niż zwykle i skrzywiła się, słysząc jego donośny głos.

— Nie.

— Co to znaczy „nie"?

— Jest nowe hasło. I proszę nie krzyczeć.

— Ale my dopiero co wróciliśmy, skąd mamy...

— Harry! Ginny!

Biegła ku nim Hermiona, bardzo zaróżowiona, w pelerynie, kapeluszu i rękawiczkach.

— Wróciłam przed paroma godzinami, właśnie odwiedziłam Hagrida i Hardo... to znaczy Kłębolota — wyrzuciła z siebie zadyszana. — Jak tam święta?

— Super — powiedział szybko Ron. — Wrażeń nie brakowało, Rufus Scrim...

— Mam coś dla ciebie, Harry — powiedziała Hermiona, nie patrząc na Rona, jakby go w ogóle nie słyszała. — Och, zaraz... hasło. Abstynencja.

— No właśnie — odpowiedziała Gruba Dama słabym głosem, odsłaniając przejście.

— Co jej jest? — zapytał Harry.

— Najwyraźniej trochę nadużyła podczas świąt — powiedziała Hermiona, wymownie spoglądając w sufit, gdy weszli do zatłoczonego pokoju wspólnego. — Razem ze swoją przyjaciółką Violet wypiły całe wino z obrazu pijanych mnichów w tym korytarzu, gdzie jest klasa zaklęć. No, ale... chwileczkę...

Pogrzebała w kieszeni i wyciągnęła zwitek pergaminu z charakterystycznym pismem Dumbledore'a.

— Świetnie — ucieszył się Harry, kiedy rozwinął pergamin i przeczytał, że Dumbledore wyznaczył mu następną lekcję na jutrzejszy wieczór. — Tyle mam do opowiedzenia... jemu... i tobie. Usiądźmy gdzieś...

W tym momencie ktoś wrzasnął: „Mon-Ron!" i znikąd pojawiła się Lavender Brown, rzucając się w ramiona Rona. Rozległy się chichoty, Hermiona roześmiała się histerycznie i powiedziała:

— O, tam jest wolny stolik... Przyjdziesz, Ginny?

— Nie, dzięki, umówiłam się z Deanem — odpowiedziała Ginny, choć Harry nie mógł się oprzeć wrażeniu, że w jej głosie nie było zbyt wiele entuzjazmu.

Pozostawiwszy Rona i Lavender splecionych ze sobą jak para zapaśników, z których żaden nie może rzucić drugiego na matę, Harry powiódł Hermionę do wolnego stolika.

— No i jak tam święta?

— Och, nieźle. — Wzruszyła ramionami. — Nic szczególnego. A jak było u Mon-Ronów?

— Zaraz ci opowiem. Słuchaj, Hermiono, czy nie mogłabyś...

— Nie, nie mogłabym — odpowiedziała oschle. — Więc nie proś.

— Pomyślałem sobie... no wiesz... po świętach...

— To Gruba Dama wypiła kadź pięćsetletniego wina, nie ja. Więc co takiego ważnego masz mi do opowiedzenia?

Była tak rozjuszona, że Harry nie chciał się z nią w tym momencie sprzeczać, zmienił więc temat i powtórzył jej podsłuchaną między Snape'em i Malfoyem rozmowę. Kiedy skończył, Hermiona zamyśliła się na chwilę, a potem powiedziała:

— A nie uważasz, że...

— ...że udawał gotowość do pomocy, żeby wyciągnąć z Malfoya, co on knuje?

— No... tak.

— Ojciec Rona i Lupin też tak myślą — przyznał Harry niechętnie. — Ale jedno jest pewne: Malfoy coś knuje, temu nie możesz zaprzeczyć.

— Nie, nie mogę — odpowiedziała powoli.

— I działa na polecenie Voldemorta, jak sam powiedział!

— Hmm... czy któryś wymienił to imię?

Harry zmarszczył czoło, próbując sobie przypomnieć.

— Nie jestem pewny... Snape na pewno powiedział „twój pan", a kogo innego mógł mieć na myśli?

— Nie wiem — odpowiedziała Hermiona, przygryzając wargi. — Może jego ojca?

Popatrzyła na pokój, pogrążona w myślach, nie zauważając nawet Lavender łaskoczącej Rona.

— Jak się miewa Lupin?

— Nie najlepiej. — Harry opowiedział jej o misji Lupina wśród wilkołaków i o trudnościach, jakie napotkał. — Słyszałaś o tym Fenrirze Greybacku?

— O tak! — Hermiona aż podskoczyła. — I ty też, Harry!

— Kiedy, na historii magii? Dobrze wiesz, że nigdy nie słuchałem tych...

— Nie, nie, nie na historii magii... Malfoy straszył nim Borgina! Na ulicy Śmiertelnego Nokturnu, nie pamiętasz? Powiedział Borginowi, że Greyback jest starym przyjacielem jego rodziny i że będzie sprawdzał, jak Borginowi idzie robota!

Harry'emu opadła szczęka.

— Zapomniałem! Ale to dowodzi, że Malfoy JEST śmierciożercą, bo skąd by miał kontakt z Greybackiem i mówił mu, co ma robić?

— To bardzo podejrzane... Chyba że...

— Och, daj spokój! Tego nie uda ci się obejść!

— No... jest jeszcze możliwość, że była to groźba bez pokrycia.

— Jesteś zupełnie niewiarygodna, Hermiono — powiedział Harry, kręcąc głową. — Zobaczymy, kto ma rację... Jeszcze to wszystko odszczekasz, zobaczysz, podobnie jak ministerstwo. Tak, z Rufusem też się pożarłem...

Reszta wieczoru upłynęła im już na zgodnym wyżywaniu się na ministrze magii, bo Hermiona, podobnie jak Ron, też uważała, że po tym wszystkim, w co ministerstwo wpakowało Harry'ego w zeszłym roku, proszenie go teraz o pomoc to zwykła bezczelność.

Nowy semestr zaczął się następnego dnia od miłej niespodzianki, przynajmniej dla szóstoklasistów. W pokoju wspólnym na tablicy ogłoszeń przypięto w nocy duży plakat o następującej treści:

LEKCJE TELEPORTACJI

Jeśli masz siedemnaście lat albo skończysz siedemnaście lat przed 31 sierpnia, możesz się zapisać na dwunastotygodniowy kurs teleportacji prowadzony przez instruktora z Ministerstwa Magii. Chętni niech się wpiszą poniżej. Koszt: 12 galeonów.

Harry i Ron przyłączyli się do tłumu oblegającego plakat i ustawili się w kolejce, żeby wpisać swoje nazwiska pod tekstem. Ron właśnie wyjmował pióro, żeby się zapisać po Hermionie, kiedy z tyłu podeszła do niego Lavender, zasłoniła mu oczy rękami i zaświergotała:

— Zgadnij kto, Mon-Ron?

Harry odwrócił się i zobaczył, że Hermiona odchodzi. Ruszył za nią, nie mając ochoty zostawać z Ronem i Lavender, ale ku jego zaskoczeniu Ron dogonił ich zaledwie kilka kroków od portretu Grubej Damy. Uszy miał czerwone, a minę zdegustowaną. Hermiona bez słowa przyspieszyła kroku, przyłączając się do Neville'a.

— No to... teleportacja — powiedział Ron, wyraźnie dając do zrozumienia, że nie chce wysłuchiwać od Harry'ego żadnych uwag na temat tego, co właśnie się wydarzyło. — Będzie zabawa, nie?

— No, nie wiem. Może jak to się robi samemu, jest trochę lepiej, bo nie bardzo mi się podobało, jak Dumbledore zabierał mnie ze sobą.

— Zapomniałem, że ty już to robiłeś... Wolałbym zdać egzamin za pierwszym razem. Fredowi i George'owi się udało.

— A Charlie oblał, tak?

— Tak, ale Charlie jest trochę większy ode mnie — Ron rozłożył ramiona, jakby był gorylem — więc Fred i George za bardzo się z niego nie naśmiewali... w każdym razie przy nim...

— Kiedy możemy zdawać?

— Jak tylko skończymy siedemnaście lat. Ja już w marcu!

— No tak, ale tutaj i tak nie będziesz mógł się teleportować...

— Przecież nie o to chodzi! Każdy będzie wiedział, że MOGĘ się teleportować, jak zechcę.

Ron nie był jedyną osobą, którą tak podniecała perspektywa teleportacji. Przez cały dzień rozmawiano głównie o kursie i o niesamowitych możliwościach, jakie daje umiejętność znikania i pojawiania się na własne życzenie.

— Och, ale będzie super, jak będziemy sobie mogli tak po prostu... — Seamus strzelił palcami — i już nas nie ma. Mój kuzyn Fergus robi to tylko po to, żeby mnie rozzłościć, zobaczycie, jak tylko to opanuję, to nie dam mu spokoju...

Ta radosna wizja tak go pochłonęła, że machnął różdżką zbyt entuzjastycznie, więc zamiast wyczarować z niej fontannę czystej wody, co było tematem dzisiejszej lekcji zaklęć, wyprodukował wąski strumień, który odbił się od sufitu i ugodził profesora Flitwicka prosto w twarz.

— Harry już się teleportował — powiedział Ron nieco speszonemu Seamusowi, kiedy profesor Flitwick osuszył się już jednym machnięciem różdżki i kazał Seamusowi napisać kilkadziesiąt razy: *Jestem czarodziejem, a nie pawianem wymachującym kijem*. — Dum... ee... ktoś już go zabrał ze sobą. No wiesz, teleportacja łączna.

— O kurczę! — szepnął Seamus, po czym on, Dean i Neville pochylili głowy, żeby wysłuchać, co się czuje w czasie teleportacji. Przez resztę dnia Harry musiał o tym szczegółowo opowiadać złaknionym informacji z pierwszej ręki kolegom. Wszyscy słuchali z podziwem, bynajmniej nie zniechęceni, kiedy im mówił, że to wcale nie jest takie przyjemne, jak się wydaje. Odpowiadał na ich szczegółowe pytania aż do za dziesięć ósma wieczorem, kiedy w końcu skłamał, że musi oddać książkę do biblioteki, żeby zdążyć na lekcję z Dumbledore'em.

W gabinecie Dumbledore'a płonęły lampy, portrety byłych dyrektorów pochrapywały cicho w swoich ramach, a na biurku znowu stała myślodsiewnia. Dumbledore obejmował ją dłońmi; prawa nadal była czarna i pomarszczona. Harry zastanawiał się, chyba po raz setny, co spowodowało to dziwne poparzenie, ale już o to nie pytał, pomny na zapewnienie Dumbledore'a, że dowie się tego w swoim czasie, a teraz i tak chciał poruszyć zupełnie inny temat. Zanim jednak zdołał powiedzieć coś o Snapie i Malfoyu, dyrektor zapytał:

— Słyszałem, że w święta spotkałeś się z ministrem magii?

— Tak. Nie był ze mnie zadowolony.

— Nie — westchnął Dumbledore. — Ze mnie też. Musimy jakoś znieść ten ból, Harry.

Harry uśmiechnął się.

— Chciał, żebym zapewnił społeczność czarodziejów, że ministerstwo odwala kawał dobrej roboty.

Teraz i Dumbledore się uśmiechnął.

— To pomysł Knota. W ostatnich dniach urzędowania, kiedy próbował rozpaczliwie utrzymać się na swoim stanowisku, bardzo chciał się z tobą spotkać, mając nadzieję, że go wesprzesz...

— Po tym wszystkim, co zrobił w ubiegłym roku? Po UMBRIDGE?

— Powiedziałem mu, żeby na to nie liczył, ale sam pomysł nie umarł śmiercią naturalną, kiedy opuścił ministerstwo. Rozmawiałem ze Scrimgeourem w kilka godzin po jego mianowaniu i od razu zażądał, żebym mu ułatwił spotkanie z tobą...

— A więc stąd ta różnica zdań! Pisali o tym w „Proroku Codziennym".

— „Prorokowi" od czasu do czasu zdarza się napisać prawdę, choćby nawet przez zwykły przypadek. Tak, dlatego się posprzeczaliśmy. No i okazuje się, że Rufus znalazł sposób, by w końcu cię dopaść.

— Oskarżył mnie, że jestem „ślepo oddanym człowiekiem Dumbledore'a".

— Cóż za prostactwo!

— Powiedziałem mu, że ma rację.

Dumbledore już otworzył usta, żeby coś powiedzieć, ale się rozmyślił. Za plecami Harry'ego feniks Fawkes wydał z siebie cichy, łagodny krzyk. Harry poczuł się bardzo zakłopotany, bo wydało mu się, że jasnoniebieskie oczy Dumbledore'a jakby zwilgotniały, więc szybko opuścił wzrok na własne kolana. Kiedy jednak dyrektor przemówił, głos miał spokojny.

— Jestem bardzo wzruszony, Harry.

— Scrimgeour chciał wiedzieć, dokąd pan się udaje, opuszczając Hogwart — powiedział Harry, wciąż wpatrując się w swoje kolana.

— Tak, bardzo go to interesuje — powiedział Dumbledore, tym razem rozbawionym tonem, i Harry uznał, że już może na niego spojrzeć. — Próbował mnie nawet śledzić. Zabawne! Wysłał w tym celu Dawlisha. Kiedyś już musiałem użyć zaklęcia wobec Dawlisha i z wielkim żalem uczyniłem to po raz drugi.

— Więc oni wciąż nie wiedzą, gdzie pan przebywał? — zapytał Harry, mając nadzieję, że dowie się czegoś na ten temat, ale Dumbledore tylko uśmiechnął się zza swoich okularów-połówek.

— Nie, nie wiedzą, a i ty jeszcze się tego nie dowiesz. Jeszcze nie czas. No, a teraz proponuję, żebyśmy zabrali się do roboty, chyba że masz coś jeszcze...

— Mam, panie profesorze. To dotyczy Malfoya i Snape'a.

— PROFESORA Snape'a, Harry.

— Tak, panie profesorze. Podsłuchałem ich rozmowę podczas przyjęcia profesora Slughorna... to znaczy właściwie... śledziłem ich i...

Dumbledore wysłuchał jego opowieści z niewzruszoną twarzą. Kiedy Harry skończył, milczał przez chwilę, a potem rzekł:

— Dziękuję ci, Harry, że mi to powiedziałeś, ale proponuję, żebyś nie zaprzątał sobie tym głowy. Nie sądzę, żeby to było aż tak ważne.

— Nie aż tak ważne? — powtórzył Harry z niedowierzaniem. — Panie profesorze, czy pan zrozumiał...

— Tak, Harry, jestem obdarzony nadzwyczajną inteligencją i zrozumiałem wszystko, co mi powiedziałeś — powiedział Dumbledore nieco ostrym tonem. — Możesz nawet rozważyć możliwość, że zrozumiałem więcej od ciebie. Powtórzę: rad jestem, że mi się zwierzyłeś, ale zapewniam cię: nie powiedziałeś mi niczego, co wzbudziłoby we mnie niepokój.

Harry piorunował go spojrzeniem w milczeniu. Wszystko w nim wrzało. O co tu chodzi? Czy to znaczy, że Dumbledore rzeczywiście polecił Snape'owi odkryć, co robi Malfoy, a więc wie już od Snape'a o wszystkim, co Harry mu przed chwilą powiedział? A może tak się zaniepokoił tym, co usłyszał, że tylko udaje spokój?

— To znaczy, panie profesorze — powiedział, mając nadzieję, że mówi uprzejmym, spokojnym tonem — że ma pan wciąż zaufanie...

— Byłem na tyle wyrozumiały, że już odpowiedziałem na to pytanie — przerwał mu Dumbledore tonem, w którym trudno było doszukać się wyrozumiałości. — I nie zmieniłem zdania.

— No myślę — odezwał się drwiący głos.

Phineas Nigellus najwidoczniej tylko udawał, że śpi. Dumbledore go zignorował.

— A teraz, Harry, musimy zabrać się do roboty. Mamy dzisiaj do przedyskutowania ważniejsze sprawy.

W Harrym narastał buntowniczy nastrój. A gdyby tak nie zgodził się na zmianę tematu, gdyby uparł się, by nadal wysuwać argumenty przemawiające przeciw Malfoyowi? Jakby czytając w jego myślach, Dumbledore pokręcił głową.

— Ach, Harry, jak często to się zdarza, nawet między najlepszymi przyjaciółmi! Każdy z nas wierzy, że to, co ma do powiedzenia, jest o wiele ważniejsze od tego, co mógłby powiedzieć drugi!

— Wcale nie uważam, że to, co ma pan do powiedzenia, jest mało ważne — zaprzeczył stanowczo Harry.

— No i masz całkowitą rację, bo tak nie jest. Chcę ci dzisiaj pokazać dwa wspomnienia, oba zdobyte z wielką trudnością, przy czym drugie jest, jak sądzę, najważniejsze spośród wszystkich, które zgromadziłem.

Harry nic na to nie odpowiedział, wciąż zły z powodu reakcji, z jaką się spotkały jego zwierzenia, ale nie widział już sensu w dalszym upieraniu się przy swoim.

— Tak więc — rzekł Dumbledore mocnym, dźwięcznym głosem — spotykamy się tego wieczoru, by dalej snuć opowieść o Tomie Riddle'u, którego przy końcu ostatniej lekcji pozostawiliśmy w sierocińcu, szykującego się do nauki w Hogwarcie. Pamiętasz chyba, jak bardzo był podniecony, kiedy usłyszał, że jest czarodziejem, pamiętasz, że nie chciał, bym mu towarzyszył w wyprawie na ulicę Pokątną, i że ostrzegłem go, by nie ważył się nadal kraść, kiedy już przybędzie do szkoły. Nadszedł początek roku szkolnego i w Hogwarcie pojawił się Tom Riddle, spokojny chłopiec w znoszonych szatach z drugiej ręki, który stanął wśród innych pierwszoroczniaków, by poddać się Ceremonii Przydziału. Został przydzielony do Slytherinu, gdy tylko Tiara Przydziału dotknęła jego głowy — ciągnął Dumbledore, machając swą poczerniałą ręką ku półce nad głową, gdzie spoczywała Tiara, starożytna i nieruchoma. — Kiedy odkrył, że słynny założyciel jego domu potrafił rozmawiać z wężami, tego nie wiem, być może stało się to jeszcze tego samego wieczoru. W każdym razie poczuł się kimś ważnym. Ale jeśli znajomością języka wężowego budził strach i podziw wśród innych Ślizgonów, do nauczycieli to nie dotarło. Nie okazywał żadnych widocznych przejawów arogancji lub agresji. Jako niezwykle utalentowany i o ujmującej powierzchowności sierota już od pierwszego dnia zwrócił na siebie uwagę nauczycieli i zyskał ich sympatię. Sprawiał wrażenie chłopca grzecznego, spokojnego i żądnego wiedzy. Prawie wszyscy go uwielbiali.

— Nie powiedział im pan, jak się zachował, kiedy po raz pierwszy zobaczył go pan w sierocińcu? — zapytał Harry.

— Nie, nie powiedziałem. Chociaż nie okazał najmniejszej skruchy, przyjąłem, że może naprawdę żałuje swojego zachowania, i postanowiłem puścić to w niepamięć. Chciałem mu dać szansę rozpoczęcia nowego życia.

Dumbledore zamilkł i spojrzał pytająco na Harry'ego, który otworzył usta, żeby coś powiedzieć. Oto po raz któryś objawiła się skłonność Dumbledore'a do ufania ludziom wbrew wszelkim oczywistym świadectwom, że na to nie zasługują! Ale nagle Harry coś sobie przypomniał...

— Panie profesorze, ale przecież pan mu nie zaufał, prawda? Powiedział mi... Riddle, który wyszedł z tego dziennika, powiedział: „Byłem ulubieńcem wszystkich nauczycieli, tylko on jeden nigdy mnie nie lubił".

— Powiedzmy, że nigdy nie założyłem z góry, że godzien jest zaufania. Dałem mu szansę, ale postanowiłem bacznie go obserwować, co też czyniłem. Mówiąc szczerze, z początku niewiele się dowiedziałem. Pilnował się, czuł, że w podnieceniu, jakie go ogarnęło, kiedy po raz pierwszy poznał swoją prawdziwą tożsamość, za wiele mi powiedział. Dlatego bardzo się wystrzegał, by znowu nie popełnić tego błędu, tyle że nie mógł już cofnąć tego, co mu się wymknęło w chwili podniecenia, ani tego, co powiedziała mi o nim pani Cole. Miał jednak na tyle rozsądku, że nigdy nie próbował mnie oczarować, jak oczarował wielu moich kolegów. W szkole zgromadził wokół siebie grupę oddanych przyjaciół. Tak ich nazywam, bo brak mi lepszego słowa, choć jak już mówiłem, nie ulegało wątpliwości, że Riddle nie darzy ich żadnym ciepłym uczuciem. Ta grupa cieszyła się w zamku dość ponurą sławą. Dziwna to była zbieranina: byli w niej słabeusze szukający ochrony, byli ambitni, łaknący cząstki splendoru, byli brutale ciążący ku przywódcy, który by im pokazał bardziej wyrafinowane formy okrucieństwa. Innymi słowy, byli to prekursorzy śmierciożerców i rzeczywiście niektórzy z nich zostali pierwszymi śmierciożercami po ukończeniu Hogwartu. Ściśle kontrolowani przez Riddle'a, nigdy nie zostali przyłapani na czynieniu zła, choć przez te siedem lat ich pobytu w Hogwarcie doszło do wielu bardzo przykrych incydentów, z którymi nigdy nie było można ich powiązać w niebudzący wątpliwości sposób. Najpoważniejszym z nich było oczywiście otwarcie Komnaty Tajemnic, co skończyło się śmiercią dziewczynki. Jak wiesz, posądzono o to mylnie Hagrida.

Dumbledore położył swą poczerniałą, uschniętą dłoń na myślodsiewni.

— Nie zdołałem odnaleźć zbyt wielu wspomnień o Riddle'u w Hogwarcie — ciągnął dalej. — Niewielu z tych, którzy go znali, chce o nim mówić. Za bardzo się boją. To, co o nim wiem, odkryłem już po opuszczeniu przez niego Hogwartu, a kosztowało mnie to bardzo dużo wysiłku, zanim dotarłem do tych, których mogłem skłonić do mówienia. Przeszukałem też stare zapiski, wypytywałem zarówno mugoli, jak i czarodziejów. Ci, których udało mi się nakłonić do mówienia, twierdzili, że Riddle miał obsesję na punkcie swoich rodziców. To zrozumiałe, wyrósł w sierocińcu i chciał wiedzieć, dlaczego tam się znalazł. Na próżno poszukiwał jakiegoś śladu po Tomie Riddle'u seniorze wśród trofeów w Izbie Pamięci, w szkolnych spisach prefektów, nawet w księgach poświęconych historii czarodziejskiej społeczności. W końcu był zmuszony pogodzić się z tym, że jego ojca nigdy w Hogwarcie nie było. Wierzę, że właśnie wtedy porzucił na zawsze swoje imię i nazwisko, przyjmując tożsamość Lorda Voldemorta, i zaczął drążyć dzieje rodziny swojej uprzednio pogardzanej matki, kobiety, o której myślał, że nie mogła być czarownicą, skoro poddała się haniebnej ludzkiej słabości, wybierając śmierć. Z początku dysponował tylko jednym śladem: imieniem „Marvolo", które według prowadzących sierociniec było imieniem ojca jego matki.

W końcu jednak, po wielu żmudnych poszukiwaniach w genealogiach rodzin czarodziejów, odkrył istnienie jedynej żyjącej linii rodu Slytherina. Kiedy miał szesnaście lat, podczas letnich wakacji opuścił sierociniec, do którego wracał co roku, i wyruszył, by odnaleźć krewnych Gaunta. A teraz, Harry, stań tutaj...

Powstał, a Harry znowu zobaczył w jego ręku kryształowy flakonik pełen wirującego, perlistego wspomnienia.

— Miałem dużo szczęścia, że udało mi się to zdobyć — powiedział, kiedy już wlał zawartość flakonika do myślodsiewni. — Sam to zrozumiesz, kiedy zobaczysz. Wchodzimy?

Harry podszedł do kamiennej misy i pochylił się nad nią nisko, aż jego twarz przebiła powierzchnię wspomnienia. Poczuł znajomą sensację opadania przez nicość i wylądował na jakiejś kamiennej posadzce w prawie całkowitej ciemności.

Dopiero po chwili rozpoznał to miejsce, w którym teraz obok niego wylądował Dumbledore. Dom Gauntów zamienił się w brudną ruderę. Sufit obrośnięty był pajęczynami, podłogę pokrywała gruba warstwa brudu, na stole, wśród stosu potłuczonych talerzy, walały się spleśniałe resztki jedzenia. Jedynym źródłem światła był migoczący płomień świecy stojącej u stóp mężczyzny tak zarośniętego, że nie można było dostrzec ani jego oczu, ani ust. Siedział nieruchomo w fotelu przy kominku i Harry przez chwilę myślał, że jest martwy. Nagle rozległo się pukanie do drzwi, mężczyzna wzdrygnął się i uniósł w jednej ręce różdżkę, a w drugiej krótki nóż.

Drzwi otworzyły się, skrzypiąc przeraźliwie. Na progu, ze staromodną lampą w ręku stał chłopiec, którego Harry od razu rozpoznał: wysoki, blady i przystojny kilkunastoletni Voldemort.

Jego wzrok błądził po zrujnowanym wnętrzu, póki nie napotkał mężczyzny w fotelu. Przez chwilę patrzyli na siebie, a potem mężczyzna dźwignął się z fotela. Puste butelki, porozstawiane u jego stóp, potoczyły się z hałasem po podłodze.

— TY! — ryknął. — TY!

I ruszył chwiejnym krokiem ku Riddle'owi, wyciągając ku niemu różdżkę i nóż.

— *Stop*.

Riddle przemówił w języku wężów. Mężczyzna cofnął się i wpadł na stół, zrzucając z niego skorupy. Wbił wzrok w Riddle'a. Zapadła długa cisza, podczas której obaj przypatrywali się sobie w milczeniu. Mężczyzna przemówił pierwszy.

— *Mówisz tym?*

— *Tak, mówię tym* — odrzekł Riddle.

Wszedł powoli do pokoju, pozwalając, by drzwi zatrzasnęły się za nim. Harry nie mógł się oprzeć podziwowi dla jego całkowitego braku lęku. Na jego twarzy malowała się tylko odraza, może nieco rozczarowania.

— *Gdzie jest Marvolo?*

— *Umarł* — odpowiedział mężczyzna. — *Wiele lat temu, co, nie wiesz?*

Riddle zmarszczył czoło.

— *Więc kim ty jesteś?*

— *Jestem Morfin, bo co?*

— *Syn Marvola?*

— *No pewnie, a ty...*

Morfin odgarnął włosy z brudnej twarzy, żeby lepiej widzieć Riddle'a, i Harry dostrzegł na jego palcu pierścień Marvola.

— *Myślałem, że jesteś tym mugolem* — szepnął Morfin. — *Bardzo jesteś podobny do tego mugola.*

— *Jakiego mugola?* — zapytał ostro Riddle.

— *Tego mugola, w którym się zabujała moja siostra, tego mugola, który mieszka w tym wielkim domu za drogą* — odpowiedział Morfin i nagle splunął na podłogę. — *Wyglądasz kropka w kropkę jak on. Ale on jest teraz starszy, co nie? Musi być starszy od ciebie...*

Zachwiał się lekko i przytrzymał krawędzi stołu.

— *Bo on wrócił* — dodał niezbyt mądrze.

Voldemort patrzył się na niego tak, jakby oceniał jego kondycję. Potem zrobił kilka kroków w jego stronę i zapytał:

— *Riddle wrócił?*

— *No, rzucił ją, tę plugawą zdzirę, z którą się ożenił, i dobrze jej tak! Wychodzić za takiego śmiecia!* — Morfin znowu splunął na podłogę. — *Obrabowała nas, zanim z nim uciekła! Gdzie jest nasz medalion? Gdzie jest medalion Slytherina?*

Voldemort nie odpowiedział. Morfin znowu wpadł w szał; zaczął wymachiwać nożem, krzycząc:

— *Okryła nas hańbą ta zdzira! A ty kim jesteś, że przyłazisz sobie tutaj i wypytujesz o to wszystko? Już nie masz o co... już po wszystkim...*

Znowu się zachwiał, a Voldemort ruszył ku niemu. Kiedy to zrobił, zapadła nagle ciemność, pochłaniając światło jego lampy i świecy Morfina, pochłaniając wszystko...

Palce Dumbledore'a zacisnęły się mocno wokół ramienia Harry'ego i już mknęli z powrotem do teraźniejszości. Łagodne złote światło w gabinecie Dumbledore'a raziło Harry'ego w oczy po tych nieprzeniknionych ciemnościach.

— To wszystko? — zapytał natychmiast. — Dlaczego zrobiło się ciemno, co się stało?

— Morfin nie potrafił sobie przypomnieć, co się później stało — odrzekł Dumbledore, wskazując Harry'emu fotel. — Kiedy się obudził następnego ranka, leżał na podłodze, był zupełnie sam. I zniknął pierścień Marvola. A tymczasem w wiosce Little Hangleton służąca biegła główną ulicą, krzycząc, że w salonie wielkiego domu leżą trzy ciała: Toma Riddle'a seniora, jego matki i ojca. Mugolskie władze nie mogły dociec, co się tam wydarzyło, i o ile wiem, do dzisiaj nie rozwiązały tej zagadki, bo klątwa Avada kedavra zwykle nie pozostawia żadnych śladów na ciele ofiary... wyjątek siedzi przede mną — dodał, patrząc na bliznę Harry'ego — natomiast nasze ministerstwo od razu poznało, że mordercą musiał być czarodziej. Wiedzieli też, że po drugiej stronie doliny mieszka znany wróg mugoli, który raz już siedział w więzieniu za napaść na jedną z zamordowanych ofiar. Wezwali więc Morfina na przesłuchanie. Nie musieli używać veritaserum czy legilimencji. Od razu przyznał się do tych morderstw, podając szczegóły, które mógł znać tylko morderca. Powiedział im, że jest z tego dumny, że od lat czekał na sposobność, by pozabijać tych mugoli. Oddał im swoją różdżkę i natychmiast się okazało, że właśnie jej użyto, by zamordować Riddle'ów. I bez oporu pozwolił zamknąć się w Azkabanie. Jedno go tylko martwiło: że zginął pierścień jego ojca. „Zabije mnie, jak się dowie, że go zgubiłem", powtarzał tym, którzy go schwytali. „Zabije mnie, jak się dowie". O ile wiem, nic więcej nigdy nie powiedział. Resztę życia spędził w Azkabanie, opłakując utratę jedynej pamiątki po Marvolu, a pochowano go obok więzienia, razem z innymi biedakami, którzy umarli w jego murach.

— Więc Voldemort skradł różdżkę Morfina i użył jej? — zapytał Harry, prostując się w fotelu.

— Tak było. Nie ma żadnych wspomnień, które by to ukazały, ale możemy być całkiem pewni, co się wydarzyło. Voldemort oszołomił swojego wuja, wziął jego różdżkę i udał się przez dolinę do „wielkiego domu za drogą". Tam zamordował mugola, który porzucił jego matkę, a także swoich mugolskich dziadków, kładąc kres niegodnej linii Riddle'ów i mszcząc się na ojcu, który nie chciał go znać. Potem wrócił do rudery Gauntów, za pomocą czarów wszczepił Morfinowi fałszywe wspomnienie, położył różdżkę obok jej pozbawionego świadomości właściciela, schował do kieszeni starożytny pierścień i odszedł.

— A Morfin nigdy nie zdał sobie sprawy, jak było naprawdę?

— Nigdy. Jak powiedziałem, złożył wyczerpujące i chełpliwe zeznanie.

— Ale przecież to prawdziwe wspomnienie żyło w nim przez cały czas!

— Tak, ale trzeba by użyć bardzo zaawansowanej legilimencji, żeby je z niego wyczarować, a niby po co mieliby grzebać mu w mózgu, skoro sam przyznał się do zbrodni? Mnie jednak udało się odwiedzić Morfina w ostatnich tygodniach jego życia, żeby odkryć tyle z przeszłości Voldemorta, ile się da. Wyciągnąłem to wspomnienie z wielkim trudem. Kiedy zobaczyłem, co zawiera, próbowałem je wykorzystać, żeby uwolnić Morfina z Azkabanu. Jednak zanim ministerstwo podjęło decyzję, Morfin zmarł.

— Ale dlaczego ministerstwo samo nie doszło do wniosku, że to wszystko sprawka Voldemorta? — zapytał ze złością Harry. — Przecież był wtedy niepełnoletni, prawda? Nie mogli wykryć, że używa czarów?

— Masz całkowitą rację, mogli wykryć użycie magii, ale nie tego, kto jej używa. Pamiętasz, jak ciebie oskarżono o użycie zaklęcia swobodnego zwisu, podczas gdy w rzeczywistości rzucił je...

— Zgredek — warknął Harry, którego ta niesprawiedliwość wciąż bolała. — Więc jak się jest niepełnoletnim i uprawia się czary w domu jakiegoś czarodzieja lub czarownicy, to ministerstwo się o tym nie dowie?

— Z pewnością nie będą w stanie ustalić, kto magii użył — odrzekł Dumbledore, uśmiechając się lekko na widok oburzenia na twarzy Harry'ego. — Polegają na rodzicach, ufają, że to oni wymogą posłuszeństwo na swoich dzieciach.

— To przecież jakaś bzdura! — żachnął się Harry. — Wystarczy zobaczyć, co się stało tutaj, co się stało z Morfinem!

— Zgadzam się — rzekł Dumbledore. — Bez względu na to, kim był Morfin, nie zasłużył na taką śmierć, oskarżony o morderstwo, którego nie popełnił. Ale robi się późno, a zanim się rozstaniemy, chcę ci pokazać to drugie wspomnienie...

Wyjął z wewnętrznej kieszeni jeszcze jedną kryształową fiolkę i Harry natychmiast zamilkł, pamiętając o tym, co powiedział Dumbledore: że to najważniejsze wspomnienie w jego zbiorze. Harry zauważył, że zawartość fiolki z trudem wylewała się do myślodsiewni, jakby była trochę zakrzepnięta. Czyżby wspomnienia ulatniały się w miarę upływu czasu?

— Nie potrwa to zbyt długo — rzekł Dumbledore, kiedy w końcu opróżnił fiolkę. — Ani się spostrzeżesz, jak wrócimy. No, to jeszcze raz do myślodsiewni...

I Harry znowu przeniknął przez srebrną powierzchnię, lądując tym razem przed człowiekiem, którego od razu rozpoznał.

To był o wiele młodszy Horacy Slughorn. Harry tak się przyzwyczaił do jego łysiny, że na widok tych gęstych, lśniących włosów koloru słomy poczuł się zdezorientowany: wyglądało to tak, jakby Slughorn miał strzechę na głowie, choć na samym czubku widniała już maleńka łysinka rozmiarów galeona. Jego wąsy, mniej krzaczaste niż obecnie, były rudawe. Nie był aż tak gruby jak Slughorn, którego Harry znał, ale złote guziki na jego bogato haftowanej kamizelce ledwo trzymały. Siedział w wygodnym fotelu, oparłszy małe stopy na aksamitnym pufie, w jednej ręce trzymając kieliszek wina, drugą grzebiąc w pudełku kandyzowanych ananasów.

Kiedy Dumbledore wylądował tuż obok niego, Harry rozejrzał się i zobaczył, że znajdują się w gabinecie Slughorna. Wokół profesora siedziało z pół tuzina kilkunastoletnich chłopców, wszyscy na twardszych i niższych krzesłach. Harry natychmiast rozpoznał Riddle'a. Był najprzystojniejszy i wydawał się najbardziej rozluźniony. Jego lewa ręka spoczywała nonszalancko na poręczy krzesła. Harry wzdrygnął się na widok złotego pierścienia z czarnym oczkiem: a więc zabił już swojego ojca.

— Panie profesorze, czy to prawda, że profesor Merrythought odchodzi na emeryturę? — zapytał Riddle.

— Tom, Tom, nawet gdybym wiedział, to i tak bym ci nie powiedział — odrzekł Slughorn i pogroził mu palcem oblepionym cukrem, choć jednocześnie puścił do niego oko, co zepsuło efekt. — Bardzo chciałbym wiedzieć, skąd czerpiesz informacje, chłopcze! Wiesz więcej od połowy ciała pedagogicznego.

Riddle uśmiechnął się, a inni chłopcy roześmiali się głośno i spojrzeli na niego z uwielbieniem.

— Ale pomimo twojej niesamowitej zdolności dowiadywania się o rzeczach, o których nie powinieneś wiedzieć, i mimo umiejętności schlebiania ludziom, którzy coś znaczą... dziękuję ci za te ananasy... Nawiasem mówiąc, dobrze wybrałeś, bo to moje ulubione...

Kilku chłopców zachichotało, lecz wtedy stało się coś dziwnego. Cały pokój wypełniła gęsta, biała mgła, tak że Harry widział już tylko twarz Dumbledore'a, który stał tuż obok niego. A potem w tej mgle rozbrzmiał głos Slughorna, nienaturalnie donośny:

— ŹLE SKOŃCZYSZ, CHŁOPCZE, ZAPAMIĘTAJ MOJE SŁOWA.

Mgła nagle opadła, a jednak nikt w pokoju nie zrobił na ten temat żadnej uwagi, nikt też nie sprawiał wrażenia, że stało się coś niezwykłego. Harry, zdumiony, spojrzał na mały, złoty zegar stojący na biurku Slughorna, który właśnie wybił jedenastą.

— Wielkie nieba, to już jedenasta? — zdziwił się Slughorn. — Lepiej już idźcie, chłopcy, bo wszyscy będziemy mieć kłopoty. Lestrange, masz mi jutro pokazać wypracowanie, bo dostaniesz szlaban. To samo dotyczy ciebie, Avery.

Wstał z fotela i zaniósł pusty kieliszek na biurko. Chłopcy opuszczali pokój, ale Riddle jakby się ociągał. Widać było, że chce zostać sam na sam ze Slughornem.

— Uważaj, Tom — rzekł Slughorn, gdy odwrócił się i zobaczył, że Riddle wciąż jest w pokoju. — Chyba nie chcesz, żeby cię nakryto, jak włóczysz się poza sypialnią po godzinach, a jesteś prefektem...

— Panie profesorze, chciałbym pana o coś zapytać.

— Więc pytaj i zmykaj, chłopcze, pytaj i zmykaj...

— Panie profesorze, co pan wie o... o horkruksach?

I znowu to się stało: pokój wypełniła gęsta mgła, która przysłoniła Slughorna i Riddle'a; Harry widział tylko Dumbledore'a uśmiechającego się do niego pogodnie. A potem znowu rozbrzmiał głos Slughorna, zupełnie jak wcześniej:

— NIE WIEM NIC O ŻADNYCH HORKRUKSACH, A GDYBYM WIEDZIAŁ, I TAK BYM CI NIE POWIEDZIAŁ! A TERAZ WYNOŚ SIĘ STĄD I ŻEBYŚ JUŻ NIGDY O NICH NIE WSPOMINAŁ!

— No, to jest właśnie to — rzekł spokojnie Dumbledore. — Czas wracać.

Harry poczuł, jak stopy odrywają mu się od podłogi, a w chwilę później spoczęły na dywanie przed biurkiem Dumbledore'a.

— I to wszystko? — zapytał cicho Harry.

Dumbledore powiedział, że to wspomnienie jest najważniejsze ze wszystkich... ale co w nim takiego ważnego? Pojawiła się ta mgła, a fakt, że nikt jej nie zauważył, był sam w sobie dziwny, ale poza tym nic się nie wydarzyło, z wyjątkiem tego, że Riddle zadał pytanie i nie otrzymał na nie odpowiedzi.

— Jak mogłeś zauważyć — powiedział Dumbledore, ponownie zasiadając za biurkiem — przy tym wspomnieniu ktoś majstrował.

— Ktoś majstrował? — powtórzył Harry, siadając z powrotem.

— Z całą pewnością. A zrobił to sam profesor Slughorn.

— Ale dlaczego?

— Bo, jak myślę, wstydzi się własnych wspomnień. Próbował zmienić własną pamięć, żeby ukazać się w lepszym świetle, zacierając niektóre części wspomnienia, bo nie chciał, żebym ja je oglądał. Jak zauważyłeś, zostało to wykonane dość topornie, i bardzo dobrze, bo to wskazuje, że pod spodem jest wciąż nienaruszone całe wspomnienie. A teraz, Harry, po raz pierwszy zadaję ci pracę domową. Twoim zadaniem będzie nakłonienie profesora Slughorna, żeby ujawnił to prawdziwe wspomnienie, które bez wątpienia dostarczy nam kluczowej dla nas informacji.

Harry wytrzeszczył na niego oczy.

— Ale... panie profesorze — powiedział, starając się mówić z najwyższym szacunkiem, na jaki go było stać — dlaczego ja... przecież może pan użyć legilimencji... albo veritaserum...

— Profesor Slughorn jest nadzwyczaj uzdolnionym czarodziejem i z całą pewnością będzie przygotowany na użycie takich prostych środków. Zna się na oklumencji o wiele lepiej od biednego Morfina Gaunta i bardzo bym się zdziwił, gdyby nie nosił przy sobie antidotum na veritaserum od czasu, gdy go zmusiłem, by ujawnił mi swoją przeróbkę wspomnienia. Nie, uważam, że głupio by było próbować wydrzeć z niego prawdę siłą; nie chcę, żeby opuścił Hogwart. Ma jednak swoje słabe strony, jak każdy z nas, i sądzę, że jesteś jedyną osobą, która może pokonać jego obronę. To bardzo, bardzo ważne, żebyśmy zdobyli jego prawdziwe wspomnienie, Harry... Jak ważne, dowiemy się dopiero wtedy, kiedy je zobaczymy. A więc życzę ci powodzenia... i dobrej nocy.

Trochę zaskoczony tym nagłym pożegnaniem Harry szybko wstał.

— Dobranoc, panie profesorze.

Kiedy zamknął za sobą drzwi gabinetu, usłyszał wyraźnie, jak Phineas Nigellus powiedział:

— Nie rozumiem, dlaczego uważasz, że ten chłopak zrobi to lepiej od ciebie, Dumbledore.

— I wcale się tego po tobie nie spodziewam — odrzekł Dumbledore, a Fawkes znowu wydał z siebie cichy, melodyjny krzyk.

ROZDZIAŁ OSIEMNASTY

Urodzinowe niespodzianki

Następnego dnia Harry wyjawił Ronowi i Hermionie, jakie zadanie postawił przed nim Dumbledore. Powiedział to każdemu z osobna, bo Hermiona nadal odmawiała przebywania w towarzystwie Rona dłużej, niż trwało jedno pogardliwe spojrzenie.

Ron uważał, że Harry nie będzie miał żadnych trudności ze Slughornem.

— On cię uwielbia — stwierdził podczas śniadania, wymachując widelcem z jajecznicą. — Niczego nie odmówi swojemu ukochanemu Księciu Eliksirów. Po prostu zostań dzisiaj dłużej w klasie po lekcji i poproś go.

Hermiona była większą pesymistką.

— On za żadne skarby nie ujawni tego, co naprawdę się wydarzyło. Skoro nawet Dumbledore'owi nie udało się tego z niego wyciągnąć... — powiedziała na opustoszałym, zaśnieżonym dziedzińcu podczas przerwy. — Horkruksy... horkruksy... nigdy o nich nie słyszałam...

— Nie?

Harry doznał zawodu; miał nadzieję, że kto jak kto, ale Hermiona musi wiedzieć coś o tych horkruksach.

— To musi być jakaś bardzo zaawansowana czarna magia, skoro Voldemort chciał się o nich czegoś dowiedzieć. Raczej nie będzie łatwo zdobyć informację na ten temat. Harry, musisz dobrze przemyśleć, jak podejść Slughorna, obmyślić jakąś taktykę...

— Ron uważa, że powinienem po prostu zostać w klasie po eliksirach i...

— No tak, jeśli Mon-Ron tak uważa, to zrób to — powiedziała, czerwieniąc się ze złości. — Przecież on nigdy się nie myli.

— Hermiono, czy ty nie możesz...

— NIE! — krzyknęła ze złością i odeszła, pozostawiając Harry'ego samego w głębokim po kostki śniegu.

Lekcje eliksirów też nie były łatwe, zważywszy na to, że wszyscy troje siedzieli przy jednym stole. Dzisiaj Hermiona przestawiła swój kociołek tak, że była teraz bliżej Erniego, a Harry'ego i Rona całkowicie ignorowała.

— Coś ty jej zrobił? — mruknął Ron do Harry'ego, patrząc na profil Hermiony.

Ale zanim Harry zdążył odpowiedzieć, rozległ się głos Slughorna:

— Siadajcie, siadajcie! I proszę nie rozmawiać! Szybko, bo czeka nas dzisiaj mnóstwo roboty! Trzecie prawo Golpalotta... kto powie, jak brzmi? No tak, oczywiście panna Granger!

Hermiona wyrecytowała jak karabin maszynowy:

— Trzecie prawo Golpalotta mówi, że antidotum na złożoną truciznę to więcej niż suma antidotów na każdy z jej składników.

— Dokładnie! — ucieszył się Slughorn. — Dziesięć punktów dla Gryffindoru! A teraz, jeśli założymy, że trzecie prawo Golpalotta jest prawdziwe...

Harry był gotów uznać je za prawdziwe, skoro Slughorn tak twierdzi, bo sam nic z niego nie zrozumiał. Zresztą nie rozumiał tego chyba nikt poza Hermioną.

— ...co oznacza, rzecz jasna, że jeśli zidentyfikujemy poprawnie składniki eliksiru przy użyciu ujawniającego zaklęcia Skarpina, to naszym podstawowym zadaniem nie będzie prosty wybór antidotów na każdy z tych składników, ale znalezienie tego dodatkowego składnika, który w prawie alchemicznym procesie przemieni poszczególne elementy...

Ron siedział z lekko otwartymi ustami, gryzmoląc coś bezwiednie na swoim nowiutkim egzemplarzu *Eliksirów dla zaawansowanych*. Wciąż zapominał, że nie może już polegać na Hermionie, która zwykle pomagała mu, kiedy przestawał się orientować, co się dzieje na lekcji.

— ...a teraz niech każdy z was podejdzie i weźmie fiolkę z mojego biurka. Zanim zadzwoni dzwonek, sporządźcie antidotum na truciznę we fiolce. Życzę powodzenia, i nie zapominajcie o włożeniu rękawic ochronnych!

Zanim do reszty klasy dotarło, że trzeba ruszyć się z miejsca, Hermiona była już w połowie drogi do biurka Slughorna, a kiedy Harry, Ron i Ernie wrócili z fiolkami, wlała już zawartość swojej fiolki do kociołka i rozpalała pod nim ogień.

— To przykre, że tym razem Książę nie będzie ci mógł pomóc, Harry — powiedziała z przekąsem. — Tym razem musisz zrozumieć zasady. Żadnych podpowiedzi i szwindli!

Harry z obrażoną miną odkorkował swoją fiolkę. Wlał jaskraworóżowy płyn do kociołka i rozniecił pod nim ogień.

Nie miał pojęcia, co robić dalej. Zerknął na Rona, który stał z głupawą miną, zrobiwszy dokładnie to, co Harry.

— Jesteś pewny, że Książę nie nabazgrał czegoś na ten temat? — mruknął do Harry'ego.

Harry wyciągnął swój zaufany egzemplarz *Eliksirów dla zaawansowanych* i znalazł rozdział o antidotach. Było tam trzecie prawo Golpalotta, brzmiące słowo w słowo tak, jak je wyrecytowała Hermiona, ale nie było żadnej uwagi na marginesie, wyjaśniającej, o co w tym wszystkim chodzi. Najwyraźniej Książę, podobnie jak Hermiona, nie miał trudności ze zrozumieniem tego prawa.

— Nie ma nic.

Hermiona wymachiwała teraz różdżką nad swoim kociołkiem. Niestety, nie mogli podsłuchać, jakiego używa zaklęcia, bo była już tak dobra w zaklęciach niewerbalnych, że nie musiała wypowiadać go na głos. Natomiast Ernie Macmillan mruczał: „*Specialis revelio!*" nad swoim kociołkiem, co brzmiało zachęcająco, więc Harry i Ron pospiesznie zaczęli go naśladować.

Już po pięciu minutach Harry zdał sobie sprawę, że jego reputacja najlepszego w klasie twórcy eliksirów zaczyna się gwałtownie pogarszać. Podczas pierwszego obchodu klasy Slughorn zajrzał z nadzieją do jego kociołka, gotów jak zwykle głośno wyrazić swój zachwyt, ale zamiast tego szybko cofnął głowę, krzywiąc się i kaszląc, gdy zaatakował go odór zgniłych jajek. Hermiona, która nie mogła znieść myśli, że ktoś jest od niej lepszy na eliksirach, miała taką minę, jakby wygrała na loterii tysiąc galeonów. Przelewała teraz tajemniczo rozdzielone ingrediencje swojej trucizny do dziesięciu różnych fiolek. Harry'ego tak to zdenerwowało, że wolał na to nie patrzyć i pochyliwszy się nad podręcznikiem Księcia Półkrwi, przewrócił kilka kartek.

I oto, nabazgrane w poprzek długiej listy antidotów, widniały słowa:

Po prostu wepchnij im bezoar do gardła.

Przez chwilę wpatrywał się w te słowa. Czy już kiedyś, dawno temu, nie słyszał o tym bezoarze? Czy Snape nie wspomniał o nim podczas pierwszej lekcji eliksirów? *Kamień tworzący się w żołądku kozy, który chroni przed wieloma truciznami.*

Nie było to rozwiązanie problemu Golpalotta i gdyby Snape nadal był ich nauczycielem, Harry nie śmiałby tego zrobić, ale znajdował się w rozpaczliwej sytuacji, więc musiał sięgnąć po rozpaczliwe środki. Pobiegł do kredensu i zaczął grzebać wśród rogów jednorożca i pęków suchych ziół, aż w końcu znalazł w głębi półki tekturowe pudełeczko z napisem: „Bezoar".

Otworzył je w chwili, gdy Slughorn zawołał: „Zostały dwie minuty!" Wewnątrz było kilka pomarszczonych bryłek, bardziej przypominających wysuszone nerki niż kamienie. Chwycił jedną, odłożył pudełko z powrotem na półkę i pobiegł do swojego kociołka.

— Czas... MINĄŁ! — krzyknął Slughorn. — No, zobaczymy, czegoście dokonali! Blaise... co ty tam masz?

Powoli krążył po klasie, oglądając różne antidota. Nikomu nie udało się ukończyć zadania, choć Hermiona próbowała po cichu dodać jeszcze parę składników do swojej buteleczki, zanim Slughorn do niej podszedł. Ron całkowicie się poddał i starał się tylko nie wdychać cuchnących wyziewów ze swojego kociołka. Harry stał, wciąż ściskając bezoar w lekko spoconej dłoni.

Slughorn podszedł do ich stolika na końcu. Powąchał wywar Erniego, skrzywił się i ruszył dalej, do Rona. Nad jego kociołkiem nie zatrzymał się jednak dłużej; cofnął się szybko z taką miną, jakby mu się zbierało na wymioty.

— A ty, Harry, co mi masz do pokazania?

Harry wyciągnął rękę i otworzył dłoń, na której spoczywała bryłka bezoaru.

Slughorn wpatrywał się w nią przez pełne dziesięć sekund. Przez chwilę Harry zastanawiał się, czy profesor zaraz go nie zwymyśla. A potem Slughorn odchylił głowę do tyłu i ryknął śmiechem.

— Masz do tego żyłkę, chłopcze! — zawołał, biorąc bezoar i podnosząc wysoko, żeby cała klasa mogła go zobaczyć. — Och, zupełnie jak twoja matka... No cóż, nie mogę cię za to winić... Bezoar na pewno działa jako antidotum na wszystkie te trucizny!

Hermiona, cała spocona na twarzy, z nosem uwalanym sadzą, posiniała ze złości. Jej niedokończone antidotum, zawierające pięćdziesiąt dwa składniki, w tym kawałek jej własnego włosa, bulgotało leniwie w kociołku za plecami Slughorna, który w tej chwili widział tylko Harry'ego.

— I pewnie sam wpadłeś na ten bezoar, tak, Harry? — wycedziła przez zęby.

— To jest właśnie indywidualne podejście, genialna intuicja, to jest to, co musi cechować każdego prawdziwego twórcę eliksirów! — powiedział uradowany Slughorn, zanim Harry zdążył jej odpowiedzieć. — Tak jak twoja matka, Harry, zupełnie tak jak ona! Też miała tę niesamowitą intuicję, na pewno po niej to odziedziczyłeś!

Tak, Harry, tak, jeśli masz pod ręką bezoar, możesz zrobić tę sztuczkę... chociaż, oczywiście, nie działa on na wszystkie trucizny i jest bardzo rzadki, więc warto jednak wiedzieć, jak się sporządza antidota...

Jedyną osobą w klasie bardziej wściekłą od Hermiony był Malfoy, który ku wielkiej uciesze Harry'ego wylał na siebie coś, co przypominało rzygowiny kota. Zanim jednak któreś z nich dwojga zdołało wyrazić swoje oburzenie tym, że Harry znowu okazał się najlepszy, choć przez całą lekcję nie zrobił nic, rozległ się dzwonek.

— Czas się pakować! — zawołał Slughorn. — I dodatkowe dziesięć punktów dla Gryffindoru za samą odwagę!

Po czym wciąż chichocząc, wrócił do swojego biurka.

Harry ociągał się, powoli i z rozmysłem pakując swoje rzeczy do torby. Ani Ron, ani Hermiona nie życzyli mu szczęścia, kiedy odchodzili; oboje byli raczej nadąsani. W końcu Harry i Slughorn zostali sami w lochu.

— Pospiesz się, Harry, bo spóźnisz się na następną lekcję — powiedział życzliwie Slughorn, zatrzaskując złote zamki swojej teczki ze smoczej skóry.

— Panie profesorze — powiedział Harry, bezwiednie powtarzając słowa Voldemorta — chciałbym pana o coś zapytać.

— Pytaj, drogi chłopcze, pytaj...

— Panie profesorze, czy wie pan coś o... o horkruksach?

Slughorn zamarł. Jego krągła twarz jakby się zapadła. Oblizał wargi i zapytał ochrypłym głosem:

— Co powiedziałeś?

— Zapytałem, czy wie pan coś o horkruksach, panie profesorze. Bo widzi pan...

— Dumbledore cię do tego namówił — wyszeptał Slughorn zmienionym głosem.

Nie był to już sympatyczny, dobroduszny Slughorn; był to Slughorn do głębi wstrząśnięty, przerażony. Sięgnął do wewnętrznej kieszeni i wyciągnął z niej chustkę, którą otarł spocone czoło.

— Dumbledore ci to pokazał... to wspomnienie, tak? Pokazał ci je?

— Tak — rzekł Harry, podejmując na gorąco decyzję, by nie kłamać.

— Tak, oczywiście — powiedział cicho Slughorn, wciąż ocierając sobie pobladłą twarz. — Oczywiście... no cóż, jeśli widziałeś to wspomnienie, Harry, to dobrze wiesz, że nie wiem nic... ale to NIC — powtórzył z naciskiem — o horkruksach.

Chwycił teczkę ze smoczej skóry, wepchnął chustkę za pazuchę i ruszył ku drzwiom lochu.

— Panie profesorze! — zawołał zrozpaczony Harry. — Pomyślałem tylko, że w tym wspomnieniu może być jeszcze coś...

— Tak pomyślałeś? A więc się mylisz, rozumiesz? MYLISZ SIĘ!

I zanim Harry zdołał coś jeszcze powiedzieć, zatrzasnął za sobą drzwi lochu.

Ani Ron, ani Hermiona nie okazali Harry'emu współczucia, gdy opowiedział im o swojej nieudanej rozmowie ze Slughornem. Hermiona wciąż była wściekła z powodu sposobu, w jaki Harry odniósł triumf, nie wykonawszy zadania jak należy. Ron był rozżalony, że Harry nie podsunął mu bezoaru.

— Przecież głupio by wyglądało, gdybyśmy obaj to zrobili! — zdenerwował się Harry. — Słuchaj, musiałem go zmiękczyć, żeby móc zapytać o Voldemorta, nie rozumiesz? Och, czy ty nie możesz wziąć się w garść? — dodał rozdrażnionym tonem, kiedy Ron skrzywił się na dźwięk tego nazwiska.

Rozeźlony swoim niepowodzeniem oraz reakcją Rona i Hermiony, Harry zastanawiał się przez parę następnych dni, jak tu podejść Slughorna. W końcu postanowił, że na razie będzie sprawiał wrażenie, jakby zupełnie zapomniał o tych horkruksach; lepiej uśpić jego czujność przed następną próbą.

Tak więc nie pytał już o nic, a Slughorn znowu traktował go jak dawniej, jakby wyrzucił ich rozmowę z pamięci. Harry czekał na zaproszenie na jedno z jego wieczornych przyjęć, postanowiwszy tym razem je przyjąć, choćby nawet miał przełożyć trening quidditcha. Niestety, żadnego zaproszenia nie dostał. Zapytał Hermionę i Ginny: żadna z nich zaproszenia nie dostała, podobnie chyba jak inni. Zastanawiał się, czy to czasem nie oznacza, że Slughorn jest jednak bardziej pamiętliwy i po prostu nie chce stwarzać sposobności do zadawania mu kłopotliwych pytań.

Tymczasem biblioteka Hogwartu po raz pierwszy sprawiła Hermionie zawód. Była tym tak wstrząśnięta, że nawet zapomniała o swojej złości na Harry'ego.

— Nie znalazłam ani jednego wyjaśnienia, co robią te horkruksy! Ani jednego! Szukałam w Dziale Ksiąg Zakazanych, nawet w tych najokropniejszych księgach, gdzie można przeczytać, jak uwarzyć najstraszniejsze eliksiry... i nic! Znalazłam tylko jedną wzmiankę, we wstępie do *Najczarniejszych czarów*... posłuchaj... „o horkruksach, najbardziej niegodziwych spośród magicznych wynalazków, nie będziemy tu mówić i nie udzielimy żadnych dalszych wskazówek"... Więc po co w ogóle ta wzmianka? — zapytała niecierpliwie, zatrzaskując starą książkę, która jęknęła przeraźliwie. — Och, zamknij się — warknęła, wpychając ją z powrotem do torby.

Nadszedł luty i wokół szkoły roztopił się śnieg, ale nadal było zimno i mokro. Fioletowoszare chmury wisiały nisko nad zamkiem, a siąpiący dniami i nocami lodowaty deszcz zamienił błonia w śliskie grzęzawisko. Dlatego pierwszą lekcję teleportacji dla szóstoklasistów, która miała się odbyć na błoniach, przeniesiono do Wielkiej Sali. Odbywała się w sobotę rano, kiedy nie było zajęć.

Kiedy Harry i Hermiona przybyli do Wielkiej Sali (Ron zszedł na dół z Lavender), zobaczyli, że stoły znikły. Deszcz siekł w wysokie okna, a na zaczarowanym sklepieniu kłębiły się ciemne chmury, kiedy wszyscy uczestnicy kursu zgromadzili się przed profesorami McGonagall, Snape'em, Flitwickiem i Sprout — opiekunami domów — i niskim czarodziejem, którego Harry uznał za instruktora teleportacji z ministerstwa. Miał niemal przezroczyste rzęsy, rzadkie, postrzępione włosy i w ogóle cały był dziwnie bezbarwny i tak wiotki, jakby go mógł porwać podmuch wiatru. Harry zastanawiał się, czy to skutek częstych deportacji i aportacji, czy też odwrotnie — to jego krucha budowa była idealna dla kogoś, kto często znikał.

— Dzień dobry — powitał ich instruktor, kiedy wszyscy już przybyli, a opiekunowie domów zarządzili ciszę. —

Nazywam się Wilkie Twycross i przez najbliższe dwanaście tygodni będę waszym ministerialnym instruktorem teleportacji. Mam nadzieję, że w ciągu tego czasu zdołam was przygotować do egzaminu na prawo teleportacji...

— Malfoy, bądź cicho i uważaj! — warknęła profesor McGonagall.

Wszyscy się obejrzeli. Malfoy poróżowiał i z wściekłą miną odszedł od Crabbe'a, z którym przed chwilą kłócił się o coś szeptem. Harry szybko zerknął na Snape'a, który też był poirytowany, chociaż Harry podejrzewał, że mniej z powodu zachowania Malfoya, a bardziej z powodu tego, że McGonagall śmiała zwrócić uwagę uczniowi jego domu.

— ...i wielu z was będzie w stanie go zdać — ciągnął Twycross, jakby mu w ogóle nie przerwano. — Jak zapewne wiecie, w Hogwarcie normalnie nie można się aportować lub deportować. Dyrektor zdjął jednak ten czar wyłącznie z Wielkiej Sali i tylko na jedną godzinę, żebyście mogli ćwiczyć. Chciałbym podkreślić, że nie będziecie mogli deportować się poza obręb murów tej sali, więc nawet tego nie próbujcie. A teraz proszę, żeby każdy z was ustawił się tak, by mieć przed sobą przynajmniej pięć stóp wolnej przestrzeni.

Zrobiło się zamieszanie, uczniowie zaczęli się popychać, wpadać na siebie i wrzeszczeć, żeby inni usunęli się z ich wolnej przestrzeni. Opiekunowie domów krążyli wśród nich, próbując zaprowadzić porządek.

— Harry, gdzie ty idziesz? — zapytała Hermiona.

Ale Harry nie odpowiedział, tylko zaczął się przesuwać dalej, mijając profesora Flitwicka, próbującego niezbyt skutecznie ustawić kilku Krukonów, z których każdy chciał być na przedzie, mijając profesor Sprout, która zaganiała Puchonów w jeden szereg, aż w końcu obszedł Macmillana i zajął stanowisko z tyłu, tuż za Malfoyem, który korzystając z powszechnego zamieszania, nadal kłócił się ze stojącym pięć stóp od niego Crabbe'em.

— Nie wiem jak długo jeszcze, jasne? — warknął do niego, nieświadom, że Harry stoi tuż za nim. — Po prostu dłużej, niż myślałem.

Crabbe otworzył usta, ale Malfoy najwidoczniej spodziewał się, co usłyszy.

— Słuchaj, Crabbe, to nie twoja sprawa, co ja robię, rozumiesz? Ty i Goyle po prostu róbcie to, co wam powiedziałem, i stójcie na straży!

— Ja tam mówię swoim kumplom, co robię, jak chcę, żeby stali na straży — odezwał się Harry dostatecznie głośno, by Malfoy go usłyszał.

Malfoy obrócił się w miejscu, sięgając po różdżkę, ale w tym momencie opiekunowie domów krzyknęli: „Spokój!" i zapanowała cisza. Malfoy odwrócił się powoli.

— Dziękuję — rzekł Twycross. — A teraz...

Machnął różdżką. Przed każdym uczniem na podłodze pojawiła się staroświecka drewniana obręcz.

— Podczas teleportacji należy pamiętać o Ce-Wu-En. A co to jest Ce-Wu-En? To cel, wola i namysł! Krok pierwszy: skupiamy mocno uwagę na wybranym CELU! W tym przypadku na wnętrzu drewnianego koła. Proszę skupić uwagę na celu.

Każdy podpatrywał ukradkiem, czy inni wpatrują się w swoje obręcze, po czym pospiesznie robił to samo. Harry wbił wzrok w zakurzony kawałek podłogi wewnątrz swojego drewnianego koła i starał się nie myśleć o niczym innym. Okazało się to niemożliwe, bo nie mógł przestać łamać sobie głowy nad tym, co takiego robi Malfoy, że potrzebne mu są czujki.

— Widzicie cel? Jesteście na nim skupieni? Teraz krok drugi: natężamy WOLĘ, by znaleźć się w przestrzeni celu! Trzeba to czuć całym sobą!

Harry rozejrzał się dyskretnie. Na lewo od niego Ernie Macmillan gapił się w swoją obręcz z takim wysiłkiem, że aż poczerwieniał; wyglądał, jakby się natężał, żeby znieść jajko wielkości kafla. Harry z trudem powstrzymał wybuch śmiechu i szybko zaczął znowu wpatrywać się w swoją obręcz.

— Krok trzeci — rzekł Twycross — ale dopiero na moją komendę... Obracamy się w miejscu, pragnąc osunąć się w nicość, ale robimy to z NAMYSŁEM! Na moją komendę... raz...

Harry znowu się rozejrzał. Większość uczniów miała przerażone miny, bo nie spodziewała się, że każą im się deportować tak szybko.

— ...dwa...

Harry próbował ponownie skupić myśli na wnętrzu swojego koła; już zapomniał, co oznacza cały skrót Ce-Wu-En.

— TRZY!

Harry obrócił się szybko w miejscu, stracił równowagę i o mały włos by się przewrócił. Nie on jeden. Sala była teraz pełna zataczających się uczniów. Neville leżał już na plecach, natomiast Ernie Macmillan podskoczył, wykonał coś w rodzaju piruetu i wylądował wewnątrz swojej obręczy z podekscytowaną miną. Dean Thomas na ten widok ryknął ze śmiechu.

— Nie szkodzi, nie szkodzi — powiedział chłodno Twycross, sprawiając wrażenie, jakby tego właśnie się spodziewał. — Wyrównajcie swoje obręcze i wróćcie do pozycji wyjściowych.

Druga próba nie wyszła im lepiej. Trzecia też okazała się beznadziejna. Dopiero podczas czwartego podejścia coś się wreszcie wydarzyło. Rozległ się wrzask, wszyscy spojrzeli w tym kierunku przerażeni i zobaczyli, jak Susan Bones z Hufflepuffu chwieje się wewnątrz swojej obręczy, podczas gdy jej lewa noga wciąż tkwi o pięć stóp dalej, na pozycji wyjściowej.

Natychmiast rzucili się ku niej opiekunowie domów. Huknęło zdrowo, buchnął fioletowy dym, a kiedy się rozwiał, zapłakana Susan stała z powrotem na pozycji wyjściowej, połączona już ze swoją nogą, ale przerażona.

— Rozszczepienie, czyli oddzielenie dowolnych części ciała — rzekł Wilkie Twycross beznamiętnym tonem — zdarza się, kiedy WOLA jest zbyt słaba. Musicie skupić się na CELU i wystartować, bez pośpiechu, ale z rozwagą, z NAMYSŁEM... o, tak...

Zrobił krok do przodu, wyciągnął ramiona, z wdziękiem obrócił się w miejscu i zniknął w wirze swej szaty, pojawiając się w końcu sali.

— Pamiętajcie o Ce-Wu-En i spróbujcie znowu... raz... dwa... trzy...

Godzinę później rozszczepienie Susan nadal było najciekawszą rzeczą, jaka się wydarzyła. Twycross wcale nie wyglądał na zniechęconego. Zawiązując sobie pelerynę pod szyją, powiedział tylko:

— Do następnej soboty. I nie zapomnijcie: cel, wola, namysł.

Po czym zlikwidował wszystkie obręcze jednym machnięciem różdżki i wyszedł w towarzystwie profesor McGonagall. Wybuchł gwar, gdy uczniowie zaczęli opuszczać salę.

— Jak ci poszło? — zapytał Ron, przepychając się do Harry'ego. — Chyba coś poczułem w tej ostatniej próbie... jakby jakieś mrowienie w stopach...

— Pewnie masz za ciasne adidasy, Mon-Ron — rozległ się głos za ich plecami i po chwili minęła ich Hermiona, uśmiechając się kpiąco.

— Ja tam nic nie poczułem — powiedział Harry, ignorując ją. — Ale teraz mało mnie to obchodzi...

— Jak to mało cię obchodzi? Nie chcesz się nauczyć teleportować? — zdumiał się Ron.

— Nie zależy mi. Wolę latanie — powiedział Harry, zerkając przez ramię, by zobaczyć, gdzie jest Malfoy. — Słuchaj, pospieszmy się, muszę coś zrobić — dodał, gdy znaleźli się w sali wejściowej.

Ron zdziwił się, ale puścił się za nim biegiem do wieży Gryffindoru. Na chwilę zatrzymał ich Irytek, który zatrzasnął drzwi na czwartym piętrze i nie pozwalał przejść nikomu, kto nie podpali sobie własnych spodni, ale Harry i Ron po prostu zawrócili i skorzystali z jednego ze swoich niezawodnych skrótów. W ciągu pięciu minut byli już w pokoju wspólnym.

— Więc powiesz mi w końcu, co chcesz zrobić? — zapytał Ron lekko zadyszany.

— Na górę — rzekł Harry i podbiegł do drzwi, za którymi były schody do sypialni chłopców.

Zgodnie z przewidywaniami Harry'ego dormitorium było puste. Otworzył swój kufer i zaczął w nim grzebać, podczas gdy Ron obserwował go niecierpliwie.

— Harry...

— Malfoy każe Crabbe'owi i Goyle'owi stać na czatach. Dopiero co kłócił się o to z Crabbe'em. Chcę wiedzieć... aha.

Znalazł złożony w czworo niezapisany pergamin, który wygładził, po czym stuknął w niego różdżką.

— Przysięgam uroczyście, że knuję coś niedobrego... a w każdym razie Malfoy na pewno coś knuje.

Na powierzchni pergaminu pojawiła się Mapa Huncwotów, z dokładnymi planami wszystkich pięter i poruszającymi się po nich maleńkimi, czarnymi kropkami opatrzonymi etykietkami.

— Pomóż mi znaleźć Malfoya!

Położył mapę na łóżku i obaj z Ronem pochylili się nad nią.

— JEST! — zawołał po minucie Ron. — Jest w pokoju wspólnym Ślizgonów, zobacz... z Parkinson, Zabinim, Crabbe'em i Goyle'em.

Harry przyjrzał się mapie z zawiedzioną miną, ale prawie natychmiast wziął się w garść.

— No dobra, od tej chwili będę miał na niego oko — oświadczył stanowczo. — A jak tylko zobaczę, że gdzieś myszkuje, z Crabbe'em i Goyle'em na straży, wkładam pelerynę-niewidkę i lecę, żeby się dowiedzieć, co on knuje...

Urwał, bo do sypialni wszedł Neville, wnosząc silną woń przypalonej tkaniny. Otworzył swój kufer i zaczął w nim szukać innej pary spodni.

Choć Harry tak się zawziął, by przyłapać Malfoya, przez następne parę tygodni nie miał szczęścia. Zaglądał do mapy, kiedy tylko mógł, czasem odwiedzając nawet toaletę między lekcjami, ale ani razu nie zobaczył Malfoya w jakimś podejrzanym miejscu. Natomiast widywał

Crabbe'a i Goyle'a poruszających się bez Malfoya po zamku częściej niż zwykle. Czasami zatrzymywali się w pustych korytarzach, jednak wówczas Malfoya nie tylko przy nich nie było, ale w ogóle nie można go było umiejscowić na mapie. To było najbardziej zagadkowe. Harry zaczął się nawet zastanawiać, czy Malfoy nie opuszcza terenów szkoły, ale trudno było w to uwierzyć, biorąc pod uwagę bardzo wysoki poziom zabezpieczeń wewnątrz zamku. Pozostało mu tylko przypuszczać, że po prostu gubił gdzieś Malfoya wśród setek innych czarnych kropek wędrujących po mapie. A jeśli chodzi o fakt, że Crabbe i Goyle tak często chodzą własnymi drogami, podczas gdy dotąd zawsze towarzyszyli Malfoyowi... no cóż, takie rzeczy się zdarzają, kiedy ludzie doroślejązz... Ron i Hermiona są tego najlepszym przykładem...

Zbliżał się marzec, a pogoda wcale się nie zmieniała, zrobiło się tylko bardziej wietrznie. Ku powszechnemu oburzeniu na tablicach ogłoszeń wszystkich pokojów wspólnych pojawiła się informacja o odwołaniu następnego wypadu do Hogsmeade. Ron wściekł się najbardziej.

— To moje urodziny! Tak na to czekałem!

— W końcu można się było tego spodziewać — powiedział Harry. — Po tym, co się przydarzyło Katie...

Do tej pory nie powróciła ze Szpitala Świętego Munga. Co więcej, „Prorok Codzienny" donosił o nowych zaginięciach, w tym kilku krewnych uczniów Hogwartu.

— Ale teraz mogę czekać tylko na tę głupią teleportację! — stwierdził ponuro Ron. — Wielkie mi urodziny...

Po trzech lekcjach teleportacja była dla nich nadal czarną magią, chociaż jeszcze kilku osobom udało się rozszczepić. Wszyscy byli sfrustrowani, a niektórzy zaczęli się źle wyrażać o Wilkiem Twycrossie i jego Ce-Wu-Enie, nazywając go Cewnikiem lub Celnie Walniętym Namolcem.

— Wszystkiego najlepszego w dniu urodzin, Ron — powiedział Harry, kiedy pierwszego marca obudzili ich Seamus i Dean, hałaśliwie wybierając się na śniadanie. — Masz prezent.

Rzucił paczkę na łóżko Rona, gdzie leżał już mały stosik innych paczek, podrzucony zapewne w nocy przez skrzaty domowe.

— Dzięki — mruknął zaspany Ron i zabrał się do rozwijania paczki.

Harry wstał z łóżka, otworzył kufer i zaczął szukać Mapy Huncwotów, którą chował tam po każdym użyciu. Wyrzucił połowę zawartości kufra, zanim znalazł ją pod zrolowanymi skarpetkami, w których wciąż trzymał buteleczkę eliksiru szczęścia.

— Dobra — mruknął, po czym wlazł z mapą do łóżka, stuknął w nią różdżką i mruknął pod nosem „Przysięgam uroczyście, że knuję coś niedobrego", tak żeby nie dosłyszał Neville, który właśnie mijał jego łóżko.

— Harry, ale fajne! — ucieszył się Ron, wymachując parą rękawic bramkarza, które od niego dostał.

— Cieszę się — odrzekł Harry, myślami będąc gdzie indziej, bo właśnie przeszukiwał dormitorium Ślizgonów. — Hej... chyba go nie ma w łóżku!

Ron, zbyt zajęty rozwijaniem prezentów, żeby mu odpowiedzieć, co jakiś czas wykrzykiwał z radości.

— No, w tym roku mam naprawdę dobry połów! — oznajmił, podnosząc rękę z ciężkim złotym zegarkiem, ozdobionym na krawędziach dziwnymi symbolami, który zamiast wskazówek miał maleńkie, ruchome gwiazdki. — Widzisz, co dostałem od rodziców? Kurczę, w przyszłym roku też postanowię obchodzić siedemnaste urodziny...

— Super — mruknął Harry, rzuciwszy okiem na zegarek, po czym znowu zaczął wpatrywać się w mapę. Gdzie jest Malfoy? Nie ma go przy stole Ślizgonów w Wielkiej Sali... nie ma go w pobliżu Snape'a siedzącego w swoim gabinecie... nie ma go w żadnej z łazienek ani w skrzydle szpitalnym...

— Chcesz jednego? — zagadnął Ron, wyciągając ku Harry'emu pudełko czekoladowych kociołków.

— Nie, dzięki. Malfoy znowu gdzieś zniknął!

— To niemożliwe — powiedział Ron, wpychając drugi kociołek do ust, po czym wstał z łóżka, żeby się ubrać. — Słuchaj, jak się nie pospieszysz, będziesz się teleportować o pustym żołądku... chociaż może to łatwiej...

Spojrzał z namysłem na pudełko kociołków, po czym wzruszył ramionami i sięgnął po trzeci.

Harry stuknął różdżką w mapę i mruknął „Koniec psot!", choć nie było to zbyt zgodne z rzeczywistością. Co tu jest grane? Jak wytłumaczyć częste zniknięcia Malfoya? Śledzenie go byłoby najlepszym sposobem rozwiązania tej zagadki, ale sam pomysł nie bardzo nadawał się do realizacji: miał na głowie lekcje, treningi quidditcha, prace domowe i teleportację; gdyby śledził Malfoya przez cały dzień, na pewno zauważono by jego nieobecność.

— Idziemy? — zapytał Rona.

Był już w połowie drogi do drzwi, kiedy zdał sobie sprawę, że Ron nie ruszył się z miejsca, tylko stoi oparty o słupek swojego łóżka i patrzy w okno dziwnie nieprzytomnym wzrokiem.

— Ron, śniadanie.

— Nie jestem głodny.

Harry wybałuszył oczy.

— Przecież dopiero co powiedziałeś...

— No dobra, zejdę z tobą — westchnął Ron — ale nie chce mi się jeść.

Harry spojrzał na niego podejrzliwie.

— Przed chwilą zjadłeś pół pudełka czekoladowych kociołków, tak?

— Nie o to chodzi. — Ron znowu westchnął. — Ty tego nie zrozumiesz.

— Chyba nie — odrzekł Harry, wciąż zdumiony, i odwrócił się, by otworzyć drzwi.

— Harry! — zawołał nagle Ron.

— Co?

— Harry, ja tego nie wytrzymam!

— Czego nie wytrzymasz? — zapytał Harry, teraz już naprawdę zaniepokojony.

Ron był blady i wyglądał, jakby go zemdliło.

— Nie mogę przestać o niej myśleć! — powiedział ochrypłym głosem.

Harry'ego zamurowało. Tego się nie spodziewał i chyba w ogóle wolałby tego nie usłyszeć. Byli przyjaciółmi, to prawda, ale jeśli Ron zacznie nazywać Lavender „Ma-Lav", to będzie musiał zaprotestować.

— Ale dlaczego ci to przeszkadza w zjedzeniu śniadania? — zapytał, starając się odwołać do rozsądku Rona.

— Ona pewnie nawet nie wie, że istnieję — odrzekł Ron, wzruszając ramionami.

— Jak to nie wie? — zdziwił się Harry. — Przecież wciąż się ślinicie, prawda?

Ron zamrugał.

— O kim ty mówisz?

— A o kim TY mówisz? — zapytał Harry, nabierając przekonania, że ta rozmowa prowadzi w jakimś dziwnym kierunku.

— O Romildzie Vane — powiedział cicho Ron, a twarz mu się tak rozjaśniła, jakby ugodził w nią promień słońca.

Patrzyli na siebie chyba z minutę, zanim Harry zapytał:

— To żart, prawda? Żartujesz?

— Harry... ja... ja ją chyba kocham — wyznał Ron zduszonym głosem.

— Okej — powiedział Harry, podchodząc, by lepiej się przyjrzeć jego szklanym oczom i nagłej bladości. — Okej... powiedz to jeszcze raz, ale na poważnie.

— Kocham ją — powtórzył Ron. — Widziałeś jej włosy, jej czarne, lśniące, jedwabiste włosy... a jej oczy? Jej wielkie, ciemne oczy? I jej...

— To jest bardzo śmieszne i w ogóle, ale dość już tych żartów, dobra? Wyluzuj.

Odwrócił się, żeby odejść. Był już o dwa kroki od drzwi, kiedy dostał silny cios w prawe ucho. Zachwiał się i obejrzał. Ron stał za nim z twarzą wykrzywioną złością i cofał zaciśniętą pięść, aby go znowu uderzyć.

Harry zareagował instynktownie. Już miał w ręku różdżkę i zanim zdążył się zastanowić, co robi, krzyknął:

— *Levicorpus!*

Ron wrzasnął. Zaklęcie poderwało mu nogi do góry; zawisł w powietrzu głową w dół.

— ZA CO?! — ryknął Harry.

— Obraziłeś ją, Harry! Powiedziałeś, że to był żart! — krzyknął Ron, już prawie fioletowy na twarzy.

— To jest chore! Co ci strzeliło...

W tej samej chwili spojrzał na otwarte pudełko na łóżku Rona i prawda ugodziła go z mocą cwałującego trolla.

— Skąd masz te czekoladowe kociołki?!

— To mój urodzinowy prezent! — zawołał Ron, obracając się powoli w powietrzu i próbując się uwolnić. — Częstowałem cię nimi, nie pamiętasz?

— Podniosłeś to pudełko z podłogi, tak?

— Bo spadło mi z łóżka! Uwolnij mnie!

— Wcale nie spadło z łóżka, ty palancie, nie rozumiesz? To moje pudełko, wyrzuciłem je z kufra, kiedy szukałem mapy. To są kociołki czekoladowe, które dała mi Romilda przed Bożym Narodzeniem. Naszpikowała je napojem miłosnym!

Ale Ron zareagował tylko na jedno słowo.

— Romilda? — powtórzył. — Powiedziałeś: Romilda? Harry... ty ją znasz? Możesz mnie z nią zapoznać?

Harry patrzył na wiszącego w powietrzu Rona, którego twarz rozkwitła szaleńczą nadzieją, i całą siłą woli powstrzymał wybuch śmiechu. Z jednej strony — zwłaszcza ze względu na bolące prawe ucho — bardzo mu się podobał pomysł uwolnienia Rona i obserwowania go w amoku do czasu, gdy minie działanie napoju... ale z drugiej — są przecież przyjaciółmi, a Ron nie był sobą, kiedy go uderzył. W końcu uznał, że zasłużyłby na kolejny cios, gdyby pozwolił Ronowi wyznać Romildzie Vane dozgonną miłość.

— No pewnie, zapoznam cię — powiedział, myśląc gorączkowo. — Teraz opuszczę cię w dół, dobra?

Opuścił go dość brutalnie (ucho wciąż go piekło), ale Ron zerwał się natychmiast, szczerząc zęby w uśmiechu.

— Będzie w gabinecie Slughorna — powiedział Harry, idąc do drzwi.

— Dlaczego tam? — zapytał zaniepokojony Ron.

— Och, ma korki z eliksirów — wypalił Harry, improwizując jak w transie.

— Może go zapytać, czy też mógłbym mieć korki razem z nią?

— Dobry pomysł.

Przed dziurą pod portretem czekała Lavender. Tego Harry nie przewidział.

— Co tak późno, Mon-Ron? Mam dla ciebie prezent...

— Zostaw mnie, dobra? — odrzekł niecierpliwie Ron. — Harry ma mnie zapoznać z Romildą Vane.

I bez słowa wyjaśnienia przecisnął się przez dziurę pod portretem. Harry zrobił przepraszającą minę do Lavender, ale chyba nie za bardzo mu to wyszło, bo popatrzyła na niego jak na zdechłego karalucha, zanim i on przelazł przez dziurę na korytarz, a Gruba Dama z trzaskiem wróciła na swoje miejsce.

Trochę się niepokoił, że Slughorn jest już na śniadaniu, ale gdy tylko zapukał, profesor otworzył mu drzwi. Ubrany był w zielony, aksamitny szlafrok i dopasowaną do niego szlafmycę, a oczy miał raczej mętne.

— Harry — wymamrotał. — To bardzo wczesna pora jak na wizytę... W sobotę zwykle śpię dłużej...

— Bardzo przepraszam, że pana niepokoję, panie profesorze — powiedział Harry jak najciszej, podczas gdy Ron wspinał się na palce, by zajrzeć do pokoju ponad ramieniem Slughorna — ale mój przyjaciel Ron połknął przez pomyłkę eliksir miłosny. Mógłby pan sporządzić mu antidotum? Zabrałbym go do pani Pomfrey, ale nie powinniśmy mieć niczego z Magicznych Dowcipów Weasleyów, a ona... sam pan rozumie... te krępujące pytania...

— No, a ty, Harry, taki doświadczony pionier w sporządzaniu eliksirów? Wydawałoby się, że z łatwością znajdziesz na to remedium...

— Ee... — wyjąkał Harry, trochę rozpraszany przez Rona, który teraz szturchał go łokciem w żebra, żeby się dostać do pokoju — no... jeszcze nigdy nie mieszałem antidotum na eliksir miłosmy, a zanim zdołam to zrobić, Ron może zrobić coś naprawdę...

Na szczęście akurat w tym momencie Ron jęknął:

— Nie widzę jej, Harry... Czy on ją tu ukrywa?

— Czy eliksir był zdatny do spożycia? — zapytał Slughorn, obserwując Rona z zawodowym zainteresowaniem. — Bo im dłużej się go trzyma, tym staje się mocniejszy.

— To by wiele wyjaśniało — wydyszał Harry, siłując się z Ronem, by go powstrzymać przed zwaleniem Slughorna z nóg. — To jego urodziny, panie profesorze — dodał błagalnym tonem.

— Och... no dobrze, wejdźcie, wejdźcie — powiedział Slughorn, odsuwając się na bok. — Mam w torbie wszystko, czego potrzeba, to nie jest trudne antidotum.

Ron wpadł do przegrzanego, zawalonego meblami i drobiazgami gabinetu Slughorna, potknął się o ozdobiony frędzlami stołek, odzyskał równowagę, chwytając Harry'ego za szyję, i mruknął:

— Ona tego nie widziała, prawda?

— Jeszcze jej nie ma — uspokoił go Harry, obserwując Slughorna, który otworzył neseser z ingrediencjami, po czym zaczął dosypywać i dolewać składniki do małej kryształowej buteleczki.

— To dobrze — ucieszył się Ron. — Jak wyglądam?

— Bardzo elegancko — powiedział gładko Slughorn, wręczając mu kieliszek przezroczystego płynu. — Wypij, to jest tonik na nerwy, będziesz spokojny, jak przyjdzie.

— Wspaniale — zgodził się Ron i wypił antidotum z głośnym bulgotem.

Harry i Slughorn przyglądali mu się z uwagą. Przez chwilę Ron uśmiechał się do nich promiennie, a potem, bardzo powoli, uśmiech zgasł, by ustąpić miejsca wyrazowi przerażenia.

— No i po wszystkim! — rzekł Harry, szczerząc do niego zęby. Slughorn zachichotał. — Bardzo dziękuję, panie profesorze.

— Daj spokój, chłopcze, daj spokój — powiedział Slughorn, podczas gdy Ron osunął się na najbliższy fotel, sprawiając wrażenie całkowicie załamanego. — Coś na podniesienie ciśnienia, tego mu teraz potrzeba — dodał, podchodząc do stolika zastawionego trunkami. — Mam tu piwo kremowe, mam wino, jest ostatnia butelka miodu dojrzewającego w dębowych beczkach... hmm... zamierzałem dać ją Dumbledore'owi na Boże Narodzenie... ach... no, dobrze... nie będzie mu brakowało czegoś, czego nie dostał! A jak by tak ją otworzyć i uczcić urodziny pana Weasleya? Najlepsze antidotum na niespełnioną miłość to dobry trunek!

Zachichotał, a Harry zawtórował mu ochoczo. Znalazł się prawie sam w towarzystwie Slughorna po raz pierwszy od owej nieszczęsnej próby wyciągnięcia z niego prawdziwego wspomnienia. A może, gdyby udało się utrzymać go teraz w tak dobrym humorze... gdyby wypili dość miodu z dębowych beczek...

— Proszę — powiedział Slughorn, wręczając Harry'emu i Ronowi po szklance miodu, po czym wzniósł swoją. — No, to wszystkiego najlepszego w dniu urodzin, Ralph...

— ...Ron — szepnął Harry.

Ale Ron, który chyba w ogóle nie słyszał toastu, już wlał sobie zawartość szklanki do ust i przełknął ją głośno.

Minęła sekunda, niewiele więcej niż trwa jedno uderzenie serca, i Harry już wiedział, że dzieje się coś strasznego, choć Slughorn, jak się wydawało, jeszcze nic nie zauważył.

— ...i życzę ci wielu ich szczęśliwych powrotów...

— RON!

Ron wypuścił szklankę. Uniósł się w fotelu, a potem z powrotem opadł, cały dygocząc. Piana toczyła mu się z ust, oczy wylazły z orbit.

— Profesorze! — ryknął Harry. — Niech pan coś zrobi!

Slughorn zamarł, jakby go sparaliżowało. Ron dygotał i dusił się, coraz bardziej siny.

— Ale... co... — wyjąkał Slughorn.

Harry przeskoczył niski stolik, popędził ku otwartemu neseserowi Slughorna i zaczął wyrzucać z niego słoiczki i woreczki, słysząc wciąż charkot Rona. W końcu znalazł to, czego szukał — pomarszczony, podobny do nerki kamień, który Słughorn wziął od niego na lekcji eliksirów.

Pospiesznie wrócił do Rona, rozwarł mu siłą szczęki i wepchnął bezoar do ust. Ron wzdrygnął się, westchnął chrapliwie, ciało mu sflaczało i znieruchomiał.

ROZDZIAŁ DZIEWIĘTNASTY

Skrzacie ogony

Więc, ogólnie rzecz biorąc, urodziny Rona niespecjalnie się udały? — zapytał Fred.

Zapadł wieczór, okna skrzydła szpitalnego były pozasłaniane, paliły się lampy. Ron był jedynym pacjentem. Harry, Hermiona i Ginny siedzieli wokół jego łóżka. Spędzili cały dzień pod podwójnymi drzwiami, próbując zajrzeć do środka, kiedy ktoś wchodził lub wychodził. Pani Pomfrey pozwoliła im wejść dopiero o ósmej. Fred i George przybyli dziesięć minut później.

— Nie tak sobie wyobrażaliśmy wręczenie ci prezentu — stwierdził ponuro George, kładąc na szafce nocnej obok łóżka duży pakunek i siadając obok Ginny.

— No tak, w naszej wyobraźni był całkiem przytomny — dodał Fred.

— Czekaliśmy na niego w Hogsmeade, chcąc mu zrobić niespodziankę... — powiedział George.

— Byliście w Hogsmeade? — zapytała Ginny.

— Myśleliśmy o wykupieniu sklepu Zonka — wyjaśnił Fred. — No wiesz, nasza filia w Hogsmeade, ale kto w niej będzie kupował, jak was nie wypuszczają w weekendy... Ale teraz to nieważne...

Przysunął sobie krzesło obok Harry'ego i spojrzał na bladą twarz Rona.

— Jak do tego doszło, Harry?

Harry opowiedział mu jeszcze raz to samo, co opowiadał już Dumbledore'owi, profesor McGonagall, pani Pomfrey, Hermionie i Ginny.

— ...i wtedy wsadziłem mu do ust bezoar, zaczął lżej oddychać, Slughorn pobiegł po pomoc, zjawiły się McGonagall i pani Pomfrey i zabrały Rona tutaj. Uważają, że nic mu nie będzie. Pani Pomfrey mówi, że będzie musiał zostać tu przez tydzień albo więcej... ma przez cały czas brać esencję rucianą.

— Szczęście, że pomyślałeś o bezoarze — mruknął cicho George.

— Szczęście, że w ogóle był w gabinecie — odrzekł Harry, któremu robiło się zimno na myśl, co by się stało, gdyby nie znalazł tego kamyka.

Hermiona westchnęła cicho. Przez cały dzień prawie się nie odzywała. Od kiedy przybiegła, blada jak trup, pod drzwi skrzydła szpitalnego, i zapytała Harry'ego, co się stało, prawie nie brała udziału w obsesyjnym wałkowaniu przez Harry'ego i Ginny wszystkich okoliczności zatrucia się Rona, tylko stała przy nich z zaciśniętymi ustami i przerażoną miną, póki w końcu nie pozwolono im go zobaczyć.

— Mama i tata wiedzą? — zapytał Fred Ginny.

— Już tu byli, jakąś godzinę temu... teraz są w gabinecie Dumbledore'a, ale wkrótce wrócą...

Zapanowało milczenie. Wszyscy patrzyli na Rona, który mamrotał coś we śnie.

— Więc ta trucizna była w miodzie? — zapytał cicho Fred.

— Tak — odrzekł natychmiast Harry, który wciąż o tym myślał i rad był, że może na nowo to przedyskutować. — Slughorn nalał nam miodu...

— A mógł czegoś niepostrzeżenie dosypać do szklanki Rona?

— Chyba tak, ale dlaczego miałby zamiar go otruć?

— Nie mam pojęcia — odrzekł Fred, marszcząc czoło. — A może niechcący zamienił szklanki? Może to ciebie chciał otruć?

— Ale dlaczego chciałby otruć Harry'ego? — zapytała Ginny.

— Nie wiem — powiedział Fred — ale takich, którzy chcieliby otruć Harry'ego, nie brakuje, prawda? Wybraniec i w ogóle...

— Więc myślisz, że Slughorn jest śmierciożercą?

— Wszystko jest możliwe.

— Mógł być pod działaniem Imperiusa — zauważył George.

— Albo jest niewinny — powiedziała Ginny. — Trucizna mogła już być w butelce, co by oznaczało, że to on miał być ofiarą.

— A kto by chciał uśmiercić Slughorna?

— Dumbledore sądzi, że Voldemort chciał mieć Slughorna po swojej stronie — odezwał się Harry. — Slughorn ukrywał się przed nim przez cały rok, zanim przybył do Hogwartu. I... — pomyślał o tych fragmentach wspomnienia, których Dumbledore nie mógł wydobyć z pamięci Slughorna — i może Voldemort chce się go pozbyć, może uważa, że jest zbyt cenny dla Dumbledore'a.

— Ale przecież powiedziałeś, że Slughorn zamierzał dać tę butelkę Dumbledore'owi na Boże Narodzenie — przypomniała mu Ginny. — Celem truciciela równie dobrze mógł być Dumbledore.

— Jeśli tak, to zupełnie nie znał Slughorna — odezwała się po raz pierwszy od wielu godzin Hermiona, takim głosem, jakby miała katar. — Każdy, kto go zna, wie, że Slughorn lubi dobre trunki i że mógłby sam zajrzeć do butelki.

— Ere-mi-na — zachrypiał nagle Ron.

Umilkli, wpatrując się w niego z niepokojem, ale po chwili zaczął znowu chrapać.

W tym momencie drzwi dormitorium otworzyły się tak gwałtownie, że wszyscy podskoczyli. Kroczył ku nim Hagrid, cały mokry, w burce z niedźwiedziej skóry, z kuszą w ręku, pozostawiając za sobą na podłodze wielkie, błotniste ślady.

— Cały dzień przesiedziałem w lesie! — oznajmił, dysząc ciężko. — Aragog ledwo dycha, trochę mu poczytałem... dopiro teraz zszedłem coś zjeść i profesor Sprout mi powiedziała o Ronie! Co z nim?

— Nie jest źle — odpowiedział Harry. — Mówią, że wyzdrowieje.

— Najwyżej sześciu odwiedzających za jednym razem! — zawołała pani Pomfrey, wybiegając ze swojego gabinetu.

— Z Hagridem jest sześciu — zauważył George.

— Och... no tak... — zgodziła się pani Pomfrey, która przedtem najwyraźniej policzyła Hagrida za parę osób.

Aby ukryć zmieszanie, zaczęła pospiesznie usuwać różdżką błotniste ślady z podłogi.

— Nie mogę w to uwierzyć — powiedział ochrypłym głosem Hagrid, kręcąc swą wielką, kudłatą głową i patrząc na Rona. — No nie mogę uwierzyć... leży tu jak ciapek... Cholibka, kto go chciał skrzywdzić?

— Właśnie nad tym dyskutowaliśmy — powiedział Harry. — Nie wiemy.

— A może ktoś chciał rozwalić drużynę Gryfonów? — zaniepokoił się Hagrid. — Najpirw Katie, tera Ron...

— Jakoś nie wierzę, żeby ktoś próbował rozwalać drużynę quidditcha — mruknął George.

— Wood chętnie by rozwalił Ślizgonów, gdyby tylko uszło mu to na sucho — zauważył Fred.

— Nie sądzę, żeby chodziło o quidditcha, ale myślę, że między tymi atakami jest związek — powiedziała spokojnie Hermiona.

— Jak na to wpadłaś? — zapytał Fred.

— Po pierwsze, oba ataki miały zabić, a że nie zabiły, to tylko kwestia czystego przypadku. Po drugie, ani ta trucizna, ani naszyjnik nie trafiły tam, gdzie miały trafić. Oczywiście — dodała złowieszczym tonem — to oznacza, że mamy do czynienia z bardzo groźnym napastnikiem, który nie dba o to, ilu ludzi wykończy, zanim w końcu dopadnie swoją ofiarę.

Zanim ktokolwiek zdążył zareagować na to złowieszcze oświadczenie, drzwi dormitorium znowu się otworzyły i wbiegli państwo Weasleyowie. Podczas pierwszej wizyty zadowolili się tylko zapewnieniem, że Ron na pewno wyzdrowieje, teraz pani Weasley chwyciła Harry'ego w objęcia.

— Dumbledore opowiedział nam, jak uratowałeś go tym bezoarem — powiedziała przez łzy. — Och,

Harry, brak mi słów! Uratowałeś Ginny... uratowałeś Artura... teraz Rona...

— Ależ, pani Weasley... przecież ja nie... — wybąkał speszony Harry.

— Tak, Harry, jak by się tak zastanowić, to połowa naszej rodziny zawdzięcza ci życie — rzekł pan Weasley.

— No cóż, mogę tylko powiedzieć, że to był naprawdę szczęśliwy dzień dla Weasleyów, kiedy Ron postanowił usiąść w twoim przedziale w Ekspresie Hogwart.

Harry nie miał pojęcia, co na to odpowiedzieć, i prawie się ucieszył, kiedy pani Pomfrey znowu im przypomniała, że przy łóżku Rona może być tylko sześć osób. On i Hermiona natychmiast wstali, a Hagrid też uznał, że wyjdzie razem z nimi, zostawiając Rona z jego rodziną.

— To okropne — powarkiwał Hagrid w swoją brodę, kiedy szli korytarzem wiodącym do marmurowych schodów. — Te ich wszystkie nowe zabezpieczenia, a dzieciaki wciąż ktoś krzywdzi... Dumbledore się zamartwia... Dużo to on nie mówi, ale ja tam swoje wiem...

— Hagridzie, czy on nie ma żadnych pomysłów? — zapytała Hermiona.

— Z takim pomyślunkiem? Musi ich mieć z setkę! — zapewnił ją gorliwie Hagrid. — Ale nie wie, kto podesłał ten naszyjnik ani kto dolał tego świństwa do wina, boby ich już złapali, nie? Ale ja to się, cholibka, martwię — zniżył głos i zerknął przez ramię (Harry ze swojej strony sprawdził, czy na suficie nie ma Irytka) — że jak tak dalej będą napadać na dzieciaki, to Hogwart zamkną. Komnata Tajemnic od nowa, no nie? Ludzie zaczną panikować, zabierać dzieciaki ze szkoły i ani się obejrzymy, jak rada nadrządców...

Urwał, bo mijał ich powoli duch długowłosej kobiety, a potem zakończył ochrypłym szeptem:

— ...jak rada nadrządców zacznie gadać o zamknięciu szkoły na dobre.

— To niemożliwe! — powiedziała przerażona Hermiona.

— Nie? No to pomyśl, jak oni główkują. Posyłanie tutaj dzieciaków zawsze było trochę ryzykowne, nie? Można się spodziewać, że coś nie zagra, i to nie raz, jak się zamknie razem parę setek nieletnich czarodziejów, ale próba mordu... to już całkiem inna para kaloszy. Wcale się nie dziwię, że Dumbledore tak się wścieka na Sn...

Hagrid zatrzymał się gwałtownie, a na niezarośniętej części jego twarzy pojawił się znajomy wyraz zakłopotania.

— Co? — zapytał szybko Harry. — Dumbledore jest zły na Snape'a?

— Nic takiego nie powiedziałem — odrzekł Hagrid, choć przerażenie na jego twarzy świadczyło, że się wygadał. — Patrzcie, jak już późno, północ na karku, muszę tera...

— Hagridzie, dlaczego Dumbledore jest zły na Snape'a? — zapytał głośno Harry.

— Ciiiicho! — syknął Hagrid, z wystraszoną, ale i rozeźloną miną. — Nie wrzeszcz tak! Chcesz, żeby mnie wywalili? Pewnie mało cię to obchodzi, jak już rzuciłeś w diabły opiekę nad mag...

— Nie próbuj wzbudzić we mnie poczucia winy, to nic nie da! Co zrobił Snape?

— Nie wiem, Harry, w ogóle nie powinienem tego słyszeć! Bo... tego... no, wczoraj wieczorem właśnie wyłaziłem z lasu i podsłuchałem, jak gadali... no, kłócili się.

Nie chciałem, żeby mnie zobaczyli, więc się skuliłem i próbowałem nie słuchać, ale... sam rozumisz, pożarli się zdrowo i nie dało rady nie słyszeć.

— No więc? — przynaglił go Harry, gdy Hagrid zaczął niepewnie szurać nogami.

— No więc... słyszałem tylko, jak Snape mówił Dumbledore'owi, że za wiele się spodziewa i może on... znaczy się Snape... już nie zechce tego więcej robić...

— Czego?

— A tego to ja już nie wiem, Harry, to tak zabrzmiało, jakby Snape czuł się ździebko przepracowany, bo ja wiem, w każdym razie Dumbledore mu odpalił, że przecież się zgodził i niech nie podgrymasza. Tak mu wywalił i już. A potem to mówił coś o śledztwie, co to Snape ma robić w swoim domu, w Slytherinie. Nie ma w tym nic dziwnego! — dodał pospiesznie, widząc, że Harry i Hermiona wymienili znaczące spojrzenia. — Wszyscy opiekunowie domów mają węszyć w sprawie tego naszyjnika...

— Tak, ale Dumbledore ze wszystkimi się o to nie kłócił, prawda? — powiedział Harry.

— Słuchaj — Hagrid zacisnął dłonie na kuszy; rozległ się głośny trzask i kusza pękła na dwoje — wiem, co ty se myślisz o Snapie, Harry, i nie chcę, żebyś doczytywał się w tym więcej, niż jest.

— Uwaga — szepnęła Hermiona.

Odwrócili się i zobaczyli na ścianie cień Argusa Filcha, a po chwili on sam wyłonił się zza rogu korytarza, przygarbiony, z rozedrganą żuchwą.

— Oho! — zachrypiał. — Tak późno i nie w łóżkach, będzie szlaban!

— Akurat! — prychnął Hagrid. — Są ze mną, nie widzisz?

— A co to za różnica? — zapytał opryskliwie Filch.

— A taka, że jestem nauczycielem, ty wścibski charłaku! — zaperzył się Hagrid.

Filch wciągnął ze świstem powietrze, czerwieniąc się ze złości. Pojawiła się Pani Norris, łasząc się do jego chudych nóg.

— Spadajcie — rzucił Hagrid kącikiem ust.

Harry'emu nie trzeba było tego powtarzać, oboje z Hermioną pospiesznie się oddalili. Za ich plecami zadudniły echem podniesione głosy Hagrida i Filcha. Przed skrętem do wieży Gryffindoru napotkali Irytka, który na szczęście szybował w kierunku wrzasków, chichocząc i podśpiewując:

Jak gdzieś jest raban, to o każdej porze
Wezwij Irytka, będzie jeszcze gorzej!

Gruba Dama drzemała i nie była zadowolona, że ktoś ją budzi, ale wpuściła ich bez słowa do pokoju wspólnego, w którym na szczęście panowała cisza i spokój. Nic nie wskazywało na to, by ktokolwiek wiedział już o przygodzie Rona, więc Harry odetchnął z ulgą. Jak na jeden dzień miał dość wypytywań. Hermiona powiedziała mu dobranoc i poszła do sypialni dziewcząt, a on usiadł przy kominku i wpatrzył się w dogasające węgielki.

A więc Dumbledore miał sprzeczkę ze Snape'em. Mimo tego wszystkiego, co powiedział Harry'emu, mimo uporu, z jakim twierdził, że bezgranicznie ufa Snape'owi, sam stracił do niego cierpliwość... Miał pretensję, że Snape nie prowadzi dość sprawnie śledztwa wśród Ślizgonów... a może miał śledzić tylko jednego Ślizgona, Malfoya?

Dlaczego Dumbledore udawał, że w podejrzeniach Harry'ego nie ma nic, co by go zaniepokoiło? Może bał się, że Harry zrobi coś głupiego, może nie chciał, żeby Harry wziął sprawy w swoje ręce? To było dość prawdopodobne. Może Dumbledore po prostu nie chciał odrywać go od nauki, a może wolał, żeby Harry skupił się na wyciągnięciu ze Slughorna tych brakujących części jego wspomnienia? Może uważał, że nie powinien ujawniać szesnastolatkowi swoich podejrzeń wobec członka ciała pedagogicznego...

— Jesteś tu, Potter!

Zerwał się na równe nogi, różdżka sama znalazła się w jego ręce. Był całkowicie przekonany, że w pokoju wspólnym nie ma nikogo, więc kompletnie go zaskoczyła zwalista postać podnosząca się ze stojącego w kącie fotela. Dopiero po chwili rozpoznał Cormaca McLaggena.

— Czekałem na ciebie — powiedział McLaggen, nie zwracając uwagi na wyciągniętą różdżkę Harry'ego. — Musiałem przysnąć. Słuchaj, widziałem, jak niosą Weasleya do skrzydła szpitalnego. Chyba nie będzie mógł zagrać w najbliższym meczu.

Harry dopiero po dłuższej chwili zrozumiał, o czym McLaggen mówi.

— Och... no tak... quidditch — powiedział, wciskając z powrotem różdżkę za pas dżinsów i przygładzając sobie włosy. — Taak... może nie będzie mógł.

— No to chyba ja zagram na pozycji obrońcy, co?

— Tak... chyba ty...

Nie przychodził mu do głowy żaden argument przeciw takiemu rozwiązaniu; w końcu McLaggen był drugi podczas testów.

— Wspaniale — ucieszył się McLaggen. — To kiedy jest trening?

— Co? Aa... jutro wieczorem.

— Fajnie. Słuchaj, Potter, powinniśmy przedtem pogadać. Mam pewne pomysły co do taktyki, mogą ci się przydać.

— Dobra — zgodził się bez entuzjazmu Harry. — Ale wiesz, może jutro, bo dzisiaj jestem wykończony... No to cześć.

Następnego dnia wieść o zatruciu Rona szybko się rozniosła, ale nie wzbudziła takiej sensacji jak napaść na Katie. Większość chyba uznała, że mógł to być wypadek, zwłaszcza że Ron znajdował się wówczas w gabinecie profesora eliksirów, a skoro natychmiast dostał antidotum, właściwie nic mu się nie stało. Gryfoni bardziej się interesowali najbliższym meczem quidditcha, w którym ich drużyna miała zagrać przeciw Puchonom; wielu chciało zobaczyć, jak Zachariasz Smith, który podczas pierwszego meczu pozwolił sobie na złośliwe komentarze pod adresem Gryfonów, zostanie za to ukarany na boisku, bo był jednym ze ścigających Puchonów.

Natomiast Harry'emu quidditch jeszcze nigdy nie był tak obojętny. Jego obsesja na punkcie Malfoya szybko się pogłębiała. Kiedy tylko mógł, zerkał na Mapę Huncwotów, a czasami wyruszał, by go śledzić, ale nigdy mu się nie udało przyłapać go na czymś podejrzanym. Wciąż jednak zdarzały się te zagadkowe momenty, kiedy Malfoy po prostu znikał z mapy...

Harry nie miał jednak zbyt wiele czasu na roztrząsanie tego problemu. Poza treningami i nawałem prac domowych dręczyło go też towarzystwo Cormaca McLaggena i Lavender Brown, którzy wciąż go dopadali w wolnych chwilach.

Już nie wiedział, które z tej dwójki bardziej go drażni. McLaggen bez przerwy robił aluzje na temat swoich możliwości, nie wahając się sugerować, że byłby lepszym stałym obrońcą od Rona, co chyba powinno być oczywiste dla wszystkich, w tym i dla Harry'ego, po tych kilku treningach. Chętnie krytykował też innych graczy i zasypywał go szczegółowymi uwagami na temat sposobu przeprowadzania treningów, tak że już kilka razy Harry musiał mu przypomnieć, kto jest kapitanem.

Lavender nieustannie osaczała Harry'ego, żeby porozmawiać z nim o Ronie, co było prawie tak nużące jak wykłady McLaggena na temat quidditcha. Z początku była bardzo obrażona, że nikt nie pomyślał, by ją powiadomić o tym, że Ron trafił do szpitala — „Przecież jestem jego dziewczyną!" — ale niestety szybko przebaczyła Harry'emu ten brak wyczucia i teraz chciała bez przerwy prowadzić z nim intymne rozmowy na temat uczuć Rona, co dla Harry'ego było tak żenującym i przykrym doświadczeniem, że naprawdę wolałby go nie przeżywać.

— Słuchaj, dlaczego nie porozmawiasz o tym z Ronem? — zapytał w końcu po wyjątkowo długim i szczegółowym maglowaniu go przez Lavender, w którym nie zabrakło pytań o to, co Ron powiedział na temat jej nowej sukienki, albo czy Harry uważa, że Ron traktuje ją „poważnie".

— No wiesz, chętnie bym z nim porozmawiała, ale kiedy do niego przychodzę, zawsze śpi! — odpowiedziała rozżalonym tonem Lavender.

— Tak? — zdziwił się Harry, bo ilekroć odwiedzał Rona, ten był całkiem przytomny i bardzo się interesował nowinami o kłótni Dumbledore'a i Snape'a, a na McLaggenie wyżywał się tak, że aż przyjemnie było posłuchać.

— Czy Hermiona Granger wciąż go odwiedza? — zapytała nagle Lavender.

— Tak, chyba tak. Przecież są przyjaciółmi, nie? — odpowiedział zakłopotany Harry.

— Przyjaciółmi! Nie rozśmieszaj mnie! — powiedziała kpiąco Lavender. — Nie rozmawiała z nim przez kilka tygodni od czasu, gdy zaczęłam z nim chodzić! Pewnie chce się z nim pogodzić, bo zrobił się taki INTERESUJĄCY...

— Uważasz, że jak kogoś otrują, to staje się interesujący? No, ale... wybacz mi, muszę lecieć... idzie McLaggen, mamy pogadać o quidditchu.

I umknął przez drzwi udające ścianę, zbiegając na skróty do klasy eliksirów, gdzie, na szczęście, nie mogli go już dopaść ani Lavender, ani McLaggen.

W dniu meczu z Puchonami wpadł rano do skrzydła szpitalnego. Ron był bardzo zdenerwowany, bo pani Pomfrey nie pozwoliła mu pójść na mecz w obawie, że to go za bardzo podnieci i jeszcze dostanie gorączki.

— No i jak sobie radzi McLaggen? — zapytał z niepokojem Harry'ego, najwyraźniej zapominając, że już dwukrotnie zadał to pytanie.

— Już ci mówiłem — odparł cierpliwie Harry — że nawet gdyby był graczem klasy światowej, to i tak bym go nie zatrzymał w drużynie. Wciąż mówi każdemu, co ma robić, uważa, że potrafi grać na każdej pozycji, i to lepiej niż cała reszta drużyny. Nie mogę się doczekać, kiedy się go pozbędę. A jak już mówimy o pozbywaniu się ludzi — dodał, wstając i biorąc swoją Błyskawicę — to może przestaniesz udawać, że śpisz, kiedy Lavender przychodzi cię odwiedzić? Doprowadza mnie do szału.

— Och... — zmieszał się Ron. — Dobra.

— Jak nie chcesz już z nią chodzić, to jej to po prostu powiedz.

— Taaak... ale... no wiesz, to nie takie łatwe. — Ron zamilkł na chwilę, po czym zapytał: — Nie wiesz, czy Hermiona wpadnie tu przed meczem?

— Nie, już poszła na stadion razem z Ginny.

— Och... — Ron wyraźnie zmarkotniał. — No dobra. Powodzenia, Harry. Mam nadzieję, że dołożysz McLag... to znaczy Smithowi.

— Postaram się — rzekł Harry, zarzucając miotłę na ramię. — Przyjdę do ciebie po meczu.

Pobiegł na dół opustoszałymi korytarzami; wszyscy albo siedzieli już na stadionie, albo ku niemu zdążali. Zerkał w okna, próbując ocenić siłę wiatru, gdy nagle usłyszał coś przed sobą i ujrzał Malfoya idącego w jego stronę z jakimiś dwiema nadąsanymi dziewczynami. Na widok Harry'ego zatrzymał się, parsknął wymuszonym śmiechem, po czym ruszył dalej.

— Gdzie idziesz? — zapytał Harry.

— Tak, na pewno ci powiem, bo to twój interes, Potter — zadrwił Malfoy. — Lepiej się pospiesz, pewnie już czekają na kapitana Wybrańca... Chłopca, Który Strzelił... czy jak cię tam teraz nazywają.

Jedna z dziewczyn zachichotała mimo woli. Harry zmierzył ją wzrokiem. Zarumieniła się. Malfoy minął go, a ona i jej przyjaciółka pobiegły za nim i wkrótce znikły za rogiem korytarza.

Harry stał, patrząc za nimi, i czuł, jak narasta w nim wściekłość. Mecz tuż-tuż, a Malfoy włóczy się po opustoszałym zamku: przepada najlepsza szansa na odkrycie, co on knuje. Mijały cenne sekundy, a Harry stał i stał, wpatrując się w róg korytarza, za którym zniknął Malfoy.

— Gdzie ty byłeś? — zapytała Ginny, gdy wbiegł do szatni.

Cała drużyna była już przebrana i w gotowości. Coote i Peakes, pałkarze, uderzali nerwowo pałkami w uda.

— Spotkałem Malfoya — odpowiedział spokojnie Harry, kiedy wciągnął przez głowę szkarłatną szatę.

— No i co?

— Więc chciałem się dowiedzieć, co on robi w zamku z jakimiś dwiema dziewczynami, kiedy wszyscy są już na stadionie...

— A jakie to ma teraz znaczenie?

— Też bym chciał to wiedzieć — odrzekł, chwytając Błyskawicę i poprawiając sobie okulary. — No to idziemy!

I wyszedł z szatni. Powitały ich ogłuszające krzyki i gwizdy. Wiał lekki wiatr, między obłokami raz po raz błyskało słońce.

— Trudne warunki! — powiedział rześkim tonem McLaggen. — Coote, Peakes, latajcie pod słońce, nie będą was widzieć...

— To ja jestem kapitanem, McLaggen, więc może byś się przymknął i nie wydawał żadnych instrukcji, dobra? — zdenerwował się Harry. — Zjeżdżaj do swoich pętli!

Kiedy McLaggen odszedł, Harry zwrócił się do Coote'a i Peakesa:

— Pamiętajcie, żeby nadlatywać ze słońcem — burknął.

Wymienił uścisk dłoni z kapitanem Puchonów, a potem, na gwizdek pani Hooch, odepchnął się stopami od ziemi i wzbił w górę, wyżej od reszty drużyny, aby krążyć wokół stadionu i wypatrywać znicza. Gdyby udało mu się złapać go wcześnie, może byłaby jeszcze szansa, żeby wrócić do zamku, złapać Mapę Huncwotów i odkryć, co robi Malfoy...

— A teraz kafla ma Smith, kapitan Puchonów — powiedział rozmarzony głos, tocząc się echem po błoniach. — Tak, to on komentował ostatni mecz, a teraz wpada na niego Ginny Weasley, myślę, że chyba celowo... tak to wyglądało. Smith niełądnie potraktował Gryfonów, pewnie teraz tego żałuje... Och, stracił kafla, Ginny mu go odebrała... Naprawdę ją lubię, jest taka miła...

Harry spojrzał na podium komentatora. Przecież chyba nikt o zdrowych zmysłach nie pozwoliłby komentować meczu Lunie Lovegood! Ale nawet stąd, z tak wysoka, trudno było nie rozpoznać tych długich, myszowatych włosów, tego naszyjnika z korków od piwa kremowego... Obok Luny stała profesor McGonagall z nieco zakłopotaną miną, jakby już żałowała swojego wyboru.

— ...ale teraz odbiera jej kafla ten wielki Puchon, nie pamiętam, jak się nazywa, coś tak jak Bibble... nie, Buggins...

— To jest Cadwallader! — zawołała profesor McGonagall. Tłum ryknął śmiechem.

Harry rozglądał się za zniczem; nigdzie go nie było. Parę chwil później Cadwallader strzelił gola. McLaggen wrzeszczał na Ginny, besztając ją za utratę kafla, co miało taki skutek, że nie zauważył wielkiej czerwonej piłki, śmigającej mu tuż obok prawego ucha.

— McLaggen, zajmij się tym, co do ciebie należy, a innych zostaw w spokoju, dobra?! — ryknął Harry, podlatując do niego.

— Nie dajesz zbyt dobrego przykładu! — odciął się McLaggen, czerwony na twarzy i wściekły.

— A teraz Harry Potter kłóci się ze swoim obrońcą — poinformowała pogodnie Luna Lovegood, podczas gdy Puchoni i Ślizgoni na trybunach klaskali i wyli z uciechy. — Chyba nie pomoże mu to w znalezieniu znicza, ale może to jakiś chytry podstęp...

Klnąc pod nosem, Harry zrobił wiraż i znowu zaczął krążyć nad boiskiem, wypatrując błysku uskrzydlonej złotej piłeczki.

Ginny i Demelza strzeliły po golu, dając czerwono-złotym kibicom okazję do głośnego aplauzu. Potem znowu zdobył bramkę Cadwallader, doprowadzając do wyrównania, ale Luna chyba tego nie zauważyła; gole najwyraźniej jej nie interesowały, za to nieustannie zabawiała widzów uwagami na temat ciekawych kształtów obłoków albo przypuszczeniami, że Zachariasz Smith, któremu dotąd nie udało się utrzymać kafla dłużej niż minutę, cierpi na coś, co nazwała „choróbskiem przegrywającego".

— Siedemdziesiąt do czterdziestu dla Hufflepuffu! — warknęła profesor McGonagall do megafonu Luny.

— Tak? Już tyle? — zdziwiła się Luna. — Och, popatrzcie! Obrońca Gryfonów trzyma pałkę jednego z pałkarzy!

Harry zrobił nawrót. Rzeczywiście, McLaggen, z sobie tylko znanego powodu, odebrał Peakesowi pałkę, żeby mu pokazać, jak się wybija tłuczka w nadlatującego Cadwalladera.

— ODDAJ MU NATYCHMIAST PAŁKĘ I WRACAJ DO PĘTLI! — ryknął Harry, mknąc ku niemu.

McLaggen zamachnął się dziko i...

Oślepiający, straszny ból... błysk światła... odległe krzyki... poczucie opadania długim tunelem...

Następną rzeczą, jaką sobie uświadomił, było to, że leży w ciepłym, wygodnym łóżku i patrzy na lampę wiszącą u sufitu i rzucającą krąg złotego światła. Uniósł niepewnie głowę. Po lewej stronie zobaczył znajomą, piegowatą i rudowłosą postać leżącą na łóżku.

— Fajnie, że wpadłeś — powiedział Ron, szczerząc do niego zęby.

Harry zamrugał i rozejrzał się. No tak, był w skrzydle szpitalnym. Za oknami na ciemnoniebieskie niebo wpełzała już purpura. Mecz musiał się skończyć wiele godzin temu... i wiele godzin temu stracił szansę dopadnięcia Malfoya. Głowa mu dziwnie ciążyła, podniósł rękę i poczuł, że ma na niej turban z bandaży.

— Co się stało?

— Pęknięcie czaszki — odpowiedziała pani Pomfrey, podchodząc do jego łóżka i popychając go na poduszki. — Żadne zmartwienie, od razu to zlikwidowałam, ale zostaniesz tu do rana. Przez kilka godzin nie wolno ci się nadwerężać.

— Nie chcę zostać tu na noc! — krzyknął ze złością Harry, siadając i odrzucając koce. — Chcę odnaleźć McLaggena i zabić go.

— Obawiam się, że to podpada pod kategorię „nadwerężenia" — oświadczyła pani Pomfrey, wpychając go stanowczo do łóżka i grożąc mu różdżką. — Zostaniesz tu, dopóki cię stąd nie zwolnię, Potter, chyba że chcesz, żebym wezwała dyrektora.

I żwawym krokiem odeszła do swojego gabinetu, a Harry opadł z powrotem na poduszki, dygocząc ze złości.

— Wiesz, ile przegraliśmy? — zapytał Rona przez zaciśnięte zęby.

— No, wiem — odrzekł Ron takim tonem, jakby się usprawiedliwiał. — Końcowy wynik to trzysta dwadzieścia do sześćdziesięciu.

— Wspaniale — oburzył się Harry. — Naprawdę super! Kiedy dorwę tego McLaggena...

— Lepiej tego nie rób, ma rozmiary trolla — rozsądnie przypomniał mu Ron. — Osobiście uważam, że można by podyskutować o zaczarowaniu go tym czymś z paznokciem od nogi, no wiesz, według przepisu Księcia. A zresztą cała drużyna pewnie się już nim zajęła, jakoś nie są nim zachwyceni...

W jego głosie pobrzmiewała nuta źle skrywanej złośliwej satysfakcji. Harry mógłby przysiąc, że Rona wcale nie martwi fatalny występ McLaggena. Harry leżał, wpatrzony w plamę światła na suficie. Głowa go nie bolała, ale czuł, że jest jakaś delikatna i wrażliwa pod bandażami.

— Słyszałem tutaj komentowanie — odezwał się Ron i nie mógł się powstrzymać od śmiechu. — Mam nadzieję, że odtąd Luna zawsze będzie to robić... CHORÓBSKO PRZEGRYWAJĄCEGO...

Harry jednak był wciąż zbyt wściekły, żeby dostrzec humorystyczną stronę tej sytuacji, a po chwili Ron przestał się śmiać.

— Ginny wpadła tu, jak byłeś nieprzytomny — powiedział po długiej przerwie i wyobraźnia Harry'ego pomknęła jak szalona, ukazując mu scenę, w której Ginny, szlochając nad jego nieruchomym ciałem, wyznaje, że się w nim zakochała, a Ron udziela im swego błogosławieństwa...

— Mówiła, że ledwo zdążyłeś na mecz. Co się stało? Wyszedłeś stąd dość wcześnie.

— Och... — Harry z żalem pożegnał się z przeżywaną dopiero co sceną. — Taak... zobaczyłem Malfoya skradającego się gdzieś z dwiema dziewczynami, które wyglądały, jakby wcale nie miały ochoty mu towarzyszyć, a to był już drugi raz, kiedy nie poszedł na stadion z resztą szkoły. Na poprzednim meczu też go nie było, pamiętasz? — Westchnął. — Teraz żałuję, że za nim nie poszedłem, ten mecz był taką katastrofą...

— Nie bądź głupi. Przecież nie mogłeś opuścić meczu quidditcha, żeby śledzić Malfoya, jesteś kapitanem drużyny!

— Muszę się dowiedzieć, co on knuje. I nie wmawiaj mi, że wszystko to sobie wymyśliłem! Od kiedy podsłuchałem jego rozmowę ze Snape'em...

— Nigdy nie twierdziłem, że sobie to wymyśliłeś — powiedział Ron, wspierając się na łokciu i patrząc na niego z wyrzutem — ale nie ma takiej zasady, że tylko jedna osoba na raz może coś knuć w tym zamku! Słuchaj, zaczynasz dostawać świra na punkcie Malfoya. Jeśli dopuszczasz myśl o zawaleniu meczu tylko dlatego, żeby śledzić Malfoya...

— Chcę go na tym przyłapać! — zawołał Harry. — To znaczy... gdzie on jest, kiedy znika z mapy?

— Nie wiem... może w Hogsmeade? — podsunął Ron, ziewając.

— Nigdy go nie widziałem w żadnym z tajnych przejść. Zresztą chyba są teraz strzeżone, nie?

— No to nie wiem.

Zapadło milczenie. Harry gapił się w krąg światła na suficie, pogrążony w myślach.

Gdyby miał władzę Rufusa Scrimgeoura, mógłby kazać go śledzić, ale niestety nie miał pod sobą biura pełnego aurorów... Może gdyby zorganizować coś podobnego w ramach GD... no tak, ale byłby problem z nieobecnościami na lekcjach, większość członków GD ma teraz mnóstwo zajęć...

Od strony łóżka Rona dobiegło go długie, bulgoczące chrapnięcie. Po chwili ze swojego gabinetu wyszła pani Pomfrey, tym razem w grubym szlafroku. Najlepiej było udać sen. Harry przekręcił się na bok i słuchał, jak zasuwają się zasłony na oknach, gdy machnęła różdżką. Lampy przygasły i w końcu wróciła do swojego gabinetu; usłyszał trzaśnięcie drzwiami i wiedział już, że poszła spać.

To już po raz trzeci, wspominał w ciemności, trafił do skrzydła szpitalnego kontuzjowany podczas quidditcha. Ostatnio spadł z miotły z powodu obecności dementorów wokół boiska, a wcześniej ten nieuleczalnie nieporadny profesor Lockhart pozbawił go wszystkich kości w ramieniu... To była, jak dotąd, najbardziej bolesna kontuzja...

przypomniał sobie mękę odrastania kości w ciągu jednej nocy, a jeszcze do tego ta niespodziewana wizyta w środku nocy...

Usiadł w łóżku, serce biło mu mocno, turban z bandaża przekrzywił mu się na głowie. W końcu znalazł rozwiązanie! JEST sposób na to, by śledzić Malfoya... Jak mógł o tym zapomnieć, dlaczego nie wpadł na to wcześniej?

Tylko pytanie: jak go tu ściągnąć? Jak to się robiło?

— Stworek? — rzucił cicho w ciemność.

Rozległ się donośny trzask i w ciszy dały się słyszeć odgłosy przepychanki i popiskiwanie. Ron obudził się z cichym okrzykiem.

— Co jest...

Harry szybko wycelował różdżką w drzwi gabinetu pani Pomfrey i mruknął: „*Muffliato!*", żeby przypadkiem nie usłyszała hałasu. Potem przesunął się na koniec łóżka, żeby lepiej widzieć, co się dzieje.

Dwa skrzaty domowe toczyły się po podłodze pośrodku sali szpitalnej, jeden miał na sobie skurczony rdzawoczerwony sweter, a na głowie kilka wełnianych czapek, drugi ubrany był tylko w brudną szmatę owiniętą wokół bioder. A potem znowu rozległ się głośny trzask i nad skrzatami pojawił się poltergeist Irytek.

— Ja to widziałem, Pottuś! — zaskrzeczał z oburzeniem, po czym wskazał na walczące ze sobą skrzaty i zachichotał złośliwie. — Patrzcie na te plugawe stworzenia, jak się kłócą, gryzi-gryzi, łupu-cupu...

— Stworek nie będzie obrażał Harry'ego Pottera na oczach Zgredka, nie, nie będzie, albo Zgredek zamknie Stworkowi jadaczkę! — krzyknął Zgredek piskliwym głosem.

— ...Kopi-kopi, drapi-drapi! — wrzasnął uradowany Irytek, ciskając w skrzaty kawałkami kredy, żeby je jeszcze bardziej rozdrażnić. — Kuksu! Buchu!

— Stworek będzie sobie mówił, co zechce o swoim panu, och tak, a kim jest jego pan? Plugawym kochasiem szlam, och, co by na to powiedziała biedna pani Stworka?

Nie dowiedzieli się, co by na to powiedziała pani Stworka, bo w tym momencie Zgredek wepchnął Stworkowi gruzłowatą piąstkę w usta i wybił mu połowę zębów. Harry i Ron wyskoczyli z łóżek i siłą rozdzielili oba skrzaty, choć każdy nadal próbował kopnąć lub uderzyć drugiego, podczas gdy Irytek krążył wokół lampy, wrzeszcząc:

— Wsadź mu paluszki do dziurek, rozkwaś nosek, wytargaj za uszka...

Harry wycelował w niego różdżkę i powiedział:

— *Jęzlep!*

Irytek złapał się za gardło, przełknął głośno ślinę i wyleciał z sali, robiąc nieprzyzwoite gesty, ale nie mogąc wypowiedzieć ani słowa, bo język przywarł mu do podniebienia.

— Niezłe — pochwalił Harry'ego Ron, unosząc Zgredka w powietrze, tak że nie mógł już dosięgnąć Stworka ani ręką, ani nogą. — To jeszcze jeden wynalazek Księcia, tak?

— Tak — odrzekł Harry, trzymając Stworka w półnelsonie. — No dobra... zakazuję wam walczyć ze sobą! Aha... Stworku, nie wolno ci walczyć ze Zgredkiem. Zgredku, wiem, że nie mogę ci wydawać rozkazów...

— Zgredek jest wolnym skrzatem i może być posłuszny komu zechce, i Zgredek zrobi wszystko, co Harry Potter mu powie! — powiedział skrzat, roniąc wielkie łzy, które z pomarszczonych policzków kapały mu na sweter.

— No więc dobrze — rzekł Harry, po czym obaj z Ronem uwolnili skrzaty, które upadły na podłogę, ale już nie rzucały się na siebie.

— Pan mnie wzywał? — zaskrzeczał Stworek, składając przed Harrym ukłon, choć jego oczy mówiły, że życzy swemu panu bolesnej śmierci.

— Tak, wzywałem cię — powiedział Harry, zerkając na drzwi gabinetu pani Pomfrey, żeby sprawdzić, czy Muffliato wciąż działa, ale nic nie wskazywało, by usłyszała ten cały harmider. — Mam dla ciebie zadanie.

— Stworek zrobi, co pan zechce — rzekł skrzat, składając ukłon tak głęboki, że wargami prawie dotknął sękatych palców u stóp — bo Stworek nie ma wyboru, ale Stworek bardzo się wstydzi, że ma takiego pana, tak...

— Zgredek to zrobi! — pisnął Zgredek, z którego wyłupiastych oczu wciąż ciekły łzy. — Zgredek będzie zaszczycony, mogąc pomóc Harry'emu Potterowi!

— Wiecie co? Dobrze będzie, jak obaj mi pomożecie. No więc słuchajcie... chcę, żebyście śledzili Dracona Malfoya. — Nie zważając na mieszaninę zaskoczenia i poirytowania na twarzy Rona, ciągnął dalej: — Chcę wiedzieć, dokąd on chodzi, z kim się spotyka i co robi. Chcę, żebyście go śledzili przez okrągłą dobę.

— Tak jest, Harry Potter, sir! — odpowiedział natychmiast Zgredek, a jego wielkie oczy rozbłysły z podniecenia. — A jak Zgredek zrobi to źle, to rzuci się z najwyższej wieży! Tak, Harry Potter, sir!

— Nie będzie takiej potrzeby!

— Mój pan chce, żebym śledził najmłodszego z Malfoyów? — zaskrzeczał Stworek. — Pan chce, żebym szpiegował czystej krwi wnuka siostry mojej dawnej pani?

— Tak, chodzi o niego — odrzekł Harry, a przewidując zagrożenie, dodał szybko, żeby mu zapobiec: — I zakazuję ci mu donosić, Stworku, zdradzać, co robisz, i w ogóle mówić do niego, pisać do niego i... i kontaktować się z nim w jakikolwiek sposób.

Był pewny, że Stworek gorączkowo szuka dziury w usłyszanych przed chwilą instrukcjach, więc czekał. Po chwili, ku jego satysfakcji, Stworek znowu skłonił się nisko i powiedział z goryczą:

— Mój pan myśli o wszystkim i Stworek musi mu być posłuszny, chociaż Stworek wolałby służyć młodemu Malfoyowi, och tak...

— Więc wszystko ustalone — rzekł Harry. — Chcę od was otrzymywać regularne raporty, ale kiedy będziecie mi je dostarczać, musicie się upewnić, że jestem sam. Mogą być przy mnie tylko Ron i Hermiona. I nie wolno wam mówić nikomu o tym, co robicie. Po prostu przyklejcie się do Malfoya jak para plastrów na kurzajki. Bądźcie jego ogonami.

ROZDZIAŁ DWUDZIESTY

Prośba Lorda Voldemorta

Harry i Ron opuścili skrzydło szpitalne w poniedziałek rano, całkowicie odzyskawszy zdrowie dzięki pani Pomfrey, i teraz mogli się do woli nacieszyć dobroczynnymi skutkami trafienia tłuczkiem i otrucia, z których najlepszy był ten, że Hermiona pogodziła się z Ronem. Poszła nawet razem z nimi na śniadanie, opowiadając po drodze, że Ginny pokłóciła się z Deanem. Drzemiący dotąd w piersiach Harry'ego potwór nagle podniósł głowę, węsząc z nadzieją.

— A o co się pokłócili? — zapytał, siląc się na obojętność.

Skręcili właśnie w korytarz na siódmym piętrze, na którym nie było nikogo prócz dziewczynki przyglądającej się gobelinowi z trollami w strojach baletnic. Na widok zbliżających się szóstoklasistów tak się przeraziła, że upuściła ciężką mosiężną wagę, którą niosła.

— Nic się nie stało! — zawołała Hermiona, podbiegając, żeby jej pomóc. — Masz... — Stuknęła różdżką w złamaną wagę, mówiąc: — *Reparo*.

Dziewczynka nawet jej nie podziękowała, tylko stała jak wrośnięta w ziemię, patrząc na nich, kiedy ją mijali. Ron zerknął na nią przez ramię.

— Przysięgam, że są coraz mniejsze.

— Daj spokój! — żachnął się Harry. — Hermiono, o co się pokłócili Ginny i Dean?

— A, Dean wyśmiewał się z McLaggena, no wiesz, że rąbnął cię tłuczkiem.

— Bo to musiało być śmieszne — zauważył Ron.

— To wcale nie było śmieszne! — zaperzyła się Hermiona. — To było straszne, a gdyby Coote i Peakes nie złapali Harry'ego w powietrzu, mógłby się naprawdę ciężko poranić!

— No tak, ale... dlaczego Ginny i Dean rozeszli się z takiego powodu? — zapytał Harry, wciąż starając się, by zabrzmiało to zdawkowo. — A może wciąż ze sobą chodzą?

— Tak, chodzą... ale dlaczego tak się tym interesujesz? — zapytała Hermiona, obrzucając go bacznym spojrzeniem.

— Bo nie chcę, żeby mi się znowu rozwaliła drużyna! — odpowiedział szybko, ale Hermiona nadal patrzyła na niego podejrzliwie.

Nagle za ich plecami ktoś zawołał:

— Harry!

Odetchnął z ulgą, bo miał pretekst, żeby się odwrócić od Hermiony.

— Cześć, Luna.

— Poszłam do skrzydła szpitalnego, żeby się z tobą zobaczyć — powiedziała Luna, grzebiąc w swoim plecaku — ale dowiedziałam się, że już was wypuścili.

Wcisnęła Ronowi do rąk zieloną cebulę, wielką, nakrapianą ropuchę i coś, co wyglądało jak spora kocia kupka, po czym wyciągnęła mały, wyświechtany zwitek pergaminu i wręczyła go Harry'emu.

— Miałam ci to oddać.

Harry od razu poznał, że to zaproszenie na lekcję z Dumbledore'em.

— Dziś wieczorem — powiedział Ronowi i Hermionie, kiedy rozwinął pergamin.

— Fajnie komentowałaś ostatni mecz — zagadnął Lunę Ron, kiedy wzięła od niego z powrotem zieloną cebulę, ropuchę i kocią kupkę.

Luna uśmiechnęła się blado.

— Naśmiewasz się ze mnie, tak? Wszyscy mówią, że byłam okropna.

— Nie, mówię poważnie! W życiu nie bawiłem się tak dobrze, słuchając twojego komentarza! Słuchaj, a co to właściwie jest? — dodał, biorąc z jej ręki zieloną cebulę i podnosząc ją, żeby się lepiej przyjrzeć.

— Och, to jest tykwobulwa — odpowiedziała, wpychając do plecaka kocią kupkę i ropuchę. — Jak chcesz, możesz ją zatrzymać, mam kilka. Znakomicie chronią przed plimpkami.

I odeszła, pozostawiając rozchichotanego Rona z tykwobulwą w ręku.

— Wiecie co, ona mi się coraz bardziej podoba, ta Luna — powiedział, kiedy ruszyli do Wielkiej Sali. — Wiem, że jej odbija, ale w jakimś takim dobrym...

Nagle urwał. U stóp marmurowych schodów stała Lavender Brown. Już z daleka można było zauważyć, że jest wściekła.

— Cześć — bąknął nerwowo Ron.

— Zmywamy się — mruknął Harry do Hermiony i przyspieszyli kroku, ale zdążyli jeszcze usłyszeć, jak Lavender mówi:

— Dlaczego mi nie powiedziałeś, że dzisiaj wychodzisz? I dlaczego byłeś z NIĄ?

Kiedy Ron pojawił się na śniadaniu pół godziny później, był jednocześnie zażenowany i zły, a choć usiadł z Lavender, nie zamienili ze sobą ani jednego słowa. Hermiona zachowywała się tak, jakby jej to w ogóle nie obchodziło, ale raz czy dwa Harry zauważył, że uśmiecha się drwiąco. Przez cały dzień była w wyjątkowo dobrym nastroju, a wieczorem w pokoju wspólnym zgodziła się nawet przejrzeć (czyli, innymi słowami, skończyć pisać) esej Harry'ego na zielarstwo, czego do tej pory stanowczo odmawiała, wiedząc, że Harry da odpisać Ronowi.

— Dzięki, Hermiono — powiedział Harry, poklepując ją lekko po plecach, po czym spojrzał na zegarek: dochodziła już ósma. — Słuchaj, muszę pędzić, bo spóźnię się do Dumbledore'a.

Nic nie odpowiedziała, tylko westchnęła i wykreśliła parę słabszych zdań z jego wypocin. Harry uśmiechnął się do niej, podbiegł do dziury pod portretem i szybko opuścił pokój wspólny, zmierzając do gabinetu dyrektora. Gargulec odskoczył w bok na wspomnienie o kajmakowych eklerkach i Harry, przeskakując po dwa stopnie, wspiął się spiralnymi schodami, by zapukać do drzwi w chwili, gdy zegar wybił ósmą.

— Wejdź! — zawołał Dumbledore, ale gdy Harry wyciągnął rękę, by pchnąć drzwi, otworzyły się od wewnątrz. Stała w nich profesor Trelawney.

— Aha! — krzyknęła, celując w niego dramatycznie palcem i łypiąc przez swoje grube szkła. — Więc to jest powód, dla którego bezceremonialnie wyrzucasz mnie z twojego gabinetu, Dumbledore!

— Moja droga Sybillo — rzekł Dumbledore lekko rozdrażnionym tonem — nie ma mowy o bezceremonialnym wyrzucaniu cię skądkolwiek, ale umówiłem się z Harrym i naprawdę nie sądzę, żebyśmy musieli dalej roztrząsać...

— Wspaniale — powiedziała profesor Trelawney głęboko urażonym tonem. — Jeśli nie wyrzucisz tej zarozumiałej chabety, to... to może poszukam sobie szkoły, w której docenią moje uzdolnienia.

Przecisnęła się obok Harry'ego i znikła na spiralnych schodach. Usłyszeli głuchy odgłos i Harry domyślił się, że potknęła się o jeden ze swoich powłóczystych szali.

— Harry, zamknij drzwi i usiądź — powiedział Dumbledore trochę znużonym głosem.

Kiedy Harry zajął swoje zwykłe miejsce przed biurkiem Dumbledore'a, zobaczył, że znowu stoi na nim myślodsiewnia, a obok niej dwa kryształowe flakoniki z perlistymi wspomnieniami.

— Więc profesor Trelawney wciąż nie może się pogodzić z tym, że Firenzo naucza, tak? — zapytał.

— Niestety. Okazuje się, że wróżbiarstwo przysparza o wiele więcej kłopotów, niż byłem w stanie przewidzieć, zwłaszcza że sam nigdy go nie studiowałem. Nie mogę powiedzieć centaurowi, żeby wracał do lasu, gdzie jest teraz wyrzutkiem, nie mogę też prosić Sybilli Trelawney, żeby odeszła. Między nami mówiąc, ona nie ma pojęcia, w jakim znalazłaby się niebezpieczeństwie poza zamkiem.

Bo widzisz, ona w ogóle nie wie... a uważam, że nie byłoby rozsądnie jej to uświadamiać... że to ona wypowiedziała przepowiednię o tobie i o Voldemorcie. — Westchnął głęboko, po czym rzekł: — Ale zostawmy moje problemy z personelem. Mamy do omówienia o wiele ważniejsze sprawy. Po pierwsze, czy udało ci się wykonać to zadanie, które postawiłem przed tobą pod koniec naszej ostatniej lekcji?

— Ach... — Mając na głowie kurs teleportacji, quidditch, otrutego Rona, pęknięcie czaszki i knującego coś Malfoya, Harry prawie zapomniał o wspomnieniu, które miał wyciągnąć z profesora Slughorna. — No więc zapytałem o to profesora Slughorna po lekcji, ale nie chciał mi nic powiedzieć.

Na chwilę zapadło milczenie.

— Rozumiem — powiedział w końcu Dumbledore, zerkając na niego znad swoich okularów-połówek, a Harry poczuł się tak, jakby był prześwietlany promieniami rentgena. — I czujesz, że zrobiłeś wszystko, by to zadanie wykonać, tak? Że wykorzystałeś całą swoją wyjątkową pomysłowość? Że nie zawiodła cała twoja niezgłębiona przebiegłość?

— No... — wybąkał Harry, nie wiedząc, co dalej powiedzieć. Jego jedyna próba zdobycia owego brakującego wspomnienia wydała mu się nagle bardzo żałosna. — No więc... tego dnia, kiedy Ron przez pomyłkę połknął napój miłosny, zaprowadziłem go do profesora Slughorna. Pomyślałem sobie, że może jeśli wprawię profesora Slughorna w dobry nastrój...

— I podziałało?

— No... nie, panie profesorze, bo Ron został otruty...

— Co, naturalnie, spowodowało, że zapomniałeś o swoim zadaniu. To łatwo zrozumieć, skoro twój najlepszy przyjaciel znalazł się w niebezpieczeństwie. Jednak kiedy już pan Weasley był na najlepszej drodze do odzyskania pełni sił, można było się spodziewać, że wrócisz do zadania, które przed tobą postawiłem. Sądziłem, że dałem ci dość jasno do zrozumienia, jak ważne jest to wspomnienie. Powiem więcej: zrobiłem wszystko, abyś pojął, że to najważniejsze, kluczowe wspomnienie i że bez niego po prostu marnujemy czas.

Palące, kłujące uczucie wstydu przeniknęło Harry'ego od czubka głowy po palce u nóg. Dumbledore nie podniósł głosu, chyba nawet nie był zły, ale Harry wolałby już, żeby na niego nakrzyczał; to chłodne rozczarowanie było nie do zniesienia.

— Panie profesorze... to nie dlatego, że ja to zlekceważyłem, ja po prostu miałem... inne...

— Inne sprawy na głowie — dokończył za niego Dumbledore. — Rozumiem.

Znowu zapadła cisza, chyba najbardziej kłopotliwa ze wszystkich, odkąd się znali. Trwała i trwała, przerywana tylko cichym pochrapywaniem portretu Armanda Dippeta nad głową Dumbledore'a. Harry poczuł się jakiś mały, jakby zapadł się w sobie i skurczył od czasu, gdy wszedł do gabinetu. Kiedy nie mógł już dłużej tego znieść, powiedział:

— Panie profesorze, naprawdę bardzo mi przykro. Powinienem bardziej się postarać... Powinienem zdać sobie sprawę, że nie prosiłby mnie pan o to, gdyby to nie było naprawdę ważne.

— Dziękuję ci, że to powiedziałeś, Harry — rzekł cicho Dumbledore. — Więc mogę mieć nadzieję, że teraz zajmiesz się tą sprawą jak należy? Bo póki nie zdobędziemy tego wspomnienia, nasza kolejna lekcja stanie się bezprzedmiotowa.

— Zrobię to, panie profesorze, wyciągnę to z niego!

— Więc nie mówmy już na ten temat — powiedział Dumbledore łagodniejszym tonem — tylko przejdźmy do dalszego ciągu naszej opowieści. Pamiętasz, na czym skończyliśmy?

— Tak, panie profesorze. Voldemort zabił swojego ojca i dziadków, i tak to zrobił, żeby rzucić podejrzenie na swojego wuja Morfina. Potem wrócił do Hogwartu i zapytał... zapytał profesora Slughorna o horkruksy — wymamrotał z zawstydzoną miną.

— Bardzo dobrze. A pamiętasz, mam nadzieję, jak ci powiedziałem na samym początku, że wkraczamy w obszary domysłów i spekulacji?

— Tak, panie profesorze.

— Do tej pory, chyba się ze mną zgodzisz, pokazywałem ci dość pewne źródła faktów, na których opierałem swoją rekonstrukcję życia Voldemorta przed ukończeniem przez niego siedemnastu lat.

Harry kiwnął głową.

— Teraz jednak wkraczamy na bardziej grząskie i niepewne obszary. Trudno było zdobyć informacje na temat małego Riddle'a, ale okazało się prawie niemożliwe odnalezienie kogoś, kto miałby jakieś wspomnienia o dorosłym Voldemorcie. Wątpię nawet, czy w ogóle żyje na świecie ktoś, prócz niego samego, kto mógłby nam opisać jego życie po opuszczeniu przez niego Hogwartu. Mam jednak jeszcze dwa wspomnienia, które chciałbym ci pokazać. — Wskazał na dwa kryształowe flakoniki połyskujące obok myślodsiewni. — Z chęcią wysłucham twojej opinii, czy wnioski, które z nich wyciągnąłem, są prawdopodobne.

Na myśl, że Dumbledore tak wysoko ceni sobie jego opinię, Harry poczuł się jeszcze bardziej zawstydzony. Poruszył się, zakłopotany, w fotelu, podczas gdy Dumbledore wziął pierwszy z dwóch flakoników i przyjrzał się jego zawartości.

— Mam nadzieję, że nie jesteś już znudzony nurkowaniem w głębiny cudzych wspomnień, bo te dwa są dość dziwne. Pierwsze pochodzi od pewnej bardzo starej skrzatki domowej, która miała na imię Bujdka. Zanim zobaczymy, co Bujdka zapamiętała, muszę ci jednak pokrótce opowiedzieć, jak Lord Voldemort opuścił Hogwart. Dotarł do siódmej klasy, otrzymując, jak łatwo się domyślić, najwyższe stopnie na każdym egzaminie. Wszyscy jego koledzy i koleżanki zastanawiali się nad wyborem zawodu po ukończeniu Hogwartu. Prawie każdy spodziewał się, że Toma Riddle'a, prefekta domu i prefekta naczelnego, laureata Nagrody Specjalnej za Zasługi dla Szkoły, czeka wspaniała kariera. Wiem, że kilku nauczycieli, w tym profesor Slughorn, radziło mu, aby znalazł sobie pracę w Ministerstwie Magii, proponując, że ułatwią mu kontakt z wpływowymi osobistościami. Odrzucił te oferty. Wkrótce dowiedzieli się, że Voldemort pracuje u Borgina i Burkesa.

— U Borgina i Burkesa? — zdumiał się Harry.

— U Borgina i Burkesa — powtórzył spokojnie Dumbledore. — Myślę, że zrozumiesz, jak atrakcyjne to było dla niego miejsce, kiedy zobaczysz wspomnienie Bujdki. Ale nie był to jego pierwszy wybór miejsca pracy. Wtedy prawie nikt o tym nie wiedział... ja byłem jednym z niewielu, którym dyrektor zdradził... że Voldemort najpierw zgłosił się do profesora Dippeta i zapytał, czy mógłby pozostać w Hogwarcie jako nauczyciel.

— Chciał zostać tutaj? Dlaczego? — zapytał jeszcze bardziej zdumiony Harry.

— Sądzę, że z kilku powodów, choć żadnego profesorowi Dippetowi nie wyjawił. Po pierwsze, co jest bardzo ważne, sądzę, że Voldemort był bardziej przywiązany do tej szkoły niż do jakiejkolwiek osoby. W Hogwarcie był najszczęśliwszy, to było pierwsze i jedyne miejsce, w którym czuł się jak w domu.

Te słowa wprawiły Harry'ego w lekkie zakłopotanie, bo on też czuł do Hogwartu dokładnie to samo.

— Po drugie, zamek jest twierdzą starożytnej magii. Nie ulega wątpliwości, że Voldemortowi udało się zgłębić o wiele więcej jego tajemnic niż większości uczniów, którzy przeszli przez tę szkołę, ale mógł się domyślać, że zamek kryje jeszcze więcej tajemnic, które warto poznać. I po trzecie, jako nauczyciel miałby wielką władzę i wpływ na młode czarownice i młodych czarodziejów. Może podpatrzył to u profesora Slughorna, nauczyciela, z którym był w najlepszych stosunkach i który pokazał mu, jaki wpływ na uczniów może mieć nauczyciel. Nie wyobrażam sobie, by Voldemort rozważał możliwość spędzenia reszty życia w Hogwarcie, ale myślę, że uznał Szkołę Magii i Czarodziejstwa za znakomite miejsce do rekrutowania swoich zwolenników, za miejsce, w którym mógłby rozpocząć tworzenie armii.

— Ale nie został nauczycielem, prawda, panie profesorze?

— Nie, nie został. Profesor Dippet powiedział mu, że jest na to za młody. Zachęcił go jednak, by zgłosił się po paru latach, jeśli nadal będzie chciał zostać nauczycielem.

— A co pan o tym sądził, panie profesorze? — zapytał niepewnie Harry.

— Byłem wzburzony. Radziłem Armandowi, by z niego raz na zawsze zrezygnował. Nie podałem mu tych powodów, które podaję tobie, bo profesor Dippet bardzo lubił Lorda Voldemorta i był przekonany o jego uczciwości, ale nie chciałem, by Voldemort wrócił do tej szkoły, zwłaszcza gdyby miał w niej władzę.

— O jaką posadę się starał? To znaczy, jakiego przedmiotu chciał nauczać? — zapytał Harry, choć przeczuwał już, jaką usłyszy odpowiedź.

— Obrony przed czarną magią. Wtedy nauczała jej pewna stara profesor, Galatea Merrythought, która pracowała w Hogwarcie od blisko pięćdziesięciu lat. Tak więc Voldemort odszedł do Borgina i Burkesa, a wszyscy nauczyciele, którzy tak go podziwiali, uznali to za wielką stratę: taki uzdolniony młody czarodziej będzie pracować w sklepie. Voldemort nie został jednak zwykłym subiektem. Uprzejmy, przystojny i sprytny, wkrótce zaczął się zajmować sprawami, z którymi można się spotkać tylko w takim miejscu jak sklep Borgina i Burkesa, specjalizującym się, jak sam wiesz, Harry, w przedmiotach o niezwykłych i groźnych właściwościach. Wysyłano go, by namawiał ludzi do pozbycia się swoich skarbów, a wszystko wskazuje, że był w tym naprawdę dobry.

— O to mogę się założyć — powiedział Harry, nie potrafiąc się powstrzymać.

— Słusznie — rzekł Dumbledore z nikłym uśmiechem. — A teraz już czas, Harry, byś usłyszał coś od skrzatki domowej Bujdki, która pracowała dla pewnej bardzo starej i bardzo bogatej czarownicy, Chefsiby Smith.

Stuknął różdżką we flakonik, z którego wyskoczył korek. Potem wlał kłębiące się wspomnienie do myślodsiewni i powiedział:

— Ty pierwszy, Harry.

Harry wstał i pochylił się nad pomarszczoną srebrną zawartością kamiennej misy, aż dotknął twarzą jej powierzchni. Opadł w ciemną nicość i wylądował w jakimś salonie, przed wyjątkowo grubą starszą panią w wymyślnej rudej peruce i wspaniałych różowych szatach, które wzdymały się wokół niej, tak że przywodziła na myśl roztopiony polukrowany tort. Patrzyła w małe, ozdobione drogimi kamieniami lusterko i pudrowała sobie różem już i tak czerwone policzki, podczas gdy najmniejszy i najstarszy skrzat domowy, jakiego Harry w życiu widział, wciskał jej pulchne stopy w ciasne, satynowe pantofle.

— Pospiesz się, Bujdko! — rzuciła niecierpliwie pulchna dama. — Powiedział, że będzie o czwartej, to już za parę minut, a on nigdy się nie spóźnia!

Odłożyła puszek, a skrzatka się wyprostowała. Czubek jej głowy ledwo sięgał siedzenia krzesła Chefsiby, a pergaminowa skóra zwisała na niej tak samo jak wyprasowane lniane prześcieradło, które nosiła udrapowane jak toga.

— Jak wyglądam? — zapytała Chefsiba, kręcąc głową, by móc podziwiać swoją twarz pod różnymi kątami w lusterku.

— Przepięknie, proszę pani — pisnęła Bujdka.

Harry mógł tylko przypuszczać, że do obowiązków Bujdki należało zacisnąć zęby i skłamać za każdym razem, gdy usłyszy to pytanie, bo w jego opinii Chefsibie Smith daleko było do piękności.

Rozległ się dzwonek i obie — pani i jej skrzatka — podskoczyły.

— Szybko, szybko, on już jest, Bujdko! — krzyknęła Chefsiba, a skrzatka wybiegła z pokoju, tak zawalonego różnymi meblami i przedmiotami, że aż trudno było sobie wyobrazić, jak można się w nim poruszać, nie przewracając przynajmniej tuzina różnych rzeczy. Były tam serwantki pełne lakierowanych pudełeczek, szafy pełne książek z pozłacanymi grzbietami, półki z globusami i modelami ciał niebieskich, a także wiele kwitnących roślin w mosiężnych wazach. Pokój wyglądał jak skrzyżowanie czarodziejskiego sklepu z antykami i oranżerii.

Skrzatka wróciła po kilku minutach, prowadząc wysokiego młodzieńca. Harry bez trudu rozpoznał w nim Voldemorta. Ubrany był w czarny garnitur, włosy miał nieco dłuższe niż wówczas, gdy był w szkole, a policzki zapadnięte, ale to wszystko wcale go nie szpeciło, przeciwnie, wyglądał jeszcze przystojniej niż dawniej. Lawirował pewnie między meblami, jakby odwiedzał ten dom już wiele razy, i skłonił się nisko nad pulchną rączką Chefsiby, muskając ją ustami.

— Przyniosłem pani kwiaty — rzekł cicho, wyciągając ku niej bukiet róż, który pojawił się w jego ręku nie wiadomo skąd.

— Och, ty niegrzeczny chłopcze, nie powinieneś! — pisnęła Chefsiba, chociaż Harry zauważył, że na najbliższym stoliku stał przygotowany pusty wazon. —

Rozpuszczasz starszą panią, Tom... Siadaj, siadaj... Gdzie jest Bujdka... ach...

Skrzatka wpadła do pokoju, niosąc tackę z ciasteczkami, którą postawiła przy łokciu swojej pani.

— Częstuj się, Tom — powiedziała Chefsiba. — Wiem, jak lubisz moje ciasteczka. Jak się masz? Jesteś taki blady! Zapracowujesz się w tym sklepie, mówiłam to już ze sto razy...

Voldemort przywołał na twarz sztuczny uśmiech, a Chefsiba uśmiechnęła się kokieteryjnie.

— No więc, pod jakim pretekstem składasz mi dziś wizytę? — zapytała, trzepocząc rzęsami.

— Pan Burkes chciałby złożyć pani nową propozycję w sprawie tej zbroi wykutej przez gobliny. Pięćset galeonów... Uważa, że to więcej niż uczciwa propozycja...

— Zaraz, zaraz, nie tak szybko, bo pomyślę, że jesteś tutaj tylko z powodu moich świecidełek! — powiedziała Chefsiba z nadąsaną miną.

— Przysłano mnie tutaj właśnie z tego powodu. Jestem tylko biednym subiektem, szanowna pani, który musi robić to, co mu każą. Pan Burkes życzył sobie, bym zapytał...

— Och, pan Burkes, iii tam! — Chefsiba machnęła rączką. — Mam panu do pokazania coś, czego pan Burkes nigdy nie widział! Potrafisz dochować tajemnicy, Tom? Obiecasz mi, że nie powiesz o tym panu Burkesowi? Nie dałby mi spokoju, gdyby się dowiedział, że ci to pokazałam, a ja tego nie sprzedam ani panu Burkesowi, ani nikomu! Ale ty, Tom, na pewno się na tym poznasz, bo tu chodzi o wartość historyczną, a nie o sumę galeonów, którą można za to dostać...

— Chętnie ujrzę wszystko, co mi pani pokaże — odrzekł cicho Voldemort, a Chefsiba zachichotała jak dziewczynka.

— Powiedziałam Bujdce, żeby mi to wyjęła... Bujdko, gdzie jesteś? Chcę pokazać panu Riddle'owi nasz najcenniejszy skarb... zresztą przynieś oba, jak już je masz...

— Proszę, madame — pisnęła skrzatka.

Harry zobaczył dwa skórzane pudełka, jedno na drugim, wędrujące same po pokoju, ale wiedział, że mała skrzatka trzyma je nad głową, lawirując między stolikami, pufami i stołeczkami.

— Ach, Tom — zagruchała Chefsiba, biorąc pudełka od skrzatki, kładąc je sobie na podołku i przygotowując się do otwarcia pierwszego — myślę, że to ci się spodoba... Och, gdyby moja rodzina wiedziała, że ci to pokazuję... och, jakby chcieli to mieć!

Podniosła wieczko. Harry wychylił się do przodu, żeby lepiej widzieć, i zobaczył małą złotą czarkę z dwoma misternie wykutymi rączkami.

— Ciekawa jestem, Tom, czy wiesz, co to jest. Weź to do ręki i dobrze się przyjrzyj! — wyszeptała Chefsiba, a Voldemort wyciągnął dłoń o długich palcach i wyjął czarkę z wyściełanego jedwabiem zagłębienia. Harry'emu wydało się, że w jego czarnych oczach dostrzegł czerwony błysk. Na jego twarzy pojawiła się pożądliwość, podobnie jak na twarzy Chefsiby, tyle że jej małe oczka utkwione były w nim.

— Borsuk — mruknął Voldemort, przyglądając się grawerunkowi na czarce. — A więc to należało...

— Do Helgi Hufflepuff, jak sam dobrze wiesz, ty spryciarzu! — zagruchała Chefsiba, wychylając się do niego z głośnym trzaskiem gorsetu i szczypiąc go pieszczotliwie w zapadły policzek. — Nie mówiłam ci, że jestem jej odległą potomkinią? Ta czarka przechodziła w naszej rodzinie z pokolenia na pokolenie. Urocza, prawda? I podobno obdarzona jest wielką mocą czarnoksięską, ale dokładnie tego nie sprawdzałam, trzymam tu ją sobie bezpiecznie i podziwiam...

Wzięła od niego czarkę i ostrożnie złożyła z powrotem w pudełku, zbyt skupiona na tej czynności, by dostrzec cień, który przemknął przez twarz Voldemorta, gdy odebrała mu naczynie.

— No dobrze... ale gdzie jest Bujdka? Och, jesteś tutaj... teraz to zabierz...

Skrzatka posłusznie wzięła pudełko z czarką, a Chefsiba zajęła się drugim, bardziej płaskim pudełkiem na swoim podołku.

— Myślę, że to spodoba ci się jeszcze bardziej — wyszeptała. — Przysuń się bliżej, drogi chłopcze, to sam zobaczysz... Oczywiście Burkes wie, że to mam, od niego to kupiłam, i jestem pewna, że po mojej śmierci chętnie by to odzyskał...

Odsunęła piękny, filigranowy zameczek i otworzyła pudełko. W środku, na gładkim, szkarłatnym aksamicie leżał gruby, złoty medalion.

Tym razem Voldemort sięgnął po medalion bez zaproszenia i podniósł go do światła, żeby mu się przyjrzeć z bliska.

— Znak Slytherina — powiedział cicho, kiedy światło zaigrało na ozdobnym „S".

— W rzeczy samej! — ucieszyła się Chefsiba, widząc, że Voldemort wpatruje się w medalion jak urzeczony. —

Kosztowało mnie to fortunę, ale nie mogłam się oprzeć, to prawdziwy skarb, musiałam go mieć w swojej kolekcji. Burkes kupił to od jakiejś łachmaniarki, która chyba to komuś ukradła, ale nie miała pojęcia, ile to jest warte...

Tym razem nie było mowy o pomyłce: w oczach Voldemorta zapalił się czerwony błysk, a knykcie jego zaciśniętych na łańcuszku od medalionu palców pobielały.

— ...jestem pewna, że Burkes dał jej za niego parę sykli, ale cóż... Ładny, prawda? Ten medalion też jest podobno obdarzony wielką mocą, ale ja po prostu trzymam go sobie tutaj i od czasu do czasu podziwiam...

Wyciągnęła rękę po medalion. Przez chwilę Harry'emu wydawało się, że Voldemort nie zamierza go oddać, ale nie, wyślizgnął mu się z palców i spoczął na szkarłatnej, aksamitnej poduszeczce.

— No więc pokazałam ci moje skarby, Tom, i mam nadzieję, że ci się podobały!

Spojrzała mu prosto w oczy i po raz pierwszy jej uśmiech zblakł.

— Dobrze się czujesz, mój drogi?

— Och, tak — odrzekł cicho Voldemort. — Tak, nic mi nie jest.

— Bo wydawało mi się... ale to pewnie gra światła... — powiedziała Chefsiba z niepewną miną, a Harry zgadł, że i ona dostrzegła ów czerwony błysk w oczach Voldemorta. — Bujdko, zabierz to i dobrze zamknij... no wiesz, zaklęcia te, co zwykle...

— Na nas już czas, Harry — rzekł cicho Dumbledore i kiedy skrzatka odeszła z dwoma pudełkami, chwycił go za łokieć i razem powrócili przez nicość do gabinetu dyrektora.

— Chefsiba Smith zmarła dwa dni później — powiedział, siadając znowu za biurkiem i gestem zapraszając Harry'ego, by też usiadł. — Skrzatka Bujdka została oskarżona przez ministerstwo o przypadkowe dosypanie swojej pani trucizny do wieczornej filiżanki kakao.

— Akurat!

— Widzę, że myślimy tak samo. Z całą pewnością jest wiele podobieństw między tą śmiercią a zabójstwem Riddle'ów. W obu wypadkach podejrzenie padło na kogoś innego, na kogoś, kto jednak wyraźnie pamiętał, że spowodował tę śmierć.

— Bujdka się przyznała?

— Pamiętała, że wsypała do kakao swojej pani coś, co okazało się nie cukrem, ale śmiertelną i mało znaną trucizną. Uznano jednak, że zrobiła to nieumyślnie, przez roztargnienie, ze starości...

— Voldemort zmodyfikował jej pamięć, tak jak to zrobił z Morfinem!

— Tak, ja też doszedłem do takiego wniosku — powiedział Dumbledore. — I podobnie jak w przypadku Morfina, ministerstwo łatwo poprzestało na tej jednej podejrzanej...

— ...bo była skrzatem domowym — dokończył za niego Harry.

Jeszcze nigdy nie czuł takiej sympatii do założonego przez Hermionę Stowarzyszenia WESZ.

— Święta racja — przyznał Dumbledore. — Była stara, przyznała się do sporządzenia napoju, a w ministerstwie nikomu nie chciało się szukać dalej. Tak jak w przypadku Morfina, kiedy ją odnalazłem i kiedy udało mi się wydobyć z niej to wspomnienie, była już bliska śmierci...

Ale oczywiście to wspomnienie dowodzi tylko tyle, że Voldemort wiedział o istnieniu czarki i medalionu. Po oskarżeniu Bujdki rodzina Chefsiby zdała sobie sprawę, że zaginęły jej dwa największe skarby. Zajęło im to trochę czasu, bo Chefsiba miała wiele skrytek, w których przechowywała swoją cenną kolekcję. Ale zanim upewnili się, że czarka i medalion zginęły, ów młody subiekt pracujący u Borgina i Burkesa, który tak często odwiedzał Chefsibę, czarując ją swoim wdziękiem, zrezygnował z posady i zniknął bez śladu. Jego pracodawcy nie mieli pojęcia, dokąd się udał, sami zresztą byli zaskoczeni tym nagłym zniknięciem. I przez bardzo długi czas nic nie słyszano o Tomie Riddle'u. Ale teraz, Harry, chciałbym, żebyś zwrócił uwagę na pewne momenty naszej opowieści. Voldemort popełnił jeszcze jedną zbrodnię. Czy była to pierwsza zbrodnia po zabójstwie Riddle'ów, tego nie wiem, ale myślę, że tak. Tym razem zabił nie z zemsty, ale dla zdobycia czegoś. Chciał mieć dwa bezcenne przedmioty, które mu pokazała ta biedna, zadurzona w nim starsza pani. W sierocińcu okradał inne dzieci, swojemu wujowi Morfinowi skradł pierścień, a teraz umknął z czarką i medalionem Chefsiby.

— Ale to przecież szaleństwo — przerwał mu Harry — ryzykować wszystko, rzucać pracę tylko dla tych...

— Dla ciebie to szaleństwo, ale nie dla Voldemorta. Mam nadzieję, że wkrótce zrozumiesz, Harry, ile warte były dla niego te przedmioty. Musisz jednak przyznać, że nietrudno sobie wyobrazić, iż przynajmniej ten medalion uznał za swoją własność.

— Może medalion, ale dlaczego zabrał również czarkę?

— Ona też należała do jednego z założycieli Hogwartu — odrzekł Dumbledore. — Myślę, że wciąż miał sentyment do szkoły i nie mógł się oprzeć pokusie posiadania przedmiotu tak bardzo związanego z historią Hogwartu. Były też pewnie inne powody... Mam nadzieję, że w swoim czasie ci je przedstawię. A teraz chcę ci pokazać ostatnie wspomnienie, w każdym razie ostatnie do czasu, kiedy ci się uda zdobyć brakującą część wspomnienia profesora Slughorna. Od wspomnienia Bujdki dzieli je dziesięć lat, dziesięć lat, i możemy tylko się domyślać, co w tym czasie robił Lord Voldemort.

Harry natychmiast wstał, a Dumbledore opróżnił do myślodsiewni flakonik z ostatnim wspomnieniem.

— Czyje to wspomnienie? — zapytał Harry.

— Moje.

Ponownie dali nurka w rozedrganą srebrną masę i wylądowali w tym samym gabinecie, który dopiero co opuścili. Był tam Fawkes, drzemiący słodko na swojej żerdzi przy drzwiach, był też Dumbledore, bardzo podobny do Dumbledore'a stojącego obok Harry'ego, tyle że obie ręce miał zdrowe, a na twarzy nieco mniej zmarszczek. Poza tym padał śnieg; niebieskawe płatki wirowały za oknem w ciemności, a parapet zewnętrzny przykryty był białym kożuchem.

Młodszy Dumbledore wyraźnie na kogoś czekał. I rzeczywiście, po chwili rozległo się pukanie do drzwi, a on rzekł: „Proszę wejść".

Harry'emu wyrwał się z gardła pospiesznie zduszony okrzyk. Do pokoju wszedł Voldemort. Tak, to na pewno był Voldemort, ale rysy miał zupełnie inne niż ten Lord Voldemort, którego Harry zobaczył przed dwoma laty wyłaniającego się z wielkiego kamiennego kotła; nie przywodziły jeszcze na myśl węża, a oczy nie były szkarłatne.

Ale nie był to też młody, przystojny Tom Riddle. Rysy twarzy tego Voldemorta były jakby wypalone i rozmazane, woskowe, dziwnie zniekształcone, a białka oczu przekrwione, choć źrenice nie były jeszcze wąskimi szparkami, które Harry tak dobrze zapamiętał. Miał na sobie długą, czarną pelerynę, a jego twarz była tak biała jak śnieg iskrzący się na jego ramionach.

Siedzący za biurkiem Dumbledore nie okazał nawet śladu zaskoczenia. Najwidoczniej było to umówione spotkanie.

— Dobry wieczór, Tom — powitał go swobodnym tonem. — Zechcesz usiąść?

— Dziękuję — odrzekł Voldemort i usiadł na krześle wskazanym mu przez Dumbledore'a, tym samym, które Harry dopiero co opuścił. — Słyszałem, że został pan dyrektorem — rzekł głosem nieco wyższym i chłodniejszym niż w przeszłości. — Dobry wybór.

— Rad jestem, że go pochwalasz — powiedział z uśmiechem Dumbledore. — Może się czegoś napijesz?

— Chętnie. Przebyłem długą drogę.

Dumbledore wstał i podszedł do komody, na której teraz trzymał myślodsiewnię. Stało na niej mnóstwo butelek. Wręczył Voldemortowi puchar z winem, nalał również sobie i wrócił za biurko.

— No więc, Tom... czemu zawdzięczam tę przyjemność?

Voldemort nie odpowiedział od razu, sącząc powoli wino.

— Już nie nazywają mnie „Tomem" — powiedział w końcu. — Teraz jestem znany jako...

— Wiem, pod jakim imieniem jesteś teraz znany — przerwał mu Dumbledore, uśmiechając się przyjaźnie. — Ale dla mnie zawsze pozostaniesz Tomem Riddle'em.

To jedna z owych irytujących przywar starych profesorów: nigdy do końca nie zapominają o początkach swoich podopiecznych.

Uniósł kielich, jakby przepijał do Voldemorta, którego twarz nadal była bez wyrazu. Harry poczuł jednak, że atmosfera w pokoju nieco się zmieniła. Odmowa używania nowego imienia Riddle'a oznaczała brak zgody Dumbledore'a na dyktowanie mu warunków tej rozmowy. Voldemort najwyraźniej to zrozumiał.

— Dziwi mnie, że tak długo pan tu tkwi — rzekł Voldemort po krótkim milczeniu. — Zawsze się zastanawiałem, dlaczego czarodziej taki jak pan nie chce opuścić szkoły.

— No cóż — powiedział Dumbledore, wciąż się uśmiechając — dla takiego czarodzieja jak ja nie ma nic ważniejszego od przekazywania młodzieży starożytnej wiedzy i doświadczeń, pomagania młodym w doskonaleniu umysłów. Jeśli dobrze pamiętam, ciebie kiedyś też to pociągało.

— I nadal pociąga. Dziwi mnie tylko, że pan, którego ministerstwo tak często prosi o radę i któremu chyba już dwukrotnie proponowano stanowisko ministra...

— Już trzykrotnie, licząc ostatni raz — poprawił go Dumbledore. — Ale nigdy mnie nie pociągała kariera ministra. I to chyba nas łączy, prawda?

Voldemort milczał, nie uśmiechając się, i znowu wypił łyk wina. Dumbledore nie przerywał tego milczenia między nimi, z uprzejmym zainteresowaniem czekając, aż gość pierwszy się odezwie.

— Wróciłem tutaj — rzekł Voldemort po chwili — może trochę później, niż spodziewał się tego profesor

Dippet, ale jednak wróciłem, by ponowić prośbę o to, czego mi kiedyś odmówił, uznawszy, że jestem za młody. Przybyłem tu, aby prosić pana o pozwolenie, bym mógł wrócić do zamku jako nauczyciel. Chyba pan wie, że odkąd opuściłem szkołę, wiele widziałem i wiele dokonałem. Mógłbym pokazać uczniom rzeczy, jakich nie pokazałby im żaden inny nauczyciel.

Dumbledore przyglądał mu się przez chwilę znad krawędzi swojego kielicha, po czym rzekł:

— Tak, zdaję sobie sprawę, że wiele zobaczyłeś i dokonałeś od czasu, gdy nas opuściłeś. Pogłoski o twoich dokonaniach dotarły i tutaj. Przykro by mi było uwierzyć choć w połowę z nich.

Twarz Voldemorta nadal pozbawiona była jakiegokolwiek wyrazu, gdy powiedział:

— Wielkość wzbudza zawiść, zawiść rodzi złość, złość sprzyja kłamstwom. Na pewno pan o tym wie, Dumbledore.

— Nazywasz „wielkością" to, czego dokonałeś? — zapytał łagodnie Dumbledore.

— Oczywiście — odrzekł Voldemort, a jego oczy zapłonęły czerwienią. — Wiele eksperymentowałem, poszerzyłem granice magii bardziej, niż udało się to komukolwiek...

— Pewnych rodzajów magii — poprawił go spokojnie Dumbledore. — Pewnych rodzajów. Bo jeśli chodzi o inne, to jesteś nadal... wybacz mi... żałosnym ignorantem.

Voldemort po raz pierwszy się uśmiechnął, ale w tym uśmiechu czaiła się raczej groźba niż złość.

— Stary argument — powiedział spokojnie. — Nie zobaczyłem jednak na świecie niczego, co potwierdzałoby pańską słynną tezę, Dumbledore, że miłość jest potężniejsza od tych moich rodzajów magii.

— Może szukałeś w niewłaściwych miejscach?

— Cóż, chyba nie ma lepszego miejsca niż Hogwart, bym zaczął szukać od nowa, prawda? Pozwoli mi pan tu wrócić? Pozwoli mi pan dzielić się z uczniami moją wiedzą? Oddaję siebie i moje talenty do pańskiej dyspozycji. Jestem na pana rozkazy.

Dumbledore uniósł brwi.

— A co się stanie z tymi, którym TY rozkazujesz? Co się stanie z tymi, którzy nazywają siebie... w każdym razie tak głoszą plotki... śmierciożercami?

Voldemort najwyraźniej nie spodziewał się, że Dumbledore'owi znane jest to określenie. W jego oczach znowu pojawiły się czerwone błyski, a wąskie nozdrza zadrgały.

— Jestem pewny, że moi przyjaciele — powiedział po chwili — dadzą sobie radę beze mnie.

— Rad jestem, że uważasz ich za swych przyjaciół. Odnosiłem wrażenie, że są raczej twoimi sługami.

— Mylił się pan.

— Więc gdybym jeszcze tej nocy odwiedził gospodę Pod Świńskim Łbem, to nie spotkałbym tam ich... Notta, Rosiera, Mulcibera, Dołohowa... czekających na twój powrót? Oddanych masz, zaiste, przyjaciół, skoro wędrują z tobą z tak daleka w śnieżną noc tylko po to, by życzyć ci powodzenia w próbie otrzymania posady nauczyciela.

Nie ulegało wątpliwości, że szczegółowa wiedza Dumbledore'a na temat tego, kto mu towarzyszy, jeszcze bardziej zaskoczyła Voldemorta. Opanował się jednak natychmiast.

— Jest pan, jak zwykle, wszechwiedzący, Dumbledore.

— Och nie, mam tylko zaprzyjaźnionych barmanów w okolicy — odrzekł swobodnie Dumbledore. — A teraz, Tom... — Odstawił na biurko pusty kielich, wyprostował się w fotelu i w charakterystyczny dla siebie sposób zetknął razem końce palców — porozmawiajmy szczerze. Dlaczego przybyłeś tu nocą, w towarzystwie swoich popleczników, by prosić o posadę, której, jak obaj dobrze wiemy, wcale nie chcesz?

Voldemort okazał chłodne zdziwienie.

— Posadę, której nie chcę? Przeciwnie, Dumbledore, bardzo jej pragnę.

— Och, wiem, chcesz wrócić do Hogwartu, ale nie chcesz nikogo nauczać, podobnie jak wtedy, gdy miałeś osiemnaście lat. O co ci naprawdę chodzi, Tom? Dlaczego choć raz nie spróbujesz o to poprosić otwarcie?

Voldemort uśmiechnął się drwiąco.

— Skoro nie chce pan dać mi tej posady...

— Oczywiście, że nie chcę. I nie sądzę, byś choć przez chwilę tego ode mnie oczekiwał. Przybyłeś tu jednak, poprosiłeś, musiałeś więc mieć w tym swój cel.

Voldemort powstał. Teraz jeszcze mniej przypominał Toma Riddle'a. Na jego twarzy malowała się wściekłość.

— To pańskie ostatnie słowo?

— Tak — odrzekł Dumbledore, również wstając.

— Więc nie mamy sobie już nic więcej do powiedzenia.

— Nie, nie mamy — powiedział Dumbledore, a na jego twarzy pojawił się głęboki smutek. — Dawno minął czas, gdy mogłem cię przestraszyć płonącą szafą i zmusić, byś zadośćuczynił ofiarom swoich przestępstw. Ale tak bym pragnął, Tom... tak bym pragnął...

Przez sekundę Harry już był gotów krzyknąć, by go ostrzec, bo był pewny, że ręka Voldemorta drgnęła w kierunku kieszeni z różdżką, ale ta chwila minęła, Voldemort odwrócił się, trzasnęły drzwi i już go nie było.

Harry poczuł na ramieniu uścisk dłoni i w chwilę później stali prawie w tym samym miejscu, tyle że na parapecie za oknem nie piętrzył się już śnieg, a dłoń Dumbledore'a znowu była sczerniała i martwa.

— Dlaczego? — zapytał natychmiast Harry, patrząc Dumbledore'owi w oczy. — Dlaczego wrócił? Czy kiedykolwiek się pan tego dowiedział?

— Domyślam się. Ale to tylko domysły, nic więcej.

— Czego się pan domyśla, panie profesorze?

— Powiem ci to, Harry, kiedy zdobędziesz wspomnienie profesora Slughorna. Mam nadzieję, że kiedy będziemy mieli ten ostatni brakujący element układanki, wszystko stanie się jasne... dla nas obu.

Harry'ego wciąż trawiła ciekawość i nie ruszył się z miejsca nawet wtedy, gdy dyrektor podszedł do drzwi, otworzył je i spojrzał na niego wyczekująco.

— Panie profesorze, czy on znowu starał się o posadę nauczyciela obrony przed czarną magią? Nie powiedział...

— Och, z całą pewnością chciał być nauczycielem obrony przed czarną magią — odrzekł Dumbledore. — Wykazały to późniejsze wypadki. Bo widzisz, od czasu, gdy odmówiłem tej posady Lordowi Voldemortowi, jeszcze żadnego nauczyciela obrony przed czarną magią nie udało się nam utrzymać dłużej niż rok.

ROZDZIAŁ DWUDZIESTY PIERWSZY

Tajemny pokój

Przez następny tydzień Harry wytężał mózg, by wymyślić jakiś sposób na nakłonienie Slughorna do ujawnienia treści jego prawdziwego wspomnienia, ale nie doznał żadnego olśnienia i z narastającym poczuciem porażki ograniczył się do coraz częstszego wertowania swojego podręcznika do eliksirów, mając nadzieję, że Książę nabazgrał na marginesie coś, co może mu pomóc, jak to się już tyle razy zdarzyło.

— Nic tam nie znajdziesz — oświadczyła stanowczo Hermiona późnym wieczorem w niedzielę.

— Nie zaczynaj znowu, Hermiono — odrzekł Harry. — Gdyby nie Książę, Ron nie siedziałby teraz z nami.

— Siedziałby, gdybyś w pierwszej klasie słuchał tego, co mówi Snape — powiedziała lekceważąco Hermiona.

Harry przemilczał tę zgryźliwą uwagę. Właśnie znalazł jakąś formułę zaklęcia (*Sectumsempra!*) nabazgraną na marginesie nad intrygującymi słowami „Na wrogów" i miał wielką ochotę ją wypróbować, gdy przyszło mu do głowy, że lepiej tego nie robić przy Hermionie. Ukradkiem zagiął więc tylko róg strony, żeby ją później odszukać.

Siedzieli przy kominku w pokoju wspólnym, w którym prócz nich byli tylko sami szóstoroczniacy. Nieco wcześniej, kiedy wrócili z kolacji, było trochę zamieszania, bo na tablicy pojawiło się nowe ogłoszenie z datą egzaminu na prawo teleportacji. Ci, którzy ukończą siedemnaście lat przed tą datą, a był to dwudziesty pierwszy kwietnia, otrzymają prawo zapisania się na dodatkowe lekcje praktyczne w Hogsmeade (pod ścisłym nadzorem).

Po przeczytaniu ogłoszenia Ron wpadł w panikę, bo dotąd nie udało mu się teleportować i bał się, że nie będzie gotów na egzamin. Hermiona, która już dwukrotnie się teleportowała, była w lepszym nastroju, natomiast Harry w ogóle nie mógł przystąpić do egzaminu, bo siedemnaście lat kończył dopiero za cztery miesiące.

— Ale przynajmniej już potrafisz się teleportować! — pocieszył go Ron. — Nie będziesz miał problemów w lipcu!

— Tylko raz mi się udało — przypomniał mu Harry, któremu na ostatniej lekcji udało się zniknąć i pojawić wewnątrz drewnianej obręczy.

Straciwszy mnóstwo czasu na głośne zamartwianie się egzaminem z teleportacji, Ron zabrał się do kończenia piekielnie trudnego eseju dla Snape'a, który Harry i Hermiona już napisali. Harry nie spodziewał się dobrej oceny za swój esej, bo nie zgodził się ze Snape'em co do najlepszego sposobu poskromienia dementorów, ale nie przejmował się: najważniejsze było teraz wspomnienie Slughorna.

— Mówię ci, Harry, że ten głupi Książę nie zdoła ci w tym pomóc! — powiedziała nieco głośniej Hermiona.

— Jest tylko jeden sposób na zmuszenie kogoś, żeby zrobił, co chcesz, a jest nim zaklęcie Imperius, które jest zakazane prawem...

— Tak, wiem o tym, dzięki — rzekł Harry, nie podnosząc głowy znad książki. — Właśnie dlatego szukam czegoś innego. Dumbledore mówił, że veritaserum nie zadziała, ale może być coś innego, jakiś eliksir albo zaklęcie...

— W ogóle źle się do tego zabierasz. Dumbledore powiedział, że tylko ty możesz wydobyć to wspomnienie. To musi oznaczać, że właśnie ty możesz nakłonić Slughorna do czegoś, do czego nie mogą go nakłonić inni. Tu na pewno nie chodzi o podanie mu jakiegoś eliksiru, bo każdy mógłby to zrobić...

— Jak się pisze „w-stanie-wojny"? — zapytał Ron, potrząsając gwałtownie piórem i gapiąc się na swój pergamin. — Chyba nie razem?

— Nie, nie razem — powiedziała Hermiona, przyciągając do siebie esej Rona. — A „wróżba" też nie pisze się przez „u" zwykłe. Co ty masz za pióro?

— To jedno ze samosprawdzających pisownię piór Freda i George'a... ale chyba się już zużyło...

— Chyba na pewno — powiedziała Hermiona, wskazując na tytuł jego eseju — bo mieliśmy napisać, jak sobie poradzić z dementorami, a nie z demonstrantami, i nie przypominam sobie, żebyś zmienił swoje imię i nazwisko na Roonil Wazlib.

— Och, nieee! — krzyknął Ron, patrząc z przerażeniem na pergamin. — Nie mów mi, że muszę to wszystko jeszcze raz napisać!

— W porządku, można to naprawić. — Hermiona przyciągnęła pergamin do siebie, sięgając po różdżkę.

— Kocham cię, Hermiono — westchnął z ulgą Ron, opadając na oparcie fotela i przecierając sobie oczy.

Hermiona trochę się zaczerwieniła, ale powiedziała:

— Tylko nie mów tego przy Lavender.

— Postaram się. Albo... zaraz, może powinienem to zrobić... wtedy ona ze mną zerwie...

— Dlaczego sam z nią nie zerwiesz, jeśli chcesz z tym skończyć? — zapytał Harry.

— Ty nigdy nie próbowałeś z nikim zerwać, prawda? Ty i Cho po prostu...

— ...się rozstaliśmy, zgadza się.

— Żeby tak mnie i Lavender to spotkało! — powiedział ponuro Ron, obserwując, jak Hermiona stuka końcem różdżki w każde z jego błędnie napisanych słów. — Ale im częściej napomykam, że chciałbym z tym skończyć, tym ciaśniej mnie oplata. Jakbym chodził z wielką kałamarnicą.

— Masz — powiedziała Hermiona jakieś dwadzieścia minut później, oddając mu esej.

— Stokrotne dzięki. Możesz mi pożyczyć pióro, żebym napisał zakończenie?

Harry, który nie znalazł niczego pożytecznego w notatkach Księcia Półkrwi, rozejrzał się wokół siebie: w pokoju wspólnym pozostali już tylko oni. Przed chwilą poszedł do sypialni Seamus, klnąc Snape'a i jego esej. Słychać było tylko trzaskanie ognia w kominku i skrobanie piórem po pergaminie — to Ron kończył ostatni akapit wypracowania, korzystając z pióra Hermiony. Harry zamknął podręcznik, ziewnął i...

TRZASK!

Hermiona krzyknęła cicho, Ron rozlał atrament na cały esej, a Harry zawołał:

— Stworek!

Skrzat domowy ukłonił się nisko i powiedział, gapiąc się w swoje sękate palce u nóg:

— Pan mówił, że chce regularnie otrzymywać raporty o tym, co robi młody Malfoy, więc Stworek przyszedł, żeby...

TRZASK!

Obok Stworka pojawił się Zgredek w przekrzywionej czapce z ocieplacza na dzbanek.

— Zgredek też pomagał, Harry Potter, sir! — pisnął, rzucając obrażone spojrzenie na Stworka. — A Stworek powinien powiedzieć Zgredkowi, kiedy wybiera się do Harry'ego Pottera, tak żeby mogli razem złożyć swoje raporty!

— Co to jest? — zapytała Hermiona, wciąż wstrząśnięta tym nagłym pojawieniem się dwóch skrzatów. — Co się dzieje, Harry?

Harry zawahał się, bo nie powiedział Hermionie, że kazał Stworkowi i Zgredkowi śledzić Malfoya; skrzaty domowe zawsze były dla niej tematem delikatnym.

— No wiesz... śledzą dla mnie Malfoya.

— Dniem i nocą — zachrypiał Stworek.

— Zgredek nie spał już od tygodnia! — oznajmił z dumą Zgredek, zataczając się w miejscu.

Hermiona była oburzona.

— Nie spałeś, Zgredku? Harry, chyba nie powiedziałeś mu, żeby nie...

— Nie, pewnie że nie — wtrącił szybko Harry. — Zgredku, możesz spać, rozumiesz? Ale czy któryś z was coś zauważył? — dodał pospiesznie, żeby Hermiona nie mogła się znowu wtrącić.

— Pan Malfoy porusza się z godnością, która pasuje do jego pochodzenia — zaskrzeczał natychmiast Stworek. — Jego rysy przywodzą na myśl wspaniałe kości mojej pani, a jego maniery...

— Draco Malfoy to zły chłopiec! — pisnął ze złością Zgredek. — Zły chłopiec, który... który...

Zadygotał od czubka ocieplacza na dzbanek po koniuszki skarpetek, a potem popędził w stronę kominka, jakby chciał się rzucić w ogień. Harry, niezupełnie zaskoczony takim zachowaniem, złapał go wpół i mocno przytrzymał. Zgredek wyrywał się przez kilka sekund, a potem zwiotczał.

— Dziękuję, Harry Potter, sir — wydyszał. — Zgredkowi wciąż jest trudno źle mówić o swoich dawnych panach...

Harry puścił go. Zgredek poprawił sobie ocieplacz na dzbanek i zwrócił się do Stworka:

— Ale Stworek powinien wiedzieć, że Draco Malfoy nie jest dobrym panem dla domowych skrzatów!

— Tak, nie chcemy więcej wysłuchiwać twoich wyznań miłosnych pod adresem Malfoya — powiedział Stworkowi Harry. — Przejdźmy do tego, co on robi.

Stworek skłonił się ze wściekłą miną.

— Pan Malfoy jada w Wielkiej Sali, śpi w dormitorium w lochach, chodzi na lekcje o różnych...

— Zgredku, ty mi powiedz — przerwał mu Harry. — Czy był gdzieś, gdzie nie powinien być?

— Harry Potter, sir! — zapiszczał Zgredek, a jego wyłupiaste oczy zalśniły w blasku ognia na kominku. — Zgredek nie zauważył, żeby młody Malfoy łamał jakieś punkty regulaminu, ale wciąż się ukrywa. Ciągle chodzi na siódme piętro razem z różnymi innymi uczniami, którzy stoją na straży, jak on wchodzi do...

— Do Pokoju Życzeń! — skończył za niego Harry, waląc się w czoło *Eliksirami dla zaawansowanych*. — Tam się wymyka! Tam robi... nie wiem co, ale robi! I założę się, że właśnie dlatego wciąż znika z mapy... bo teraz, jak o tym pomyślałem, już wiem, że nigdy na niej nie było Pokoju Życzeń!

— Może Huncwoci nie wiedzieli o istnieniu tego pokoju — podsunął Ron.

— A ja uważam, że to część jego czarów — powiedziała Hermiona. — Jak zechcesz, żeby był nienanoszalny, to jest.

— Zgredku, udało ci się tam wejść i zobaczyć, co Malfoy robi? — zapytał podniecony Harry.

— Nie, Harry Potter, sir, to niemożliwe.

— Tak, to możliwe — stwierdził natychmiast Harry. — W zeszłym roku mieliśmy tam kwaterę główną GD i Malfoy jednak się tam dostał, więc i ja mogę się tam zakraść, żeby go szpiegować, bez problemu.

— A ja myślę, że nie możesz, Harry — powiedziała powoli Hermiona. — Malfoy dowiedział się, do czego wykorzystywaliśmy ten pokój, bo ta głupia Marietta to wypaplała. Zażyczył sobie, żeby pokój był kwaterą główną GD, więc tak się stało. Ale ty nie wiesz, czym staje się Pokój Życzeń, kiedy wchodzi tam Malfoy, więc nie wiesz, czego masz sobie zażyczyć, nie wiesz, w co ten pokój ma się zamienić.

— Jakoś sobie z tym poradzę — rzucił lekceważąco Harry. — Zgredku, spisałeś się znakomicie.

— Stworek też się dobrze spisał — dodała Hermiona, ale Stworek, zamiast być jej wdzięczny, wytrzeszczył w sufit swoje olbrzymie, nabiegłe krwią oczy i wychrypiał:

— Szlama mówi do Stworka, Stworek będzie udawał, że jej nie słyszy...

— Zjeżdżaj! — warknął Harry, a skrzat skłonił się głęboko po raz ostatni i deportował się z trzaskiem. — A ty, Zgredku, też już idź i trochę się prześpij.

— Dziękuję, Harry Potter, sir! — pisnął uradowany Zgredek i on też znikł.

Harry nie krył entuzjazmu.

— Nie uważacie, że to wspaniałe? — zwrócił się do Rona i Hermiony, gdy tylko znowu zostali sami. — Wiemy już, dokąd chodzi Malfoy! Teraz już go mamy!

— Taak, wspaniale — mruknął ponuro Ron, próbując zetrzeć wilgotny jeszcze atrament pokrywający jego prawie już ukończony esej.

Hermiona przyciągnęła pergamin do siebie i zaczęła usuwać atrament różdżką.

— Ale co to znaczy, że chodzi tam z „różnymi innymi uczniami"? — zapytała Hermiona. — Ilu ich jest? Jakoś trudno mi sobie wyobrazić, że zaufałby wielu ludziom na tyle, by wiedzieli, co on robi.

— Tak, to jest dziwne — zgodził się Harry, marszcząc czoło. — Słyszałem, jak mówił Crabbe'owi, że to nie jego interes, więc co mówi tym wszystkim... tym wszystkim...

Zamilkł na chwilę i wpatrzył się w ogień.

— Boże, jaki ja byłem głupi — powiedział cicho. — To przecież oczywiste... W lochu była wielka kadź... mógł zwędzić trochę podczas tamtej lekcji...

— Co zwędzić? — zapytał Ron.

— Eliksir wielosokowy. Ukradł trochę eliksiru wielosokowego, który Slughorn pokazywał nam na pierwszej lekcji... Na straży wcale nie stoją „różni inni uczniowie", tylko Crabbe i Goyle, jak zwykle... Tak, wszystko pasuje! — Harry zerwał się i zaczął przechadzać się przed kominkiem. — Oni są tak głupi, że zrobią wszystko, co on im każe, nawet jeśli im nie powie, co knuje... Ale nie chce, żeby ich zbyt często widziano przy Pokoju Życzeń, więc każe im pić eliksir wielosokowy, żeby wyglądali jak inni... Te dwie dziewczyny, z którymi go widziałem, kiedy nie poszedł na mecz... ha! To Crabbe i Goyle!

— Chcesz powiedzieć — odezwała się Hermiona zduszonym głosem — że ta dziewczynka, której naprawiłam wagę...

— Tak, oczywiście! — powiedział głośno Harry, wpatrując się w nią. — Oczywiście! Malfoy musiał być wtedy w Pokoju Życzeń, więc ona... co ja mówię!... ON upuścił wagę, żeby dać znać Malfoyowi, by nie wychodził, bo ktoś jest na korytarzu! I ta druga dziewczynka, która upuściła słoik z żabim skrzekiem! Przechodziliśmy obok niego tyle razy i nie mieliśmy o tym pojęcia!

— Zamienił Crabbe'a i Goyle'a w dziewczyny? — zarechotał Ron. — O kurczę! Nic dziwnego, że ostatnio chodzą jacyś zdołowani... Ciekawe, dlaczego mu nie powiedzieli, żeby się od...

— Nie powiedzieli, bo im pokazał swój Mroczny Znak — przerwał mu Harry.

— Hmmm... Mroczny Znak... tylko nie wiemy, czy on go ma — zauważyła sceptycznie Hermiona, zwijając pergamin Rona, żeby znowu czegoś z nim nie zrobił.

— Sprawdzimy to — oświadczył stanowczo Harry.

— Tak, na pewno — powiedziała Hermiona, wstając i przeciągając się. — Tylko, Harry, zanim się za bardzo podniecisz, to się zastanów, jak wejdziesz do Pokoju Życzeń, jeśli nie będziesz wiedział, czym on jest. I nie zapominaj — zarzuciła torbę na ramię i spojrzała na niego z powagą — że masz się skupić na wydostaniu tego wspomnienia od Slughorna. Dobranoc.

Harry odprowadzał ją wzrokiem, czując lekkie poirytowanie. Kiedy tylko zamknęły się za nią drzwi prowadzące do dormitoriów dziewcząt, odwrócił się do Rona.

— Co o tym myślisz?

— Chciałbym się teleportować jak ten skrzat domowy — odrzekł Ron, gapiąc się na miejsce, w którym zniknął Zgredek. — Miałbym prawko w kieszeni.

Harry nie spał dobrze tej nocy. Leżał, nie śpiąc, chyba z parę godzin, i zastanawiając się, do czego Malfoyowi jest potrzebny Pokój Życzeń, i co on, Harry, zobaczy, kiedy jutro tam wejdzie, bo cokolwiek by Hermiona mówiła na ten temat, był przekonany, że skoro Malfoyowi udało się zobaczyć kwaterę główną GD, to i jemu uda się zobaczyć... no właśnie, co? Miejsce spotkań? Kryjówkę? Magazyn? Pracownię? Rozmyślał nad tym gorączkowo, a kiedy w końcu zasnął, co jakiś czas nawiedzały go wizje Malfoya zamieniającego się w Slughorna, który z kolei zamieniał się w Snape'a...

Następnego ranka przy śniadaniu nie krył podniecenia. Przed obroną przed czarną magią miał czas wolny i postanowił wykorzystać go na próbę dostania się do Pokoju Życzeń. Hermiona ostentacyjnie nie okazywała zainteresowania jego planami, o których opowiadał im szeptem, co Harry'ego irytowało, bo uważał, że mogłaby mu bardzo pomóc, gdyby tylko chciała.

— Słuchaj — powiedział, nachylając się ku niej i kładąc rękę na „Proroku Codziennym", który właśnie odwiązała od nóżki sowy, żeby powstrzymać ją od zagłębienia się w lekturze — ja nie zapomniałem o Slughornie, ale nie wymyśliłem jeszcze sposobu, jak wyciągnąć z niego to wspomnienie, więc dopóki nie doznam olśnienia, to dlaczego nie miałbym wykryć, co robi Malfoy?

— Już ci powiedziałam, musisz Slughorna do tego NAKŁONIĆ. Tu nie może chodzić o żaden „sposób", o jakąś chytrą sztuczkę czy zaczarowanie go, bo Dumbledore sam by to zrobił w ciągu sekundy. Zamiast czaić się i węszyć pod Pokojem Życzeń — wyrwała „Proroka Codziennego" spod jego ręki i rozwinęła go, by spojrzeć na pierwszą stronę — powinieneś iść do Slughorna i zacząć apelować do lepszej strony jego natury.

— Ktoś, kogo znamy? — zapytał Ron, kiedy Hermiona przebiegła oczami po nagłówkach.

— Tak! — odpowiedziała Hermiona, co spowodowało, że Harry i Ron zakrztusili się jedzeniem. — Ale nic mu się nie stało... żyje... to Mundungus, został aresztowany i zesłany do Azkabanu! To miało coś wspólnego z podszywaniem się pod inferiusa podczas próby włamania... I zniknął jakiś Oktawiusz Pepper... Och, to straszne, aresztowano dziewięcioletniego chłopca za próbę zamordowania dziadków, uważają, że był pod działaniem Imperiusa...

Skończyli śniadanie w milczeniu. Hermiona poszła na lekcję runów, Ron wrócił do pokoju wspólnego, zamierzając dopisać wreszcie zakończenie eseju dla Snape'a, a Harry ruszył na siódme piętro.

Gdy tylko znalazł jakiś pusty korytarz, założył pelerynę-niewidkę, ale okazało się, że nie musiał tego robić. Przed gobelinem przedstawiającym Barnabasza Bzika uczącego trolle tańca baletowego nie było nikogo. Harry nie był pewny, czy lepiej będzie wejść do Pokoju Życzeń, gdy Malfoy jest w środku, czy kiedy go tam nie ma, ale rad był, że tej pierwszej próby nie utrudnia mu Crabbe lub Goyle udający przed drzwiami jedenastoletnią dziewczynkę.

Stanąwszy przed ścianą, w której były ukryte drzwi do Pokoju Życzeń, zamknął oczy. Wiedział, co ma robić: w końcu robił to tak często w ubiegłym roku. Skupił się na myśli: *Chcę zobaczyć, co robi tu Malfoy... Chcę zobaczyć, co robi tu Malfoy... Chcę zobaczyć, co robi tu Malfoy...*

Trzykrotnie przeszedł obok drzwi, a potem, z bijącym szybko sercem, otworzył oczy i spojrzał — ale przed sobą zobaczył tylko kawałek zwykłej szarej ściany.

Podszedł bliżej i na wszelki wypadek naparł rękoma na ścianę. Zimny kamień ani drgnął.

— Aha — powiedział na głos. — Rozumiem... pomyślałem nie tak...

Zastanawiał się przez chwilę, po czym znowu ruszył wzdłuż ściany, zamknąwszy oczy i skupiwszy się mocno na myśli: *Chcę zobaczyć miejsce, do którego chodzi potajemnie Malfoy... Chcę zobaczyć miejsce, do którego chodzi potajemnie Malfoy...*

Kiedy zawrócił po raz trzeci, otworzył oczy.

Drzwi nie było.

— Och, daj spokój — przemówił ze złością do ściany. — To było wyraźne życzenie...

Myślał gorączkowo przez kilka minut, zanim ponownie ruszył wzdłuż ściany.

Chcę, byś stał się miejscem, którym stajesz się dla Dracona Malfoya...

Po trzykrotnym przejściu wzdłuż ściany nie od razu otworzył oczy; nasłuchiwał w napięciu, jakby chciał usłyszeć cichy trzask pojawiających się drzwi. Ale w ciszy słychać było tylko ćwierkanie ptaków w oddali. Otworzył oczy.

Drzwi nie było.

Zaklął. Ktoś krzyknął. Rozejrzał się i zobaczył znikającą za rogiem korytarza grupkę pierwszoroczniaków, którzy najwyraźniej uznali, że napotkali ducha o wyjątkowo złych manierach.

Przez godzinę próbował najróżniejszych odmian życzenia „Chcę zobaczyć, co robi wewnątrz ciebie Draco Malfoy", aż w końcu zmuszony był przyznać rację Hermionie: Pokój Życzeń nie chciał się przed nim otworzyć. Zawiedziony i poirytowany ruszył na obronę przed czarną magią, ściągając po drodze pelerynę-niewidkę i wpychając ją do torby.

— Znowu się spóźniłeś, Potter — wycedził Snape, kiedy Harry wbiegł do oświetlonej blaskiem świec klasy. — Gryffindor traci dziesięć punktów.

Siadając obok Rona, Harry obrzucił Snape'a nienawistnym spojrzeniem. Połowa klasy jeszcze nie usiadła, wyjmując podręczniki i układając przybory na stołach; cóż to za spóźnienie!

— Zanim zaczniemy, proszę o wasze eseje na temat dementorów — rzekł Snape, po czym niedbale machnął różdżką, a dwadzieścia pięć rolek pergaminu poszybowało w powietrzu i wylądowało na jego biurku. — I mam nadzieję, że okażą się lepsze od tych bzdur, które powypisywaliście na temat obrony przed zaklęciem Imperius. A teraz proszę otworzyć książki na stronie... O co chodzi, panie Finnigan?

— Panie profesorze — powiedział Seamus — zastanawiałem się, jak można określić różnicę między inferiusem a duchem? Bo w „Proroku Codziennym" napisali coś o inferiusie...

— Nie, nie napisali — przerwał mu Snape znudzony.

— Ale, panie profesorze, słyszałem, jak mówili...

— Gdybyś sam przeczytał artykuł, o którym mowa, Finnigan, tobyś wiedział, że owym rzekomym inferiusem był pewien złodziej-włamywacz, niejaki Mundungus Fletcher.

— Myślałem, że Snape i Mundungus są po jednej stronie — mruknął Harry do Rona i Hermiony. — Nie powinien się martwić aresztowaniem Mundungusa?

— Ale chyba Potter ma na ten temat wiele do powiedzenia — powiedział Snape i wskazał nagle palcem tył klasy, utkwiwszy czarne oczy w Harrym. — Zapytajmy więc Pottera, jak by określił różnicę między inferiusem a duchem.

Cała klasa obejrzała się, by popatrzyć na Harry'ego, który próbował sobie gorączkowo przypomnieć, co powiedział mu Dumbledore tamtej nocy, gdy poszli, by odwiedzić Slughorna.

— Ee... no... duch jest przezroczysty...

— Och, wspaniale, Potter — przerwał mu Snape, krzywiąc wargi w drwiącym uśmiechu. — Tak, to miłe, że nauczyłeś się czegoś przez prawie sześć lat. DUCHY SĄ PRZEZROCZYSTE.

Pansy Parkinson zachichotała, kilka innych osób uśmiechało się kpiąco. Harry wziął głęboki oddech i ciągnął dalej, choć wszystko się w nim gotowało:

— Tak, duchy są przezroczyste, ale inferiusy to martwe ciała, prawda? Więc muszą być materialne...

— Tyle powiedziałby nam i pięciolatek — zakpił Snape. — Inferius jest trupem ożywionym przez czarnoksiężnika. Nie jest żywy, jest tylko czymś w rodzaju lalki posłusznej jego rozkazom. Duch, jak chyba wszyscy już wiecie, to odcisk duszy, która opuściła ciało, w naszym materialnym świecie... a więc, oczywiście, jak mądrze mówi nam Potter, jest PRZEZROCZYSTY.

— Ale przecież to, co powiedział Harry, jest najważniejsze, gdy chcemy je od siebie odróżnić! — odezwał się Ron. — Kiedy w ciemnej alejce stajemy twarzą w twarz z czymś takim, chcemy przede wszystkim zobaczyć, czy to coś jest materialne, a nie pytamy: „Przepraszam, czy jesteś może odciskiem duszy, która opuściła ciało?"

Przez klasę przetoczył się śmiech, który zamarł nagle, gdy Snape obrzucił wszystkich groźnym spojrzeniem.

— Gryffindor traci kolejne dziesięć punktów. Nie spodziewałem się czegoś mądrzejszego po tobie, Ronaldzie Weasleyu, chłopcu tak bardzo materialnym, że nie jest w stanie deportować się choćby o cal.

— NIE! — szepnęła Hermiona, łapiąc za ramię Harry'ego, który już otwierał usta. — Nie ma sensu, dostaniesz szlaban i tyle, odpuść sobie!

— A teraz otwórzcie podręczniki na stronie dwieście trzynastej — powiedział Snape, uśmiechając się lekko — i przeczytajcie sobie dwa pierwsze akapity na temat zaklęcia Cruciatus.

Przez resztę lekcji Ron był bardzo przygaszony. Kiedy rozległ się dzwonek, przy Ronie i Harrym pojawiła się Lavender (na jej widok Hermiona tajemniczo znikła) i zaczęła rzucać gromy na Snape'a za jego kpiny z teleportacji Rona, ale to go chyba tylko zdenerwowało, bo pozbył się jej, wchodząc z Harrym do toalety dla chłopców.

— Ale Snape ma rację, nie? — mruknął, wpatrując się długo w popękane lustro. — Nie wiem, czy w ogóle jest sens podchodzić do tego egzaminu. Po prostu nie łapię tej teleportacji.

— Ale możesz zaliczyć te lekcje praktyczne w Hogsmeade i zobaczyć, a nuż wtedy załapiesz — poradził mu rozsądnie Harry. — To będzie na pewno ciekawsze od prób przeniesienia się do tej głupiej obręczy. A jak się okaże, że wciąż nie jesteś w tym... no wiesz... tak dobry, jak byś chciał, możesz teraz olać egzamin i podejść do niego w le... Marto, to jest toaleta dla chłopców!

Znad kabiny za nimi uniósł się duch dziewczyny i polatywał w powietrzu, patrząc na nich przez grube, okrągłe okulary w białej oprawce.

— Och, to tylko wy — stwierdziła ponuro.

— A kogo się spodziewałaś? — zapytał Ron, patrząc na jej odbicie w lustrze.

— Nikogo — odpowiedziała Marta, wyciskając sobie pryszcz na brodzie. — Powiedział, że wróci, żeby się ze mną zobaczyć, ale potem TY też powiedziałeś, że wpadniesz i mnie odwiedzisz... — spojrzała z wyrzutem na Harry'ego — i co? I nie widziałam was od wielu miesięcy. Nauczyłam się, że po chłopcach nie trzeba się zbyt wiele spodziewać.

— Myślałem, że mieszkasz w toalecie dla dziewczyn — zauważył Harry, który od paru lat skrzętnie omijał to miejsce.

— Bo mieszkam — powiedziała, lekko wzruszając ramionami — ale to nie znaczy, że nie mogę ODWIEDZAĆ innych miejsc. Kiedyś zobaczyłam cię w kąpieli, pamiętasz?

— Bardzo żywo — odrzekł Harry.

— Ale myślałam, że on mnie polubił — jęknęła żałośnie. — Może jak byście obaj wyszli, toby wrócił... tyle mamy ze sobą wspólnego... na pewno to wyczuł...

I spojrzała z nadzieją na drzwi.

— Jak mówisz, że macie ze sobą tyle wspólnego — odezwał się Ron nieco rozbawionym tonem — to masz na myśli, że i on mieszka w kolanku umywalki?

— Nie — odparła ze złością Marta, a jej głos odbił się echem od wyłożonych starymi kafelkami ścian. — Mam na myśli, że jest wrażliwy, że i nad nim się znęcają, że też czuje się samotny, że nie ma z kim pogadać i że nie wstydzi się pokazać swoich uczuć i płakać!

— Był tu płaczący chłopiec? — zainteresował się Harry. — Mały chłopiec?

— Nie twój interes! — odpowiedziała Marta, utkwiwszy swoje małe oczka w Ronie, który teraz już rechotał na całego. — Obiecałam, że nikomu nie powiem i zabiorę jego sekret do...

— ...chyba nie do grobu? — przerwał jej Ron, parskając śmiechem. — Może do zlewu...

Marta zawyła z wściekłości i dała z powrotem nurka do kabiny, skąd rozległ się głośny plusk i po podłodze popłynęła woda. Doprowadzenie Marty do furii dodało Ronowi trochę otuchy.

— Masz rację — powiedział, zarzucając torbę na ramię. — Zaliczę te lekcje praktyczne w Hogsmeade, zanim postanowię, czy podchodzić do egzaminu.

Tak więc w najbliższą sobotę Ron przyłączył się do Hermiony i reszty szóstoroczniaków, którzy w porę kończyli siedemnaście lat, by za dwa tygodnie móc przystąpić do egzaminu. Harry czuł zazdrość, kiedy patrzył na nich, jak się przygotowują do wyruszenia w drogę do wioski. Dawno już jej nie odwiedzał, a ten wiosenny dzień był wyjątkowo piękny; po raz pierwszy od dłuższego czasu na niebie nie było chmur. Postanowił jednak wykorzystać ten dzień na nową próbę wdarcia się do Pokoju Życzeń.

— Byłoby o wiele lepiej — powiedziała Hermiona, kiedy już w sali wejściowej zdradził jej i Ronowi swoje plany — gdybyś prosto stąd poszedł do gabinetu Slughorna i spróbował wyciągnąć z niego to wspomnienie.

— Próbowałem! — odrzekł ze złością Harry.

Nie mijał się z prawdą. W tym tygodniu po każdej lekcji eliksirów wychodził z klasy ostatni, ale Slughorn tak szybko wymykał się z lochu, że nigdy nie udało mu się go przydybać. Dwa razy zapukał do drzwi jego gabinetu, ale nie otrzymał żadnej odpowiedzi, choć za drugim razem był pewny, że usłyszał dźwięki ze starego gramofonu, który szybko został ściszony.

— Hermiono, on nie chce ze mną rozmawiać! Już się skapował, że próbuję się z nim spotkać sam na sam, i nie chce do tego dopuścić!

— No dobrze, ale musisz się dalej starać, prawda?

Krótka kolejka uczniów czekających na przejście obok Filcha, który jak zwykle badał ich swoim czujnikiem tajności, przesunęła się o kilka kroków do przodu i Harry nie odpowiedział jej w obawie, że woźny coś usłyszy. Życzył Ronowi i Hermionie powodzenia, po czym odszedł, wspinając się z powrotem po marmurowych schodach, by bez względu na to, co mówiła Hermiona, poświęcić godzinę lub dwie na Pokój Życzeń.

Gdy tylko znalazł się sam, wyciągnął z torby Mapę Huncwotów i pelerynę-niewidkę. Zniknąwszy pod peleryną, stuknął różdżką w mapę, mrucząc: „Przysięgam uroczyście, że knuję coś niedobrego", po czym przyjrzał się jej uważnie.

Jak zwykle w niedzielę rano prawie wszyscy uczniowie znajdowali się w różnych pokojach wspólnych, Gryfoni w jednej wieży, Krukoni w drugiej, Ślizgoni w lochach, a Puchoni w piwnicy obok kuchni. Tu i tam pojedyncze osoby krążyły po bibliotece albo przesuwały się korytarzami... kilka osób było na błoniach... a tam, na korytarzu siódmego piętra zobaczył Gregory'ego Goyle'a. Pokój Życzeń nie był zaznaczony, ale tym się nie przejmował: jeśli Goyle stoi na straży, to pokój jest otwarty. Pobiegł więc schodami w górę, zwolniwszy dopiero tuż za rogiem korytarza, po czym zaczął się skradać powoli w stronę tej samej dziewczynki trzymającej wagę, której Hermiona pomogła dwa tygodnie temu. Kiedy był tuż za nią, pochylił się nisko i wyszeptał:

— Hej... jesteś ładniutka, wiesz?

Goyle wrzasnął ze strachu, cisnął wagę wysoko w powietrze i rzucił się do ucieczki, znikając za rogiem korytarza, zanim ucichło echo toczących się po posadzce mosiężnych szalek i szczątków potrzaskanego korpusu. Harry, tłumiąc śmiech, stanął przed kamienną ścianą, za którą — tego był pewien — musiał stać bez ruchu Draco Malfoy, świadomy już, że na korytarzu pojawił się ktoś niepowołany. Wywołało to w Harrym miłe poczucie przewagi. Teraz spróbował sobie przypomnieć, jakiej formuły życzenia jeszcze nie użył.

Ale nadzieja nie trwała długo. Pół godziny później, kiedy już wypróbował wiele innych wariantów swojego życzenia, wciąż powtarzając, że chce zobaczyć, co robi Malfoy, w ścianie nadal nie było żadnych drzwi. Teraz przepełniło go gorzkie poczucie zawodu; Malfoy mógł być tuż-tuż, zaledwie o stopę od niego, a on wciąż nie wiedział, co jego przeciwnik tam robi. W końcu, straciwszy cierpliwość, podbiegł do ściany i kopnął w nią z całej siły.

— AUUU!

Pomyślał, że chyba złamał sobie duży palec u nogi. Kiedy go chwycił, podskakując na jednej nodze, peleryna-niewidka zsunęła mu się z ramion.

— Harry?

Obrócił się na pięcie, runął na posadzkę i ku swojemu najwyższemu zdumieniu zobaczył Tonks, idącą ku niemu spokojnie, jakby codziennie przechadzała się korytarzami zamku.

— Co ty tu robisz? — zapytał, podnosząc się niezdarnie.

„Dlaczego ona zawsze musi się pojawiać, kiedy ja leżę na podłodze?", przemknęło mu przez głowę.

— Chciałam się zobaczyć z Dumbledore'em — odpowiedziała.

Wyglądała okropnie: była jeszcze bardziej chuda, a jej mysie włosy zwisały jakoś żałośnie.

— Jego gabinet jest gdzie indziej, w tamtej części zamku, za gargulcem...

— Wiem. Nie ma go tam. Pewnie znowu opuścił zamek.

— Tak? — Harry ostrożnie postawił bolącą stopę na posadzce. — Hej... a może wiesz, dokąd on się tak często wybiera?

— Nie.

— Masz do niego jakąś ważną sprawę?

— Nic ważnego — odpowiedziała Tonks, bezwiednie skubiąc rękaw szaty. — Pomyślałam tylko, że może wie, co się dzieje... Słyszałam różne pogłoski... Są ofiary...

— Tak, wiem, pisali o tym. Ten dzieciak, który próbował zabić swojego...

— „Prorok" często nie nadąża za faktami — powiedziała Tonks, która najwyraźniej go nie słuchała. — Nie dostałeś ostatnio listu od kogoś z Zakonu?

— Żaden z członków Zakonu już do mnie nie pisze... od czasu, gdy Syriusz...

Jej oczy napełniły się łzami.

— Tak mi przykro — mruknął nieśmiało. — To znaczy... mnie też go brakuje...

— Co? — zapytała Tonks obojętnie, jakby tego nie usłyszała. — No to... do zobaczenia, Harry...

Nagle odwróciła się i odeszła, pozostawiając go samego. Patrzył za nią, a potem znowu zarzucił na siebie pelerynę-niewidkę i na nowo podjął wysiłki dostania się do Pokoju Życzeń, ale nie miał już do tego serca. W końcu zrezygnował, czując pustkę w żołądku i wiedząc, że Ron i Hermiona wkrótce wrócą na drugie śniadanie. Pozostawiał wolną drogę Malfoyowi, ale miał nadzieję, że jeszcze przez parę godzin będzie się bał wyjść.

W Wielkiej Sali zobaczył Rona i Hermionę, którzy byli już w połowie drugiego śniadania.

— Udało mi się... no... tak jakby! — oznajmił mu uradowany Ron. — Miałem aportować się przed herbaciarnią madame Puddifoot i trochę mnie zniosło, wylądowałem przy sklepie Scrivenshafta, ale w końcu gdzieś się przeniosłem!

— Brawo! — pochwalił go Harry. — A tobie jak poszło, Hermiono?

— Och, oczywiście była perfekcyjna — powiedział Ron, zanim Hermiona zdążyła się odezwać. — Perfekcyjny cel, perfekcyjna wiara i perfekcyjny namiar, czy jak to tam szło... Potem wszyscy poszliśmy na szybkiego drinka do Trzech Mioteł... Szkoda, że nie słyszałeś, jak Twycross piał na jej temat... wcale bym się nie dziwił, gdyby niedługo wyskoczył z zapytaniem...

— No a ty? — zapytała Harry'ego Hermiona, nie zwracając uwagi na Rona. — Przez cały czas siedziałeś pod Pokojem Życzeń, tak?

— Ano. I zgadnijcie, kogo tam spotkałem? Tonks!

— Tonks?! — powtórzyli jednocześnie Ron i Hermiona.

— Tak, przyszła, żeby się zobaczyć z Dumbledore'em...

— Ja uważam — powiedział Ron, gdy Harry skończył opisywać swoją rozmowę z Tonks — że ona trochę się załamała po tym, co się wydarzyło w ministerstwie.

— To trochę dziwne — zauważyła Hermiona, która z jakiegoś powodu wyglądała na bardzo zaniepokojoną.

— Ma pilnować szkoły, więc dlaczego nagle opuściła swój posterunek i przyszła, żeby zobaczyć się z Dumbledore'em, kiedy jego tu nie ma?

— Tak sobie pomyślałem... — zaczął niepewnie Harry, czując, że to, co chce na głos wypowiedzieć, jest bardziej domeną Hermiony niż jego — że może ona była... no wiesz... zakochana w Syriuszu?

Hermiona wytrzeszczyła na niego oczy.

— A skąd ci to przyszło do głowy?

— Nie wiem — odrzekł, wzruszając ramionami — ale prawie się rozpłakała, kiedy wymieniłem jego imię... no i jej patronus jest teraz wielkim czworonogiem... więc zastanawiałem się, czy przypadkiem nie stał się... no wiesz... nim.

— To jest myśl — przyznała z namysłem Hermiona. — Ale nadal nie wiem, po co przyszła do zamku, żeby zobaczyć się z Dumbledore'em, jeśli taki był prawdziwy powód jej wizyty...

— No i wracamy do tego, co ja powiedziałem — rzekł Ron, napychając sobie usta tłuczonymi ziemniakami. — Zrobiła się trochę dziwna. Przestała nad sobą panować. Kobiety... — dodał, patrząc znacząco na Harry'ego — łatwo się rozklejają.

— Tak myślisz? — odezwała się Hermiona, otrząsając się z zamyślenia. — Wątpię, czy którakolwiek KOBIETA dąsałaby się przez pół godziny tylko dlatego, że madame Rosmerta nie śmiała się po usłyszeniu jej dowcipu o wiedźmie, uzdrowicielu i *Mimbulus mimbletonii*.

Ron rzucił jej wściekłe spojrzenie.

ROZDZIAŁ DWUDZIESTY DRUGI

Po pogrzebie

Nad wieżyczkami zamku zaczęły się pojawiać plamy jasnego, błękitnego nieba, ale te oznaki nadchodzącego lata nie poprawiły Harry'emu nastroju. Nie udawały mu się ani próby odkrycia, co robi Malfoy, ani starania o rozmowę sam na sam ze Slughornem, która mogłaby jakoś doprowadzić do ujawnienia przez niego treści wspomnienia sprzed wielu lat.

— Mówię ci po raz ostatni: po prostu zapomnij o Malfoyu — powiedziała mu stanowczo Hermiona.

Wszyscy troje siedzieli po drugim śniadaniu w słonecznym zakątku dziedzińca. Hermiona i Ron mieli w rękach wydaną przez Ministerstwo Magii ulotkę *Najczęstsze błędy przy teleportacji i jak ich uniknąć*, bo tego właśnie popołudnia mieli zdawać egzamin, ale nawet wielokrotne jej przeczytanie jakoś nie zmniejszyło ich tremy. Ron nagle drgnął i szybko schował się za Hermioną, gdy zza rogu wyszła jakaś dziewczyna.

— To nie Lavender — stwierdziła obojętnie Hermiona.

— Och, to dobrze — uspokoił się Ron.

— Harry Potter? — zapytała dziewczyna. — Proszono mnie, żebym ci to dała.

— Dzięki.

Harry'emu serce zamarło, gdy wziął do ręki mały zwitek pergaminu. Upewnił się, że dziewczyna odeszła, i rzekł:

— Dumbledore powiedział, że dopóki nie zdobędę tego wspomnienia, nie będziemy mieć więcej lekcji!

— Może chce sprawdzić, jak dajesz sobie z tym radę? — podsunęła Hermiona.

Rozwinął pergamin, ale zamiast wysokiego, cienkiego i pochyłego pisma Dumbledore'a zobaczył jakieś bazgroły, bardzo trudne do odczytania z powodu wielkich plam, które częściowo rozmazały atrament.

Moje kochane Harry, Ron i Hermiono,

Aragogowi zmarło się tej nocy. Harry i Ron, wy go poznaliście i wiecie, co to był za gość. Hermiono, wiem, że ty też byś go polubiła. Dużo by dla mnie znaczyło, jak byście wieczorkiem wpadli na pogrzeb. Tak sobie umyśliłem, że zrobię to jak zacznie się ściemniać, bo to jego pora dnia, najlepij ją lubił. Wiem, że tak późno nie powinniście wychodzić, ale możecie użyć pelerynki. Bym nie prosił, ale sam to nie wytrzymam.

Hagrid

— Zobacz — powiedział Harry, wręczając list Hermionie.

— O Boże... — westchnęła, gdy tylko rzuciła okiem na pergamin, po czym podała go Ronowi, który przeczytał list, robiąc coraz większe oczy.

— Jemu odbiło! Ten jego „gość" powiedział swoim kumplom, żeby nas zjedli! Mnie i Harry'ego! Powiedział im, żeby się nami poczęstowali! A teraz Hagrid oczekuje, że przyjdziemy i będziemy płakać nad tym okropnym włochatym cielskiem!

— Nie chodzi tylko o to — powiedziała Hermiona. — Prosi nas, żebyśmy wyszli z zamku wieczorem, a przecież wie, jakie są teraz środki bezpieczeństwa i jakie mielibyśmy kłopoty, gdyby nas przyłapali.

— Byliśmy już u niego wieczorem — zauważył Harry.

— Tak, ale chyba nie z takiego powodu, prawda? Wiele ryzykowaliśmy, żeby pomóc Hagridowi, ale w końcu... Aragog już nie żyje. Gdyby chodziło o uratowanie mu życia...

— ...to tym bardziej bym nie poszedł — oświadczył stanowczo Ron. — Ty go nie spotkałaś, Hermiono. Uwierz mi, martwy jest o wiele lepszy.

Harry wziął list do ręki i przyjrzał się plamom na pergaminie. Łzy musiały padać często i gęsto przy pisaniu tego listu...

— Harry, chyba nie myślisz, żeby tam pójść, co? — zapytała Hermiona. — To bezsensowne dostać szlaban za coś takiego.

Harry westchnął.

— Tak, wiem. Hagrid będzie chyba musiał pochować Aragoga bez nas.

— No i dobrze — powiedziała Hermiona z wyraźną ulgą. — Słuchaj, na eliksirach ledwo kto będzie, prawie wszyscy zdają egzamin... Spróbuj trochę zmiękczyć Slughorna!

— Myślisz, że pięćdziesiąt siedem to jakaś szczęśliwa liczba? Bo to będzie pięćdziesiąta siódma próba!

— Szczęśliwa — powiedział nagle Ron. — Harry, to jest to... użyj szczęścia!

— O czym ty mówisz?

— Użyj eliksiru szczęścia!

— Ron... to jest... to jest to! — zawołała Hermiona. — Oczywiście! Dlaczego na to nie wpadłam?

Harry patrzył na nich trochę nieprzytomnym wzrokiem.

— Felix Felicis? No... nie wiem... Chciałem go zachować...

— Na co? — zapytał Ron ze zdziwieniem.

— Harry, co może być ważniejszego od tego wspomnienia? — zdumiała się Hermiona.

Harry nie odpowiedział. Od jakiegoś czasu po obrzeżach jego wyobraźni błądziła myśl o tym małym, złotym flakoniku; gdzieś w głębinach jego mózgu fermentowały jakieś mętne, nieokreślone wizje Ginny zrywającej z Deanem i Rona zadowolonego z jej wyboru nowego chłopaka... Właściwie nie zdawał sobie z tego sprawy, nie myślał o tym, a jednak takie wizje nawiedzały go w snach lub w półmroku między snem a jawą...

— Harry? Jesteś wciąż z nami? — zapytała Hermiona.

— Co... Taak, jasne — odrzekł, otrząsając się z tych myśli. — No... dobra. Jeśli uda mi się porozmawiać ze

Slughornem dziś po południu, łyknę Feliksa i pójdę do niego jeszcze raz wieczorem.

— A więc postanowione — ucieszyła się Hermiona, po czym wstała i wykonała wdzięczny piruet. — Cel... wola... namysł...

— Och, przestań! — błagał ją Ron. — Już i tak mnie mdli... Szybko, zasłoń mnie!

— To nie Lavender! — żachnęła się Hermiona, gdy na dziedzińcu pojawiły się jakieś dziewczyny, a Ron dał za nią nurka.

— No i dobrze — mruknął Ron, zerkając nad jej ramieniem, żeby sprawdzić. — Kurczę, nie wyglądają na zadowolone z życia, co?

— To siostry Montgomery i trudno się dziwić, że nie są zadowolone z życia. Nie słyszałeś, co się stało z ich braciszkiem? — zapytała Hermiona.

— Prawdę mówiąc, zacząłem się już trochę gubić w tym, co się dzieje z krewnymi moich koleżanek, nie mówiąc już o kolegach.

— No więc ich brat został zaatakowany przez wilkołaka. Krążą pogłoski, że jego matka nie chciała pomagać śmierciożercom. W każdym razie ten chłopiec miał dopiero pięć lat i zmarł w Szpitalu Świętego Munga. Nie udało im się go odratować.

— Zmarł? — powtórzył Harry, wstrząśnięty tym, co usłyszał. — Przecież wilkołaki nie zabijają! Ten, kogo ugryzą, też staje się wilkołakiem, ale nie umiera!

— Czasami zabijają — powiedział Ron, który nagle niezwykle spoważniał. — Słyszałem, że tak się zdarza, kiedy wilkołaka poniesie.

— Jak się nazywał ten wilkołak? — zapytał szybko Harry.

— Mówią, że to był Fenrir Greyback — odpowiedziała Hermiona.

— Wiem... to ten maniak, który lubi napadać na dzieci, ten, o którym opowiadał mi Lupin!

Hermiona spojrzała na niego ponuro.

— Harry, musisz zdobyć to wspomnienie. Przecież chodzi przede wszystkim o powstrzymanie Voldemorta, prawda? To on stoi za tymi wszystkimi okropnościami, o których wciąż słyszymy...

Z zamku dobiegł ich dźwięk dzwonka. Hermiona i Ron zerwali się z przerażonymi minami.

— Zdacie bez problemu — powiedział im Harry, kiedy wchodzili do sali wejściowej, gdzie zebrali się ci, którzy mieli zdawać egzamin z teleportacji. — Powodzenia!

— Tobie też! — Hermiona spojrzała na niego znacząco.

Tego popołudnia na lekcji eliksirów było ich tylko trzech: Harry, Ernie i Draco Malfoy.

— Wszyscy jesteście jeszcze za młodzi na teleportację? — zapytał z uśmiechem Slughorn. — Nie ukończyliście siedemnastu lat?

Pokręcili przecząco głowami.

— No to co? — zagadnął wesoło. — Skoro jest nas tak mało, to może się zabawimy? Uwarzcie mi coś zabawnego.

— To brzmi nieźle, panie profesorze — powiedział Ernie przymilnym tonem, zacierając ręce.

Malfoy nawet się nie uśmiechnął.

— Co to znaczy „coś zabawnego"? — zapytał rozdrażniony.

— Och, po prostu czymś mnie zaskocz — odrzekł beztrosko Slughorn.

Malfoy z nadąsaną miną otworzył swoje *Eliksiry dla zaawansowanych*. Było oczywiste, że uważa tę lekcję za stratę czasu. Harry, obserwując go znad krawędzi swojej książki, był pewny, że Malfoy żałuje czasu, który mógłby spędzić w Pokoju Życzeń.

Czyżby mu się tylko wydawało, że Malfoy, podobnie jak Tonks, wygląda o wiele gorzej niż zwykle? Na pewno był jeszcze bardziej blady, a jego skóra miała szarawy odcień, pewnie dlatego, że ostatnio rzadko oglądał światło dzienne. Ale było jeszcze coś: nie tryskał już samozadowoleniem, poczuciem wyższości, pewności siebie, tak jak wówczas, w Ekspresie Hogwart, kiedy otwarcie chełpił się misją zleconą mu przez Voldemorta... Mogło to oznaczać tylko jedno: ta misja nie bardzo mu wychodzi.

Podniesiony na duchu tą konkluzją, Harry wertował swój egzemplarz *Eliksirów dla zaawansowanych*, póki nie znalazł poprawionej przez Księcia Półkrwi recepty na eliksir wzbudzający euforię. Tak, to jest coś, co nie tylko odpowiada życzeniu Slughorna, ale może też (na tę myśl Harry'emu szybciej zabiło serce) wprawić go w tak dobry nastrój, że wreszcie ulegnie i przekaże Harry'emu to wspomnienie... gdyby tylko udało się go namówić na skosztowanie tego eliksiru...

— No, to mi wygląda naprawdę wspaniale! — powiedział Slughorn półtorej godziny później, przyglądając się jaskrawożółtej zawartości kociołka Harry'ego. — Euforia, tak? A co to tak pachnie? Mmmm... dodałeś szczyptę mięty, co? Cóż za nowatorskie podejście, Harry, co za uroczy powiew natchnienia! Tak, to może zniwelować okazjonalne skutki uboczne, takie jak nieumiarkowane śpiewanie albo łapanie ludzi za nosy... Naprawdę nie wiem, skąd ci się biorą takie pomysły, drogi chłopcze... chyba że...

Harry wepchnął głębiej nogą swój podręcznik do torby leżącej pod stołem.

— ...to geny twojej matki dają o sobie znać!

— Och... tak, może to geny — wyjąkał Harry, czując ulgę.

Ernie wyraźnie zmarkotniał; bardzo chciał choć raz przyćmić Harry'ego i zbyt pochopnie zmieszał składniki swojego eliksiru, który zwarzył się i utworzył coś w rodzaju wielkiej fioletowej kluski na dnie kociołka. Malfoy już się pakował z kwaśną miną; Slughorn ocenił jego roztwór powodujący czkawkę zaledwie jako „znośny".

Rozległ się dzwonek i obaj, Ernie i Malfoy, szybko opuścili loch.

— Panie profesorze — zaczął Harry, ale Slughorn natychmiast zerknął przez ramię, a kiedy zobaczył, że zostali już sami, ruszył pospiesznie w kierunku drzwi.

— Profesorze... profesorze, nie chce pan spróbować mojego eli...? — zawołał Harry.

Ale Slughorna już nie było. Harry z poczuciem zawodu opróżnił swój kociołek, spakował przybory, wyszedł z lochu i zaczął się powoli wspinać po marmurowych schodach, zmierzając do pokoju wspólnego.

Ron i Hermiona wrócili późnym popołudniem.

— Harry! — krzyknęła Hermiona, kiedy wynurzyła się z dziury pod portretem. — Harry, zdałam!

— Brawo! A Ron?

— On... prawie mu się udało — szepnęła Hermiona, bo Ron właśnie wszedł do pokoju, przygarbiony, z miną zbitego psa. — Po prostu nie miał szczęścia, egzaminator zauważył, że zostawił za sobą pół brwi... Jak ci poszło ze Slughornem?

— Klapa — powiedział Harry, kiedy dołączył do nich Ron. — Miałeś pecha, stary, ale następnym razem zdasz... Możemy podchodzić razem.

— Pewnie tak — mruknął ponuro Ron. — Ale POŁOWA BRWI! Jakby to się liczyło!

— Wiem — pocieszyła go Hermiona. — To naprawdę nie było nic poważnego...

Przez większość kolacji wieszali psy na egzaminatorze teleportacji i Ron trochę się już rozchmurzył, kiedy ruszyli z powrotem do pokoju wspólnego, rozprawiając teraz o Slughornie i jego wspomnieniu.

— To co, Harry... użyjesz tego Felix Felicis? — zapytał Ron.

— Tak, chyba to zrobię. Przecież nie muszę wypić wszystkiego, nie musi działać przez całą noc. Wezmę tylko trochę, dwie lub trzy godziny powinny mi wystarczyć.

— Uczucie jest super, jak się to łyknie — powiedział Ron. — Jakby się nie mogło w niczym nawalić.

— O czym ty mówisz? — zapytała ze śmiechem Hermiona. — Przecież nigdy tego nie brałeś!

— No tak, ale MYŚLAŁEM, że wziąłem, nie? — odrzekł Ron, jakby wyjaśniał coś oczywistego. — Na jedno wychodzi...

Slughorn dopiero co wszedł do Wielkiej Sali, a wiedzieli, że lubi sobie dobrze podjeść i nie żałuje na to czasu, więc posiedzieli jeszcze trochę w pokoju wspólnym. Plan był taki, że Harry uda się do jego gabinetu, gdy tylko Slughorn tam wróci. Kiedy słońce schowało się za szczyty drzew w Zakazanym Lesie, uznali, że nadszedł właściwy moment, i upewniwszy się, że Neville, Dean i Seamus są w pokoju wspólnym, wymknęli się do dormitorium chłopców.

Harry sięgnął na dno swojego kufra po zrolowaną parę skarpetek i wyjął z niej maleńki, połyskujący flakonik.

— No, to lecimy — powiedział i wypił pieczołowicie odmierzony łyk.

— No i jak się czujesz? — szepnęła Hermiona.

Przez chwilę milczał. Potem, powoli, ale pewnie, ogarnęło go radosne poczucie, że posiada nieograniczone możliwości; poczuł się tak, jakby mógł dokonać wszystkiego, naprawdę wszystkiego, co zechce... a wydobycie od Slughorna wspomnienia wydało mu się nagle nie tylko możliwe, ale dziecinnie łatwe...

Wstał, uśmiechając się, przepełniony pewnością siebie.

— Wspaniale — rzekł. — Naprawdę wspaniale. No, to idę do Hagrida.

— Co? — zapytali jednocześnie Ron i Hermiona z przerażonymi minami.

— Harry, nie... miałeś pójść do Slughorna, nie pamiętasz? — powiedziała Hermiona.

— Nie — oświadczył stanowczo Harry. — Idę do Hagrida, czuję, że powinienem iść do Hagrida.

— Czujesz, że powinieneś wziąć udział w pogrzebie wielkiego pająka? — zapytał Ron, wytrzeszczając oczy.

— Tak — odrzekł Harry, wyciągając z torby pelerynę-niewidkę. — Czuję, że to jest miejsce, w którym powinienem być tej nocy. Rozumiecie, co mam na myśli?

— Nie — odpowiedzieli jednocześnie Ron i Hermiona, teraz już naprawdę wystraszeni.

— To jest na pewno Felix Felicis, tak? — zapytała z niepokojem Hermiona, podnosząc flakonik i oglądając go pod światło. — Nie miałeś jakiejś innej buteleczki z... no, nie wiem...

— Z esencją szaleństwa? — podsunął Ron, kiedy Harry zarzucił pelerynę-niewidkę na ramiona.

Harry roześmiał się, a Ron i Hermiona przerazili się nie na żarty.

— Zaufajcie mi — rzekł. — Wiem, co robię... a w każdym razie — ruszył do drzwi pewnym krokiem — Feliks wie.

Naciągnął pelerynę na głowę i ruszył w dół po schodach. Ron i Hermiona pobiegli za nim.

— Co ty tam robiłeś z NIĄ?! — wrzasnęła Lavender Brown, patrząc prosto przez Harry'ego na Rona i Hermionę wychodzących przez drzwi od sypialni chłopców.

Harry usłyszał za sobą zduszony okrzyk Rona i pobiegł do dziury pod portretem. Właśnie przełazili przez nią Ginny i Dean i Harry'emu udało się prześliznąć między nimi. Niechcący otarł się o Ginny.

— Nie popychaj mnie, Dean — powiedziała poirytowanym głosem. — Zawsze to robisz, a ja naprawdę potrafię przejść sama...

Zanim portret wrócił na swoje miejsce, Harry usłyszał złośliwą odpowiedź Deana. Czując coraz większą euforię, ruszył korytarzami zamku. Nie musiał się skradać, bo nikogo po drodze nie spotkał, ale to go wcale nie dziwiło: tego wieczoru był najszczęśliwszą osobą w Hogwarcie.

Nie miał pojęcia, skąd wiedział, że powinien pójść do Hagrida. Było tak, jakby eliksir oświetlał kilka kroków ścieżki wiodącej w przyszłość: nie widział ostatecznego celu, nie widział, w jaki sposób trafi na nią Slughorn, ale był pewny, że zmierza właściwą drogą do zdobycia jego wspomnienia. Kiedy doszedł do sali wejściowej, stwierdził, że Filch zapomniał zamknąć na klucz frontowe drzwi. Otworzył je uradowany i przez chwilę oddychał świeżym powietrzem i wonią trawy, zanim zszedł po kamiennych stopniach w gęstniejący półmrok.

Był już na ostatnim stopniu, kiedy poczuł, że przyjemnie byłoby przejść przez ogródek z warzywami. Nie było to całkiem po drodze, ale wydało mu się oczywiste, że tak powinien zrobić, więc skierował się w tamtą stronę i ucieszył go, choć nie za bardzo zaskoczył, widok profesora Slughorna rozmawiającego z panią Sprout. Ukrył się za niskim, kamiennym murkiem i czując wielką przyjaźń do całego świata, zaczął się przysłuchiwać ich rozmowie.

— ...naprawdę bardzo ci dziękuję, Pomono, za poświęcenie mi chwilki — mówił kurtuazyjnie Slughorn. — Większość autorytetów jest zgodna co do tego, że są najbardziej skuteczne, kiedy się je zerwie o zmierzchu.

— Och, całkowicie się z tym zgadzam — powiedziała ciepło profesor Sprout. — Tyle ci wystarczy?

— Ależ oczywiście, oczywiście — odrzekł Slughorn, przyciskając do piersi pęk jakichś liściastych roślin. — Po parę liści dla każdego z moich trzecioroczniaków i trochę na zapas, na wypadek, gdyby ktoś je zbyt długo dusił... No, to dobrej nocy, i jeszcze raz bardzo ci dziękuję!

Profesor Sprout oddaliła się w stronę cieplarni, a Slughorn skierował kroki do miejsca, w którym stał ukryty pod peleryną-niewidką Harry.

Harry poczuł nieodparty impuls, by się ujawnić, więc ściągnął pelerynę teatralnym gestem.

— Dobry wieczór, panie profesorze.

— Na brodę Merlina, Harry, aż podskoczyłem! — powiedział Slughorn, zatrzymując się jak wryty i przyglądając mu się nieufnie. — Jak ci się udało wyjść z zamku?

— Filch chyba zapomniał zamknąć drzwi — rzekł wesoło Harry i ucieszył się, widząc, jak Slughorn łypie na niego spode łba.

— Złożę na niego raport, według mnie ten człowiek bardziej się interesuje bzdurami niż dbaniem o właściwe bezpieczeństwo... Ale dlaczego jesteś poza zamkiem, Harry?

— To z powodu Hagrida, panie profesorze — odrzekł Harry, który wiedział, że akurat teraz należy mówić prawdę. — Bardzo jest załamany... ale nie powie pan nikomu, co? Nie chcę, by miał kłopoty...

Ciekawość Slughorna najwyraźniej wzrosła.

— No cóż, tego nie mogę obiecać — burknął. — Ale wiem, że Dumbledore ufa mu bezgranicznie, więc jestem pewny, że niczego nie knuje...

— Chodzi o tego olbrzymiego pająka, miał go od lat... mieszkał w Zakazanym Lesie... potrafił mówić i w ogóle...

— Słyszałem pogłoski, że w tym lesie żyją akromantule — powiedział cicho Slughorn, spoglądając na ciemną masę drzew. — A więc to prawda?

— Tak. Ale właśnie ten pająk, Aragog, pierwszy, którego Hagrid tu sprowadził, zmarł ubiegłej nocy. No i Hagrid nie może się pozbierać. Chce mieć kogoś przy sobie, gdy będzie go chował, więc mu przyrzekłem, że przyjdę.

— Wzruszające, wzruszające — powiedział Slughorn takim tonem, jakby myślami był gdzie indziej, utkwiwszy swoje wielkie oczy o obwisłych powiekach w odległych światełkach okien chatki Hagrida. — Ale jad akromantuli jest niezwykle cenny... Jeśli ta bestia dopiero co zdechła, mógł jeszcze nie wyschnąć... Oczywiście nie chciałbym popełnić jakiejś niezręczności, skoro Hagrid jest taki załamany... ale gdyby był jakiś sposób, żeby zdobyć trochę tego jadu... bo kiedy akromantula żyje, raczej nie można tego dokonać...

Wyglądało na to, że teraz mówi bardziej do siebie niż do Harry'ego.

— ...toby była okropna strata nie zebrać go... Można dostać sto galeonów za pół litra... Szczerze mówiąc, moja pensja nie jest zbyt wysoka...

Harry widział już jak na dłoni, co powinien zrobić.

— No cóż... — powiedział z bardzo przekonującym wahaniem w głosie — cóż, jeśli chce pan w tym uczestniczyć, panie profesorze, to Hagrid pewnie się ucieszy... No, wie pan, Aragog będzie miał bardziej uroczysty pogrzeb...

— Tak, oczywiście — rzekł Slughorn, a oczy zapłonęły mu entuzjazmem. — Wiesz, co ci powiem, Harry? Poczekaj tu na mnie, zaraz wrócę z jakąś butelką albo dwiema... wypijemy za to biedne zwierzę... no, nie za zdrowie... ale pożegnamy je, jak należy... oczywiście już po pogrzebie. I zmienię krawat, ten jest trochę za krzykliwy na taką okazję...

I szybko wszedł do zamku, a Harry pospieszył do chatki Hagrida, bardzo z siebie zadowolony.

— Jesteś — zachrypiał Hagrid, kiedy otworzył drzwi i ujrzał przed sobą wyłaniającego się spod peleryny-niewidki Harry'ego.

— No tak... ale Ron i Hermiona nie mogli przyjść. Naprawdę bardzo im przykro.

— Nie... nie ma sprawy... chociaż ty jesteś, Harry...

I załkał głośno. Zrobił sobie czarną opaskę z czegoś, co wyglądało na szmatę wymazaną pastą do butów, a oczy miał podpuchnięte i czerwone. Harry poklepał go pocieszająco po łokciu, bo wyżej nie mógł sięgnąć.

— Gdzie go pochowamy? — zapytał. — W Lesie?

— Coś ty, w życiu! — odpowiedział Hagrid, ocierając łzy końcem koszuli. — Teraz, jak już Aragoga nie ma, inne pająki nie puszczą mnie blisko swoich sieci. Wychodzi na to, że tylko on nie pozwalał im mnie zeżreć! Możesz w to uwierzyć, Harry?

Szczera odpowiedź brzmiałaby „tak", bo Harry dobrze pamiętał scenę, w której obaj z Ronem zostali osaczeni przez akromantule; dały im wówczas jasno do zrozumienia, że tylko Aragog powstrzymuje je od pożarcia Hagrida.

— Cholibka, jeszcze nigdy tak nie było, żebym nie mógł się zbliżyć do jakiegoś miejsca w tym Lesie — powiedział Hagrid, kręcąc głową. — Wierz mi, Harry, nie było lekko wydostać stamtąd ciało Aragoga... one zwykle zjadają swoich zmarłych... ale chciałem mu sprawić godny pogrzeb... pożegnać jak się należy...

I znowu urwał, szlochając gorzko, a Harry znowu poklepał go po łokciu i rzekł (bo eliksir zdawał się wskazywać, że tak właśnie powinien zrobić):

— Jak tu szedłem, spotkałem profesora Slughorna.

— Ale nie wpadłeś w kłopoty, co? — zapytał szczerze wystraszony Hagrid. — Nie powinno cię być wieczorem poza zamkiem, wiem, to moja wina...

— Nie, nie, kiedy usłyszał, dokąd idę, powiedział, że sam by chciał przyjść i oddać ostatnią posługę Aragogowi. Chyba poszedł przebrać się w coś bardziej odpowiedniego... i powiedział też, że przyniesie parę butelek, żebyśmy mogli wypić za Aragoga...

— Tak powiedział? — zdumiał się Hagrid, wyraźnie wzruszony. — To naprawdę miłe z jego strony, no i to, że ciebie nie zawrócił. Jakoś nigdy nie miałem sposobności lepij poznać tego Horacego Slughorna... ale żeby mu się chciało przyjść i żegnać starego Aragoga... No, Aragogowi to by się spodobało, niech skonam...

Harry pomyślał, że Aragogowi najbardziej podobałoby się w Slughornie jego pulchne ciało, ale nic nie powiedział, tylko podszedł do tylnego okienka, za którym ujrzał potwornego martwego pająka leżącego na plecach, z podkurczonymi i splątanymi nogami.

— Pochowamy go tutaj, w twoim ogródku? — zapytał.

— Pomyślałem sobie, że najlepij będzie tam, zaraz za grządką z dyniami — odrzekł Hagrid zduszonym głosem. — Już wykopałem... no wiesz... jego grób. Tak sobie myślałem, że powiemy coś miłego nad grobem... ja wiem... jakoś dobrze powspominamy...

Głos mu zadrżał i załamał się. Rozległo się pukanie do drzwi, więc odwrócił się, by zaprosić gościa do środka, wycierając nos w wielką chustkę w kropki. Wszedł Slughorn z kilkoma butelkami w ramionach i w złowieszczym czarnym fularze.

— Hagridzie — powiedział niskim, grobowym głosem — tak mi przykro z powodu straty, jaka cię spotkała.

— To bardzo miłe z twojej strony — odrzekł Hagrid. — Dzięki. No i dzięki za to, że nie dałeś Harry'emu szlabanu.

— Nawet mi to nie przeszło przez głowę. Co za ponura noc, co za ponura noc... Gdzie jest to biedne stworzenie?

— Tam, za domem — powiedział Hagrid roztrzęsionym głosem. — To co... chyba to zrobimy?

Wyszli do ogrodu. Księżyc prześwitywał blado przez gałęzie drzew, a jego promienie mieszały się ze światłem z okna chatki, oświetlając cielsko Aragoga spoczywające na skraju głębokiego dołu, obok wysokiej na dziesięć stóp góry świeżo wykopanej ziemi.

— Wspaniały — rzekł Slughorn, podchodząc do głowy pająka, w której osiem białawych oczu patrzyło martwo w niebo, a para olbrzymich, zakrzywionych szczypiec lśniła bez ruchu w blasku księżyca. Harry'emu wydało się, że usłyszał podzwanianie butelek, kiedy Slughorn pochylił się nad szczypcami, najwyraźniej badając olbrzymią owłosioną głowę.

— Nie każdy docenia, jakie one są piękne — powiedział stojący za nim Hagrid, a łzy pociekły mu z kącików zapuchniętych oczu. — Nie wiedziałem, Horacy, że ciekawią cię takie stworzenia jak Aragog.

— Ciekawią? Mój drogi Hagridzie, ja je szanuję — rzekł Slughorn, odchodząc od martwego pająka. Harry dostrzegł błysk butelki znikającej pod jego peleryną, ale Hagrid, który właśnie ocierał oczy, niczego nie zauważył. — No to... trzeba go chyba pochować, co?

Hagrid kiwnął głową. Chwycił w ramiona olbrzymie cielsko pająka i z głośnym stęknięciem zepchnął je w ciemny dół, gdzie wylądowało na dnie z okropnym, chrzęszczącym łoskotem. Hagrid znowu zaczął szlochać.

— Wiem, jakie to trudne dla ciebie, który znałeś go najlepiej — powiedział Slughorn, poklepując go po łokciu, bo też nie mógł sięgnąć wyżej. — Może powiem kilka słów, co?

Widocznie zebrał już z pyska Aragoga sporo jadu najwyższej jakości, bo miał zadowoloną minę, gdy stanął na krawędzi dołu i zaczął powoli przemawiać teatralnym głosem:

— Żegnaj, Aragogu, królu pajęczaków, którego długiej i wiernej przyjaźni nigdy nie zapomną ci, co cię znali! Choć twoje ciało ulegnie rozkładowi, twój duch będzie się unosił nad cichymi, omotanymi pajęczą siecią zakątkami twojego leśnego domu. Niech ród twoich wielookich potomków przetrwa na wieki, a twoi przyjaciele rodzaju ludzkiego doznają pocieszenia po bolesnej stracie, która ich dotknęła.

— To było... to było... cudowne! — zawył Hagrid i runął na kopiec kompostu, zanosząc się płaczem.

— No, już dobrze, już dobrze — rzekł Slughorn i machnął różdżką, a wysoki pagór ziemi uniósł się w powietrze i opadł na martwego pająka z głuchym tąpnięciem, tworząc gładką mogiłę. — Wejdźmy do domu i napijmy się. Chwyć go z drugiej strony, Harry... o, tak... no, podnosimy się, Hagridzie... wspaniale...

Usadzili go na krześle przy stole. Kieł, który podczas pogrzebu leżał skulony w swoim koszyku, teraz podszedł do nich i jak zwykle złożył swój ciężki łeb na kolanach

Harry'ego. Slughorn odkorkował jedną z butelek wina, które ze sobą przyniósł.

— Sprawdziłem WSZYSTKIE na obecność trucizny — zapewnił Harry'ego, wlewając większość zawartości pierwszej butelki do kubka wielkości wiaderka i wręczając go Hagridowi. — Po tym, co się przydarzyło biednemu Rupertowi, każę skrzatowi domowemu próbować każdą butelkę.

Oczami wyobraźni Harry zobaczył minę Hermiony, gdyby usłyszała o takim traktowaniu skrzatów domowych, i w duchu postanowił, że nigdy jej o tym nie powie.

— Jeden dla Harry'ego... — powiedział Slughorn, rozlewając zawartość drugiej butelki do dwóch kubków — ...i jeden dla mnie. No to... — wzniósł wysoko swój kubek — za Aragoga.

— Za Aragoga — powtórzyli razem Harry i Hagrid.

Zarówno Hagrid, jak i Slughorn pociągnęli zdrowo z kubków, ale Harry, mając drogę przed sobą oświetloną działaniem Felix Felicis, wiedział, że nie powinien pić, więc tylko udał, że wypił łyk i odstawił swój kubek na stół.

— Miałem go od jajka — powiedział ponuro Hagrid. — Taki był maluśki, jak się wykluł. Nie większy od pekińczyka...

— Milutki — wtrącił Slughorn.

— Trzymałem go w szkole, w kredensie, dopóki... no...

Twarz mu sposępniała, a Harry wiedział dlaczego: Tom Riddle spowodował wyrzucenie go ze szkoły pod zarzutem otwarcia Komnaty Tajemnic. Natomiast Slughorn jakby go nie słuchał, wpatrując się w sufit, z którego zwieszały się mosiężne rondle, a także długi pęk jedwabistych, srebrzystobiałych włosów.

— Hagridzie, czyżby to były włosy jednorożca?

— Ano tak — odrzekł obojętnie Hagrid. — Z ich ogonów. Zaczepiają nimi o gałęzie w lesie, to je zbieram.

— Chłopie, czy ty wiesz, ile one są WARTE?

— Ja tam ich używam do wiązania bandaży i szmat, jak któreś zwierzę się porani — odrzekł Hagrid, wzruszając ramionami. — Cholernie pożyteczne... bardzo mocne...

Slughorn znowu łyknął zdrowo ze swojego kubka, rozglądając się uważnie po całej izbie. Harry wiedział, że wypatruje nowych skarbów, które mógłby zamienić na przebogate zapasy dojrzewającego w dębowych beczkach miodu pitnego, kandyzowanych ananasów i aksamitnych bonżurek. Slugorn napełnił po raz drugi kubek Hagrida, nalał i sobie, po czym zaczął go wypytywać o stworzenia żyjące teraz w Zakazanym Lesie i o to, jak Hagrid się nimi opiekuje. Hagrid, ożywiony działaniem trunku i okazywanym przez Slughorna zainteresowaniem jego pracą, przestał ocierać sobie oczy i zaczął ochoczo snuć długą opowieść o hodowaniu nieśmiałków.

Harry poczuł, że Felix Felicis daje mu znać, żeby coś zrobił, jako że wino, które Slughorn przyniósł ze sobą, już prawie się kończyło. Do tej pory nie udało mu się jeszcze rzucić zaklęcia napełniającego bez wypowiedzenia formuły na głos, ale już sama myśl, że nie potrafi zrobić tego teraz, wydała mu się śmieszna. I rzeczywiście, uśmiechnął się sam do siebie i korzystając z tego, że Hagrid i Slughorn pogrążeni byli teraz w rozmowie o nielegalnym handlu smoczymi jajami, wycelował pod stołem różdżkę w puste butelki, a one natychmiast zaczęły się na nowo napełniać winem.

Po godzinie Hagrid i Slughorn zaczęli wznosić wyszukane toasty: za Hogwart, za Dumbledore'a, za produkowane przez skrzaty domowe wino i za...

— Za Harry'ego Pottera! — ryknął Hagrid, rozlewając część zawartości swojego czternastego kubka, a resztę wypijając do dna.

— Taaa jest! — krzyknął Slughorn nieco ochrypłym głosem. — Za Barry'ego Ottera, chłopca-wybrańca, który... no... coś w tym rodzaju... — wybełkotał i również osuszył swój kubek.

Wkrótce potem Hagrid znowu się rozkleił i wcisnął Slughornowi w dłonie cały ogon jednorożca. Ten schował go do kieszeni i wrzasnął:

— Za przyjaźń! Za wspaniałomyślność! Za dziesięć galeonów za włos!

I po chwili obaj siedzeli już obok siebie, obejmując się jak bracia i śpiewając powolną, smętną pieśń o umierającym czarodzieju Odonie.

— Ech, najlepsi umierają młodo — mruknął Hagrid, pochylając się nisko nad stołem i lekko zezując, podczas gdy Slughorn dalej zawodził refren. — Mój stary odszedł młodo... tak jak i twoja mama, Harry, i twój tata...

Z kącików jego ukrytych wśród zmarszczek oczu znowu pociekły olbrzymie krople łez. Chwycił Harry'ego za ramię i potrząsnął nim.

— ...lepszych czarodziejów w ich wieku nigdy żem nie znał... straszne to... straszne...

Slughorn zaciągnął płaczliwie:

A Odona dzielnego wnet do domu ponieśli,
Do miejsca, które znał jako chłooopię,
I złożyli go tam, z kapeluszem na piersiach,
Różdżkę mu przełamali nad prooogiem.

— ...Straszne! — mruknął Hagrid, chrząknął, jego wielka, kudłata głowa zakołysała się i opadła na złożone na stole ramiona, i po chwili zachrapał donośnie.

— Przepp... raszam — zająknął się Slughorn i czknął. — Za chińskiego smoka nie wyciągnę właściwej nuty...

— Hagrid miał na myśli moich rodziców, którzy młodo umarli — powiedział cicho Harry.

— Och... — stęknął Slughorn, tłumiąc potężne beknięcie. — Och... dobry Boże. Tak, to było... to było naprawdę straszne. Straszne... straszne...

Nie wiedział, co dalej powiedzieć, więc zajął się nalewaniem wina do kubków.

— Ale chyba... chyba tego nie pamiętasz, co, Harry? — zapytał nieśmiało.

— Nie... miałem zaledwie rok, jak umarli — odrzekł Harry, utkwiwszy wzrok w płomieniu świecy, który chybotał się w podmuchu ciężkiego oddechu Hagrida. — Ale wiem już dość dużo o tym, jak to się stało. Mój tata zginął pierwszy. Wiedział pan o tym?

— Nniee... — wyszeptał Slughorn.

— Tak... Voldemort zamordował go, a potem przekroczył jego martwe ciało i ruszył ku mojej mamie.

Slughorn wzdrygnął się potężnie, ale nie był w stanie oderwać przerażonego spojrzenia od twarzy Harry'ego.

— Powiedział jej, żeby zeszła mu z drogi — ciągnął Harry, nie mogąc się powstrzymać. — Później mi powiedział, że nie musiała umrzeć. Chciał tylko mnie. Mogła uciec.

— Och, Boże... — wydyszał Slughorn. — Mogła... nie musiała... to okropne...

— Prawda? — powiedział Harry prawie szeptem. — Ale nie ruszyła się z miejsca. Tata już nie żył, ale ona nie chciała, żebym i ja umarł. Próbowała błagać Voldemorta... ale on tylko się roześmiał...

— Dość już! — rzekł nagle Slughorn, podnosząc drżącą rękę. — Naprawdę, mój drogi chłopcze, dość już... Jestem starym człowiekiem... nie muszę tego słuchać... nie chcę tego słuchać...

— Zapomniałem — skłamał Harry, ulegając działaniu Felix Felicis. — Lubił ją pan, prawda?

— Czy ją lubiłem? — jęknął Slughorn, a oczy napełniły mu się łzami. — Nie mogę sobie wyobrazić, żeby ktokolwiek jej nie polubił, kiedy ją poznał... taka dzielna... taka zabawna... To była najstraszniejsza rzecz...

— Ale nie chce pan pomóc jej synowi — powiedział Harry. — Oddała za mnie życie, a pan nie chce oddać mi jednego wspomnienia.

Dudniące chrapanie Hagrida wypełniało izbę. Harry wciąż patrzył w załzawione oczy Slughorna. Mistrz eliksirów nie był w stanie odwrócić spojrzenia.

— Nie mów tak — wyszeptał. — To nie jest sprawa... no... gdyby miało ci to w czymś pomóc... ale tak bez powodu...

— Jest powód — powiedział dobitnie Harry. — Dumbledore musi to poznać. Ja muszę to poznać.

Wiedział, że może to bezpiecznie powiedzieć: Felix Felicis mówiło mu, że rano Slughorn nie będzie o niczym pamiętał. Patrząc mu prosto w oczy, nachylił się do niego i powiedział:

— Ja jestem Wybrańcem. Muszę go zabić. To wspomnienie jest mi potrzebne.

Slughorn pobladł strasznie, pot błyszczał na jego czole.

— TY jesteś Wybrańcem?

— Tak, oczywiście — odrzekł spokojnie Harry.

— Ale... mój drogi chłopcze... prosisz mnie o zbyt wiele... przecież ty mnie prosisz, żebym ci pomógł zniszczyć...

— A pan nie chce pozbyć się czarnoksiężnika, który zamordował Lily Evans?

— Harry, Harry, oczywiście chcę, ale...

— Boi się pan, że on się o tym dowie? Że pan mi pomógł?

Slughorn milczał; był przerażony.

— Niech pan będzie tak dzielny jak moja matka, panie profesorze...

Slughorn uniósł pulchną rękę i przycisnął drżące palce do ust. Przez chwilę wyglądał jak wielkie dziecko.

— Nie jestem z tego dumny... — wyszeptał przez palce. — Wstydzę się tego... tego, co ukazuje to wspomnienie... Chyba... chyba wyrządziłem wtedy wielką szkodę...

— Może pan wszystko odrobić, dając mi to wspomnienie. Byłby to bardzo odważny i szlachetny czyn.

Hagrid drgnął we śnie i głośno zachrapał. Slughorn i Harry patrzyli sobie w oczy ponad falującym płomieniem świecy. Zapadło milczenie, ale Felix Felicis podpowiadało Harry'emu, żeby tego milczenia nie przerywał, żeby czekał.

A potem, bardzo powoli, Slughorn sięgnął do kieszeni i wyciągnął różdżkę. Drugą rękę wsunął za pelerynę i wyjął maleńką, pustą buteleczkę. Wciąż patrząc Harry'emu w oczy, dotknął końcem różdżki swojej skroni, a potem zaczął ją cofać. Na końcu różdżki zalśniła długa, srebrna nitka wspomnienia. Robiła się coraz dłuższa i dłuższa, aż w końcu zerwała się i zwisła z różdżki. Slughorn zniżył różdżkę i ostrożnie wpuścił nić do buteleczki, gdzie zwinęła się, a potem rozwinęła, wirując jak gaz. Zakorkował buteleczkę drżącą ręką i przesunął po stole do Harry'ego.

— Bardzo panu dziękuję, panie profesorze.

— Dobry z ciebie chłopak — rzekł profesor Slughorn, a łzy spływały po jego tłustych policzkach, ginąc w sumiastych wąsach. — I masz jej oczy... Tylko nie pomyśl o mnie źle, jak to zobaczysz...

A potem i on złożył głowę na rękach, westchnął głęboko i zasnął.

ROZDZIAŁ DWUDZIESTY TRZECI

Horkruksy

Gdy Harry wśliznął się do zamku, poczuł, że działanie Felix Felicis słabnie. Drzwi frontowe nie były zamknięte, ale na trzecim piętrze napotkał Irytka i ledwo uniknął wykrycia, dając nurka w jedno ze swoich tajnych przejść na skróty. Nie zdziwił się, że kiedy dotarł do portretu Grubej Damy i ściągnął pelerynę-niewidkę, nie była w najlepszym humorze.

— A niby co to za pora? — burknęła.

— Naprawdę bardzo mi przykro... Musiałem wyjść, żeby załatwić coś ważnego...

— Tak? Ale hasło zmieniło się o północy, więc będziesz musiał spać na korytarzu.

— Chyba żartujesz! Dlaczego zmieniło się o północy?

— Bo się zmieniło i tyle — odparła Gruba Dama. — Jak ci się nie podoba, to możesz iść do dyrektora, to on zarządził ściśle środki bezpieczeństwa.

— Fantastycznie — powiedział z goryczą Harry, patrząc na twardą posadzkę. — Naprawdę super. Tak, pójdę i załatwię to z dyrektorem, jeśli jest w zamku, bo to on chciał, żebym...

— Jest w zamku — rozległ się głos za jego plecami. — Profesor Dumbledore wrócił do szkoły godzinę temu.

Szybował ku niemu Prawie Bezgłowy Nick; głowa jak zwykle chwiała mu się na kryzie.

— Dowiedziałem się tego od Krwawego Barona, który widział, jak dyrektor wraca — rzekł Nick. — Według Barona był w dobrym nastroju, choć wyglądał na trochę zmęczonego.

— Gdzie on jest? — zapytał Harry, a serce zabiło mu szybciej.

— Och, jęczy i pobrzękuje na szczycie Wieży Astronomicznej, to jego ulubiona...

— Nie Krwawy Baron, tylko Dumbledore!

— Ou... w swoim gabinecie. Z tego, co mówił mi Baron, miał coś do załatwienia, zanim...

— Tak, ma — przerwał mu Harry, czując narastające podniecenie: wreszcie będzie mógł Dumbledore'owi powiedzieć, że zdobył to wspomnienie. Obrócił się na pięcie i puścił się biegiem, nie zważając na Grubą Damę, która krzyczała za nim:

— Wracaj! Skłamałam! Byłam zła, bo mnie obudziłeś! Hasło nadal brzmi: „Tasiemiec"!

Ale Harry pędził korytarzem i już po paru minutach wydyszał: „Kajmakowe eklerki" do gargulca, który odskoczył w bok, pozwalając mu wejść na spiralne schody.

— Proszę wejść — powiedział Dumbledore, gdy Harry zapukał. Był to głos zmęczonego człowieka.

Harry pchnął drzwi. Gabinet dyrektora wyglądał tak jak zawsze, tyle że teraz za oknami ciemniało obsypane gwiazdami niebo.

— Na miłość boską, Harry — powiedział zdumiony Dumbledore. — Czemu zawdzięczam tę bardzo późną przyjemność?

— Panie profesorze... mam. Mam wspomnienie Slughorna.

Wyciągnął maleńką buteleczkę i pokazał ją Dumbledore'owi. Dyrektor na chwilę osłupiał, a potem uśmiechnął się szeroko.

— Harry, to wspaniała nowina! Świetnie się spisałeś! Wiedziałem, że zdołasz tego dokonać!

I zapominając o późnej porze, pospiesznie okrążył biurko, wziął buteleczkę zdrową ręką i podszedł do komody, gdzie trzymał myślodsiewnię.

— A teraz — rzekł, stawiając kamienną misę i opróżniając do niej zawartość buteleczki — teraz w końcu zobaczymy. Harry, szybko...

Harry pochylił się posłusznie nad myślodsiewnią i poczuł, że stopy odrywają mu się od podłogi... Jeszcze raz zanurzył się w ciemność i wylądował w gabinecic Horacego Slughorna wiele lat wcześniej.

O wiele młodszy Horacy Slughorn, z gęstą, połyskującą czupryną koloru słomy i rudymi wąsami, siedział w wygodnym fotelu, z nogami na aksamitnym pufie, trzymając w jednej ręce kieliszek wina, a drugą grzebiąc w pudełku z kandyzowanymi ananasami. Wokoło niego siedziało z pół tuzina kilkunastoletnich chłopców, a wśród nich Tom Riddle, na którego palcu połyskiwał pierścień Marvola.

Dumbledore wylądował obok Harry'ego w chwili, gdy Riddle zapytał:

— Panie profesorze, czy to prawda, że profesor Merrythought odchodzi na emeryturę?

— Tom, Tom, nawet gdybym wiedział, to i tak bym ci nie powiedział — odrzekł Slughorn i pogroził mu oblepionym cukrem palcem, choć jednocześnie puścił do niego oko, co zepsuło efekt. — Muszę przyznać, że bardzo bym chciał wiedzieć, skąd czerpiesz informacje, chłopcze! Wiesz więcej od połowy ciała pedagogicznego.

Riddle uśmiechnął się, a inni chłopcy roześmiali się głośno i spojrzeli na niego z uwielbieniem.

— Ale pomimo twojej niesamowitej zdolności dowiadywania się o rzeczach, o których nie powinieneś się dowiedzieć, i mimo umiejętności schlebiania ludziom, którzy coś znaczą... dziękuję ci za te ananasy... nawiasem mówiąc, dobrze wybrałeś, bo to moje ulubione...

Kilku chłopców zachichotało.

— ...i jestem pewien, że w ciągu dwudziestu lat zostaniesz ministrem magii. A nawet w ciągu piętnastu, jeśli nadal będziesz mi przysyłał ananasy. Mam ZNAKOMITE kontakty w ministerstwie.

Tom Riddle tylko się lekko uśmiechnął, natomiast inni chłopcy wybuchnęli głośnym śmiechem. Harry zauważył, że choć Riddle wcale nie wyglądał na najstarszego w tej grupie, wszyscy traktowali go jak przywódcę.

— Nie wiem, czy nadaję się do polityki, panie profesorze — powiedział, gdy śmiechy umilkły. — Choćby dlatego, że nie mam odpowiedniego pochodzenia.

Dwóch chłopców zrobiło do siebie znaczące miny. Harry był pewny, że śmieją się z jakiegoś dowcipu, niewątpliwie na temat tego, co wiedzieli lub podejrzewali o słynnym przodku przywódcy grupy.

— Bzdury! — zaprzeczył gorliwie Slughorn. — To oczywiste, że pochodzisz z przyzwoitej rodziny czarodziejów, skoro jesteś tak uzdolniony. Tak, zajdziesz daleko, Tom, jeszcze nigdy nie pomyliłem się co do żadnego z moich uczniów.

Mały złoty zegar stojący na biurku Slughorna wybił jedenastą.

— Wielkie nieba, to już jedenasta? — zdziwił się Slughorn. — Lepiej już idźcie, chłopcy, bo wszyscy będziemy mieć kłopoty. Lestrange, masz mi jutro pokazać wypracowanie, bo dostaniesz szlaban. To samo dotyczy ciebie, Avery.

Wstał z fotela i zaniósł pusty kieliszek na biurko. Chłopcy opuszczali pokój, ale Riddle się ociągał. Widać było, że chce zostać sam na sam ze Slughornem.

— Uważaj, Tom — rzekł Slughorn, gdy odwrócił się i zobaczył, że Riddle wciąż jest w pokoju. — Chyba nie chcesz, żeby cię nakryto, jak włóczysz się poza sypialnią po godzinach, a jesteś prefektem...

— Panie profesorze, chciałbym pana o coś zapytać.

— Więc pytaj i zmykaj, chłopcze, pytaj i zmykaj...

— Panie profesorze, co pan wie o... o horkruksach?

Slughorn utkwił w nim wzrok, bezwiednie pieszcząc swoimi grubymi palcami nóżkę kieliszka.

— Wypracowanie z obrony przed czarną magią, tak?

Ale Harry mógłby przysiąc, że Slughorn dobrze wie, że nie chodzi o pracę domową.

— Niezupełnie, panie profesorze. Natrafiłem na ten termin, kiedy coś czytałem, i nie bardzo rozumiem, o co chodzi.

— Nie... no cóż... trudno byłoby znaleźć choć jedną książkę w Hogwarcie, z której dowiedziałbyś się czegoś bliższego o horkruksach, Tom. To dziedzina bardzo czarnej magii... zaiste, bardzo czarnej...

— Ale pan na pewno wie o nich wszystko, panie profesorze, tak? Tak wielki czarodziej jak pan... ale oczywiście przepraszam, jeśli nie może mi pan tego powiedzieć, to... Po prostu przypuszczałem, że tylko pan może mi coś o nich powiedzieć... więc sobie pomyślałem, że zapytam...

Było to rozegrane po mistrzowsku: wahanie, zdawkowy ton, niby przypadkowe pochlebstwo, żadnej przesady. Harry docenił to, bo sam też miał bogate doświadczenie w wyciąganiu różnych informacji. Wiedział, że Riddle'owi bardzo, ale to bardzo na tej informacji zależy; prawdopodobnie pracował nad tym od wielu tygodni.

— No cóż... — powiedział Slughorn, nie patrząc na Riddle'a, tylko skubiąc wstążkę zdobiącą pudełko z kandyzowanymi ananasami — cóż, nie stanie się nic złego, jak coś ci o nich powiem, ogólnie, rzecz jasna. Tylko tyle, żebyś wiedział, o czym mowa. Horkruks to słowo oznaczające przedmiot, w którym ktoś ukrył cząstkę własnej duszy.

— Ale nadal nie bardzo rozumiem, jak to działa, panie profesorze — rzekł Riddle.

Głos miał opanowany, ale Harry wyczuł, że jest bardzo podniecony.

— Po prostu rozszczepia się swoją duszę — odrzekł Slughorn — i ukrywa jej część w jakimś przedmiocie poza ciałem. Jeśli ciało zostanie zaatakowane lub nawet zniszczone, nie można umrzeć, bo część duszy pozostaje na ziemi nieuszkodzona. Ale oczywiście egzystowanie w takiej formie...

Slughorn skrzywił się lekko, a Harry przypomniał sobie słowa, które usłyszał prawie dwa lata temu: *Zostałem wyrwany ze swego ciała, stałem się czymś mniej niż duch, czymś mniej niż najmarniejsze widmo... ale jednak żyłem.*

— ...niewielu jest takich, którzy by tego pragnęli, Tom, naprawdę niewielu. Już lepsza śmierć.

Ale Riddle nie był teraz w stanie ukryć żądzy, która go trawiła.

— Jak się rozszczepia duszę?

— No cóż... — powiedział niechętnie Slughorn — musisz zrozumieć, że dusza powinna być zawsze nietknięta i cała. Rozszczepienie jej to akt gwałtu, to coś sprzecznego z naturą.

— Ale jak to się robi?

— Poprzez akt zła... akt największego zła. Przez dokonanie morderstwa. Morderstwo rozdziera duszę. Czarodziej, który zamierza stworzyć horkruksa, wykorzystuje to rozdarcie do swoich celów: zamyka oddartą część...

— Zamyka? Ale jak...?

— Jest jakieś zaklęcie, nie pytaj mnie, bo go nie znam! — odrzekł Slughorn, potrząsając głową jak słoń opędzający się od komarów. — Czy ja wyglądam na kogoś, kto by tego próbował? Czy wyglądam na mordercę?

— Ależ nie, panie profesorze, skądże znowu — powiedział szybko Riddle. — Przepraszam... nie chciałem pana obrazić...

— Wcale nie czuję się obrażony — rzekł szorstko Slughorn. — To całkiem naturalne, że ciekawią cię takie sprawy. Czarodzieja dużego kalibru zawsze pociąga ten aspekt magii...

— Tak, panie profesorze. Nie rozumiem tylko... pytam z czystej ciekawości... jeden horkruks wystarczy? To znaczy... czy duszę można rozszczepić tylko raz? Czy nie lepiej rozszczepić duszę na kilka części? Wiadomo, że siódemka jest najpotężniejszą magiczną liczbą, to może na siedem...

— Na brodę Merlina, Tom! — zawołał Slughorn. — Siedem! Czyż to nie straszne pomyśleć o zamordowaniu choćby jednego człowieka? A zresztą straszne jest już samo podzielenie duszy... ale żeby rozdzierać ją na siedem części...

Teraz Slughorn był już wyraźnie bardzo zaniepokojony: wpatrywał się w Riddle'a tak, jakby zobaczył go po raz pierwszy, a Harry mógł przysiąc, iż profesor żałuje, że w ogóle wdał się w tę rozmowę.

— Oczywiście — mruknął — to wszystko, o czym rozmawiamy, jest czysto hipotetyczne, prawda? Czysto akademickie rozważania...

— Oczywiście, panie profesorze — zapewnił go szybko Riddle.

— Niemniej jednak, Tom, nie rozpowiadaj o tym, co ci powiedziałem... to znaczy nie mów, o czym rozmawialiśmy. Różnym ludziom nie bardzo by się to podobało, gdyby się dowiedzieli, że gawędzimy sobie o horkruksach. To temat w Hogwarcie zakazany. Dumbledore szczególnie by się wściekł...

— Nie powiem nikomu, panie profesorze.

I opuścił gabinet, ale zanim odszedł, Harry zdążył uchwycić spojrzeniem jego twarz, na której teraz malowało się takie samo szczęście jak wówczas, gdy dowiedział się, że jest czarodziejem. Takie samo szczęście, które nie uwydatniało jego pięknych rysów, ale w jakiś sposób czyniło je mniej ludzkimi...

— Dziękuję ci, Harry — powiedział cicho Dumbledore. — Wracamy...

Kiedy Harry wylądował z powrotem na podłodze gabinetu, Dumbledore siedział już za biurkiem. Harry też usiadł i czekał, aż dyrektor przemówi.

— Wyczekiwałem na to brakujące ogniwo od bardzo dawna — powiedział w końcu Dumbledore. — Potwierdza ono moją hipotezę, wskazuje, że mam rację, ale też, ile jeszcze przed nami...

Harry zauważył nagle, że wszyscy dawni dyrektorzy szkoły na portretach przysłuchują się uważnie. Korpulentny czarodziej z czerwonym nosem przyłożył sobie nawet trąbkę słuchową do ucha.

— No cóż, Harry — rzekł Dumbledore — jestem pewny, że zrozumiałeś, na czym polega znaczenie tego, co właśnie usłyszeliśmy. Mając prawie tyle samo lat, co ty teraz, Tom Riddle robił wszystko, by odnaleźć sposób na pozyskanie nieśmiertelności.

— Myśli pan, że mu się udało, panie profesorze? — zapytał Harry. — Stworzył sobie horkruksa? I dlatego nie umarł, kiedy mnie zaatakował? Miał gdzieś ukrytego horkruksa? Nieuszkodzoną, bezpieczną cząstkę duszy?

— Cząstkę... albo więcej cząstek. Słyszałeś, co mówił Voldemort. Chciał się dowiedzieć od Horacego, co się stanie, kiedy jakiś czarodziej stworzy więcej niż tylko jednego horkruksa, co się stanie z czarodziejem, który pragnąc uniknąć śmierci, gotów będzie popełnić morderstwo wiele razy, gotów będzie wciąż rozdzierać swoją duszę, tak żeby ją zabezpieczyć w wielu oddzielnie ukrytych horkruksach. O ile wiem... a jestem pewny, że wiedział o tym Voldemort... jeszcze żadnemu czarodziejowi nie udało się rozerwać swojej duszy na więcej niż dwie części.

Umilkł na chwilę, zbierając myśli, a potem rzekł:

— Cztery lata temu otrzymałem pewny dowód na to, że Voldemort rozszczepił swoją duszę.

— Gdzie? — zapytał Harry. — Jak?

— Sam mi go wręczyłeś, Harry. Dziennik, dziennik Riddle'a, ten, w którym były wskazówki, jak otworzyć Komnatę Tajemnic.

— Nie rozumiem.

— Widzisz, Harry, chociaż nie zobaczyłem Riddle'a, który wyszedł z tego dziennika, to, co mi opisałeś, było dla mnie zupełnie nieznanym fenomenem. Samo wspomnienie zaczynające działać i myśleć? Samo wspomnienie wysysające życie z dziewczynki, w której ręce wpadło? Nie, w tej książce musiało żyć coś o wiele bardziej złowrogiego... cząstka duszy, byłem tego prawie pewny. Ten dziennik był horkruksem. Ale to odkrycie stworzyło tyle samo pytań, co odpowiedzi. Najbardziej intrygowało mnie i niepokoiło, że dziennik miał być nie tylko bronią, ale i zabezpieczeniem.

— Nadal nie rozumiem.

— Działał tak, jak powinien działać horkruks... innymi słowy, ukryta w nim cząstka duszy była bezpieczna i niewątpliwie chroniła jego właściciela przed śmiercią. Ale nie ulega też wątpliwości, że Riddle chciał, by ktoś ten dziennik przeczytał, chciał, żeby cząstka jego duszy zamieszkała w kimś innym albo tym kimś zawładnęła, co w rezultacie uwolniłoby ponownie potwora Slytherina.

— Nie chciał, żeby jego wysiłki poszły na marne — zauważył Harry. — Pragnął, żeby ludzie się dowiedzieli, że to on jest dziedzicem Slytherina, bo w tym czasie nie mógł się tym pochwalić.

— Słusznie — rzekł Dumbledore, kiwając głową. — Ale zauważ, Harry, skoro chciał, żeby ten dziennik trafił w przyszłości w ręce jakiegoś ucznia Hogwartu, to tym samym narażał ukrytą w nim cząstkę swojej duszy. Horkruksa tworzy się po to, jak ci to wyjaśnił profesor Slughorn, żeby ukryta w nim cząstka duszy była bezpieczna, a nie po to, żeby podrzucać go komuś, narażając ją na ryzyko zniszczenia, co rzeczywiście się stało, bo ta właśnie cząstka jego duszy już nie istnieje, o co ty się postarałeś. Beztroska, z jaką Voldemort potraktował swojego horkruksa, wydała mi się złowieszcza. To mogło oznaczać, że stworzył, albo zamierzał stworzyć, więcej horkruksów, tak żeby strata pierwszego nie była zbyt bolesna. Nie chciałem w to wierzyć, ale tylko takie wytłumaczenie wydało mi się sensowne. A potem, dwa lata temu, powiedziałeś mi, że tej nocy, kiedy Voldemort odzyskał ciało, oświadczył swoim śmierciożercom coś, co jest bardzo wymowne, a jednocześnie bardzo niepokojące. *„Ja, który zaszedłem dalej niż ktokolwiek inny na drodze do nieśmiertelności".* Tak mi wtedy powiedziałeś, powtarzając jego słowa. *„Dalej niż ktokolwiek"*. I pomyślałem, że wiem, co znaczą te słowa, choć śmierciożercy tego nie wiedzieli. On mówił o swoich horkruksach, Harry, o horkruksach w liczbie mnogiej. Tego chyba nie dokonał nigdy żaden inny czarodziej. Ale to wszystko pasuje do mojej hipotezy: z upływem lat Lord Voldemort stawał się coraz mniej ludzki, a przemianę, której podległ, mogłem sobie wytłumaczyć tylko tym, że jego dusza uległa straszliwemu okaleczeniu, a więc że przekroczył granice tego, co zwykle nazywamy złem...

— Więc stał się nieśmiertelny, mordując innych ludzi? — przerwał mu Harry. — Dlaczego nie stworzył sobie albo nie ukradł Kamienia Filozoficznego, skoro tak bardzo chciał być nieśmiertelny?

— Wiemy, że pięć lat temu próbował to zrobić — odrzekł Dumbledore. — Ale jest kilka przyczyn, dla których Kamień Filozoficzny nie był dla Lorda Voldemorta tak atrakcyjny jak horkruksy. Przede wszystkim, żeby eliksir życia rzeczywiście przedłużał życie, trzeba go pić regularnie, a jeśli ktoś pragnie być nieśmiertelny, musi go pić przez całą wieczność. Voldemort byłby więc całkowicie uzależniony od eliksiru, a gdyby mu go zabrakło, gdyby został skażony albo gdyby ktoś ukradł Kamień, umarłby jak każdy śmiertelnik. Pamiętaj, że Voldemort lubi działać samotnie. Myślę, że nie mógł się pogodzić z uzależnieniem od kogokolwiek i od czegokolwiek, nawet od eliksiru. Oczywiście gotów był go wypić, by wydobyć się z otchłani owego pół-życia, w jakiej się pogrążył po zaatakowaniu ciebie, ale tylko po to, by odzyskać ciało. Dlatego jestem przekonany, że postanowił dalej polegać przede wszystkim na swoich horkruksach: po odzyskaniu ciała nie potrzeba mu było niczego więcej. Był już nieśmiertelny... albo tak bliski nieśmiertelności, jak nikt dotąd. Ale teraz, Harry, uzbrojeni w tę informację, to rozstrzygające wspomnienie, które udało ci się uzyskać, jesteśmy bliżej niż kiedykolwiek odkrycia tajemnicy Lorda Voldemorta. Słyszałeś, jak powiedział: „Czy nie lepiej rozszczepić duszę na kilka części? Wiadomo, że SIÓDEMKA jest najpotężniejszą magiczną liczbą". Tak, sądzę, że ta właśnie idea, idea duszy w siedmiu częściach, najbardziej pociągała Lorda Voldemorta.

— Stworzył SIEDEM horkruksów? — zapytał przerażony Harry, a kilka portretów na ścianach również wydało okrzyki przerażenia i oburzenia. — Przecież one mogą być ukryte wszędzie, po całym świecie... zakopane albo niewidzialne...

— Cieszę się, że doceniasz wagę problemu — powiedział spokojnie Dumbledore. — Ale, po pierwsze, Harry, nie siedem horkruksów, tylko sześć. Siódma część jego duszy, choć tak okaleczona, zamieszkuje jego odnowione ciało. To ta jego część, która wiodła życie widma w latach wygnania; bez niej w ogóle nie byłby sobą. Ta siódma część duszy będzie ostatnią, z którą musi się zmierzyć każdy, kto chce Voldemorta zabić: to część, która żyje w jego ciele.

— A więc sześć horkruksów — powiedział zrozpaczony Harry. — Niby jak mamy je odnaleźć?

— Zapominasz, że jeden już zniszczyłeś. A ja zniszczyłem drugi.

— Zniszczył pan?!

— Tak, zniszczyłem — odrzekł Dumbledore i uniósł swoją poczerniałą, opaloną rękę. — Ten pierścień, Harry. Pierścień Marvola. Zabezpieczony był straszliwym zaklęciem. Gdyby nie moje... wybacz mi brak skromności... wyjątkowe uzdolnienia i gdyby nie szybka pomoc profesora Snape'a, gdy powróciłem do Hogwartu okropnie poraniony, pewnie bym nie dożył, by opowiadać ci to wszystko. Pierścień nie jest już horkruksem.

— Ale jak go pan odnalazł?

— No cóż, jak wiesz, od wielu lat starałem się odkryć jak najwięcej z przeszłości Voldemorta. Wiele podróżowałem, odwiedzając miejsca, w których niegdyś przebywał. Natknąłem się na ten pierścień w ruinach domu Gauntów. Wygląda na to, że kiedy Voldemortowi udało się ukryć w nim cząstkę duszy, nie chciał już nosić go na palcu. Ukrył go, opatrzywszy najpotężniejszymi zaklęciami, w domu swoich przodków (Morfin był już w owym czasie w Azkabanie), nie podejrzewając, że pewnego dnia mogę odwiedzić te ruiny albo że będę miał oczy otwarte na wszelkie ślady magicznych kryjówek. Ale nie cieszmy się z tego za bardzo, Harry. Ty zniszczyłeś dziennik, ja pierścień, ale jeśli nasza hipoteza siedmioczęściowej duszy jest słuszna, pozostały jeszcze cztery horkruksy.

— I każdy z nich może być czymkolwiek? Starą puszką albo, ja wiem, pustą butelką po eliksirach...

— Myślisz o świstoklikach, Harry, które muszą być najzwyklejszymi przedmiotami, łatwymi do przeoczenia. Ale Lord Voldemort używający puszek albo starych butelek do przechowywania części swojej drogocennej duszy? Zapominasz o tym, co ci pokazałem. Lord Voldemort lubi gromadzić trofea, słynne historyczne przedmioty magiczne. Jego pycha, jego wiara w swoją wyższość, jego determinacja w dążeniu do zapewnienia sobie wyjątkowego miejsca w historii magii, wszystko to doprowadziło mnie do przekonania, że pieczołowicie wybierał swoje horkruksy spośród przedmiotów cieszących się wielką sławą.

— Dziennik nie był czymś nadzwyczajnym.

— Dziennik, jak sam powiedziałeś, był dowodem na pochodzenie Voldemorta od Slytherina. Jestem pewny, że było to dla niego niezwykle ważne.

— A te pozostałe horkruksy? — zapytał Harry. — Wie pan, czym one są, panie profesorze?

— Mogę tylko podejrzewać. Z powodów, które ci wcześniej wyłuszczyłem, sądzę, że Lord Voldemort wybierał przedmioty bardzo cenne. Zbadałem więc przeszłość Voldemorta pod tym kątem, zwracając szczególną uwagę na takie właśnie przedmioty, z którymi się zetknął, a które gdzieś zniknęły.

— Medalion! — zawołał Harry. — Czara Helgi Hufflepuff!

— Tak — zgodził się z uśmiechem Dumbledore. — Gotów jestem się założyć... może nie o całą rękę... ale o parę palców, że to właśnie są horkruksy, trzeci i czwarty. Pozostałe dwa, zakładając, że stworzył ich sześć, stanowią pewien problem, ale pozwoliłbym sobie na przypuszczenie, że zdobywszy przedmioty należące kiedyś do Hufflepuff i Slytherina, zapragnął odnaleźć takie, które były własnością Gryffindora i Ravenclaw. Jestem pewny, że cztery przedmioty należące do czterech założycieli Hogwartu miały potężną moc oddziaływania na wyobraźnię Voldemorta. Nie potrafię powiedzieć, czy udało mu się odnaleźć coś, co należało do Ravenclaw, ale jestem przekonany, że jedyna pamiątka po Gryffindorze nadal jest bezpieczna.

Dumbledore wskazał swymi poczerniałymi palcami na ścianę poza sobą, gdzie w szklanej gablocie spoczywał miecz z rękojeścią wysadzaną rubinami.

— Myśli pan, panie profesorze, że właśnie dlatego chciał wrócić do Hogwartu? — zapytał Harry. — Żeby spróbować znaleźć coś, co należało do innych założycieli?

— Tak właśnie myślę. Niestety, nie posuwa nas to ani o krok dalej, bo nie został tu przyjęty i nie miał szansy przeszukania szkoły. Zmuszony jestem sądzić, że nigdy mu się nie udało zgromadzić czterech pamiątek po wszystkich czterech założycielach. Na pewno zdobył dwie... może trzy... Więcej nie wiemy.

— Nawet gdyby zdobył coś, co należało do Ravenclaw albo do Gryffindora, brakuje jeszcze szóstego horkruksa — zauważył Harry, licząc na palcach. — Chyba, że zdobył oba...

— Nie sądzę — powiedział Dumbledore. — Chyba wiem, czym jest szósty horkruks. Ciekaw jestem, co powiesz, kiedy ci wyznam, że swojego czasu interesowało mnie zachowanie tego węża, Nagini.

— Węża? — zdumiał się Harry. — To zwierzę też może być horkruksem?

— No cóż, powierzanie części swojej duszy czemuś, co samo potrafi myśleć i poruszać się, nie jest zbyt rozsądne. Jeśli jednak moje rozumowanie jest poprawne, to kiedy Voldemort wszedł do domu twoich rodziców, by zabić ciebie, wciąż brakowało mu szóstego horkruksa. Myślę, że pieczołowicie wybierał swoje ofiary przy tworzeniu horkruksów. Musiały to być osoby znaczące. Ty z pewnością taką byłeś. Wierzył, że zabijając ciebie, oddali od siebie niebezpieczeństwo, o którym głosiła przepowiednia. Wierzył, że w ten sposób uczyni się niezwyciężonym. Jestem pewny, że ostatniego horkruksa chciał stworzyć, zabijając ciebie. Jak wiemy, to mu się nie udało. Po kilku latach użył jednak Nagini, by zabić pewnego starego mugola, i to mogło naprowadzić go na myśl, by właśnie ją zamienić w swojego ostatniego horkruksa. Nagini podkreślała związek ze

Slytherinem, co mieściło się w mistyce Lorda Voldemorta. Myślę, że jest do niej bardzo przywiązany, lubi mieć ją przy sobie i wydaje się nad nią całkowicie panować, co jest zaskakujące nawet jak na kogoś, kto zna język wężów.

— A więc — powiedział Harry — dziennika już nie ma, pierścienia nie ma. Czara, medalion i wąż wciąż istnieją, no i horkruksem może być jeszcze jakiś przedmiot należący do Ravenclaw albo Gryffindora, tak?

— Wybornie zwięzłe i dokładne podsumowanie, tak — rzekł Dumbledore, chyląc głowę.

— Więc... nadal ich pan szuka, panie profesorze? Kiedy opuszcza pan szkołę?

— Zgadza się. Szukam ich od dawna. I myślę, że... może... może jestem już blisko odnalezienia jednego. Są pewne oznaki budzące nadzieję...

— A jeśli pan go odnajdzie — wtrącił szybko Harry — czy mógłbym panu towarzyszyć, by go zdobyć?

Dumbledore przez chwilę wpatrywał się uważnie w Harry'ego, po czym rzekł:

— Tak sądzę.

— Naprawdę? — zapytał zdumiony Harry.

— Tak — powiedział Dumbledore, uśmiechając się lekko. — Sądzę, że zdobyłeś sobie do tego prawo.

Harry poczuł, że serce zabiło mu szybciej. Jak dobrze było choć raz nie usłyszeć ostrzeżeń i pouczeń! Dyrektorzy z portretów wydawali się mniej zachwyceni decyzją Dumbledore'a; niektórzy kręcili głowami, a Phineas Nigellus nawet prychnął.

— Czy Voldemort wie, że niszczy mu się jakiegoś horkruksa? Czy to czuje? — zapytał Harry, ignorując portrety.

— To bardzo ciekawe pytanie, Harry. Myślę, że nie. Myślę, że zło już tak nim owładnęło, a owe tak ważne cząstki jego jaźni tak długo są od niego oddzielone, że jego świat uczuć i odczuć bardzo się różni od naszego. Być może świadomość straty dotarłaby do niego w chwili śmierci... ale nie wiedział, na przykład, że dziennik został zniszczony, dopóki nie wydusił prawdy z Lucjusza Malfoya. Mówiono mi, że kiedy się o tym dowiedział, wpadł w szał.

— Myślałem, że chciał, by Lucjusz Malfoy przeszmuglował dziennik do Hogwartu.

— Tak, przed laty, kiedy był pewny, że będzie mógł stworzyć więcej horkruksów, ale Lucjusz miał czekać na polecenie Voldemorta i nigdy się nie doczekał, bo Voldemort zniknął wkrótce po wręczeniu mu dziennika. Na pewno myślał, że Lucjusz nie ośmieli się zrobić niczego z horkruksem, tylko będzie go strzegł, ale tu, jak się okazało, gorzko się przeliczył, bo Lucjusz przestał się bać swojego pana, który przepadł gdzieś na całe lata i którego w końcu uznał za zmarłego. Oczywiście Lucjusz nie wiedział, czym ów dziennik naprawdę jest. Voldemort zapewne mu powiedział, że dziennik może spowodować ponowne otwarcie Komnaty Tajemnic, bo był opatrzony potężnymi zaklęciami. Gdyby Lucjusz wiedział, że dziennik kryje cząstkę duszy jego pana, na pewno traktowałby go z większym szacunkiem, a tak wykorzystał go po prostu do realizacji swoich dawnych planów. Podrzucając dziennik córce Artura Weasleya, miał nadzieję za jednym zamachem zdyskredytować Artura, spowodować wyrzucenie mnie z Hogwartu i pozbyć się obciążającego go przedmiotu. Ach, biedny Lucjusz... Biorąc pod uwagę wściekłość Voldemorta z powodu utraty horkruksa, a także klęskę, jakiej w ubiegłym roku doznał Voldemort w gmachu ministerstwa, wcale bym się nie dziwił, gdyby Lucjusz nie cieszył się skrycie z tego, że znalazł się w Azkabanie.

Harry zamyślił się przez chwilę, a potem zapytał:

— Więc gdyby się zniszczyło wszystkie horkruksy, to MOŻNA BY zabić Voldemorta?

— Tak sądzę — odrzekł Dumbledore. — Bez horkruksów Voldemort stanie się śmiertelnikiem z okaleczoną i pomniejszoną duszą. Nie zapominaj jednak, że choć jego dusza może być bezpowrotnie okaleczona, jego mózg i czarnoksięskie moce pozostają nienaruszone. Trzeba niezwykłych umiejętności i niezwykłej mocy magicznej, by zabić takiego czarodzieja jak Voldemort, nawet pozbawionego horkruksów.

— Ale ja nie mam niezwykłych umiejętności i magicznej mocy — wypalił Harry, zanim zdążył ugryźć się w język.

— Masz — powiedział stanowczo Dumbledore. — Masz moc, której nigdy nie miał Voldemort. Potrafisz...

— Wiem! — przerwał mu niecierpliwie Harry. — Potrafię kochać! — Z trudem powstrzymał się, by nie dodać: „I co z tego!"

— Tak, Harry, potrafisz kochać — rzekł Dumbledore, sprawiając wrażenie, jakby dobrze wiedział, czego Harry nie dopowiedział. — A biorąc pod uwagę wszystko, co ci się przydarzyło, to wielka i niezwykła rzecz. Jesteś jeszcze zbyt młody, by zrozumieć, jak bardzo jesteś niezwykły, Harry.

— Więc kiedy przepowiednia mówi, że będę miał „moc, jakiej nie zna Czarny Pan", oznacza to tylko... miłość? — zapytał Harry, trochę zawiedziony.

— Tak, tylko miłość. Ale nie zapominaj, Harry, że to, co mówi przepowiednia, jest ważne, bo Voldemort takim to uczynił. Powiedziałem ci to pod koniec ubiegłego roku. Voldemort wybrał cię jako osobę, która będzie dla niego najgroźniejsza, i przez to UCZYNIŁ cię osobą dla siebie najgroźniejszą!

— Przecież to jedno i to samo...

— Nie, wcale nie to samo! — zaprzeczył Dumbledore, teraz już wyraźnie zniecierpliwiony. Wyciągnął ku Harry'emu swą poczerniałą, pomarszczoną rękę i zawołał: — Za bardzo polegasz na tej przepowiedni!

— Ale... — bąknął Harry — sam pan powiedział, że przepowiednia mówi...

— Myślisz, że gdyby Voldemort nie dowiedział się o tej przepowiedni, toby się spełniła? Miałaby jakieś znaczenie? Przecież to oczywiste, że nie! Myślisz, że spełniła się każda przepowiednia przechowywana w Sali Przepowiedni?

— Ale... ale w zeszłym roku — powiedział zdumiony Harry — mówił pan, że jeden z nas musi zabić drugiego...

— Harry, Harry, tylko dlatego, że Voldemort popełnił poważny błąd i postąpił zgodnie ze słowami profesor Trelawney! Gdyby nie zamordował twojego ojca, to czy zaszczepiłby w tobie wściekłe pragnienie zemsty? Oczywiście nie! Gdyby nie zmusił twojej matki, by oddała za ciebie życie, dałby ci magiczną tarczę ochronną, której nie potrafił przeniknąć? Oczywiście nie, Harry! Nie rozumiesz? Voldemort sam stworzył sobie największego wroga, podobnie jak wszyscy tyrani na całym świecie! Masz pojęcie, jak bardzo tyrani lękają się ludzi, których uciskają? Wszyscy zdają sobie sprawę, że któregoś dnia wśród wielu ich ofiar z całą pewnością znajdzie się ktoś, kto powstanie przeciw nim i pomści się! Voldemort nie jest inny! Zawsze wypatrywał tego, który rzuci mu wyzwanie. Usłyszał przepowiednię i zabrał się do działania, co miało taki skutek, że nie tylko sam wybrał osobę, która będzie chciała go zniszczyć, ale jeszcze wyposażył ją w niezwykle groźną broń!

— Ale...

— To bardzo ważne, żebyś to zrozumiał! — powiedział Dumbledore, wstając, po czym zaczął krążyć po pokoju, powiewając połami swojej błyszczącej szaty. Harry jeszcze nigdy nie widział go tak wzburzonego. — Próbując cię zabić, Voldemort sam wybrał tę niezwykłą osobę, która siedzi teraz przede mną, i wyposażył ją w niezbędne narzędzia! To na skutek błędu Voldemorta mogłeś wedrzeć się w jego myśli, w jego ambicje, możesz nawet rozumieć wężowy język, którym wydaje rozkazy, a jednak, Harry, mimo twojego uprzywilejowanego wglądu w świat Voldemorta (nawiasem mówiąc, każdy śmierciożerca gotów by był zabijać, byle mieć taki dar), ciebie nigdy nie uwiodła czarna magia, nigdy, nawet przez sekundę, nie pragnąłeś stać się jednym z jego zwolenników!

— To chyba oczywiste! — zaperzył się Harry. — Zabił mojego tatę i moją mamę!

— Mówiąc krótko: chroni cię twoja zdolność miłości! — powiedział mocnym głosem Dumbledore. — To jedyna ochrona, która może się oprzeć tak wielkiej potędze, jaką ma Voldemort! Pomimo wszystkich pokus, na które byłeś narażony, pomimo wszystkiego, co musiałeś wycierpieć, zachowałeś czystość serca, zachowałeś je takim, jakim było, gdy miałeś jedenaście lat, kiedy spojrzałeś w zwierciadło odbijające pragnienie twego serca, a ono ukazało ci tylko drogę do pokrzyżowania planów Voldemorta, a nie nieśmiertelność czy bogactwo. Harry, czy zdajesz sobie sprawę, jak niewielu czarodziejów ujrzałoby to, co ty zobaczyłeś w tym zwierciadle? Voldemort powinien wówczas zrozumieć, z kim ma do czynienia, ale nie zrozumiał! Ale teraz już wie. Przeniknąłeś do świadomości Lorda Voldemorta i nic ci się nie stało, natomiast on nie może zawładnąć tobą, nie narażając się na śmiertelną udrękę, co odkrył w gmachu ministerstwa. Nie sądzę, by zrozumiał dlaczego, ale tak mu było spieszno do podzielenia swojej duszy, że nigdy się nie starał zrozumieć potęgi duszy niesplamionej i całej.

— Ale, panie profesorze — odezwał się Harry, bardzo się starając, by nie zabrzmiało to jak sprzeciw — to wszystko sprowadza się do jednego, prawda? Muszę spróbować zabić go albo...

— Musisz? To oczywiste, że musisz! Ale wcale nie z powodu jakiejś przepowiedni! Musisz, bo nie spoczniesz, póki nie spróbujesz! Obaj o tym wiemy! Wyobraź sobie przez chwilę, że nigdy nie usłyszałeś tej przepowiedni! Co byś teraz czuł wobec Voldemorta? Pomyśl!

Harry obserwował Dumbledore'a przechadzającego się przed nim tam i z powrotem i pogrążył się w myślach. Pomyślał o swojej matce, o swoim ojcu, o Syriuszu. Pomyślał o Cedriku Diggorym. Pomyślał o tych wszystkich strasznych czynach, których dopuścił się Lord Voldemort. Poczuł, jakby w piersiach zapłonął mu żywy ogień, sięgając gardła.

— Chciałbym, żeby zginął — powiedział cicho. — I chciałbym tego dokonać.

— To przecież oczywiste! — zawołał Dumbledore. — Widzisz, przepowiednia wcale nie mówiła, że MUSISZ coś zrobić! Ale to ona spowodowała, że Lord Voldemort *naznaczył cię jako równego sobie*... Innymi słowy, możesz zrobić, co zechcesz, możesz wypiąć się na tę przepowiednię! Natomiast Voldemort wciąż na niej polega i według niej działa. Będzie cię tropił i ścigał... co sprawia, że na pewno...

— Jeden z nas w końcu zabije drugiego — dokończył Harry. — Tak.

Ale w końcu zrozumiał, co Dumbledore próbował mu powiedzieć. Chodziło o różnicę między daniem się zaciągnąć na arenę, by stoczyć na niej śmiertelny bój, a wkroczeniem na tę arenę z podniesioną głową. Niektórzy być może powiedzieliby, że to niezbyt wielka różnica, ale Dumbledore wiedział — a teraz wiem i ja, pomyślał Harry z nagłym poczuciem dumy, i wiedzieli to moi rodzice — że to największa różnica pod słońcem.

ROZDZIAŁ DWUDZIESTY CZWARTY

Sectumsempra

Wyczerpany, ale i zachwycony osiągnięciami wieczoru, Harry opowiedział Ronowi i Hermionie podczas porannej lekcji zaklęć o wszystkim, co się wydarzyło (rzuciwszy uprzednio Muffliato na siedzących najbliżej). Oboje byli pod wrażeniem sposobu, w jaki wyciągnął wspomnienie od Slughorna, i zdumieli się, kiedy im powiedział o horkruksach Voldemorta i o obietnicy Dumbledore'a, że zabierze go ze sobą, gdy odnajdzie jeszcze jeden.

— O kurczę... — wydyszał Ron, kiedy Harry skończył swoją opowieść. Wymachiwał różdżką w kierunku sufitu, zupełnie nie zdając sobie sprawy z tego, co robi. — Kurczę. Masz towarzyszyć Dumbledore'owi... i spróbować zniszczyć... Kurczę.

— Ron, sprawiasz, że pada śnieg — powiedziała spokojnie Hermiona, łapiąc go za przegub i kierując koniec jego różdżki w dół.

Rzeczywiście, z sufitu zaczęły spadać wielkie, białe płatki. Harry spostrzegł, że siedząca przy sąsiednim stoliku Lavender Brown łypnęła zaczerwienionymi oczami na Hermionę, a ta natychmiast puściła rękę Rona.

— Och, tak... — Ron, nieco zaskoczony, spojrzał na swoje ramiona. — Przepraszam... wygląda, jakbyśmy wszyscy mieli straszny łupież...

Strzepnął trochę płatków z ramion Hermiony. Lavender zalała się łzami. Ron zrobił taką minę, jakby go nagle ogarnęły wyrzuty sumienia, i odwrócił się do niej plecami.

— Zerwaliśmy ze sobą — poinformował Harry'ego kącikiem ust. — Wczoraj wieczorem. Kiedy zobaczyła, jak wychodzę z Hermioną z dormitorium. Ciebie nie mogła zobaczyć, więc pomyślała, że byłem tam tylko z nią.

— Aha... no wiesz... i co, przykro ci, że już po wszystkim?

— Co ty — odrzekł Ron. — Jak wyła, czułem się okropnie, ale przynajmniej to nie ja musiałem z tym skończyć.

— Tchórz — powiedziała Hermiona, chociaż wyglądała na rozbawioną. — To był jakiś fatalny wieczór dla zakochanych, bo Ginny i Dean też ze sobą zerwali.

Harry odniósł wrażenie, że mówiąc to, spojrzała na niego znacząco, ale przecież chyba nie mogła wiedzieć, że jego wnętrzności nagle zatańczyły sambę. Starając się zachować kamienną twarz, zapytał obojętnym tonem:

— O co poszło?

— Och, o taką głupotę... Powiedziała mu, że on zawsze próbuje jej pomóc przeleźć przez dziurę pod portretem, jakby nie mogła przejść sama... Ale już od dawna mieli lekki kryzys.

Harry zerknął na Deana siedzącego w drugim końcu klasy. Rzeczywiście wyglądał na załamanego.

— No i co, teraz masz mały dylemat? — zapytała Hermiona.

— Co masz na myśli?

— Drużynę quidditcha. Bo jeśli Ginny i Dean ze sobą nie rozmawiają...

— Och... no tak.

— Flitwick — ostrzegł ich Ron.

Maleńki nauczyciel zaklęć sunął ku nim, podrygując śmiesznie, a tylko Hermionie udało się zamienić ocet w wino; jej szklana butelka była pełna purpurowego płynu, podczas gdy zawartość butelek Harry'ego i Rona wciąż była mętna i brązowa.

— No, no, chłopcy — zaskrzeczał z wyrzutem profesor Flitwick. — Trochę mniej pogaduszek, trochę więcej pracy... No proszę, zobaczę, jak sobie poradzicie.

Unieśli razem różdżki, koncentrując się ze wszystkich sił, i skierowali je na butelki. Ocet Harry'ego zamienił się w lód, a butelka Rona eksplodowała.

— No tak... Jako pracę domową... — powiedział profesor Flitwick, wynurzając się spod stołu i strzepując okruchy szkła z kapelusza — ĆWICZYĆ, ĆWICZYĆ.

Po zaklęciach wszyscy troje mieli czas wolny, co się rzadko zdarzało, i poszli razem do pokoju wspólnego. Ron sprawiał wrażenie, jakby po zakończeniu romansu z Lavender bardzo mu ulżyło na sercu, a i Hermiona była we wspaniałym nastroju, chociaż na pytanie Rona, dlaczego jej tak wesoło, odpowiedziała tylko: „Jest taki piękny dzień". Żadne z nich dwojga nie zauważyło, że w mózgu Harry'ego toczy się zażarta bitwa:

Ona jest siostrą Rona.

Ale zerwała z Deanem.

To nie zmienia faktu, że jest siostrą Rona.

Jestem jego najlepszym kumplem!

To pogarsza sprawę.

Gdybym najpierw z nim pogadał...

Toby mnie rąbnął.

No to co?

On jest moim najlepszym kumplem!

Prawie nie zauważył, że przeszli przez dziurę pod portretem do zalanego słońcem pokoju wspólnego, i nie zwrócił uwagi na zgromadzoną tu grupkę dziewczyn z siódmej klasy, dopóki Hermiona nie krzyknęła:

— Katie! Wróciłaś! Jak się czujesz? Już wszystko dobrze?

Harry spojrzał: to była rzeczywiście Katie Bell, cała i zdrowa, otoczona przez swoje rozradowane przyjaciółki.

— Czuję się naprawdę super! — odpowiedziała Katie. — Wypuścili mnie ze Świętego Munga w poniedziałek, spędziłam parę dni w domu z rodzicami i dziś rano tu wróciłam. Harry, Leanne opowiadała mi właśnie o McLaggenie i ostatnim meczu...

— No, teraz, jak już wróciłaś i Ron wyzdrowiał, mamy naprawdę szansę rozwalenia Krukonów, a to oznacza, że wciąż będziemy walczyć o Puchar. Słuchaj, Katie...

Musiał zadać to pytanie natychmiast, na chwilę przestał nawet myśleć o Ginny. Skorzystał z tego, że przyjaciółki Katie zaczęły zbierać swoje rzeczy, najwyraźniej spiesząc się na transmutację, i zapytał cicho:

— Ten naszyjnik... pamiętasz, kto ci go dał?

— Nie — odpowiedziała Katie, kręcąc głową. — Wszyscy mnie o to pytali, ale nie mam pojęcia. Ostatnią rzeczą, jaką zapamiętałam, było to, że wchodzę do damskiej toalety w Trzech Miotłach.

— Więc na pewno weszłaś do toalety, tak? — zapytała Hermiona.

— Wiem, że otworzyłam drzwi, więc myślę, że ten, kto rzucił na mnie zaklęcie Imperius, stał tuż za drzwiami. Dalej już nic nie pamiętam. Odzyskałam pamięć dopiero jakieś dwa tygodnie temu w Świętym Mungu. Słuchaj, muszę lecieć, nie chcę, żeby McGonagall kazała mi coś przepisywać dwieście razy, mimo że to mój pierwszy dzień po powrocie.

Złapała torbę i książki i wybiegła za przyjaciółkami. Harry, Ron i Hermiona usiedli przy stoliku pod oknem i zaczęli rozmawiać o tym, co przed chwilą usłyszeli.

— Więc ten naszyjnik musiała jej dać jakaś dziewczyna lub kobieta — stwierdziła Hermiona. — To była damska toaleta.

— Albo ktoś, kto wyglądał jak dziewczyna lub kobieta — zauważył Harry. — Nie zapominaj, że w Hogwarcie jest kocioł pełen eliksiru wielosokowego. Wiemy, że trochę go ukradziono...

Oczami wyobraźni zobaczył paradę Crabbe'ów i Goyle'ów zamienionych w dziewczyny.

— Chyba znowu łyknę sobie Feliksa — powiedział — i zajrzę do Pokoju Życzeń.

— To by było zwykłe zmarnowanie cennego eliksiru — stwierdziła stanowczo Hermiona, odkładając egzemplarz *Sylabariusza Spellmana*, który właśnie wyjęła z torby. — Szczęście ci tutaj nie pomoże, Harry. Ze Slughornem było inaczej, zawsze mogłeś go namówić do oddania tego wspomnienia, musiałeś tylko trochę nagiąć okoliczności.

Ale samo szczęście to za mało, żeby przełamać silne zaklęcie. Nie trać reszty eliksiru! Będziesz potrzebował dużo szczęścia, jeśli Dumbledore zabierze cię ze sobą... — Zniżyła głos do szeptu.

— A nie moglibyśmy uwarzyć tego trochę więcej? — zapytał Harry'ego Ron, ignorując Hermionę. — Byłoby dobrze mieć zapasik... Zajrzyj do książki...

Harry wyciągnął swój egzemplarz *Eliksirów dla zaawansowanych* i odszukał receptę na Felix Felicis.

— Kurczę, ale to skomplikowane! — powiedział, spoglądając na listę składników. — I trzeba na to aż sześć miesięcy... tyle musi się kisić...

— Typowe — mruknął Ron.

Harry już miał odłożyć książkę, gdy spostrzegł, że róg jednej strony jest zagięty; otworzył ją na tej stronie i zobaczył formułę *Sectumsempra*, opatrzoną uwagą: „Na wrogów", którą zaznaczył sobie parę tygodni temu. Nadal nie wiedział jeszcze, jak to zaklęcie działa, przede wszystkim dlatego, że nie chciał go wypróbowywać przy Hermionie, rozważał jednak wypróbowanie go na McLaggenie, jeśli ten znowu gdzieś go dopadnie.

Jedyną osobą, która nie bardzo się ucieszyła z powrotu Katie Bell, był Dean Thomas, bo nie mógł już dłużej zastępować jej w drużynie jako ścigający. Kiedy Harry mu to powiedział, przyjął cios ze stoickim spokojem, wzruszając tylko ramionami i chrząkając, ale kiedy odszedł, Harry wyczuł, że obaj z Seamusem pomrukują buntowniczo za jego plecami.

W ciągu najbliższych dwóch tygodni drużyna Gryfonów pokazała podczas treningów, na co ją naprawdę stać. To były najlepsze treningi od czasu, gdy Harry został kapitanem drużyny. Wszyscy tak się cieszyli z powodu pozbycia się McLaggena i powrotu Katie, że latali po mistrzowsku.

Ginny sprawiała wrażenie, jakby rozstanie z Deanem wcale jej nie obeszło, przeciwnie, była sercem i duszą drużyny. Odgrywała przed nimi scenki, naśladując Rona podskakującego nerwowo przed słupkami bramek, kiedy mknął ku niemu kafel, albo Harry'ego wrzeszczącego na McLaggena, zanim został ugodzony kaflem, a wszyscy ryczeli ze śmiechu. Harry, śmiejąc się razem z innymi, cieszył się, że ma całkiem niewinny pretekst, by spoglądać na Ginny; zaliczył zresztą kilka nowych kontuzji podczas treningów, bo uwagę miał trochę rozproszoną.

W jego głowie nadal toczyła się bitwa: Ginny czy Ron? Czasami myślał, że może ten nowy Ron, już po romansie z Lavender, nie przejmie się zbytnio, jeśli Harry zacznie chodzić z Ginny, ale zaraz sobie przypominał jego minę, kiedy zobaczył ją całującą się z Deanem, i znowu nabierał pewności, że nawet gdyby tylko trzymał ją za rękę, Ron uznałby to za zdradę ich przyjaźni.

Ale Harry i tak nie mógł się powstrzymać, by z Ginny nie rozmawiać, nie dowcipkować z nią, nie wracać razem z treningów. Choć w głębi serca bolał nad całą tą skomplikowaną sytuacją, wciąż przyłapywał się na tym, że zastanawia się, jak by tu znaleźć się z nią sam na sam. Idealnym rozwiązaniem byłaby kolejna impreza u Slughorna, bo Rona by na niej nie było, ale niestety Slughorn przestał już urządzać przyjęcia. Raz lub dwa Harry rozważał nawet poproszenie o pomoc Hermiony, ale szybko odrzucił tę myśl, uznając, że chybaby nie zniósł jej triumfującej miny; czasem mu się wydawało, że dostrzega na jej twarzy cień triumfu, kiedy patrzył na Ginny albo śmiał się z jej dowcipów. A sytuację jeszcze bardziej komplikowało dręczące go przeczucie, że jeśli nie zrobi nic, ktoś inny w końcu poderwie Ginny, i to wkrótce. Przynajmniej w tym zgadzał się z Ronem, że ostatnio stała się trochę zbyt popularna.

Biorąc to wszystko pod uwagę, odczuwał coraz silniej pokusę ponownego łyknięcia Felix Felicis. Czyż nie był to właśnie przypadek potrzeby „nagięcia okoliczności", jak to ujęła Hermiona? Ciepłe, pogodne dni maja przemijały łagodnie jeden za drugim, a Ron wciąż tkwił u boku Harry'ego, ilekroć pojawiła się Ginny. Harry tęsknił za jakimś zbiegiem okoliczności, który by sprawił, że Ron zrozumiałby wreszcie, jakie szczęście by go spotkało, gdyby jego najlepszy przyjaciel i jego siostra zakochali się w sobie i gdyby pozwolił im pobyć ze sobą sam na sam trochę dłużej niż kilka sekund. Ale nikłe były na to szanse, bo zbliżał się finałowy mecz quidditcha i Ron nieustannie chciał omawiać z Harrym szczegóły taktyki gry, i nie miał głowy do niczego innego.

Ron nie był zresztą wyjątkiem. W całej szkole narastało zainteresowanie zbliżającym się meczem Gryfonów z Krukonami, bo ten mecz miał zadecydować o tym, kto zdobędzie Puchar. Gdyby Gryfoni pokonali Krukonów różnicą przynajmniej trzystu punktów (wysoka poprzeczka, ale Harry wiedział, że jego drużyna jeszcze nigdy tak dobrze nie latała), zdobyliby tytuł mistrzowski. Gdyby wygrali z mniejszą przewagą, zajęliby drugie miejsce po Krukonach; gdyby przegrali o sto punktów, znaleźliby się na trzecim miejscu, za Puchonami, a gdyby przegrali większą liczbą punktów, spadliby na czwarte miejsce i już nikt nigdy by nie zapomniał, że to on, Harry, był kapitanem drużyny Gryfonów, kiedy po raz pierwszy od dwu stuleci spadła na ostatnie miejsce w tabeli.

Mecz poprzedzały zwykłe w takich przypadkach objawy: członkowie rywalizujących ze sobą domów starali się na korytarzach wykończyć nerwowo zawodników przeciwnej drużyny; niemiłe przyśpiewki witały przechodzących poszczególnych graczy; sami członkowie drużyn albo paradowali po szkole, pusząc się jak pawie, albo chowali się podczas przerw w toaletach, żeby zwymiotować. W świadomości Harry'ego ten mecz w jakiś przedziwny sposób połączył się z powodzeniem lub klęską jego planów wobec Ginny. Nie mógł oprzeć się wrażeniu, że jeśli wygrają różnicą większą niż trzysta punktów, ogólna euforia i radosna impreza po meczu mogą podziałać tak samo jak zdrowy łyk Felix Felicis.

Pośród tych wszystkich zajęć Harry nie zapomniał o swoim drugim celu: odkryciu, co robi Malfoy w Pokoju Życzeń. Nadal zaglądał do Mapy Huncwotów i często nie mógł go na niej odnaleźć, co oznaczało, że Malfoy wciąż spędza mnóstwo czasu w tym pokoju. Choć Harry tracił już nadzieję, że kiedykolwiek uda mu się wejść do środka, próbował tego za każdym razem, gdy znalazł się w pobliżu, ale bez względu na to, jak formułował swoje życzenie, w ścianie nie pojawiały się żadne drzwi.

Parę dni przed meczem z Krukonami Harry wyszedł sam z pokoju wspólnego na kolację, bo Ron akurat pobiegł do najbliższej toalety, żeby zwymiotować, a Hermiona poszła zobaczyć się z profesor Vector, chcąc ją zapytać, czy rzeczywiście popełniła błąd w swoim ostatnim wypracowaniu z numerologii, jak jej się wydawało. Jak zwykle zajrzał po drodze do Mapy Huncwotów. Przez chwilę nie mógł zlokalizować Malfoya, więc pomyślał, że znowu jest w Pokoju Życzeń, ale wkrótce dostrzegł maleńką kropkę opatrzoną jego imieniem w toalecie dla chłopców piętro niżej. Tym razem nie było przy nim ani Crabbe'a, ani Goyle'a. Towarzyszyła mu Jęcząca Marta.

Przestał wpatrywać się w tę dziwną konfigurację dopiero wtedy, gdy wpadł na jakąś zbroję. Głośny łoskot wyrwał go z zamyślenia; szybko zmykając z tego miejsca w obawie przed Filchem, zbiegł po marmurowych schodach i ruszył korytarzem szóstego piętra. Zatrzymał się przed toaletą i przyłożył ucho do drzwi, ale nic nie usłyszał, więc ostrożnie je otworzył.

Odwrócony plecami do drzwi stał tam Draco Malfoy, zaciskając dłonie na umywalce i pochylając nad nią nisko głowę.

— Przestań — jęknęła Jęcząca Marta z jednej z kabin. — Przestań... powiedz mi, co cię dręczy... mogę ci pomóc...

— Nikt mi nie może pomóc — odrzekł Malfoy, dygocząc na całym ciele. — Nie mogę tego zrobić... nie mogę... to nie działa... a jeśli szybko tego nie zrobię... on powiedział, że mnie zabije...

I Harry zdał sobie sprawę — a wstrząsnęło to nim tak, że osłupiał — że Malfoy płacze, naprawdę płacze: łzy spływały po jego bladej twarzy i skapywały do brudnej umywalki. A potem westchnął, przełknął głośno łzy, wzdrygnął się, spojrzał w lustro i ponad swoim ramieniem zobaczył Harry'ego.

Obrócił się w miejscu, dobywając różdżki. Harry instynktownie wyciągnął swoją. Zaklęcie Malfoya chybiło o parę cali, roztrzaskując lampę wiszącą na ścianie za jego plecami. Harry rzucił się w bok, pomyślał: *Levicorpus!* i machnął krótko różdżką, ale Malfoy zablokował zaklęcie i ponownie uniósł swoją różdżkę...

— Nie! Nie! Przestańcie! — zawołała Jęcząca Marta, a jej głos odbił się echem od wyłożonych kafelkami ścian. — Przestańcie! PRZESTAAAŃCIE!

Huknęło i stojący za Harrym metalowy kosz na śmieci eksplodował; Harry strzelił zaklęciem zwieracza nóg, które odbiło się od ściany tuż za uchem Malfoya i roztrzaskało rezerwuar pod Jęczącą Martą; Marta wrzasnęła, woda popłynęła po posadzce i Harry poślizgnął się, kiedy Malfoy krzyknął: *„Cruci...”*

— *SECTUMSEMPRA!* — ryknął Harry z podłogi, wymachując dziko różdżką.

Z twarzy i piersi Malfoya buchnęła krew, jakby ktoś ciął go na odlew niewidzialnym mieczem. Zachwiał się do tyłu i z głośnym chlupnięciem upadł na zalaną wodą posadzkę, wypuszczając różdżkę z ręki.

— Nie... — wydyszał Harry.

Ślizgając się i chwiejąc, zdołał jednak powstać i rzucił się ku Malfoyowi, którego twarz połyskiwała szkarłatem; białe dłonie błądziły po mokrej od krwi szacie na piersiach.

— Nie... ja nie...

Harry nie wiedział, co mówi. Upadł na kolana obok Malfoya, który dygotał w kałuży własnej krwi. Jęcząca Marta wrzasnęła:

— MORDERSTWO! MORDERSTWO W ŁAZIENCE! MORDERSTWO!

Drzwi otworzyły się z hukiem i Harry obejrzał się przerażony. Do łazienki wpadł Snape. Był wściekły.

Odepchnąwszy Harry'ego na bok, ukląkł przy Malfoyu, wyciągnął swoją różdżkę i zaczął nią przesuwać nad głębokimi ranami, zadanymi zaklęciem Harry'ego, mamrocząc jakąś śpiewną formułę. Upływ krwi osłabł. Snape wytarł krew z twarzy Malfoya i powtórzył zaklęcie. Rany zaczęły się zrastać.

Harry patrzył na to osłupiały, przerażony tym, co zrobił, nie zdając sobie sprawy, że i on jest mokry od wody i krwi. Jęcząca Marta wciąż szlochała i zawodziła nad jego głową. Snape rzucił zaklęcie po raz trzeci i uniósł Malfoya do pozycji siedzącej.

— Muszę cię zabrać do skrzydła szpitalnego. Mogą być jakieś blizny, ale jeśli natychmiast zażyjesz dyptam, może da się tego uniknąć... Chodź...

Przeprowadził go przez łazienkę, a przy drzwiach odwrócił się i powiedział głosem pełnym zimnej furii:

— A ty, Potter, czekaj tu na mnie.

Harry'emu nawet nie przemknęło przez głowę, by go nie posłuchać. Powstał powoli, trzęsąc się cały, i spojrzał na mokrą posadzkę. Na jej powierzchni, jak szkarłatne kwiaty, czerwieniły się plamy krwi. Nie był nawet w stanie powiedzieć Jęczącej Marcie, żeby się uspokoiła, a nie ulegało wątpliwości, że głośne zawodzenie i łkanie sprawiało jej coraz większą uciechę.

Snape wrócił po dziesięciu minutach. Wszedł i zamknął za sobą drzwi.

— Odejdź — rzucił w stronę Jęczącej Marty, a ona dała nurka w głąb swojej kabiny i natychmiast zapadła głucha cisza.

— Ja tego nie zrobiłem naumyślnie — powiedział szybko Harry, a jego głos odbił się echem w zimnym, pełnym wody pomieszczeniu. — Nie wiedziałem, jak działa to zaklęcie.

Snape zlekceważył to wyznanie.

— Najwyraźniej nie doceniałem cię, Potter — powiedział cicho. — Kto by pomyślał, że znasz czarną magię? Kto cię nauczył tego zaklęcia?

— Ja... ja gdzieś przeczytałem tę formułę.

— Gdzie?

— W jakiejś książce... w bibliotece — wymyślił na poczekaniu Harry. — Nie mogę sobie przypomnieć, jaki miała tytuł...

— Kłamiesz — wycedził Snape.

Harry'emu zaschło w gardle. Wiedział, co Snape zamierza zrobić, a jeszcze nigdy mu się nie udało temu zapobiec.

Łazienka nagle zamigotała mu w oczach. Starał się jak mógł powstrzymać od jakichkolwiek myśli, ale mimo to należący niegdyś do Księcia Półkrwi egzemplarz *Eliksirów dla zaawansowanych* wypłynął leniwie na powierzchnię jego świadomości.

I znowu patrzył na Snape'a, stojąc w zniszczonej, zalanej wodą łazience. Patrzył w jego czarne oczy z rozpaczliwą nadzieją, że Snape nie zobaczył tego, czego on tak się obawiał, ale...

— Przynieś mi swoją szkolną torbę — wycedził cicho Snape — i wszystkie swoje książki. WSZYSTKIE. Przynieś mi je tutaj. Ale już!

Nie było sensu się sprzeciwiać. Harry odwrócił się natychmiast i wyszedł z łazienki. Znalazłszy się na korytarzu, puścił się biegiem w stronę wieży Gryffindoru. Większość uczniów zmierzała w przeciwnym kierunku; wytrzeszczali na niego oczy, widząc, że jest cały przemoczony i uwalany krwią, ale nie odpowiadał na żadne pytania, które padały w jego stronę, gdy biegł.

Był zupełnie ogłupiały. Czuł się tak, jakby jego ulubiony kot nagle zdziczał. Co sobie myślał ten Książę, wpisując takie zaklęcie do książki? I co się stanie, kiedy Snape ją zobaczy? Powie Slughornowi — żołądek podjechał mu do gardła — w jaki sposób Harry Potter uzyskiwał przez cały rok tak dobre wyniki na lekcjach eliksirów? Pewnie skonfiskuje albo zniszczy książkę, z której Harry tyle się nauczył... książkę, która stała się czymś w rodzaju jego przewodnika albo przyjaciela... Nie może na to pozwolić... nie może...

— Gdzie ty byłeś?! Dlaczego jesteś cały mokry?! Czy to KREW?!

Ron stał na szczycie schodów, patrząc na niego ze zdumieniem.

— Słuchaj, muszę mieć twoją książkę — wydyszał Harry. — Twój podręcznik do eliksirów. Szybko... daj mi go...

— A co z tym Księcia Pół...

— Później ci wyjaśnię!

Ron wyciągnął swój egzemplarz *Eliksirów dla zaawansowanych*, Harry chwycił go w biegu i popędził do pokoju wspólnego. Tam porwał swoją torbę szkolną, nie zważając na zdumione spojrzenia kilku kolegów, którzy już zjedli kolację, przeskoczył przez dziurę pod portretem i pobiegł korytarzem.

Zatrzymał się gwałtownie przy gobelinie z tańczącymi trollami, zamknął oczy i ruszył powoli wzdłuż ściany.

Potrzebuję miejsca do ukrycia mojej książki... Potrzebuję miejsca do ukrycia mojej książki... Potrzebuję miejsca do ukrycia mojej książki...

Trzy razy przeszedł wzdłuż gołej ściany. Kiedy otworzył oczy, wreszcie ujrzał to, o czym marzył od tylu tygodni: drzwi do Pokoju Życzeń. Pchnął je, wskoczył do środka i zatrzasnął drzwi za sobą.

Zaparło mu dech. Pomimo całego pośpiechu i paniki, pomimo strachu przed tym, co go czeka w łazience, zdumiał się tym, co zobaczył. Stał w sali wielkości wnętrza dużej katedry, w której przez wysokie okna sączyły się promienie słońca, padając na coś, co przypominało miasto otoczone murami i basztami, zbudowane z czegoś, co musiało być przedmiotami ukrytymi tu przez wiele pokoleń mieszkańców Hogwartu. Były tam całe aleje i ulice obrzeżone chwiejnymi stosami połamanych i uszkodzonych mebli, przeniesionych tu, być może, w celu ukrycia śladów nieumiejętnie rzuconych czarów albo pochowanych przez skrzaty domowe, dumne ze swojego zamku. Były tysiące książek, bez wątpienia zakazanych, pomazanych albo skradzionych. Były skrzydlate katapulty i zębate frysbi, w tym i takie, w których wciąż tliło się dość życia, by unosić się, choć bez przekonania, nad górami innych zakazanych przedmiotów; były powyszczerbiane butle pełne zakrzepłych eliksirów, kapelusze, klejnoty, peleryny; były skorupy smoczych jaj, zakorkowane butelki, których zawartość wciąż migotała złowieszczo, kilkanaście zardzewiałych mieczy i ciężki, splamiony krwią topór.

Harry ruszył jedną z wielu alejek między tymi ukrytymi skarbami. Skręcił w prawo tuż obok olbrzymiego wypchanego trolla, potem skręcił w lewo przy starej Szafce Zniknięć, w której w ubiegłym roku zniknął Montague, aby w końcu zatrzymać się przy wielkim kredensie o błyszczącej powierzchni poplamionej kwasem. Otworzył jedne z trzeszczących drzwiczek. Okazało się, że ktoś użył już wnętrza kredensu, aby ukryć klatkę z czymś, co dawno umarło: leżał w niej szkielet z pięcioma nogami. Wepchnął za klatkę podręcznik Księcia Półkrwi i zatrzasnął drzwiczki. Zatrzymał się przez chwilę, czując, jak serce bije mu mocno, i rozejrzał się po całym tym bałaganie. Czy zdoła odnaleźć to miejsce? Chwycił poobtłukiwane popiersie odrażającego starego czarodzieja ze szczytu najbliższej skrzyni i postawił je na kredensie, po czym włożył na głowę posągu jakąś starą, zakurzoną perukę i obszarpaną tiarę, aby lepiej zaznaczyć miejsce ukrycia książki, a potem pobiegł pomiędzy rupieciami z powrotem ku drzwiom i wypadł na korytarz. Zatrzasnął za sobą drzwi, a one natychmiast zniknęły, zamieniając się w kamienną ścianę.

Popędził do łazienki piętro niżej, w biegu wpychając do torby należący do Rona egzemplarz *Eliksirów dla zaawansowanych*. Minutę później stał już przed Snape'em, który bez słowa wyciągnął rękę po torbę. Harry wręczył mu ją, dysząc i czując piekący ból w klatce piersiowej.

Snape wyciągał jedną po drugiej książki Harry'ego i przeglądał je. W końcu pozostał już tylko podręcznik eliksirów, który obejrzał bardzo dokładnie, zanim zapytał:

— Potter, to jest twój egzemplarz *Eliksirów dla zaawansowanych*, tak?

— Tak — odpowiedział Harry, wciąż oddychając z trudem.

— Jesteś tego pewny, tak?

— Tak — odpowiedział Harry lekko wyzywającym tonem.

— To jest egzemplarz *Eliksirów dla zaawansowanych*, który nabyłeś w Esach i Floresach?

— Tak — odpowiedział stanowczo Harry.

— Więc dlaczego na wewnętrznej stronie okładki jest nazwisko „Roonil Wazlib"?

W Harrym na moment zamarło serce.

— To moja ksywka.

— Twoja ksywka — powtórzył Snape.

— No tak... tak mnie nazywają moi przyjaciele.

— Wiem, co to jest ksywka — wycedził Snape. Znowu utkwił zimne, czarne oczy w oczach Harry'ego, który starał się w nie nie patrzyć. *Zamknij dostęp do swojego umysłu... zamknij dostęp...* ale nigdy się nie nauczył, jak to robić poprawnie.

— Wiesz, co ja o tym myślę, Potter? — zapytał cicho Snape. — Myślę, że jesteś kłamcą i oszustem i że zasługujesz na szlaban. U mnie, w każdą sobotę, aż do końca semestru. Co ty na to, Potter?

— Ja... ja się nie zgadzam, panie profesorze — odrzekł Harry, wciąż starając się nie patrzyć mu w oczy.

— No, zobaczymy, jak się będziesz czuł po tych szlabanach. W sobotę, o dziesiątej rano. W moim gabinecie.

— Ale... panie profesorze... quidditch... ostatni mecz...

— O dziesiątej — wyszeptał Snape z uśmiechem, obnażając swoje żółte zęby. — Biedni Gryfoni... obawiam się, że w tym roku zajmą czwarte miejsce...

I bez słowa wyszedł z łazienki, a Harry stał przed popękanym lustrem, czując, jak żołądek podchodzi mu do gardła. Takich mdłości chyba nawet Ron jeszcze nigdy nie miał.

— Nie powiem: „A nie mówiłam" — stwierdziła Hermiona godzinę później w pokoju wspólnym.

— Daj spokój, Hermiono — żachnął się Ron.

Harry nie poszedł na kolację, nie mógł nawet myśleć o jedzeniu. Właśnie skończył opowiadać Ronowi, Hermionie i Ginny, co się stało, choć oni już wiedzieli. Wieść o tym rozeszła się bardzo szybko po całej szkole, najwyraźniej zadbała o to Jęcząca Marta, wpadając po kolei do każdej łazienki. Malfoya odwiedziła już w skrzydle szpitalnym Pansy Parkinson, która latała po korytarzach, szkalując Harry'ego, a Snape zapoznał grono pedagogiczne ze wszystkimi szczegółami incydentu. Harry został już wywołany z pokoju wspólnego przez profesor McGonagall, która łajała go przez cały kwadrans, a na zakończenie oświadczyła mu, że ma szczęście, bo skończyło się tylko na szlabanach u Snape'a, które ona gorąco popiera, a mało brakowało, żeby go wyrzucono ze szkoły.

— A mówiłam, że z tym całym Księciem Półkrwi jest coś nie tak — powiedziała Hermiona, najwyraźniej nie mogąc się powstrzymać. — I miałam rację, prawda?

— Nie, wcale nie masz racji — burknął Harry.

I tak już miał wszystkiego dość bez dogadywania Hermiony. Miny członków jego drużyny, kiedy im powiedział, że nie będzie mógł zagrać w sobotnim meczu, były najgorszą karą. Czuł na sobie spojrzenie Ginny, ale nie patrzył na nią, nie chciał zobaczyć w jej oczach zawodu lub gniewu. Powiedział jej tylko, że to ona zagra w niedzielę na pozycji szukającego, a Dean dołączy do drużyny jako ścigający zamiast niej. A może, jeśli wygrają, Ginny i Dean znowu się pogodzą w euforii po zwycięstwie?... Ta myśl przeszyła go jak lodowaty nóż...

— Harry — odezwała się Hermiona — jak możesz nadal upierać się przy tej książce, skoro to zaklęcie...

— Może byś wreszcie przestała czepiać się tej książki! — warknął Harry. — Książę tylko przepisał skądś to zaklęcie! Nikomu nie radził go używać! Z tego, co wiemy, równie dobrze może wynikać, że zanotował coś, co zostało użyte przeciwko niemu!

— Nie wierzę w to — powiedziała Hermiona. — Po prostu się usprawiedliwiasz...

— Nie usprawiedliwiam tego, co zrobiłem! — przerwał jej Harry. — Bardzo tego żałuję, i wcale nie dlatego, że dostałem z tuzin szlabanów. Dobrze wiesz, że nie użyłbym takiego zaklęcia, gdybym je znał, nawet przeciwko Malfoyowi, ale nie możesz winić za to Księcia, on nie napisał: „Wypróbuj to, jest naprawdę dobre"... po prostu zanotował sobie formułę, dla siebie, nie dla innych...

— Chcesz mi powiedzieć, że zamierzasz tam wrócić...

— I wziąć tę książkę? Tak, zamierzam — oświadczył z naciskiem Harry. — Zastanów się, przecież bez Księcia nie zdobyłbym Felix Felicis! Nie wiedziałbym, jak uratować Rona, kiedy się zatruł, nie...

— ...zdobyłbyś opinii najlepszego z eliksirów, na którą nie zasługujesz! — powiedziała zjadliwie Hermiona

— Daj spokój, Hermiono! — odezwała się Ginny, a Harry był tak zdumiony i tak jej wdzięczny, że podniósł głowę i spojrzał na nią. — Przecież to jasne, że Malfoy chciał użyć jakiegoś Niewybaczalnego Zaklęcia, powinnaś się cieszyć, że Harry miał coś pod ręką, żeby się obronić!

— Tak, cieszę się! — odpowiedziała Hermiona, wyraźnie dotknięta do żywego. — Ale nie wmówisz mi, Ginny, że Sectumsempra to dobre zaklęcie! Zobacz, dokąd go zaprowadziło! I jak pomyślałam o waszych zaprzepaszczonych szansach w meczu...

— Och, nie zaczynaj udawać, że się znasz na quidditchu — warknęła Ginny. — To żenujące.

Harry i Ron wytrzeszczyli oczy. Hermiona i Ginny, które zawsze bardzo się lubiły, siedziały teraz z rękami założonymi na piersiach, każda patrząc w inną stronę. Ron spojrzał nerwowo na Harry'ego, a potem porwał jakąś książkę i ukrył się za nią. Natomiast Harry, choć wiedział, że na to nie zasłużył, poczuł się nagle niewiarygodnie szczęśliwy, mimo że przez resztę wieczoru już nikt się nie odezwał.

Ale to szczęście trwało krótko. Następnego dnia trzeba było znosić drwiny Ślizgonów, nie wspominając o gniewnych spojrzeniach Gryfonów, którzy nie mogli wybaczyć, że ich kapitan na własne życzenie wyeliminował się z najważniejszego, decydującego meczu sezonu. Bez względu na to, co powiedział Hermionie, w sobotę rano chętnie by zamienił wszystkie zapasy Felix Felicis na całym świecie na to, by wmaszerować na stadion quidditcha razem z Ronem, Ginny i innymi. To było prawie nie do zniesienia: musiał odwrócić się plecami do tłumu uczniów przystrojonych w kokardki, kapelusze i szaliki w barwach swoich drużyn, zejść po kamiennych stopniach do lochów i iść chłodnym, mrocznym korytarzem, coraz słabiej słysząc gwar tłumu, wiedząc, że nie usłyszy ani słowa komentarza, żadnego aplauzu czy jęku zawodu.

— A, Potter — rzekł Snape, kiedy Harry zapukał do drzwi i wszedł do przygnębiającego, tak dobrze mu znanego gabinetu, którego Snape, pomimo zmiany stanowiska, nie opuścił.

W pokoju było mroczno jak zawsze, a wzdłuż ścian stały rzędy słojów z tymi samymi oślizgłymi martwymi preparatami, zanurzonymi w kolorowych wywarach. Na stole, przy którym zapewne Harry miał usiąść, leżał stos pokrytych pajęczyną pudełek — złowieszcza zapowiedź jakiejś ciężkiej, nudnej i pozbawionej sensu pracy.

— Pan Filch szukał kogoś, kto zrobiłby porządek z tą starą kartoteką — powiedział łagodnie Snape. — To są dane o innych szkolnych przestępcach i o ich karach. Tam, gdzie atrament wyblakł albo gdzie myszy nadgryzły pergamin, masz na nowo przepisać karty z wyszczególnieniem przestępstw i kar, a następnie umieścić je w pudełkach, pamiętając o zachowaniu porządku alfabetycznego. Nie wolno ci używać czarów.

— Tak jest, panie profesorze — odrzekł Harry, nasycając pogardą ostatnie cztery sylaby.

— Myślę, że możesz zacząć — powiedział Snape ze złośliwym uśmiechem na wargach — od numeru tysiąc dwanaście do numeru tysiąc pięćdziesiąt sześć. W tych pudełkach znajdziesz trochę znajomych nazwisk, co ci na pewno umili pracę. Oto, na przykład...

Teatralnym gestem wyciągnął jedną kartę z najwyższego pudełka i odczytał:

— „James Potter i Syriusz Black. Przyłapani na nielegalnym użyciu klątwy na osobie Bertrama Aubreya. Głowa Aubreya powiększyła się dwukrotnie. Podwójny szlaban". — Uśmiechnął się drwiąco. — To taka pociecha pomyśleć, że chociaż ich już nie ma, pozostały jednak zapiski o ich wielkich osiągnięciach...

Harry poczuł, że coś mu się gotuje w żołądku. Przygryzając język, żeby się nie odszczeknąć, usiadł przy stole i przyciągnął do siebie jedno z pudełek.

Była to, jak przewidział, bezużyteczna i nudna praca, znaczona (jak najwyraźniej zaplanował Snape) regularnymi sensacjami żołądkowymi, kiedy odczytywał nazwisko swojego ojca albo Syriusza, najczęściej występujących razem jako sprawcy najróżniejszych psot, od czasu do czasu w towarzystwie Remusa Lupina i Petera Pettigrew. A kiedy przepisywał te wszystkie oskarżenia i kary, zastanawiał się wciąż, co się dzieje tam, na zewnątrz, gdzie właśnie powinien rozpocząć się mecz... Ginny na pozycji szukającego, przeciw Cho...

Co jakiś czas zerkał na wielki zegar tykający na ścianie. Wydawało mu się, że wskazówki poruszają się o połowę wolniej niż na zwykłych zegarach; może Snape je zaczarował? Przecież musi tu już siedzieć dłużej niż pół godziny... niż godzinę... niż półtorej godziny...

W żołądku mu zaburczało, gdy zegar pokazał pół do pierwszej. Snape, który nie odzywał się przez cały czas, w końcu spojrzał na niego dziesięć po pierwszej.

— Myślę, że na dziś wystarczy — powiedział chłodno. — Zaznacz sobie, gdzie skończyłeś. Dalszy ciąg w następną sobotę, o dziesiątej.

— Tak jest, panie profesorze.

Wepchnął byle gdzie zagiętą kartę i szybko wybiegł z gabinetu, bojąc się, że Snape zmieni zdanie. Popędził w górę po kamiennych stopniach, wytężając słuch, żeby usłyszeć, co się dzieje na stadionie, ale było cicho... a więc już po meczu...

Zawahał się, mijając otwarte drzwi do zatłoczonej Wielkiej Sali, ale po chwili pognał marmurowymi schodami w górę; bez względu na to, czy Gryfoni wygrali, czy przegrali, po meczu drużyna zwykle świętowała albo lizała rany w pokoju wspólnym.

— *Quid agis?* — rzucił niepewnie w stronę Grubej Damy, ciekaw, co zastanie w środku.

— Zobaczysz — odpowiedziała z kamienną twarzą.

I odsłoniła przejście.

Powitał go ryk radosnego świętowania. Na jego widok rozległy się wrzaski, kilka rąk wciągnęło go do środka.

— Wygraliśmy! — krzyknął Ron, wymachując do niego srebrnym pucharem. — Wygraliśmy! Czterysta pięćdziesiąt do stu czterdziestu! Wygraliśmy!

Harry rozejrzał się. Biegła ku niemu Ginny; z rozjaśnioną, ale pełną dziwnej powagi twarzą rzuciła mu się w ramiona. Bez zastanowienia, wcale tego nie planując, nie przejmując się tym, że obserwuje ich cały tłum, pocałował ją.

Po długiej, bardzo długiej chwili — a może to było pół godziny — a może kilka słonecznych dni — oderwali się od siebie. W pokoju zaległa cisza. A potem rozległy się gwizdy i nerwowe chichoty. Ponad głową Ginny Harry zobaczył Deana trzymającego w ręku szczątki szklanki i Romildę Vane, która wyglądała tak, jakby za chwilę miała czymś w kogoś cisnąć. Hermiona promieniała z radości, ale on szukał wzrokiem Rona. W końcu go dostrzegł: wciąż ściskał Puchar, ale minę miał taką, jakby go ktoś zdzielił pałką w głowę. Przez ułamek sekundy patrzyli na siebie, a potem Ron lekko szarpnął głową w bok, co Harry zrozumiał jako komunikat: „No dobra... skoro musisz".

Potwór zamieszkujący jego klatkę piersiową ryknął triumfalnie. Harry spojrzał na Ginny i bez słowa wskazał głową na dziurę pod portretem. Teraz myślał tylko o jednym: o długim spacerze po błoniach, podczas którego — jeśli będzie na to czas — mogą podyskutować o meczu.

ROZDZIAŁ DWUDZIESTY PIĄTY

Podsłuchana przepowiednia

To, że Harry Potter chodzi z Ginny Weasley, wzbudziło zainteresowanie wielu osób, przeważnie dziewcząt, ale Harry stwierdził z pewnym zdziwieniem, że te plotki i obgadywania nie sprawiają mu przykrości. I tak było przez następne kilka tygodni. W końcu była to całkiem miła odmiana — być obgadywanym z powodu czegoś, co napełniało go takim szczęściem, jakiego nie zaznał od bardzo dawna, a nie z powodu tego, że uczestniczył w jakichś strasznych czarnomagicznych wydarzeniach.

— Można by pomyśleć, że są lepsze tematy do plotkowania — powiedziała Ginny, która siedziała w pokoju wspólnym na podłodze oparta o nogi Harry'ego i przeglądała „Proroka Codziennego". — Trzy ataki dementorów w ciągu tygodnia, a Romilda Vane zapytała mnie tylko, czy to prawda, że masz na piersiach wytatuowanego hipogryfa.

Ron i Hermiona ryknęli śmiechem. Harry zlekceważył ich.

— Co jej powiedziałaś?

— Że nie hipogryfa, tylko rogogona węgierskiego — odpowiedziała Ginny, przewracając bezmyślnie stronę gazety. — To o wiele bardziej pasuje do macho.

— Dzięki. — Harry wyszczerzył do niej zęby. — A co jej powiedziałaś o Ronie?

— Że ma pufka pigmejskiego, ale nie powiedziałam gdzie.

Ron spojrzał ze złością na Hermionę, która tarzała się ze śmiechu.

— Uważajcie — powiedział, machając ostrzegawczo palcem w stronę Harry'ego i Ginny. — To, że udzieliłem wam swojego pozwolenia, nie oznacza, że nie mogę go odwołać...

— SWOJEGO POZWOLENIA! — zadrwiła Ginny. — A odkąd to muszę cię prosić o pozwolenie, jak chcę coś zrobić? W każdym razie sam powiedziałeś, że wolisz, że to jest Harry, a nie Michael czy Dean.

— No pewnie — burknął Ron. — I dopóki nie zaczniecie się ślinić publicznie...

— Ty wstrętny hipokryto! A co robiłeś z Lavender? Obściskiwaliście się wszędzie jak para węgorzy!

Ron nie musiał jednak zbyt często popisywać się tolerancją, bo czerwiec szybko mijał i Harry i Ginny rzadko mogli być ze sobą. Ginny przygotowywała się do zaliczenia Standardowych Umiejętności Magicznych, więc do późna ślęczała nad książkami. Pewnego wieczoru, kiedy Ginny poszła do biblioteki, a Harry siedział w pokoju wspólnym pod oknem, niby kończąc pracę domową z zielarstwa, a w rzeczywistości rozpamiętując szczególnie upojne chwile spędzone z Ginny nad jeziorem podczas przerwy na drugie śniadanie, Hermiona opadła na fotel między nim a Ronem z miną, która nie wróżyła niczego dobrego.

— Muszę z tobą porozmawiać, Harry.

— A o czym? — zaniepokoił się Harry.

Poprzedniego dnia Hermiona obsztorcowała go za odrywanie Ginny od nauki w tak ważnym dla niej okresie przed egzaminami.

— O tak zwanym Księciu Półkrwi.

— Ojej, znowu zaczynasz! — jęknął. — Czy nie możesz się od tego odczepić?

Nie śmiał wrócić do Pokoju Życzeń po tę książkę, więc przestał błyszczeć na eliksirach (chociaż Slughorn, który pochwalał go za to, że wybrał Ginny, żartobliwie przypisywał to odurzeniu wczesnomłodzieńczą miłością). Harry był jednak pewny, że Snape nie zrezygnował z prób odebrania mu podręcznika Księcia, więc wolał zostawić książkę w bezpiecznej kryjówce, przynajmniej dopóki Snape za nią węszy.

— Nie odczepię się — oświadczyła stanowczo Hermiona — póki mnie nie wysłuchasz. Próbowałam ustalić, kto mógł mieć takie hobby, żeby wymyślać czarnoksięskie zaklęcia...

— To nie było żadne jego hobby...

— Jego, jego... a kto powiedział, że to jest on?

— Już to przerabialiśmy — powiedział ze złością Harry. — Chodzi o KSIĘCIA, Hermiono, o KSIĘCIA!

— Dobra! — powiedziała Hermiona, a na jej policzkach pojawiły się czerwone plamy, kiedy wyciągnęła z kieszeni kawałek bardzo starej gazety i cisnęła ją na stół przed Harrym. — Spójrz na to! Spójrz na to zdjęcie!

Harry wziął do ręki pognieciony kawałek papieru i spojrzał na ruchomą fotografię, pożółkłą ze starości. Ron też się nachylił, żeby zobaczyć. Zdjęcie przedstawiało chudą dziewczynę w wieku około piętnastu lat. Nie była ładna, miała złą, nadętą minę, gęste brwi i podłużną bladą twarz. Pod fotografią był podpis: *Eileen Prince, kapitan gargulkowej drużyny Hogwartu.*

— No i co? — zapytał Harry, rzucając okiem na krótką notkę, do której odnosiło się to zdjęcie; była to nudnawa wzmianka o międzyszkolnych rozgrywkach.

— Nazywała się Eileen Prince. PRINCE, Harry.

Popatrzyli na siebie i nagle Harry zrozumiał, o co chodzi Hermionie. Wybuchnął śmiechem.

— W żadnym wypadku.

— Co?

— Myślisz, że to ONA była Księciem Półkrwi? Och, daj spokój!

— A niby dlaczego nie? Harry, w czarodziejskim świecie nie ma prawdziwych książąt! To może być przezwisko, tytuł, który ktoś sam sobie nadał, ale może to też być prawdziwe nazwisko. Nie, posłuchaj! Załóżmy, że jej ojciec to czarodziej, który nazywał się Prince, a jej matka to mugolka. Wtedy ona byłaby mieszańcem, czyli byłaby czarodziejką „półkrwi", a nosiłaby nazwisko Prince, czyli Książę!

— Tak, to bardzo pomysłowe, Hermiono...

— Ale tak mogło być! Może ona była z tego dumna!

— Posłuchaj, Hermiono, ja wiem, że to nie była dziewczyna. Ja to po prostu wiem.

— Wiesz? Ty po prostu nie możesz się pogodzić z tym, że dziewczyna może być taka mądra — powiedziała ze złością Hermiona.

— Tak? — Harry poczuł się tym dotknięty. — I co, mógłbym z tobą wytrzymać przez pięć lat i nie dowiedzieć się, że dziewczyny są mądre? Tu chodzi o coś innego. Tu chodzi o sposób, w jaki on pisze. Po prostu wiem, że Książę to facet. Ta dziewczyna nie ma z tym nic wspólnego. Skąd ty to w ogóle wytrzasnęłaś?

— Z biblioteki — odpowiedziała Hermiona, jak można było łatwo przewidzieć. — Tam jest cały zbiór starych „Proroków". No dobra, ja w każdym razie zamierzam się dowiedzieć więcej o Eileen Prince, jeśli tylko mi się uda.

— Miłej zabawy — warknął Harry.

— W to nie wątpię. A wiesz, gdzie zajrzę najpierw? — dodała, już od dziury pod portretem. — Do starych zapisków dotyczących nagród za eliksiry!

Harry rzucił jej gniewne spojrzenie, a potem powrócił do kontemplacji ciemniejącego nieba.

— Ona po prostu nie może znieść tego, że jesteś od niej lepszy z eliksirów — powiedział Ron, pochylając się nad swoim egzemplarzem *Tysiąca magicznych ziół i grzybów*.

— Chyba nie myślisz, że mi odbiło, bo chcę odzyskać tę książkę, co?

— Pewnie, że nie — odrzekł stanowczo Ron. — Ten Książę to geniusz. W każdym razie... gdyby nie ta jego podpowiedź... no wiesz, z bezoarem... — Przejechał znacząco palcem po gardle. — Nie dyskutowałbym teraz z tobą, prawda? No wiesz, nie twierdzę, że to zaklęcie, którym potraktowałeś Malfoya, było w porządku...

— Ja też nie — przerwał mu szybko Harry.

— Ale się wyleczył, no nie? Wyzdrowiał w mgnieniu oka.

— Tak — zgodził się Harry, chociaż poczuł lekkie wyrzuty sumienia. — Dzięki Snape'owi...

— W tę sobotę znowu masz szlaban u Snape'a?

— Tak, w tę sobotę i w następną, i w jeszcze następną — westchnął Harry. — I napomyka, że jak nie zdążę uporządkować wszystkich pudełek do końca semestru, to przeniesie mi szlabany na przyszły rok.

Te godziny spędzane ze Snape'em w lochu drażniły go coraz bardziej, bo zabierały mu i tak już ograniczony czas, który mógł spędzić z Ginny. Zaczął się nawet zastanawiać, czy Snape o tym nie wie, bo za każdym razem przetrzymywał go coraz dłużej, czyniąc złośliwe uwagi, że na dworze taka ładna pogoda, tyle stwarza możliwości...

Z tych gorzkich refleksji wyrwało go pojawienie się Jimmy'ego Peakesa, który trzymał zwitek pergaminu.

— Dzięki, Jimmy... Hej, to od Dumbledore'a! — zawołał podekscytowany, rozwijając pergamin i rzucając na niego okiem. — Chce mnie widzieć w swoim gabinecie najszybciej, jak to możliwe!

Popatrzyli na siebie.

— O kurczę — wyszeptał Ron. — Chyba nie sądzisz, że... że znalazł...

— Lepiej pójdę i zobaczę — odrzekł Harry, zrywając się na równe nogi.

Wybiegł z pokoju wspólnego i popędził korytarzem siódmego piętra, nie napotykając nikogo prócz Irytka, który szybował w przeciwnym kierunku i zgodnie ze swoim zwyczajem obrzucił go kawałkami kredy, z głośnym rechotem unikając rzucanych przez Harry'ego zaklęć obronnych. Zaledwie zniknął, w korytarzach zaległa cisza, bo do godziny policyjnej był tylko kwadrans i większość uczniów wróciła już do pokojów wspólnych.

Nagle usłyszał wrzask i łoskot. Zatrzymał się, nasłuchując.

— Jak... ŚMIESZ... aaaaauu!

Krzyki dochodziły z pobliskiego korytarza. Harry popędził tam, wyciągając w biegu różdżkę, minął róg i zobaczył leżącą na posadzce profesor Trelawney. Głowę miała omotaną swoimi szalami, a obok niej leżało kilka butelek sherry, w tym jedna rozbita.

— Pani profesor...

Harry podbiegł i pomógł jej wstać. Parę sznurków błyszczących paciorków oplotło jej okulary. Czknęła głośno, przygładziła włosy i skorzystała z wyciągniętej ręki Harry'ego.

— Co się stało, pani profesor?

— Łatwo ci pytać! Szłam sobie korytarzem, rozmyślając nad pewnymi złymi omenami, które zdarzyło mi się uchwycić...

Ale Harry już jej nie słuchał. Właśnie zauważył, gdzie stoją: po prawej stronie był gobelin z tańczącymi trollami, a po lewej kamienna ściana, za którą...

— Pani profesor, czy pani próbowała wejść do Pokoju Życzeń?

— ...złe omeny, które dane mi było dostrzec... Co?!

Nagle spojrzała na niego podejrzliwie.

— Pokój Życzeń — powtórzył Harry. — Próbowała pani tam wejść?

— Ja... no... ja nie miałam pojęcia, że uczniowie wiedzą o...

— Nie wszyscy wiedzą. Ale co się stało?

— Więc... ja... — wymamrotała profesor Trelawney, lękliwie owijając się szalami i patrząc na niego przez swoje mocno powiększające szkła — chciałam... ach... chciałam tam schować coś... mm... osobistego. — I mruknęła do siebie coś na temat „złośliwych oskarżeń".

— Rozumiem — rzekł Harry, zerkając na butelki sherry. — Ale nie mogła się pani tam dostać, tak? Wydało mu się to bardzo dziwne: przecież pokój otworzył się przed nim, kiedy chciał ukryć książkę Księcia Półkrwi.

— Och, dostałam się tam bez trudu — odpowiedziała profesor Trelawney, wpatrując się w ścianę. — Ale tam już ktoś był.

— W środku? Kto? — zapytał z naciskiem Harry. — Kto tam był?

— Nie mam pojęcia — stwierdziła profesor Trelawney, sprawiając wrażenie nieco zaskoczonej natarczywością Harry'ego. — Weszłam do pokoju i usłyszałam czyjś głos, co zdarzyło mi się po raz pierwszy od tylu lat chowania... to znaczy... używania Pokoju Życzeń.

— Głos? Co mówił?

— Nic nie mówił. Ten głos... piał.

— PIAŁ?

— Tak, z zachwytu.

Harry wytrzeszczył oczy.

— To był głos męski czy żeński?

— Raczej męski.

— I to brzmiało jak okrzyki szczęścia?

— Wielkiego szczęścia — odpowiedziała profesor Trelawney, pociągając nosem.

— Jakby ktoś z czegoś się cieszył?

— Właśnie.

— A potem?

— A potem zawołałam: „Kto tu jest?!"

— Nie wiedziała pani bez pytania, kto to był? — zdziwił się Harry trochę zawiedziony.

— Moje wewnętrzne oko — oświadczyła z godnością profesor Trelawney, wygładzając swoje szale i poprawiając sznury błyszczących paciorków — było skierowane na sprawy nie mające nic wspólnego z przyziemnym światem piejących z zachwytu głosów.

— Rozumiem. — Harry aż za dużo wiedział o wewnętrznym oku profesor Trelawney. — I ten głos powiedział, kto tam jest?

— Nie, nie powiedział. Pociemniało mi nagle w oczach i poczułam, że wylatuję z pokoju głową naprzód!

— I nie przewidziała pani, że tak się stanie? — zapytał Harry, nie mogąc się powstrzymać.

— Nie, nie przewidziałam, bo jak już mówiłam, wszystko mi pociemniało... — Urwała i spojrzała na niego podejrzliwie.

— Myślę, że musi pani o tym powiedzieć profesorowi Dumbledore'owi. Powinien wiedzieć, że Malfoy... że ktoś coś świętuje w Pokoju Życzeń.

Ku jego zaskoczeniu, profesor Trelawney prychnęła wyniośle i oświadczyła:

— Dyrektor dał mi do zrozumienia, żebym go raczej nie odwiedzała. Nie należę do osób narzucających się tym, którzy sobie tego nie życzą. Skoro Dumbledore woli lekceważyć ostrzeżenia widoczne w kartach...

Nagle zacisnęła kościstą rękę na przegubie Harry'ego.

— Wciąż to samo, bez względu na to, jak je wykładam...

I teatralnym gestem wyciągnęła spod szali kartę.

— Wieża rozjarzona błyskawicami — wyszeptała. — Katastrofa. Nieszczęście. Jest coraz bliżej...

— Rozumiem — powiedział znowu Harry. — No cóż... nadal uważam, że powinna pani powiedzieć Dumbledore'owi o tym głosie i o tym, jak wszystko pociemniało i jak pani została wyrzucona z Pokoju Życzeń...

— Tak myślisz? — Profesor Trelawney jakby zastanawiała się nad tym przez chwilę, ale widać było, że chętnie by jeszcze raz opowiedziała o swojej przygodzie.

— Właśnie do niego idę — powiedział Harry. — Mam z nim spotkanie. Możemy pójść razem.

— Ach, skoro tak... — ucieszyła się profesor Trelawney, po czym schyliła się, zgarnęła z podłogi butelki sherry i wrzuciła je bezceremonialnie do wielkiej niebiesko-białej wazy stojącej w pobliskiej niszy.

— Brakuje mi ciebie na lekcjach, Harry — powiedziała smętnie, kiedy ruszyli razem korytarzem. — Nie byłeś wielkim jasnowidzem... ale byłeś wspaniałym obiektem...

Harry nie odpowiedział; nie znosił być obiektem najbardziej złowieszczych wróżb profesor Trelawney.

— Obawiam się — ciągnęła — że ta chabeta... przepraszam, ten centaur... nie ma pojęcia o wróżeniu z kart. Zapytałam go, jak jasnowidz jasnowidza, czy on też wyczuwa odległe wibracje nadchodzącej katastrofy. A on... on potraktował mnie prawie jak wariatkę. Tak, jak wariatkę! — krzyknęła histerycznym głosem.

Harry poczuł silny zapach sherry, chociaż butelki spoczywały już na dnie wazy daleko za nimi.

— Może ta szkapa słyszała, jak ludzie mówią, że nie odziedziczyłam po praprababce daru jasnowidzenia. Te plotki od lat rozsiewają zazdrośnicy. Wiesz, co mówię takim ludziom, Harry? Czy Dumbledore pozwoliłby mi uczyć w tak znakomitej szkole, czy ufałby mi tak bardzo przez tyle lat, gdybym się nie sprawdziła?

Harry wymamrotał coś niezrozumiałego.

— Dobrze pamiętam moją pierwszą rozmowę z Dumbledore'em — ciągnęła profesor Trelawney ochrypłym głosem. — Był pod dużym wrażeniem, naprawdę dużym wrażeniem... Zatrzymałam się Pod Świńskim Łbem, czego nikomu nie polecam... pluskwy w łóżku, mój chłopcze, tak, pluskwy... ale przynajmniej tanio. Dumbledore uczynił mi tę grzeczność, że sam przyszedł do mojego pokoju w gospodzie. Zaczął mnie wypytywać... a muszę wyznać... z początku sądziłam, że nie jest najlepszego zdania o wróżbiarstwie... Pamiętam, że zaczęłam się czuć jakoś dziwnie, niewiele jadłam tego dnia... ale potem...

Teraz Harry po raz pierwszy słuchał jej bardzo uważnie, bo wiedział już, co się stało później: profesor Trelawney wypowiedziała słowa przepowiedni, która zmieniła całe jego życie, przepowiedni o nim i o Voldemorcie.

— ...ale potem przerwał nam brutalnie Severus Snape!

— Co?!

— Tak, zrobiło się jakieś zamieszanie, drzwi nagle się otworzyły, a za nimi stał ten nieokrzesany barman, a obok niego Snape, który plótł, że pomylił piętra, chociaż pomyślałam sobie, że po prostu podsłuchiwał moją rozmowę z Dumbledore'em... bo, widzisz, on też rozglądał się wtedy za posadą i na pewno chciał się dowiedzieć, jak taka rozmowa przebiega! No, a potem Dumbledore okazał się o wiele bardziej skłonny dać mi posadę w szkole i tak sobie myślę, Harry, że on po prostu dostrzegł uderzający kontrast między moimi bezpretensjonalnymi manierami, skromnością i talentem, a tym nachalnym młodzieńcem, który nie wahał się podsłuchiwać pod drzwiami... Harry?!

Spojrzała przez ramię, bo nagle zdała sobie sprawę, że Harry'ego przy niej nie ma; zatrzymał się i stał jakieś dziesięć stóp od niej.

— Harry? — powtórzyła niepewnym tonem.

Być może przeraziła ją jego pobladła twarz. Stał nieruchomo, czując uderzające w niego jedna po drugiej fale potężnego wstrząsu, zaciemniające wszystko prócz tej jednej informacji, której od tak dawna mu brakowało.

To Snape podsłuchał przepowiednię. To Snape przekazał wiadomość o przepowiedni Voldemortowi. Snape i Peter Pettigrew wysłali Voldemorta w pościg za Lily i Jamesem... i ich synem...

Teraz tylko to się liczyło.

— Harry? — powtórzyła profesor Trelawney. — Harry... myślałam, że idziemy razem do dyrektora...

— Pani zostanie tutaj — powiedział Harry zdrętwiałymi ustami.

— Ależ, mój drogi... przecież miałam mu opowiedzieć, jak mnie napadnięto w Pokoju...

— Pani zostanie tutaj! — powtórzył ze złością Harry.

Patrzyła ze strachem, jak przebiegł obok niej i zniknął za rogiem korytarza. Zatrzymał się przed stojącym na straży samotnym gargulcem, wykrzyknął hasło i pobiegł po spiralnych schodach, przeskakując po trzy stopnie naraz. Nie zapukał do drzwi gabinetu Dumbledore'a, załomotał w nie pięścią i wpadł do środka, zanim spokojny głos pozwolił mu wejść.

Feniks Fawkes obrócił ku niemu łebek, a w jego czarnych oczach zamigotał odbity blask zachodzącego za oknem słońca. Dumbledore stał przy oknie, patrząc na błonia; w ramionach trzymał długą pelerynę podróżną.

— A więc, Harry, obiecałem ci, że pójdziesz ze mną.

Harry nie zrozumiał, o czym Dumbledore mówi: po rozmowie z profesor Trelawney miał zupełną pustkę w głowie, a jego mózg pracował bardzo wolno.

— Pójdę... z panem...

— Oczywiście, jeśli zechcesz.

— Jeśli...

I wtedy przypomniał sobie, po co tak bardzo chciał przyjść do gabinetu Dumbledore'a.

— Odnalazł go pan? Odnalazł pan horkruksa?

— Tak sądzę.

Wściekłość i uraza walczyły z wstrząsem i podnieceniem; przez dłuższą chwilę nie był w stanie przemówić.

— Strach jest rzeczą naturalną — powiedział Dumbledore.

— Ja się nie boję! — zaprzeczył natychmiast Harry i była ta szczera prawda, bo tylko strachu teraz nie odczuwał. — Co jest tym horkruksem? Gdzie on jest?

— Nie jestem jeszcze pewien, co nim jest, chociaż możemy wykluczyć węża, ale sądzę, że jest ukryty w jaskini na wybrzeżu, wiele mil stąd, w jaskini, którą usiłowałem zlokalizować od dawna, w jaskini, w której Tom Riddle sterroryzował kiedyś dwoje dzieci ze swojego sierocińca, wtedy, podczas dorocznej wycieczki, pamiętasz?

— Tak. Jak jest chroniony?

— Tego nie wiem. Mam pewne podejrzenia, ale mogę się mylić. — Dumbledore zawahał się, po czym rzekł: — Harry, przyrzekłem ci, że będziesz mógł mi towarzyszyć, i chcę dotrzymać przyrzeczenia, ale muszę cię ostrzec, że będzie to bardzo niebezpieczna wyprawa.

— Idę — powiedział Harry, gdy tylko Dumbledore skończył mówić.

Wrzał w nim taki gniew na Snape'a, że pragnienie zrobienia czegoś desperackiego i ryzykownego w ciągu ostatnich paru minut jeszcze bardziej wzrosło. Chyba można to było poznać po jego twarzy, bo Dumbledore odszedł od okna i przyjrzał mu się uważniej, lekko marszcząc czoło.

— Co się z tobą dzieje?

— Nic — skłamał natychmiast Harry.

— Co tobą tak wstrząsnęło?

— Nie jestem niczym wstrząśnięty.

— Harry, w oklumencji nigdy nie byłeś dobry...

To zdanie było kroplą, która przepełniła czarę.

— Snape! — krzyknął Harry, a za ich plecami Fawkes zakwilił cicho. — Snape tak mną wstrząsnął! To on powiedział Voldemortowi o przepowiedni, to ON podsłuchiwał pod drzwiami! Wiem to od Trelawney!

Wyraz twarzy Dumbledore'a wcale się nie zmienił, ale Harry'emu wydało się, że pobladł pod krwawym blaskiem padających na niego promieni zachodzącego słońca. Przez długą chwilę milczał.

— Kiedy się o tym dowiedziałeś? — zapytał w końcu.

— Dopiero co! — odpowiedział Harry, z trudem powstrzymując się od krzyku. Ale po chwili nie był już w stanie się powstrzymać. — A PAN POZWOLIŁ MU TU NAUCZAĆ, JEMU, KTÓRY NASŁAŁ VOLDEMORTA NA MOICH RODZICÓW!

Dysząc ciężko, jakby staczał jakąś ciężką walkę, odwrócił się od Dumbledore'a, który wciąż stał bez ruchu, z kamienną twarzą, i zaczął krążyć po gabinecie, pocierając sobie knykcie i całą siłą woli powstrzymując się od rozbijania otaczających go przedmiotów. Miotały nim sprzeczne uczucia: pragnął wrzeszczeć i wściekać się na Dumbledore'a, ale pragnął też iść z nim i odnaleźć tego horkruksa; pragnął powiedzieć mu, że jest głupim starcem, który naiwnie zaufał Snape'owi, ale bał się, że Dumbledore nie weźmie go ze sobą, skoro on, Harry, nie potrafi nad sobą zapanować.

— Harry — powiedział cicho Dumbledore — wysłuchaj mnie, proszę.

Przerwanie tego krążenia po pokoju było równie trudne jak powstrzymanie się od krzyku. Zatrzymał się, przygryzając wargi, i spojrzał w pożłobioną zmarszczkami twarz Dumbledore'a.

— Profesor Snape popełnił straszny...

— Niech mi pan nie mówi, że to był błąd! On podsłuchiwał pod drzwiami!

— Pozwól mi skończyć. — Dumbledore odczekał, aż Harry skinie głową, po czym ciągnął dalej: — Profesor Snape popełnił straszny błąd. Tej nocy, w której usłyszał pierwszą część przepowiedni profesor Trelawney, wciąż jeszcze służył Voldemortowi. Oczywiście pobiegł do swojego pana, by mu powiedzieć, co usłyszał, bo to jego pana bezpośrednio dotyczyło. Nie wiedział jednak, bo w żaden sposób nie mógł tego wiedzieć, kim jest ten chłopiec, którego Voldemort natychmiast zacznie ścigać, ani kim są jego rodzice. Nie wiedział, że naraża życie tak dobrze znanych mu ludzi...

Harry parsknął ironicznym śmiechem.

— Nienawidził mojego ojca tak samo jak Syriusza! Nie zauważył pan, panie profesorze, że ci, których Snape nienawidzi, jakoś szybko rozstają się z życiem?

— Harry, nie masz pojęcia o wyrzutach sumienia, jakie poczuł profesor Snape, gdy zrozumiał, jak Lord Voldemort zinterpretował przepowiednię. Sądzę, że tak gorzkiego żalu jeszcze nigdy nie odczuwał, i to było powodem, dla którego wrócił...

— Ale przecież ON jest bardzo dobry w oklumencji, prawda, panie profesorze? — przerwał mu Harry roztrzęsiony. — I czy Voldemort nie jest przekonany o jego wierności, nawet teraz? Panie profesorze... czy pan naprawdę jest pewny, że Snape jest po naszej stronie?

Dumbledore milczał przez chwilę; wyglądał, jakby się nad czymś głęboko zastanawiał. W końcu rzekł:

— Jestem tego pewny. Ufam całkowicie Severusowi Snape'owi.

Harry oddychał głęboko, żeby się uspokoić. Nie podziałało.

— A ja mu nie ufam! Właśnie teraz knuje coś z Draconem Malfoyem, tuż pod pana nosem, a pan nadal...

— Już o tym rozmawialiśmy, Harry — powiedział Dumbledore, tym razem surowym tonem. — Powiedziałem ci, co o tym myślę.

— Opuszcza pan dzisiaj szkołę i na pewno nawet pan nie pomyśli o tym, że Snape i Malfoy mogą...

— Co mogą? — przerwał mu Dumbledore, unosząc brwi. — O co ich właściwie podejrzewasz, Harry?

— Ja... oni coś knują! — krzyknął Harry, zaciskając pięści. — Profesor Trelawney dopiero co była w Pokoju Życzeń, chciała tam schować swoje butelki sherry, i usłyszała, jak Malfoy pieje z zachwytu, cieszy się, coś świętuje! On próbował coś tam naprawić, coś bardzo niebezpiecznego, i jestem przekonany, że w końcu mu się to udało, a pan zamierza opuścić szkołę bez...

— Dość — przerwał mu Dumbledore. Powiedział to spokojnie, ale Harry natychmiast umilkł; wiedział, że w końcu przekroczył jakąś niewidzialną granicę. — Myślisz, że choć raz opuściłem szkołę, nie zabezpieczając jej w należyty sposób? Nie. Dziś, kiedy ją opuszczę, zostaną zastosowane dodatkowe środki bezpieczeństwa. Bardzo cię proszę, Harry, żebyś nie sugerował, że nie dbam o bezpieczeństwo moich uczniów.

— Ja nie... — wymamrotał Harry trochę zawstydzony, ale Dumbledore znowu mu przerwał.

— Nie zamierzam dłużej o tym rozmawiać.

Harry zdusił w sobie ripostę, przerażony, że posunął się za daleko, że pogrzebał swoją szansę towarzyszenia Dumbledore'owi, ale ten zapytał:

— Chcesz mi towarzyszyć?

— Tak.

— A więc słuchaj. — Wyprostował się. — Zabiorę cię pod jednym warunkiem: będziesz mi posłuszny i spełnisz każde moje polecenie, natychmiast i bez pytania.

— Oczywiście.

— Zastanów się, czy dobrze mnie rozumiesz, Harry. Musisz być posłuszny nawet takim rozkazom, jak: „uciekaj", „schowaj się" albo „wracaj". Dajesz mi na to słowo?

— Ja... tak, oczywiście.

— Jeśli ci powiem, żebyś się schował, zrobisz to?

— Tak.

— Jeśli ci powiem, żebyś uciekał, zrobisz to?

— Tak.

— Jeśli ci powiem, żebyś mnie opuścił i ratował siebie, zrobisz to?

— Ja...

— Harry!

Popatrzyli sobie w oczy.

— Tak, panie profesorze.

— Znakomicie. Wobec tego chcę, żebyś teraz poszedł i wziął swoją pelerynę-niewidkę. Spotkamy się za pięć minut w sali wejściowej.

Dumbledore odwrócił się do okna, za którym teraz płonęła rubinowa łuna zachodu. Harry wyszedł szybko z gabinetu i zbiegł po spiralnych schodach. Umysł miał jasny: wiedział dokładnie, co ma zrobić.

W pokoju wspólnym zastał Rona i Hermionę.

— Czego chciał Dumbledore? — zapytała natychmiast Hermiona. — Harry, dobrze się czujesz? — dodała z niepokojem.

— Wspaniale — odrzekł krótko Harry, przebiegając obok nich.

Wpadł do dormitorium, otworzył kufer i wyciągnął z niego Mapę Huncwotów oraz parę zrolowanych skarpetek. Potem zbiegł z powrotem do pokoju wspólnego, gdzie zatrzymał się przed Ronem i Hermioną, którzy patrzyli na niego wytrzeszczonymi oczami.

— Nie mam wiele czasu — wydyszał. — Dumbledore wysłał mnie tylko po pelerynę-niewidkę. Słuchajcie...

Pokrótce opowiedział im, dokąd się wybiera i dlaczego. Nie zwracał uwagi na zduszone okrzyki przerażenia Hermiony i na pospieszne pytania Rona; na szczegóły będzie czas później.

— ...więc rozumiecie, co to znaczy? — zakończył szybko. — Dumbledore'a nie będzie i Malfoy na pewno skorzysta z okazji. NIE, POSŁUCHAJCIE! — syknął gniewnie, bo i Ron, i Hermiona chcieli mu przerwać. — Wiem, że to Malfoy był w Pokoju Życzeń i że z czegoś bardzo się cieszył. Masz... — Wcisnął Hermionie w ręce Mapę Huncwotów. — Musicie go obserwować, musicie też obserwować Snape'a. Wykorzystajcie każdego z GD, kogo uda się wam naprędce przekonać. Hermiono, te twoje kontaktowe galeony wciąż działają, tak? Dumbledore mówi, że zabezpieczy szkołę dodatkowo, ale jeśli w to wszystko jest wmieszany Snape, to będzie wiedział, jak obejść te zabezpieczenia... tylko nie będzie się spodziewał, że wy go śledzicie, prawda?

— Harry... — zaczęła Hermiona, a jej szeroko otwarte oczy były pełne strachu.

— Nie ma czasu na dyskusje — przerwał jej Harry. — Weźcie i to. — Wcisnął skarpetki w ręce Rona.

— Dzięki. Ee... ale po co mi skarpetki?

— Nie chodzi o skarpetki, tylko o to, co jest nimi owinięte. To Felix Felicis. Podzielcie eliksir między siebie i Ginny. Pożegnajcie ją ode mnie. Muszę już iść, Dumbledore czeka...

— Nie! — powiedziała Hermiona, kiedy Ron rozwinął skarpetki i wyjął maleńki flakonik ze złotym płynem. — Nie chcemy tego, ty go weź. Kto wie, co cię czeka?

— Nic mi nie będzie, idę z Dumbledore'em. Chcę mieć pewność, że wam nic się nie stanie... Hermiono, nie rób takiej miny, zobaczymy się później...

I już go nie było.

Dumbledore czekał na niego przy dębowych drzwiach frontowych. Odwrócił się, kiedy Harry, dysząc i czując kłucie w boku, zatrzymał się na najwyższym kamiennym stopniu.

— Chciałbym, żebyś nałożył pelerynę — powiedział Dumbledore i poczekał, aż Harry zarzuci ją na ramiona, po czym rzekł: — Bardzo dobrze. No, to w drogę.

I natychmiast zszedł po kamiennych stopniach, a jego ciężki płaszcz podróżny prawie się nie poruszał w spokojnym letnim powietrzu. Harry szedł obok niego, ukryty pod peleryną-niewidką, wciąż dysząc i czując, jak pot spływa mu po plecach.

— Ale co ludzie pomyślą, jak zobaczą, że opuszcza pan szkołę, panie profesorze? — zapytał, wciąż myśląc o Malfoyu i Snapie.

— Że wybieram się do Hogsmeade na szklaneczkę miodu — odrzekł beztrosko Dumbledore. — Od czasu do czasu odwiedzam Rosmertę albo wpadam do gospody Pod Świńskim Łbem... albo na to wygląda. To całkiem niezły sposób ukrycia prawdziwego celu wyprawy.

Szli alejką w gęstniejącym zmierzchu. Powietrze przesycone było wonią rozgrzanej trawy, wody w jeziorze i dymu z drewna palącego się na kominku w chatce Hagrida. Aż trudno było uwierzyć, że wybierają się gdzieś, gdzie może ich czekać prawdziwe niebezpieczeństwo.

— Panie profesorze — zaczął cicho Harry, kiedy u wylotu alejki pojawiła się brama — czy będziemy się deportować?

— Tak. Chyba już potrafisz się teleportować?

— Tak — odrzekł Harry — ale nie mam jeszcze prawa.

Czuł, że lepiej być szczerym, bo co będzie, jak wszystko zepsuje, lądując o sto mil od miejsca, w którym powinien?

— Nie szkodzi — powiedział Dumbledore. — Mogę ci znowu pomóc.

Przeszli przez bramę i ruszyli opustoszałą drogą do Hogsmeade. Szybko robiło się ciemno i kiedy dotarli do ulicy Głównej, zapadła już noc. W oknach nad sklepami migotały światełka, a kiedy zbliżyli się do Trzech Mioteł, usłyszeli głośne wrzaski.

— ...i trzymaj się stąd z daleka! — krzyczała madame Rosmerta, wypychając jakiegoś obszarpanego czarodzieja. — Och, witaj, Albusie... Poza szkołą o tak późnej porze?

— Dobry wieczór, Rosmerto, dobry wieczór... wybacz mi, ale idę do Świńskiego Łba... bez urazy, ale dziś wieczorem potrzebuję troszkę spokoju...

Minutę później skręcili w boczną uliczkę, gdzie nad gospodą Pod Świńskim Łbem lekko skrzypiał szyld, choć nie było wiatru. W przeciwieństwie do Trzech Mioteł, gospoda wydawała się zupełnie pusta.

— Nie musimy tam wchodzić — mruknął Dumbledore, rozglądając się. — Byleby nas ktoś nie zobaczył... Harry, teraz połóż rękę na moim ramieniu. Nie musisz chwytać mocno, będę cię tylko prowadził. Liczę do trzech... raz... dwa... trzy...

Harry obrócił się. Natychmiast poczuł się, jakby go przepychano przez grubą gumową rurę; nie mógł oddychać, ucisk na całe ciało był prawie nie do wytrzymania, aż w końcu, kiedy myślał, że chyba się udusi, oplatające go niewidzialne taśmy pękły i już stał w chłodnej ciemności, wdychając pełną piersią świeże, słone powietrze.

ROZDZIAŁ DWUDZIESTY SZÓSTY

Jaskinia

Harry czuł zapach soli i słyszał szum fal; lekki, chłodny wiatr mierzwił mu włosy, kiedy patrzył na zalane blaskiem księżyca morze i usiane gwiazdami niebo. Stał na szczycie ciemnej skały, a w dole bielały grzywy rozbijających się o brzeg bałwanów. Spojrzał przez ramię. Za nim piętrzył się wysoki klif, stromy, czarny i tajemniczy. Obok sterczały wielkie bloki skalne, podobne do tego, na którym stał z Dumbledore'em, zapewne oderwane od powierzchni klifu w zamierzchłej przeszłości. Był to posępny, surowy widok: tylko morze i skały, ani jednego drzewa, kępy trawy czy plamy piasku.

— I co ty na to? — zapytał Dumbledore takim tonem, jakby chciał poznać opinię Harry'ego, czy to miejsce nadaje się na piknik.

— I oni przyprowadzali tutaj dzieci z sierocińca? — odpowiedział pytaniem Harry, który nie potrafił sobie wyobrazić mniej dogodnego miejsca na całodniową wycieczkę.

— Ściśle mówiąc, nie tutaj — odrzekł Dumbledore. — W pobliżu jest coś w rodzaju wioski. Sądzę, że tam zabierano dzieciaki, żeby poodychały świeżym powietrzem i zobaczyły morze. Nie, myślę, że to miejsce odwiedził tylko Tom Riddle ze swoimi młodymi ofiarami. Na tę skałę nie dostałby się żaden mugol, chyba żeby był bardzo wytrawnym wspinaczem, a łodzie też nie mogą pod nią podpłynąć, bo morze jest tu bardzo niebezpieczne. Wyobrażam sobie, że Riddle spuścił się po klifie w dół, pomagając sobie czarami. I zabrał ze sobą dwoje dzieci, zapewne po to, aby napawać się ich przerażeniem. Myślę, że już samo dotarcie tutaj musiało być dla nich strasznym przeżyciem, nie uważasz?

Harry spojrzał jeszcze raz na klif i poczuł gęsią skórkę na karku.

— Ale jego prawdziwy cel... no i nasz... leży trochę dalej. Chodź.

Przywołał go gestem na sam skraj skały, gdzie cała seria poszarpanych wgłębień, dających oparcie stopom, prowadziła w dół, ku wielkim, do połowy zanurzonym w wodzie głazom biegnącym ku klifowi. Nie było to łatwe zejście i Dumbledore'owi, który mógł korzystać tylko z jednej ręki, zajęło sporo czasu. Głazy były śliskie. Harry czuł uderzające go w twarz drobinki zimnej, słonej wody.

— *Lumos* — rzekł Dumbledore, kiedy dotarli do głazu najbliżej klifu.

Na ciemnej powierzchni wody, kilka stóp poniżej szczytu głazu, na którym przycupnęli, zalśniły tysiące złotych iskierek. Zajaśniała też czarna ściana klifu.

— Widzisz? — zapytał cicho Dumbledore, unosząc różdżkę nieco wyżej, a Harry dostrzegł w ścianie klifu szczelinę, w której kłębiła się woda. — Nie masz nic przeciwko temu, żeby się trochę zamoczyć?

— Nie.

— Więc zdejmij pelerynę-niewidkę, bo nie jest już potrzebna, i... do wody!

Ze zręcznością człowieka o wiele młodszego ześliznął się z głazu, wpadł z pluskiem do wody i z różdżką w zębach zaczął płynąć klasyczną żabką ku ciemniejącemu w pionowej skale otworowi. Harry ściągnął pelerynę, wepchnął ją do kieszeni i zsunął się za nim.

Woda była lodowata. Nasączone nią ubranie wzdęło się wokół niego, ciągnąc go w dół. Czerpiąc z wysiłkiem powietrze, przesycone zapachem soli i wodorostów, młócił rękami wodę, utkwiwszy wzrok w migoczącym światełku, niknącym już w czarnej gardzieli.

Szczelina wkrótce zamieniła się w ciemny tunel, który zapewne podczas przypływu całkowicie zapełniał się wodą. Oślizgłe ściany błyszczały jak mokra smoła w przesuwającym się do przodu świetle różdżki Dumbledore'a. Po kilkunastu metrach tunel skręcił w lewo i Harry zobaczył, że biegnie daleko w głąb klifu. Tunel był wąski; płynąc za Dumbledore'em, Harry muskał końcami palców szorstką, mokrą skałę.

A potem zobaczył, jak Dumbledore wychodzi z wody, a w świetle różdżki zabłysły jego srebrne włosy i ciemna peleryna. Kiedy dopłynął do tego miejsca, wyczuł pod nogami stopnie. Wspiął się po nich, ociekając wodą i dygocząc z zimna.

Dumbledore stał w wielkiej jaskini, obracając się powoli w miejscu z uniesioną wysoko różdżką i przyglądając się ścianom i sklepieniu.

— Tak, to tutaj — powiedział.

— Skąd pan wie? — zapytał szeptem Harry.

— Użyto tu czarów — odpowiedział krótko.

Harry nie był pewny, czy dreszcze, jakie czuł, wywołane były przejmującym zimnem czy świadomością ciążących na tym miejscu zaklęć. Patrzył, jak Dumbledore nadal obraca się powoli w miejscu, najwidoczniej widząc coś, czego Harry nie mógł zobaczyć.

— To dopiero przedsionek, coś w rodzaju sali wejściowej — powiedział Dumbledore po chwili. — Musimy dostać się do środka... Teraz musimy pokonać przeszkody stworzone przez Lorda Voldemorta, a nie przez naturę...

Podszedł do ściany jaskini i pogładził ją poczerniałymi palcami chorej ręki, mrucząc coś w dziwnym języku, którego Harry nie znał. Dwukrotnie obszedł jaskinię, obmacując skałę, tu i tam przystając, by dokładniej pogładzić jakieś miejsce, aż w końcu zatrzymał się z dłonią przyciśniętą do ściany.

— Tutaj. Tędy przejdziemy. Wejście zostało ukryte.

Harry nie zapytał, skąd Dumbledore to wie. Jeszcze nigdy nie widział, by jakiś czarodziej odkrywał coś w taki sposób, ale już dawno się nauczył, że huki i dymy często są oznakami nieudolności, a nie doświadczenia.

Dumbledore cofnął się od ściany jaskini i wycelował w nią różdżką. Przez moment ukazał się na niej jaśniejący bielą zarys zwieńczonych łukiem drzwi, jakby płonęło za nimi potężne źródło światła.

— Ud-dd-ało się p-panu! — wyjąkał Harry, szczękając zębami, ale zanim skończył, zarys drzwi zniknął i pozostała tylko naga, solidna jak uprzednio skała.

Dumbledore spojrzał na niego.

— Harry, wybacz mi, zapomniałem — powiedział i skierował różdżkę na niego.

Harry poczuł, że jego ubranie zrobiło się suche i ciepłe, jakby długo wisiało przed płonącym kominkiem.

— Dziękuję — powiedział z wdzięcznością, ale Dumbledore ponownie skupił uwagę na ścianie jaskini.

Nie próbował już żadnych czarów, po prostu stał, wpatrując się w skałę, jakby było na niej wypisane coś ciekawego. Harry też stał nieruchomo, nie chcąc zakłócać jego skupienia. A potem, po dwóch długich minutach, Dumbledore powiedział cicho:

— Och, nie. To takie prymitywne.

— Co takiego, panie profesorze?

— Pomyślałem sobie — rzekł Dumbledore, wsuwając zdrową rękę za pazuchę i wyciągając krótki srebrny nóż, z rodzaju tych, których się używa do siekania składników eliksirów — że chyba musimy zapłacić, żeby wejść.

— Zapłacić? Trzeba tym drzwiom coś dać?

— Tak. Krew, jeśli się nie mylę.

— KREW?

— Powiedziałem, że to prymitywne — odrzekł Dumbledore pogardliwie, a nawet z pewnym rozczarowaniem, jakby Voldemort zawiódł jego oczekiwania. — Pomysł polega na tym, jak zapewne sam się domyślasz, że twój wróg musi sam się osłabić, żeby wejść. Voldemort po raz kolejny wykazał charakterystyczną dla siebie ignorancję: nie wie, że uszkodzenie ciała wcale nie jest czymś najgorszym, co może się człowiekowi przytrafić.

— Tak, ale... jeśli można tego uniknąć... — wybąkał Harry, który w życiu doznał już dość bólu, by mieć nań ochotę.

— Czasami nie można — rzekł Dumbledore, odwijając rękaw szaty i odsłaniając przedramię swojej zranionej ręki.

— Panie profesorze! — zaprotestował Harry, rzucając się ku niemu, gdy Dumbledore uniósł nóż. — Ja to zrobię, jestem...

Nie wiedział, co właściwie miał zamiar powiedzieć — że jest młodszy, w lepszej formie, odpowiedniejszy? Ale Dumbledore tylko się uśmiechnął. Błysnęło srebro i trysnęła krew: skała pokryła się ciemnymi, błyszczącymi kropelkami.

— Jesteś bardzo uprzejmy, Harry — powiedział, przesuwając końcem różdżki nad głębokim nacięciem na swym przedramieniu i uleczając je natychmiast, tak jak Snape uleczył zranienia Malfoya. — Twoja krew jest jednak więcej warta od mojej. Ach, więc jednak się udało!

W ścianie ponownie ukazał się srebrzysty zarys drzwi, ale tym razem nie zniknął, tym razem zniknęła opryskana krwią skała wewnątrz niego, a tam, gdzie była, czerniał teraz otwór.

— Chyba pójdę pierwszy — rzekł Dumbledore i wszedł w ciemność, a tuż za nim Harry, pospiesznie zapalając własną różdżkę.

Ich oczom ukazał się niesamowity widok: stali na skraju wielkiego czarnego jeziora, tak rozległego, że nie było widać przeciwległego brzegu, w jaskini tak wysokiej, że jej sklepienie też ginęło w mroku. Daleko przed nimi, pośrodku jeziora, jaśniała mglista, zielonkawa poświata, odbijając się od nieruchomej powierzchni wody. Tylko ona i światło dwóch różdżek rozpraszały aksamitną ciemność, choć nie aż tak daleko, jak Harry by oczekiwał. Ta ciemność była jakby gęstsza od normalnej ciemności.

— Chodźmy — powiedział Dumbledore. — Tylko uważaj, żeby nie wejść do wody. Trzymaj się blisko mnie.

Ruszył skrajem jeziora, a Harry tuż obok niego. Ich kroki odbijały się płaskim echem od wąskiej krawędzi skalnej otaczającej wodę. Szli i szli, a widok był wciąż ten sam: po jednej stronie chropowata ściana jaskini, po drugiej — bezbrzeżna, gładka, szklista czerń, pośrodku której jaśniała tajemnicza zielonkawa poświata. Harry'emu to miejsce i ta cisza wydały się przytłaczające i niepokojące.

— Panie profesorze? — zagadnął w końcu. — Myśli pan, że tutaj jest ten horkruks?

— O, tak. Tak, jestem tego pewny. Pytanie tylko, jak do niego dotrzeć.

— A nie możemy... nie możemy po prostu użyć zaklęcia przywołującego? — zapytał Harry, pewny, że to głupi pomysł, ale gotów spróbować wszystkiego, byle tylko jak najszybciej opuścić to miejsce.

— Oczywiście, że możemy — rzekł Dumbledore, zatrzymując się tak gwałtownie, że Harry o mało co nie wpadł na niego. — Dlaczego tego nie robisz?

— Ja? Och... dobrze.

Tego się nie spodziewał. Odchrząknął jednak i zawołał, unosząc różdżkę:

— *Accio horkruks!*

Rozległ się huk przypominający eksplozję i z ciemnej wody, jakieś dwadzieścia stóp od nich, wynurzyło się coś wielkiego i bladego, ale zanim Harry dostrzegł, co to jest, ponownie zniknęło z ogłuszającym pluskiem, pozostawiając po sobie rozległe, głębokie kręgi na lustrzanej powierzchni wody. Przerażony odskoczył do tyłu, uderzając plecami w skałę; serce mu waliło jak młotem, kiedy zwrócił się do Dumbledore'a.

— Co to było?

— Myślę, że coś, co gotowe jest zareagować, gdybyśmy próbowali dotknąć horkruksa.

Harry popatrzył na wodę. Jej powierzchnia znowu była gładka i pomyślał, że zmarszczki na wodzie zniknęły nienaturalnie szybko, ale serce wciąż biło mu mocno.

— Wiedział pan, że to się stanie, panie profesorze?

— Pomyślałem sobie, że COŚ się na pewno stanie, jeśli spróbujemy tak po prostu ściągnąć tego horkruksa. To był bardzo dobry pomysł, Harry, najprostszy sposób, by wiedzieć, czego możemy się spodziewać.

— Ale nadal nie wiemy, co to było — powiedział Harry, patrząc na złowieszczo gładką toń.

— Raczej czym były. Wątpię, czy jest tylko jedno. To co, idziemy?

— Panie profesorze...

— Tak, Harry?

— Myśli pan, że będziemy musieli zanurzyć się w tym jeziorze?

— W jeziorze? Tylko jeśli naprawdę zabraknie nam szczęścia.

— Nie myśli pan, że horkruks jest na jego dnie?

— Och, nie... Myślę, że horkruks jest tam, POŚRODKU.

I wskazał na mglistą zieloną poświatę pośrodku jeziora.

— Więc będziemy musieli się tam dostać, tak?

— Tak myślę.

Harry zamilkł. Oczami wyobraźni widział już wodne potwory, olbrzymie węże, kelpie i chochliki...

— Aha — powiedział Dumbledore i znowu się zatrzymał, ale tym razem Harry na niego wpadł. Przez chwilę chwiał się niebezpiecznie nad krawędzią ciemnej wody, póki Dumbledore nie złapał go zdrową ręką za ramię i nie pociągnął ku sobie. — Wybacz mi, Harry, powinienem cię ostrzec. Stań tam, pod ścianą, chyba znalazłem to miejsce.

Harry nie miał pojęcia, o czym Dumbledore mówi. Wydawało mu się, że ten kawałek ciemnej skały niczym się nie wyróżnia, ale Dumbledore najwidoczniej dostrzegł w nim coś szczególnego. Tym razem nie gładził jednak samej skały, lecz wodził ręką w powietrzu, jakby spodziewał się wykryć i pochwycić coś niewidzialnego.

— Oho — mruknął po chwili zadowolony.

Jego dłoń zacisnęła się w powietrzu na czymś, czego Harry nie zdołał dostrzec. Zbliżył się do brzegu jeziora, a Harry obserwował z niepokojem, jak czubki jego zapinanych na sprzączki butów zatrzymały się na samej krawędzi. Trzymając zaciśniętą dłoń w powietrzu, drugą uniósł różdżkę i stuknął jej końcem w swoją pięść.

W powietrzu pojawił się gruby, zielonkawy jak śniedź łańcuch, sięgający od pięści Dumbledore'a do powierzchni wody. Dumbledore stuknął różdżką w łańcuch, a ten zaczął się prześlizgiwać przez jego dłoń jak wąż, zwijając się na ziemi z brzękiem, który odbijał się echem od skalnych ścian. Łańcuch wyciągał coś z ciemnej toni. Harry wydał zduszony okrzyk, gdy powierzchnię wody przebił dziób maleńkiego czółna jarzącego się zielonkawo tak jak łańcuch, które podpłynęło, nie marszcząc wody, do miejsca, w którym stali.

— Skąd pan wiedział, że ono tu jest? — zapytał zdumiony Harry.

— Czary zawsze pozostawiają jakieś ślady — odrzekł Dumbledore, gdy dziób łódki stuknął cicho w skalny brzeg. — Czasami bardzo wyraźne. To ja uczyłem Toma Riddle'a. Znam jego styl.

— Czy ta łódka jest... bezpieczna?

— O, tak, na pewno. Voldemort musiał mieć jakiś środek lokomocji, żeby przedostać się przez jezioro, na wypadek, gdyby zechciał swojego horkruksa odwiedzić lub zabrać, nie ściągając na siebie uwagi stworzeń, które sam w jego głębinach umieścił.

— Więc te stwory nic nam nie zrobią, jeśli popłyniemy jego łódką?

— W pewnym momencie pewnie się zorientują, że to nie płynie Lord Voldemort. Z tym trzeba się pogodzić. Jak dotąd idzie nam nieźle. Pozwoliły nam wyciągnąć to czółno.

— Ale dlaczego miałyby nas przepuścić? — zapytał Harry, który nie mógł się pozbyć wizji macek sięgających ku nim z ciemnej wody, gdy tylko stracą brzeg z oczu.

— Voldemort był na pewno przekonany, że tylko jakiś bardzo potężny czarodziej mógłby odnaleźć to czółno. Myślę, że był gotów na takie ryzyko, które zresztą wydawało mu się bardzo mało prawdopodobne, bo wiedział, że ewentualny intruz napotka dalej inne przeszkody, które tylko on potrafi pokonać, bo sam je stworzył. Zobaczymy, czy miał rację.

Harry spojrzał na łódkę. Była naprawdę bardzo mała.

— Nie wygląda na zbudowaną dla dwóch osób. Czy utrzyma nas obu? Nie będziemy razem zbyt ciężcy?

Dumbledore zachichotał.

— Tworząc tę łódkę, Voldemort na pewno nie myślał o ciężarze, ale o ilości magicznej mocy, która ma nią płynąć. Sądziłbym raczej, że na tę łódkę rzucono zaklęcie pozwalające skorzystać z niej tylko jednemu czarodziejowi.

— Więc jak...

— Ty się chyba nie liczysz, Harry. Nie jesteś jeszcze dorosły, nie jesteś w pełni wykwalifikowanym czarodziejem. Voldemort na pewno się nie spodziewał, że szesnastolatek może dotrzeć do tego miejsca. Nie sądzę, by twoją moc dało się odczuć przy mojej.

Te słowa wcale nie dodały Harry'emu otuchy. Dumbledore chyba to zrozumiał, bo dodał:

— Błąd Voldemorta, poważny błąd... Głupi i zapominalski jest stary, który nie docenia siły młodości... No, Harry, tym razem ty wchodź pierwszy, tylko uważaj, żeby nie dotknąć wody.

Odstąpił na bok, a Harry wszedł ostrożnie do czółna. Dumbledore wsiadł za nim, składając na dnie zwinięty łańcuch. Było im ciasno, Harry nie mógł nawet usiąść, tylko przykucnął, z kolanami wystającymi poza krawędź łódki, która od razu odpłynęła od brzegu. Słychać było tylko cichy szmer dziobu rozcinającego wodę. Łódka płynęła sama, jakby jakaś niewidzialna lina ciągnęła ją ku poświacie na środku jeziora. Wkrótce przestali widzieć ściany jaskini; gdyby nie to, że powierzchnia wody była gładka jak lustro, równie dobrze mogliby płynąć przez morze.

Harry spojrzał w dół i ujrzał złote światełko swojej różdżki, migoczące w czarnej toni. Łódka rzeźbiła głębokie zmarszczki na szklistej powierzchni, wyżłobienia na czarnym zwierciadle...

I nagle, parę cali pod powierzchnią wody, zobaczył coś białego, coś przypominającego marmurową...

— Panie profesorze! — powiedział, a jego przerażony głos poniósł się po cichej wodzie.

— Harry?

— Chyba zobaczyłem w wodzie rękę... ludzką rękę!

— Tak, wcale w to nie wątpię — odrzekł spokojnie Dumbledore.

Harry wpatrzył się w wodę, szukając wzrokiem ręki i czując, że coś mu podjeżdża do gardła.

— Więc to coś, co wyskoczyło z wody...

Otrzymał odpowiedź, zanim Dumbledore zdążył wypowiedzieć słowo. W przesuwającym się świetle różdżki dostrzegł tym razem całe martwe ciało, unoszące się parę cali pod powierzchnią wody; otwarte oczy topielca były przymglone, jakby spowijały je pajęczyny, włosy i szaty wirowały wokół niego jak dym.

— Tu są martwe ciała! — powiedział Harry, a jego głos zabrzmiał słabiej i jakoś inaczej niż zwykle.

— Tak — odrzekł spokojnie Dumbledore — ale na razie nie musimy się tym przejmować.

— Na razie? — powtórzył Harry, odrywając wzrok od wody, by na niego spojrzeć.

— Na razie tylko spokojnie pod nami dryfują. Martwe ciało to tylko martwe ciało, nie ma co się go lękać, podobnie jak ciemności. Lord Voldemort, który w głębi serca boi się i martwych ciał, i ciemności, na pewno się ze mną nie zgadza. Ale tym samym po raz kolejny okazuje brak mądrości. Kiedy patrzymy na śmierć albo na ciemność, lękamy się tylko nieznanego, niczego więcej.

Harry nic na to nie powiedział. Nie chciał się sprzeczać, choć te martwe ciała pływające pod nimi budziły w nim lęk i jakoś nie potrafił uwierzyć, że nie są groźne.

— Ale jedno z nich wyskoczyło z wody — odezwał się po chwili, starając się, by jego głos brzmiał równie spokojnie jak głos Dumbledore'a. — Kiedy próbowałem wezwać horkruksa, trup wyskoczył z wody.

— Tak — zgodził się Dumbledore. — Jestem pewny, że kiedy odnajdziemy i zabierzemy horkruksa, te ciała nie będą już tak pokojowo nastawione. Ale jak wiele stworzeń żyjących w zimnie i ciemności na pewno obawiają się światła i ciepła, które możemy wezwać na pomoc, kiedy zajdzie potrzeba. Ogień, Harry — dodał z uśmiechem w odpowiedzi na jego zdumioną minę.

— Och... no tak — powiedział szybko Harry.

Odwrócił głowę, by spojrzeć na zieloną poświatę, ku której sunęła łódka. Nie potrafił jednak udawać, że się nie boi. To wielkie jezioro, w którym roiło się od umarłych... Wydawało mu się, że już wiele godzin upłynęło, odkąd spotkał profesor Trelawney, odkąd dał Ronowi i Hermionie Felix Felicis... Nagle poczuł żal, że nie pożegnał się z nimi jakoś lepiej... że w ogóle nie zobaczył się z Ginny...

— Jesteśmy prawie na miejscu — rzekł dziarsko Dumbledore.

I rzeczywiście, zielonkawe światło zaczęło rosnąć im w oczach i po kilku minutach łódka zatrzymała się, uderzając dziobem w coś, czego Harry z początku nie dostrzegł, ale kiedy uniósł wysoko różdżkę, zobaczył, że dopłynęli do małej, skalnej wysepki pośrodku jeziora.

— Uważaj, żeby nie dotknąć wody — ostrzegł go ponownie Dumbledore.

Wysepka nie była większa od gabinetu Dumbledore'a. Był to po prostu kawałek płaskiej, gładkiej skały, na którym nie było nic prócz źródła owego zielonego światła, które teraz wydawało się o wiele jaśniejsze. Harry spojrzał na nie, mrużąc oczy. Z początku pomyślał, że to coś w rodzaju lampy, ale po chwili dostrzegł, że światło biło z przypominającej myślodsiewnię kamiennej misy, ustawionej na szczycie postumentu.

Dumbledore podszedł do postumentu, a Harry zrobił to samo. Stanęli obok siebie, wpatrując się w kamienną misę pełną szmaragdowego płynu jarzącego się fosforyzującym blaskiem.

— Co to jest? — zapytał cicho Harry.

— Nie jestem pewny — odrzekł Dumbledore. — Ale na pewno coś bardziej niepokojącego niż krew i martwe ciała.

Odsunął rękaw szaty, odsłaniając poczerniałą dłoń, i skierował końce swoich poparzonych palców ku powierzchni płynu.

— Niech pan tego nie dotyka!

— Nie mogę tego dotknąć — odrzekł Dumbledore, uśmiechając się lekko. — Widzisz? Nie mogę sięgnąć dalej. Sam spróbuj.

Harry włożył rękę do misy i spróbował dotknąć eliksiru. Napotkał niewidzialną barierę, która nie pozwoliła mu przesunąć ręki choćby o cal. Napierał z całej siły, ale jego palce wciąż natrafiały na coś, co wydawało się tylko powietrzem, tyle że nieustępliwym i twardym jak kamień.

— Odsuń się, Harry — powiedział Dumbledore.

Uniósł różdżkę i zaczął nią wykonywać skomplikowane ruchy nad powierzchnią eliksiru, mrucząc coś bezgłośnie. Nic się nie wydarzyło, może tylko eliksir rozjarzył się nieco bardziej. Harry milczał przez cały czas, dopiero gdy Dumbledore w końcu wyciągnął różdżkę z misy, uznał, że może już przemówić.

— Myśli pan, że tam jest ten horkruks, panie profesorze?

— Och, tak. — Dumbledore pochylił się i przyjrzał uważniej zawartości misy, a Harry zobaczył jego odbicie na gładkiej powierzchni płynu. — Tylko jak go dosięgnąć? Tego eliksiru nie przeniknie ręka, nie można go unicestwić, wybrać, wypompować, transmutować, zaczarować ani w żaden inny sposób zmienić jego natury.

Prawie bez zastanowienia uniósł różdżkę, zakręcił nią raz w powietrzu i chwycił kryształowy puchar, który wyczarował.

— Dochodzę do jednego tylko wniosku: ten eliksir trzeba wypić.

— Co?! Nie!

— Tak sądzę. Tylko wypijając zawartość tej misy, można ją opróżnić i zobaczyć, co jest na dnie.

— Ale jeśli... jeśli to pana zabije?

— Och, wątpię, żeby to działało w ten sposób — powiedział beztrosko Dumbledore. — Lord Voldemort nie chciałby uśmiercać kogoś, kto dotarł do tej wyspy.

Harry nie mógł uwierzyć własnym uszom. Czyżby to był jeszcze jeden przejaw łatwowierności, która kazała Dumbledore'owi w każdym dopatrywać się jakichś dobrych cech?

— Panie profesorze — powiedział, starając się, by jego głos brzmiał przekonująco i rozsądnie — przecież to robota VOLDEMORTA...

— Przepraszam, Harry, powinienem powiedzieć, że nie chciałby NATYCHMIAST uśmiercać kogoś, kto dotarł na tę wyspę. Chciałby go utrzymać przy życiu dostatecznie długo, by wykryć, w jaki sposób temu komuś udało się pokonać jego zabezpieczenia, a także, co najważniejsze, dlaczego temu komuś tak bardzo zależało na opróżnieniu misy. Nie zapominaj, iż Lord Voldemort wierzy, że tylko on wie o swoich horkruksach.

Harry chciał znowu coś powiedzieć, ale tym razem Dumbledore uciszył go gestem, marszcząc lekko czoło nad szmaragdowym płynem, najwidoczniej głęboko się nad czymś zastanawiając.

— Nie ulega wątpliwości — rzekł w końcu — że ten eliksir musi działać w sposób udaremniający mi zabranie horkruksa. Może mnie sparaliżuje, spowoduje, że zapomnę, po co tu jestem, wywoła tak silny ból, że nie będę zdolny do niczego, albo uczyni mnie niezdolnym do działania w jakiś inny sposób. Jeśli tak się stanie, Harry, twoim zadaniem będzie przypilnowanie, żebym pił dalej, nawet gdybyś musiał wlewać mi go siłą przez zaciśnięte usta. Rozumiesz?

Ich spojrzenia spotkały się nad kamienną misą; obie blade twarze oświetlało to dziwne, zielone światło. Harry milczał. A więc po to został zaproszony do udziału w tej wyprawie — żeby siłą wlewać Dumbledore'owi do ust eliksir, który może wywołać ból nie do zniesienia?

— Chyba pamiętasz — powiedział Dumbledore — pod jakim warunkiem zabrałem cię ze sobą?

Harry zawahał się, patrząc w jego niebieskie oczy, które w blasku bijącym z misy zrobiły się zielone.

— Ale jeśli...

— Przysiągłeś, że będziesz posłuszny każdemu mojemu rozkazowi, prawda?

— Tak, ale...

— Ostrzegałem cię, że może być niebezpiecznie?

— Tak, ale...

— A więc — powiedział Dumbledore, podciągając ponownie rękawy i unosząc pusty puchar — otrzymałeś rozkaz.

— Dlaczego to ja nie mogę wypić tego eliksiru? — zapytał z rozpaczą Harry.

— Ponieważ ja jestem o wiele starszy, o wiele mądrzejszy i o wiele mniej wart od ciebie. Pytam ostatni raz, Harry. Dasz mi słowo, że zrobisz wszystko, co w twojej mocy, żebym wypił całą zawartość tej misy?

— Ale czy nie mógłbym...

— Dasz mi słowo?

— Ale...

— TWOJE SŁOWO, HARRY.

— Ja... no dobrze, daję słowo, ale...

Zanim zdążył jeszcze raz zaprotestować, Dumbledore zanurzył puchar w misie. Przez chwilę Harry miał jeszcze nadzieję, że i tym razem napotka niewidzialną przeszkodę, ale kryształ przebił gładko powierzchnię, a kiedy puchar napełnił się eliksirem, Dumbledore podniósł go do ust.

— Twoje zdrowie, Harry.

I wypił. Harry patrzył przerażony, zaciskając ręce na krawędzi misy tak mocno, że mu zdrętwiały.

— Profesorze? — zapytał z niepokojem, kiedy Dumbledore odjął od ust pusty już puchar. — Jak pan się czuje?

Dumbledore tylko potrząsnął głową, oczy miał zamknięte. Harry zastanawiał się, czy to z bólu. Dumbledore ponownie napełnił puchar i wypił do dna.

W milczeniu wypił trzy pełne puchary eliksiru. Potem, kiedy pił czwarty, zachwiał się i oparł ciężko o krawędź misy. Oczy wciąż miał zamknięte, oddychał ciężko.

— Profesorze Dumbledore! — powiedział Harry z napięciem. — Słyszy mnie pan?

Dumbledore nie odpowiedział. Twarz mu drgała, jakby był pogrążony w głębokim śnie pełnym koszmarów. Słabł uścisk palców na pucharze, aż ten przechylił się niebezpiecznie i Harry szybko go chwycił, żeby płyn się nie wylał.

— Profesorze, czy pan mnie słyszy? — powtórzył, a jego głos odbił się echem po jaskini.

Dumbledore westchnął głęboko, a potem przemówił głosem, którego Harry nie poznał, bo jeszcze nigdy nie słyszał Dumbledore'a tak przerażonego.

— Nie chcę... nie zmuszaj mnie...

Harry wbił wzrok w tę pobielałą twarz, którą tak dobrze znał, patrzył na zakrzywiony nos i okulary-połówki i nie wiedział, co zrobić.

— ...nie... ja chcę przestać... — jęknął Dumbledore.

— Nie... nie może pan przestać, profesorze — powiedział Harry. — Musi pan dalej pić, pamięta pan? Powiedział mi pan, że musi pan wszystko wypić. Proszę...

Nienawidząc samego siebie, czując obrzydzenie do tego, co robi, przycisnął mu krawędź pucharu do ust i przechylił puchar tak, że Dumbledore musiał przełknąć resztę płynu.

— Nie... — jęknął, kiedy Harry zanurzył puchar w misie i ponownie go napełnił. — Nie chcę... nie chcę... puść mnie...

— Wszystko w porządku, panie profesorze — powiedział Harry, a ręka mu się zatrzęsła. — Wszystko w porządku, jestem tutaj...

— Przestań, przestań — jęknął Dumbledore.

— Tak... tak, na tym będzie koniec — skłamał Harry i wlał mu do ust zawartość pucharu.

Dumbledore krzyknął, a jego krzyk potoczył się echem po wielkiej jaskini i poniósł po martwej czarnej wodzie.

— Nie, nie, nie... nie mogę... nie mogę, nie zmuszaj mnie, ja nie chcę...

— Wszystko w porządku, panie profesorze, wszystko w porządku! — powiedział głośno Harry, a ręce trzęsły mu się teraz tak, że z trudem zdołał napełnić puchar po raz szósty; misa była już opróżniona do połowy. — Nic złego się z panem nie dzieje, jest pan bezpieczny, to tylko przywidzenia, przysięgam... Proszę to wypić, proszę...

Dumbledore wypił posłusznie, jakby Harry podawał mu antidotum, ale natychmiast osunął się na kolana, dygocząc na całym ciele.

— To moja wina, wszystko to moja wina — załkał — błagam cię, przestań, wiem, że zrobiłem źle, och, proszę cię, przestań, ja już nigdy, nigdy...

— To będzie... ostatni — powiedział Harry załamującym się głosem i wlał mu w usta zawartość siódmego pucharu.

Dumbledore zaczął się kulić, jakby go otaczali niewidzialni prześladowcy, wymachując ręką, tak że o mało co nie wytrącił pucharu z drżących rąk Harry'ego.

— Nie rań ich, błagam cię, nie rań ich, to moja wina, zrań mnie, ale nie ich...

— Proszę to wypić, proszę, wszystko będzie dobrze — powiedział zrozpaczony Harry i Dumbledore znowu go usłuchał, otwierając usta, choć nadal zaciskał powieki i dygotał na całym ciele.

I nagle upadł na twarz, wyjąc i bijąc pięściami w ziemię, podczas gdy Harry napełniał puchar po raz dziewiąty.

— Błagam, błagam, błagam, nie... nie to, nie to, zrobię wszystko...

— Proszę to tylko wypić, po prostu wypić...

Dumbledore wypił jak spragnione dziecko, ale kiedy skończył, zawył znowu, jakby wypił ogień.

— Dosyć już, dosyć...

Harry napełnił puchar po raz dziesiąty i poczuł, że kryształ dotyka dna misy.

— Już prawie koniec, profesorze, proszę to wypić, proszę...

Podtrzymał go za ramiona i pomógł wypić, a kiedy ponownie napełnił puchar, Dumbledore krzyknął z jeszcze większym przerażeniem:

— Chcę umrzeć! Chcę umrzeć! Przestań, przestań, ja chcę umrzeć!

— Proszę to wypić, profesorze, proszę to wypić...

Dumbledore wypił i natychmiast zawył:

— ZABIJ MNIE!

— Tylko jeden... jeszcze tylko jeden! — wydyszał Harry. — Proszę to tylko wypić... to już będzie koniec... koniec!

Dumbledore wypił do dna, a potem westchnął chrapliwie i przewalił się na twarz.

— Nie! — krzyknął Harry, który wstał, by ponownie napełnić puchar, ale zamiast tego upuścił go na dno misy, podbiegł do leżącego i przewrócił go na plecy; Dumbledore miał przekrzywione okulary, usta szeroko otwarte, oczy zamknięte. — Nie — powtórzył, potrząsając nim — nie, nie jesteś martwy, powiedziałeś, że to nie jest trucizna, obudź się, obudź... *Rennervate!* — zawołał, celując różdżką w jego klatkę piersiową; błysnęło czerwone światło, ale nic się nie wydarzyło. — *Rennervate!*... Panie profesorze... błagam...

Dumbledore'owi drgnęły powieki, Harry'emu mocno zabiło serce.

— Proszę pana, czy pan...

— Wody — zachrypiał Dumbledore.

— Wody — wydyszał Harry — tak...

Zerwał się i chwycił puchar, który upuścił na dno misy. Nie zauważył leżącego pod nim złotego medalionu.

— *Aguamenti!* — krzyknął, dźgając w puchar końcem różdżki.

Puchar napełnił się czystą wodą. Harry upadł na kolana przy Dumbledorze, uniósł mu głowę i przycisnął kryształ do ust — ale puchar był pusty. Dumbledore jęknął i zaczął ciężko dyszeć.

— Przecież miałem... zaczekaj... *Aguamenti!* — powtórzył, celując różdżką w puchar.

I ponownie pojawiła się w nim woda, ale tylko przez chwilę, bo gdy zbliżył go do ust Dumbledore'a, był już pusty.

— Proszę pana, ja próbuję, próbuję! — zawołał z rozpaczą, choć wątpił, czy Dumbledore go słyszy, bo przetoczył się na bok, a jego krótki, chrapliwy oddech brzmiał, jakby był w agonii. — *Aguamenti... Aguamenti... AGUAMENTI!*

Puchar jeszcze raz się napełnił i jeszcze raz woda natychmiast zniknęła. Oddech Dumbledore'a słabł. W szalonej gonitwie myśli Harry nagle zrozumiał, instynktownie, że pozostał tylko jeden sposób, by zdobyć wodę, ponieważ Voldemort tak to zaplanował...

Przechylił się przez krawędź skały i zanurzył puchar w jeziorze, napełniając go po sam brzeg lodowatą wodą, która nie znikła.

— Proszę pana! Mam! — krzyknął, pochylając się gwałtownie ku leżącemu ciału, i niezdarnie oblał wodą twarz Dumbledore'a.

Tylko tyle mógł zrobić, bo lodowate zimno, które poczuł w wolnej ręce, nie było chłodem wody. Oślizgła biała dłoń ściskała go za przegub, a istota, do której ta dłoń należała, ściągała go powoli przez krawędź skały do jeziora. Jego powierzchnia nie była już gładka jak zwierciadło, teraz kipiała, a wszędzie, dokąd tylko mógł sięgnąć wzrokiem, z ciemnej wody wynurzały się białe głowy i ręce mężczyzn, kobiet i dzieci z zapadniętymi, niewidzącymi oczami, którzy płynęli ku skalnej wysepce — cała armia zmarłych powstająca z czarnej toni.

— *Petrificus totalus!* — wrzasnął Harry, przywierając do gładkiej, mokrej powierzchni wysepki i celując różdżką w inferiusa, który trzymał go za rękę.

Lodowaty uścisk zelżał, a inferius opadł w wodę z głośnym pluskiem. Harry dźwignął się na nogi, ale na skałę już wspinało się więcej żywych trupów. Kościste dłonie wczepiały się w jej śliską powierzchnię, martwe, zamarznięte oczy utkwione były w niego, nasączone wodą łachmany ciągnęły się za nimi, a zapadnięte twarze łypały ku niemu pożądliwie.

— *Petrificus totalus!* — ryknął znowu Harry, cofając się i wymachując różdżką. Sześć lub siedem żywych trupów skurczyło się w sobie i zanurzyło w wodę, ale już sunęło ich ku niemu więcej. — *Impedimenta! Incarcerous!*

Kilka inferiusów zachwiało się i upadło, kilka oplotły grube liny, ale te, które wspinały się na skałę za nimi, przelazły przez leżących. Wciąż wymachując różdżką, ryknął:

— *Sectumsempra! SECTUMSEMPRA!*

Ale choć w ich łachmanach i na zlodowaciałej skórze pojawiły się dziury, nie wypłynęła z nich krew: żywe trupy kroczyły ku niemu z wyciągniętymi rękami, a kiedy się cofnął, poczuł, że z tyłu oplatają go ramiona, cienkie, pozbawione ciała ramiona, zimne jak śmierć. Jego stopy oderwały się od skały, gdy te ramiona go uniosły i zaczęły taszczyć ku wodzie, i wiedział już, że go nie wypuszczą, że wkrótce utonie i stanie się jeszcze jednym martwym strażnikiem cząstki potrzaskanej duszy Voldemorta...

Lecz nagle ciemność została rozdarta przez jasność: purpurowy i złoty krąg ognia otoczył skałę, a trzymające go inferiusy zachwiały się i zawahały, nie śmiejąc przejść przez ogień, by dostać się do wody. Puściły Harry'ego, a on uderzył stopami w skałę, pośliznął się i upadł, obcierając sobie ręce, ale natychmiast się podniósł, unosząc różdżkę i rozglądając się wokoło.

Zobaczył Dumbledore'a, który stał blady jak otaczające ich inferiusy, ale od nich wyższy; ogień tańczył w jego oczach, różdżkę trzymał wysoko jak pochodnię, a z jej końca, niby ogniste lasso, strzelały płomienie, tworząc krąg ognia, promieniującego zabójczym dla inferiusów ciepłem.

Inferiusy wpadały na siebie, próbując uciec od otaczającego ich ognia.

Dumbledore sięgnął po medalion leżący na dnie misy i ukrył go za pazuchą. Gestem przywołał Harry'ego do siebie. Przerażone płomieniami inferiusy zdawały się nie zauważać, że Dumbledore prowadzi go do łódki. Krąg ognia przesuwał się razem z nim, a inferiusy sunęły za nimi aż do krawędzi skały, gdzie ześliznęły się z ulgą w ciemną toń.

Harry, który cały dygotał, pomyślał przez chwilę, że Dumbledore może nie być w stanie opuścić się do łódki, bo zachwiał się lekko przy pierwszej próbie; wszystkie siły skupił na utrzymywaniu wokół nich ochronnego pierścienia ognia. Harry chwycił go i pomógł mu zająć miejsce w czółnie. Kiedy tylko znaleźli się w nim obaj, czółno zaczęło sunąć z powrotem po czarnej wodzie, oddalając się od skały, wciąż otoczone pierścieniem ognia, i wyglądało na to, że kłębiące się pod powierzchnią inferiusy nie mają odwagi się wynurzyć.

— Proszę... pana — wydyszał Harry — zapomniałem... o ogniu... one szły na mnie... i spanikowałem...

— Całkiem zrozumiałe — mruknął Dumbledore, a Harry'ego przestraszył jego bardzo słaby głos.

Dziób ugodził w brzeg i Harry wyskoczył, a potem szybko się odwrócił, żeby mu pomóc. Gdy tylko Dumbledore stanął na brzegu, opuścił różdżkę i pierścień ognia zniknął, ale inferiusy już się nie pokazały. Maleńka łódka znowu opadła z pluskiem w wodę, a łańcuch ześliznął się za nią na dno. Dumbledore westchnął głęboko i oparł się o ścianę jaskini.

— Jestem słaby...

— Proszę się nie martwić, panie profesorze — powiedział natychmiast Harry, zaniepokojony jego niezwykłą bladością i widocznymi oznakami wyczerpania. — Zaprowadzę pana z powrotem... proszę się na mnie oprzeć...

I zarzucił sobie na ramiona zdrową rękę Dumbledore'a, po czym powiódł go z powrotem wokół jeziora, biorąc na siebie prawie cały jego ciężar.

— No... ale ta ochrona była jednak... dobrze pomyślana — wyszeptał Dumbledore. — Jeden by tego nie dokonał... Dobrze się spisałeś, Harry, bardzo dobrze...

— Proszę teraz nie mówić — rzekł Harry pełen lęku. — Proszę oszczędzać energię, panie profesorze... zaraz się stąd wydostaniemy...

— To wejście znowu będzie zamknięte... mój nóż...

— Nie ma potrzeby, rozciąłem sobie rękę na skale — powiedział stanowczo Harry — proszę mi tylko powiedzieć gdzie.

— Tutaj...

Harry przeciągnął swym poobcieranym przedramieniem po ostrej skale. Otrzymawszy daninę krwi, drzwi natychmiast się przed nimi otworzyły. Przeszli do zewnętrznej jaskini i Harry pomógł Dumbledore'owi wejść do lodowatej wody wypełniającej tunel pod klifem.

— Wszystko będzie dobrze, panie profesorze — powtarzał raz po raz, bardziej zaniepokojony jego milczeniem niż przedtem słabym głosem. — Już jesteśmy blisko... mogę deportować nas obu... proszę się nie martwić...

— Nie martwię się, Harry — powiedział Dumbledore nieco mocniejszym głosem, mimo że wciąż byli w lodowatej wodzie. — Jestem z tobą.

ROZDZIAŁ DWUDZIESTY SIÓDMY

Wieża rozjarzona błyskawicami

Znalazłszy się znowu pod gwiaździstym niebem, Harry wciągnął Dumbledore'a na najbliższy głaz, a potem podźwignął na nogi. Przemoczony i drżący z zimna, podpierając bezwładne ciało swojego dyrektora, skoncentrował się bardziej niż kiedykolwiek na celu teleportacji: Hogsmeade. Zamknął oczy, chwycił Dumbledore'a za ramię jak mógł najmocniej, obrócił się i poddał poczuciu straszliwego ciśnienia.

Wiedział, że mu się udało, zanim otworzył oczy. Zaniknął zapach soli i powiew morskiej bryzy. Stali, drżąc i ociekając wodą, pośrodku ciemnej ulicy Głównej w Hogsmeade. Przez jedną okropną chwilę wyobraźnia ukazała mu sunące ku nim wzdłuż sklepów postacie inferiusów, ale zamrugał kilka razy i zobaczył tylko pogrążoną w ciemności opustoszałą ulicę, oświetloną zaledwie paroma latarniami.

— Dokonaliśmy tego, panie profesorze! — wyszeptał z trudem, zdając sobie nagle sprawę, że kłuje go w piersiach. — Dokonaliśmy tego! Mamy horkruksa!

Dumbledore zatoczył się na niego. Przez chwilę Harry pomyślał, że niezbyt sprawna teleportacja zachwiała jego równowagą, a potem dostrzegł jego twarz, bladą i wilgotną w mdłym świetle odległej latarni.

— Proszę pana, dobrze się pan czuje?

— Czułem się już lepiej — odrzekł Dumbledore słabym głosem, choć kąciki jego ust drgnęły. — Ten eliksir... to nie był zdrowy napój...

I ku przerażeniu Harry'ego osunął się na ziemię.

— Panie profesorze... już dobrze, wszystko będzie dobrze, proszę się nie przejmować...

Rozejrzał się, rozpaczliwie szukając pomocy, ale na ulicy nie było nikogo. Jedno tylko przyszło mu do głowy: Dumbledore musi jak najszybciej znaleźć się w skrzydle szpitalnym.

— Muszę pana jakoś przetransportować do szkoły... Pani Pomfrey...

— Nie. Potrzebny mi jest... Snape... ale nie sądzę... żebym mógł zajść daleko...

— Oczywiście... panie profesorze, proszę posłuchać... zapukam gdzieś, znajdę panu jakieś miejsce... a potem pobiegnę po panią...

— Severus — powiedział dobitnie Dumbledore. — Potrzebuję Severusa.

— A więc dobrze, niech będzie Snape... Ale na chwilę zostawię pana samego, żebym mógł...

Zanim jednak zdołał zrobić krok, usłyszał, że ktoś biegnie. Serce mu podskoczyło. Ktoś ich zobaczył, ktoś zrozumiał, że potrzebują pomocy... Rozejrzał się i zobaczył madame Rosmertę biegnącą ku nim ciemną ulicą w puszystych pantofelkach na wysokich obcasach, w jedwabnym szlafroku wyszywanym w smoki.

— Zobaczyłam, jak się aportujecie, kiedy zaciągałam zasłony w oknach! Dzięki Bogu, dzięki Bogu, nie wiedziałam... ale co z tobą, Albusie?

Zatrzymała się, dysząc, i wytrzeszczyła oczy na leżącego na bruku Dumbledore'a.

— Jest ranny — powiedział Harry. — Madame Rosmerto, może go pani przyjąć u siebie, Pod Trzema Miotłami, a ja tymczasem sprowadzę ze szkoły pomoc?

— Nie możesz iść sam! Nie zdajesz sobie sprawy... Nie widziałeś?...

— Jeśli mi pani pomoże — powiedział, nie słuchając jej — to chyba wprowadzimy go jakoś do środka...

— Co się stało? — zapytał Dumbledore. — Rosmerto, co się dzieje?

— Albusie... to Mroczny Znak...

I pokazała na niebo, w stronę Hogwartu. Harry'ego przeniknął dreszcz przerażenia. Odwrócił się i spojrzał.

Nad szkołą jaśniała zielona trupia czaszka z językiem węża — znak śmierciożerców, pozostawiany przez nich zawsze, gdy wkraczali do jakiegoś budynku... gdy kogoś mordowali...

— Kiedy się pojawił? — zapytał Dumbledore, a jego dłoń zacisnęła się boleśnie na ramieniu Harry'ego, gdy podźwignął się na nogi.

— Pewnie niedawno, nie było go, kiedy wypuszczałam kota, dopiero kiedy weszłam na górę...

— Musimy natychmiast wracać do zamku — powiedział Dumbledore, a chociaż lekko się chwiał, zdawał się całkowicie panować nad sytuacją. — Rosmerto, potrzebny nam transport... miotły...

— Trzymam parę za kontuarem — odpowiedziała bardzo wystraszona. — Mam pójść i przynieść?

— Nie, Harry to zrobi.

Harry natychmiast uniósł różdżkę.

— *Accio miotły Rosmerty!*

Sekundę później usłyszeli łoskot, gdy rozwarły się drzwi pubu i wyleciały przez nie dwie miotły, które poszybowały ku Harry'emu i zatrzymały się przy nim w powietrzu, lekko drżąc, na wysokości pasa.

— Rosmerto, wyślij, proszę, wiadomość do ministerstwa — powiedział Dumbledore, gdy dosiadł miotły. — Być może w Hogwarcie jeszcze nikt się nie zorientował, że dzieje się coś niedobrego. Harry, zarzuć na siebie pelerynę-niewidkę.

Harry wyciągnął pelerynę z kieszeni i zarzucił na siebie, zanim dosiadł miotły. Madame Rosmerta wracała już chwiejnym krokiem do swojego pubu, kiedy Harry i Dumbledore odbili się stopami od ziemi i wznieśli w powietrze, po czym poszybowali w stronę zamku. Harry zerkał w bok na Dumbledore'a, gotów pochwycić go, gdyby się osunął z miotły, ale widok Mrocznego Znaku musiał na starego czarodzieja podziałać jak środek pobudzający: pochylił się nisko nad miotłą, oczy utkwił w Znaku, a jego długie, srebrne włosy i broda powiewały za nim w chłodnym nocnym powietrzu. Harry też wpatrywał się w zieleniejącą na niebie czaszkę, a strach nabrzmiewał w nim jak pełen jadu bąbel, uciskając płuca, wypierając wszelkie inne troski...

Jak długo byli poza zamkiem? Czy Ronowi, Hermionie i Ginny skończyło się już szczęście? Czy to z powodu jednego z nich pojawił się Mroczny Znak nad szkołą, czy może to Neville, Luna albo jakiś inny członek GD? A jeśli to... Mówił im, żeby patrolowali korytarze, prosił ich, żeby porzucili bezpieczne łóżka... Czy znowu będzie odpowiedzialny za śmierć któregoś ze swoich przyjaciół?

Kiedy tak lecieli nad ciemną, krętą drogą, którą przebyli wcześniej pieszo, poprzez świst powietrza w uszach Harry usłyszał, jak Dumbledore znowu mruczy coś w nieznanym języku. Pomyślał, że już wie dlaczego, kiedy poczuł, jak miotła zadrżała przez chwilę, gdy przelatywali nad murami otaczającymi tereny szkolne: dyrektor zapewne zdejmował zaklęcia ochronne, które sam rzucił wokół zamku, tak żeby mogli przelecieć, nie zwalniając. Mroczny Znak jarzył się nad Wieżą Astronomiczną, najwyższą wieżą zamku. Czy to oznacza, że mordu dokonano właśnie tam?

Dumbledore przeleciał nad najeżonym blankami murem wieńczącym szczyt wieży i zsiadał już z miotły. Harry wylądował tuż za nim i rozejrzał się. Drzwi do spiralnych schodów były zamknięte. Nie było widać żadnych śladów walki, nigdzie nie leżało martwe ciało.

— Co to znaczy? — zapytał Harry, patrząc na zieloną czaszkę z językiem węża połyskującą nad nimi złowieszczo. — Czy to prawdziwy znak? Czy kogoś... Panie profesorze?

W mdłej poświacie Mrocznego Znaku zobaczył, jak Dumbledore przyciska poczerniałą dłoń do piersi.

— Idź i obudź Severusa — powiedział słabym głosem, ale wyraźnie. — Powiedz mu, co się stało, i przyślij go do mnie. Nic innego nie rób, z nikim innym nie rozmawiaj i nie zdejmuj peleryny. Będę tu czekał.

— Ale...

— Przyrzekłeś mi posłuszeństwo, Harry... Idź!

Harry pobiegł do drzwi nad spiralnymi schodami, ale zaledwie dotknął żelaznego pierścienia, usłyszał z drugiej strony tupot kroków. Spojrzał przez ramię na Dumbledore'a, który gestem pokazywał mu, żeby wracał. Harry cofnął się, wyciągając różdżkę.

Drzwi otworzyły się gwałtownie i ktoś wypadł przez nie, krzycząc:

— *Expelliarmus!*

Harry'emu nagle zesztywniało całe ciało i poczuł, że uderza plecami w mur. Utkwił tam oparty o kamienną ścianę jak pozbawiony postumentu, chwiejny posąg, nie mogąc się ani poruszyć, ani przemówić. Nie mógł zrozumieć, co się stało — Expelliarmus nie było zaklęciem zamrażającym...

A potem, w blasku Mrocznego Znaku ujrzał, jak różdżka Dumbledore'a wpada w łukowaty prześwit w murze i zrozumiał: Dumbledore unieruchomił go zaklęciem niewerbalnym, a ta sekunda, w której wykonywał zaklęcie, kosztowała go utratę zdolności do obrony samego siebie.

Stojąc na tle blanków, z twarzą białą jak papier, Dumbledore nie okazywał ani śladu lęku czy bólu. Spojrzał na tego, który go rozbroił, i powiedział:

— Dobry wieczór, Draco.

Malfoy wyszedł z cienia, rozglądając się szybko dookoła, żeby sprawdzić, czy są sami. Dostrzegł drugą miotłę.

— Kto tu jeszcze jest?

— To pytanie, które mógłbym zadać tobie. Działasz sam?

Blade oczy Malfoya przeniosły się z powrotem na Dumbledore'a.

— Nie. Mam wsparcie. W twojej szkole są teraz śmierciożercy.

— No, no, no — powiedział Dumbledore, jakby Malfoy pokazywał mu jakąś ambitną pracę domową. — Wspaniale. A więc znalazłeś sposób, by ich tutaj wpuścić, tak?

— Tak — odrzekł Malfoy, oddychając szybko. — Tuż pod twoim nosem, a ty o niczym nie wiedziałeś!

— Genialne. Ale... wybacz mi... gdzie są teraz? Bo tutaj nikt cię nie wspiera.

— Napotkali twoje straże. Walczą teraz tam, na dole. To nie potrwa długo... Przyszedłem tu pierwszy. Mam... mam tu coś do załatwienia.

— No, to musisz to zrobić, mój drogi chłopcze — powiedział cicho Dumbledore.

Zapadła cisza. Harry stał, uwięziony we własnym niewidzialnym, sparaliżowanym ciele, patrząc na tych dwóch i wytężając słuch, by dosłyszeć z daleka odgłosy walki, a przed nim Draco Malfoy nie robił nic, tylko wpatrywał się w Albusa Dumbledore'a, który — to niewiarygodne! — uśmiechał się.

— Draco, Draco, nie jesteś mordercą.

— Skąd wiesz? — zapytał natychmiast Malfoy.

Chyba zdał sobie sprawę, że było to bardzo dziecinne pytanie, bo zarumienił się.

— Nie wiesz, do czego jestem zdolny — powiedział bardziej stanowczym tonem. — Nie wiesz, co już robiłem!

— Och tak, wiem — powiedział łagodnie Dumbledore. — O mało co nie zabiłeś Katie Bell i Ronalda Weasleya. Przez cały rok próbowałeś, coraz bardziej rozpaczliwie, zabić mnie. Wybacz mi, Draco, ale nieudolne to były próby... tak nieudolne, mówiąc szczerze, że zastanawiam się, czy naprawdę się do tego przykładałeś...

— Przykładałem się! — zawołał ze złością Malfoy. — Pracowałem nad tym przez cały rok, a tej nocy...

Gdzieś z głębi zamku dobiegł stłumiony krzyk. Malfoy zesztywniał i spojrzał przez ramię.

— Ktoś całkiem dzielnie sobie poczyna — rzekł Dumbledore beztroskim tonem. — Ale mówiłeś... tak... że udało ci się wpuścić śmierciożerców do mojej szkoły... Przyznaję, wydawało mi się to niemożliwe... Jak tego dokonałeś?

Malfoy milczał, wciąż nasłuchując, prawie tak sparaliżowany jak Harry.

— Może powinieneś wziąć się do roboty? — zapytał Dumbledore. — Co będzie, jak moje straże pokrzyżują plany twojego wsparcia? Jak pewnie już wiesz, w zamku są też członkowie Zakonu Feniksa. A zresztą ty przecież nie potrzebujesz pomocy... Nie mam w tej chwili różdżki... nie mogę się bronić.

Malfoy wciąż milczał, wpatrując się w niego.

— Rozumiem — powiedział Dumbledore uprzejmym tonem. — Boisz się coś zrobić, póki ich nie ma.

— Nie boję się! — warknął Malfoy, ale nadal stał nieruchomo. — To ty powinieneś się bać!

— Ja? Dlaczego? Nie sądzę, żebyś się odważył mnie zabić, Draco. Zabijanie wcale nie jest takie łatwe, jak sądzą ludzie niewinni... Więc powiedz mi, skoro czekamy na twoich przyjaciół, jak ci się udało ich tutaj przeszmuglować? Chyba długo trwało, zanim na to wpadłeś, co?

Malfoy sprawiał wrażenie, jakby zwalczał w sobie chęć krzyku lub zwymiotowania. Przełknął głośno ślinę i odetchnął głęboko kilka razy, wpatrując się z nienawiścią w Dumbledore'a i celując różdżką w jego serce. A potem, jakby nie mógł już dłużej się powstrzymać, powiedział:

— Musiałem naprawić tę szafkę, w której wszystko znika, od lat nikt jej nie używał. W zeszłym roku zginął w niej Montague.

— Aaaach...

Westchnienie Dumbledore'a zabrzmiało jak jęk. Zamknął na chwilę oczy.

— Bardzo sprytne... Są chyba dwie takie szafki?

— Druga jest w sklepie Borgina i Burkesa, ale pomiędzy nimi jest coś w rodzaju przejścia. Montague powiedział mi, że kiedy go zatrzasnęli w tej w Hogwarcie, ugrzązł w stanie zawieszenia, chociaż czasami słyszał, co się dzieje w szkole, a czasami, co się dzieje w sklepie, jakby szafka wędrowała między tymi dwoma miejscami, ale jego nikt nie słyszał... W końcu udało mu się z niej deportować, chociaż nie zdał jeszcze egzaminu. O mały włos nie umarł, jak to robił. Wszyscy uważali, że to była naprawdę wspaniała przygoda, tylko ja jeden zdałem sobie sprawę, co to oznacza... nawet Borgin tego nie wiedział... tylko ja zrozumiałem, że można się dostać do Hogwartu przez te szafki, trzeba tylko naprawić tę zepsutą.

— Znakomicie — mruknął Dumbledore. — Więc śmierciożercy mogli przedostać się do szkoły ze sklepu Borgina i Burkesa, żeby ci pomóc... Sprytny plan, bardzo sprytny plan... i to wszystko, jak powiedziałeś, tuż pod moim nosem...

— Tak — powiedział Malfoy, któremu, co było bardzo dziwne, pochwała Dumbledore'a najwyraźniej poprawiła samopoczucie i dodała odwagi. — Tak, nieźle to obmyśliłem!

— Ale zdarzało się — ciągnął Dumbledore — że ogarniały cię wątpliwości, czy uda ci się naprawić tę szafkę, prawda? I wtedy uciekałeś się do takich prymitywnych i nieprzemyślanych działań, jak przysłanie mi zaklętego naszyjnika, który musiał trafić do niewłaściwych rąk... zatrucie miodu, kiedy szansa, że właśnie ja go wypiję, była naprawdę znikoma...

— Tak, ale ty wciąż nie zdawałeś sobie sprawy, kto za tym wszystkim stoi, prawda? — zadrwił Malfoy.

Dumbledore osunął się nieco, najwidoczniej tracąc siłę w nogach, a Harry walczył beznadziejnie, bez słów, z zaklęciem, które go unieruchomiło.

— Prawdę mówiąc, zdawałem sobie z tego sprawę — rzekł Dumbledore. — Byłem pewny, że ty.

— Więc dlaczego mnie nie powstrzymałeś?

— Próbowałem, Draco. Na moje polecenie śledził cię profesor Snape...

— Na twoje polecenie? On wykonywał polecenia kogoś INNEGO, obiecał mojej matce...

— Oczywiście tak ci powiedział, Draco, ale...

— On jest podwójnym agentem, ty głupi starcze, wcale nie pracuje dla ciebie, tak ci się tylko wydaje!

— I tutaj się różnimy, Draco. Tak się składa, że ufam profesorowi Snape'owi...

— A więc jesteś bardzo naiwny! — zadrwił Malfoy. — Oferował mi swoją pomoc... chciał, by cała sława spłynęła na niego... chciał zrobić cokolwiek... „Co ty wyrabiasz? To ty podsunąłeś ten naszyjnik, to było głupie, mogło wszystko popsuć"... Ale ja mu nie powiedziałem, co robię w Pokoju Życzeń. Jutro się obudzi i będzie już po wszystkim, już nie będzie ulubieńcem Czarnego Pana, w porównaniu ze mną będzie nikim, po prostu nikim!

— Miła odmiana — powiedział łagodnie Dumbledore. — Wszyscy lubimy, jak się docenia naszą ciężką pracę... Ale przecież musiałeś mieć wspólnika... kogoś w Hogsmeade, kogoś, kto mógł podsunąć Katie ten... ten... aaaach...

Zamknął znowu oczy i pochylił głowę, jakby zaraz miał zasnąć.

— Oczywiście... Rosmerta. Od jak dawna jest pod działaniem zaklęcia Imperius?

— W końcu się połapałeś, tak? — zadrwił Malfoy.

Gdzieś z dołu dobiegł jeszcze jeden krzyk, nieco głośniejszy od poprzedniego. Malfoy spojrzał z niepokojem przez ramię, a potem znowu zwrócił wzrok na Dumbledore'a, który mówił dalej:

— Więc to biedna Rosmerta została zmuszona do wejścia ukradkiem do toalety i wręczenia naszyjnika pierwszej uczennicy Hogwartu, która wejdzie tam sama, prawda? A zatruty miód... no tak, oczywiście, Rosmerta mogła to zrobić, bo posłała butelkę Slughornowi, wierząc, że to będzie prezent bożonarodzeniowy dla mnie... Tak, bardzo sprytne... bardzo dobrze pomyślane... Biedny pan Filch oczywiście nie pomyślał, by sprawdzić butelkę od Rosmerty... Powiedz mi, jak się z nią porozumiewałeś? Myślałem, że wszystkie sposoby komunikacji z Hogwartu i do Hogwartu są pod naszą kontrolą?

— Zaczarowane monety — odrzekł Malfoy, jakby coś przymuszało go do mówienia, choć różdżka w jego ręce dygotała okropnie. — Ja miałem jedną, a ona drugą, i w ten sposób mogłem przesyłać jej polecenia...

— Czy to nie jest sposób komunikacji stosowany w zeszłym roku przez grupę, która nazwała się Gwardią Dumbledore'a? — zapytał Dumbledore zdawkowym tonem, ale Harry spostrzegł, że znowu osunął się o cal po ścianie, o którą się opierał.

— Tak, to był ich pomysł — powiedział Malfoy, uśmiechając się szyderczo. — A pomysł zatrucia miodu podsunęła mi ta szlama Granger. Podsłuchałem, jak opowiada w bibliotece, że Filch nie rozpoznaje trucizn...

— Bardzo cię proszę, żebyś w mojej obecności nie używał obraźliwych słów.

Malfoy zaśmiał się ochryple.

— Obchodzi cię, że nazwałem ją szlamą, chociaż za chwilę umrzesz?

— Tak, obchodzi mnie to — odrzekł Dumbledore, a Harry zobaczył, że jego stopy ześliznęły się trochę po posadzce, kiedy starał się wytrwać wyprostowany. — A co do mojej rychłej śmierci, Draco, to miałeś już dość czasu, żeby mnie zabić. Poza nami nie ma tu nikogo, jestem bardziej bezbronny, niż mogłeś marzyć, a ty wciąż nic nie robisz...

Malfoy bezwiednie wykrzywił usta, jakby skosztował czegoś bardzo gorzkiego.

— A jeśli chodzi o dzisiejszą noc — ciągnął Dumbledore — to trochę mnie dziwi, jak do tego wszystkiego doszło... Wiedziałeś, że opuściłem szkołę, tak? No tak, oczywiście — sam sobie odpowiedział na swoje pytanie — Rosmerta widziała, jak odchodzę, porozumiała się z tobą, używając tych pomysłowych monet...

— Zgadza się. Ale powiedziała, że masz zamiar czegoś się napić i wrócisz...

— No tak, rzeczywiście się czegoś napiłem... i wróciłem... ledwo... — wymamrotał Dumbledore. — Więc postanowiłeś zastawić na mnie pułapkę?

— Postanowiliśmy wyczarować nad wieżą Mroczny Znak, żeby ciebie tu zwabić. Wiedzieliśmy, że natychmiast wrócisz, żeby zobaczyć, kto został zamordowany. I to podziałało!

— Poniekąd... — przyznał Dumbledore. — Ale czy to oznacza, że nikt nie zginął?

— Ktoś zginął — odrzekł Malfoy głosem wyższym o oktawę. — Jeden z twoich ludzi... Nie wiem kto, było ciemno... przeszedłem nad jego ciałem... Miałem czekać tutaj, aż wrócisz, tylko ci z Zakonu Feniksa weszli nam w drogę...

— I właśnie wchodzą — przerwał mu Dumbledore.

Z dołu dobiegł huk i krzyki, jeszcze głośniejsze niż przedtem; brzmiało to tak, jakby walka toczyła się już na spiralnych schodach, a Harry'emu serce zabiło mocniej w niewidzialnych piersiach... Ktoś zginął... Malfoy przeszedł nad martwym ciałem... Ale kto to mógł być?

— Tak czy owak jest mało czasu — rzekł Dumbledore. — Pomówmy więc o tym, jakie masz możliwości wyboru, Draco.

— Jakie mam możliwości! — żachnął się Malfoy. — Stoję tutaj z różdżką w ręku... zaraz cię zabiję...

— Mój drogi chłopcze, przestańmy się oszukiwać. Gdybyś zamierzał mnie zabić, zrobiłbyś to w chwilę po tym, jak mnie rozbroiłeś, nie czekałbyś, żeby sobie najpierw ze mną pogawędzić o sposobach i środkach.

— Nie mam żadnych możliwości wyboru! — krzyknął Malfoy, a jego twarz pobladła nagle tak, jak twarz Dumbledore'a. — Muszę cię zabić! On zabije mnie! Zabije całą moją rodzinę!

— Doceniam trudność położenia, w jakim się znalazłeś. Jak myślisz, dlaczego nie zdemaskowałem cię wcześniej? Ponieważ wiedziałem, że zostaniesz zamordowany, jeśli Lord Voldemort dowie się, że cię podejrzewam.

Malfoy skrzywił się na dźwięk tego nazwiska.

— Nie śmiałem z tobą rozmawiać na temat misji, jakiej się podjąłeś, bo bałem się, że użyje wobec ciebie legilimencji — ciągnął Dumbledore. — Teraz jednak możemy porozmawiać otwarcie... Nie stało się jeszcze nic złego, nikogo nie skrzywdziłeś, choć miałeś dużo szczęścia, że twoje przypadkowe ofiary przeżyły... Mogę ci pomóc, Draco.

— Nie, nie możesz — odparł Malfoy, a różdżka w jego dłoni zadrżała. — Nikt nie może mi pomóc. Powiedział mi, że jak tego nie zrobię, to mnie zabije. Nie mam wyboru.

— Przejdź na właściwą stronę, Draco, a ukryjemy cię tak, że nikt cię nie znajdzie, uwierz mi. Co więcej, mogę jeszcze tej nocy wysłać członków Zakonu Feniksa do twojej matki, żeby i ją ukryli. Twój ojciec jest teraz bezpieczny w Azkabanie... Kiedy nadejdzie czas, możemy i jego ochronić... Przejdź na właściwą stronę, Draco... nie jesteś zabójcą...

Malfoy wpatrywał się w niego.

— Ale już daleko zaszedłem, prawda? — powiedział powoli. — Myśleli, że zginę, próbując tego dokonać, a ja jestem tutaj... ty jesteś w mojej mocy... z nas dwóch tylko ja mam różdżkę... jesteś zdany na moją łaskę...

— Nie, Draco — powiedział cicho Dumbledore. — To moja łaska, a nie twoja, teraz się liczy.

Malfoy milczał. Usta miał otwarte, ręka, w której trzymał różdżkę, nadal drżała. Harry'emu wydało się, że trochę ją opuścił.

Nagle rozległ się głośny tupot stóp na schodach i w chwilę później Malfoy został zepchnięty na bok, gdy przez drzwi wpadły cztery postacie w czarnych szatach. Wciąż sparaliżowany, Harry patrzył na nie w przerażeniu: a więc śmierciożercy zwyciężyli...

Przysadzisty mężczyzna rzucający dziwne, ukradkowe spojrzenia zachichotał świszcząco.

— Dumbledore zapędzony w kozi róg! — zawołał i odwrócił się do niskiej kobiety, wyglądającej na jego siostrę, która szczerzyła zęby z uciechy. — Dumbledore bez różdżki, Dumbledore sam! Dobra robota, Draco, dobra robota!

— Dobry wieczór, Amycusie — powiedział spokojnie Dumbledore, jakby witał gościa, który wpadł na popołudniową herbatkę. — Widzę, że przyprowadziłeś też Alecto... jak miło...

Kobieta zachichotała nerwowo.

— A więc myślisz, że twoje żarciki pomogą ci na łożu śmierci, tak?

— Żarciki? Nie, nie, to tylko dobre maniery — odrzekł Dumbledore.

— Zrób to — powiedział stojący najbliżej Harry'ego mężczyzna.

Był wysoki i chudy, z potarganymi, szarymi włosami i wąsami, a jego czarna szata śmierciożercy wyglądała na o wiele dla niego za ciasną. Takiego głosu Harry jeszcze nigdy nie słyszał — był to głos przywodzący na myśl ochrypłe szczekanie psa. Czuć było od niego mieszaninę mocnych, wstrętnych zapachów: brudu, potu i krwi. Jego szarawe dłonie zakończone były długimi żółtawymi paznokciami.

— To ty, Fenrirze? — zapytał Dumbledore.

— Zgadza się — wychrypiał tamten. — Rad jesteś, że mnie widzisz, Dumbledore?

— Nie, tego nie mogę powiedzieć...

Fenrir Greyback roześmiał się, pokazując ostro zakończone zęby. Krew ciekła mu po podbródku, oblizywał powoli wargi w jakiś prawie lubieżny sposób.

— Ale wiesz, Dumbledore, jak bardzo lubię dzieci.

— Czy mam rozumieć, że teraz atakujesz już nawet wtedy, gdy nie ma pełni księżyca? To niezwykłe... Tak ci zasmakowało ludzkie mięso, że nie wystarcza ci jedna ofiara na miesiąc?

— Zgadza się. Jesteś wstrząśnięty, co, Dumbledore? Przeraża cię to?

— Nie będę udawał, że nie budzi to we mnie odrazy — odrzekł Dumbledore. — I... tak, jestem wstrząśnięty tym, że Draco zaprosił tutaj właśnie ciebie, do szkoły, w której mieszka tylu jego przyjaciół...

— Nie zapraszałem go — wydyszał Malfoy, nie patrząc na Greybacka, jakby nie miał ochoty nawet na niego zerknąć. — Nie wiedziałem, że ma tutaj być...

— Ja bym nie przepuścił takiej okazji, Dumbledore — zachrypiał Greyback. — Wycieczka do Hogwartu... tyle gardeł do rozdarcia... tyle smakołyków...

Uniósł rękę i podłubał sobie żółtym paznokciem w przednich zębach, patrząc pożądliwie na Dumbledore'a.

— Mogę cię mieć na deser, Dumbledore...

— Nie — powiedział ostro czwarty śmierciożerca o prymitywnej twarzy. — Otrzymaliśmy rozkazy. Ma to zrobić Draco. No, Draco, tylko raz-dwa.

Malfoy coraz bardziej tracił pewność siebie. Wpatrywał się z przerażeniem w jeszcze bledszą niż uprzednio twarz Dumbledore'a, który osunął się jeszcze niżej po ścianie blanki.

— Po mojemu to on już jest jedną nogą w grobie! — powiedział mężczyzna o rozbieganym spojrzeniu, a jego siostra zachichotała ochryple. — Popatrzcie tylko na niego... Dumby, co się z tobą stało?

— Och, coraz słabszy opór, coraz wolniejszy refleks, Amycusie — odrzekł Dumbledore. — Krótko mówiąc, starość... Pewnego dnia może i ciebie to spotka... jak będziesz miał szczęście...

— Co to znaczy? Co chcesz przez to powiedzieć?! — ryknął śmierciożerca, nagle rozeźlony. — Stary Dumby wcale się nie zmienił, co? Tylko gadasz i nic nie robisz, nic, nie wiem nawet, po co Czarnemu Panu twoja śmierć! Dalej, Draco, zabij go!

Ale w tym momencie gdzieś niżej rozległ się znowu jakiś hałas i ktoś zawołał:

— Zablokowali schody! *Reducto! REDUCTO!*

Harry'emu podskoczyło serce: a więc tym czworo nie udało się do końca przełamać oporu, przedarli się tylko na szczyt wieży i sądząc po tych odgłosach, odgrodzili się jakąś barierą...

— Dalej, Draco, szybko! — zawołał ze złością mężczyzna o zwierzęcej twarzy.

Ale Malfoyowi tak trzęsła się ręka, że nie był w stanie dobrze wycelować różdżki.

— Ja to zrobię — warknął Greyback i ruszył ku Dumbledore'owi z wyciągniętymi rękami i obnażonymi zębami.

— Powiedziałem: nie! — krzyknął śmierciożerca o zwierzęcej twarzy.

Błysnęło i wilkołaka odrzuciło na bok; uderzył w mur i zatoczył się rozwścieczony. Harry'emu tak mocno waliło serce, że wydało mu się prawie niemożliwe, że nikt tego nie słyszy, że nikt go jeszcze nie zauważył, stojącego bezradnie, uwięzionego zaklęciem Dumbledore'a... Gdyby tylko mógł się poruszyć, miotnąłby zaklęciem spod peleryny...

— Zrób to, Draco, albo odsuń się, to ktoś z nas... — zaskrzeczała kobieta, ale w tym momencie drzwi otworzyły się z hukiem i stanął w nich Snape.

Ściskając w ręku różdżkę, omiótł scenę swoimi czarnymi oczami, od Dumbledore'a słaniającego się pod murem, po czterech śmierciożerców, w tym rozwścieczonego wilkołaka, i Malfoya.

— Mamy problem, Snape — powiedział Amycus, który już celował różdżką w Dumbledore'a. — Ten chłopak chyba nie jest w stanie...

Ale to ktoś inny wypowiedział cicho imię Snape'a.

— Severusie...

Ten głos przeraził Harry'ego bardziej niż wszystko, co do tej pory się wydarzyło. Po raz pierwszy usłyszał Dumbledore'a błagającego.

Snape nic nie powiedział, tylko podszedł do niego, odtrącając po drodze Malfoya. Śmierciożercy cofnęli się bez słowa. Nawet wilkołak wyglądał na przestraszonego.

Snape popatrzył na Dumbledore'a, a na jego podłużnej twarzy odmalowała się odraza i nienawiść.

— Severusie... błagam...

Snape uniósł różdżkę i wycelował nią w Dumbledore'a.

— *Avada kedavra!*

Z końca jego różdżki wystrzelił strumień zielonego światła i ugodził Dumbledore'a prosto w piersi. Krzyk przerażenia nie wydarł się z gardła Harry'ego. Niemy i nieruchomy musiał patrzeć, jak moc zaklęcia wyrzuciła Dumbledore'a w powietrze, gdzie przez ułamek sekundy zawisł pod jaśniejącą czaszką, a potem powoli, jak wielka szmaciana lalka, opadł, przewalił się przez blankę i zniknął mu z oczu.

ROZDZIAŁ DWUDZIESTY ÓSMY

Ucieczka Księcia

Harry poczuł się tak, jakby i on został wyrzucony w przestrzeń. *To się nie stało... to się nie mogło stać...*

— Jazda stąd, szybko — powiedział Snape.

Chwycił Malfoya za kark i wyprowadził go przez drzwi. Greyback, przysadzisty śmierciożerca i jego siostra ruszyli za nimi, dysząc z podniecenia. Kiedy znikli za drzwiami, Harry zdał sobie sprawę, że znowu może się poruszać, ale nadal tkwił przy ścianie, sparaliżowany już nie zaklęciem, ale przerażeniem i wstrząsem. Odrzucił pelerynę-niewidkę, gdy szczyt wieży jako ostatni opuszczał śmierciożerca z prymitywną twarzą.

— *Petrificus totalus!*

Śmierciożerca wyprężył się, jakby go ugodziło w plecy coś twardego, i padł, sztywny jak figura woskowa, ale zaledwie uderzył całym ciałem w posadzkę, Harry przeskoczył przez niego i zbiegał już ciemnymi schodami w dół.

Przerażenie i rozpacz rozdzierały mu serce. Musi dotrzeć do Dumbledore'a... i musi dopaść Snape'a... Oba te cele w jakiś sposób były połączone... Wydawało mu się, że mógłby odwrócić bieg wydarzeń, gdyby znalazł ich obu razem... Dumbledore nie mógł umrzeć...

Zeskoczył z ostatnich dziesięciu stopni spiralnych schodów i zatrzymał się z podniesioną różdżką. Słabo oświetlony korytarz wypełniał pył; zwaliła się chyba połowa sufitu, a przed nim toczyła się walka, ale zanim zdążył dostrzec, kto z kim walczy, usłyszał znienawidzony głos:

— Już po wszystkim, uciekamy!

Zobaczył Snape'a znikającego za rogiem w dalekim końcu korytarza; on i Malfoy zdołali jakoś przedrzeć się bez szwanku przez walczących. Pobiegł za nimi, a wówczas rzucił się na niego jeden z nich: to był Greyback, wilkołak. Siła uderzenia odrzuciła Harry'ego do tyłu, zanim zdążył unieść różdżkę. Poczuł na twarzy brudne, zmierzwione włosy, w nozdrzach i ustach odór potu i krwi, a na gardle gorący oddech...

— *Petrificus totalus!*

Greyback zachwiał się i zwiotczał; Harry z najwyższym wysiłkiem strząsnął go z siebie i pchnął na posadzkę, i w tym samym momencie ujrzał mknący ku niemu strumień zielonego światła. Uchylił się i rzucił głową naprzód w wir walki. Potknął się o coś miękkiego i śliskiego: to były dwa ciała, leżące twarzami w kałuży krwi. Nie czas było jednak sprawdzać, kto to jest, bo teraz zobaczył przed sobą burzę rudych włosów: to Ginny walczyła o życie z owym przysadzistym śmierciożercą, Amycusem, który miotał w nią raz po raz zaklęciami. Ginny robiła uniki, a Amycus chichotał, najwidoczniej bawiąc się znakomicie.

— *Crucio... Crucio...* nie możesz tak tańczyć bez końca, ślicznotko...

— *Impedimenta!* — ryknął Harry.

Jego zaklęcie ugodziło Amycusa w pierś: zakwiczał z bólu jak prosiak, wyrzuciło go w powietrze, po czym uderzył całym ciałem w ścianę, osunął się po niej i zniknął Harry'emu z oczu za Ronem, McGonagall i Lupinem, z których każde walczyło ze śmierciożercą. Za nimi zobaczył Tonks zmagającą się z wielkim, jasnowłosym czarodziejem, który miotał zaklęciami we wszystkie strony, tak że odbijały się rykoszetem od ścian, krusząc kamienie, roztrzaskując okna...

— Harry, skąd się tu wziąłeś?! — krzyknęła Ginny.

Ale nie było czasu, żeby jej odpowiedzieć. Pochylił głowę i popędził naprzód, unikając o włos klątwy, która wybuchła tuż nad jego głową, obsypując wszystkich kawałkami ściany. *Snape nie może uciec... muszę dopaść Snape'a...*

— A MASZ! — krzyknęła profesor McGonagall i Harry dostrzegł Alecto biegnącą korytarzem z rękami uniesionymi nad głową; tuż za nią pędził jej brat.

Harry puścił się za nimi biegiem, ale potknął się o coś i w następnej chwili leżał już na czyichś nogach. Podniósł głowę i zobaczył bladą, okrągłą twarz Neville'a, rozpłaszczoną na posadzce.

— Neville, czy ty...

— N-nic mi nie j-jest — wymamrotał Neville, ściskając się za brzuch. — Harry... Snape i Malfoy... b-biegli tędy...

— Wiem, ścigam ich! — odpowiedział Harry, miotając z podłogi zaklęcie w wielkiego śmierciożercę o blond włosach, który robił największe zamieszanie.

Mężczyzna wrzasnął z bólu, kiedy klątwa ugodziła go w twarz; obrócił się w miejscu, zatoczył i uciekł za rodzeństwem śmierciożerców.

Harry wstał i popędził korytarzem, nie zwracając uwagi na huki za swoimi plecami, krzyki innych, by wracał, i nieme wezwania leżących na podłodze ciał, których strasznego losu jeszcze nie poznał...

Skręcił za róg korytarza, ślizgając się w kałużach krwi. Snape miał dużą przewagę... Czy to możliwe, by dopadł już tej szafki w Pokoju Życzeń? A może Zakon poczynił jakieś kroki, by ją zabezpieczyć, by udaremnić śmierciożercom powrót tą drogą? Biegnąc następnym opustoszałym korytarzem, słyszał tylko tupot swoich adidasów i bicie własnego serca, ale po chwili dostrzegł krwawy ślad, więc zrozumiał, że przynajmniej jeden z uciekających śmierciożerców biegł w kierunku drzwi frontowych... więc może Pokój Życzeń jest jednak zablokowany...

Skręcił za następny róg i tuż obok niego przemknęło zaklęcie. Dał nurka za jakąś zbroję, która eksplodowała; zobaczył rodzeństwo śmierciożerców zbiegające marmurowymi schodami i rzucił za nimi parę zaklęć, ale trafił tylko w kilka czarownic w perukach na obrazie wiszącym na podeście schodów, które z wrzaskiem uciekły na sąsiednie płótna. Kiedy przeskoczył przez szczątki zbroi, usłyszał więcej krzyków i wrzasków: widocznie pobudzili się już inni uczniowie i nauczyciele...

Popędził ku jednemu z tajemnych przejść na skróty, mając nadzieję dogonić rodzeństwo śmierciożerców i zbliżyć się do Snape'a i Malfoya, którzy na pewno byli już na błoniach. Pamiętając, by w połowie ukrytych schodów przeskoczyć znikający stopień, przedarł się przez gobelin na dole i wypadł na korytarz, na którym stała grupka przerażonych Puchonów w piżamach.

— Harry! Usłyszeliśmy hałas i ktoś coś mówił o Mrocznym Znaku... — zaczął Ernie Macmillan.

— Z drogi! — krzyknął Harry, odpychając na bok dwóch chłopców i pędząc ku podestowi.

Zbiegł po resztkach marmurowych schodów. Dębowe frontowe drzwi były wyłamane. Na kamiennych płytach widać było smugi krwi; kilkunastu przerażonych uczniów cisnęło się do ścian, paru wciąż zakrywało twarze rękami; olbrzymia klepsydra Gryffindoru była rozbita, wypadały z niej z donośnym grzechotem rubiny...

Harry przeleciał przez salę wejściową i wypadł na ciemne błonia. Dostrzegł trzy postacie biegnące przez trawnik w stronę bramy, za którą mogłyby się deportować... Sądząc po sylwetkach, byli to ów wielki śmierciożerca o blond włosach, a przed nim Snape i Malfoy.

Chłodne nocne powietrze rozrywało Harry'emu płuca, gdy pędził za nimi. Coś błysnęło w oddali i przez ułamek sekundy zobaczył wyraźnie sylwetki uciekających. Nie wiedział, co to było, ale się nie zatrzymał, tylko pędził i pędził, wiedząc, że jest jeszcze za daleko od nich, by dobrze wycelować zaklęcie...

Jeszcze jeden błysk, krzyki, wąskie strumienie światła mknące w przeciwnych kierunkach i Harry zrozumiał: to Hagrid wyszedł z chatki i próbuje zatrzymać uciekających śmierciożerców. I choć każdy oddech zdawał się szatkować mu płuca, a kłucie w piersiach piekło, jakby miał w nich ogień, przyspieszył, gdy mimowolny głos w jego głowie powiedział: *nie Hagrid... tylko nie Hagrid...*

Coś ugodziło go boleśnie w krzyż i upadł na twarz, wbijając zęby w ziemię i czując, jak krew bucha mu nosem. Kiedy przetoczył się na plecy, z różdżką w pogotowiu, wiedział już, że dopadło go rodzeństwo śmierciożerców, które wyprzedził, korzystając ze swojej drogi na skróty.

— *Impedimenta!* — wrzasnął, przetaczając się na bok i przywierając do ziemi.

Cudem udało mu się trafić. Ciemna postać zachwiała się i upadła, podcinając nogi drugiej. Harry zerwał się i popędził naprzód, żeby dopaść Snape'a...

Teraz zobaczył ogromną sylwetkę Hagrida, oświetloną blaskiem sierpu księżyca, który wyjrzał nagle zza chmur. Wysoki blondyn raz po raz miotał w niego zaklęciami, ale Hagrida najwidoczniej chroniła jego nadzwyczajna siła i gruba skóra odziedziczona po matce olbrzymce. Snape i Malfoy wciąż jednak biegli. Wkrótce znajdą się za bramą... będą się mogli deportować...

Harry przemknął obok Hagrida i jego przeciwnika, wycelował w plecy Snape'a i krzyknął:

— *Drętwota!*

Nie trafił. Strumień czerwonego światła przemknął tuż obok głowy Snape'a.

— DRACO, UCIEKAJ! — krzyknął Snape.

Odwrócił się. Od Harry'ego dzieliło go ze dwadzieścia jardów. Popatrzyli na siebie, zanim obaj jednocześnie unieśli różdżki.

— *Cruc...*

Snape odparował zaklęcie, zwalając Harry'ego z nóg, zanim zdążył je wypowiedzieć do końca. Harry przetoczył się na bok i wstając, usłyszał za plecami krzyk wielkiego śmierciożercy:

— *Incendio!*

Rozległ się huk wybuchu i zalało ich roztańczone pomarańczowe światło. Płonęła chatka Hagrida.

— Kieł jest w środku, ty diable! — ryknął Hagrid.

— *Cruc...* — krzyknął ponownie Harry, celując w oświetloną drgającym blaskiem postać, ale Snape i tym razem zablokował zaklęcie, uśmiechając się kpiąco.

— Nie rzucisz żadnych Niewybaczalnych Zaklęć, Potter! — zawołał, przekrzykując buzowanie płomieni, wrzaski Hagrida i rozpaczliwe wycie uwięzionego Kła. — Brakuje ci zimnej krwi i umiejętności...

— *Incarc...* — ryknął Harry, ale Snape jakby od niechcenia odbił zaklęcie machnięciem różdżki.

— Walcz! — zawołał Harry. — Walcz, ty tchórzliwy...

— Nazwałeś mnie tchórzem, Potter? Twój ojciec atakował mnie tylko wtedy, gdy miał obok siebie swoich trzech kumpli, to jak nazwiesz jego?

— *Drętwo...*

— Znowu zablokowane i znowu, i znowu, Potter, aż nauczysz się milczeć i nie otwierać umysłu przed obcymi! — zadrwił Snape. — Hej, TY! — krzyknął do wielkiego śmierciożercy za plecami Harry'ego. — Czas na nas, zanim pojawią się ci z ministerstwa...

— *Impedi...*

Harry jeszcze nie skończył formuły, gdy ugodził go straszliwy ból. Zwalił się na trawę, słysząc czyjś krzyk. Takiego bólu nie wytrzyma, umrze z bólu, oszaleje, Snape zamierza go zamęczyć na śmierć...

— Nie! — krzyknął Snape i ból natychmiast zanikł.

Harry leżał skurczony w trawie, ściskając różdżkę i dysząc ciężko, a gdzieś nad nim Snape wołał:

— Zapomniałeś, jakie mamy rozkazy? Potter należy do Czarnego Pana... mamy go zostawić! Idziemy! Idziemy!

Harry poczuł, jak ziemia drży pod jego twarzą, gdy rodzeństwo i olbrzymi śmierciożerca pobiegli ku bramie. Wezbrał w nim szał nienawiści, wydał z siebie jakiś nieartykułowany wrzask i nie dbając już o życie, podźwignął się na nogi i zatoczył na oślep w stronę Snape'a, człowieka, którego nienawidził tak, jak samego Voldemorta.

— *Sectum*...

Snape machnął różdżką i odbił zaklęcie, ale Harry był już blisko i teraz, w blasku ognia, widział wyraźnie jego twarz. Snape już nie uśmiechał się drwiąco; jego twarz wykrzywiona była wściekłością. Harry skupił się w sobie i pomyślał: *Levi*...

— Nie, Potter! — krzyknął Snape.

Huknęło i Harry'ego odrzuciło do tyłu. Runął na ziemię i tym razem różdżka wypadła mu z ręki. Słyszał ryk Hagrida i wycie Kła, gdy Snape stanął nad nim, bezbronnym, pozbawionym różdżki, a na jego bladej twarzy, oświetlonej roztańczonym blaskiem bijącym z płonącej chatki, malowała się taka sama nienawiść jak wówczas, gdy rzucał śmiertelne zaklęcie na równie bezbronnego Dumbledore'a.

— Śmiesz używać przeciw mnie moich własnych zaklęć, Potter? To ja je wymyśliłem... ja, Książę Półkrwi! A ty chciałbyś zwrócić moje wynalazki przeciw mnie... jak twój plugawy tatuś, tak? O, nie, nie sądzę... NIE!

Harry rzucił się w bok, by dosięgnąć swojej różdżki. Snape wystrzelił klątwę, a różdżka podskoczyła, poszybowała w powietrze i zniknęła w ciemności.

— A więc zabij mnie — wydyszał Harry, który nie czuł wcale strachu, tylko wściekłość i pogardę. — Zabij mnie, jak zabiłeś jego, ty tchórzu...

— NIE NAZYWAJ MNIE TCHÓRZEM!!! — ryknął Snape, a jego twarz stała się nagle twarzą szaleńca, jakby targał nim ból tak nieludzki, jak wyjącym, skomlącym psem, uwięzionym w płonącym domu poza nimi.

Jego różdżka przecięła ze świstem powietrze, a Harry poczuł na twarzy chlaśnięcie tak bolesne, jakby go ktoś smagnął rozgrzanym do białości drutem. Przed oczami wybuchły mu jaskrawe punkty i przez chwilę zaparło mu dech, potem usłyszał nad sobą łopot skrzydeł i coś wielkiego przesłoniło gwiazdy. To Hardodziob rzucił się na Snape'a, który zatoczył się, osłaniając rękami przed ostrymi jak brzytwy pazurami. Harry podźwignął się na łokciu i zobaczył, jak Snape biegnie ile sił w nogach, ścigany przez wielkie zwierzę, które skrzeczy przeraźliwie, tak przeraźliwie jak nigdy dotąd...

Harry wstał z trudem, rozglądając się półprzytomnie za swoją różdżką, ale nawet wtedy, gdy zaczął macać w trawie i rozgarniać gałązki, wiedział już, że jest za późno. I tak było, bo kiedy wreszcie odnalazł różdżkę i odwrócił się, ujrzał hipogryfa zataczającego krąg nad bramą: Snape'owi udało się deportować tuż za granicami terenów szkolnych.

— Hagrid — wymamrotał Harry, wciąż oszołomiony, rozglądając się nieprzytomnie. — HAGRID?!

Ruszył, zataczając się i potykając, w stronę płonącej chatki. Z płomieni wynurzyła się nagle olbrzymia postać z Kłem na plecach. Harry osunął się na kolana z okrzykiem ulgi; dygotał cały, wszystko go bolało, a urywany oddech rozrywał płuca.

— W porządsiu, Harry? W porządsiu? Powiedz coś, Harry...

Wielka, owłosiona twarz Hagrida nadpłynęła nad Harry'ego, przysłaniając gwiazdy. Poczuł zapach spalonego drewna i psiej sierści, wyciągnął rękę, a po chwili poczuł ciepłe i żywe ciało Kła, drżące przy jego boku.

— Nic mi nie jest — wydyszał. — A tobie?

— Pewnie, że nic... nie tak łatwo mnie wykończyć.

Hagrid wsunął mu dłonie pod ramiona i podniósł go z taką siłą, że Harry przez chwilę zawisł w powietrzu, zanim stanął na własnych nogach. Dostrzegł krew spływającą strumykiem z głębokiego rozcięcia pod okiem Hagrida, które szybko puchło.

— Trzeba ugasić ogień — powiedział Harry. — Zaklęcie brzmi: *Aguamenti*...

— Wiedziałem, że to jakoś tak... — wymamrotał Hagrid, uniósł osmalony różowy parasol i powiedział: — *Aguamenti!*

Z końca parasola wystrzelił strumień wody. Harry też uniósł rękę z różdżką, ciężką jak ołów, i mruknął: — *Aguamenti.*

Razem z Hagridem polewali chatkę, aż zniknął ostatni płomień.

— Nie jest tak źle — rzekł Hagrid z nadzieją kilka minut później, patrząc na dymiące zgliszcza. — Dumbledore już sobie z tym poradzi...

Na dźwięk tego nazwiska Harry poczuł piekący ból w żołądku. Ogarnęła go potężna fala przerażenia i rozpaczy.

— Hagridzie...

— Obwiązywałem właśnie nóżki nieśmiałkom, kiedy usłyszałem, jak idą — powiedział ponuro Hagrid, wciąż patrząc na szczątki swojej chatki. — Popaliły się jak kupka chrustu, bidaki...

— Hagridzie...

— Ale co się stało, Harry? Zobaczyłem, jak te śmierciożerce lecą z zamku, ale co, do diabła, robił z nimi Snape? Gdzie on się podział... może ich ściga?

— On... — Harry odchrząknął, bo miał sucho w gardle od dymu i ze strachu. — Hagridzie, on zabił...

— Zabił? — powtórzył Hagrid, wytrzeszczając na niego oczy. — Snape kogoś zabił? Co ty gadasz, Harry?

— Dumbledore'a... Snape zabił... Dumbledore'a.

Hagrid patrzył na niego. Ta niewielka część jego twarzy, której nie przysłaniały kudłate włosy, nie wyrażała zupełnie nic, jakby to, co powiedział Harry, w ogóle do niego nie dotarło.

— Co Dumbledore?

— On nie żyje. Snape go zabił.

— Nie gadaj głupot — obruszył się Hagrid. — Snape zabił Dumbledore'a... Odbiło ci, Harry? Co ci strzeliło do łba?

— Widziałem to.

— Nie gadaj głupot!

— Widziałem to, Hagridzie.

Hagrid pokręcił głową. Na jego twarzy odmalowało się niedowierzanie, ale i współczucie. Harry zrozumiał. Hagrid po prostu myśli, że on, Harry, dostał w głowę, że jest oszołomiony... może to skutki jakiegoś zaklęcia...

— Ja ci powiem, co się stało, Harry. Dumbledore musowo kazał Snape'owi śledzić tych śmierciożerców. A on pewnie podszył się pod któregoś... Słuchaj, teraz cię odprowadzę do szkoły. Idziemy, Harry...

Harry nie próbował się z nim spierać. Wciąż cały się trząsł. Hagrid i tak wkrótce się dowie, wkrótce wszystko do niego dotrze... Kiedy ruszyli w stronę zamku, zobaczył światło w wielu oknach. Z łatwością sobie wyobraził, co się tam teraz dzieje: wszyscy krążą od pokoju do pokoju, opowiadając sobie, że do zamku wdarli się śmierciożercy, że nad Hogwartem płonie Mroczny Znak, że ktoś musiał zostać zamordowany...

Dębowe frontowe drzwi były otwarte na oścież, światło wylewało się z nich na podjazd i trawnik. Powoli i niepewnie po kamiennych stopniach schodziły postacie w piżamach i szlafrokach, rozglądając się ze strachem za śmierciożercami, którzy uciekli w ciemną noc. Harry wpatrywał się jednak w ziemię u stóp najwyższej wieży. Oczami wyobraźni widział już leżącą w trawie ciemną, zbitą masę, choć z tej odległości nie mógł dostrzec niczego. Ale kiedy tak patrzył bez słów w miejsce, gdzie musiało leżeć ciało Dumbledore'a, zobaczył, że ludzie kierują się w tamtą stronę.

— Na co oni się tak gapią? — zapytał Hagrid, kiedy zbliżyli się do kamiennych stopni, z Kłem trzymającym się tuż przy ich nogach. — Co tam leży w trawie?! — dodał ostrym tonem, ruszając w stronę podnóża Wieży Astronomicznej, gdzie zebrał się już mały tłum. — Widzisz, Harry? O, tam, pod wieżą! Pod tym Znakiem... Cholibka!... chyba kogóś nie wyrzucili...

Nagle umilkł, bo najwyraźniej poraziła go myśl, której nie śmiał wypowiedzieć na głos. Harry szedł obok niego, czując ból i pieczenie na twarzy i na nogach, tam, gdzie tak niedawno ugodziły go różne klątwy i zaklęcia, ale ten ból był jakiś nierealny, dziwnie od niego oderwany, jakby doświadczał go ktoś idący obok. Prawdziwy i nieodparty był tylko straszny ucisk w klatce piersiowej.

Szedł z Hagridem jak we śnie przez pomrukujący i szepczący tłum, aż na sam przód, gdzie oniemiali uczniowie i nauczyciele pozostawili wolne miejsce.

Usłyszał, jak Hagrid jęknął strasznie, ale się nie zatrzymał, szedł powoli dalej, aż ujrzał leżące w trawie nieruchome ciało Dumbledore'a.

Wiedział już, że nie ma żadnej nadziei, od chwili, gdy został uwolniony z rzuconego na niego przez Dumbledore'a zaklęcia pełnego porażenia ciała, bo mogło się to stać tylko dlatego, że ten, który to zaklęcie rzucił, był już martwy, ale i tak nie był gotów na ujrzenie go tutaj, w trawie, z pogruchotanymi kośćmi, z rozrzuconymi rękami i nogami — jego, właśnie jego, największego czarodzieja, jakiego kiedykolwiek spotkał, jakiego kiedykolwiek spotka.

Dumbledore miał oczy zamknięte, ale gdyby nie sposób, w jaki rozłożone były jego ręce i nogi, można było pomyśleć, że śpi. Harry pochylił się, poprawił mu okulary-połówki na zakrzywionym nosie i otarł rękawem krew z ust. Potem spojrzał z góry na tę mądrą, starą twarz i spróbował wchłonąć w siebie straszną i niepojętą prawdę: że Dumbledore nigdy już do niego nie przemówi, nigdy mu nie pomoże...

Usłyszał głosy za swoimi plecami. Nie wiedział, ile czasu już upłynęło, odkąd zobaczył to ciało, ale nagle uświadomił sobie, że klęczy na czymś twardym. Spojrzał na ziemię.

Leżał tam medalion, ten sam, który udało im się wykraść wiele godzin temu, a który musiał wypaść z kieszeni Dumbledore'a. Był otwarty, zapewne na skutek siły, z jaką ugodził w ziemię. I chociaż Harry nie mógł już odczuwać większej rozpaczy i bólu, chociaż nic już nie mogło bardziej nim wstrząsnąć, kiedy podniósł medalion, natychmiast poznał, że coś się nie zgadza...

Obrócił medalion w rękach. Był mniejszy od tego, który zobaczył w myślodsiewni, nie było też na nim żadnych znaków, żadnego ozdobnego „S", znaku Slytherina. Co więcej, w środku był tylko zwitek pergaminu, wciśnięty w miejsce, gdzie powinien być portret.

Bezwiednie, nie myśląc o tym, co robi, Harry wyciągnął ów zwitek, rozwinął go i odczytał w świetle wielu różdżek, które teraz za nim się zapaliły:

Do Czarnego Pana
Wiem, że zanim to odczytasz, będę już dawno martwy,
ale chcę, byś wiedział, że to ja odkryłem twoją tajemnicę.
To ja wykradłem twojego prawdziwego horkruksa
i postanowiłem go zniszczyć.
Zmierzę się ze śmiercią w nadziei,
że kiedy trafisz na godnego siebie przeciwnika,
będziesz znowu śmiertelny.
R.A.B.

Harry nie wiedział, jaki jest sens tego listu, i nie dbał o to. Liczyło się tylko jedno: to nie był horkruks. Dumbledore na darmo wyniszczył samego siebie, wypijając ten straszliwy eliksir. Harry zmiął pergamin w dłoni, a pod powiekami poczuł palące łzy. Za sobą usłyszał żałosne wycie Kła.

ROZDZIAŁ DWUDZIESTY DZIEWIĄTY

Lament feniksa

Chodź, Harry...
— Nie.
— Nie możesz tu zostać, Harry... no chodź...
— Nie.
Nie chciał odejść od ciała Dumbledore'a, nie chciał nigdzie iść. Ręka Hagrida drżała na jego ramieniu. A potem usłyszał inny głos:
— Harry, chodź...
Jego rękę pochwyciła inna dłoń, o wiele mniejsza i cieplejsza, i pociągnęła go w górę. Poddał się jej bezmyślnie. Dopiero kiedy już szedł, niczego nie widząc, przez tłum, po znajomym kwiatowym zapachu poznał, że to Ginny prowadzi go z powrotem do zamku. Słyszał za sobą niezrozumiałe głosy, szlochy i jęki, ale wszedł za nią po kamiennych stopniach do sali wejściowej, gdzie na obrzeżach jego wizji pojawiły się jakieś twarze: ludzie zerkali na niego, szeptali, dziwili się, a na posadzce, jak krople krwi, błyszczały rubiny Gryffindoru.
— Idziemy do skrzydła szpitalnego — powiedziała Ginny.

— Nie jestem ranny.

— To polecenie McGonagall. Wszyscy tam są... Ron, Hermiona, Lupin, wszyscy...

Znowu ogarnął go strach: zapomniał o tych nieruchomych postaciach, które zostawił poza sobą.

— Ginny, kto jeszcze zginął?

— Nie martw się, żaden z naszych.

— Ale... Mroczny Znak... Malfoy powiedział, że przestąpił przez martwe ciało...

— To był Bill, ale już wszystko w porządku, żyje.

W jej głosie było coś, co powiedziało Harry'emu, że jednak nie wszystko jest w porządku.

— Jesteś pewna?

— Oczywiście... Jest trochę... pokiereszowany... to wszystko. Greyback go zaatakował. Pani Pomfrey mówi, że już nigdy nie będzie wyglądał tak jak przedtem... — Głos jej się trochę załamał. — Nie wiadomo, jakie będą następstwa... to znaczy... Greyback to wilkołak, ale to nie był okres jego przemiany.

— A inni... Tam leżały ciała...

— Neville jest w skrzydle szpitalnym, ale pani Pomfrey mówi, że w pełni odzyska zdrowie, a profesor Flitwick stracił świadomość, ale już jest dobrze, czuje się tylko trochę słaby. Upierał się, że pójdzie zaopiekować się Krukonami. Jest jeden martwy śmierciożerca, trafiło go jedno z morderczych zaklęć tego wielkiego blondyna, miotał je we wszystkie strony... Harry, gdybyśmy nie mieli twojego eliksiru szczęścia, to chybaby nas pozabijali, ale jakoś nic w nas nie trafiało...

Doszli do skrzydła szpitalnego. Pchnąwszy drzwi, Harry zobaczył w łóżku tuż przy drzwiach pogrążonego we śnie Neville'a. Ron, Hermiona, Luna, Tonks i Lupin stali wokół łóżka w końcu sali. Na dźwięk otwieranych drzwi wszyscy się odwrócili. Hermiona podbiegła do Harry'ego i objęła go mocno, podszedł również Lupin, który miał zaniepokojoną minę.

— Nic ci nie jest, Harry?

— Ze mną wszystko w porządku... ale co z Billem?

Nikt mu nie odpowiedział. Harry spojrzał przez ramię Hermiony i zobaczył na poduszce jakąś trudną do rozpoznania twarz, tak poszarpaną, że wyglądało to prawie groteskowo. Pani Pomfrey przykładała mu do ran jakąś ostro pachnącą, zieloną maść. Harry przypomniał sobie, jak Snape wyleczył Malfoyowi rany po zaklęciu Sectumsempra.

— Nie można użyć różdżki? — zapytał.

— Na to nie podziała żadne zaklęcie — odpowiedziała pani Pomfrey. — Próbowałam wszystkiego, ale na ukąszenia wilkołaka nie ma sposobu.

— Ale on nie został ukąszony podczas pełni księżyca — zauważył Ron, który wpatrywał się w twarz brata, jakby mógł wyleczyć jego rany samym spojrzeniem. — Greyback się nie przemienił, więc Bill nie stanie się... prawdziwym...

Spojrzał niepewnie na Lupina.

— Nie, nie sądzę, by Bill stał się prawdziwym wilkołakiem — rzekł Lupin — ale to nie znaczy, że nie dojdzie do jakiegoś skażenia. To są przeklęte rany. Nigdy się ich do końca nie wyleczy i... i Bill może mieć odtąd pewne wilcze cechy.

— Ale Dumbledore może znać na to jakiś sposób — powiedział Ron. — Gdzie on jest? Bill walczył z tymi maniakami na jego rozkaz, Dumbledore jest mu coś winien, nie może go zostawić w takim stanie...

— Ron... Dumbledore nie żyje — powiedziała Ginny.

— Nie!

Lupin spojrzał dzikim wzrokiem najpierw na Ginny, potem na Harry'ego, jakby miał nadzieję, że ten zaprzeczy, ale Harry milczał, więc osunął się na krzesło stojące obok łóżka i zakrył twarz dłońmi. Harry nigdy przedtem nie widział, by Lupin stracił panowanie nad sobą; poczuł się tak, jakby wtargnął w czyjąś bardzo osobistą, intymną sferę. Odwrócił się i napotkał wzrok Rona. Milcząc, potwierdził spojrzeniem to, co powiedziała Ginny.

— Jak umarł? — wyszeptała Tonks. — Jak do tego doszło?

— Zabił go Snape — powiedział Harry. — Byłem przy tym, widziałem to. Wróciliśmy i wylądowaliśmy na szczycie Wieży Astronomicznej, bo nad nią był Mroczny Znak... Dumbledore był chory, osłabiony, ale myślę, że zdał sobie sprawę, że to pułapka, kiedy usłyszał tupot kroków na schodach. Unieruchomił mnie, nie mogłem nic zrobić, byłem pod peleryną-niewidką... A potem przyszedł Malfoy i rozbroił go...

Hermiona zakryła sobie ustą dłonią, Ron jęknął, a Lunie zadrżały usta.

— ...pojawili się śmierciożercy... a potem Snape... i Snape to zrobił. Avada kedavra.

Nie mógł dalej mówić.

Pani Pomfrey wybuchnęła płaczem. Nikt nie zwrócił na nią uwagi, prócz Ginny, która szepnęła:

— Ciiicho! Słuchajcie!

Pani Pomfrey przycisnęła sobie palce do ust, przełykając łzy, z szeroko otwartymi oczami. Gdzieś w ciemności rozległ się przedziwny śpiew feniksa — lament pełen bólu i jakiegoś tragicznego piękna. A Harry poczuł tak jak kiedyś, że ten śpiew jest w nim, nie gdzieś na zewnątrz: to jego własny żal, przemieniony magią w pieśń, rozbrzmiewał po błoniach i wpadał przez okna do zamku.

Nie wiedział, jak długo stali tak wszyscy, słuchając, nie wiedział, dlaczego ten lament uśmierza ich ból, ale wydało mu się, że dopiero po długim czasie drzwi sali szpitalnej znowu się otworzyły i weszła profesor McGonagall. I ona nosiła na sobie ślady niedawnej walki: twarz miała podrapaną, a szatę w strzępach.

— Molly i Artur zaraz tu będą — powiedziała i nagle prysnął czar owej przedziwnej muzyki: wszyscy otrząsnęli się, jakby z transu, i znowu zwracali wzrok na Billa albo przecierali oczy i kręcili głowami. — Harry, co się stało? Hagrid mówi, że byłeś z profesorem Dumbledore'em, kiedy... kiedy to się stało. Mówi, że profesor Snape...

— Snape zabił Dumbledore'a — przerwał jej Harry.

Przez chwilę wpatrywała się w niego rozszerzonymi oczami, a potem zachwiała się niebezpiecznie. Pani Pomfrey, która już wzięła się w garść, podbiegła i wyczarowała krzesło, które jej podsunęła.

— Snape — powtórzyła cicho McGonagall, opadając na krzesło. — Wszyscy się zastanawialiśmy... ale on tak mu ufał... zawsze... Snape... nie mogę w to uwierzyć...

— Snape znał się na oklumencji jak nikt — odezwał się Lupin nienaturalnie ochrypłym głosem. — Zawsze o tym wiedzieliśmy.

— Ale Dumbledore przysięgał, że on jest po naszej stronie! — wyszeptała Tonks. — Zawsze uważałam, że wie o nim coś, czego my nie wiemy.

— Wciąż napomykał, że ma niezbity dowód na to, że może ufać Snape'owi — mruknęła profesor McGonagall, osuszając kąciki załzawionych oczu kraciastą chustką. — To znaczy... znając historię Snape'a... ludzie musieli się zastanawiać... ale Dumbledore powiedział mi wyraźnie, że skrucha Snape'a jest absolutnie autentyczna... nie można było przy nim powiedzieć o Snapie ani jednego złego słowa!

— Bardzo bym chciała wiedzieć, w jaki sposób Snape przekonał go o swoim nawróceniu — powiedziała Tonks.

— Ja wiem — odezwał się Harry i wszyscy na niego spojrzeli. — Snape przekazał Voldemortowi informację, która pozwoliła mu dopaść moich rodziców. A potem Snape powiedział Dumbledore'owi, że nie zdawał sobie sprawy z tego, co zrobił, że naprawdę tego żałuje, i tak mu żal, że zginęli.

— I Dumbledore w to uwierzył? — zapytał z powątpiewaniem Lupin. — Dumbledore uwierzył, że Snape żałuje śmierci Jamesa? Przecież Snape NIENAWIDZIŁ Jamesa...

— I uważał, że moja matka nie jest warta złamanego knuta — powiedział Harry — bo pochodzi z mugolskiej rodziny... Nazwał ją szlamą...

Nikt nie zapytał, skąd Harry to wie. Wszyscy byli w strasznym szoku, starając się przetrawić potworną prawdę o tym, co się wydarzyło.

— To wszystko moja wina — oświadczyła nagle profesor McGonagall z trochę nieprzytomnym spojrzeniem, ściskając nerwowo mokrą chusteczkę. — Moja wina. To ja wysłałam Filiusa po Snape'a, ja go ściągnęłam, żeby nam pomógł! Gdybym nie ostrzegła Snape'a, gdyby się nie dowiedział, co się dzieje, może by nigdy nie przyłączył się do śmierciożerców. Nie sądzę, by wiedział, że tutaj są, zanim mu tego nie powiedział Filius, nie sądzę, by wiedział, że nas zaatakują.

— To nie twoja wina, Minerwo — stwierdził stanowczo Lupin. — Wszyscy szukaliśmy wsparcia, wszyscy cieszyliśmy się, że Snape będzie z nami...

— Więc kiedy się pojawił na polu walki, przyłączył się do śmierciożerców? — zapytał Harry, który chciał poznać każdy szczegół potwierdzający dwulicowość i niegodziwość Snape'a, namiętnie gromadząc coraz to nowe powody, by go nienawidzić, by przysięgać mu zemstę.

— Nie wiem dokładnie, jak to się stało — powiedziała ze smutkiem profesor McGonagall. — Wszystko jest takie niejasne... Dumbledore powiedział nam, że opuszcza szkołę na kilka godzin i że musimy patrolować korytarze na wszelki wypadek... Mieli się do nas przyłączyć Remus, Bill i Nimfadora... No więc trzymaliśmy straż na korytarzach. Wydawało się, że wszędzie jest spokój. Pilnowaliśmy każdego tajnego przejścia. Wiedzieliśmy, że nikt nie może się tu wśliznąć. Każde wejście do zamku było chronione potężnymi zaklęciami. Do tej pory nie wiem, jak się udało wedrzeć tu śmierciożercom...

— Ja wiem — odezwał się Harry i opowiedział im krótko o parze szafek i magicznym przejściu, które tworzyły. — Weszli tu przez Pokój Życzeń.

Nie mógł się oprzeć, by nie spojrzeć na Rona i Hermionę; oboje wyglądali na zdruzgotanych.

— Nawaliłem, Harry — wybąkał Ron. — Zrobiliśmy tak, jak nam powiedziałeś, sprawdziliśmy, że na Mapie Huncwotów nie ma Malfoya, więc pomyśleliśmy, że musi być w Pokoju Życzeń. Ja, Ginny i Neville poszliśmy, żeby stać tam na straży... ale Malfoyowi udało się stamtąd wyjść.

— Wyszedł z Pokoju Życzeń po jakiejś godzinie od chwili, gdy stanęliśmy na straży u drzwi — powiedziała Ginny. — Był sam, trzymał tę okropną uschniętą rękę...

— Rękę Glorii — wtrącił Ron. — Daje światło tylko temu, kto ją trzyma, pamiętasz?

— W każdym razie — ciągnęła Ginny — on chyba sprawdzał, czy śmierciożercy mogą swobodnie wyjść, bo jak nas zobaczył, rzucił coś w powietrze i nagle zrobiło się strasznie ciemno...

— Peruwiański Proszek Natychmiastowej Ciemności — wtrącił z goryczą Ron. — Od Freda i George'a. Będę musiał pogadać z nimi o tym, komu sprzedają swoje produkty.

— Próbowaliśmy wszystkiego... *Lumos, Incendio...* — ciągnęła Ginny. — Nic nie chciało rozjaśnić tej ciemności, więc co mieliśmy robić? Po omacku opuściliśmy ten korytarz, ale słyszeliśmy, jak obok nas przebiegają jacyś ludzie. Malfoy miał tę rękę, więc ich prowadził, a my, w tej ciemności, baliśmy się użyć zaklęć, żeby nie trafić w siebie nawzajem, a jak doszliśmy do jakiegoś korytarza, gdzie było jasno, ich już nie było.

— Na szczęście — odezwał się Lupin — Ron, Ginny i Neville natknęli się tam na nas i powiedzieli nam, co się stało. Po paru minutach odnaleźliśmy śmierciożerców, którzy zmierzali w kierunku Wieży Astronomicznej. Malfoy najwyraźniej nie spodziewał się, że na straży będzie więcej osób, w każdym razie zapas Proszku Ciemności chyba mu się skończył. Rozgorzała walka, oni się rozproszyli, zaczęliśmy ich ścigać. Jednemu z nich, Gibbonowi, udało się dopaść spiralnych schodów na wieżę...

— I wyczarować Mroczny Znak? — zapytał Harry.

— Tak, musiał to zrobić, pewnie to ustalili, zanim opuścili Pokój Życzeń — powiedział Lupin. — Ale Gibbon chyba nie miał ochoty czekać tam samotnie na Dumbledore'a, bo szybko zbiegł z powrotem po schodach i włączył się do walki. Trafiło go mordercze zaklęcie wycelowane we mnie.

— Więc skoro Ron pilnował Pokoju Życzeń razem z Ginny i Neville'em — Harry zwrócił się do Hermiony — to ty byłaś...

— Tak, pod drzwiami gabinetu Snape'a — wyszeptała Hermiona z oczami pełnymi łez. — Z Luną. Tkwiłyśmy tam bardzo długo, nic się nie działo... nie wiedziałyśmy, co się dzieje tam, wyżej, Ron wziął Mapę Huncwotów... Dopiero około północy zbiegł do lochów profesor Flitwick. Krzyczał coś o śmierciożercach w zamku, chyba nawet nie zauważył Luny i mnie, tylko wpadł do gabinetu Snape'a i słyszałyśmy, jak mówi mu, żeby natychmiast z nim poszedł i im pomógł, a potem usłyszałyśmy łoskot... i Snape wybiegł z pokoju... i nas zobaczył... i... i...

— I co?

— Byłam taka głupia, Harry! — wyszeptała Hermiona. — Powiedział, że profesor Flitwick zemdlał i że musimy tam wejść i zająć się nim, a on... a on pójdzie, żeby pomóc w walce ze śmierciożercami... — Zakryła sobie twarz rękami i ciągnęła przytłumionym głosem: — Weszłyśmy do jego gabinetu i zobaczyłyśmy nieprzytomnego

Flitwicka leżącego na podłodze... i... och, to jest teraz tak oczywiste, Snape musiał rzucić na niego Drętwotę, ale my nie zdawałyśmy sobie z tego sprawy, Harry, pozwoliłyśmy Snape'owi tam pójść i...

— To nie twoja wina — przerwał jej stanowczo Lupin. — Hermiono, gdybyś nie posłuchała Snape'a i nie usunęła mu się z drogi, prawdopodobnie zabiłby ciebie i Lunę.

— Więc pobiegł na górę — powiedział Harry, widząc w wyobraźni Snape'a biegnącego po marmurowych schodach, z czarną szatą wzdymającą się za nim jak zwykle, wyciągającego w biegu różdżkę — i znalazł to miejsce, gdzie wszyscy walczyliście...

— Było ciężko, zaczynaliśmy przegrywać — powiedziała cicho Tonks. — Gibbon padł, ale reszta śmierciożerców była gotowa walczyć na śmierć i życie. Neville został ranny, na Billa rzucił się Greyback... było ciemno... zaklęcia śmigały ze wszystkich stron... Malfoy gdzieś znikł, musiał się prześliznąć i pobiec na wieżę... a potem pobiegło za nim więcej śmierciożerców, jeden zablokował za nimi schody jakimś zaklęciem... Neville wpadł na nie i wyrzuciło go w powietrze...

— Nie mogliśmy się tam przedrzeć — powiedział Ron — a ten wielki śmierciożerca miotał wciąż zaklęciami we wszystkie strony, rąbały w ściany i świstały nam koło uszu...

— I wtedy pojawił się Snape — powiedziała Tonks — i nagle zniknął...

— Zobaczyłam, jak ku nam pędzi, ale zaraz potem musiałam zrobić unik przed zaklęciem tego olbrzymiego śmierciożercy i straciłam przytomność — dodała Ginny.

— Ja go zobaczyłem, jak przebiega przez tę magiczną zaporę, jakby jej tam w ogóle nie było — powiedział Lupin. — Pobiegłem za nim, ale odrzuciło mnie tak samo jak Neville'a...

— Zna jakieś zaklęcie, którego my nie znamy — szepnęła McGonagall. — W końcu on... on był nauczycielem obrony przed czarną magią... Pomyślałam sobie, że ściga tych śmierciożerców, którzy uciekli na wieżę...

— Bo ścigał — przerwał jej wzburzony Harry — ale nie po to, żeby ich zatrzymać, tylko żeby im pomóc... i mogę się założyć, że aby przejść przez tę zaporę, wystarczyło być naznaczonym Mrocznym Znakiem... I co się stało, jak stamtąd wrócił?

— Ten wielki śmierciożerca właśnie rozwalił zaklęciem sklepienie, połowa runęła w dół, i chyba to przełamało zaklęcie blokujące schody — powiedział Lupin. — Wszyscy tam pobiegliśmy... w każdym razie ci, którzy jeszcze trzymali się na nogach... i wtedy z chmury pyłu wyłonił się Snape z tym chłopcem... oczywiście ich nie zaatakowaliśmy...

— Po prostu pozwoliliśmy im przejść — powiedziała ponuro Tonks — myśleliśmy, że uciekają przed śmierciożercami... a zaraz potem oni rzeczywiście wrócili, razem z tym Greybackiem, i znowu rozgorzała walka... Wydawało mi się, że Snape coś krzyczy, ale nie wiem co...

— Wołał: „Już po wszystkim!" — wtrącił Harry. — Zrobił już to, co zamierzał zrobić.

Wszyscy umilkli. Z błoni napłynął lament Fawkesa. Smętna pieśń drgała w powietrzu, a Harry'ego nawiedziły nieproszone, niechciane myśli... Czy już zabrali ciało Dumbledore'a spod wieży? Co się z nim teraz stanie?

Gdzie je pochowają? Zacisnął pięści schowane w kieszeniach. Knykcie prawej dłoni wyczuły chłód fałszywego horkruksa.

Drzwi otworzyły się gwałtownie, tak że wszyscy podskoczyli. Do sali szpitalnej wpadli państwo Weasleyowie, a za nimi Fleur.

— Molly... Arturze... — powiedziała profesor McGonagall, spiesząc ku nim, żeby ich powitać. — Tak mi przykro...

— Bill... — wyszeptała pani Weasley, przebiegając obok McGonagall. — Och, BILL!

Lupin i Tonks podnieśli się szybko i odeszli od łóżka Billa. Pani Weasley pochyliła się nad synem i przycisnęła wargi do jego zakrwawionego czoła.

— Mówisz, że zaatakował go Greyback? — zwrócił się pan Weasley do profesor McGonagall. — Ale nie był przemieniony? Więc co to oznacza? Co będzie z Billem?

— Jeszcze nie wiemy — odpowiedziała, patrząc bezradnie na Lupina.

— Prawdopodobnie dojdzie do jakiegoś skażenia, Arturze — rzekł Lupin. — To rzadki przypadek, może nawet jedyny w swoim rodzaju... Nie wiemy, jak się zachowa, kiedy się obudzi...

Pani Weasley wzięła od pani Pomfrey cuchnącą maść i zaczęła nią smarować rany Billa.

— A Dumbledore? — odezwał się pan Weasley. — Minerwo, czy to prawda... czy on naprawdę...?

Profesor McGonagall kiwnęła głową. Harry poczuł, że Ginny stanęła obok niego. Spojrzał na nią. Jej przymrużone oczy utkwione były we Fleur, która wpatrywała się w Billa ze zmartwiałą twarzą.

— Dumbledore nie żyje — wyszeptał pan Weasley, ale jego żona nie odrywała oczu od swojego najstarszego syna; zaczęła szlochać, a łzy kapały na jego pokiereszowaną twarz.

— Oczywiście wygląd nie ma znaczenia... to naprawdę n-nie w-ważne... ale był takim ładnym chłopaczkiem... zawsze był bardzo przystojny... i m-miał się ożenić!

— A co przez to rozumi? — zapytała nagle głośno Fleur. — Co znaczy „mial" się ożenici?

Pani Weasley podniosła zalaną łzami twarz i spojrzała na nią ze zdumieniem.

— No... tylko to, że...

— Myśli, że Bill nie będzie już mnie chcial? — zapytała Fleur. — Że już mnie nie pokocha, bo te ugryzienia?

— Nie, wcale tak nie...

— Bo on mnie pokocha! — powiedziała Fleur, prostując się i odrzucając do tyłu swoją długą srebrną grzywę. — Musi być więcej od wilkolak, żeby Bill mnie nie kocha!

— Tak, tego jestem pewna — powiedziała pani Weasley — ja tylko pomyślałam, że może teraz... biorąc pod uwagę jego... jego...

— Myśli, że ja by go nie chciala za męża? A może to taka nadzieja? — zapytała Fleur, a nozdrza jej drgały. — A co mi tam, jak on wygląda! Ja wygląda tak dobrze, że starczy na oboje! Te wszystki rany to dlatego, że mój mąż taki dzielny! I ja to zrobi! — dodała ze złością, odpychając panią Weasley na bok i wyrywając jej z ręki pudełko z maścią.

Pani Weasley wpadła na męża i z bardzo dziwną miną patrzyła, jak Fleur smaruje rany Billa. Wszyscy milczeli, Harry zamarł. Jak wszyscy, czekał na wybuch.

— Nasza stryjeczna babcia Muriel — oznajmiła pani Weasley po dłuższej chwili — ma cudowną tiarę... robota goblinów... i na pewno uda mi się ją nakłonić, by ci ją pożyczyła na ślub. Ona bardzo lubi Billa, a ta tiara będzie dobrze pasowała do twoich włosów.

— Dziękuję — powiedziała oschle Fleur. — Jestem pewna, że będzi piękna.

A po chwili — Harry nie bardzo wiedział, jak to się stało — obie kobiety już się ściskały i wypłakiwały w swoje ramiona. Kompletnie oszołomiony, zastanawiając się, czy świat oszalał, odwrócił się i rozejrzał. Ron wyglądał na tak samo zaskoczonego jak on, a Ginny i Hermiona wymieniały zdumione spojrzenia.

— Widzisz? — rozległ się pełen napięcia głos. Tonks patrzyła groźnie na Lupina. — Ona nadal chce za niego wyjść, chociaż został ukąszony! Ją to nie obchodzi!

— Jest różnica — odrzekł Lupin, prawie nie poruszając ustami, nagle jakiś spięty. — Bill nie będzie prawdziwym wilkołakiem. Oba przypadki są zupełnie...

— A mnie to wcale nie obchodzi, rozumiesz?! — zawołała Tonks, chwytając go z przodu za szatę i potrząsając nią. — Mówiłam ci milion razy...

I nagle Harry zrozumiał, dlaczego patronus Tonks tak się zmienił, dlaczego ma teraz mysie włosy, dlaczego chciała się zobaczyć z Dumbledore'em, kiedy tylko usłyszała, że Greyback kogoś zaatakował... To nie w Syriuszu była zakochana...

— A ja milion razy mówiłem TOBIE — powiedział Lupin, starając się nie patrzyć jej w oczy — że jestem dla ciebie za stary, za biedny... zbyt niebezpieczny...

— Zawsze ci mówiłam, że bardzo śmiesznie do tego podchodzisz, Remusie — powiedziała pani Weasley przez ramię Fleur, klepiąc ją po plecach.

— A ja nie widzę w tym nic śmiesznego — upierał się Lupin. — Tonks zasługuje na kogoś młodego i zdrowego.

— Ale pragnie ciebie — stwierdziła pani Weasley, lekko się uśmiechając. — A bywa i tak, Remusie, że młodzi i zdrowi mężczyźni nagle przestają tacy być. — Wskazała ze smutkiem na swojego syna leżącego między nimi.

— To nie jest odpowiednia chwila, żeby nad tym dyskutować — rzekł Lupin, unikając spojrzeń wszystkich obecnych i rozglądając się trochę nieprzytomnie po sali. — Dumbledore nie żyje...

— Dumbledore byłby bardzo szczęśliwy, widząc, że na świecie przybyło trochę miłości — stwierdziła szorstko profesor McGonagall.

W tym momencie drzwi znowu się otworzyły i wszedł Hagrid.

Ta niewielka część jego twarzy, której nie przysłaniały włosy, była wilgotna i napuchnięta; zanosił się płaczem, w ręku trzymał wielką poplamioną chustkę.

— Ja... to z-zrobiłem, pani profesor — wymamrotał przez łzy. — P-przeniosłem go. Profesor Sprout zagoniła dzieciaki do łóżek. Profesor Flitwick leży, ale mówi, że za momencik wydobrzeje, a profesor Slughorn mówi, że ministerstwo już wie.

— Dziękuję ci, Hagridzie — powiedziała profesor McGonagall, po czym natychmiast wstała i odwróciła się, by spojrzeć na wszystkich otaczających łóżko Billa. — Hagridzie, powiedz opiekunom domów... Slughorn może reprezentować Slytherin... że chcę ich zaraz widzieć w moim gabinecie. Ty też tam przyjdź.

Kiedy Hagrid kiwnął głową i wyszedł z sali, spojrzała na Harry'ego.

— Zanim spotkam się z nimi, chciałabym zamienić z tobą słowo, Harry. Może pójdziesz ze mną...

Harry wstał, mruknął do Rona, Hermiony i Ginny: „Zaraz się zobaczymy" i ruszył za nią. Korytarze były puste i tylko z daleka dochodził śpiew feniksa. Dopiero po kilku minutach zorientował się, że nie idą do jej gabinetu, tylko do gabinetu Dumbledore'a, a parę sekund później zdał sobie sprawę, że McGonagall była zastępcą dyrektora... więc teraz jest dyrektorem... a pokój za gargulcem należy do niej...

W milczeniu wspięli się po spiralnych schodach i weszli do okrągłego gabinetu. Nie miał pojęcia, czego się spodziewać. Może pokój będzie udrapowany na czarno, może będzie już w nim spoczywać ciało Dumbledore'a... Ale gabinet wyglądał prawie tak samo jak wtedy, gdy on i Dumbledore opuszczali go kilka godzin temu: na stolikach o pajęczych nóżkach brzęczały i szumiały dziwne instrumenty, miecz Gryffindora połyskiwał w szklanej gablocie w blasku księżyca, Tiara Przydziału spoczywała na półce za biurkiem. Tylko żerdź Fawkesa była teraz pusta; feniks wciąż zawodził smętnie na błoniach. I nowy portret pojawił się obok portretów dawnych dyrektorów Hogwartu... Dumbledore drzemał sobie w złotej ramie nad biurkiem, spokojny i pogodny, z okularami-połówkami tkwiącymi na długim nosie.

Profesor McGonagall zerknęła na portret i zrobiła dziwny ruch, jakby się zbierała w sobie, po czym obeszła biurko i spojrzała na Harry'ego. Twarz miała spiętą, czoło zmarszczone.

— Harry, chciałabym się dowiedzieć, co ty i profesor Dumbledore robiliście tego wieczoru, gdy opuściliście szkołę.

— Nie mogę pani tego powiedzieć — odrzekł Harry.

Spodziewał się tego pytania i miał już gotową odpowiedź. To tutaj, w tym pokoju, Dumbledore powiedział mu, że nie może wyjawić treści ich lekcji nikomu poza Ronem i Hermioną.

— Harry, to może być bardzo ważne.

— To jest ważne, bardzo ważne, ale on nie chciał, żebym komukolwiek o tym powiedział.

Obrzuciła go gniewnym spojrzeniem.

— Potter — Harry odnotował, że zwróciła się do niego po nazwisku — profesor Dumbledore nie żyje, a to chyba trochę zmienia sytuację...

— Nie sądzę — powiedział Harry, wzruszając ramionami. — Profesor Dumbledore nigdy mi nie powiedział, że jak umrze, to mam przestać być posłuszny jego rozkazom.

— Ale...

— Ale jest coś, o czym powinna pani wiedzieć, zanim tu przyjdą ci z ministerstwa. Madame Rosmerta jest pod działaniem Imperiusa, pomagała Malfoyowi i śmierciożercom, w ten właśnie sposób naszyjnik i zatruty miód...

— Rosmerta? — przerwała mu z niedowierzaniem profesor McGonagall, ale w tym momencie rozległo się pukanie do drzwi i do pokoju weszli profesorowie Sprout, Flitwick i Slughorn, a za nimi Hagrid, który wciąż zanosił się płaczem.

— Snape! — krzyknął Slughorn, blady, spocony i najwyraźniej najbardziej z nich wstrząśnięty. — Snape! Ja go uczyłem! Myślałem, że go znam!

Ale zanim ktokolwiek zdążył na to coś powiedzieć, ze ściany dobiegł ich ostry głos: czarodziej o ziemistej twarzy powrócił na puste płótno w swoich ramach.

— Minerwo, minister będzie tu za chwilę, właśnie deportował się z ministerstwa.

— Dziękuję ci, Everardzie — odpowiedziała profesor McGonagall i szybko zwróciła się do nauczycieli. — Zanim minister przybędzie, chcę z wami pomówić o tym, co się wydarzyło w Hogwarcie. Osobiście nie jestem przekonana, czy w przyszłym roku powinniśmy otwierać szkołę. Śmierć dyrektora z ręki jednego z naszych kolegów to straszliwa plama na historii Hogwartu. To porażające.

— Jestem pewna, że Dumbledore chciałby, żeby szkoła nadal funkcjonowała — oświadczyła profesor Sprout. — Uważam, że jeśli choć jeden uczeń będzie chciał wrócić, szkoła powinna być nadal otwarta dla tego jednego ucznia.

— Ale czy będziemy mieli choć jednego ucznia po tym wszystkim? — zapytał Slughorn, osuszając sobie czoło jedwabną chustką. — Rodzice nie puszczą swoich dzieci z domu i nie można mieć im tego za złe. Jeśli chodzi o mnie, to nie sądzę, by w Hogwarcie było bardziej niebezpiecznie niż gdzie indziej, ale trudno się spodziewać, by matki myślały podobnie. Będą chciały, żeby ich rodziny trzymały się razem, to całkiem naturalne.

— Zgadzam się z tym — powiedziała profesor McGonagall. — W każdym razie nie jest prawdą, że Dumbledore nigdy nie przewidywał sytuacji, w której mogłoby dojść do zamknięcia szkoły. Rozważał to po otwarciu Komnaty Tajemnic... a muszę powiedzieć, że śmierć profesora Dumbledore'a jest dla mnie o wiele poważniejszą sprawą niż to, że gdzieś w podziemiach zamku żyje potwór Slytherina.

— Musimy to skonsultować z radą nadzorczą — oświadczył profesor Flitwick skrzeczącym głosem; na czole miał wielkiego guza, ale poza tym nie odniósł chyba poważniejszych obrażeń, gdy stracił przytomność w gabinecie Snape'a. — Musimy postępować zgodnie z przyjętą procedurą. Nie można zbyt pochopnie podejmować decyzji.

— Hagridzie, ty nic nie mówisz — powiedziała profesor McGonagall. — Jak myślisz, Hogwart powinien pozostać nadal otwarty?

Hagrid, który przez cały czas łkał cicho w swoją wielką chustkę w groszki, teraz podniósł podpuchnięte, zaczerwienione oczy i wychrypiał:

— Ja tam nie wiem, pani profesor... są opiekunowie domów, jest zastępca dyrektora... niech oni decydują...

— Profesor Dumbledore zawsze cenił sobie twoje zdanie, i ja też.

— Ja tam zostaję — rzekł Hagrid, a łzy pociekły mu z kącików oczu i natychmiast znikły w zmierzwionej brodzie. — Hogwart to mój dom od czasu, gdy skończyłem trzynaście lat. A jak znajdą się jakieś dzieciaki, które będą chciały, żebym ich uczył, to będę ich uczył. Ale... no nie wiem... Hogwart bez Dumbledore'a...

Przełknął głośno łzy i znowu ukrył się za chustką. Zapadła cisza.

— A więc dobrze — powiedziała profesor McGonagall, zerkając przez okno na błonia, żeby sprawdzić, czy minister już przybył. — Muszę przyznać rację Filiusowi, że należy skonsultować tę sprawę z radą nadzorczą, która podejmie ostateczną decyzję. A teraz, jeśli chodzi o odesłanie uczniów do domu... uważam, że lepiej to zrobić jak najszybciej. Jeśli zajdzie potrzeba, Ekspres Hogwart-Londyn może tu się zjawić już jutro...

— A co z pogrzebem Dumbledore'a? — zapytał Harry.

— No cóż... — Głos jej się załamał i straciła pewność siebie. — Wiem... wiem, że wolą Dumbledore'a było, by spocząć tu, w Hogwarcie...

— Więc tak się stanie, prawda? — zapytał ostro Harry.

— Jeśli ministerstwo uzna to za stosowne — odpowiedziała profesor McGonagall. — Jeszcze żaden dyrektor nie został...

— Żaden dyrektor nie dał tyle tej szkole — warknął Hagrid.

— Hogwart powinien być miejscem ostatniego spoczynku Dumbledore'a — oświadczył profesor Flitwick.

— Absolutnie — powiedziała profesor Sprout.

— A skoro tak — rzekł Harry — to nie powinna pani odsyłać uczniów przed pogrzebem. Będą chcieli...

Ostatnie słowa uwięzły mu w gardle, ale wypowiedziała je za niego profesor Sprout:

— Pożegnać się z nim.

— Dobrze powiedziane — zaskrzeczał profesor Flitwick. — Zaiste, w tym rzecz! Nasi uczniowie powinni oddać mu hołd, to rzecz stosowna. A później możemy im zorganizować powrót do domów.

— Popieram — burknęła profesor Sprout.

— Chyba... tak... — powiedział Slughorn nieco wzruszonym głosem, a Hagrid wyraził swą zgodę zduszonym szlochem.

— Już idzie — oznajmiła nagle profesor McGonagall, spoglądając przez okno. — Minister... i chyba towarzyszy mu jakaś delegacja...

— Mogę odejść, pani profesor? — zapytał szybko Harry. Nie miał najmniejszej ochoty na spotkanie z Rufusem Scrimgeourem, a tym bardziej na odpowiadanie na jego pytania.

— Możesz... i to szybko.

Podeszła do drzwi i otworzyła mu je. Harry zbiegł po spiralnych schodach, a potem popędził pustym korytarzem. Pelerynę-niewidkę zostawił na szczycie Wieży Astronomicznej, ale w tej chwili nie miało to znaczenia. Na korytarzach nie było nikogo, nawet Filcha, Pani Norris czy Irytka. Nie spotkał nikogo aż do przejścia prowadzącego do pokoju wspólnego Gryffindoru.

— To prawda? — wyszeptała Gruba Dama, kiedy zbliżył się do niej. — To na pewno prawda? Dumbledore... nie żyje?

— Tak.

Jęknęła i otworzyła mu przejście bez poproszenia o hasło.

Jak przewidywał, pokój wspólny było zatłoczony. Kiedy przelazł przez dziurę pod portretem, zrobiło się cicho. Zobaczył Deana i Seamusa siedzących z innymi w pobliżu drzwi, co oznaczało, że w dormitorium nie ma nikogo albo prawie nikogo. Nie zamieniając z nikim słowa, przeszedł przez pokój i zniknął za drzwiami prowadzącymi do sypialni chłopców.

Ron czekał na niego, siedząc w ubraniu na łóżku. Harry usiadł na swoim i przez chwilę patrzyli na siebie w milczeniu.

— Mówią o zamknięciu szkoły — powiedział wreszcie Harry.

— Lupin powiedział, że mogą to zrobić.

Znowu zapanowało milczenie.

— No więc? — zapytał cicho Ron, jakby uważał, że meble mogą podsłuchiwać. — Odnaleźliście go? Masz tego... horkruksa?

Harry pokręcił głową. Wszystko to, co wydarzyło się wokół czarnego jeziora, wydało mu się nagle koszmarem z jakiegoś dawnego snu. Czy to naprawdę się wydarzyło, i w dodatku zaledwie kilka godzin temu?

— Nie zdobyliście go? — zapytał Ron. — Nie było go tam?

— Nie. Ktoś go wcześniej zabrał i zostawił podróbkę.

— Ktoś go wcześniej ZABRAŁ?...

Harry bez słowa wyciągnął z kieszeni medalion, otworzył go i podał Ronowi. Na całą opowieść jeszcze przyjdzie czas... tej nocy to już się nie liczyło... nic już się nie liczyło prócz końca, końca tej bezsensownej przygody, końca życia Dumbledore'a...

— R.A.B. — wyszeptał Ron. — Kto to taki?

— Nie wiem — odrzekł Harry, kładąc się w ubraniu na łóżku i patrząc w górę niewidzącym wzrokiem. W ogóle go nie interesowało, kim jest ten R.A.B., wątpił, by w ogóle jeszcze kiedyś coś go zainteresowało. I kiedy tak leżał, uświadomił sobie nagle, że na błoniach jest cicho. Fawkes przestał śpiewać.

I pojął, nie wiedząc jak i dlaczego, że feniks odleciał, opuścił Hogwart na zawsze, tak jak Dumbledore opuścił swoją szkołę, opuścił ten świat... opuścił jego.

ROZDZIAŁ TRZYDZIESTY

Biały grobowiec

Wszystkie lekcje zostały zawieszone, wszystkie egzaminy odroczone. W ciągu paru następnych dni niektórzy uczniowie zostali pospiesznie zabrani z Hogwartu przez swoich rodziców — bliźniaczki Patil już następnego ranka, przed śniadaniem, a Zachariasza Smitha wyprowadził osobiście z zamku jego wyniosły ojciec. Natomiast Seamus Finnigan zdecydowanie postawił się swojej matce, gdy przybyła, by zabrać go do domu; po głośnej wymianie zdań w sali wejściowej zgodziła się w końcu, by pozostał w szkole do pogrzebu. Seamus powiedział Harry'emu i Ronowi, że miała trudności ze znalezieniem noclegu w Hogsmeade, bo do miasteczka zewsząd zjeżdżali się już czarodzieje, by oddać ostatni hołd Dumbledore'owi.

Wśród młodszych uczniów prawdziwą sensację wzbudził jasnoniebieski powóz wielkości domu, ciągnięty przez tuzin olbrzymich, skrzydlatych koni, który późnym popołudniem pojawił się na niebie i wylądował na skraju Zakazanego Lasu. Harry przyglądał się przez okno, jak olbrzymia, ładna, czarnowłosa kobieta o oliwkowej cerze schodzi po stopniach powozu i rzuca się w ramiona Hagrida. Tymczasem w zamku zamieszkała delegacja wysokich urzędników Ministerstwa Magii, w tym sam minister. Harry skrupulatnie unikał kontaktów z nimi; był pewny, że wcześniej lub później zaczną go znowu wypytywać o ostatnią wyprawę Dumbledore'a.

Harry, Ron, Hermiona i Ginny cały czas spędzali razem. Cudowna pogoda zdawała się z nich szydzić. Harry wyobrażał sobie, jak by to było, gdyby Dumbledore nie umarł i pod sam koniec roku szkolnego mieliby tyle czasu dla siebie: Ginny już po egzaminach, brak prac domowych... I mijały godziny za godziną, a on odkładał powiedzenie tego, co w końcu musiał powiedzieć, zrobienie tego, co powinien zrobić, bo tak ciężko mu było zrezygnować z najlepszego źródła pociechy.

Dwa razy dziennie odwiedzali skrzydło szpitalne. Neville'a już stamtąd wypuszczono, ale Bill wciąż pozostawał pod opieką pani Pomfrey. Jego blizny nadal wyglądały okropnie — trochę przypominał teraz Szalonookiego Moody'ego, chociaż, na szczęście, miał parę oczu i parę nóg — ale nic nie wskazywało, by jego osobowość uległa jakiejś zmianie. Polubił tylko bardzo krwiste befsztyki...

— ...więc jemu dobrze, że mnie poślubi — powiedziała zadowolona z siebie Fleur, poprawiając Billowi poduszki — bo Anglicy za długo smażą jedzenie, zawsze to mówiłam.

— Chyba będę się musiała pogodzić z myślą, że on naprawdę ją poślubi — westchnęła Ginny tego samego wieczoru, kiedy ona, Harry, Ron i Hermiona siedzieli przy otwartym oknie w pokoju wspólnym, patrząc na ciemniejące błonia.

— Nie jest taka zła — powiedział Harry. — Chociaż brzydka — dodał pospiesznie, gdy Ginny uniosła brwi, na co ona parsknęła śmiechem.

— No, jeśli mama może to znieść, to chyba ja też mogę.

— Umarł ktoś, kogo znamy? — zapytał Ron Hermionę, która przeglądała „Proroka Wieczornego".

Hermiona skrzywiła się, słysząc wymuszoną nonszalancję w jego głosie.

— Nie — odpowiedziała z dezaprobatą, składając gazetę. — Wciąż szukają Snape'a, ale po nim ani śladu...

— To chyba jasne — powiedział Harry, który stawał się rozdrażniony za każdym razem, kiedy pojawiał się ten temat. — Nie znajdą go, dopóki nie znajdą Voldemorta, a sądząc po tym, jak się do tego zabierają, wątpię, czy kiedykolwiek im się uda.

— Idę do łóżka — stwierdziła Ginny, ziewając. — Nie spałam porządnie od... no... trochę snu dobrze mi zrobi.

Pocałowała Harry'ego (Ron wymownie spojrzał w sufit), pomachała pozostałym dwojgu i odeszła do sypialni dziewcząt. Gdy tylko zamknęły się za nią drzwi, Hermiona nachyliła się do Harry'ego z bardzo Hermionową miną.

— Harry, znalazłam coś dzisiaj rano w bibliotece...

— R.A.B.? — zapytał Harry, siadając prosto.

Nie odczuwał tego czegoś, co tak często odczuwał wcześniej, żadnego podniecenia, ciekawości, przemożnej chęci sięgnięcia do samego dna tajemnicy. Po prostu zdawał sobie sprawę, że musi dowiedzieć się wszystkiego o prawdziwym horkruksie, zanim będzie mógł posunąć się nieco dalej na majaczącej przed nim mrocznej i krętej ścieżce, tej ścieżce, którą on i Dumbledore wyruszyli razem na wędrówkę, a którą teraz będzie musiał powędrować dalej sam. Może gdzieś są aż cztery horkruksy i każdy z nich trzeba będzie odnaleźć i zniszczyć, zanim pojawi się choćby możliwość uśmiercenia Voldemorta. Wciąż powtarzał sobie ich nazwy, jakby samo ich wysłuchiwanie mogło mu pomóc je odnaleźć: „medalion... czarka... wąż... coś, co należało do Gryffindora albo do Ravenclaw... medalion... czarka... wąż... coś, co należało do Gryffindora lub do Ravenclaw..."

Ta mantra pulsowała w jego umyśle, kiedy zasypiał w nocy, a jego sny pełne były czarek, medalionów i tajemniczych przedmiotów, których nie mógł dosięgnąć, chociaż miał ofiarowaną mu przez Dumbledore'a drabinkę sznurową, bo zamieniła się w węże, gdy tylko zaczął się po niej wspinać...

Na drugi dzień po śmierci Dumbledore'a pokazał Hermionie zwitek pergaminu, który znalazł w medalionie, i choć w tych inicjałach nie rozpoznała natychmiast jakiegoś nieznanego nikomu czarodzieja, o którym kiedyś czytała, od tego czasu zaglądała do biblioteki trochę zbyt często jak na kogoś, kto nie miał już żadnej pracy domowej do odrobienia.

— Nie — odpowiedziała ponuro. — Próbowałam, Harry, ale nic nie znalazłam... Jest dwójka dość dobrze znanych czarodziejów, którzy mają takie inicjały... Rozalinda Antygona Bungs... Rupert Axebanger Brookstanton, ale oni w ogóle do tego nie pasują. Sądząc po tej notatce, osoba, która wykradła horkruksa, znała Voldemorta, a nie znalazłam najmniejszej wskazówki, by oni mieli z nim do czynienia... Nie, Harry, chodzi mi o... no, o Snape'a.

Skrzywiła się na sam dźwięk tego nazwiska.

— I co w związku z nim? — zapytał Harry, opadając na oparcie fotela.

— No... chodzi mi o to, że... że miałam trochę racji co do tego Księcia Półkrwi — powiedziała niepewnym głosem.

— Musisz mi to teraz wypominać, Hermiono? Jak myślisz, jak ja się teraz czuję?

— Nie... nie, Harry, wcale nie chodzi o to! — powiedziała szybko, rozglądając się, czy nikt ich nie podsłuchuje. — Chodzi o to, że miałam rację, kiedy mówiłam, że tę książkę mogła kiedyś mieć Eileen Prince. Bo, widzisz... ona była matką Snape'a!

— Wyobrażam sobie, że nie mogła być ślicznotką — wtrącił Ron, ale Hermiona go zignorowała.

— Przeglądałam resztę starych „Proroków" i znalazłam maleńkie ogłoszenie, że Eileen Prince poślubia kogoś o nazwisku Tobiasz Snape, a potem ogłoszenie, że urodziła...

— ...mordercę — burknął Harry.

— No... tak. Więc... miałam trochę racji. Snape musiał być dumny z tego, że po matce nosi nazwisko Prince, rozumiesz? Z tego, co w „Proroku" napisano, wynika, że Tobiasz Snape był mugolem.

— Tak, to by się zgadzało — rzekł Harry. — Robił z siebie zwolennika czystej krwi, żeby się zbliżyć do Lucjusza Malfoya... On jest taki sam jak Voldemort. Matka czarodziejka czystej krwi, ojciec mugol... Wstydził się swojego pochodzenia, robił wszystko, żeby się go bano, wykorzystując czarną magię, nadał sobie imponujące nowe nazwisko... LORD Voldemort... KSIĄŻĘ Półkrwi... Jak Dumbledore mógł przeoczyć, że...

Urwał i spojrzał przez okno. Nie potrafił przestać myśleć o niewybaczalnym zaufaniu, jakim Dumbledore obdarzał Snape'a... Ale jak Hermiona niechcący mu przypomniała, on, Harry, dał się tak samo podejść... Nie zważając na to, że te nabazgrane na marginesach zaklęcia stawały się coraz bardziej podejrzane, za nic w świecie nie chciał myśleć źle o tym chłopcu, który był taki mądry, taki sprytny, który tak bardzo mu pomógł...

Pomógł mu... to było prawie nie do zniesienia, teraz...

— A ja wciąż nie łapię, dlaczego pozwalał ci używać tej książki — powiedział Ron. — Przecież musiał wiedzieć, skąd to wszystko czerpiesz.

— Wiedział — mruknął Harry. — Wiedział, odkąd użyłem Sectumsempry. Nie była mu potrzebna legilimencja... mógł nawet domyślić się tego wcześniej, bo Slughorn wszędzie rozpowiadał, jaki jestem dobry z eliksirów... Nie powinien zostawiać swojego starego podręcznika na dnie tego kredensu, prawda?

— Ale dlaczego na ciebie nie doniósł?

— Myślę, że nie chciał, żeby go powiązano z tą książką — powiedziała Hermiona. — Dumbledore'owi nie bardzo by się to spodobało. A nawet gdyby Snape udał, że to nie jego książka, Slughorn natychmiast rozpoznałby jego pismo. W każdym razie ta książka została w dawnej klasie Snape'a i założę się, że Dumbledore wiedział, że jego matka nazywała się Prince.

— Powinienem zanieść tę książkę Dumbledore'owi — powiedział Harry. — Przez cały czas pokazywał mi, że Voldemort był przesiąknięty złem już w szkole, a ja miałem dowód na to, że Snape wcale nie był lepszy...

— „Zło” to mocne słowo — powiedziała cicho Hermiona.

— To ty wciąż mi mówiłaś, że ta książka jest niebezpieczna!

— Próbuję ci powiedzieć, Harry, że za bardzo się obwiniasz. Myślałam, że Książę ma fatalne poczucie humoru, ale nigdy bym nie podejrzewała, że jest potencjalnym mordercą...

— Żadne z nas nie podejrzewało, że Snape może... no wiecie... — wtrącił Ron.

Zapadło milczenie, każdy pogrążył się we własnych myślach, ale Harry był pewny, że Hermiona i Ron, podobnie jak on, myślą o najbliższym poranku, kiedy ciało Dumbledore'a zostanie złożone na wieczny spoczynek. Nigdy nie był na żadnym pogrzebie; kiedy umarł Syriusz, zabrakło ciała do pochowania. Nie wiedział, czego się spodziewać, i trochę się niepokoił tym, co może zobaczyć i jak się będzie czuł. Zastanawiał się, czy śmierć Dumbledore'a stanie się dla niego czymś bardziej realnym, kiedy pogrzeb się skończy. Choć zdarzały się momenty, kiedy ten straszny fakt zdawał się go przytłaczać, było o wiele więcej okresów odrętwienia, w których mimo że wszyscy naokoło tylko o tym mówili, trudno mu było uwierzyć, że Dumbledore naprawdę nie żyje. W dodatku nie mógł teraz, jak to było w przypadku Syriusza, marzyć o jakiejś furtce, o jakimś cudzie, który by sprawił, że Dumbledore wróci... Poczuł w kieszeni chłodny łańcuszek fałszywego horkruksa, który teraz zawsze miał przy sobie, nie jako talizman, ale jako przypomnienie ceny, jaką przyszło za niego zapłacić, i tego, co wciąż pozostawało do zrobienia.

Następnego dnia Harry wstał wcześnie, żeby się spakować. Ekspres Hogwart-Londyn miał odchodzić godzinę po pogrzebie. Kiedy zszedł na dół, w Wielkiej Sali panował nastrój przygnębienia. Wszyscy byli w szatach wyjściowych i nikt chyba nie miał ochoty na jedzenie. Profesor McGonagall nie zajęła podobnego do tronu krzesła pośrodku stołu nauczycielskiego. Krzesło Hagrida też było puste; Harry pomyślał, że widocznie Hagrid nie był w stanie znieść wspólnego śniadania. Natomiast krzesło Snape'a bezceremonialnie zajął Rufus Scrimgeour. Harry unikał spojrzenia jego żółtawych oczu, które obiegało salę; odnosił przykre wrażenie, że minister szuka właśnie jego. Wśród świty Scrimgeoura dostrzegł rude włosy i okulary w rogowej oprawce należące do Percy'ego Weasleya. Po Ronie trudno by było poznać, że jest świadom jego obecności, gdyby nie to, że dźgał widelcem wędzonego śledzia z jakąś szczególną zawziętością.

Przy stole Ślizgonów Crabbe i Goyle rozmawiali przyciszonymi głosami, nachyleni do siebie. Mimo że obaj byli brutalnymi osiłkami, teraz, bez wysokiej, bladej postaci Malfoya między nimi, wydającego im polecenia, wyglądali na dziwnie osamotnionych. Harry nie myślał wiele o Malfoyu. Cała jego nienawiść skupiona była na Snapie, ale nie zapomniał strachu w głosie Malfoya na szczycie wieży ani tego, że opuścił różdżkę, zanim nadeszli inni śmierciożercy. Nie wierzył, że Malfoy byłby zdolny zabić Dumbledore'a. Gardził nim z powodu jego zauroczenia czarną magią, ale nawet mu trochę współczuł. Gdzie on teraz jest, zastanawiał się, i co kazał mu zrobić Voldemort, grożąc uśmierceniem jego i jego rodziców?

Z zamyślenia wyrwała go Ginny, szturchając go w bok. Profesor McGonagall wstała i gwar przyciszonych rozmów natychmiast ucichł.

— Już czas — oznajmiła. — Proszę wychodzić na błonia za swoimi opiekunami domów. Gryffindor, za mną.

W ciszy powychodzili zza stołów i stanęli za swoimi ławkami. Na czele kolumny Ślizgonów Harry dostrzegł Slughorna; miał na sobie długą, szmaragdową szatę, haftowaną srebrem. Jeszcze nigdy nie widział profesor Sprout, opiekunki Puchonów, wyglądającej tak schludnie jak dziś: na jej kapeluszu nie było ani jednej plamki. Kiedy znaleźli się w sali wejściowej, ujrzał panią Pince stojącą obok Filcha — ona w grubej, czarnej woalce opadającej aż do kolan, on w krawacie i w staromodnym czarnym garniturze z daleka zalatującym naftaliną.

Zeszli po kamiennych stopniach i Harry zobaczył, że kierują się w stronę jeziora. Poczuł na twarzy ciepło słońca, gdy w ciszy doszli za profesor McGonagall do miejsca, gdzie ustawiono w rzędach setki krzeseł, pozostawiając w środku szerokie przejście wiodące do marmurowego postumentu na przedzie. Był cudowny letni dzień.

Połowa krzeseł była już zajęta przez najdziwniejszy zestaw ludzi: niechlujnych i eleganckich, starych i młodych. Większość z nich widział po raz pierwszy, ale byli i tacy, których znał, w tym członkowie Zakonu Feniksa: Kingsley, Shacklebolt, Szalonooki Moody, Tonks, której włosy odzyskały wściekle różowy kolor, Remus Lupin, z którym chyba trzymali się za ręce, państwo Weasley, Bill podtrzymywany przez Fleur, a za nimi Fred i George, obaj w kurtkach ze smoczej skóry. Była też madame Maxime, która zajęła prawie trzy krzesła, Tom, właściciel Dziurawego

Kotła, Arabella Figg, charłaczka z Privet Drive, włochaty basista z kapeli Fatalnych Jędz, Ernie Prang, kierowca Błędnego Rycerza, madame Malkin, właścicielka sklepu z szatami z ulicy Pokątnej, a także jacyś ludzie, których Harry znał tylko z widzenia, tacy jak barman z gospody Pod Świńskim Łbem czy czarownica, która pchała wózek z przekąskami w Ekspresie Hogwart. Były też zamkowe duchy, ledwo widzialne w jasnym słońcu, rozpoznawalne tylko wtedy, gdy się poruszały, jak widmowe, lekko lśniące smugi.

Harry, Ron, Hermiona i Ginny zajęli miejsca z brzegu, tuż przy jeziorze. Ludzie szeptali między sobą — brzmiało to jak poszum lekkiego wiatru w trawie, ale śpiew ptaków był o wiele głośniejszy. Tłum gęstniał. Harry poczuł miłe ciepło w sercu, kiedy zobaczył, jak Luna pomaga zająć miejsce Neville'owi. Tylko oni odpowiedzieli na wezwanie tej nocy, w której zginął Dumbledore, i Harry wiedział dlaczego: to im najbardziej brakowało GD... Być może tylko oni sprawdzali regularnie swoje monety w nadziei, że będzie jeszcze kolejne zebranie...

Zmierzając do pierwszych rzędów, przeszedł obok nich Korneliusz Knot. Miał nietęgą minę i jak zwykle obracał w rękach swój zielony melonik. Harry rozpoznał też Ritę Skeeter, która — co go wściekło — trzymała notes w ręce zakończonej czerwonymi szponami, a za nią Dolores Umbridge, na której widok poczuł jeszcze silniejszą złość. Na jej żabiej twarzy malował się niezbyt przekonujący żal, a siwe loki miała spięte czarną aksamitną przepaską. Na widok centaura Firenza, który stał jak wartownik na skraju jeziora, wzdrygnęła się i pospiesznie zajęła miejsce dość oddalone od niego.

W końcu usiedli członkowie grona nauczycielskiego. Harry zobaczył Scrimgeoura, który z poważną i dostojną miną zajął miejsce w pierwszym rzędzie obok profesor McGonagall. Zastanawiał się, czy Scrimgeour albo którakolwiek z tych ważnych osobistości naprawdę czuje żal z powodu śmierci Dumbledore'a. Ale wnet rozległa się muzyka, dziwna, nieziemska muzyka, i zapomniał o swoich urazach, rozglądając się w poszukiwaniu jej źródła. I nie tylko on: wiele głów obracało się, szukając wzrokiem, skąd płynie.

— Z jeziora — szepnęła mu Ginny do ucha.

I wtedy ich zobaczył w czystej, zielonej, zalanej słońcem wodzie, parę cali pod powierzchnią wody, i przeszedł go dreszcz, bo przypomniał sobie o inferiusach. Był to chór trytonów śpiewający w jakimś dziwnym języku; ich blade twarze marszczyły się pod wodą, a fioletowe włosy omiatały zwiewne postacie. Ich śpiew sprawił, że dostał gęsiej skórki, a jednak nie był to śpiew niemiły dla ucha. Mówił bardzo wyraźnie o utracie i rozpaczy. I kiedy przyjrzał się dzikim twarzom śpiewających, poczuł, że przynajmniej oni na pewno odczuwają żal po śmierci Dumbledore'a. Ginny znowu go szturchnęła i odwrócił głowę.

Przejściem między rzędami krzeseł kroczył Hagrid. Łkał cicho, twarz mu błyszczała od łez, a w jego ramionach, owinięte fioletowym aksamitem iskrzącym się złotymi gwiazdami, spoczywało ciało Dumbledore'a. Harry poczuł bolesny skurcz w gardle, przez chwilę ta dziwna muzyka i świadomość, że ciało Dumbledore'a jest tak blisko, zdawały się pochłaniać całe ciepło tego letniego dnia. Ron, blady jak kreda, był równie wstrząśnięty. Na podołki Ginny i Hermiony kapały wielkie krople łez.

Nie widzieli dokładnie, co się dzieje na przedzie. Wyglądało na to, że Hagrid złożył ciało na marmurowym postumencie. Teraz powracał, wydmuchując sobie nos tak hałaśliwie, że niektóre osoby, w tym Dolores Umbridge, spojrzały na niego ze zgorszeniem. Ale Harry wiedział, że Dumbledore wcale by się tym nie przejął. Pomachał Hagridowi ręką, ale ten miał tak zapuchnięte oczy, że ledwo widział, dokąd idzie. Harry zerknął na tylny rząd, ku któremu Hagrid zmierzał, i zrozumiał, co go tam prowadzi — siedział tam, ubrany w kurtkę i spodnie, wszystko rozmiarów małej markizy, olbrzym Graup; jego wielka, brzydka, przypominająca głaz głowa pochylona była potulnie w bardzo ludzkim geście. Hagrid usiadł obok niego, a Graup poklepał go mocno po głowie, tak że nogi krzesła zapadły się lekko w ziemię. Przez jedną cudowną chwilę Harry poczuł nieodpartą chęć wybuchnięcia śmiechem. Lecz nagle muzyka umilkła i szybko odwrócił głowę.

W pierwszym rzędzie podniósł się z miejsca niski mężczyzna w czarnej szacie, z kępką włosów na głowie, i stanął przed ciałem Dumbledore'a. Harry nie mógł dosłyszeć, co on mówi. Ponad rzędami głów napływały do nich dziwne słowa. „Szlachetność ducha"... „wkład intelektualny"... „wielkość serca"... Niewiele to znaczyło. Niewiele to miało wspólnego z tym Dumbledore'em, którego znał. Nagle przypomniał sobie te kilka dziwnych słów, które Dumbledore wypowiedział podczas pierwszej uczty powitalnej: „głupol", „mazgaj", „śmieć", „obsuw" i znowu stłumił w sobie śmiech... Co się z nim dzieje?

Z lewej strony usłyszał ciche pluski, a kiedy tam spojrzał, zobaczył, że trytony też wynurzyły głowy z wody, żeby posłuchać. Przypomniał sobie, jak dwa lata temu Dumbledore przykucnął nad brzegiem jeziora, bardzo blisko miejsca, w którym Harry teraz siedział, i rozmawiał z przywódczynią trytonów w ich języku. Gdzie się tego języka nauczył? O tyle spraw go nie zapytał, tyle miał mu jeszcze do powiedzenia...

A potem, bez ostrzeżenia, runęła na niego ta straszliwa prawda, bardziej naga i nieodparta niż kiedykolwiek przedtem. Dumbledore'a już nie ma, umarł... Zacisnął w dłoni zimny medalion tak mocno, że aż go zabolało, ale nie mógł powstrzymać gorących łez, które wypełniły mu oczy. Odwrócił głowę od Ginny, od wszystkich, i popatrzył na jezioro, na Zakazany Las. Nagle dostrzegł jakiś ruch pomiędzy drzewami. To centaury przybyły, by oddać zmarłemu hołd. Nie wyszły na otwartą przestrzeń, ale Harry widział je, ukryte w półcieniu, z łukami u boków, patrzące na zgromadzenie czarodziejów. I przypomniał sobie swoją pierwszą koszmarną wyprawę do Zakazanego Lasu, kiedy po raz pierwszy spotkał to coś, czym był wówczas Voldemort, i jak stawił mu czoło, i jak niedługo potem on i Dumbledore rozmawiali o przegranej bitwie. To bardzo ważne, mówił mu wtedy Dumbledore, by walczyć, by ciągle walczyć, by nie ustawać w walce, bo tylko wtedy zło można powstrzymać, choć nigdy nie da się go całkowicie wyplenić...

I nagle, kiedy tak siedział w gorącym słońcu, stanęli mu przed oczami ci, którzy tak się o niego troszczyli: jego matka, ojciec, ojciec chrzestny, a w końcu Dumbledore. Gotowi byli na wszystko, by go ochronić, a teraz już ich nie ma. Już nikt nie stanie między nim a Voldemortem, musi na zawsze pozbyć się iluzji, którą powinien był utracić, gdy miał zaledwie rok: że ramiona rodziców uchronią go od wszelkiego zagrożenia. Nie zbudzi się z koszmarnego snu, nikt nie szepnie mu w ciemności, że jest naprawdę bezpieczny, że to wszystko to tylko jego wyobraźnia. Ostatni i największy z jego opiekunów umarł, pozostawiając go bardziej samotnym niż kiedykolwiek dotąd.

Mały człowieczek w czarnej szacie skończył wreszcie przemawiać i powrócił na swoje miejsce. Harry spodziewał się, że teraz ktoś inny zabierze głos, może minister, ale nikt nie ruszał się z miejsca.

A potem rozległy się krzyki przerażenia. Jasne, białe płomienie wybuchły wokół ciała Dumbledore'a i postumentu, na którym było złożone. Podnosiły się coraz wyżej i wyżej, aż przesłoniły ciało. Biały dym zaczął się wić w powietrzu, tworząc dziwne kształty; w Harrym zamarło na chwilę serce, bo wydało mu się, że ujrzał feniksa ulatującego radośnie w błękit nieba, ale zaraz potem płomienie zgasły. Zniknął marmurowy postument i spoczywające na nim ciało Dumbledore'a: zamiast nich wznosił się przed nimi biały marmurowy grobowiec.

Okrzyki przerażenia rozległy się znowu, gdy w powietrzu zaświstał deszcz strzał, ale żadna nie dosięgła tłumu. Harry zrozumiał, że w ten sposób centaury oddały swój hołd zmarłemu: zobaczył, jak się odwracają i chowają między drzewami. Trytony też opadły powoli w zieloną toń i zniknęły z oczu.

Spojrzał na Ginny, Rona i Hermionę. Ron zacisnął powieki, jakby go oślepiło słońce. Twarz Hermiony lśniła od łez, ale Ginny już nie płakała. Jej spojrzenie było tak twarde i płomienne, jak wtedy, gdy go uściskała po tym wygranym meczu, w którym nie zagrał, i wiedział, że w tej chwili rozumieją się doskonale, i że kiedy jej powie, co zamierza teraz zrobić, nie usłyszy z jej ust: „Bądź ostrożny" albo „Nie rób tego". Ona zaakceptuje jego decyzję, bo tego się właśnie po nim spodziewa. Nadeszła ta chwila, więc przygotował się w duchu, by wypowiedzieć wreszcie to, o czym wiedział już od chwili śmierci Dumbledore'a.

— Ginny, posłuchaj... — zaczął cicho, gdy wokół nich rozbrzmiał gwar rozmów i ludzie zaczęli wstawać. — Nie mogę z tobą dłużej chodzić. Musimy przestać się widywać. Nie możemy być razem.

Uśmiechnęła się jakoś dziwnie, krzywo.

— Na pewno z jakiegoś głupiego, bardzo szlachetnego powodu, tak?

— Te ostatnie tygodnie z tobą... to było coś takiego... jakbym żył cudzym życiem... ale nie mogę... nie możemy... Mam coś do zrobienia i muszę to zrobić sam.

Nie płakała, po prostu na niego patrzyła.

— Voldemort lubi wykorzystywać bliskich swoich wrogów. Już raz użył cię jako przynęty, tylko dlatego, że jesteś siostrą mojego najlepszego przyjaciela. Pomyśl, w jakim niebezpieczeństwie się znajdziesz, jeśli będziemy nadal razem. On się o tym dowie. Będzie próbował dosięgnąć mnie przez ciebie.

— A jeśli mam to w nosie? — zapytała gniewnie Ginny.

— Ale ja nie mam. Jak myślisz, co bym czuł, gdyby to był twój pogrzeb... i moja wina...

Odwróciła głowę i popatrzyła na jezioro.

— Zawsze myślałam, że będziesz mój — powiedziała. — Zawsze. Nigdy nie traciłam nadziei... Hermiona mi mówiła, żebym się cieszyła życiem, żebym zaczęła chodzić z kimś innym, żebym się trochę wyluzowała, bo ja nigdy nie potrafiłam się odezwać, jak ty byłeś w pokoju, pamiętasz? Uważała, że może zwrócisz na mnie uwagę, gdy będę trochę bardziej... bardziej sobą.

— Mądra z niej dziewczyna — powiedział Harry, próbując się uśmiechnąć. — Ja tylko żałuję, że stało się to tak późno. Mogliśmy mieć tyle czasu... całe miesiące... może lata...

— Ale ty byłeś zbyt zajęty zbawianiem świata czarodziejów. No cóż... nie powiem, że jestem zaskoczona. Wiedziałam, że to się w końcu stanie. Wiedziałam, że nie będziesz szczęśliwy, nie ścigając Voldemorta. Może właśnie dlatego tak cię lubię.

Harry nie mógł znieść takich słów, bał się też, że jeśli będzie siedział z nią dłużej, to się podda. Zobaczył, że Ron obejmuje łkającą Hermionę i gładzi ją po włosach; łzy skapywały mu z końca długiego nosa. Harry wykonał jakiś żałosny gest, wstał, odwrócił się od Ginny i od białego grobowca i odszedł, by przejść się wokół jeziora. Ruch wydał mu się o wiele lepszy od siedzenia w jednym miejscu, podobnie jak natychmiastowe wyruszenie w drogę, by odnaleźć te horkruksy i zabić Voldemorta, wydawało mu się o wiele lepsze od czekania, by to zrobić...

— Harry!

Odwrócił się. Szybkim krokiem zmierzał ku niemu Rufus Scrimgeour, podpierając się laską.

— Miałem nadzieję, że zamienię z tobą słówko... Nie masz nic przeciwko temu, żebym trochę się z tobą przespacerował?

— Nie — odrzekł obojętnie Harry.

— Harry, to straszna tragedia — powiedział cicho Scrimgeour. — Nawet nie wiesz, jak się przejąłem, kiedy o tym usłyszałem. Dumbledore był naprawdę wielkim czarodziejem. Jak wiesz, różniliśmy się w wielu sprawach, ale nikt nie wie lepiej ode mnie...

— Czego pan chce? — zapytał szorstko Harry.

Scrimgeour zrobił obrażoną minę, ale szybko się zreflektował i na jego twarzy pojawił się wyraz smutnego zrozumienia.

— Jesteś załamany, to oczywiste. Wiem, że wiele cię łączyło z Dumbledore'em. Może byłeś jego najbardziej ulubionym uczniem, najbardziej spośród wszystkich, jakich miał. Więź między wami...

— Czego pan chce? — powtórzył Harry, zatrzymując się.

Scrimgeour też się zatrzymał, oparł na lasce i spojrzał na niego, tym razem przenikliwie.

— Mówią, że byłeś z nim, kiedy opuścił szkołę tej nocy, w której zginął.

— Kto mówi? — zapytał Harry.

— Ktoś odrętwił śmierciożercę na szczycie wieży już po jego śmierci. Były tam też dwie miotły. Ministerstwo wie, ile jest dwa razy dwa, Harry.

— Miło mi to słyszeć. No cóż, gdzie byłem z Dumbledore'em i co robiliśmy, to moja sprawa. Nie chciał, żeby ktoś się o tym dowiedział.

— To godna podziwu wierność — rzekł Scrimgeour, który z trudem powstrzymywał się, by nie wybuchnąć — ale Dumbledore'a już nie ma, Harry. Umarł.

— Opuści naprawdę szkołę, kiedy już nikt w całym Hogwarcie nie pozostanie mu wierny — powiedział Harry, uśmiechając się mimowolnie.

— Drogi chłopcze... nawet Dumbledore nie może powrócić z...

— Wcale nie twierdzę, że może. Pan niczego nie rozumie. A ja nie mam panu nic do powiedzenia.

Scrimgeour zawahał się, a potem odezwał się tonem, który najwyraźniej miał być delikatny:

— Przecież wiesz, Harry, że ministerstwo może zapewnić ci każdą formę ochrony. Byłbym zachwycony, mogąc w tym celu oddelegować paru aurorów...

Harry roześmiał się.

— Voldemort chce mnie zabić osobiście i aurorzy go nie powstrzymają. Dziękuję za tę ofertę, ale nie, nie przyjmę jej.

— A więc ta prośba — powiedział Scrimgeour, tym razem chłodnym tonem — którą skierowałem pod twoim adresem w Boże Narodzenie...

— Jaka prośba? Ach, tak... żebym opowiedział całemu światu, jak sprawnie działacie, w zamian za...

— ...za podniesienie morale wszystkich czarodziejów! — warknął Scrimgeour.

Harry zastanawiał się przez chwilę.

— Uwolniliście już Shunpike'a?

Na policzkach Scrimgeoura zakwitły fioletowe plamy, zupełnie takie same, jakie często pojawiały się na policzkach wuja Vernona.

— Widzę, że jesteś...

— ...nadal jego człowiekiem na dobre i na złe — dokończył za niego Harry. — Zgadza się.

Scrimgeour obrzucił go gniewnym spojrzeniem, a potem odwrócił się i odszedł bez słowa. Harry zobaczył, że w oddali czeka na niego Percy z resztą delegacji, rzucając nerwowe spojrzenia na szlochającego Hagrida i Graupa, wciąż siedzących na swoich miejscach. Ron i Hermiona już szli ku niemu, mijając Scrimgeoura idącego w przeciwną stronę. Harry odwrócił się i ruszył powoli, czekając, aż go dogonią. Spotkali się w cieniu buku, pod którym siadywali razem w szczęśliwszych czasach.

— Czego chciał Scrimgeour? — wyszeptała Hermiona.

— Tego samego, co w Boże Narodzenie. — Harry wzruszył ramionami. — Chciał, żebym mu udzielił informacji o tym, co robił Dumbledore, i żebym stał się nowym chłopcem z plakatu reklamującego ministerstwo.

Ron przez chwilę jakby zmagał się ze sobą, po czym powiedział głośno do Hermiony:

— Słuchaj, pozwól mi tam wrócić i przyłożyć Percy'emu!

— Nie — oświadczyła stanowczo i złapała go za rękę.

— Poczuję się lepiej!

Harry roześmiał się. Nawet Hermiona nie mogła się powstrzymać, choć przestała się uśmiechać, kiedy spojrzała na zamek.

— Nie mogę znieść myśli, że możemy tu już nigdy nie wrócić — powiedziała cicho. — Jak można zamknąć Hogwart?

— Może nie zamkną — rzekł Ron. — Przecież nie jesteśmy tu zagrożeni bardziej niż w domu, prawda? Teraz wszędzie jest tak samo. Powiedziałbym nawet, że w Hogwarcie jest bezpieczniej, więcej tu czarodziejów, którzy mogą obronić to miejsce. Co ty o tym myślisz, Harry?

— Nie wrócę tu nawet wtedy, kiedy ponownie otworzą szkołę.

Ron wytrzeszczył na niego oczy, ale Hermiona powiedziała ze smutkiem:

— Wiedziałam, że tak powiesz. Ale co ty ze sobą zrobisz?

— Wrócę jeszcze raz do Dursleyów, bo tego sobie życzył Dumbledore. Będzie to jednak krótka wizyta, a potem odejdę na zawsze.

— Ale dokąd pójdziesz, jeśli nie wrócisz do szkoły?

— Myślałem o powrocie do Doliny Godrika — mruknął Harry, któremu ten pomysł chodził po głowie od śmierci Dumbledore'a. — Dla mnie wszystko się tam zaczęło, wszystko. Po prostu poczułem, że powinienem tam wrócić. I mógłbym odwiedzić groby moich rodziców. Bardzo tego pragnę.

— A potem? — zapytał Ron.

— Potem muszę odnaleźć resztę horkruksów — odrzekł Harry, patrząc na biały grobowiec Dumbledore'a odbijający się w wodzie po drugiej stronie jeziora. — Tego ode mnie oczekiwał, dlatego mi o nich opowiedział. Jeśli się nie mylił, a nie sądzę, by tak było, są jeszcze gdzieś cztery. Muszę je odnaleźć i zniszczyć, a potem poszukać siódmej cząstki duszy Voldemorta, tej cząstki, która wciąż tkwi w jego ciele. To ja jestem tym, który go zabije. A jeśli gdzieś po drodze napotkam Snape'a — dodał — tym lepiej dla mnie, a tym gorzej dla niego.

Zamilkli. Tłum prawie już się rozszedł, maruderzy omijali szerokim łukiem Graupa tulącego do siebie Hagrida, którego głośny szloch niósł się echem po wodzie.

— Zjawimy się tam, Harry — powiedział Ron.

— Co? Gdzie?

— W domu twojego wuja i twojej ciotki. A potem pójdziemy z tobą.

— Nie — powiedział szybko Harry.

Tego się nie spodziewał, przecież dał im jasno do zrozumienia, że musi sam wybrać się na tę niebezpieczną wyprawę.

— Kiedyś nam powiedziałeś — odezwała się cicho Hermiona — że jeśli chcemy wracać, nie będziesz miał do nas pretensji. Ale nie chcieliśmy.

— Będziemy z tobą bez względu na to, co się stanie — rzekł Ron. — Ale wiesz co, stary? Najpierw, zanim zrobimy cokolwiek innego, musisz wpaść do domu moich rodziców. Jeszcze zanim odwiedzisz Dolinę Godrika.

— Dlaczego?

— Ślub Billa i Fleur, nie pamiętasz?

Harry spojrzał na niego zaskoczony. Myśl, że może jeszcze być coś tak normalnego, jak ślub, wydała mu się niewiarygodna, ale i cudowna.

— No tak, tego nie możemy przepuścić — powiedział w końcu.

Jego dłoń zacisnęła się bezwiednie na fałszywym horkruksie, ale pomimo wszystko, pomimo ciemnej i krętej ścieżki, jaką już widział przed sobą, pomimo ostatecznego spotkania z Voldemortem, do którego przecież musi dojść — za miesiąc, za rok, za dziesięć lat, nieważne — poczuł dziwną ulgę na myśl, że czeka go jeszcze ten jeden ostatni, cudowny i pełen spokoju dzień, który spędzi z Ronem i Hermioną.

KILKA SŁÓW OD TŁUMACZA, CZYLI KRÓTKI PORADNIK DLA DOCIEKLIWYCH

Książki o Harrym Potterze zostały przełożone z języka angielskiego, a ich akcja toczy się głównie w Anglii (albo w Szkocji). Dlatego występują w nich pewne słowa, a zwłaszcza nazwy własne, które niewiele znaczą dla tych, którzy nie przykładają się do nauki języka angielskiego (tych jest, na szczęście, coraz mniej), albo dla tych, którzy nie uczyli się łaciny i greki (tych jest, niestety, coraz więcej). Dla nich, a także dla wszystkich dociekliwych, zamieszczam poniżej krótki słowniczek nazw i terminów, które z takiego czy innego powodu zostały przetłumaczone tak a nie inaczej.

Nie zamieszczam tu wyjaśnień, które podałem w poprzednich pięciu tomach cyklu o Harrym Potterze. Po pierwsze dlatego, że słownik bardzo by się rozrósł, a po drugie dlatego, że trudno sobie wyobrazić, by ktoś mógł przeczytać tom szósty i nie sięgnąć po pięć poprzednich, jeśli ich jeszcze nie przeczytał (podobno są tacy, ale ja ich nie znam).

I jeszcze jedna uwaga dla bardzo dociekliwych potterologów i potteromaniaków, którzy przeczytali już oryginał angielski i zechcą porównywać go z przekładem. W tekście polskim mogą natrafić na pewne różnice. Większość z nich wynika z samej natury przekładu, czyli dostosowania szyku zdań, wyrażeń i zwrotów do wymogów języka polskiego. Są jednak i takie, które wynikły z drobnych poprawek poczynionych przez samą autorkę już po wydaniu oryginału angielskiego.

BUJDKA — ang. *Hokey* (czytaj: houki), imię kolejnego skrzata domowego, a właściwie skrzatki, tym razem służącej niejakiej Chefsiby Smith. *Hokey* to po angielsku „fałszywy", a Bujdka, zaciskając zęby, wciąż musi oszukiwać swoją panią, twierdząc, że jest ona piękna i powabna. Każdy, kto przeczyta opis wyglądu i zachowania owej damulki, przekona się, że to bujda. Polskie imię nawiązuje przy tym do imion innych skrzatów (Zgredek, Stworek, Mrużka).

BURKES — (czytaj: be(r)ks), czytelnikowi należy się tu wyjaśnienie, dlaczego w polskim przekładzie jest to Burkes, a nie Burke, jak w oryginale. Nazwisko to poznajemy już w pierwszym tomie w nazwie ponurego sklepu przy ulicy Śmiertelnego Nokturnu: „Borgin i Burkes". Jak się teraz okazało, „s" na końcu drugiego nazwiska zostało użyte dla zaznaczenia formy dopełniacza dla całej nazwy sklepu (sklep Borgina i Burke'a). Tłumacz o tym nie wiedział i stąd ów Burkes, któremu nie wypada już zmieniać nazwiska.

FELIX FELICIS — nazwa tego cudownego eliksiru (przydałoby się go trochę każdemu, prawda?) znaczy po łacinie „szczęście szczęśliwe" albo ściślej „szczęście przynoszące powodzenie". Jak nietrudno zauważyć, nasz Feliks to po prostu „Szczęściarz", ktoś, komu we wszystkim się powodzi, czego życzę wszystkim Felkom czytającym książki o Harrym Potterze.

GNĘBIWTRYSK — ang. *wrackspurt* (czytaj: rakspe(r)t), składa się ze słowa *wrack* („zadręczać się", „gnębić") i *spurt* („wytrysk", „przypływ"). Według Luny Lovegood te nagłe przypływy złego samopoczucia są skutkiem działania złośliwych duszków, które dostają się do mózgu przez uszy ofiary. Znam kilka pań, które wciąż to spotyka; twierdzą, że jest to uczucie przypominające nagły wtrysk przygnębienia.

HORKRUKS — ang. *Horcrux*, to bardzo tajemnicza nazwa i muszę przyznać, że nie zgłębiłem jej pochodzenia do końca, więc dociekliwych zachęcam do dalszych badań. Wiadomo na pewno, że łacińskie *crux* to „krzyż", „męka" (co może być ostrzeżeniem, że ten, kto sobie rozszczepia duszę, narażony jest na straszne udręki), ale skąd to *hor*? W łacinie kojarzy się to z godziną albo z czymś strasznym, w grece przede wszystkim z chórem i tańcem. Można sobie tylko snuć przypuszczenia, że dla tego, kto waży się na takie czarnoksięskie praktyki, wybije w końcu straszna godzina... Ale skoro nawet Hermiona nie potrafiła znaleźć nic o horkruksach (a przecież miała do dyspozycji bibliotekę Hogwartu!), to czuję się usprawiedliwiony.

INFERIUS — to ożywiony trup na usługach czarnoksiężnika, dzisiaj znany jako „zombie". Wystarczy zajrzeć do dobrego słownika łacińskiego, żeby się przekonać, że słowa *inferiae*, *infernus*, *inferus* mogą wzbudzić dreszcz przerażenia, bo wiążą się ze światem umarłych, piekłem i wyrządzaniem zła.

KLUB ŚLIMAKA — ang. *Slug Club* (czytaj: slag klab). Nazwa wywodzi się zapewne od nazwiska założyciela, Slughorna („rożek ślimaka"), ale założę się, że autorka nawiązała też żartobliwie do nazwy bardzo modnych dziś klubów studenckich wywodzących się z Kalifornii. Wystarczy spojrzeć przez gogle.

KOŁKOGONKI — ang. *Nogtails* (czytaj: nogtejlz), dość proste złożenie dwóch słów: *nog* („kołek") i *tail* („ogon"). Wiernym czytelnikom książek o Harrym Potterze przypominam, że w Polsce też są dostępne egzemplarze znakomitej książki Newta Skamandera *Fantastyczne zwierzęta i jak je znaleźć*, gdzie można sobie o kołkogonkach przeczytać. Dowiedzą się też, dlaczego warto mieć w domu białego kota (może być biały pies, ale ja wolę koty).

KSIĄŻĘ PÓŁKRWI — ang. *The Halfblood Prince* (czytaj: hafblad prins). Wiemy już, kim jest ów Książę i skąd się ten „tytuł" wziął. Rzecz w tym, że po polsku nie sposób oddać podwójnego znaczenia słowa „Prince" — raz jako „Książę", innym razem jako nazwisko „Prince". Przyjąłem zasadę nietłumaczenia nazwisk (z jedynym wyjątkiem Knota, ale tu pokusa okazała się po prostu za silna!), więc trudno było w tym tomie nagle nazwać matkę Snape'a Eileen Książę. Ufam, że inteligentnym czytelnikom ta gra słów nie sprawi żadnych trudności.

Q-PY BLOK — tekst plakatu reklamującego nowy, rewelacyjny środek uprzykrzania innym życia, wynaleziony przez braci Weasleyów, wywołał wiele emocji wśród wiernych fanów Harry'ego Pottera w Polsce. Ogłosiłem konkurs na próbę przekładu tej reklamy, jako że oryginał jest właściwie nieprzetłumaczalny ze względu na grę angielskich słów, łącznie z aliteracją. Przyszło ponad 500 propozycji! Efekt jest dziełem zbiorowym. Największe zasługi mają panie: Justyna Frank-Kamińska (ekonomistka) oraz siostry Marta i Iwona Sznicer (uczennice), natomiast mnie pozostało tylko pozszywać ich propozycje w jedną całość. Dla tych, którzy chcą nadal poszukiwać doskonalszej wersji, a nie mają oryginału, podaję tekst angielski: *Why Are You Worrying About You-Know-Who? You SHOULD Be Worrying About U-NO-POO — the Constipation Sensation That's Gripping the Nation!* Należy pamiętać, że ów środek jest sprzedawany przez Freda i George'a, a więc nie jest to środek POWSTRZYMUJĄCY zatwardzenie, tylko je WYWOŁUJĄCY! Reklama nawiązuje też do nastrojów w świecie brytyjskich czarodziejów wobec ataków śmierciożerców.

SECTUMSEMPRA — nazwa i formuła złowrogiego zaklęcia wymyślonego przez Księcia Półkrwi wywodzi się z łaciny, gdzie *seco (secui, sectum)* znaczy „siekać", „ciąć", „ranić", a *semper* „zawsze", co dobrze oddaje działanie tego zaklęcia, po którym „z twarzy i piersi Malfoya buchnęła krew, jakby ktoś ciął go na odlew niewidzialnym mieczem". W każdym razie nie wolno rzucać na kogoś zaklęcia, jeśli się nie zna jego działania! Harry tego bardzo żałował, choć Malfoy był jego największym wrogiem, który rozkwasił mu nos obcasem.

WNYKOPIEŃKI — ang. *snargaluffs* (czytaj: snargalafs), ang. *snare* to „pułapka", „usidlić", natomiast nieco zagadkowe *galuff* kojarzy się chyba bardziej z *galumph* („toczyć się") i z *galop* („galop") niż z kaloszem (*galosh*), biorąc pod uwagę zachowanie tych złośliwych pniaków. Uwaga dla zbieraczy grzybów: należy zachować ostrożność, zbierając opieńki!

SPIS ROZDZIAŁÓW